NEW YORK TIMES
BESTSELLER AUTOREN

Umwelthinweis:
Dieses Buch wurde auf chlor- und säurefreiem Papier gedruckt.

Die Stanislaskis 1 – 3

NEW YORK TIMES
BESTSELLER AUTOREN

SILHOUETTE™
Band 95019
1. Auflage: Januar 2010

SILHOUETTE™ BÜCHER
erscheinen in der Cora Verlag GmbH & Co. KG,
Valentinskamp 24, 20350 Hamburg
im Vertrieb von
MIRA® TASCHENBUCH

Titel der nordamerikanischen Originalausgaben:

erschienen bei: Silhouette Books, Toronto
Published by arrangement with
Harlequin Enterprises II B.V., Amsterdam

Konzeption/Reihengestaltung: fredebold&partner gmbh, Köln
Umschlaggestaltung: pecher und soiron, Köln
Redaktion: Stefanie Kruschandl
Titelabbildung: Getty Images, München; mauritius images GmbH, Mittenwald
Satz: Buch-Werkstatt GmbH, Bad Aibling
Druck und Bindearbeiten: CPI – Ebner & Spiegel, Ulm
Printed in Germany
ISBN 978-3-89941-685-5

Nora Roberts

Melodie der Liebe

Roman

Aus dem Amerikanischen von
Patrick Hansen

NEW YORK TIMES
BESTSELLER AUTOREN

PROLOG

Natasha marschierte zufrieden in ihr Zimmer zurück, ihre Augen blitzten triumphierend. So, Mikhail und Alexej fanden es also komisch, dem Hund ihren neuen BH und ihr Lieblingstrikot anzuziehen.

Aber die beiden hatten herausfinden müssen, was mit nervtötenden kleinen Brüdern passierte, wenn sie ihre gierigen Grabschhändchen nicht von Dingen ließen, die ihnen nicht gehörten.

Mik würde wahrscheinlich noch den ganzen Tag humpeln.

Und das Beste war, dass Mama ihnen befohlen hatte, Trikot und BH zu waschen. Mit der Hand. Und dann würden sie die Sachen draußen aufhängen müssen. Natashas Genugtuung wuchs. Einige von den Nachbarjungs würden sie bestimmt dabei sehen.

Sie würden vor Scham im Boden versinken.

Mama, so dachte sie jetzt, ist immer gerecht. Das war viel wirkungsvoller als der kräftige Tritt gegen das Schienbein, den sie ihrem Bruder versetzt hatte.

Natasha drehte sich zu dem hohen Spiegel an der Wand um und sank in ein tiefes Plié. Ihr vierzehnjähriger Körper zeigte die ersten Andeutungen von Rundungen an Brust und Hüften, sonst war er ebenso schlank wie der ihrer Brüder.

Ballettstunden hatten diesen Körper gelehrt, sich geschmeidig zu dehnen, die Gelenke darauf trainiert, den Anforderungen zu entsprechen. Hatten ihrem Geist Disziplin beigebracht.

Und ihrem Herzen die größte Freude gemacht.

Sie wusste, wie teuer diese Stunden waren und wie hart ihre Eltern dafür arbeiteten, ihr – und ihren Geschwistern – das zu erfüllen, was sie sich am meisten wünschte.

Dieses Wissen ließ sie härter trainieren als alle anderen in der Klasse.

Eines Tages würde sie eine berühmte Ballerina sein, und jedes Mal, wenn sie tanzte, würde sie in Gedanken ihren Eltern danken.

Ein Bild tauchte vor ihr auf – sie in einem schillernden Kostüm auf der Bühne. Sie konnte die Musik hören. Sie schloss die goldbraunen Augen und hob das fein modellierte Kinn ein wenig höher. Die langen schwarzen Locken schwangen sanft um ihre Schultern, als sie sich auf die Zehenspitzen stellte und eine langsame Pirouette drehte.

Als sie die Augen wieder öffnete, erblickte sie ihre Schwester im Türrahmen.

„Sie sind fast fertig mit dem Waschen“, verkündete Rachel. Sie betrachtete Natasha mit einer Mischung aus Neid und Stolz. Stolz, dass ihre Schwester so schön war, so hübsch aussah, wenn sie tanzte. Neid, weil sie mit ihren acht Jahren das Gefühl hatte, nie vierzehn zu werden, nie so hübsch zu sein, sich nie so anmutig bewegen zu können.

Natasha fielen nie die Spangen aus den Haaren, ihr Haar war immer ordentlich. Und sie bekam auch schon Brüste. Sicher, sie waren noch klein, aber sie waren da, kein Zweifel.

Rachels ganzer Ehrgeiz, ihr ganzes Trachten bestand darin, eines Tages vierzehn zu sein.

Natasha lächelte vor sich hin und drehte noch eine Pirouette. „Und? Beschweren sie sich?“

„Könnte man sagen.“ Rachels Lippen zuckten. „Wenn Mama nicht in der Nähe ist. Mik sagt, du hast ihm das Bein gebrochen.“

„Gut. Er hat es verdient. Weil er meine Sachen genommen hat.“

„Es war schon irgendwie lustig.“ Rachel hüpfte auf dem Bett herum. „Sasha sah so albern aus in dem hübschen weißen BH und dem pinkfarbenen Tutu.“

„Irgendwie, ja“, gab Natasha zu. Sie ging zur Kommode und nahm ihre Haarbürste. „Und als sie dann ‚Schwanensee‘ aufgelegt und mit ihm getanzt haben.“ Sie strich sich durch das lange Haar. „Na ja, es sind eben nur Jungs.“

Rachel rümpfte die Nase. Jungen hatten bei ihr momentan keinen sehr hohen Stellenwert. „Jungs sind doof. Sie sind zu laut, und sie stinken auch immer. Ein Mädchen zu sein ist viel besser.“ Auch wenn sie ausgewaschene Jeans, ein ausgeleiertes T-Shirt und eine Baseballkappe trug – sie war fest davon überzeugt. Ihre Augen, die die gleiche Farbe hatten wie die ihrer Schwester, begannen zu funkeln. „Wir könnten uns an ihnen rächen.“

Natürlich sagte sie sich, dass sie längst über solchen Dingen stand, trotzdem beäugte Natasha ihre Schwester mit wachsendem Interesse. Rachel mochte die Jüngste sein, aber sie war gerissen. „Und wie?“

„Miks Baseballshirt.“ Für das Rachel eine heimliche Schwäche hatte. „Ich denke, es würde Sasha richtig gut stehen. Solange sie draußen sind, können wir es holen."

„Niemand weiß, wo er es versteckt, wenn er es nicht trägt."

„Ich weiß es." Rachel grinste breit über das ganze hübsche Gesicht. „Ich weiß alles. Ich sage dir, wo es ist, damit du es ihm heimzahlen kannst, wenn ..."

Natasha hob eine Augenbraue. Gerissen und raffiniert. Rachel hatte immer einen Hintergedanken. „Wenn was?"

„Wenn ich deine goldenen Ohrringe tragen darf, die kleinen mit den Sternen."

„Das letzte Mal, als ich dir meine Ohrringe geliehen habe, hast du einen verloren."

„Ich habe ihn nicht verloren, ich habe ihn nur noch nicht gefunden." Zu gern hätte sie jetzt geschmollt, aber das musste warten, bis der Handel perfekt war. „Ich hole das Shirt, helfe dir dabei, es Sasha anzuziehen, und lenke Mama ab. Du lässt mich drei Tage deine Ohrringe tragen."

„Einen."

„Zwei."

Natasha seufzte ergeben. „Na schön."

Mit einem verschlagenen Lächeln streckte Rachel die offene Hand aus. „Ohrringe zuerst."

Kopfschüttelnd öffnete Natasha ihr Schmuckkästchen und holte die kleinen Kreolen hervor. „Wie kann man mit acht ein solch gerissener Überredungskünstler sein?"

„Wenn man die Jüngste ist, muss man das können." Freudig hüpfte Rachel vom Bett und steckte die feinen Ohrringe vor dem Spiegel an. „Alle kriegen immer die Sachen vor mir. Wenn ich die Älteste wäre, hätte ich die Ohrringe bekommen."

„Du bist aber nicht die Älteste, und die Ohrringe gehören mir. Verlier sie nicht."

Rachel verdrehte genervt die Augen, dann betrachtete sie sich im Spiegel. Sie sah älter aus, mindestens wie zehn, da war sie sicher.

„Wenn du schon Ohrringe trägst, solltest du auch etwas mit deinem Haar machen. Lass mich mal." Natasha zog ihrer Schwester die Baseballkappe vom Kopf und begann die langen Locken zu brüsten. „Wir binden es zusammen, damit man die Ohrringe auch sehen kann."

„Ich kann meine Spange nicht finden."

„Dann nehmen wir eine von meinen."

„Als du acht warst, hast du da so ausgesehen wie ich?"

„Weiß ich nicht." Natasha hielt ihr Gesicht neben Rachels, damit sie sich zusammen im Spiegel betrachten konnten. „Wir haben fast die gleichen Augen, und unsere Lippen sind auch sehr ähnlich. Deine Nase ist hübscher."

„Wirklich?" Die Vorstellung, dass etwas an ihr hübscher war als an ihrer großen Schwester, war einfach umwerfend!

„Ja, ich denke schon." Und weil sie nur zu gut verstand, legte Natasha ihre Wange an die ihrer Schwester. „Eines Tages, wenn wir erwachsen sind, werden uns die Leute nachsehen, wenn wir zusammen die Straße hinuntergehen, und dann werden sie sagen: ‚Sieh nur, da gehen die Stanislaski-Schwestern. Sind die beiden nicht wunderhübsch anzusehen?'"

Bei dem Bild musste Rachel kichern. Arm in Arm stolzierten sie durch das Zimmer, das sie sich teilten. „Und wenn sie Mikhail und Alexej zusammen sehen, werden sie sagen: ‚Oh, oh, da kommen die Stanislaski-Brüder. Das gibt Ärger.'"

„Und damit haben sie völlig Recht." Die Hintertür schlug, und Natasha sah zum Fenster hinaus. „Da sind sie! Oh Rachel, sieh sie dir nur an! Es ist perfekt!"

Die beiden Jungen, beide mit hängenden Schultern, das Kinn bis auf die Brust gesenkt, schlurften zur Wäscheleine, während der Hund wild bellend um sie herumsprang.

„Sie sehen ja soo verlegen aus", sagte Natasha voller Schadenfreude. „Sieh dir nur an, wie rot sie sind."

„Das reicht nicht. Lass uns das Shirt holen!" Rachel griff ihre Kappe und stürmte aus dem Zimmer.

Nie würde es den Jungen gelingen, eine der Stanislaski-Schwestern unterzukriegen, dachte Natasha und rannte hinter Rachel her.

1. KAPITEL

Woher kommt es bloß, dass alle wirklich gut aussehenden Männer verheiratet sind?"

„Soll das eine Fangfrage sein?" Natasha drapierte das wallende Samtkleidchen um die Beine der Puppe, die sie gerade in den kindgroßen Schaukelstuhl aus Bugholz gesetzt hatte. Dann drehte sie sich zu ihrer Mitarbeiterin um. „Okay, Annie. Reden wir über einen ganz bestimmten gut aussehenden Mann?"

„Allerdings. Über den großen, blonden und einfach tollen Mann, der gerade mit seiner flotten Frau und dem süßen kleinen Mädchen vor unserem Schaufenster steht." Annie schob sich ein Kaugummi in den Mund und seufzte dramatisch. „Die drei sehen aus wie eine Bilderbuchfamilie."

„Dann kommen sie ja vielleicht herein und kaufen ein Bilderbuchspielzeug."

Natasha trat einen Schritt zurück und musterte zufrieden die Dekoration aus viktorianischen Puppen und passenden Accessoires. Es sah genau so aus, wie sie es sich vorgestellt hatte. Ansprechend, elegant und richtig schön altmodisch. Sie überprüfte noch einmal das gesamte Arrangement, bis hin zum Sitz der Quaste an dem Fächer, den eine der Puppen in der winzigen Porzellanhand hielt.

Der Spielzeugladen war für sie nicht nur ein Broterwerb, sondern auch ihr größtes Vergnügen. Sie achtete auf jedes Detail und beste Qualität und suchte alles, von der kleinsten Rassel bis zum größten Plüschbären, selbst aus. Für ihren Laden und ihre Kunden war ihr das Beste gerade gut genug, ob es sich nun um eine Fünfhundert-Dollar-Puppe mit eigener Pelzstola handelte oder um einen handflächengroßen Modell-Rennwagen für zwei Dollar. Sie freute sich über jedes Stück, das sie verkaufte. Hauptsache, es bereitete dem kleinen Kunden Freude.

Vor drei Jahren hatte sie zum ersten Mal die Ladentür geöffnet und damit das Glockenspiel über dem Rahmen zum Klingen gebracht. Seitdem hatte Natasha „The Fun House" zu einem der florierendsten Geschäfte des College-Städtchens am Rande West Virginias gemacht. Es hatte viel Energie und Durchhaltevermögen gebraucht, aber den Erfolg verdankte sie in erster Linie ihrem instinktiven Verständnis für kindliche Wünsche und Bedürfnisse. Sie wollte nicht, dass die Kunden mit irgendeinem Spielzeug davongingen. Sie wollte, dass sie mit genau dem richtigen Spielzeug den Laden verließen.

Sie ließ ihren Blick über die ausgestellten Miniaturautos wandern und ging hinüber, um das Arrangement noch etwas zu verbessern.

„Ich glaube, die kommen jetzt herein", sagte Annie und fuhr sich mit der flachen Hand über das kurz geschnittene, rotbraune Haar. „Das kleine Mädchen zappelt schon die ganze Zeit vor Aufregung. Soll ich die Ladentür aufschließen?"

Natasha nahm alles sehr genau und sah zu der Uhr mit dem lachenden Clownsgesicht hinauf. „Wir haben noch fünf Minuten."

„Was sind schon fünf Minuten? Tash, ich sage dir, der Typ ist einfach unglaublich." Annie ging zwischen zwei Regalen hindurch zu dem kleinen Stapel Brettspiele und stapelte sie um, während sie möglichst unauffällig nach draußen spähte. „Oh ja! Einssiebenundachtzig, dreiundsiebzig Kilo. Die stattlichsten Schultern, die je ein Anzug-Sakko ausgefüllt haben. Mensch, das ist ja Tweed. Wusste gar nicht, dass mir bei einem Typen in Tweed das Wasser im Munde zusammenlaufen kann."

„Selbst wenn er etwas aus Pappe anhätte, wurde dir das Wasser im Munde zusammenlaufen."

„Die meisten Typen, die ich kenne, sind aus Pappe." Annie lächelte verschmitzt, und neben ihrem Mundwinkel bildete sich ein Grübchen. Vorsichtig sah sie um den Tresen mit Holzspielzeugen herum auf die Straße. „Der muss in diesem Sommer eine Menge Zeit am Strand verbracht haben. Sein Haar ist richtig hell von der Sonne, und die Haut ist tief gebräunt. Jetzt lächelt er dem kleinen Mädchen zu. Ich glaube, ich habe mich gerade verliebt."

Natasha vollendete den Ministau, zu dem sie die Modellautos arrangiert hatte, und sah zu Annie hinüber. „Du glaubst doch dauernd, dass du verliebt bist."

„Ich weiß." Annie seufzte. „Wenn ich doch nur erkennen könnte, welche Augenfarbe er hat. Sein Gesicht ist jedenfalls eins von diesen schmalen mit markanten Wangenknochen. Ich wette, er ist unglaublich intelligent und hat im Leben viel durchgemacht."

Natasha warf ihr einen raschen amüsierten Blick zu. Die hoch gewachsene und eher magere Annie hatte ein Herz weich wie Marshmallow-Creme. „Ich bin sicher, seine Frau wäre von deiner Fantasie entzückt."

„Es ist das Recht einer Frau, nein, geradezu die Pflicht, bei einem solchen Mann ins Schwärmen zu geraten."

Obwohl sie da völlig anderer Meinung war, gab Natasha nach und tat Annie den Gefallen. „Also gut. Mach schon auf."

„Eine Puppe", sagte Spence und zupfte seine Tochter zärtlich am Ohr. „Wenn ich gewusst hätte, dass eine halbe Meile vom Haus entfernt ein Spielzeugladen liegt, hätte ich mir das mit dem Umzug vielleicht doch noch anders überlegt."

„Wenn's nach dir ginge, würdest du ihr doch gleich den ganzen Laden kaufen."

„Fang nicht schon wieder an, Nina", sagte er mit einem Seitenblick auf die Frau neben ihm.

Die schlanke Blondine zuckte nur mit den Schultern, sodass sich der Leinenstoff ihrer gepflegten roséfarbenen Kostümjacke kräuselte. Dann blickte sie zu dem kleinen Mädchen hinunter. „Ich meinte bloß, dass dein Daddy dich immer so sehr verwöhnt, weil er dich sehr lieb hat. Außerdem hast du dir wirklich ein Geschenk verdient, weil du mit dem Umzug einverstanden warst, uns sogar dabei geholfen hast."

Die kleine Frederica Kimball schob die Unterlippe vor. „Ich mag mein neues Haus." Sie schob ihrem Vater die winzige Hand zwischen die Finger, als wolle sie das Bündnis bekräftigen, das sie mit ihm gegen den Rest der Welt eingegangen war. „Ich habe jetzt einen Hof und eine Schaukel ganz für mich allein."

Nina musterte die beiden, den hoch gewachsenen, langgliedrigen Mann und das elfenhafte junge Mädchen. Die Kleine hatte das gleiche trotzige Kinn wie ihr Vater. So weit sie sich zurückerinnern konnte, hatten die beiden bei jeder Auseinandersetzung das letzte Wort gehabt.

„Offenbar bin ich die Einzige, die darin keinen Fortschritt gegenüber dem Leben in New York sieht." Ninas Tonfall wurde hörbar müder, als sie dem Mädchen übers Haar strich. „Ich kann nicht anders, ich mache mir ein wenig Sorgen um dich. Du sollst doch nur glücklich sein, mein Liebling. Du und dein Daddy."

„Das sind wir." Um die Atmosphäre zu entschärfen, hob Spence Freddie mit Schwung auf den Arm. „Stimmt's, Funny Face?"

„Sie wird gleich noch glücklicher sein", lenkte Nina ein und drückte Spence aufmunternd die Hand. „Der Laden wird geöffnet." Schmunzelnd folgte sie den beiden durch die Tür.

„Guten Morgen." Sie waren grau, stellte Annie fest und unterdrückte ein gedehntes, träumerisches Seufzen. Ein fantastisches Grau. Entschlossen verbannte sie das Schwärmen in einen hinteren Winkel ihrer Gedankenwelt und bat die ersten Kunden des Tages hinein. „Kann ich Ihnen helfen?"

„Meine Tochter interessiert sich für eine Puppe." Spence stellte Freddie wieder auf die Füße.

„Nun, dann sind Sie hier genau richtig." Pflichtgetreu wandte Annie ihre Aufmerksamkeit dem Kind zu. Es war wirklich eine süße kleine Person, mit denselben grauen Augen und dem gleichen kaum zu bändigenden Blondschopf. „Was für eine Puppe möchtest du denn?"

„Eine hübsche", entgegnete Freddie sofort. „Eine hübsche mit rotem Haar und blauen Augen." Sie sah zu ihrem Vater hoch, und als der nickte, spazierte sie an Annies Hand davon.

Nina drückte ihm zum zweiten Mal die Hand. „Spence …"

„Ich versuche mir immer einzureden, dass es ihr nichts mehr ausmacht. Dass sie sich nicht einmal daran erinnert", sagte er leise.

„Dass sie eine Puppe mit rotem Haar und blauen Augen möchte, muss doch nichts bedeuten."

„Rotes Haar und blaue Augen", wiederholte er mit tonloser Stimme, als die Trauer einmal mehr in ihm aufstieg. „Wie Angela. Sie erinnert sich, Nina. Und es macht ihr etwas aus." Er schob die Hände in die Taschen und ging weiter in den Laden hinein.

Drei Jahre, dachte er. Es war jetzt drei Jahre her. Freddie hatte noch in den Windeln gelegen. Aber sie erinnerte sich an Angela. Die wunderschöne, sorglose Angela. Selbst bei aller Toleranz hätte man Angela nicht als Mutter bezeichnen können. Nie hatte sie ihre Tochter auf den Knien geschaukelt, mit ihr geschmust, sie getröstet oder ihr ein Schlaflied gesungen.

Er musterte eine kleine, blau gekleidete Puppe mit einem engelhaften Porzellangesicht. Schmale, zarte Figur und riesige, verträumte Augen. So war auch Angela gewesen. Von fast überirdischer Schönheit. Und so kalt und glatt wie Glas.

Er hatte sie geliebt wie ein Mann ein Kunstwerk liebt. Aus der Distanz, voller Bewunderung für das perfekt gestaltete Äußere und stets auf der Suche nach der inneren Bedeutung. Irgendwie war aus ihrer Beziehung ein warmherziges, lebenslustiges Kind hervorgegangen. Ein kleines Mädchen, das in seinen ersten Lebensjahren fast ohne die Hilfe der Eltern seinen Weg hatte finden müssen.

Aber er würde es wieder gutmachen. Spence schloss einen Moment lang die Augen. Er würde alles in seiner Macht Stehende tun, um seiner Tochter die Liebe, die Geborgenheit und die Sicherheit zu geben, die sie verdiente. Die Echtheit. Das Wort klang banal, aber es beschrieb am besten, was er für seine Tochter wollte. Die Echtheit, Ehrlichkeit und Stabilität einer richtigen Familie.

Sie liebte ihn. Seine Schultern entkrampften sich etwas, als er daran dachte, wie sehr Freddies große Augen leuchteten, wenn er ihr abends gute Nacht sagte, wie sie die Arme um ihn schlang, wenn er sie festhielt. Vielleicht würde er sich nie völlig verzeihen, dass er sie als Baby wegen eigener Probleme vernachlässigt hatte. Aber jetzt lagen die Dinge anders. Selbst diesen Umzug hatte er mit Blick auf Freddies Wohlergehen geplant.

Er hörte ihr helles Lachen, und sofort löste sich die Anspannung in einer Welle von Freude auf. Keine Musik klang in seinen Ohren so schön wie das Lachen seines kleinen Mädchens. Es wäre wert gewesen, von einem kompletten Symphonieorchester begleitet zu werden. Stör sie jetzt nicht, dachte Spence. Lass sie mit all den bunten Puppen allein, bevor du sie daran erinnern musst, dass nur eine davon ihr gehören kann.

Wieder entspannt, sah er sich in dem Geschäft um. Wie die Puppe, die er sich für seine Tochter vorstellte, war das Ladeninnere schön anzusehen. Ein Fest für die Augen. Es war zwar nicht sehr geräumig, aber von Wand zu Wand voll der Dinge, die ein Kinderherz begehrte. Von der Decke hingen eine große Giraffe mit goldenem Fell und ein roter Hund mit traurigem Blick. Hölzerne Eisenbahnzüge, Autos und Flugzeuge in leuchtenden Farben drängten sich neben eleganten Miniaturmöbeln auf einem langen Tisch. Neben dem aufwendigen Modell einer Raumstation saß ein altmodischer Hampelmann. Es gab viele Puppen, manche wunderschön, manche auf charmante

Weise hausbacken, Kästen mit Bauklötzen und ein herrlich verspieltes Teegeschirr für Kinder.

Gerade weil alles so ungezwungen, fast beiläufig arrangiert worden war, wirkte es ungemein verlockend. Dies war ein Ort der Fantasien und Wünsche, eine mit Schätzen gefüllte Aladin-Höhle, in der Kinderaugen vor Staunen leuchteten. Spence hörte, wie seine Tochter fröhlich lachte, und ahnte, dass Freddie bald zu den regelmäßigen Besuchern des „Fun House" zählen würde.

Das war einer der Gründe, warum er mit ihr in eine Kleinstadt gezogen war. Er wollte, dass sie voller Neugier durch die Geschäfte streifen konnte und dabei von den Inhabern mit Namen begrüßt werden würde. Sie sollte von einem Ende der Stadt ans andere spazieren können, ohne dass er wie in der Großstadt Angst vor Überfällen, Entführungen oder Drogen haben musste. Sie würden keine Spezialschlösser und Alarmanlagen mehr brauchen, keine aufwendige Technik, um mit akustischen Tricks den permanenten Verkehrslärm herauszufiltern. Selbst ein so kleines Mädchen wie seine Freddie würde hier nicht verloren gehen können.

Und vielleicht würde er selbst ohne die Hetze und den Druck endlich Frieden mit sich schließen können.

Seine Hand griff fast wie von selbst nach einer Spieluhr. Sie war aus sorgfältig modelliertem Porzellan und mit der Figur einer schwarzhaarigen Zigeunerin in einem Rüschenkleid verziert. An den Ohren trug sie winzige goldene Ringe, und in den Händen hielt sie ein Tamburin mit bunten Bändern. Er war sicher, dass er selbst an der Fifth Avenue keinen so kunstvoll hergestellten Gegenstand gefunden hätte.

Er fragte sich, warum die Ladeninhaberin die Spieluhr dorthin gestellt hatte, wo kleine, neugierige Finger danach greifen und sie zerbrechen konnten. Fasziniert zog er die Uhr auf und beobachtete, wie die zierliche Figur sich um das Miniaturfeuer aus Porzellan drehte.

Tschaikowsky. Er erkannte den Satz sofort, und sein geschultes Gehör registrierte den sauberen Klang. Ein melancholisches, fast leidenschaftliches Stück, dachte er und war erstaunt, ausgerechnet in einem Spielzeugladen ein so exquisites Exemplar zu entdecken. Dann blickte er auf und sah Natasha.

Er starrte sie an. Er konnte nicht anders. Sie stand nur wenige Meter von ihm entfernt, den erhobenen Kopf ein wenig geneigt, und musterte ihn. Ihr Haar war so dunkel wie das der Tänzerin. Die Locken ringelten sich wie Korkenzieher um ihr Gesicht, an dessen Seiten ihr die Haarpracht über die Schultern fiel. Ihre Haut war zart gebräunt, schimmerte wie Gold vor dem Kontrast, den das einfache rote Kleid abgab.

Aber diese Frau ist alles andere als zerbrechlich, ging es ihm durch den Sinn. Obwohl sie klein war, strahlte sie so etwas wie Macht aus. Vielleicht lag es an dem Gesicht mit dem vollen, von keinem Lippenstift betonten Mund und den hohen, markanten Wangenknochen. Ihre Augen waren nicht so dunkel wie das Haar, eher goldbraun, mit breiten Lidern und langen Wimpern. Selbst über die zwei, drei Meter hinweg spürte er es. Diese Frau umgab eine berauschende, durch nichts getrübte Erotik, so wie andere Frauen sich in Parfümwolken hüllten.

Zum ersten Mal seit Jahren fühlte er in sich die Hitze reinen Begehrens, die jeden seiner Muskeln zu lähmen schien.

Natasha registrierte es, und es gefiel ihr gar nicht. Was für ein Mann, so fragte sie sich, kommt mit Frau und Kind hereinspaziert, um eine andere Frau mit Augen anzusehen, in denen die nackte Begierde stand?

Nicht ihre Art von Mann.

Entschlossen ignorierte sie seinen Blick, so wie sie es bei anderen Männern in der Vergangenheit bereits getan hatte, und ging zu ihm hinüber. „Brauchen Sie vielleicht Hilfe?"

Hilfe? Sauerstoff brauche ich, dachte Spence nun. Er hatte nicht gewusst, dass eine Frau einem Mann buchstäblich den Atem rauben konnte. „Wer sind Sie?"

„Natasha Stanislaski." Sie bot ihm ihr kühlstes Lächeln. „Mir gehört der Laden."

Ihre Stimme schien in der Luft zu hängen, heiser, voller Leben und mit einer Spur ihrer slawischen Herkunft. Die erotische Atmosphäre wurde dadurch noch gesteigert, und er fühlte es so konkret, wie er die Musik aus der Spieluhr hinter sich hörte. Sie duftete nach Seife, nach sonst nichts, und dennoch fand er den Duft so verführerisch wie kaum etwas zuvor.

Als er nicht antwortete, zog sie eine Braue hoch. Vielleicht war es ganz amüsant, einem Mann den Kopf zu verdrehen, aber sie hatte zu tun. Außerdem war dieser Mann verheiratet. „Ihre Tochter schwankt noch zwischen drei Puppen. Vielleicht möchten Sie ihr bei der endgültigen Entscheidung helfen?"

„Gleich. Ihr Akzent, ist der russisch?"

„Ja." Sie fragte sich, ob sie ihm sagen sollte, dass seine Frau schon gelangweilt und ungeduldig an der Ladentür stand.

„Seit wann sind Sie in Amerika?"

„Seit meinem sechsten Lebensjahr." Sie warf ihm einen besonders eisigen Blick zu. „Damals war ich ungefähr so alt wie Ihre Tochter jetzt. Entschuldigen Sie mich, ich muss mich um die Kundschaft kümmern."

Seine Hand lag auf ihren Arm, bevor er sich zurückhalten konnte. Obwohl er ahnte, dass das kein sehr kluger Schachzug gewesen war, überraschte ihn die Intensität der Abneigung in ihren Augen. „Tut mir leid. Ich wollte Sie nach der Spieluhr fragen."

Natasha folgte seinem Blick. Die Melodie wurde gerade leiser. „Es ist eine unserer besten, hier in den Staaten hergestellt. Sind Sie an einem Kauf interessiert?"

„Ich bin mir noch nicht sicher. Ist Ihnen klar, wo sie steht?"

„Wie bitte?"

„Nun, es ist nicht gerade das, was man in einem Spielzeugladen zu finden erwartet. Bei Ihrer Kundschaft könnte sie leicht zu Bruch gehen."

Natasha schob sie ein Stück weiter nach hinten aufs Regal. „Und sie kann repariert werden." Die rasche Bewegung, die sie mit den Schultern machte, war eindeutig, gewohnheitsmäßig. Sie verriet eher Arroganz als Sorglosigkeit. „Ich finde, man sollte Kindern die Freuden der Musik nicht vorenthalten, meinen Sie nicht auch?"

„Ja." Erstmals huschte ein Lächeln über sein Gesicht. Es war wirklich eindrucksvoll, da hatte Annie recht gehabt. Natasha gab es widerstrebend zu und spürte hinter ihrer Verärgerung einen Hauch von Neugier, vielleicht sogar von Gemeinsamkeit mit diesem Fremden.

„In der Tat, das meine ich auch", sagte er. „Vielleicht könnten wir uns einmal beim Essen darüber unterhalten."

Natasha musste sich zusammenreißen, um ihn nicht zornig in die Schranken zu verweisen. Bei ihrem heißen, oft turbulenten Temperament war das nicht einfach, aber sie dachte daran, dass der Mann nicht nur seine Frau, sondern auch seine junge Tochter dabeihatte.

Sie schluckte die Beschimpfungen, die ihr auf der Zunge lagen, wieder hinunter, aber Spence las sie ihr an den Augen ab.

„Nein." Mehr erwiderte sie nicht und drehte sich dabei um.

„Miss ...", begann Spence, doch da kam Freddie auch schon den Gang heruntergetobt.

„Ist sie nicht schön, Daddy?", fragte sie mit leuchtenden Augen und streckte ihm die große, schlaksige Raggedy-Ann-Puppe entgegen.

Sie ist rothaarig, dachte Spence. Aber schön konnte man sie beim besten Willen nicht nennen. Und an Angela erinnert sie auch nicht, stellte er erleichtert fest. Weil er wusste, dass Freddie es von ihm erwartete, nahm er sich die Zeit, die Puppe ihrer Wahl gründlich zu mustern. „Dies ist", sagte er nach einer Weile, „die allerbeste Puppe, die ich heute gesehen habe."

„Wirklich?"

Er ging in die Hocke, um Freddie direkt in die Augen schauen zu können. „Ganz bestimmt. Du hast einen exzellenten Geschmack, Funny Face."

Freddie streckte die Arme aus und quetschte die Puppe zwischen ihnen beiden ein, während sie ihren Vater fest umarmte. „Kann ich sie haben?"

„Ich dachte, sie wäre für mich." Als Freddie fröhlich kicherte, hob er sie zusammen mit der Puppe auf den Arm.

„Ich packe sie Ihnen ein." Natashas Tonfall war diesmal wärmer. Er mochte ein unverschämter Kerl sein, aber er liebte seine Tochter, das spürte sie.

„Ich kann sie tragen." Freddie presste ihre neue Freundin an sich.

„Tu das. Aber dann gebe ich dir ein Band für ihr Haar. Möchtest du das?"

„Ein blaues."

„Du bekommst ein blaues." Natasha ging voran zur Kasse.

Nina warf nur einen Blick auf die Puppe und verdrehte die Augen. „Darling, eine Schönere hast du nicht gefunden?"

„Daddy gefällt sie", murmelte Freddie mit gesenktem Kopf.

„Allerdings. Sehr sogar“, fügte er hinzu und warf Nina dabei einen vielsagenden Blick zu. Dann stellte er Freddie wieder auf die Füße und zog die Brieftasche heraus.

Die Mutter ist alles andere als ein Glückstreffer, dachte Natasha. Aber das gibt dem Mann noch lange nicht das Recht, einer Verkäuferin in einem Spielzeugladen so zu kommen. Sie zählte das Wechselgeld und reichte ihm den Kaufbeleg, bevor sie das versprochene Band hervorholte.

„Vielen Dank“, sagte sie zu Freddie. „Ich glaube, sie wird sich bei dir sehr wohlfühlen.“

„Ich werde gut auf sie aufpassen“, versicherte Freddie, während sie sich damit abmühte, das Band durch das wuschelige Haar der Puppe zu ziehen. „Können die Leute sich die Sachen hier einfach nur anschauen, oder müssen sie etwas kaufen?“

Natasha lächelte, griff nach einem zweiten Band und machte dem Kind eine kecke Schleife ins Haar. „Du kannst jederzeit kommen und dich hier umsehen.“

„Spence, wir müssen jetzt wirklich gehen.“ Nina hielt die Ladentür auf.

„Richtig.“ Er zögerte. Es ist eine Kleinstadt, sagte er sich. Und wenn Freddie jederzeit willkommen ist, dann bin ich es auch. „Es war nett, Sie kennenzulernen, Miss Stanislaski.“

„Auf Wiedersehen.“ Sie wartete, bis das Glockenspiel ertönte und die Tür ins Schloss fiel, und murmelte dann eine Reihe von Verwünschungen vor sich hin.

Annie streckte den Kopf um einen Turm aus Bauklötzen. „Wie bitte?“

„Dieser Mann!“

„Ja.“ Mit einem leisen Seufzer kam Annie den Gang entlanggeschwebt. „Dieser Mann.“

„Bringt Frau und Kind in einen Laden wie diesen und starrt mich an, als wollte er mir an den Zehen knabbern.“

„Tash.“ Mit gequältem Gesichtsausdruck presste Annie sich eine Hand aufs Herz. „Bitte sag nicht so etwas Erregendes.“

„Ich finde es beleidigend.“ Natasha umrundete den Verkaufstresen und hieb mit der Faust gegen einen Sandsack, der in der Ecke baumelte. „Er hat mich zum Essen eingeladen.“

„Er hat was?“ Annies Augen leuchteten vor Begeisterung auf, bis ein scharfer Blick von Natasha sie wieder abkühlte. „Du hast recht. Es ist beleidigend, schließlich ist er verheiratet. Auch wenn seine Frau mir ziemlich steif und langweilig vorkam. Wie ein gefrorener Fisch.“

„Seine Eheprobleme interessieren mich nicht.“

„Nein …“ In Annie kämpften der Sinn für Realität und die ausgeprägte Fantasie miteinander. „Schätze, du hast ihn abblitzen lassen.“

Natasha schluckte hörbar, als sie herumfuhr. „Natürlich habe ich ihn abblitzen lassen.“

„Natürlich“, bestätigte Annie hastig.

„Der Mann hat vielleicht Nerven“, fuhr Natasha fort. Ihr juckten die Finger. Sie sah sich nach etwas um, auf das sie einschlagen konnte. „Kommt in mein Geschäft und macht mich regelrecht an!“

„Das hat er nicht!“ Schockiert und fasziniert zugleich ergriff Annie Natashas Arm. „Tash, er hat dich doch nicht wirklich angemacht? Hier im Laden?“

„Mit den Augen. Die Botschaft war deutlich.“ Es machte sie wütend, wie oft Männer sie betrachteten und nur das Körperliche sahen. Nur das Körperliche sehen wollten. Es war abstoßend. Noch bevor sie richtig verstand, um was es eigentlich ging, hatte sie Anzüglichkeiten und Angebote ertragen müssen. Aber jetzt wusste sie, was man von ihr wollte, und ließ sich nichts mehr bieten.

„Wenn er dieses süße kleine Mädchen nicht bei sich gehabt hätte, hätte ich ihm eine Ohrfeige verpasst!“ Die Vorstellung gefiel ihr so sehr, dass sie ihren Zorn wieder an dem imaginären Sandsack ausließ.

Annie hatte derartige Ausbrüche oft genug erlebt, um zu wissen, wie sie ihre Chefin besänftigen konnte. „Sie war wirklich süß, nicht wahr? Sie heißt Freddie. Ist das nicht niedlich?“

Noch während sie sich die geballte Faust rieb, holte Natasha tief Luft. Es wirkte. „Ja“, erwiderte sie einfach.

„Die Kleine hat mir erzählt, dass sie gerade erst von New York nach Shepherdstown gezogen sind. Die Puppe soll ihre erste neue Freundin sein.“

„Armes kleines Ding.“ Natasha wusste nur zu gut, welche Sorgen und Ängste ein Kind in einer fremden Stadt empfand. Vergiss den Vater, befahl sie sich und warf den Kopf zurück. „Sie müsste ungefähr im Alter von JoBeth Riley sein." Ihr Zorn war verraucht. Sie ging hinter den Tresen und griff nach dem Hörer. Es wurde nichts schaden, wenn sie Mrs. Riley anrief.

Spence stand am Fenster des Musikzimmers und starrte auf ein Beet mit Sommerblumen hinaus. Blumen vor dem Fenster zu haben und eine nicht gerade ebene Rasenfläche, die viel Pflege brauchte, das war für ihn eine völlig neue Erfahrung. Noch nie im Leben hatte er einen Rasen gemäht. Lächelnd überlegte er, wann er sich daran versuchen könnte.

Dann gab es da noch einen großen, ausladenden Ahorn mit dunkelgrünen Blättern. Er malte sich aus, wie aus dem Grün in wenigen Wochen ein leuchtendes Rot werden würde, bevor die Blätter sich von den Zweigen lösten. Er hatte den Blick von seiner Wohnung am Central Park West immer genossen, sich daran erfreut, wie sich die Bäume mit den Jahreszeiten veränderten. Aber hier war das anders.

Hier gehörten ihm das Gras, die Bäume, die Blumen vor dem Fenster. Sie würden ihm Vergnügen bereiten, und er würde sich dafür um sie kümmern müssen. Hier würde er Freddie hinauslassen können, damit sie mit ihren Puppen eine Teeparty am Nachmittag arrangierte. Und zwar ohne dass er sich um sie Sorgen machen musste, sobald er sie auch nur eine Sekunde aus den Augen ließ.

Sie würden ein angenehmes Leben führen, ein solides Leben für sie beide. Das hatte er gefühlt, als er hergeflogen war, um mit dem Dekan über seine Anstellung zu verhandeln. Und er hatte es wieder gefühlt, während er mit der nervösen Immobilienmaklerin auf den Fersen durch dieses große, geräumige Haus gewandert war.

Sie brauchte es mir gar nicht aufzudrängen, dachte Spence. Ich war dem Haus verfallen, kaum dass ich es betreten hatte.

Vor seinen Augen schwebte ein Kolibri mit unsichtbarem Flügelschlag über der Blüte einer hellroten Petunie. In diesem Moment war er felsenfest davon überzeugt, dass die Entscheidung, aus der Großstadt fortzuziehen, richtig gewesen war.

Eine Kostprobe des ländlichen Lebens nehmen, so hatte Nina es ein wenig von oben herab bezeichnet. Ihre Worte gingen ihm durch den Kopf, während die Flügel des winzigen Vogels im Sonnenschein zu flimmern schienen. Er konnte ihr keinen Vorwurf machen, schließlich hatte er sein Leben freiwillig dort verbracht, wo stets etwas los war. Sicher, er hatte all die glitzernden Partys genossen, die bis zum Morgengrauen dauerten. Oder die eleganten Mitternachtssoupers nach einem Konzert oder Ballett.

Er war in eine Welt von Glamour, Prestige und Reichtum hineingeboren worden und hatte sein Leben dort verbracht, wo das Beste gerade gut genug war. Natürlich hatte er es ausgekostet. Die Sommer in Monte Carlo, die Winter in Nizza oder Cannes. Die Wochenenden in Aruba oder Cancun.

Er wollte diese Erfahrungen nicht missen, aber er wünschte sich, dass er die Verantwortung für sein eigenes Leben früher übernommen hätte.

Jetzt hatte er es getan. Spence sah dem Kolibri nach, der wie ein saphirblauer Pfeil davonsurrte. Und zu seiner eigenen Überraschung wie zu der Überraschung der Menschen, die ihn kannten, genoss er es, diese Verantwortung zu tragen. Er wusste, woran das lag. An Freddie. Allein an Freddie.

Er dachte an sie, und schon kam sie über den Rasen gelaufen, die neue Puppe unter den Arm geklemmt. Wie erwartet eilte sie schnurstracks auf die Schaukel zu. Das Gestell war so neu, dass die blaue und weiße Farbe in der Sonne glänzte und die harten Plastiksitze wie Leder schimmerten. Mit der Puppe auf dem Schoß stieß Freddie sich ab, das Gesicht auf den Himmel gerichtet, ein selbst komponiertes Lied auf den weichen Lippen.

Die Liebe durchzuckte ihn wie der Hieb einer Samtfaust, kraftvoll, fast schmerzhaft. In seinem ganzen Leben hatte er nichts so Verzehrendes, nichts so Klares empfunden wie das Gefühl, das seine Tochter in ihm hervorrief. Mühelos, einfach nur, indem sie da war.

Während sie durch die Luft glitt, drückte sie die Puppe an sich, um ihr Geheimnisse ins Ohr zu flüstern. Es gefiel ihm, wie glücklich sie mit der simplen Stoffpuppe war. Sie hätte auch eine aus Samt oder Porzellan nehmen können, aber sie hatte sich für eine entschieden, die aussah, als brauche sie Liebe.

Den gesamten Vormittag hindurch hatte sie ihm von dem Spielzeugladen vorgeschwärmt, und er wusste, dass sie sich danach sehnte, noch einmal hinzugehen. Natürlich würde sie keinen Wunsch äußern. Jedenfalls nicht direkt. Nur ihre Augen würden Bände sprechen. Es amüsierte und erstaunte ihn zugleich, wie sein kleines Mädchen schon mit fünf diesen äußerst wirksamen Trick der Frauen beherrschte.

Er selbst hatte auch an den Spielzeugladen denken müssen – und an die Inhaberin. Da war von weiblichen Tricks keine Rede gewesen, nur von der puren Verachtung, die eine Frau für einen Mann empfand. Als er sich erinnerte, wie unbeholfen er sich benommen hatte, verzog er das Gesicht. Ich bin aus der Übung, sagte er sich mit reumütigem Lächeln und rieb sich den Nacken. Noch nie hatte er eine so starke sexuelle Anziehungskraft gespürt. Wie ein Blitz hatte es ihn getroffen. Und ein Mann, der so unter Strom gesetzt wurde, durfte sich schon etwas ungeschickt benehmen.

Aber ihre Reaktion ... Stirnrunzelnd ließ Spence die Szene noch einmal vor seinem geistigen Auge ablaufen. Sie war wütend gewesen, hatte schon vor Zorn gezittert, noch bevor er den Mund geöffnet und sich gründlich blamiert hatte.

Sie hatte gar nicht erst versucht, ihre Abfuhr in höfliche Worte zu kleiden. Ein schlichtes Nein – eine hart klingende, an den Rändern mit Eis überzogene Silbe. Und dabei hatte er sie doch nicht gefragt, ob sie mit ihm ins Bett gehen würde.

Aber genau das wollte er. Vom ersten Moment an hatte er sich ausgemalt, wie er sie davontrug, zu irgendeinem dunklen, abgelegenen Ort mitten im Wald, wo der Moosboden unter ihnen federte und die Baumkronen sich vor den Himmel schoben. Dort würde er die Hitze fühlen, die ihre vollen, ein wenig trotzigen Lippen ausstrahlten. Dort würde er die wilde Leidenschaft auskosten, die ihr Gesicht versprach. Ungestüm, zügellos, ohne an Raum und Zeit, an richtig oder falsch zu denken.

Das darf doch nicht wahr sein. Verwirrt riss er sich zusammen. Er träumte wie ein Teenager. Nein, verbesserte Spence sich und schob die Hände in die Taschen, ich träume wie ein Mann, wie einer, der seit vier Jahren auf eine Frau verzichtet hat. Er war sich nicht sicher, ob er Natasha Stanislaski dafür dankbar sein sollte, dass sie in ihm all die vergrabenen Sehnsüchte erweckt hatte.

Aber er war sicher, dass er sie wiedersehen würde.

„Ich bin reisefertig." Nina wartete in der Tür. Sie seufzte tadelnd. Spence war offensichtlich mal wieder in Gedanken vertieft. „Spence", sagte sie lauter als zuvor und durchquerte den Raum. „Ich sagte, ich bin reisefertig."

„Wie? Ach so." Er lächelte blinzelnd und zwang sich, die Schultern sinken zu lassen. „Wir werden dich vermissen, Nina."

„Ihr werdet froh sein, mich loszuwerden", korrigierte sie ihn und küsste ihn kurz auf die Wange.

„Nein." Sein Lächeln kam jetzt ungezwungener, das sah sie und wischte ihm fürsorglich den Lippenstift von der Haut. „Ich weiß zu schätzen, was du für uns getan hast", fuhr er fort. „Du hast uns den Anfang hier leichter gemacht. Ich weiß, wie beschäftigt du bist."

„Ich kann doch meinen Bruder nicht allein in der freien Wildbahn von West Virginia aussetzen." In einer bei ihr seltenen Gefühlsregung griff sie nach seiner Hand. „Bist du dir wirklich sicher, Spence? Vergiss alles, was ich gesagt habe, und denke nach, denke es noch einmal durch. Es ist ein gewaltiger Wechsel, für euch beide. Was willst du zum Beispiel hier mit deiner Freizeit anfangen?"

„Den Rasen mähen." Ihre verblüffte Miene ließ ihn grinsen. „Oder auf der Veranda sitzen. Vielleicht komponiere ich sogar wieder etwas."

„Das könntest du in New York auch."

„Ich habe seit fast vier Jahren keinen einzigen Takt mehr geschrieben", erinnerte er sie.

„Na schön." Sie ging zum Flügel hinüber und wedelte mit der Hand. „Aber wenn es dir nur um eine Ortsveränderung geht, hättest du dir auch ein Haus auf Long Island oder von mir aus in Connecticut suchen können. Du hättest nicht gleich aufs Land ziehen müssen."

„Es gefällt mir hier, Nina. Glaub mir, ich hätte für Freddie nichts Besseres tun können. Und für mich selbst auch nicht."

„Ich hoffe, du hast recht." Weil sie ihn liebte, lächelte sie erneut. „Ich wette immer noch, dass du spätestens in sechs Monaten wieder in New York bist. In der Zwischenzeit erwarte ich, dass du mich als Tante dieses Mädchens über ihre Entwicklung auf dem Laufenden hältst." Sie sah auf ihre Hand hinab und stellte verärgert fest, dass ihr Nagellack bereits gelitten hatte. „Allein die Idee, sie auf eine öffentliche Schule zu schicken ..."

„Nina."

„Schon gut!“ Sie hob die Hand. „Es hat keinen Sinn, darüber zu diskutieren. Ich muss mein Flugzeug noch bekommen. Außerdem bin ich mir durchaus der Tatsache bewusst, dass sie dein Kind ist.“

„Ja, das ist sie.“

Nina klopfte mit der Fingerspitze auf die glänzende Oberfläche des Instruments, das nicht ganz so groß wie ein Konzertflügel war. „Spence, ich weiß, dass du wegen Angela noch Schuldgefühle hast. Das gefällt mir gar nicht.“

Sein ungezwungenes Lächeln verschwand. „Manche Fehler brauchen lange, bis man sie verarbeitet hat.“

„Sie hat dir das Leben zur Hölle gemacht“, sagte Nina kategorisch. „Ihr wart kaum verheiratet, da begannen die Probleme bereits. Du warst nicht sehr auskunftsfreudig“, fuhr sie fort, als er nicht reagierte. „Aber es gab andere, die sich nur zu gern bei mir oder jedem, der es hören wollte, über eure Ehe ausließen. Es war kein Geheimnis, dass sie kein Kind wollte.“

„Und war ich so viel besser? Ich wollte das Baby doch nur, um damit die Lücken in meiner Ehe zu füllen. Damit bürdet man einem Kind eine schwere Last auf.“

„Du hast Fehler gemacht. Du hast die Fehler eingesehen und sie korrigiert. Angela hat in ihrem ganzen Leben nicht die Spur von Schuld gefühlt. Wenn sie nicht gestorben wäre, hättest du dich scheiden lassen und das Sorgerecht für Freddie übernommen. Es wäre auf dasselbe hinausgelaufen. Ich weiß, es klingt hart. Aber das ist die Wahrheit oft. Mir gefällt der Gedanke nicht, dass du hierher gezogen bist und dein Leben so dramatisch veränderst, nur um etwas wiedergutzumachen, das längst vergangen ist.“

„Vielleicht spielt das eine Rolle. Aber da ist noch etwas.“ Er hob den Arm, wartete, bis Nina sich neben ihn stellte. „Sieh sie dir an.“ Er wies durchs Fenster auf Freddie, die strahlend auf der Schaukel saß und frei wie ein Kolibri durch die Luft sauste. „Sie ist glücklich. Und das bin ich auch.“

2. *KAPITEL*

„Ich habe keine Angst."

„Natürlich nicht." Spence sah in den Spiegel, vor dem er ihr das Haar band. Sie hatte eine tapfere Miene aufgesetzt. Aber auch ohne dass er das Zittern in ihrer Stimme hörte, wusste er, wie groß die Angst seiner Tochter war. Schließlich fühlte er in seinem eigenen Magen einen faustgroßen Klumpen.

„Andere Kinder würden jetzt vielleicht weinen." Ihren großen Augen war anzusehen, dass auch Freddie den Tränen nahe war. „Aber ich nicht."

„Du wirst viel Spaß haben." Er war sich da ebenso wenig sicher wie sein nervöses Kind. Das Schwierige daran, ein Vater zu sein, bestand darin, sich bei allem Möglichen sicher sein zu müssen – oder wenigstens so zu klingen. „Der erste Schultag ist immer etwas schwierig, aber wenn du erst einmal dort bist und die anderen Kinder getroffen hast, wirst du es toll finden."

Sie drehte sich zu ihm um und sah ihn mit festem, durchdringendem Blick an. „Wirklich?"

„Im Kindergarten hat es dir doch auch gefallen, nicht?" Er wich aus, das gestand er sich ein. Aber er durfte nichts versprechen, was er vielleicht nicht würde halten können.

„Meistens." Sie wandte sich wieder dem Spiegel zu und spielte mit dem gelben, wie ein Seepferdchen geformten Kamm auf der Kommode. „Aber Amy und Pam werden nicht da sein."

„Du wirst neue Freunde finden. JoBeth hast du schon kennengelernt." Er dachte an den braunhaarigen kleinen Kobold, der vor einigen Tagen mit der Mutter am Haus vorbeispaziert war.

„Werde ich wohl. JoBeth ist nett, aber …" Wie sollte sie ihrem Vater erklären, dass JoBeth ja schon all die anderen Mädchen kannte? „Vielleicht warte ich lieber bis morgen."

Ihre Blicke begegneten sich im Spiegel. Er zog sie an sich. Sie duftete nach der blassgrünen Seife, die sie so liebte, weil die Stücke wie Dinosaurier geformt waren. Ihr Gesicht war seinem sehr ähnlich, nur viel weicher, sanfter, und in seinen Augen unendlich schön.

„Das könntest du natürlich. Aber dann wäre morgen dein erster Unterrichtstag. Du hättest trotzdem Schmetterlinge."

„Schmetterlinge?“

„Genau hier.“ Er klopfte ihr auf den Bauch. „Fühlt es sich nicht so an, als tanzten dir dort Schmetterlinge herum?“

Sie musste kichern. „Irgendwie schon.“

„Bei mir auch.“

„Wirklich?“ Ihre Augen weiteten sich.

„Wirklich. Ich muss heute Morgen auch zur Schule, genau wie du.“

Sie zupfte an den pinkfarbenen Schleifen, die er ihr an die Zöpfe gebunden hatte. Sie wusste, dass es für ihn nicht dasselbe sein würde, aber das sagte sie ihm nicht. Sonst würde er wieder so traurig schauen. Freddie hatte einmal gehört, wie er mit Tante Nina redete. Und er war ärgerlich geworden, als sie etwas davon sagte, dass er ihre Nichte ausgerechnet in den entscheidenden Jahren aus der gewohnten Umgebung reiße.

Freddie wusste nicht genau, was mit den entscheidenden Jahren gemeint war, aber sie wusste, dass ihr Daddy sich aufgeregt hatte. Und dass er auch noch traurig ausgesehen hatte, als Tante Nina längst fort war. Sie wollte ihn nicht wieder traurig machen. Er sollte nicht denken, dass Tante Nina recht hatte. Wenn sie nach New York zurückkehrten, würde es Schaukeln nur im Park geben.

Außerdem mochte sie das große Haus und ihr neues Zimmer. Und was noch besser war, ihr Vater arbeitete ganz in der Nähe, und deshalb würde er abends lange vor dem Essen nach Hause kommen. Sie zog die Lippen ein, um keinen Schmollmund zu machen. Da sie gern hierbleiben wollte, würde sie wohl zur Schule müssen.

„Wirst du da sein, wenn ich zurückkomme?“

„Ich glaube schon. Wenn nicht, hast du ja Vera“, sagte er und wusste, dass er sich auf ihre langjährige Haushälterin verlassen konnte. „Du musst mir nachher genau erzählen, wie es dir ergangen ist.“ Er küsste sie auf den Kopf und stellte sie auf den Boden.

In ihrem pink-weißen Spielanzug wirkte sie herzzerreißend klein und zierlich. Ihre grauen Augen waren ernst, die Unterlippe vibrierte. Er unterdrückte den Drang, sie auf den Arm zu nehmen und ihr zu versprechen, dass sie nirgendwohin müsse, wo sie Angst haben würde. „Lass uns nachsehen, was Vera dir in die neue Lunchbox gepackt hat.“

Zwanzig Minuten später stand er am Straßenrand, Freddies winzige Hand in seiner. Fast so angsterfüllt wie seine Tochter sah er dem großen gelben Schulbus entgegen, der gerade über den Hügel kam.

Ich hätte sie selbst zur Schule fahren sollen, schoss es ihm in plötzlicher Panik durch den Kopf. Jedenfalls die ersten Tage. Stattdessen setze ich sie zu all diesen fremden Kindern in den Bus. Aber es war besser so. Er wollte, dass ihr alles ganz normal vorkam, dass sie sich in die Gruppe integrierte und von Anfang an dazugehörte.

Wie konnte er sie allein davonlassen? Sie war noch ein Baby. Sein Baby. Und wenn er es falsch machte? Es ging nicht nur darum, ihr das richtige Kleid auszusuchen. Es ging darum, dass er seiner Tochter sagte, sie solle allein in den Bus einsteigen, und sie sich selbst überließ. Nur weil dies der vorgesehene Tag und die vorgesehene Uhrzeit war.

Wenn der Fahrer nun sorglos war und einen Abhang hinunterfuhr? Wie konnte er sicher sein, dass jemand Freddie am Nachmittag wieder in den richtigen Bus setzte?

Der Bus rollte rumpelnd aus, und seine Finger legten sich fester um Freddies Hand. Als die Tür mit einem Zischen aufging, war er so weit, dass er fast davongelaufen wäre.

„Hallo, ihr zwei." Die wohlbeleibte Frau hinter dem Lenkrad nickte ihnen mit breitem Lächeln zu. Hinter ihr tobten die Kinder auf den Sitzen herum. „Sie müssen Professor Kimball sein."

„Ja." Ihm lag eine ganze Reihe von Entschuldigungen auf der Zunge, warum er Freddie nicht in den Bus setzen konnte.

„Ich bin Dorothy Mansfield. Die Kids nennen mich einfach Miss D. Und du bist bestimmt Frederica."

„Ja, Ma'am." Sie biss sich auf die Unterlippe, um sich nicht einfach umzudrehen und das Gesicht an ihrem Daddy zu vergraben. „Sagen Sie einfach Freddie zu mir."

„Puh." Miss D. strahlte sie an. „Bin froh, das zu hören. Frederica ist doch ein ziemlich gewichtiger Name. Also, hüpf an Bord, Freddie. Dein großer Tag hat begonnen. Und du, John Harman, gib Mikey sofort das Buch zurück. Es sei denn, du willst den Rest der Woche auf dem heißen Platz direkt hinter mir verbringen."

Mit feuchten Augen setzte Freddie den Fuß auf die erste Stufe. Sie schluckte, bevor sie die zweite Stufe meisterte.

„Warum setzt du dich nicht zu JoBeth und Lisa?“, schlug Miss D. freundlich vor. Dann drehte sie sich wieder zu Spence um und winkte ihm augenzwinkernd zu. „Machen Sie sich keine Sorgen, Professor. Wir werden gut auf sie aufpassen.“

Fauchend schloss sich die Tür, und der Bus rumpelte davon. Spence sah ihm nach, wie er sein kleines Mädchen davontrug.

Untätig war Spence an diesem Tag nicht. Seine Zeit war von dem Moment an verplant, an dem er das College betrat. Termine waren zu arrangieren, Mitarbeiter zu treffen, Instrumente und Notenblätter in Augenschein zu nehmen. Dann kam eine Fakultätssitzung, ein hastiger Lunch in der Cafeteria und schließlich die Papiere, Dutzende von Papieren, die er lesen und bearbeiten musste.

Es war ein gewohnter Tagesablauf, einer, mit dem er erstmals begonnen hatte, als er drei Jahre zuvor die Stelle an der Juilliard School angetreten hatte. Aber wie Freddie, so war auch er der Neuling und musste sich anpassen.

Er machte sich Sorgen um sie. Beim Lunch stellte er sich vor, wie sie in der Schul-Cafeteria saß, einem Raum, der nach Erdnussbutter und Milchkartons roch. Vermutlich saß sie am Ende eines mit Krümeln übersäten Tischs, allein und traurig, während die anderen Kinder mit ihren Freunden lachten und herumalberten. Er sah sie, wie sie in der Pause abseits stand und sehnsüchtig hinüberschaute, während die anderen rannten und lachten und auf den Klettergeräten tobten. Das traumatische Erlebnis würde sie für den Rest des Lebens unsicher und unglücklich machen.

Und alles nur, weil er sie in den verdammten gelben Bus gesetzt hatte.

Am Ende des Tages fühlte er sich schuldig, als hätte er sie geschlagen. Er war sicher, dass sein kleines Mädchen in Tränen aufgelöst heimkommen würde, völlig verstört von den Problemen des ersten Schultags.

Mehr als einmal fragte er sich, ob Nina nicht doch recht gehabt hatte. Vielleicht hätte er alles so lassen sollen, wie es war, vielleicht hätte er doch in New York bleiben sollen, wo Freddie wenigstens ihre Freunde und die bekannte Umgebung besaß.

Die Aktentasche in der Hand, das Sakko über die Schulter geworfen, machte er sich nachdenklich auf den Heimweg. Es war kaum eine Meile entfernt, und das Wetter war für die Jahreszeit ungewöhnlich warm. Das wollte er ausnutzen und zu Fuß zum Campus gehen, bis der Winter hereinbrach.

Er hatte sich bereits in die kleine Stadt verliebt. Entlang der von Bäumen gesäumten Hauptstraße gab es hübsche Geschäfte und großzügige alte Häuser. Shepherdstown war eine College-Stadt und stolz darauf. Aber man war auch stolz auf das Alter und die Würde. Die Straße stieg leicht an, und hier und dort wies der Gehweg Risse auf, wo Baumwurzeln ihn untergraben hatten. Obwohl Autos fuhren, war es still genug, um Hunde bellen oder ein Radio spielen zu hören. Eine Frau jätete ein Tagetes-Beet neben ihrem Fußweg, sah auf und winkte ihm zu. Spence freute sich und erwiderte den Gruß.

Sie kennt mich doch gar nicht, dachte er. Trotzdem hat sie mir zugewinkt. Er freute sich darauf, sie bald wiederzusehen, vielleicht wenn sie gerade Blumenzwiebeln setzte oder Schnee von der Veranda fegte. Es duftete nach Chrysanthemen. Aus irgendeinem Grund reichte das schon aus, ihn ein Glücksgefühl spüren zu lassen.

Nein, er hatte keinen Fehler gemacht. Er und Freddie gehörten hierher. In weniger als einer Woche war dies zu ihrer Heimat geworden.

Er blieb am Bordstein stehen, um eine Limousine passieren zu lassen, die sich die Steigung hinaufquälte. Auf der anderen Straßenseite erkannte er das Ladenschild des „Fun House“. Perfekt, dachte Spence. Der perfekte Name. Einer, der an Gelächter und lustige Überraschungen denken ließ. Genau wie das Schaufenster mit den Bauklötzen, den pausbäckigen Puppen und den glänzenden roten Autos den Kindern eine Schatzgrube versprach. In diesem Moment beherrschte ihn nur noch ein Gedanke. Er wollte etwas besorgen, das seiner Tochter ein Lächeln aufs Gesicht zauberte.

Du verwöhnst sie, hörte er Ninas Stimme im Ohr.

Und wenn schon. Er sah sich auf der Straße um und überquerte sie. Sein kleines Mädchen war so tapfer in den Bus marschiert wie ein Soldat in die Schlacht. Sie hatte sich einen kleinen Orden verdient.

Das Glockenspiel erklang, als er den Laden betrat. In der Luft lag ein Duft, so fröhlich wie die Töne der Glocke. Pfefferminz, dachte er und musste lächeln. Aus dem hinteren Teil des Ladens ertönten die blechernen Klänge von „The Merry-Go-Round Broke Down“.

„Ich komme gleich zu Ihnen.“

Spence bemerkte, dass er vergessen hatte, wie ihre Stimme in der Luft schweben und nachhallen konnte.

Diesmal würde er sich nicht lächerlich machen. Diesmal war er darauf vorbereitet, wie sie aussah, wie sie klang und wie sie duftete. Er war hier, um seiner Tochter ein Geschenk zu kaufen, nicht um mit der Inhaberin zu flirten. Grinsend sah er einem einsamen Pandabären ins Gesicht. Kein Gesetz hinderte ihn daran, beides gleichzeitig zu tun.

„Ich bin sicher, Bonnie wird sich riesig freuen“, sagte Natasha und nahm der Kundin das Miniatur-Karussell ab. „Es ist ein wunderschönes Geburtstagsgeschenk.“

„Sie hat es vor einigen Wochen hier entdeckt und redet seitdem von nichts anderem mehr.“ Bonnies Großmutter versuchte keine Miene zu verziehen, als sie den Preis las. „Ich nehme an, sie ist groß genug, um vorsichtig damit umzugehen.“

„Bonnie ist ein sehr verantwortungsbewusstes Mädchen“, beruhigte Natasha sie. Dann sah sie Spence am Tresen stehen. „Ich bin gleich bei Ihnen“, sagte sie in seine Richtung. Die Temperatur ihrer Stimme fiel um einige Grade ab. Bis in den Minusbereich.

„Lassen Sie sich Zeit.“ Er ärgerte sich, dass er so intensiv auf ihre Gegenwart reagierte, während sie ihn geradezu frostig begrüßte. Offenbar hatte sie beschlossen, ihn nicht zu mögen. Könnte interessant werden, dachte Spence, während er zusah, wie sie mit geschickten schlanken Fingern das Karussell einpackte. Welche Gründe mochte sie für ihre Abneigung haben?

Vielleicht schaffte er es, sie zu einem Meinungsaustausch zu bewegen.

„Das wären fünfundfünfzig Dollar siebenundzwanzig, Mrs. Mortimer.“

„Aber nein, meine Liebe, auf dem Preisschild stand siebenundsechzig Dollar.“

Natasha wusste, dass Mrs. Mortimer mit jedem Cent rechnen musste, und lächelte nur. „Tut mir leid. Hatte ich Ihnen nicht gesagt, dass es ein Sonderangebot ist?“

„Nein.“ Mrs. Mortimer atmete erleichtert auf, während sie die

Geldscheine zählte. „Nun, dann ist heute wohl mein Glückstag."

„Und der von Bonnie." Natasha krönte das Geschenk mit einer hübschen Glückwunschschleife. Eine in Pink, denn das war Bonnies Lieblingsfarbe. „Vergessen Sie nicht, ihr von mir zu gratulieren."

„Bestimmt nicht." Die stolze Großmutter griff nach dem Paket. „Ich kann es gar nicht abwarten, bis sie es auswickelt. Wiedersehen, Natasha."

Natasha wartete, bis die Ladentür sich schloss. „Kann ich Ihnen helfen?"

„Das war eben sehr freundlich von Ihnen."

Sie hob eine Braue. „Was meinen Sie?"

„Sie wissen, was ich meine." Plötzlich spürte er das absurde Verlangen, ihr die Hand zu küssen. Unglaublich, dachte er. Er war fast fünfunddreißig und ließ sich auf eine Schwärmerei für eine Frau ein, die er so gut wie gar nicht kannte. „Ich wollte schon früher kommen."

„So? War Ihre Tochter mit der Puppe unzufrieden?"

„Nein, sie liebt sie. Es ist nur so, dass …" Um Himmels willen, jetzt stotterte er schon wieder. Keine fünf Minuten in ihrer Nähe, und er fühlte sich so unsicher wie ein Teenager auf dem ersten Ball. „Ich dachte nur, irgendwie war unsere erste Begegnung etwas … missglückt. Sollte ich mich besser entschuldigen?"

„Wenn Sie möchten." Nur weil er attraktiv aussah und etwas verlegen wirkte, gab es noch lange keinen Grund, es ihm leichter als nötig zu machen. „Sind Sie deshalb gekommen?"

„Nein." Seine Augen verdunkelten sich, kaum merklich allerdings.

Natasha fragte sich, ob der erste Eindruck getrogen hatte. Vielleicht war er doch nicht so harmlos. In seinen Augen war noch etwas Tiefsinnigeres, etwas, das stärker und gefährlicher war. Am meisten überraschte sie jedoch, dass sie das erregend fand.

Über sich selbst verärgert, schenkte sie ihm ein höfliches Lächeln. „Es gibt also noch einen anderen Grund für Ihren Besuch?"

„Ich brauche etwas für meine Tochter." Zur Hölle mit dieser atemberaubenden russischen Prinzessin, dachte er. Er hatte sich um wichtigere Dinge zu kümmern.

„Was hatten Sie sich denn vorgestellt?"

„Ich weiß nicht genau." Das stimmte. Er stellte seine Aktentasche ab und sah sich suchend um.

Ein wenig besänftigt kam Natasha um den Tresen herum. „Hat sie Geburtstag?"

„Nein." Plötzlich kam er sich kindisch vor und zuckte mit den Schultern. „Es ist ihr erster Schultag, und sie sah so ... so tapfer aus, als sie heute Morgen in den Bus kletterte."

Diesmal fiel Natashas Lächeln spontan aus und war voller Wärme. Ihm blieb fast das Herz stehen. „Machen Sie sich keine Sorgen", sagte sie tröstend. „Wenn sie nach Hause kommt, wird sie vor Geschichten über alles und jeden platzen. Der erste Tag ist, glaube ich, für die Eltern viel schwerer als für das Kind."

„Es war der längste Tag meines Lebens."

Sie lachte, ein wohltönender, rauchiger Klang, der in dem Raum voller Clowns und Plüschbären unglaublich erotisch an seine Ohren drang. „Mir scheint, nicht nur Ihre Tochter hat sich ein Geschenk verdient. Bei Ihrem letzten Besuch haben Sie sich eine Spieluhr angesehen. Ich habe da noch eine andere, die Ihnen gefallen könnte."

Mit diesen Worten führte sie ihn nach hinten. Spence gab sich alle Mühe, den subtilen Schwung ihrer Hüften und den milden, frischen Duft ihrer Haut zu ignorieren. Die Spieluhr, die sie ihm zeigte, war aus Holz geschnitzt. Den Sockel zierten eine Katze und eine Geige, eine Kuh und eine Mondsichel. Als die Spieluhr sich zu „Stardust" drehte, kam der lachenden Hund und der Napf mit dem Löffel in Sicht.

„Sie ist bezaubernd."

„Eine meiner Lieblingsuhren." Sie war zu dem Urteil gekommen, dass ein Mann, der seine Tochter so vergötterte, nicht gar so übel sein konnte. „Ich könnte mir vorstellen, dass es ein schönes Erinnerungsstück ist, etwas, mit dem sie an ihrem ersten College-Tag daran erinnert wird, dass ihr Vater damals an sie gedacht hat."

„Vorausgesetzt, er überlebt das erste Schuljahr." Er wandte den Kopf, um sie anzusehen. „Vielen Dank. Dies ist das ideale Geschenk."

Als er den Kopf bewegte, hatte sein Arm ihre Schulter gestreift. Nur kurz und flüchtig. Dennoch war es ihr durch und durch gegangen. Sekundenlang vergaß sie, dass er ein Kunde war, ein Vater, ein Ehemann. Die Farbe seiner Augen glich der eines Flusses in der Dämmerung. Seine Lippen, zur leisesten Andeutung eines Lächelns verzogen, waren unglaublich anziehend und verführerisch.

Unwillkürlich überlegte sie, wie es wohl wäre, sie zu spüren. Ihm ins Gesicht zu sehen, wenn er sie küsste, und sich in seinen Augen zu spiegeln.

Über sich selbst entsetzt, trat sie zurück. Ihre Stimme wurde kälter. „Ich lege sie Ihnen in eine Schachtel."

Er wunderte sich über den plötzlichen Wechsel des Tonfalls und folgte ihr langsam zum Tresen. War da nicht etwas in ihren Augen gewesen? Oder hatte er es sich nur eingebildet, weil er es zu sehen hoffte? Es war schnell wieder vorbei gewesen, wie eine Flamme im Eisregen.

„Natasha." Er legte seine Hand auf ihre, als sie die Spieluhr einzupacken begann.

Langsam hob sie den Blick. Sie hasste sich bereits dafür, dass sie bemerkt hatte, wie schmal und lang seine Finger waren. Und in seiner Stimme registrierte sie jenen duldsamen Unterton, der sie noch nervöser machte, als sie ohnehin schon war.

„Ja?"

„Warum bekomme ich nur immer das Gefühl, dass Sie mich am liebsten in kochendem Öl sieden möchten?"

„Sie irren sich", erwiderte sie ruhig. „Ich glaube nicht, dass ich das möchte."

„Das klingt nicht überzeugt." Er spürte, wie ihre Hand sich streckte, weich und doch kräftig. Das Bild samtverkleideten Stahls schien ihm besonders passend. „Irgendwie will mir nicht einfallen, womit ich Sie verärgert habe."

„Dann sollten Sie darüber nachdenken. Bar oder Kreditkarte?"

Mit Abfuhren hatte er wenig Erfahrung. Diese jedenfalls stach ihm wie eine Wespe ins Ego. Egal wie hübsch sie war, er hatte wenig Lust, sich den Kopf an immer derselben Wand einzuhauen.

„Bar." Hinter ihnen ertönte das Glockenspiel, und er ließ ihre Hand los. Drei Kinder, offenbar gerade aus der Schule gekommen, betraten kichernd das Geschäft. Ein kleiner Junge mit rotem Haar und einem Meer von Sommersprossen stellte sich vor dem Tresen auf die Zehenspitzen.

„Ich hab drei Dollar", verkündete er.

Natasha unterdrückte ein Lächeln. „Heute sind Sie aber sehr reich, Mr. Jensen."

Er grinste stolz und entblößte dabei seine neueste Zahnlücke. „Ich habe gespart. Ich möchte den Rennwagen."

Natasha zog eine Augenbraue hoch, während sie Spences Wechselgeld abzählte. „Weiß deine Mutter, wofür du deine Ersparnisse ausgibst?" Ihr neuer Kunde antwortete nicht. „Scott?"

Er trat von einem Fuß auf den anderen. „Sie hat nicht gesagt, ich darf nicht."

„Und sie hat nicht gesagt, dass du darfst", folgerte Natasha. Sie beugte sich vor und zog an seiner Tolle. „Du gehst jetzt nach Hause und fragst sie. Dann kommst du zurück. Der Rennwagen wird noch hier sein."

„Aber …"

„Du möchtest doch sicher nicht, dass deine Mutter böse auf mich ist, oder?"

Scott blickte einen Moment lang nachdenklich drein, und Natasha sah, wie schwer ihm die Entscheidung fiel. „Ich schätze nicht."

„Dann geh fragen, und ich hebe dir einen auf."

Hoffnung keimte in ihm auf. „Versprochen?"

Natasha legte die Hand aufs Herz. „Großes Ehrenwort." Sie sah wieder zu Spence hinüber, und der belustigte Ausdruck wich aus ihren Augen. „Ich hoffe, Freddie hat viel Freude an ihrem Geschenk."

„Das wird sie sicher." Er ging hinaus und ärgerte sich über sich selbst. Wie kam er dazu, sich zu wünschen, er wäre ein zehnjähriger Junge mit einer Zahnlücke?

Um sechs schloss Natasha den Laden. Die Sonne schien noch hell, die Luft war noch dunstig. Die Atmosphäre ließ sie an ein Picknick unter einem schattigen Baum denken. Eine angenehmere Vorstellung als das Mikrowellengericht auf meinem Speiseplan, ging es ihr durch den Kopf, wenn auch im Moment etwas unrealistisch.

Auf dem Heimweg sah sie ein Paar Hand in Hand in das Restaurant auf der anderen Straßenseite schlendern. Aus einem vorbeifahrenden Auto rief ihr jemand etwas zu, und sie winkte zurück. Sie hätte in die örtliche Kneipe einkehren können, um bei einem Glas Wein mit den Gästen, die sie kannte, eine Stunde beim Plaudern zu verbringen. Einen Gesprächs- oder Dinnerpartner zu finden war kein Problem. Dazu brauchte sie nur den Kopf durch eine von einem Dutzend Türen zu stecken und den Vorschlag zu machen.

Aber sie war nicht in der Stimmung. Selbst ihre eigene Gesellschaft war ihr heute lästig.

Es ist die Hitze, sagte sie sich, als sie um die Ecke bog. Die Hitze, die den ganzen Sommer hindurch erbarmungslos in der Luft gehangen hatte und keinerlei Anstalten machte, dem Herbst zu weichen. Sie machte sie rastlos. Sie rief Erinnerungen in ihr wach.

Selbst jetzt noch, nach Jahren, schmerzte es sie, Rosen in voller Blüte zu sehen oder Bienen eifrig summen zu hören.

Es war Sommer gewesen, als ihr Leben sich unwiederbringlich änderte. Häufig fragte sie sich, wie ihr Leben aussehen würde, wenn ... Die Frage widerte sie an, und sie verachtete sich dafür, dass sie sie sich immer wieder stellte.

Auch jetzt gab es wieder Rosen, zerbrechliche, pinkfarbene, die trotz der Hitze und des Regenmangels gediehen. Sie hatte sie selbst in dem kleinen Streifen Gras vor ihrem Apartment gepflanzt. Sich um sie zu kümmern bereitete ihr Vergnügen und Schmerz zugleich. Was wäre das Leben, wenn es in ihm nicht beides gäbe? Sie strich mit der Fingerspitze über die Blüte. Der warme Duft der Rosen folgte ihr bis vor die Wohnungstür.

In ihren Zimmern herrschte Stille. Sie hatte überlegt, ob sie sich ein Kätzchen oder ein Hundebaby anschaffen sollte, damit sie abends irgendjemand begrüßte, irgendein Wesen, das sie liebte und sich auf sie verließ. Aber dann fand sie es unfair, ein Tier allein in der Wohnung zu lassen, während sie im Laden war.

Also blieb ihr nur die Musik. Sie streifte die Schuhe ab und schaltete die Stereoanlage ein. Selbst das war wie eine Prüfung. Tschaikowskys „Romeo und Julia". Sie erinnerte sich nur zu gut daran, wie sie zu den schwermütigen, romantischen Takten getanzt hatte, umgeben von den heißen Lichtern, den Rhythmus der Musik im Blut, mit flüssigen Bewegungen, beherrscht, aber ganz natürlich wirkend. Eine dreifache Pirouette, graziös, scheinbar mühelos.

Das ist jetzt Vergangenheit, sagte Natasha sich. Nur die Schwachen trauerten ihr nach.

Was kam, war Routine. Sie tauschte ihre Arbeitskleidung gegen einen locker sitzenden, ärmellosen Overall und hing Rock und Bluse sorgfältig weg, so wie man es ihr beigebracht hatte. Aus reiner Gewohnheit prüfte sie den Rock auf Abnutzungsspuren.

Im Kühlschrank war Eistee. Und natürlich eines jener Fertiggerichte für die Mikrowelle, die sie hasste, aber regelmäßig aß. Sie lachte über sich selbst, als sie das Gerät einschaltete.

So langsam werde ich eine alte Frau, dachte Natasha. Griesgrämig und reizbar von der Hitze. Seufzend rieb sie sich mit dem kalten Glas über die Stirn.

Es musste an diesem Mann liegen. Heute im Geschäft hatte sie ihn einige Momente lang sogar gemocht. Dass er sich um sein kleines Mädchen solche Sorgen machte, es für ihre Tapferkeit am ersten Schultag belohnen wollte, das machte ihn sympathisch. Der Klang seiner Stimme hatte ihr gefallen und die Art, wie seine Augen lächelten. In diesen kurzen Momenten war er ihr wie jemand vorgekommen, mit dem sie lachen und reden könnte.

Dann war plötzlich alles anders geworden. Sicher, zum Teil lag es an ihr. Sie hatte etwas gefühlt, das sie seit Langem nicht mehr hatte fühlen wollen. Das Frösteln von Erregung. Den Druck des Verlangens. Es machte sie wütend, und sie schämte sich über sich selbst. Es machte sie zornig auf ihn.

Was fällt ihm bloß ein? Mit einem ungeduldigen Ruck zog sie das Essen aus der Mikrowelle. Flirtet mit mir, als wäre ich irgendein naives Dummerchen, und geht dann nach Hause zu Frau und Kind.

Mit ihm essen? Von wegen. Sie rammte ihre Gabel in die dampfenden Nudeln mit Meeresfrüchten. Die Sorte Mann erwartete für ein Essen die volle Gegenleistung. Der Kerzenlicht-und-Wein-Typ, dachte sie verächtlich. Sanfte Stimme, geduldige Augen, geschickte Hände. Und kein Herz.

Genau wie Anthony. Ruhelos schob sie das Essen zur Seite und griff nach dem Glas, das bereits beschlagen war. Aber jetzt war sie klüger als mit achtzehn. Viel klüger. Viel stärker. Sie war keine Frau mehr, die man mit Charme und schönen Worten verführen konnte. Nicht dass dieser Mann etwa charmant wäre. Sie lächelte. Im Gegenteil, dieser – sie wusste nicht einmal seinen Namen – dieser Typ war eher ungeschickt, stets ein wenig verlegen. Aber eigentlich lag genau darin so etwas wie Charme.

Dennoch war er Anthony sehr ähnlich. Groß, blond und auf diese typisch amerikanische Weise gut aussehend. Ein Äußeres, hinter dem sich eine lockere Moral und ein rücksichtsloses Herz verbargen.

Was Anthony sie gekostet hatte, war nicht wiedergutzumachen. Seit jener Zeit hatte Natasha aufgepasst, dass kein Mann ihr je wieder einen so hohen Preis abverlangte.

Aber sie hatte überlebt. Sie hob ihr Glas und prostete sich zu. Sie hatte nicht nur überlebt, sie war sogar glücklich, jedenfalls dann, wenn die Erinnerungen sie in Ruhe ließen. Sie liebte ihren Laden. Er gab ihr die Möglichkeit, Kinder um sich zu haben und ihnen eine Freude zu machen. In den drei Jahren, die sie ihn besaß, hatte sie sie wachsen sehen. In Annie hatte sie eine wunderbare, lustige Freundin gefunden. In den Geschäftsbüchern schrieb sie schwarze Zahlen. Und ihre Wohnung gefiel ihr.

Über ihrem Kopf rumste es. Lächelnd sah sie zur Decke hoch. Die Jorgensons bereiteten das Abendessen zu. Sie konnte sich vorstellen, wie Don seiner Marilyn jeden Handgriff abnahm, weil sie mit ihrem ersten Kind schwanger war. Natasha freute sich, dass die beiden über ihr wohnten, glücklich, verliebt und voller Zukunftshoffnung.

Das war es, was für sie eine Familie bedeutete. Das hatte sie in der Kindheit gehabt, das hatte sie sich als Erwachsene erwartet. Sie sah noch immer, wie Papa Mama umsorgte, wenn es wieder so weit war. Jedes Mal, erinnerte sie sich und dachte an ihre drei jüngeren Geschwister. Daran, wie er vor Glück geweint hatte, wenn seine Frau und das Baby wohlauf waren.

Er vergötterte seine Nadia. Auch jetzt noch brachte er Blumen mit in das kleine Haus in Brooklyn. Wenn er nach einem langen Arbeitstag heimkam, küsste er seine Frau. Nicht flüchtig, auf die Wange, sondern richtig, voller Wiedersehensfreude. Ein Mann, der auch nach dreißig Jahren noch in seine Frau verliebt war.

Es war ihr Vater, der sie davon abgehalten hatte, alle Männer in einen Topf zu werfen, in den Anthony als Erster gewandert war. Die glückliche Ehe ihrer Eltern hatte in ihr die winzige Hoffnung wachgehalten, eines Tages doch noch jemanden zu finden, der sie so ehrlich liebte wie ihr Vater ihre Mutter.

Eines Tages, dachte sie schulterzuckend. Vorläufig hatte sie ihren eigenen Laden, ihre eigene Wohnung und ihr eigenes Leben. Kein

Mann würde ihr Schiff ins Schlingern bringen, mochten seine Hände auch noch so attraktiv aussehen und sein Blick noch so klar sein. Insgeheim hoffte sie, dass die Frau ihres neuesten Kunden ihm nichts als Sorgen und Probleme bereitete.

„Nur noch eine Geschichte, Daddy." Ihr fielen fast die Augen zu, und ihr Gesicht glänzte vom Bad, aber Freddie setzte ihr überzeugendstes Lächeln ein. An Spence gekuschelt, lag sie in ihrem großen weißen Himmelbett.

„Du schläfst doch schon."

„Nein, tue ich nicht." Sie sah zu ihm hoch, kämpfte gegen die Müdigkeit. Es war der schönste Tag ihres Lebens gewesen, und sie wollte nicht, dass er schon zu Ende ging. „Habe ich dir erzählt, dass JoBeths Katze Junge bekommen hat? Sechs Stück."

„Zweimal." Spence strich ihr über die Nase. Er wusste genau, was seine Tochter bezweckte, und gab einen väterlichen Standardspruch von sich. „Mal sehen."

Freddie lächelte schläfrig. Sein Tonfall zeigte ihr, dass er bereits schwach wurde. „Mrs. Patterson ist richtig nett. Alle Kinder mögen sie. Sie lässt uns jeden Freitag ein Ratespiel machen."

„Das hast du schon gesagt." Und ich habe mir Sorgen gemacht, dachte Spence erleichtert. „Ich habe das Gefühl, dir gefällt die Schule."

„Sie ist ganz gut." Sie gähnte ausgiebig. „Hast du all die Zettel ausgefüllt?"

„Du kannst sie morgen wieder mitnehmen." Die ganzen fünfhundert Bögen. Was für eine Bürokratie! „Es ist Zeit, das Licht auszuknipsen, Funny Face."

„Eine Geschichte noch. Eine von denen, die du dir immer ausdenkst." Sie gähnte erneut und genoss das wohlige Gefühl seines Baumwollhemds an ihrer Wange und den gewohnten Duft seines Aftershave.

Er gab nach, wissend, dass sie längst eingeschlafen sein würde, bevor er zum „Und wenn sie nicht gestorben sind …" kam. Seine Geschichte rankte sich um eine wunderschöne, dunkelhaarige Prinzessin aus einem fremden Land und den Ritter, der sie aus ihrem Elfenbeinturm befreien wollte.

Während er noch einen Zauberer und einen Drachen mit zwei

Köpfen hinzudichtete, kam er sich wie ein Trottel vor. Er wusste genau, wohin seine Gedanken abschweiften. Zu Natasha. Sie war wunderschön, kein Zweifel, aber er hatte noch nie eine Frau getroffen, die es so wenig wie sie nötig hatte, sich retten zu lassen.

Es war reines Pech, dass er auf seinem täglichen Weg zum Campus an ihrem Laden vorbeikam.

Er würde sie einfach ignorieren. Wenn überhaupt, dann würde er ihr gegenüber Dankbarkeit empfinden. Sie hatte dafür gesorgt, dass er Verlangen spürte, dass er Dinge in sich fühlte, die er schon nicht mehr für möglich gehalten hatte. Vielleicht würde er mehr unter Menschen gehen, jetzt wo Freddie und er sich hier heimisch fühlten. Im College gab es genügend attraktive Singles. Aber die Vorstellung, mit einer von ihnen auszugehen, erfreute ihn nicht. Eine Verabredung, das war etwas für Teenager, weckte Erinnerungen an Autokinos, Pizzas und feuchte Hände.

Er sah auf Freddies Hand hinunter, die zusammengeballt auf seinen ausgestreckten Fingern ruhte.

Was würdest du denken, wenn ich eine Frau zum Abendessen mit nach Hause bringe? Die lautlose Frage ließ ihn einmal mehr an ihre großen Augen denken – und an den verletzten Blick, mit denen sie ihren Eltern nachgesehen hatte, wenn er und Angela ins Theater oder in die Oper aufbrachen.

So wird es nie wieder sein, versprach er Freddie in Gedanken, als er ihren Kopf behutsam von seiner Brust hob und aufs Kissen legte. Die lächelnde Raggedy Ann erhielt ihren Stammplatz neben Freddie, bevor er die Decke bis zu ihrem Kinn hochzog. Mit der Hand auf dem Bettpfosten sah er sich im Zimmer um.

Es trug bereits Freddies Handschrift. Die Puppen thronten auf den Regalen, unter ihnen gestapelte Bilderbücher. Neben ihren Lieblingsschuhen lagen die eleganten pinkfarbenen Plüschpantoffeln. Das Kinderzimmer duftete nach der für seine Bewohnerin typischen Mischung aus Shampoo und Wachsmalstiften. Eine wie ein Einhorn geformte Nachtlampe sorgte dafür, dass sie nicht im Dunkeln aufwachte und sich fürchtete.

Er blieb noch einen Moment, stellte fest, dass das sanfte Licht ihn ebenso beruhigte wie sie. Leise ging er hinaus und ließ die Tür einen Spaltbreit auf.

Unten begegnete er Vera mit einem Tablett, auf dem Kaffee und eine Tasse standen. Die mexikanische Haushälterin war von den Schultern bis zu den Hüften breit gebaut und wirkte auf ihn wie ein kleiner kompakter Güterzug, wenn sie von Zimmer zu Zimmer eilte. Seit Freddies Geburt hatte sie sich nicht nur als hilfreich, sondern als geradezu unverzichtbar erwiesen. Spence wusste, dass man sich die Loyalität einer Angestellten mit einem Gehaltsscheck erkaufen konnte. Aber nicht die Liebe. Und genau die hatte Freddie von Vera bekommen, seit sie in ihrer seidenverzierten Babydecke aus der Klinik gekommen war.

Jetzt warf Vera einen Blick die Treppe hinauf. Ihr von den Jahren gezeichnetes Gesicht verzog sich zu einem Lächeln. „Das war ein großer Tag für sie, was?"

„Ja, und zwar einer, um dessen Dauer sie gekämpft hat, bis ihr die Augen zufielen. Sie hätten sich keine Umstände zu machen brauchen, Vera."

Sie zuckte mit den Schultern und trug das Tablett in sein Arbeitszimmer. „Sie haben gesagt, Sie wollen heute Abend noch arbeiten."

„Ja, eine Weile."

„Ich stelle Ihnen den Kaffee hin. Dann lege ich die Beine hoch und sehe fern." Sie stellte den Kaffee auf den Schreibtisch und arrangierte alles, während sie weiterredete. „Mein Baby freut sich über die Schule und die neuen Freunde." Was sie nicht sagte, war, dass sie in ihre Schürze geweint hatte, als Freddie den Bus bestieg. „Jetzt, wo das Haus tagsüber leer ist, bleibt mir genug Zeit für die Arbeit. Bleiben Sie nicht zu lange wach, Dr. Kimball."

„Nein." Es war eine Höflichkeitslüge. Er wusste, dass er viel zu rastlos war, um zu schlafen. „Vielen Dank, Vera."

„*De nada.*" Sie fuhr sich über das stahlgraue Haar. „Ich wollte Ihnen noch sagen, wie sehr es mir hier gefällt. Erst hatte ich ja etwas Angst davor, New York zu verlassen, aber jetzt fühle ich mich wohl."

„Ohne Sie würden wir es nicht schaffen."

„*Sí.*" Das Lob stand ihr zu, fand sie. Seit sieben Jahren arbeitete sie nun schon für den Señor und war stolz darauf, die Haushälterin eines wichtigen Mannes zu sein. Eines anerkannten Musikers, Doktors der Musikwissenschaft und College-Professors. Seit der Geburt seiner Tochter liebte sie „ihr Baby“ und hätte für Spence gearbeitet, auch wenn er es nicht so weit gebracht hätte.

Es hatte ihr nicht gefallen, das schöne Hochhaus in New York gegen dieses geräumige Haus in der Kleinstadt einzutauschen. Aber sie war schlau genug, sich zu denken, dass der Señor es wegen Freddie tat. Erst vor einigen Stunden war Freddie aus der Schule heimgekommen, lachend, aufgeregt, die Namen ihrer neuen besten Freundinnen auf den Lippen. Also war auch Vera zufrieden.

„Sie sind ein guter Vater, Dr. Kimball.“

Spence warf ihr einen Blick zu, bevor er sich an den Schreibtisch setzte. Ihm war nur zu gut in Erinnerung, dass Vera ihn einst für einen sehr schlechten Vater gehalten hatte. „Ich lerne es.“

„*Sí.*“ Nebenbei schob sie ein Buch im Regal zurecht. „In diesem großen Haus brauchen Sie keine Angst zu haben, dass Sie Freddie beim Schlafen stören, wenn Sie nachts auf dem Flügel spielen.“

Er sah erneut zu ihr hinüber. Ihm war klar, dass sie ihn auf ihre Weise ermutigen wollte, sich wieder auf seine Musik zu konzentrieren. „Nein, das würde ich wohl nicht. Gute Nacht, Vera.“

Vera sah sich noch einmal prüfend um, ob es noch etwas zu tun gäbe, und ließ ihn allein.

Spence goss sich Kaffee ein und musterte die Papiere auf dem Schreibtisch. Neben seinen eigenen Unterlagen lagen die Bögen aus Freddies Schule. Er hatte noch eine Menge vorzubereiten, bevor in der nächsten Woche seine Kurse begannen.

Er freute sich darauf und versuchte, nicht daran zu denken, dass die Musik, die früher so mühelos in seinem Kopf erklungen war, nun verstummt war.

3. KAPITEL

Natasha schob die Spange durch das Haar über ihrem Ohr und hoffte, dass sie länger als fünf Minuten an der Stelle bleiben würde, an der sie sie haben wollte. Sie betrachtete mit prüfendem Blick ihr Bild in dem schmalen Spiegel über der Spüle im Hinterzimmer des Ladens und beschloss, die Lippen noch etwas nachzuziehen. Es machte nichts, dass der Tag lang und hektisch gewesen war und ihr die Füße vor Müdigkeit schmerzten. Den heutigen Abend hatte sie sich wahrlich verdient, als Belohnung für gute Arbeit.

Jedes Semester schrieb sie sich für einen Kurs am College ein. Sie suchte sich ein möglichst lustiges, möglichst spannendes oder möglichst ungewöhnliches Thema aus. Die Dichtung der Renaissance in dem einen Jahr, Autoreparatur im anderen. Diesmal würde sie sich an zwei Abenden in der Woche der Geschichte der Musik widmen. Heute Abend würde sie in ein völlig neues Wissensgebiet vorstoßen. Alles, was sie lernte, hortete sie zu ihrem eigenen Vergnügen, so wie andere Frauen Diamanten und Smaragde sammelten. Es musste gar nicht nützlich sein. Das war ihrer Meinung nach ein funkelndes Halsband auch nicht. Es war lediglich aufregend, es zu besitzen.

Sie war mit allem Notwendigen ausgerüstet: Füllfederhalter und Bleistifte und einem Übermaß an Begeisterung. Um sich vorzubereiten, hatte sie die Bücherei geplündert und zwei Wochen lang einschlägige Bücher verschlungen. Ihr Stolz ließ es nicht zu, völlig unwissend in den Kurs zu gehen. Sie war neugierig darauf, ob der Dozent es schaffen würde, den trockenen Fakten etwas Würze und Spannung zu verleihen.

Es gab wenig Zweifel, dass der Dozent ihres Kurses in anderen Lebensbereichen für Spannung und Würze sorgte. Annie hatte ihr noch am Morgen erzählt, dass die halbe Stadt schon über den neuen Professor am College redete. Dr. Spence Kimball.

Der Name klang in Natashas Ohren sehr seriös, ganz und gar nicht nach dem, was Annie ihr erzählt hatte. Ihre Informationen stammten von der Tochter ihrer Cousine, die sich am College zur Grundschullehrerin ausbilden ließ und im Nebenfach Musik studierte. Ein Sonnengott, so hatte Annie die Beschreibung weitergegeben und Natasha damit zum Lachen gebracht.

Ein äußerst begabter Sonnengott, dachte Natasha, während sie die Lampen im Laden ausschaltete. Sie kannte Kimballs Werke, jedenfalls die, die er komponiert hatte, bevor er das Schreiben von Musikstücken so abrupt und unerklärlich aufgegeben hatte. Sie hatte sogar nach seiner Prélude in d-Moll getanzt, damals beim Corps de Ballet in New York.

Eine Million Jahre her, dachte sie, als sie auf den Bürgersteig trat. Jetzt würde sie dem Genie persönlich begegnen, sich seine Ansichten anhören und dadurch den klassischen Stücken, die sie so liebte, vielleicht neue Bedeutung abgewinnen können.

Vermutlich ist er ein temperamentvoller Künstlertyp, malte sie ihn sich aus. Oder ein blasser Exzentriker mit Ohrring. Ihr war es egal. Sie wollte hart arbeiten. Jeder Kurs, den sie belegte, war für sie eine Sache des Stolzes. Es bohrte noch immer in ihr, wie wenig sie mit achtzehn gewusst hatte. Wie wenig sie sich für andere Dinge als den Tanz interessiert hatte. Sie hatte sich völlig auf die eine Welt konzentriert, dass ihr andere verschlossen geblieben waren. Und als diese eine Welt ihr geraubt wurde, war sie so verloren wie ein Kind, ausgesetzt in einem Boot auf dem Atlantik.

Aber sie hatte zurück ans Ufer gefunden, so wie ihre Familie den Weg durch die Steppen der Ukraine in den Dschungel von Manhattan gefunden hatte. Sie gefiel sich jetzt besser, die unabhängige, ehrgeizige Amerikanerin, die sie geworden war. So wie sie jetzt war, konnte sie stolz wie jeder Student im ersten Semester das große, schöne alte Gebäude auf dem Campus betreten.

In den Fluren hallten Schritte, weit entfernt und aus verschiedenen Richtungen. Es herrschte eine ehrfürchtige Stille, die Natasha immer mit Kirchen und Universitäten verband. In gewisser Weise gab es auch hier eine Religion, nämlich den Glauben an das Wissen.

Irgendwie empfand sie so etwas wie Ehrfurcht, als sie den Kursraum suchte. Als Kind von fünf Jahren hatte sie sich damals in dem kleinen Bauerndorf so ein Gebäude gar nicht vorstellen können. Und die Bücher und Pracht darin erst recht nicht.

Mehrere Studenten warteten schon auf den Beginn. Eine gemischte Truppe, stellte sie fest, vom College-Alter bis zu mittleren Jahren. Alle schienen sie vor freudiger Erwartung zu glühen. Die

Uhr zeigte zwei Minuten vor acht. Sie hatte damit gerechnet, dass Kimball bereits vorn sitzen würde, in seinen Unterlagen wühlte, seine Studenten aus bebrillten Augen musterte und sich immer wieder durch das etwas wilde, bis zu den Schultern reichende Haar fuhr.

Geistesabwesend lächelte sie einem jungen Mann mit Hornbrille zu, der sie anstarrte, als wäre er gerade aus einem Traum erwacht. Sie setzte sich und sah gleich darauf wieder auf, als der junge Mann sich umständlich hinter den benachbarten Tisch schob.

„Hi."

Er sah sie an, als hätte sie ihn nicht gegrüßt, sondern ihm einen Knüppel über den Kopf geschlagen. Nervös schob er sich die Brille den Nasenrücken hinauf. „Hi. Ich bin ... Ich bin Terry Maynard", mühte er sich ab, als wäre ihm sein Name entfallen.

„Natasha." Sie lächelte nochmals. Er war noch keine fünfundzwanzig und so harmlos wie ein Hundebaby.

„Ich habe dich, äh, noch nie hier gesehen."

„Nein." Obwohl sie sich mit siebenundzwanzig geschmeichelt fühlte, für eine Mitstudentin gehalten zu werden, behielt sie den nüchternen Tonfall bei. „Ich habe nur diesen einen Kurs belegt. Zum Vergnügen."

„Zum Vergnügen?" Terry schien die Musik äußerst ernst zu nehmen. „Du weißt hoffentlich, wer Dr. Kimball ist." Seine Ehrfurcht war so groß, dass er den Namen fast flüsternd aussprach.

„Ich habe von ihm gehört. Du studierst Musik im Hauptfach?"

„Ja. Ich hoffe, dass ich ... nun, eines Tages ... bei den New Yorker Symphonikern spielen werde." Mit stumpfen Fingern rückte er sich die Brille zurecht. „Ich bin Violinist."

Ihr Lächeln brachte seinen Adamsapfel zum Hüpfen. „Wie schön. Ich bin sicher, du spielst großartig."

„Was spielst du?"

„Poker." Sie lachte und lehnte sich zurück. „Entschuldigung. Nein, im Ernst, ich spiele überhaupt kein Instrument. Aber ich liebe es, Musik zu hören, und dachte mir, der Kurs macht bestimmt Spaß." Sie sah zur Wanduhr. „Falls er stattfindet, heißt das. Offenbar hat unser geschätzter Professor Verspätung."

In diesem Moment eilte der geschätzte Professor durch die Gänge, wütend auf sich selbst, dass er diesen Abendkurs übernommen hatte.

Nachdem er Freddie bei den Hausaufgaben geholfen hatte – „Wie viele Tiere entdeckst du auf diesem Bild?“ –, sie davon überzeugt hatte, dass Rosenkohl nicht eklig, sondern toll schmeckte, und sich umgezogen hatte, weil bei ihrer Umarmung eine mysteriöse klebrige Substanz auf seinen Ärmel gelangt war, sehnte er sich nach einem guten Buch und einem alten Brandy, sonst nichts.

Stattdessen stand ihm ein Raum voll eifriger Gesichter bevor, die alle erfahren wollten, was Beethoven getragen hatte, als er die Neunte Symphonie komponierte.

Mit der schlechtestmöglichen Laune betrat er den Unterrichtsraum. „Guten Abend. Ich bin Dr. Kimball.“ Das Gemurmel und Geklapper erstarb. „Ich muss mich für die Verspätung entschuldigen. Wenn Sie sich jetzt setzen, können wir gleich loslegen.“

Während er sprach, ließ er den Blick durch den Raum schweifen. Und starrte plötzlich in Natashas verblüfftes Gesicht.

„Nein.“ Sie merkte gar nicht, dass sie das Wort laut ausgesprochen hatte. Und selbst wenn, es hätte ihr nichts ausgemacht. Dies ist bestimmt ein Scherz, dachte sie, und zwar ein besonders schlechter. Dieser Mann in dem lässig-eleganten Sakko war Spence Kimball, ein Musiker, dessen Melodien sie bewundert und nach denen sie getanzt hatte? Der Mann, der, gerade erst in den Zwanzigern, in der Carnegie Hall aufgetreten und von den Kritikern zum Genie erklärt worden war? Dieser Mann, der in Spielzeugläden nach Frauen für ein Abenteuer suchte, war der berühmte Dr. Kimball?

Es war unglaublich, es machte sie rasend, es …

Wunderbar, dachte Spence, während er sie anstarrte. Absolut wunderbar. Es war geradezu perfekt. Jedenfalls solange es ihm gelang, das Lachen zu unterdrücken, das in ihm aufstieg. Also war sie seine Studentin. Das war besser, viel besser als ein alter Brandy und ein ruhiger Abend.

„Ich bin sicher“, sagte er nach einer langen Pause, „dass wir die nächsten Monate faszinierend finden werden.“

Hätte ich mich doch bloß für Astronomie eingetragen, dachte Natasha verzweifelt. Sie hätte viel Wissenswertes über die Planeten und Sterne erfahren. Über Asteroiden. Über Anziehungskraft und Trägheit. Was immer das bei Steinen sein mochte. Sicherlich war es wichtiger herauszubekommen, wie viele Monde den Jupiter umkreisen, als Komponisten im Burgund des fünfzehnten Jahrhunderts zu studieren.

Natasha beschloss, den Kurs zu wechseln. Gleich morgen früh würde sie die Umschreibung erledigen. Und wenn sie nicht sicher gewesen wäre, dass Dr. Spence Kimball triumphierend grinsen würde, wäre sie aufgestanden und gegangen.

Sie rollte ihren Bleistift zwischen den Fingern hin und her, bevor sie die Beine übereinanderschlug und sich fest vornahm, ihm nicht zuzuhören.

Leider klang seine Stimme so attraktiv.

Ungeduldig sah sie zur Uhr. Noch fast eine Stunde. Sie würde das tun, was sie beim Zahnarzt immer tat – sich vorstellen, dass sie woanders war.

Krampfhaft bemüht, die Ohren vor ihm zu verschließen, wippte sie mit dem Fuß und kritzelte auf ihrem Block herum.

Sie merkte gar nicht, wie aus dem Gekritzel Notizen wurden. Oder wie sie ihm an den Lippen zu hängen begann. Er ließ die Musiker des fünfzehnten Jahrhunderts lebendig werden und ihre Werke so real wie Fleisch und Blut. Rondeaux, Vierelais, Ballades. Fast hörte sie sie wirklich, die dreistimmig gesungenen Gesänge der ausgehenden Renaissance, die Ehrfurcht gebietenden, hoch fliegenden Kyrien und Glorien in den Kathedralen.

Sie lauschte gebannt, gefesselt von der jahrhundertealten Rivalität zwischen Kirche und Staat und der Rolle der Musik in der Politik. Sie konnte die riesigen Bankettsäle sehen, voll elegant gekleideter Aristokraten, die in musikalischen und kulinarischen Genüssen schwelgten.

„Beim nächsten Mal reden wir über die franko-flämische Schule und die Entwicklung der Rhythmik." Spence lächelte seiner Klasse freundlich zu. „Und ich werde versuchen, pünktlich zu sein."

War es schon vorbei? Natasha sah wieder zur Uhr hinüber und stellte überrascht fest, dass es schon nach neun war.

„Er ist unglaublich, nicht wahr?" Terrys Augen glänzten hinter den Brillengläsern.

„Ja." Es fiel ihr schwer, das zuzugeben, aber Wahrheit blieb Wahrheit.

„Du solltest ihn mal in Musiktheorie erleben." Neidisch sah

er zu der Gruppe von Studenten hinüber, die sich um sein Idol drängte. Bis jetzt hatte er den Mut nicht aufgebracht, Dr. Kimball anzusprechen.

„Wie? Ach so. Gute Nacht, Terry."

„Ich könnte, äh, dich im Wagen mitnehmen, wenn du möchtest." Dass der Tank fast leer war und der Auspuff nur noch von einem Drahtbügel in Position gehalten wurde, kam ihm nicht in den Sinn.

Sie schenkte ihm ein abwesendes Lächeln, das sein Herz einen Cha-Cha-Cha tanzen ließ. „Das ist nett von dir, aber ich wohne ganz in der Nähe."

Sie hatte gehofft, sich unauffällig absetzen zu können, während Spence noch mit den anderen beschäftigt war. Sie hätte es besser wissen sollen.

Er legte ihr einfach nur die Hand auf den Arm und hielt sie zurück. „Ich würde gern kurz mit Ihnen reden, Natasha."

„Ich habe es eilig."

„Es wird nicht lange dauern." Er nickte dem letzten Studenten zu, lehnte sich gegen seinen Schreibtisch und lächelte. „Ich hätte mir die Teilnehmerliste genauer ansehen sollen. Aber andererseits ist es schön, dass es auf dieser Welt noch Überraschungen gibt."

„Das hängt davon ab, wie man es sieht, Dr. Kimball."

„Spence." Er lächelte weiterhin. „Der Unterricht ist vorbei."

„Allerdings." Ihr königliches Nicken ließ ihn erneut an das russische Zarentum denken. „Entschuldigen Sie mich", sagte sie.

„Natasha …" Er wartete und glaubte ihre Ungeduld förmlich greifen zu können. „Ich kann mir nicht vorstellen, dass jemand mit Ihrer Herkunft nicht an eine Fügung des Schicksals glaubt."

„Eine Fügung des Schicksals?"

„Bei all den Klassenräumen in all den Universitäten der ganzen Welt kommen Sie ausgerechnet in meinen spaziert. Das kann doch kein Zufall sein."

Sie würde nicht lachen. Unter keinen Umständen. Doch bevor sie es verhindern konnte, zuckten ihre Mundwinkel. „Und ich hielt es einfach nur für Pech!"

„Warum gerade die Geschichte der Musik?"

Sie stützte ihr Notizbuch auf die Hüfte. „Die oder Astronomie. Ich habe eine Münze entscheiden lassen."

„Das klingt nach einer faszinierenden Geschichte. Warum trinken wir nicht unten an der Straße einen Kaffee zusammen? Dann können Sie sie mir erzählen.“ Jetzt erkannte er sie, die Wut, die wie erkaltete Lava ihren samtweichen Blick hart und dunkel werden ließ. „Warum macht Sie das denn so wütend?“, fragte er, mehr sich selbst als sie. „Kommt in dieser Stadt eine Einladung zum Kaffee einem unsittlichen Antrag gleich?“

„Das müssten Sie doch am besten wissen, Dr. Kimball!“ Sie drehte sich um, doch er war vor ihr an der Tür und schlug diese so heftig zu, dass sie zurückwich. Ihr ging auf, dass er ebenso wütend war wie sie. Nicht dass ihr das wichtig wäre. Es war nur, weil er auf sie so sanftmütig gewirkt hatte. Verachtenswert, aber sanftmütig. Jetzt sah er völlig verändert aus. Als ob die faszinierenden Winkel und Kanten seines Gesichts aus Stein geschnitzt wären.

„Werden Sie doch etwas deutlicher.“

„Öffnen Sie die Tür.“

„Gern. Sobald Sie meine Frage beantwortet haben.“ Er war jetzt wirklich zornig. Spence ging auf, dass er seit Jahren nicht mehr so in Rage gekommen war. Es war herrlich, die heiße Erregung in sich zu spüren. „Mir ist klar, dass Sie meine Zuneigung nicht unbedingt erwidern müssen.“

Sie hob ruckartig das Kinn. „Das tue ich auch nicht.“

„Schön.“ Das war kein Grund, sie zu erwürgen, obwohl ihm danach war. „Aber ich möchte verdammt noch mal wissen, warum Sie, sobald ich auftauche, das Feuer eröffnen.“

„Weil Männer wie Sie erschossen werden sollten.“

„Männer wie ich“, wiederholte er, jedes Wort betonend. „Was genau heißt das?“

„Glauben Sie etwa, Sie könnten sich alles erlauben, weil Sie ein interessantes Gesicht haben und so nett lächeln? Ja“, gab sie sich selbst die Antwort und schlug sich mit dem Notizbuch gegen die Brust. „Sie glauben, Sie brauchen nur mit den Fingern zu schnippen.“ Sie machte es vor. „Und schon liegt die Frau in Ihren Armen.“

Ihm entging nicht, dass ihr Akzent stärker zutage trat, wenn sie erregt war. „Ich kann mich nicht erinnern, mit den Fingern geschnippt zu haben.“

Sie stieß einen kurzen, mehr als deutlichen ukrainischen Fluch aus und griff nach der Türklinke. „Sie wollen also mit mir eine Tasse Kaffee trinken? Gut. Wir trinken Kaffee ... und rufen Ihre Frau an. Vielleicht möchte sie mitkommen."

„Meine was?" Er legte seine Hand auf ihre, sodass die Tür zunächst aufging und sich knallend wieder schloss. „Ich habe keine Frau."

„Wirklich?" Das Wort triefte vor Verachtung. Ihre Augen blitzten. „Dann ist die Frau, die mit Ihnen in den Laden kam, wohl Ihre Schwester?"

Eigentlich hätte er es lustig finden sollen, aber er brachte den Humor nicht auf. „Nina? In der Tat, das ist sie."

Natasha riss die Tür mit einem abfälligen Knurren auf. „Das finde ich erbärmlich."

Voll ehrlicher Entrüstung stürmte sie den Flur entlang und durch den Haupteingang. Ihre Absätze knallten in einem Stakkato auf den Beton, der ihrer Stimmung hörbar Ausdruck verlieh. Sie hastete die Stufen hinunter, als sie plötzlich herumgerissen wurde.

„Sie haben vielleicht Nerven!"

„Ich?", stieß sie hervor. „Ich habe Nerven?"

„Sie bilden sich ein, Sie wüssten alles, was?" Da er größer war als sie, konnte er auf sie herunterstarren. Schatten wanderten über sein Gesicht. Seine Stimme klang hart, aber kontrolliert. „Selbst, wer ich bin."

„Dazu gehört nicht viel!" Der Griff an ihrem Arm war fest. In ihren Zorn mischte sich eine ganz elementare sexuelle Erregung, und das gefiel ihr überhaupt nicht. Sie warf das Haar zurück. „Sie sind eigentlich ziemlich typisch."

„Ich frage mich, ob ich in Ihren Augen noch weiter sinken kann."

„Das bezweifle ich."

„In dem Fall brauche ich mich ja nicht länger zurückzuhalten!"

Das Notizbuch flog ihr aus der Hand, als er sie an sich zog. Ihr blieb nur Zeit zu einem kurzen, verblüfften Aufschrei, bevor er sie küsste.

Natasha hatte sich vorgenommen, sich gegen ihn zu wehren. Immer wieder hatte sie sich das geschworen. Doch es war der Schock, der sie widerstandsunfähig machte. Jedenfalls hoffte sie, dass es nur der Schock war.

Es war ein Fehler. Ein unverzeihlicher Fehler. Und es war wunderbar. Er hatte instinktiv den Schlüssel zu der Leidenschaft gefunden, die so lange in ihr in einer Art Winterschlaf gelegen hatte. Sie spürte, wie sie erwachte und sich in ihrem Körper ausbreitete. Wie durch Watte hörte sie jemanden auf dem Fußweg unterhalb der Treppe lachen. Eine Autohupe, ein Begrüßungsruf, dann wieder Stille.

Ihr ohnehin schon klägliches Protestgemurmel erstarb, als seine Zunge in ihren Mund glitt. Er schmeckte wie ein Bankett nach langem Fasten. Obwohl sie die Hände an den Seiten zu Fäusten geballt hatte, drängte sie sich in den Kuss.

Sie zu küssen war wie ein Marsch durch ein Minenfeld. Jeden Augenblick konnte eine explodieren und ihn in Stücke reißen. Er hätte schon nach dem ersten Schock aufhören sollen, doch die Gefahr besaß ihren eigenen Reiz.

Und diese Frau war gefährlich. Als er seine Finger in ihr Haar grub, fühlte er, wie der Boden zitterte und bebte. Es war sie, das Versprechen, die Bedrohung einer titanischen Leidenschaft. Er schmeckte es auf ihren Lippen. Er spürte es an ihrer starren Haltung. Wenn sie dieser Leidenschaft freien Lauf ließe, würde sie ihn zum Sklaven machen können.

Bedürfnisse, die er nie gekannt hatte, schlugen wie Fäuste auf ihn ein. Bilder voller Feuer und Rauch tanzten vor seinen Augen. Irgendetwas in ihm wollte sich befreien, wie ein Vogel, der gegen das Gitter seines Käfigs flog. Er fühlte, wie das Metall nachzugeben begann. Doch dann entzog Natasha sich ihm und starrte ihn aus geweiteten, vielsagenden Augen an.

Der Atem blieb ihr weg. Sekundenlang fürchtete sie, auf der Stelle zu sterben. Mit diesem ungewollten, schamlosen Verlangen als letztem Gedanken auf Erden. Sie schnappte nach Luft.

„Ich hasse Sie so sehr, wie ich nie wieder jemanden hassen könnte!“

Er schüttelte den Kopf, um ihn wieder klar zu bekommen. Ihre Nähe hatte ihn schwindlig und völlig wehrlos gemacht. Er wartete, bis er sicher sein konnte, dass seine Stimme ihm gehorchte. „Das ist ein hoher Sockel, auf den Sie mich da heben, Natasha.“ Er ging die Stufen hinunter, bis er ihr direkt in die Augen sehen konnte. „Lassen

Sie uns sichergehen, ob Sie mich aus dem richtigen Grund hinaufbefördern. Ist es, weil ich Sie geküsst habe oder weil Sie es mochten?“

Sie hob den Arm, doch er packte ihr Handgelenk rechtzeitig. Gleich darauf bereute er es, denn hätte sie ihn geohrfeigt, wären sie quitt gewesen.

„Kommen Sie mir nie wieder nahe“, sagte sie schwer atmend. „Ich warne Sie. Wenn Sie es doch tun, weiß ich nicht, was ich sage und wer es hört. Wenn da nicht Ihr kleines Mädchen wäre …“ Sie brach ab und bückte sich nach ihren Sachen. „Ein so wunderbares Kind verdienen Sie gar nicht.“

Er ließ ihren Arm los, aber sein Gesichtsausdruck ließ sie erstarren. „Sie haben recht. Ich habe Freddie nie verdient und werde es wahrscheinlich auch nie tun, aber sie hat nur mich. Ihre Mutter – meine Frau – ist vor drei Jahren gestorben.“

Mit raschen Schritten ging er davon, tauchte in den Schein einer Straßenlaterne ein, verschwand dann in der Dunkelheit. Natasha setzte sich erschöpft auf die Stufen.

Was sollte sie jetzt tun?

Ihr blieb keine andere Wahl. So ungern sie ihn auch beschritt, es gab nur den einen Weg. Natasha rieb sich die Handflächen an der Khakihose ab und ging die frisch gestrichenen Holzstufen hinauf.

Ein schönes Haus, dachte sie, um Zeit zu gewinnen. Sie war schon so oft daran vorbeigekommen, dass sie es gar nicht mehr wahrnahm. Es war eins jener robusten alten Backsteinhäuser, die abseits der Straße hinter Bäumen und Hecken lagen.

Die Sommerblumen waren noch nicht verblüht, und schon meldeten sich ihre herbstlichen Nachfolger. Prächtige Rittersporne rivalisierten mit würzig duftendem Hopfen, leuchtende Gladiolen mit strahlenden Astern. Jemand pflegte sie. Auf den Beeten sah sie frischen Mulch, der nach der Wässerung noch dampfte.

Sie gab sich eine weitere Gnadenfrist und betrachtete das Haus. Vor den Fenstern hingen Gardinen aus hauchdünnem, elfenbeinfarbenem Stoff, der die Sonne hereinließ. Weiter oben entdeckte sie ein lustiges Muster aus Einhörnern. Das musste das Zimmer eines kleinen Mädchens sein.

Schließlich nahm sie ihren Mut zusammen und überquerte die Veranda. Es wird schnell gehen, sagte sie sich, als sie an die Tür klopfte. Nicht schmerzlos, aber schnell.

Die Frau, die ihr öffnete, war gedrungen, ihr Gesicht so braun und faltig wie eine Rosine. Natasha blickte in ein Paar dunkler Augen, während die Haushälterin sich schon die Hände an der stark beanspruchten Schürze abwischte.

„Kann ich Ihnen helfen?“

„Ich würde gern Dr. Kimball sprechen.“ Sie lächelte, dabei kam sie sich vor, als stelle sie sich selbst an den Pranger. „Ich bin Natasha Stanislaski.“ Ihr entging keineswegs, wie sich die kleinen Augen der Haushälterin merklich verengten, bis sie fast zwischen den Falten verschwanden.

Vera hatte Natasha zunächst für eine der Studentinnen des Señors gehalten und sie abwimmeln wollen. „Ihnen gehört der Spielzeugladen in der Stadt.“

„Das stimmt.“

„Ach so.“ Mit einem Nicken hielt sie Natasha die Tür auf. „Freddie meint, Sie seien eine sehr nette Lady, die ihr ein blaues Band für die Puppe gegeben hat. Ich musste ihr versprechen, mit ihr wieder hinzugehen. Aber nur, um zu gucken.“ Sie machte eine einladende Handbewegung.

Während sie durch die Halle gingen, hörte Natasha die tastenden Töne eines Flügels. Sie entdeckte sich in einem alten ovalen Spiegel und war überrascht, sich lächeln zu sehen.

Spence saß mit dem Kind auf dem Schoß am Flügel und sah ihr über den Kopf hinweg zu, wie sie langsam und konzentriert dem Instrument die Melodie von „Mary Had a Little Lamb“ entlockte. Durch die Fenster hinter ihnen strömte das Sonnenlicht herein. In diesem Moment wünschte sie sich, malen zu können. Wie sonst wäre er festzuhalten?

Alles war perfekt. Das Licht, die Schatten, die blassen Pastellfarben des Raums – alles verband sich zu einem meisterhaften Hintergrund. Die Haltung ihrer Köpfe, ihrer Körper war zu natürlich und ausdrucksvoll, um gestellt zu wirken. Das Mädchen war in Pink und Weiß gekleidet, die Schnürsenkel des einen Turnschuhs offen. Er hatte Sakko und Krawatte abgelegt und die Ärmel seines Oberhemds bis zu den Ellbogen aufgerollt.

Das Haar der Kleinen schimmerte zart, seines schien im Sonnenlicht zu glühen. Das Kind lehnte mit dem Rücken an der kräftigen Gestalt des Vaters, der Kopf ruhte unterhalb seines Schlüsselbeins. Ein leises Lächeln erhellte Freddies Gesicht. Und über allem lag der schlichte Rhythmus des Kinderliedes, das sie spielte.

Seine Hände lagen auf den Knien, die Finger klopften im Tandem mit dem antiken Metronom den Takt auf den Jeansstoff. Die Liebe, die Geduld, der Stolz waren nicht zu übersehen.

„Nein, bitte", flüsterte Natasha und hielt Vera mit erhobener Hand zurück. „Stören Sie die beiden nicht."

„Jetzt spielst du, Daddy." Freddie drehte den Kopf zur Seite und blickte zu ihm hoch. „Spiel etwas Schönes."

„Für Elise." Natasha erkannte sie sofort, die leise, romantische, irgendwie einsame Melodie. Sie starrte wie gebannt auf seine schlanken Finger, die fast zärtlich, verführerisch über die Tasten glitten, und die Musik drang ihr ins Herz.

Es wirkte alles so mühelos, aber sie wusste, dass eine solche Vollendung sehr viel Übung und Konzentration kostete.

Die Musik schwoll an, Note auf Note, unerträglich traurig und doch so schön wie die Vase mit wächsernen Lilien, die sich in der glänzenden Oberfläche des Flügels spiegelte.

Zu viel Gefühl, dachte Natasha. Zu viel Trauer, obwohl die Sonne noch durch die hauchfeinen Gardinen schien und das Kind auf seinem Schoß noch immer lächelte. Der Drang, zu ihm zu gehen, ihm eine tröstende Hand auf die Schulter zu legen, sie beide an ihr Herz zu drücken, war so stark, dass sie die Fingernägel in die Handflächen graben musste.

Dann schwebte die Musik davon. Die letzte Note hing wie ein Seufzen im Raum.

„Das Stück gefällt mir", erklärte Freddie. „Hast du es dir ausgedacht?"

„Nein." Er sah auf seine Finger hinab, spreizte sie, streckte sie und legte sie auf ihre Hand. „Beethoven hat das getan." Doch dann lächelte er wieder und presste die Lippen auf den sanft geschwungenen Nacken seiner Tochter. „Genug für heute, Funny Face."

„Kann ich bis zum Essen draußen spielen?"

„Nun … Was gibst du mir dafür?"

Es war ein altes, sehr beliebtes Spiel zwischen ihnen. Kichernd drehte sie sich auf seinem Schoß um und gab ihm einen festen, schmatzenden Kuss. Noch atemlos von der gewaltigen Umarmung entdeckte sie Natasha. „Hi!"

„Miss Stanislaski möchte Sie sehen, Dr. Kimball."

Er nickte, und Vera ging zurück in die Küche.

„Hi. Ich hoffe, ich störe nicht."

„Nein." Er drückte Freddie nochmals und stellte sie auf den Boden.

Sie lief sofort zu Natasha hinüber. „Meine Klavierstunde ist vorbei. Sind Sie gekommen, um Unterricht zu nehmen?"

„Nein, diesmal nicht." Natasha konnte nicht widerstehen und bückte sich, um Freddies Wange zu streicheln. „Ich wollte mit deinem Vater reden." Was bin ich nur für ein Feigling, dachte Natasha. Anstatt ihn anzusehen, sprach sie weiter mit Freddie. „Gefällt dir die Schule? Du bist in Mrs. Pattersons Klasse, nicht wahr?"

„Sie ist nett. Sie hat nicht einmal geschrien, als Mikey Towers' Käfersammlung im Klassenzimmer ausgebrochen ist."

Natasha band Freddie ganz automatisch die losen Schnürsenkel. „Kommst du bald einmal in den Laden und besuchst mich?"

„Okay." Freddie rannte strahlend zur Tür. „Bye, Miss Stanof ... Stanif ..."

„Tash." Sie zwinkerte Freddie zu. „Alle Kinder nennen mich Tash."

„Tash." Der Name schien Freddie zu gefallen. Sie lächelte und verschwand nach draußen.

Sie hörte das Mädchen davontrippeln und holte tief Luft. „Tut mir leid, wenn ich Sie zu Hause belästige, aber ich dachte mir, es wäre irgendwie ..." Ihr fiel das richtige Wort nicht ein. Angemessener? Bequemer? „Es wäre irgendwie besser."

„Stimmt." Sein Blick war kühl, so gar nicht wie der eines Mannes, der so traurige und leidenschaftliche Musik spielte. „Möchten Sie sich setzen?"

„Nein." Die Antwort kam rasch, zu rasch. Doch dann überlegte sie, dass es besser wäre, wenn sie beide höflich miteinander umgingen. „Es wird nicht lange dauern. Ich möchte mich bloß entschuldigen."

„So? Für etwas Bestimmtes?" Er kostete es aus. Die ganze Nacht hatte er sich über sie geärgert.

Ihre Augen funkelten. „Wenn ich einen Fehler begehe", sagte sie,

„dann gebe ich ihn auch zu. Aber da Sie sich so …“ Warum ließ ihr Englisch sie bloß immer im Stich, wenn sie wütend war?

„Unerhört benommen haben?“, schlug er vor.

„Also geben Sie es zu.“

„Ich dachte, Sie sind gekommen, um etwas zuzugeben.“ Er amüsierte sich köstlich und setzte sich abwartend auf die Lehne eines mit blassblauem Damast bezogenen Ohrensessels.

Sie war versucht, sich auf dem Absatz umzudrehen und hinauszustolzieren. Sehr sogar. Aber sie würde tun, weswegen sie gekommen war, und die ganze leidige Angelegenheit wieder vergessen. „Was ich über Sie gesagt habe, über Sie und Ihre Tochter, war unfair und unwahr. Es tut mir leid, dass ich es gesagt habe.“

„Das sehe ich.“ Aus dem Augenwinkel sah er eine Bewegung im Garten. Er wandte gerade noch rechtzeitig den Kopf. Freddie sprintete zur Schaukel. „Vergessen wir die Sache.“

Natasha folgte seinem Blick und war sofort besänftigt. „Sie ist wirklich ein wunderhübsches Kind. Ich hoffe, Sie erlauben ihr, mich ab und zu im Laden zu besuchen.“

Ihr Tonfall ließ ihn nachdenklich werden. War es Trauer, die er gerade in ihrer Stimme gehört hatte? Oder Sehnsucht? „Ich bezweifle, dass ich Freddie daran hindern könnte. Sie mögen Kinder wohl sehr, was?“

Natasha straffte sich ruckartig und brachte ihre Gefühle wieder unter Kontrolle. „Ja, natürlich. Sonst könnte ich meinen Laden gleich schließen. Ich will Sie nicht länger aufhalten, Dr. Kimball.“

Er stand auf, um die Hand zu ergreifen, die sie ihm förmlich entgegenstreckte. „Spence“, verbesserte er, während seine Finger sich um ihre Hand schlossen. „Worin haben Sie sich denn sonst noch geirrt?“

Sie hatte geahnt, dass sie nicht so leicht davonkommen würde. Andererseits verdiente sie es, ein wenig erniedrigt zu werden. „Ich dachte, Sie wären verheiratet, und ich war wütend und betroffen, als Sie mit mir ausgehen wollten.“

„Glauben Sie mir, wenn ich Ihnen sage, dass ich nicht verheiratet bin?“

„Ja. Ich habe in der Bibliothek im ‚Who is Who‘ nachgeschlagen.“

Er ließ seinen Blick noch eine Weile auf ihr ruhen. Dann warf er den Kopf zurück und lachte herzhaft. „Ihr Vertrauen in die Menschheit ist ja grenzenlos. Haben Sie sonst noch etwas Interessantes darin gefunden?"

„Nur Dinge, auf die Sie sich etwas einbilden würden. Übrigens können Sie meine Hand jetzt loslassen."

Er tat es nicht. „Sagen Sie, Natasha, mochten Sie mich aus allgemeinen Gründen nicht oder weil Sie dachten, dass ich als verheirateter Mann so unverschämt bin, mit Ihnen zu flirten?"

„Flirten?" Bei dem Wort verschluckte sie sich fast. „Das hört sich so harmlos an. Aber so unschuldig war Ihr Blick gar nicht. Sie haben mich angesehen, als ob ..."

„Als ob?"

Als ob wir etwas miteinander hätten, dachte sie und spürte schon die Hitze auf ihrer Haut. „Jedenfalls gefiel es mir nicht."

„Weil Sie dachten, ich wäre verheiratet?"

„Ja. Nein", verbesserte sie sich, als ihr aufging, wohin das führen konnte. „Es gefiel mir einfach nicht."

Er hob ihre Hand an die Lippen.

„Bitte nicht", stieß sie hervor.

„Wie möchten Sie denn, dass ich Sie ansehe?"

„Sie brauchen mich überhaupt nicht anzusehen."

„Doch." Er fühlte sie erneut, diese nervöse Leidenschaft, die auf die erstbeste Gelegenheit zum Ausbruch wartete. Aus der Zelle, in die sie sie gesperrt hatte. „Morgen Abend werden Sie in der Klasse direkt vor mir sitzen."

„Ich werde den Kurs wechseln."

„Nein, das werden Sie nicht." Er strich mit dem Finger über den kleinen Goldring an ihrem Ohr. „Dazu interessiert Sie das Thema viel zu sehr. Ich habe doch gesehen, wie es in Ihrem fantastischen Kopf zu arbeiten begann. Bleiben Sie in meiner Klasse, dann brauche ich Ihnen nicht den Laden einzurennen."

„Warum sollten Sie das wollen?"

„Weil Sie seit langer Zeit die erste Frau sind, die ich wirklich begehre."

Die Erregung kroch ihr die Wirbelsäule hinauf, bis sie im Kopf zu explodieren schien. Ohne dass sie es verhindern konnte, kam die Erinnerung an jenen stürmischen Kuss zurück und drohte, sie schwach werden zu lassen. Ja, er hatte sie begehrt, das war mehr als deutlich gewesen. Und mochte ihr Widerstand auch noch so heftig gewesen sein, auch sie hatte das Verlangen in sich gefühlt.

Aber das war nur ein einzelner Kuss gewesen, im Mondschein und der warmen Abendbrise. Sie wusste nur zu gut, wohin so etwas führen konnte.

„Das ist Unsinn“, sagte sie scharf.

„Das ist ehrlich“, murmelte er, fasziniert von den Empfindungen, die er in ihren Augen kommen und gehen sah. „Nach unserem etwas wackligen Beginn scheint mir Ehrlichkeit das Beste zu sein. Da Sie sich davon überzeugt haben, dass ich nicht verheiratet bin, dürften Sie doch nicht beleidigt sein, wenn ich mich von Ihnen angezogen fühle.“

„Ich bin nicht beleidigt“, gab sie mit sorgfältiger Betonung zurück. „Ich bin ganz einfach nicht interessiert.“

„Küssen Sie immer Männer, an denen Sie nicht interessiert sind?“

„Ich habe Sie nicht geküsst.“ Sie entriss ihm ihre Hand. „Sie haben mich geküsst!“

„Das lässt sich ändern.“ Er zog sie an sich. „Diesmal erwidern Sie meinen Kuss.“

Sie hätte sich wehren können. Er hielt sie nicht so fest wie beim ersten Mal, sondern hatte die Arme locker um sie gelegt. Diesmal waren seine Lippen weich, geduldig, verführerisch. Die Wärme sickerte wie eine Droge in ihren Kreislauf. Leise aufseufzend ließ sie die Hände an seinem Rücken hinaufwandern.

Es war, als ob er eine Kerze in Händen hielt und das Wachs langsam zu schmelzen begann, während das Feuer in der Mitte flackerte. Er fühlte, wie sie Schritt für Schritt nachgab, bis ihre Lippen sich öffneten und ihn willkommen hießen. Doch selbst jetzt war da noch ein harter, unnachgiebiger Kern, der Widerstand leistete. Gegen das, was er sie fühlen lassen wollte.

Ungeduldig presste er sie an sich. Obwohl ihr Körper sich an ihn schmiegte und der Kopf sich zur Geste erotischer Kapitulation in den Nacken legte, blieb ein Teil von ihr noch immer außer Reichweite. Was sie ihm gab, weckte den Appetit auf mehr.

Als er sie losließ, rang sie nach Atem. Es dauerte Natasha zu lange, viel zu lange, bis sie die Fassung wiedergewann. Doch dann hatte sie ihre Stimme wieder im Griff.

„Ich will keine Beziehung eingehen."

„Mit mir nicht? Oder mit niemandem?"

„Mit niemandem."

„Gut." Er strich ihr übers Haar. „Das macht es mir leichter, Sie zu einer Meinungsänderung zu bewegen."

„Ich bin äußerst hartnäckig."

„Ja, das ist mir aufgefallen. Warum bleiben Sie nicht zum Essen?"

„Nein."

„Also schön. Dann gehe ich Samstagabend mit Ihnen essen."

„Nein."

„Halb acht. Ich hole Sie ab."

„Nein."

„Sie wollen doch wohl nicht, dass ich Samstagnachmittag in den Laden komme und Sie blamiere?"

Mit der Geduld am Ende, stolzierte sie zur Tür. „Ich verstehe nicht, wie ein Mann, der mit so viel Gefühl Musik spielt, ein solcher Idiot sein kann."

Einfach nur Glück gehabt, dachte er, als sie die Tür hinter sich zuknallte. Dann ertappte er sich dabei, wie er fröhlich vor sich hin pfiff.

4. KAPITEL

In einem Spielzeugladen waren die Samstage laut, chaotisch und voller Trubel. Das sollten sie auch sein. Für ein Kind besaß schon das Wort Samstag einen märchenhaften Klang. Es bedeutete vierundzwanzig Stunden, in denen die Schule weit genug entfernt war, um kein Problem mehr zu sein. Es gab Fahrräder, auf denen man durch die Gegend radeln konnte, Spiele, die gespielt werden konnten, Rennen, die man gewinnen konnte. Seit Natasha „The Fun House" betrieb, genoss sie die Samstage mindestens ebenso wie ihre hüfthohe Kundschaft.

Es war nur seine Schuld, dass sie diesen Samstag nicht auskosten konnte, und das war ein weiterer Punkt gegen Spence.

Ich habe ihm klar und deutlich Nein gesagt, dachte sie, während sie die Preise eines Satzes Hampelmänner, dreier Plastikdinosaurier und einer Seifenblasenflasche in die Kasse tippte. Und ich meinte Nein.

Der Mann schien schlichtes Englisch nicht zu verstehen.

Warum sonst hätte er ihr die rote Rose schicken sollen? Und auch noch in den Laden. Gegen Annies romantische Begeisterung hatte sie nichts ausrichten können. Natasha hatte die Rose vollkommen ignoriert, doch Annie war über die Straße gelaufen und hatte eine Plastikvase gekauft. Und jetzt hatte die Rose einen Ehrenplatz auf dem Verkaufstresen.

Natasha gab sich alle Mühe, sie nicht anzusehen, ihr nicht über die fest geschlossenen Blütenblätter zu streicheln. Aber der zarte Duft, der ihr jedes Mal in die Nase stieg, wenn sie an der Kasse stand, war nicht so einfach zu ignorieren.

Warum glaubten Männer bloß immer, dass sie eine Frau mit einer Blume besänftigen könnten?

Weil es funktioniert, gab sie sich die Antwort und sah zur Rose hinüber.

Aber das hieß noch lange nicht, dass sie mit ihm essen gehen würde. Sie warf das Haar zurück und zählte den Stapel verschwitzter Pennies und Nickels, die der kleine Hampton-Junge ihr für seinen monatlichen Kauf eines Comichefts gegeben hatte.

Das Leben könnte so einfach sein, dachte sie, als der Junge mit den neuesten Abenteuern von Commander Zark hinausrannte.

Während sie hinübereilte, um den Streit zu schlichten, der zwischen den Freedmont-Brüdern über die Ausgabe der gemeinsamen Ersparnisse ausgebrochen war, überlegte sie, ob der geschätzte Professor ihre Beziehung – oder besser Nicht-Beziehung! – wohl als eine Art Schachspiel ansah. Sie selbst war für dieses Spiel immer zu ungeduldig gewesen, aber sie hatte das Gefühl, dass Spence es meisterhaft beherrschte. Trotzdem, falls er glaubte, sie so einfach matt setzen zu können, stand ihm eine gehörige Überraschung bevor.

Spence hatte die zweite Unterrichtsstunde brillant gestaltet. Nie hatte er sie länger angesehen als einen der anderen Studenten. Ihre Fragen hatte er in genau dem gleichen Tonfall beantwortet wie die der anderen. Ja, er war ein geduldiger Spieler.

Und dann, als sie den Unterrichtsraum verlassen wollte, hatte er ihr die erste rote Rose gegeben. Ein schlauer Schachzug, der ihre Dame in Gefahr brachte.

Wenn ich Rückgrat gehabt hätte, dachte Natasha jetzt, hätte ich die Rose auf den Boden geworfen und mit dem Absatz zertreten. Aber das hatte sie nicht getan, und jetzt musste sie aufpassen, um ihm stets einen Zug voraus zu sein.

Wenn er so weitermachte, würden die Leute bald anfangen zu reden. In einer Stadt dieser Größe wanderten Nachrichten über so etwas wie rote Rosen vom Lebensmittelgeschäft zur Kneipe, von der Kneipe zur Haustür, von der Haustür zum Klatschtreffen im Hinterhof.

Natasha konzentrierte sich auf die Vorgänge im Laden und legte jedem der streitenden Freedmont-Jungs einen Arm um den Hals. Mit gespielten Ringkampfgriffen trennte sie die beiden.

„Jetzt reicht's, Jungs. Wenn ihr euch weiter mit so schmeichelhaften Bezeichnungen wie Schwachkopf belegt … Wie hast du deinen Bruder noch genannt?", fragte sie den Größeren.

„Eumel", wiederholte er genießerisch.

„Genau. Eumel." Den Ausdruck musste sie sich merken. „Klingt gut. Wenn ihr zwei jetzt nicht aufhört, werde ich eure Mutter bitten, euch die nächsten zwei Wochen nicht herzulassen."

„Oooch, Tash."

„Dann würden alle anderen früher als ihr all die gruseligen Sachen sehen, die ich für Halloween habe." Sie ließ die Drohung in der

Luft hängen, während sie sich die beiden mit den Hälsen unter die Arme klemmte. „Also, ich mache euch einen Vorschlag. Werft eine Münze und entscheidet so, ob ihr den Fußball oder den Zauberkasten kaufen sollt. Was ihr jetzt nicht bekommt, könnt ihr euch zu Weihnachten wünschen. Gute Idee?"

Die Jungs grinsten. „Nicht schlecht."

„Nein, ihr müsst schon sagen, dass sie sehr gut ist, sonst stoße ich eure Köpfe gegeneinander."

Als sie sie zwischen den Regalen zurückließ, diskutierten die beiden bereits darüber, welche Münze sie nehmen sollten.

„Du hast deinen Beruf verfehlt", meinte Annie, als die Jungen mit dem Fußball den Laden verließen.

„Wie meinst du das?"

„Du solltest für die UNO arbeiten." Sie wies mit einem Kopfnicken durchs Schaufenster nach draußen. Die Jungen spielten sich bereits ihre Neuerwerbung zu. „Die Freedmont-Brüder sind ganz schön harte Nüsse."

„Erst jage ich ihnen Angst ein, dann biete ich ihnen einen würdevollen Ausweg."

„Mein Reden. Typisch UNO-Friedenstruppe."

Natasha lachte. „Die Probleme anderer Menschen lassen sich am einfachsten lösen." Sie sah zur Rose hinüber.

Eine Stunde später fühlte Natasha jemanden an ihrem Rocksaum zupfen.

„Hi."

„Hi, Freddie." Sie strich mit dem Finger über die Schleife, die Freddies widerspenstiges Haar zu bändigen versuchte. Sie war aus dem blauen Band gebunden worden, das Natasha Freddie bei ihrem ersten Besuch geschenkt hatte. „Heute siehst du aber hübsch aus."

Freddie lächelte sie von Frau zu Frau an. „Gefällt dir mein Outfit?"

Natasha musterte den offensichtlich neuen Jeans-Overall, den jemand wie zu einer Parade gestärkt und gebügelt hatte. „Er gefällt mir sogar sehr. Ich habe genau so einen Overall."

„Wirklich?" Freddie hatte beschlossen, Natasha zu ihrem neuesten Vorbild zu machen, und daher freute sie sich riesig. „Mein Daddy hat ihn mir gekauft."

„Das war nett von ihm." Gegen ihren Willen sah Natasha sich nach ihm um. „Hat er dich heute hergebracht?"

„Nein, Vera. Ich darf doch kommen und einfach nur gucken?"

„Aber natürlich. Ich freue mich, dass du hier bist." Das tat sie wirklich. Und zugleich war sie enttäuscht, dass Freddie nicht ihren Daddy mitgebracht hatte.

„Ich soll aber nichts anfassen." Freddie stopfte ihre juckenden Finger in die Taschen. „Vera hat gesagt, ich soll mit den Augen schauen, nicht mit den Händen."

„Das ist ein sehr guter Rat." Und zwar einer, den alle Kinder von zu Hause mitbekommen sollten, dachte Natasha. „Aber einige Dinge kannst du ruhig anfassen. Frag mich einfach vorher."

„Okay. Ich gehe zu den Pfadfindern und bekomme eine Uniform und alles."

„Das ist ja toll. Kommst du und zeigst sie mir?"

Freddies Gesicht leuchtete vor Freude auf. „Okay. Zu der Uniform gehört eine Mütze, und ich werde lernen, wie man Kopfkissen macht und Kerzenhalter und alle möglichen Sachen. Ich werde Ihnen etwas machen."

„Da würde ich mich aber freuen." Sie rückte Freddies Haarschleife zurecht.

„Daddy hat gesagt, dass Sie heute Abend mit ihm in einem Restaurant essen."

„Nun, ich ..."

„Ich mag Restaurants nicht besonders, außer wenn es Pizza gibt. Deshalb bleibe ich zu Hause, und Vera macht mir und JoBeth Tortillas. Wir werden in der Küche essen."

„Klingt gut."

„Wenn es Ihnen in dem Restaurant nicht gefällt, können Sie ja zu uns kommen und welche essen. Vera macht immer eine Menge."

Natasha unterdrückte ein Seufzen und bückte sich, um Freddies linken Schnürsenkel zu binden. „Danke."

„Ihr Haar duftet aber gut."

Natasha war dabei, das Kind lieb zu gewinnen, und hielt die Nase an Freddies Kopf. „Deines auch."

Freddie war von Natashas wilden Locken fasziniert und berührte sie zaghaft. „Ich hätte auch gern solche Haare wie Sie", sagte sie.

„Meine sind so gerade wie Nadeln“, fügte sie resignierend hinzu, ihre Tante Nina zitierend.

Lächelnd schob Natasha ihr eine schimmernde Strähne aus der Stirn. „Als ich ein kleines Mädchen war, kam jedes Jahr ein Engel auf die Spitze des Weihnachtsbaums. Der Engel war wunderschön und hatte genau so ein Haar wie du.“

Freddies Wangen röteten sich vor Freude.

„Da bist du ja.“ Vera kam den schmalen Gang entlanggeschlurft, in der einen Hand eine Einkaufstasche aus geflochtenem Stroh, in der anderen eine aus Segeltuch. „Komm schon, Freddie, wir müssen nach Hause, sonst denkt dein Vater noch, wir hätten uns verlaufen.“ Sie nickte Natasha zu. „Guten Tag, Miss.“

„Guten Tag.“ Natasha hob neugierig eine Braue. Die kleinen dunklen Augen musterten sie erneut. Vermutlich habe ich die Prüfung wieder nicht bestanden, dachte sie. „Ich hoffe, Sie bringen Freddie bald wieder her.“

„Mal sehen. Ein Kind widersteht einem Spielzeugladen ebenso schwer wie ein Mann einer schönen Frau.“

Vera führte Freddie zur Tür. Sie sah sich nicht um, als das Kind über die Schulter zurückgrinste und Natasha zuwinkte.

„Hmm“, murmelte Annie. „Was sollte das denn?“

Mit einem resignierten Lächeln schob Natasha eine Klammer zurück ins Haar. „Ich würde sagen, die Frau glaubt, ich hätte es auf ihren Arbeitgeber abgesehen.“

Annie schnaubte wenig damenhaft. „Wenn überhaupt, dann hat es der Arbeitgeber auf dich abgesehen. Das Glück sollte ich mal haben.“ Ihr Seufzer klang neidisch. „Jetzt wo wir wissen, dass der tollste Mann der Stadt unverheiratet ist, ist die Welt wieder in Ordnung. Warum hast du mir nicht erzählt, dass du mit ihm ausgehst?“

„Weil ich es nicht vorhabe.“

„Aber Freddie hat doch gesagt …“

„Er hat mich eingeladen“, erklärte Natasha. „Aber ich habe abgelehnt.“

„So.“ Nach kurzem Schweigen legte Annie den Kopf zur Seite. „Wann war denn der Unfall?“

„Unfall?“

„Ja, der, bei dem du den Gehirnschaden erlitten hast.“

Natashas Gesicht erhellte sich zu einem Lachen. Sie ging nach vorn.

„Ich meine es ernst", sagte Annie, als endlich einmal kein junger Kunde im Laden war. „Dr. Spence Kimball ist großartig, ungebunden und …", sie beugte sich über den Tresen, um an der Rose zu schnuppern, „… charmant. Warum gehst du heute nicht früher, um dich mit echten Problemen zu beschäftigen? Zum Beispiel mit dem, was du heute Abend anziehen wirst."

„Ich weiß, was ich heute Abend anziehen werde. Meinen Bademantel."

Annie musste grinsen. „Meinst du nicht, du gehst etwas zu schnell ran? Mit dem Bademantel würde ich mindestens bis zur dritten Verabredung warten."

„Es wird keine erste geben." Natasha lächelte dem Neuankömmling zu, der gerade den Laden betrat.

Annie benötigte vierzig Minuten, bis sie das Gespräch wieder auf ihr Lieblingsthema gebracht hatte. „Wovor hast du eigentlich Angst?"

„Vor dem Finanzamt."

„Tash, sei doch mal ernst."

„Das bin ich." Ihre Haarklammer saß schon wieder locker. Diesmal zog sie sie ganz heraus. „Jede amerikanische Geschäftsperson hat Angst vor dem Finanzamt."

„Wir reden über Spence Kimball."

„Nein", korrigierte Natasha. „Du redest über Spence Kimball."

„Ich dachte, wir wären Freundinnen."

Annies Tonfall überraschte Natasha. So ernst sprachen sie selten miteinander. Sie hörte auf, das Rennbahnmodell, das ihre Samstagskundschaft fast in Trümmer zerlegt hatte, in Ordnung zu bringen. „Das sind wir. Du weißt, dass wir das sind."

„Freundinnen reden miteinander, Tash, vertrauen einander, bitten einander um Rat." Annie blies den Atem aus und stopfte die Hände in ihre ausgebeulte Jeans. „Sieh mal, ich weiß, dass dir einiges passiert ist, bevor du herkamst. Etwas, an dem du noch immer zu knabbern hast und über das du nie redest. Ich dachte mir, es wäre ein besserer Freundschaftsdienst, dich nicht danach zu fragen."

Hatte sie es sich so sehr anmerken lassen? Natasha war sich die ganze Zeit sicher gewesen, dass die Vergangenheit begraben war. Und zwar tief. Mit einem Gefühl der Hilflosigkeit berührte sie Annies Hand. „Danke."

Annie zuckte mit den Schultern, ging zur Ladentür und schloss ab. „Weißt du noch, wie ich mich an deiner Schulter ausweinen durfte? Damals, als Don Newman mich hat sitzen lassen."

Natashas Lippen zogen sich zu einem Strich zusammen. „Er war nicht eine Träne wert."

„Aber das Weinen hat mir gutgetan." Annie kehrte mit einem belustigten Lächeln auf dem Gesicht von der Tür zurück. „Ich musste einfach weinen, alles herausschreien und mir einen Schwips antrinken. Und du warst für mich da, hast all diese richtig schön bösen Dinge über ihn gesagt."

„Fiel mir nicht schwer", erinnerte sich Natasha. „Er war ein Eumel." Es machte ihr großen Spaß, das von dem jungen Freedmont aufgeschnappte Wort zu benutzen.

„Kann sein, aber er war ein wahnsinnig gut aussehender Eumel." Annie schloss träumerisch die Augen. „Jedenfalls hast du mir über die harte Zeit hinweggeholfen, bis ich mir selbst klargemacht hatte, dass ich ohne den Typen besser dran war. Du hast meine Schulter nie gebraucht, Tash. Weil du keinen Mann weiter als bis hier an dich herangelassen hast." Sie streckte einen Arm waagerecht aus und hielt ihr die Handfläche entgegen.

Natasha lehnte sich gegen den Tresen. „Was soll das denn sein?"

„Der große Stanislaski-Schutzschirm", erklärte Annie. „Hält garantiert jeden Mann von fünfundzwanzig bis fünfzig ab."

Natasha war nicht sicher, ob sie das noch lustig fand. „Willst du mir schmeicheln oder mich beleidigen?"

„Keins von beiden. Hör mir nur einmal eine Minute zu, okay?" Annie holte tief Luft, um nicht mit etwas herauszuplatzen, das sie ihrer Freundin besser Schritt für Schritt beibrachte. „Tash, ich habe gesehen, wie du Typen mit weniger Mühe hast abblitzen lassen als du für lästige Fliegen aufbringen würdest. Und genauso beiläufig", fügte sie hinzu, als Natasha schwieg. „Du bist nicht unfreundlich, aber eben sehr bestimmt. Und sobald du einem Mann höflich die Tür gewiesen hast, denkst du nicht mehr an ihn. Ich habe dich immer bewundert. Du kamst mir so selbstsicher, so zufrieden vor. Ich fand es toll, dass du keine Verabredung am Samstagabend brauchtest, um dein Ego hochzuhalten."

„So selbstsicher bin ich gar nicht", murmelte Natasha. „Nur liegt mir nichts an oberflächlichen Beziehungen."

„Schön." Annie nickte bedächtig. „Das akzeptiere ich. Aber diesmal ist es anders."

„Was?" Sie ging um den Tresen herum und machte sich an die Tagesabrechnung.

„Siehst du? Du weißt, dass ich gleich seinen Namen nenne, und schon bist du nervös."

„Ich bin nicht nervös", log Natasha.

„Du bist nervös, launisch und abgelenkt, seit Kimball vor drei Wochen ins Geschäft kam. In den drei Jahren, die ich dich jetzt kenne, hast du über einen Mann nie länger als fünf Minuten nachgedacht. Bis jetzt."

„Das ist nur, weil dieser mir noch mehr auf die Nerven geht als die anderen vor ihm." Annies spöttischer Blick ließ sie einlenken. „Also gut, da ist … etwas. Aber ich bin nicht interessiert."

„Du hast Angst, dich zu interessieren."

„Das läuft auf dasselbe hinaus."

„Nein, tut es nicht." Annie drückte Natasha die Hand. „Sieh mal, ich will dich diesem Typen nicht in die Arm treiben. Wer weiß, vielleicht hat er seine Frau ermordet und im Rosenbeet begraben. Alles, was ich sage, ist, dass du diese Angst überwinden musst. Erst dann fühlst du dich wirklich wohl in deiner Haut."

Annie hat recht, dachte Natasha später, als sie, das Kinn auf die Hand gestützt, auf ihrem Bett saß. Sie war launisch, sie war abgelenkt. Und sie war ängstlich. Nicht wegen Spence. Ganz bestimmt. Kein Mann würde ihr je wieder Angst machen. Aber sie hatte Angst vor den Gefühlen, die er in ihr weckte. Vergessene, unerwünschte Gefühle.

Hieß das, sie war nicht mehr Herrin ihrer Gefühle? Nein. Hieß das, sie würde unvernünftig, impulsiv handeln, weil sich Wünsche und Sehnsüchte wieder in ihr Leben geschlichen hatten? Nein. Hieß das, sie würde sich in ihrem Zimmer verstecken, vor einem Mann? Nein und nochmals nein. Natasha sah zu ihrem Schrank hinüber und stand stirnrunzelnd auf. Mit einer rastlosen Bewegung zog sie ein dunkelblaues Cocktailkleid mit einem edelsteinbesetzten Gürtel hervor.

Nicht dass sie sich für ihn zurechtmachte. Dazu war er ihr nicht wichtig genug. Es war einfach nur eines ihrer Lieblingskleider, und sie hatte selten Gelegenheit, etwas anderes als Berufskleidung zu tragen.

Es war genau sieben Uhr achtundzwanzig, als Spence an die Tür klopfte. Natasha ärgerte sich darüber, dass sie die Uhr nicht aus den Augen gelassen hatte. Zweimal hatte sie die Lippen nachgezogen, den Inhalt ihrer Tasche überprüft und nochmals überprüft und sich immer wieder gefragt, warum sie diese Härteprobe nicht noch hinausgezögert hatte.

Ich benehme mich wie ein Teenager, schoss es ihr durch den Kopf, als sie zur Tür ging. Es ist doch nur ein Abendessen, das erste und letzte, das ich mit ihm teilen werde. Und er ist nur ein Mann, fügte sie hinzu, bevor sie die Tür öffnete.

Ein unverschämt attraktiver Mann.

Er sieht großartig aus. Mehr zu denken war sie nicht imstande. Sein Haar war zurückgekämmt, und in den Augen lag dieses angedeutete Lächeln. Sie hätte nie gedacht, dass ein Mann im Anzug und mit Krawatte so unter die Haut gehend sexy sein konnte.

„Hi." Er streckte ihr eine weitere Rose entgegen.

Fast hätte Natasha aufgeseufzt. Schade, dass der rauchgraue Anzug ihn nicht mehr wie einen Professor wirken ließ. Sie strich sich mit der Blüte über die Wange. „Ich habe es mir nicht wegen der Rosen anders überlegt."

„Was?"

„Dass ich doch mit Ihnen essen gehe." Sie hielt ihm die Tür auf, denn sie musste ihn wohl oder übel in der Wohnung warten lassen, während sie die Rose ins Wasser stellte.

„Weswegen denn?"

„Ich habe Hunger." Sie legte ihre kurze Samtjacke über die Sofalehne. „Setzen Sie sich doch."

Sie wird keinen Zentimeter nachgeben, dachte Spence, während er ihr nachsah. Er schüttelte den Kopf. Es war unglaublich. Gerade war er zu dem Urteil gelangt, dass nichts so verführerisch duftete wie schlichte Seife, da legte sie etwas auf, das ihn an Violinen bei Mitternacht denken ließ.

Er beschloss, lieber an etwas anderes zu denken, und sah sich im Raum um. Offenbar bevorzugte sie lebhafte Farben. Sein Blick fiel auf die Kissen auf der saphirblauen Couch, deren Töne dem Federkleid einer Wildente nachempfunden waren. Daneben stand eine riesige Messingvase voll seidiger Pfauenfedern. Kerzen unterschiedlichster Größen und Schattierungen waren überall im Zimmer aufgestellt, sodass es ganz romantisch nach Vanille, Jasmin und Gardenien duftete. In der Ecke bog sich ein Regal unter einer riesigen Büchersammlung, die alles von Bestsellerromanen über Tipps für Heimwerker bis zu klassischer Literatur enthielt.

Auf den Tischen drängten sich Erinnerungsstücke, gerahmte Fotos, Trockenblumensträuße und Märchengestalten aus Porzellan oder Gips. Da gab es ein Pfefferkuchenhaus, nicht größer als seine Handfläche, ein als Rotkäppchen verkleidetes Mädchen, ein Schwein, das aus dem Fenster einer winzigen Strohhütte blickte, und eine wunderschöne Frau, die einen einzelnen gläsernen Schuh in der Hand hielt.

Ratschläge für den Do-it-yourself-Klempner, leidenschaftliche Farben und Märchenfiguren, dachte er und berührte den gläsernen Schuh mit den Fingerspitzen. Die Zusammenstellung war so interessant und rätselhaft wie die Frau, die sie geschaffen hatte.

Als er sie wieder ins Zimmer kommen hörte, drehte Spence sich um. „Die sind wunderschön", sagte er, auf eine der Figuren zeigend. „Freddie würden die Augen aus dem Kopf fallen."

„Danke. Mein Bruder macht sie."

„Macht sie?" Fasziniert griff Spence nach dem Pfefferkuchenhaus, um es genauer zu betrachten. Es war aus poliertem Holz geschnitzt und dann so realistisch bemalt worden, dass man glaubte, es wirklich essen zu können. „Unglaublich. So sorgfältige Arbeit sieht man heutzutage selten."

Natasha freute sich über sein Lob und ging durchs Zimmer zu ihm. „Er schnitzt und modelliert seit seiner Kindheit. Eines Tages werden seine Kunstwerke in Galerien und Museen stehen."

„Das sollten sie jetzt schon."

Die Ernsthaftigkeit in seiner Stimme traf sie an der verwundbarsten Stelle, nämlich in der Liebe zu ihrer Familie. „Es ist nicht so einfach. Er ist jung und dickschädlig, also gibt er seinen Job nicht auf und hämmert auf Holz ein, anstatt es zu schnitzen. Alles, damit er Geld für die Familie verdient. Aber eines Tages ...“ Sie lächelte versonnen. „Er hat mir die hier gemacht, weil ich mir damals so große Mühe gegeben habe, Englisch zu lernen. Aus dem Buch, das ich in der Kiste voller Sachen fand, die uns die Kirche gab. Damals, als wir nach New York gekommen sind. Die Bilder waren so hübsch, und ich wollte unbedingt die Geschichten lesen, die dazugehörten.“ Sie brach ab, etwas verlegen. „Wir sollten jetzt gehen.“

Er nickte nur, bereits entschlossen, behutsam nachzufragen. „Sie sollten die Jacke anziehen.“ Er nahm sie von der Sofalehne. „Es wird kühl.“

Das Restaurant, das er ausgesucht hatte, lag nur wenige Autominuten entfernt auf einem der bewaldeten Hügel oberhalb des Potomac. Natasha hatte sich fast gedacht, dass er einen solchen abgelegenen, ruhigen Ort mit aufmerksamer, diskreter Bedienung wählen würde. Sie nippte an ihrem ersten Glas Wein und ermahnte sich selbst, sich zu entspannen und zu amüsieren.

„Freddie war heute im Laden.“

„Das habe ich gehört.“ Spence hob sein Glas. „Sie will ihr Haar in Locken legen lassen.“

Natashas Verblüffung ging in ein Lächeln über. Sie berührte ihr Haar mit den Fingerspitzen. „Oh, wie süß von ihr.“

„Das sagen Sie so. Ich habe gerade erst den Dreh mit den Zöpfen herausbekommen.“

Zu ihrer Überraschung konnte Natasha sich mühelos vorstellen, wie er seiner Tochter das weiche, flachsblonde Haar flocht. „Sie ist wunderschön.“ Das Bild, wie er, das kleine Mädchen auf dem Schoß, am Flügel saß, kam ihr wieder in den Sinn. „Sie hat Ihre Augen.“

„Sehen Sie mich jetzt bitte nicht an“, murmelte Spence. „Ich glaube, Sie haben mir gerade ein Kompliment gemacht.“

Verlegen hob Natasha die Speisekarte. „Das dicke Ende kommt noch“, erklärte sie. „Ich habe nämlich heute den Lunch ausfallen lassen.“

Sie stellte sich tatsächlich ein ausgiebiges Menü zusammen. Solange ich esse, überlegte sie sich, verläuft der Abend problemlos.

Bei der Vorspeise lenkte sie das Gespräch auf Themen, die sie im Unterricht bereits angetippt hatten. Angeregt diskutierten sie über die Musik des fünfzehnten Jahrhunderts mit ihren vierstimmigen Harmonien und Wandermusikanten.

Spence freute sich über Natashas Wissbegier und Begeisterung, aber er war fest entschlossen, privatere Gebiete zu erkunden.

„Erzählen Sie mir von Ihrer Familie."

Natasha schob sich einen heißen, vor Butter triefenden Hummerhappen in den Mund und genoss den delikaten, fast dekadenten Geschmack. „Ich bin die Älteste von vier Geschwistern", begann sie. Doch dann bemerkte sie, dass seine Fingerspitzen wie beiläufig mit ihren spielten. Langsam ließ sie ihre Hand auf der Tischkante außer Reichweite gleiten.

Ihr Manöver brachte ihn dazu, sein Lächeln hinter dem erhobenen Glas zu verbergen. „Und alle sind russische Spione?"

Zu dem Kerzenlicht, das sich in ihren Augen spiegelte, kam jetzt ein verärgertes Flackern. „Ganz gewiss nicht."

„Ich habe mich nur gewundert, dass Sie offenbar nicht so gern über sie reden."

Sie stippte ihren Hummer erneut in die geschmolzene Butter, kostete erst den Duft, dann die Zartheit und schließlich den Geschmack aus. „Ich habe zwei Brüder und eine Schwester. Meine Eltern leben in Brooklyn."

„Warum sind Sie hierher, nach West Virginia, gezogen?"

„Ich brauchte einen Wechsel." Sie hob die Schulter. „Sie nicht auch?"

„Ja." Zwischen seinen Brauen bildete sich eine kleine Falte, während er sie musterte. „Sie waren in Freddies Alter, als Sie in die Staaten kamen, sagten Sie. Erinnern Sie sich noch an das Leben vor Ihrer Einwanderung?"

„Natürlich." Aus irgendeinem Grund ahnte sie, dass er mehr an seine Tochter als an ihre Erinnerungen an die Ukraine dachte. „Ich bin überzeugt, dass die Eindrücke, die man in den ersten Jahren macht, die langlebigsten sind. Gute oder schlechte, sie machen uns zu dem, was wir sind." Sie beugte sich mit ernster Miene vor. „Sagen Sie, woran erinnern Sie sich, wenn Sie an sich als Fünfjährigen denken?"

„Ich sitze am Klavier und spiele Tonleitern." Die Erinnerung kam ihm mit einer solchen Deutlichkeit, dass er lachen musste. „Ich rieche die Treibhausrosen und sehe durchs Fenster auf den Schnee hinaus. Einerseits will ich meine Übungsstunde nicht abbrechen, andererseits möchte ich nur zu gern nach draußen in den Park, um meine Nanny mit Schneebällen zu bewerfen."

„Ihre Nanny", wiederholte Natasha. Dass er eine Kinderfrau gehabt hatte, registrierte sie schmunzelnd, nicht abfällig. Es entging ihm nicht. Sie stützte das Kinn auf die Hand. „Und was haben Sie getan?"

„Beides."

„Ein verantwortungsbewusstes Kind."

Er strich ihr mit der Fingerspitze übers Handgelenk und spürte, wie sie erzitterte. Ihr Pulsschlag erhöhte sich, bevor sie die Hand fortzog. „Und woran erinnern Sie sich?", fragte er.

Sie zuckte mit den Schultern. „An meinen Vater, der Holz für das Feuer bringt, das Haar und den Mantel voller Schnee. Das Baby, mein jüngster Bruder, schreit. Dann der Duft des Brots, das meine Mutter gebacken hat. Daran, wie ich mich schlafend gestellt habe, um zuzuhören, wie mein Vater mit ihr über die Flucht redet."

„Hatten Sie Angst?"

„Ja." Ihr Blick verschleierte sich. Sie sah nicht oft zurück, empfand selten das Bedürfnis dazu. Aber wenn sie es tat, dann nicht träumerisch und sentimental, sondern ganz sachlich. „Große Angst sogar. Mehr, als ich je wieder haben werde."

„Möchten Sie mir davon erzählen?"

„Wozu?"

„Weil ich verstehen möchte."

Sie wollte ablehnen, hatte die Worte bereits auf der Zunge. Doch die Erinnerung war schon zu lebendig. „Wir warteten bis zum Frühling und nahmen nur mit, was wir selbst tragen konnten. Papa sagte, wir würden die Schwester meiner Mutter, die im Westen lebte, besuchen. Aber ich glaube, einige Nachbarn wussten, was wir vorhatten. Sie sahen uns mit müden Gesichtern und aus großen Augen nach. Papa hatte Papiere, schlechte Fälschungen zwar, aber immerhin. Und er hatte eine Landkarte und hoffte, die Grenzwächter umgehen zu können."

„Und Sie waren nur zu fünft?"

„Damals schon fast zu sechst." Sie strich über den Rand ihres

Glases. „Mikhail war zwischen vier und fünf, Alex erst zwei. Nachts riskierten wir es, ein Lagerfeuer anzuzünden. Wir saßen drumherum, und Papa erzählte Geschichten. Das waren schöne Nächte. Mit seiner Stimme im Ohr und dem Rauch des Feuers in der Nase schliefen wir ein. Wir überquerten die Berge nach Ungarn. Die Flucht dauerte insgesamt dreiundneunzig Tage."

Er konnte es sich nicht vorstellen, auch wenn er ihren Augen ansah, wie schwer es gewesen sein musste. Sie sprach leise, aber die Gefühle waren nicht zu überhören, verliehen ihrer Stimme einen reichen Klang. Spence dachte an das kleine Mädchen, griff nach ihrer Hand und wartete darauf, dass sie weiterredete.

„Mein Vater hatte die Flucht jahrelang geplant. Vielleicht hat er sein ganzes Leben davon geträumt. Er hatte Namen von Leuten, die Flüchtlingen halfen. Es herrschte Krieg, zwar nur der Kalte, aber ich war zu jung, um das zu verstehen. Was ich verstand, war die Angst, bei meinen Eltern, bei denen, die uns halfen. Wir wurden aus Ungarn heraus nach Österreich geschmuggelt. Die Kirche unterstützte uns, brachte uns nach Amerika. Es hat lange gedauert, bis ich keine Angst mehr hatte, dass die Polizei kommt und meinen Vater abholt."

Sie kehrte in die Gegenwart zurück. Es war ihr unangenehm, ihm davon erzählt zu haben. Überrascht stellte sie fest, dass er ihre Hand fest umklammert hielt.

„Für ein Kind ist das eine Menge, mit der es fertig werden muss."

„Ich erinnere mich noch, wie ich meinen ersten Hotdog gegessen habe." Sie lächelte und hob ihr Weinglas. Über die Zeit hatte sie nie geredet, nicht einmal mit der Familie. Jetzt, wo sie es doch getan hatte, noch dazu mit ihm, verspürte sie den dringlichen Wunsch, das Thema zu wechseln.

„Und an den Tag, an dem mein Vater das erste Fernsehgerät mit nach Hause brachte. Für kein Kind gibt es völlige Geborgenheit. Selbst mit einer Nanny nicht. Aber wir werden erwachsen. Ich bin eine Geschäftsfrau, und Sie sind ein respektierter Komponist. Warum komponieren Sie eigentlich nicht?" Sie fühlte, wie sein Griff um ihre Hand sich festigte. „Es tut mir leid", sagte sie rasch. „Ich hätte das nicht fragen dürfen. Es geht mich nichts an."

„Das ist schon in Ordnung." Seine Finger entspannten sich. „Ich komponiere nicht, weil ich es nicht mehr kann."

Natasha zögerte, bevor sie aussprach, was ihr auf der Seele lag. „Ich kenne Ihre Musik. Etwas so Intensives vergeht doch nicht."

„Sie hat mir in den letzten Jahren nicht besonders viel bedeutet. Erst kürzlich wieder."

„Seien Sie nicht zu geduldig."

Als er lächelte, schüttelte sie den Kopf, zugleich hoheitlich und unwirsch. „Nein, wirklich. Ich meine es ernst. Man sagt immer, die Zeit muss stimmen, die Stimmung, der Ort. Auf diese Weise verschwendet man Jahre. Wenn mein Vater gewartet hätte, bis wir älter sind, bis der Fluchtweg sicherer ist, säßen wir vielleicht heute noch in der Ukraine. Es gibt Dinge, bei denen man mit beiden Händen zugreifen und sie festhalten muss. Das Leben kann sehr, sehr kurz sein."

Er fühlte es an ihren Händen, wie ernst sie es meinte. Und er sah den Schatten der Reue in ihren Augen. Die Gründe dafür musste er so bald wie möglich erfahren.

„Vielleicht haben Sie recht", erwiderte er langsam, bevor er ihre Handfläche an die Lippen presste. „Warten ist nicht immer die beste Lösung."

„Es ist schon spät." Natasha entzog ihm die Hand und ballte sie auf ihrem Schoß zur Faust. Aber auch das richtete gegen das Hitzegefühl, das ihr durch den Arm schoss, nichts aus.

Als er sie zu ihrer Wohnungstür begleitete, war sie bereits wieder gelöst. Während der kurzen Fahrt nach Hause hatte er ihr von Freddie erzählt. Sie hatte lachen müssen, als er ihr schilderte, mit welchen Tricks seine Tochter ihn für ein Kätzchen zu begeistern versuchte.

„Katzenfotos aus einer Zeitschrift zu schneiden und daraus ein Poster für Sie zu basteln, finde ich raffiniert." Sie lehnte sich gegen die Tür. „Werden Sie ihr erlauben, eines zu halten?"

„Ich will nicht zu schnell weich werden."

Natasha lächelte verständnisvoll. „Große alte Häuser wie Ihres neigen dazu, im Winter Mäuse anzuziehen. So geräumig wie Ihres ist, sollten Sie vielleicht gleich zwei von JoBeths Kätzchen nehmen."

„Falls Freddie mir mit dem Argument kommt, weiß ich, woher sie es hat." Er wickelte sich eine ihrer Locken um den Finger. „Und Sie werde ich nächste Woche im Unterricht abfragen."

„Erpressung, Dr. Kimball?"

„Ganz genau."

„Ihre Prüfung bestehe ich locker. Und ich habe das Gefühl, Freddie könnte Sie auch ohne meine Hilfe dazu überreden, den gesamten Wurf zu nehmen, wenn sie es sich vornimmt."

„Nur die kleine Graue."

„Sie haben sie also schon angesehen?"

„Mehrmals sogar. Wollen Sie mich nicht hereinbitten?"

„Nein."

„Na schön." Er legte ihr den Arm um die Taille.

„Spence ..."

„Ich befolge lediglich Ihren Rat", murmelte er, während seine Lippen über ihr Kinn glitten. „Ich bin nicht geduldig." Er zog sie näher zu sich heran. Sein Mund streifte ihr Ohrläppchen. „Ich nehme mir, was ich will." Seine Zähne zupften an ihrer Unterlippe. „Und verschwende keine Zeit."

Dann presste er den Mund auf ihre halb geöffneten Lippen, auf denen er noch Spuren des Weins schmeckte. Allein daran hätte er sich berauschen können. Sie schmeckte exotisch und verführerisch, und er wusste, dass er süchtig nach ihr werden konnte. Wie der Herbst, der schon in der Luft lag, weckte sie in ihm Assoziationen von rauchenden Feuern und driftenden Nebelschwaden. Ihr Körper schmiegte sich an ihn und signalisierte spontane Zustimmung.

Die Leidenschaft wuchs nicht gemächlich, tastend, sie explodierte einfach, sodass die Luft um sie herum zu vibrieren schien.

Natasha ließ ihn seine gewohnte Zurückhaltung vergessen. Ohne zu wissen, was er ihr zuflüsterte, erkundete er mit den Lippen jeden Winkel ihres Gesichts und kehrte dabei immer wieder zu ihrem ungeduldig wartenden Mund zurück. Seine Hände wanderten wie in Ekstase über ihren Körper.

In ihrem Kopf drehte sich alles. Sie wollte glauben, dass es am Wein lag. Aber sie wusste, dass es Spence war, der sie schwindlig und benommen machte. Sie wollte berührt werden. Von ihm. Sie warf den Kopf in den Nacken und spürte seine Lippen an ihrem Hals hinabwandern.

Es musste falsch sein, sich solchen Empfindungen hinzugeben. Alte Ängste und Zweifel wirbelten in ihr auf und hinterließen eine Leere, die danach verlangte, ausgefüllt zu werden. Und wenn das geschah, würde die Angst nur noch stärker werden.

„Spence." Ihre Finger gruben sich in seine Schultern. Sie trug in sich einen Krieg aus, zwischen dem Bedürfnis, ihn aufzuhalten, und dem unmöglichen Wunsch, einfach weiterzumachen. „Bitte."

Seine Knie waren so weich wie ihre, und er atmete den Duft ihres Haars ein, bis er die Fassung wiedergefunden hatte. „Wenn wir zusammen sind, passiert mit mir etwas. Ich kann es nicht erklären."

Sie wollte ihn festhalten, an sich pressen, aber sie ließ die Arme nach unten sinken. „Es darf aber nicht mehr passieren."

Er wich zurück, gerade so weit, dass er ihr Gesicht noch in beide Hände nehmen konnte. Die Kühle des Abends und die Hitze der Erregung hatten Farbe auf ihre Wangen gezaubert. „Selbst wenn ich es verhindern wollte – und ich will es nicht –, könnte ich es nicht."

Sie sah ihm direkt in die Augen. Der zärtliche, fürsorgliche Druck seiner Hände an ihrem Gesicht durfte sie nicht beeinflussen. „Sie wollen mit mir schlafen."

„Ja." Er wusste nicht, ob er ihre sachliche Art amüsant oder irritierend finden sollte. „Aber das klingt simpler, als es ist."

„Sex ist niemals simpel."

„An Sex bin ich nicht interessiert."

„Aber Sie haben gerade …"

„Ich möchte mit Ihnen Liebe machen. Das ist ein Unterschied."

„Mir liegt nichts daran, es zu romantisieren."

Die Verärgerung verschwand so schnell aus seinen Augen, wie sie darin aufgetaucht war. „Dann tut es mir leid, Sie enttäuschen zu müssen. Wenn wir Liebe machen, wo und wann auch immer, wird es sehr romantisch sein." Bevor sie ihm ausweichen konnte, küsste er sie. „Das ist ein Versprechen, das ich zu halten beabsichtige."

5. KAPITEL

„Natasha! He, äh, Natasha!"

Aus nicht sonderlich produktiven Gedanken gerissen, sah Natasha auf und erkannte Terry. Er kam auf sie zugerannt, und sein gelb-weiß gestreifter Schal flatterte hinter ihm her. Als er sie erreichte, war ihm die Brille bis zur sich rötenden Nasenspitze gerutscht.

„Hi, Terry."

Der Dreißig-Meter-Sprint hatte ihm den Atem geraubt. Er hoffte inständig, dass sich sein Asthma durch die Anstrengung nicht verschlimmern würde. „Hi. Ich war ... Ich habe dich zufällig gesehen." Seit zwanzig Minuten hatte er auf sie gewartet.

Natasha kam sich ein bisschen wie die Mutter eines unbeholfenen Kindes vor, als sie ihm die Brille zurechtrückte und den Schal fester um seinen dünnen Hals wickelte. „Du solltest Handschuhe tragen. Es ist kalt geworden", sagte sie und rieb ihm die kalte Hand, bevor sie die Stufen hinaufging.

Er folgte ihr überwältigt, wollte etwas sagen, brachte aber nur einen erstickten Laut heraus.

„Du wirst dich doch nicht etwa erkälten?" Sie suchte in ihrer Tasche nach einem Papiertaschentuch, fand eins und reichte es ihm.

Er räusperte sich geräuschvoll. „Nein, nein." Er nahm das Taschentuch und schwor sich, es sein Leben lang zu behalten. „Ich habe mich nur gefragt, ob wir heute Abend, nach dem Kurs ... Natürlich nur, wenn du sonst nichts vorhast ... Wahrscheinlich hast du das längst, aber wenn nicht ... Wir könnten eine Tasse Kaffee trinken. Zwei natürlich", fügte er verzweifelt hinzu. „Eine für dich und eine für mich, meine ich." Sein Gesicht war inzwischen glutrot.

Der arme Junge ist einsam, dachte Natasha mitfühlend und lächelte ihn automatisch an. „Gern." Warum sollte sie ihm nicht eine Stunde oder zwei Gesellschaft leisten? Es wird mich ablenken, überlegte sie, als sie den Unterrichtsraum betrat.

Und zwar von dem Mann, der vor der Klasse stand. Von dem Mann, der ihr vor zwei Wochen mit einem Kuss fast die Sinne geraubt hatte und der jetzt gerade lachte und die flotte Blondine anstrahlte, die garantiert keinen Tag älter als zwanzig war.

Spence hatte ihr Hereinkommen sofort bemerkt. Und auch der Anflug von Eifersucht war ihm nicht entgangen, bevor sie ihr Gesicht hinter einem Buch verbarg. Offenbar war ihm das Schicksal wohlgewogen gewesen, während er bis über beide Ohren in privaten und beruflichen Problemen steckte. Zwischen der leckenden Wasserleitung, dem Elternbeirat in der Schule, der Pfadfinderversammlung und der Fachbereichskonferenz war ihm kaum eine freie Stunde geblieben. Aber jetzt lief alles etwas ruhiger ab. Er würde die verlorene Zeit wieder aufholen.

Auf der Schreibtischkante sitzend, eröffnete er eine Diskussion über die Unterschiede zwischen kirchlicher und weltlicher Musik im Barock.

Zweimal rief er Natasha auf und bat um ihre Meinung.

Er ist ganz schön gerissen, dachte sie. Nicht das geringste Mienenspiel, keine noch so kleine Änderung im Tonfall ließ etwas von ihrer persönlicheren Beziehung erahnen. Niemand in der Klasse würde auf den Gedanken kommen, dass dieser selbstsichere, ja brillante Dozent sie stürmisch geküsst hatte, und das gleich drei Mal. Jetzt sprach er ruhig über die Entwicklung der Oper im frühen siebzehnten Jahrhundert.

In dem schwarzen Rollkragenpullover und dem grauen Tweed-Jackett sah er wie immer lässig-elegant aus. Und natürlich hingen die Studenten auch diesmal gebannt an seinen Lippen. Als er über eine Bemerkung aus der Klasse lächelte, hörte Natasha, wie zwei Reihen hinter ihr die kleine Blonde aufseufzte.

Vermutlich war sie nicht die Einzige, die ihn bedingungslos anhimmelte. Ein Mann, der so aussah, so redete, so küsste, war überaus begehrt. Er war der Typ, der um Mitternacht einer Frau Versprechungen machte und sich beim Frühstück im Bett an eine andere schmiegte.

War es nicht ein Glück, dass sie nicht mehr an Versprechungen glaubte?

Spence fragte sich die ganze Zeit, was wohl in Natasha vorging. Seit Wochen versuchte er nach dem Unterricht mit ihr zu reden, aber sie war jedes Mal vorher hinausgeschossen. Heute Abend würde er sich etwas einfallen lassen müssen.

Kaum war die Stunde beendet, da stand sie auch schon. Spence sah, wie sie dem Mann, der ihr gegenübersaß, zulächelte. Dann bückte sie sich und sammelte die Bücher und Bleistifte auf, die der Student beim hastigen Aufstehen auf dem Boden verstreut hatte.

Wie hieß er doch noch gleich? Maynard. Genau. Mr. Maynard war in mehreren seiner Kurse und schaffte es, in keinem davon sonderlich aufzufallen. Aber im Moment hockte der farblose Mr. Maynard Knie an Knie mit Natasha auf der Erde.

„So, jetzt haben wir sie alle." Natasha gab Terrys Brille einen freundschaftlichen Stups.

„Danke."

„Vergiss deinen Schal ni…", begann sie und sah auf, als sich eine Hand auf ihren Arm legte und ihr aufhalf. „Danke, Dr. Kimball."

„Ich möchte mit Ihnen sprechen, Natasha."

„Möchten Sie das?" Sie sah kurz auf seine Hand hinab und raffte ihren Mantel und die Bücher zusammen. Sie kam sich wieder vor wie auf einem Schachbrett und beschloss, seinen Zug mit einem Gegenangriff zu erwidern. „Tut mir leid, das wird warten müssen. Ich habe eine Verabredung."

„Eine Verabredung?" Sofort stellte sich bei ihm das Bild eines dunkelhaarigen, athletischen Draufgängers ein.

„Ja. Entschuldigen Sie mich." Sie schüttelte seine Hand ab und steckte den Arm in die Ärmel ihres Mantels. Da die beiden Männer links und rechts gleichermaßen gelähmt schienen, nahm sie die Bücher in die andere Hand und suchte hinter dem Rücken nach dem zweiten Ärmel. „Können wir, Terry?"

„Äh, ja, sicher, ja." Er starrte Spence ehrfurchtsvoll und fast ein wenig ängstlich an. „Aber ich warte gern, wenn du erst noch mit Dr. Kimball reden willst."

„Nicht nötig." Sie ergriff seinen Arm und zog ihn zur Tür.

Frauen, dachte Spence. Nie werde ich sie verstehen.

„Mensch, Tash, meinst du nicht, du hättest abwarten sollen, was Dr. Kimball von dir will?", fragte Terry auf dem Weg zur Bar, die neben dem College lag.

„Ich weiß, was er wollte." Als Terry fast gestolpert wäre, ging ihr auf, dass sie ihn noch immer hinter sich herzog. „Und ich bin nicht in der Stimmung, darüber zu reden." Sie verlangsamte ihr Tempo. „Außerdem wollten wir doch einen Kaffee zusammen trinken."

Die Bar war nur halb voll. Auf den Plastiktischen standen leere

Gläser. An der alten Theke murmelten zwei Männer in ihre Bierkrüge. In der Ecke ignorierte ein Pärchen seine Drinks. Die Frau saß schon fast auf dem Schoß des Mannes.

Natasha mochte diesen schummrigen Raum mit den alten Schwarz-Weiß-Postern von James Dean und Marilyn Monroe. Es roch nach Zigaretten und Wein aus der Karaffe. Auf dem Regal hinter der Theke stand ein großes Kofferradio, aus dem ein Chuck-Berry-Oldie so laut plärrte, dass es den Mangel an Gästen vergessen ließ.

„Nur Kaffee, Joe“, rief sie dem Mann hinter der Theke zu und setzte sich. „Also, Terry“, sagte sie, „wie geht's dir so?“

„Ganz gut“, erwiderte Terry. Er konnte es kaum fassen, dass er hier mit ihr saß.

Offenbar würde sie ihm jedes Wort aus der Nase ziehen müssen. Geduldig schlüpfte sie aus ihrem Mantel. „Du hast mir noch gar nicht gesagt, wo du vorher studiert hast.“

„Ich habe an der Michigan State einen ersten Abschluss gemacht.“ Seine Brillengläser waren wieder beschlagen und tauchten Natasha in einen mysteriösen Nebel. „Als ich hörte, dass Dr. Kimball hier lehrt, beschloss ich, bei ihm weiterzustudieren.“

„Du bist extra wegen Spence ... Dr. Kimball hergekommen?“

„Die Gelegenheit wollte ich mir nicht entgehen lassen. Letztes Jahr bin ich sogar nach New York gefahren, um ihn zu hören.“ Terry hob eine Hand und hätte fast den Zuckertopf umgestoßen. „Er ist einfach unglaublich.“

„Ist er wohl“, murmelte sie, während ihnen von Joe Kaffee gebracht wurde.

„Wo hast du denn die ganze Zeit gesteckt?“, fragte der Barkeeper und drückte ihr kurz die Schulter. „Seit einem Monat habe ich dich hier nicht mehr gesehen.“

„Viel zu tun, Joe. Wie geht's Darla?“

„Ist in die Geschichte eingegangen.“ Er zwinkerte ihr freundschaftlich zu. „Stehe dir jetzt ganz und gar zur Verfügung.“

„Merke ich mir.“ Lachend drehte sie sich wieder zu Terry um. „Ist etwas nicht in Ordnung?“, fragte sie, als er nervös an seinem Kragen zupfte.

„Ja. Nein. Ist das dein ... Freund?“

Um ihn nicht auszulachen, trank sie hastig einen Schluck Kaffee.

„Joe? Nein. Wir sind einfach nur …" Sie suchte nach dem richtigen Wort. „Kumpel."

„Ach so." Terry klang erleichtert. „Ich dachte nur, weil … Na ja, schon gut."

„Joe hat nur gescherzt", erklärte Natasha ihm. „Und du? Hast du eine Freundin zu Hause in Michigan?"

„Nein. Es gibt niemanden. Überhaupt niemanden."

Sein Tonfall war unmissverständlich. Und vor allem sein Blick. Wie hatte sie das nur nicht merken können? Er himmelte sie geradezu an. Sie musste vorsichtig sein. Sehr vorsichtig.

„Terry", begann sie, „du bist sehr … süß."

Das reichte schon. Seine Hand begann zu zittern, und Sekunden später rann ihm der Kaffee übers Hemd. Natasha rückte ihren Stuhl an seine Seite und setzte sich. Sie zog eine Papierserviette aus dem Ständer und tupfte den Kaffee ab.

„Gut, dass er hier ohnehin nicht heiß ist", sagte sie lächelnd.

Die plötzliche Nähe gab Terry den Rest. Er packte ihre beiden Hände. „Ich liebe dich", platzte er heraus und spitzte die Lippen. Die Brille rutschte ihm erneut auf die Nasenspitze.

Natasha fühlte, wie sein Mund ihre Wange traf, kalt und zitternd. Weil sie ihn mochte und Mitleid mit ihm hatte, blieb sie ganz ruhig.

„Nein, das tust du nicht", erwiderte sie mit fester Stimme und rückte weit genug von ihm ab, um mit der Serviette die Pfütze auf der Tischplatte aufzusaugen.

„Das tue ich nicht?" Ihre Antwort hatte ihn aus dem Konzept gebracht. Es lief nicht so, wie er es sich in seiner Fantasie ausgemalt hatte. Da war die Version, in der er sie vor einem ins Schleudern geratenen Lastwagen rettete. Und die, in der er ihr den für sie komponierten Song vorspielte und sie sich ihm anschließend zu Tränen gerührt in die Arme warf. Aber dass sie Kaffee aufwischte und ihm erklärte, er liebe sie gar nicht, so weit hatte seine Fantasie beim besten Willen nicht gereicht.

„Doch, das tue ich", sagte er trotzig.

„Also gut. Warum liebst du mich?"

„Weil du wunderschön bist", stieß er hervor. „Du bist die schönste Frau, die ich je gesehen habe."

„Und das ist Grund genug?" Sie zog ihre Hand unter seiner hervor und verschränkte die Finger, um das Kinn aufzustützen. „Und wenn ich nun eine Diebin bin? Oder mit dem Wagen Jagd auf kleine niedliche Tiere mache? Vielleicht war ich schon dreimal verheiratet und habe alle meine Ehemänner ermordet, während sie schliefen."

„Tash ..."

Sie lachte, widerstand aber dem Drang, ihm die Wange zu streicheln. „Ich meine, du kennst mich doch gar nicht genug, um mich zu lieben. Wenn du das wirklich tätest, wäre dir mein Aussehen egal."

„Soll das heißen, dass du nicht mit mir ausgehst?"

Er klang so jämmerlich, dass sie es riskierte, seine Hand zu berühren. „Das tue ich doch gerade." Sie schob ihm ihre Tasse hin. „Aber nur als gute Freunde", fügte sie hinzu, bevor seine Augen wieder aufleuchteten. „Ich danke dir für das Kompliment, Terry, aber mehr können wir füreinander nicht sein. Ich bin doch viel zu alt für dich."

„Nein, das bist du nicht." Ihm war anzusehen, dass er sich plötzlich erniedrigt fühlte.

„Terry, jetzt hör mir einmal zu ..."

Bevor sie ihn daran hindern konnte, schob er seinen Stuhl zurück und stand ruckartig auf. „Ich muss jetzt gehen."

Schon war er verschwunden. Natasha griff nach dem gestreiften Schal, den er in der Eile vergessen hatte. Es hatte keinen Sinn, ihm zu folgen. Er brauchte Zeit. Und sie brauchte frische Luft.

Auf dem Weg nach Hause fielen Natasha gleich mehrere Möglichkeiten ein, wie sie die Situation mit dem armen Terry hätte meistern können. Aber jetzt war es zu spät. Sie hatte einen sensiblen, zart besaiteten Jungen tief verletzt. Und alles nur, weil ihre eigenen unerwünschten Gefühle sie für seine Empfindungen blind gemacht hatten. Sie konnte sich nur zu gut in Terrys Lage versetzen und wusste, wie es war, wenn man glaubte, verliebt zu sein. Und sie wusste, wie es war, wenn derjenige, den man liebte, diese Liebe nicht erwiderte. Nachdenklich strich sie über den Schal in ihrer Tasche.

„Hat er Sie nicht einmal nach Hause gebracht?"

Natasha blieb wie angewurzelt stehen. Vor der Haustür saß Spence auf den Stufen. Das fehlt mir gerade noch, dachte sie und fuhr sich mit der Hand durchs Haar. Verglichen mit Spence war Terry ein zahmes Hündchen. Jetzt sah sie sich einem großen hungrigen Wolf gegenüber.

„Was tun Sie hier?“

„Ich erfriere.“

Sein Atem hing wie eine weiße Wolke in der kalten Luft. Bei dem eisigen Wind mussten es weniger als null Grad sein. Natasha kam zu dem Ergebnis, dass es unfair wäre, sich über ihn lustig zu machen. Schließlich saß er seit einer Stunde auf dem kalten Beton.

Spence stand auf, als sie den Weg entlangkam. „Haben Sie Ihren Freund nicht noch zu einem Drink in Ihrer Wohnung eingeladen?“

„Nein.“ Sie streckte die Hand aus und drehte den Türknopf. Wie die meisten Türen in der Stadt, so war auch diese unverschlossen. „Wenn ich es getan hätte, wären Sie blamiert gewesen.“

„Das ist nicht der richtige Ausdruck.“

„Vermutlich kann ich von Glück sagen, dass Sie mir nicht drinnen auflauern.“

„Das können Sie“, murmelte er. „Aber nur, weil ich gar nicht auf die Idee gekommen bin, dass die Tür offen sein könnte.“

„Gute Nacht.“

„Warten Sie eine Minute.“ Er presste die Handfläche gegen die Tür, bevor sie sie zuschlagen konnte. „Ich habe nicht aus Gesundheitsgründen hier in der Kälte herumgesessen. Ich will mit Ihnen reden.“

Irgendwie genoss sie das kurze Kräftemessen, bei dem die Tür zwischen ihnen hin und her wanderte. „Es ist schon spät.“

„Und wird immer später. Wenn Sie die Tür schließen, werde ich so lange dagegen hämmern, bis sämtliche Nachbarn die Köpfe aus den Fenstern stecken.“

„Fünf Minuten“, erwiderte sie großzügig, weil sie ihm die ohnehin hatte geben wollen. „Sie bekommen von mir einen Brandy, und dann gehen Sie wieder.“

„Sie sind herzensgut, Natasha.“

„Nein.“ Sie warf ihren Mantel über die Sofalehne. „Das bin ich nicht.“

Wortlos verschwand sie in der Küche. Als sie mit zwei Brandy-Schwenkern zurückkehrte, stand er mitten im Zimmer und ließ Terrys Schal durch die Finger gleiten.

„Was für ein Spiel spielen Sie mit mir?“

Sie stellte ihm seinen Brandy hin und nippte an ihrem Glas. „Ich weiß nicht, was Sie meinen.“

„Was soll das? Mit einem College-Knaben auszugehen, der noch nicht trocken hinter den Ohren ist!“

Sie straffte sich. „Mit wem ich ausgehe, geht Sie nichts an.“

„Doch, das tut es“, gab Spence zurück. Ihm war klar geworden, wie sehr es das tat.

„Nein, das tut es nicht. Und Terry ist ein sehr netter junger Mann.“

„Jung, das ist das entscheidende Wort.“ Spence warf den Schal zur Seite. „Er ist ganz sicher viel zu jung für Sie.“

„Ist das so?“ Sie hatte es selbst zu Terry gesagt. Aber aus Spences Mund traf es sie wie eine Beschuldigung. „Ich glaube, das kann ich selbst entscheiden.“

„Jetzt habe ich wohl einen bloßen Nerv getroffen“, murmelte Spence mehr zu sich selbst als zu ihr. Es hatte einmal eine Zeit gegeben – oder etwa nicht? –, in der ihm nachgesagt wurde, gut mit Frauen umgehen zu können. „Vielleicht hätte ich sagen sollen, Sie sind zu alt für ihn.“

„Oh ja.“ Gegen ihren Willen begann der Wortwechsel sie zu amüsieren. „Das klingt viel, viel besser. Möchten Sie diesen Brandy trinken oder warten, bis er verdunstet ist?“

„Ich trinke ihn, danke.“ Er hob den Schwenker, trank aber nicht, sondern ging im Zimmer auf und ab. Ich bin eifersüchtig, schoss es ihm durch den Kopf. So erbärmlich es auch aussah, er war allen Ernstes auf einen unbeholfenen, schüchternen Studenten höheren Semesters eifersüchtig. Und er machte sich verdammt lächerlich dabei. „Hören Sie, vielleicht sollten wir einfach von vorn anfangen.“

„Wie sollen wir mit etwas von vorn anfangen, das eigentlich gar nicht hätte beginnen dürfen?“

Er ließ nicht locker. Wie ein Hund, der sich nicht von seinem abgenagten Knochen trennen konnte. „Es ist nur, dass er so offensichtlich nicht Ihr Typ ist …“

„Ach, und Sie wissen, was mein Typ ist, wie Sie es nennen?“

Spence hob die freie Hand. „Also schön, nur noch eine direkte Frage, bevor ich mich endgültig zum Clown mache. Sind Sie an ihm interessiert?“

„Natürlich bin ich das.“ Wie hatte sie das nur sagen können? Es war unmöglich, Terry und seine Gefühle als Barrikade gegen Spence einzusetzen. „Er ist ein sehr netter Junge.“

Spence schien erleichtert. Doch dann fiel sein Blick wieder auf den Schal. „Was haben Sie denn damit vor?"

„Er hat ihn liegen lassen. Nachdem ich ihm das Herz gebrochen habe." Der bunte Schal wirkte auf ihrem Sofa wie ein Fremdkörper. Plötzlich wurde ihr Schuldgefühl unerträglich. „Ach, lassen Sie mich doch in Ruhe." Sie ließ sich auf einen Sessel fallen. „Ich weiß gar nicht, warum ich überhaupt mit Ihnen rede!"

„Weil Ihnen etwas auf der Seele brennt und ich der Einzige bin, der hier ist."

„Schätze, das ist ein hinreichender Grund." Sie protestierte nicht, als Spence sich ihr gegenüber hinsetzte. „Er war so süß und aufgeregt. Und ich hatte keine Ahnung, was er fühlte. Oder zu fühlen glaubte. Ich hätte es wissen sollen. Aber erst, als er sich den Kaffee über das Hemd schüttete und ... Lachen Sie nicht über ihn!"

Spence hörte nicht auf zu lächeln, aber er schüttelte den Kopf. „Das tue ich nicht. Glauben Sie mir, ich weiß genau, wie er sich gefühlt haben muss. Es gibt Frauen, die einen unbeholfen machen."

Ihre Blicke trafen sich. „Flirten Sie nicht mit mir."

„Das Stadium habe ich längst hinter mir, Natasha."

Sie erhob sich und marschierte ruhelos durchs Zimmer. „Sie wechseln das Thema!"

„Wirklich?"

Sie machte eine ungeduldige Handbewegung. „Ich habe seine Gefühle verletzt. Weil ich nicht ahnte, was in ihm vorging. Es gibt nichts Schlimmeres", fuhr sie mit leidenschaftlicher Stimme fort, „als jemanden zu lieben und abgewiesen zu werden."

„Nein." Das verstand er. Und sie tat es auch, er sah es ihren Augen an. „Aber glauben Sie denn, er hat sich wirklich in Sie verliebt?"

„Er glaubt es. Ich habe ihn gefragt, warum, und wissen Sie, was er gesagt hat?" Sie wirbelte herum, das Haar flog ihr um die Schultern. „Weil er mich für schön hält. Stellen Sie sich das vor." Sie warf die Hände in die Höhe und ging wieder auf und ab. Spence war fasziniert von ihrer Art, sich zu bewegen, und von dem melodischen Klang, den ihre Stimme bekam, wenn sie verärgert war. „Ich hätte ihn ohrfeigen können, ihn anschreien, ihn fragen, was er denn überhaupt von mir weiß."

„Mich anzuschreien ist Ihnen nie schwer gefallen."

„Sie sind ja auch kein Junge, der glaubt, verliebt zu sein."

„Ich bin kein Junge", stimmte er zu und legte ihr von hinten die Hände auf die Schultern. „Und ich mag mehr als nur Ihr Gesicht, Natasha. Obwohl ich nicht leugnen will, wie sehr ich es mag."

„Sie wissen doch auch nichts von mir."

„Doch, das tue ich." Behutsam drehte er sie zu sich herum. „Ich weiß, dass Sie Dinge erlebt haben, die ich mir kaum vorstellen kann. Ich weiß, dass Sie Ihre Familie lieben und sie vermissen, dass Sie ein Gefühl für Kinder besitzen und sie von Natur aus gern haben. Sie sind vernünftig, trotzig und leidenschaftlich zugleich." Seine Hände glitten an ihren Armen hinab und dann wieder hinauf. „Ich weiß, dass Sie schon einmal verliebt waren." Bevor sie sich ihm entziehen konnte, festigte er seinen Griff um ihre Schultern. „Und Sie sind noch nicht bereit, darüber zu reden. Sie haben einen scharfen, neugierigen Verstand und ein mitfühlendes Herz, und Sie wünschen sich, sich von mir nicht angezogen zu fühlen. Aber Sie werden es."

Sie verbarg ihren Blick hinter gesenkten Wimpern. „Offenbar wissen Sie mehr über mich als ich über Sie."

„Das lässt sich leicht ändern."

„Ich weiß nicht, ob ich das möchte. Oder warum."

Er küsste sie so kurz, dass sie gar nicht darauf reagieren konnte. „Da ist etwas", flüsterte er. „Und das ist Grund genug."

„Vielleicht ist da wirklich etwas", begann sie. „Nein." Sie wich zurück, als er sie erneut küssen wollte. „Nicht. Ich bin heute Abend nicht sehr stark."

„Dann will ich Ihre Schwäche nicht ausnutzen, sonst habe ich hinterher ein schlechtes Gewissen." Er ließ sie los, und sie verspürte Erleichterung und Enttäuschung zugleich.

„Ich koche Ihnen ein Abendessen", sagte sie spontan.

„Jetzt?"

„Morgen. Nur ein Abendessen", fügte sie rasch hinzu und fragte sich, ob sie die Einladung bereits bedauern sollte. „Vorausgesetzt, Sie bringen Freddie mit."

„Sie wird sich freuen. Und ich auch."

„Gut. Sieben Uhr." Sie griff nach seinem Mantel und hielt ihn ihm hin. „Und jetzt müssen Sie gehen."

Spence nahm den Mantel. „Nur eines noch." Blitzschnell zog er sie an sich und küsste sie lang und tief. Als er sie wieder losließ, registrierte er zufrieden, wie sie sich mit weichen Knien auf die Sofalehne sinken ließ.

„Gute Nacht", sagte er, ging hinaus und atmete die kalte Luft ein.

Es war das erste Mal, dass Freddie zu einem Abendessen der Erwachsenen eingeladen worden war. Ungeduldig wartete sie darauf, dass ihr Vater endlich mit dem Rasieren fertig wurde. Normalerweise sah sie gern zu, wenn er mit dem Rasierer durch den weißen Schaum fuhr. Manchmal wünschte sie sich sogar insgeheim, ein Junge zu sein und das Ritual an sich selbst veranstalten zu können. Doch heute Abend fand sie ihren Vater schrecklich langsam.

„Können wir jetzt gehen?"

Spence spülte sich den Schaum vom Gesicht und sah auf seinen Bademantel hinunter. „Vielleicht sollte ich mir doch besser noch eine Hose anziehen."

Freddie verdrehte die Augen. „Und wann tust du das?"

Spence hob sie hoch und biss ihr zärtlich in den Hals. „Sobald du mir die Ruhe dazu lässt."

Sofort raste sie nach unten, um in der Halle auf und ab zu gehen und dabei bis sechzig zu zählen. Nach der fünften Runde setzte sie sich auf die unterste Treppenstufe und spielte mit der Schnalle ihres linken Schuhs.

Freddie hatte sich schon alles genau überlegt. Ihr Vater würde entweder Tash oder Mrs. Patterson heiraten, weil die beiden hübsch waren und so nett lächelten. Danach würde die, die er geheiratet hatte, mit ihnen in dem neuen Haus wohnen. Bald würde sie eine neue kleine Schwester haben. Ein Bruder würde auch reichen, war aber eindeutig zweite Wahl. Alle würden glücklich sein, weil alle sich mochten. Und ihr Daddy würde abends spät wieder seine Musik spielen.

Als sie Spence herunterkommen hörte, sprang sie auf. „Daddy, ich habe eine Trillion Mal bis sechzig gezählt."

„Ich wette, du hast schon wieder die Dreißiger ausgelassen du kleines Schlitzohr." Er holte rasch ihren Mantel aus dem Garderobenschrank und half ihr hinein.

„Nein, habe ich nicht." Jedenfalls glaubte sie das. „Du hast ewig gebraucht." Seufzend zog sie ihn zur Tür.

„Wir kommen immer noch zu früh."

„Das macht ihr nichts aus."

In genau diesem Moment zog Natasha sich gerade zum dritten Mal um. Anschließend sah sie in den Spiegel. Der weite blaue Sweater und die Jeans beruhigten sie irgendwie. Ihre Kleidung war ungezwungen, und sie würde es auch sein. Sie befestigte die silbernen Ohrringe, warf ihr Haar zurück und eilte in die Küche. Kaum hatte sie nach der Soße gesehen, da klopfte es auch schon.

Sie sind zu früh, dachte sie ein wenig verärgert. Und sie sehen wunderbar aus. Die Missstimmung verschwand in einem Lächeln. Natasha konnte nicht anders, sie musste sich einfach zu Freddie hinabbeugen und sie auf beide Wangen küssen. „Hi."

„Danke, dass Sie mich zum Essen eingeladen haben." Freddie sagte den Satz auf und sah ihren Vater fragend an. Er nickte anerkennend.

„Gern geschehen."

„Wollen Sie denn Daddy nicht auch küssen?"

Natasha zögerte und registrierte Spences herausforderndes Grinsen. „Natürlich." Ihre Küsse fielen äußerst förmlich aus. „Dies ist eine traditionelle ukrainische Begrüßung."

„Ich bin sehr dankbar für Glasnost." Noch immer lächelnd, hob er ihre Hand an die Lippen.

„Gibt es Borschtsch?", wollte Freddie wissen.

„Borschtsch?" Natasha half ihr aus dem Mantel.

„Als ich Mrs. Patterson erzählte, dass ich und Daddy bei Ihnen essen würden, sagte sie, dass Borschtsch das russische Wort für Kohlsuppe ist." Freddie verschwieg Natasha, dass es in ihren Ohren ziemlich unfein klang.

„Ich habe leider keinen Borschtsch gemacht", erwiderte Natasha mit ernster Miene, obwohl sie sich über Freddie amüsierte. „Ich habe stattdessen ein anderes traditionelles Gericht zubereitet. Spaghetti und Fleischklöße."

Zu ihrer Überraschung herrschte eine vollkommen entspannte Atmosphäre. Sie aßen an dem alten Klapptisch am Fenster, und die Gesprächsthemen reichten von Freddies Kämpfen mit der Mathematik bis zur neapolitanischen Oper. Natasha musste nicht lange gebeten werden, von ihrer Familie zu erzählen. Freddie wollte ganz genau wissen, wie es war, eine ältere Schwester zu sein.

„Wir haben uns nicht oft gestritten", erinnerte Natasha sich, während sie den Kaffee trank und Freddie auf ihrem Knie sitzen ließ. „Aber wenn wir es taten, war ich die Siegerin, weil ich die Älteste war. Und die Gemeinste."

„Sie sind nicht gemein."

„Wenn ich wütend bin, bin ich das manchmal." Sie sah zu Spence hinüber und dachte daran, dass sie ihm erklärt hatte, er verdiene Freddie nicht. „Hinterher tut es mir dann leid."

„Wenn Menschen sich streiten, bedeutet das nicht immer, dass sie sich nicht mögen", murmelte Spence. Er gab sich alle Mühe, es nicht geradezu perfekt zu finden, wie Freddie sich in Natashas Schoß kuschelte.

Freddie war sich nicht sicher, ob sie das verstand, aber schließlich war sie erst fünf. Dann fiel ihr ein, dass sie ja bald sechs sein würde. „Ich habe bald Geburtstag."

„Wirklich?" Natasha sah angemessen beeindruckt aus. „Wann denn?"

„In zwei Wochen. Kommen Sie zu meiner Party?"

„Sehr gern." Natasha blickte Spence an, während Freddie all die tollen Sachen aufzählte, die es geben würde.

Vielleicht war es gefährlich, eine so enge Beziehung zu dem kleinen Mädchen aufzubauen. Denn das kleine Mädchen war die Tochter eines Mannes, der in Natasha Wünsche weckte, die sie in der Vergangenheit zurückgelassen hatte. Spence lächelte ihr zu.

Es ist gefährlich, beschloss sie, aber es ist auch unwiderstehlich.

6. KAPITEL

„Windpocken." Spence wiederholte das Wort. Er stand in der Tür und sah zu seiner schlafenden Tochter hinüber. „Da hast du ja ein tolles Geburtstagsgeschenk bekommen, meine Süße."

In zwei Tagen würde sein kleines Mädchen sechs werden und, wenn der Doktor Recht behielt, ganz von dem juckenden Ausschlag bedeckt sein, der vorläufig noch auf Bauch und Brust begrenzt war.

Die Krankheit grassierte, hatte der Kinderarzt erklärt. Bei Kindern in dem Alter ganz normal. Der Mann hat leicht reden, dachte Spence. Es war ja nicht seine Tochter, die mit tränenden Augen und erhöhter Temperatur im Bett lag.

Nina hatte ihm vorwurfsvoll erklärt, dass Freddie sich die Windpocken geholt habe, weil sie auf eine öffentliche Schule ging. Das war natürlich Unsinn. Dennoch fühlte er sich irgendwie schuldig, als er das vom Fieber gerötete Gesicht Freddies sah und ihr leises Stöhnen hörte.

Er hatte Nina gerade noch davon abhalten können, mit der nächsten Maschine zu ihnen zu kommen. Jetzt bereute er es schon fast. Er wünschte sich, jemanden zu haben, der ihm in dieser Situation beistand. Der nicht das Kommando übernahm oder ihm das Gefühl gab, ein Rabenvater zu sein. Der einfach nur da war. Der verstand, was im Vater eines kranken oder traurigen Kindes vorging. Jemand, mit dem er mitten in der Nacht reden konnte, wenn die Sorgen ihn nicht schlafen ließen.

Als er sich diese Person ausmalte, dachte er an keine andere als Natasha.

Er kühlte Freddie die Stirn mit dem feuchten Tuch, das Vera ihm gebracht hatte. Sie schlug die Augen auf.

„Daddy?"

„Ja, Funny Face. Ich bin bei dir."

Ihre Unterlippe zitterte. „Ich habe Durst."

„Ich hole dir etwas Kaltes."

Krank oder nicht, Freddie war raffiniert. „Kann ich Kool-Aid haben?"

Er drückte ihr einen Kuss auf die Wange. „Sicher. Welche Sorte?"

„Die blaue Sorte."

„Die blaue Sorte." Er gab ihr noch einen Kuss. „Ich bin gleich wieder zurück." Er war halb die Treppe hinunter, als gleichzeitig das Telefon läutete und jemand an die Haustür klopfte. „Vera, gehen Sie an den Apparat, ja?", rief er und riss ungeduldig die Tür auf.

Das Lächeln, das Natasha den ganzen Abend lang geübt hatte, verging ihr. „Tut mir leid. Ich komme wohl zu einer ungünstigen Zeit."

„Ja." Aber er zog sie ins Haus. „Augenblick. Vera ... Na endlich", fügte er hinzu, als er die Haushälterin mit dem Telefonhörer in der Hand warten sah. „Freddie möchte etwas Kool-Aid. Die blaue Sorte."

„Ich mache sie ihr." Vera faltete die Hände vor der Schürze. „Mrs. Barklay ist am Apparat."

„Sagen Sie ihr, sie soll ..." Er brach ab, als Vera unwillig die Lippen zusammenzog. Sie sagte Nina nur ungern etwas. „Na gut, ich gehe schon selbst."

„Ich will nicht länger stören", warf Natasha ein. Sie kam sich plötzlich überflüssig vor. „Ich bin nur gekommen, weil Sie heute nicht im Kurs waren. Ich wollte mich erkundigen, ob Sie vielleicht krank sind."

„Freddie ist es." Spence blickte auf das Telefon und überlegte, ob er seine Schwester durch die Leitung hindurch erwürgen könnte. „Sie hat Windpocken."

„Oh. Das arme Ding. Dann gehe ich jetzt besser", sagte sie, obwohl sie am liebsten nach Freddie gesehen hätte.

„Tut mir leid. Hier herrscht ein ziemliches Durcheinander."

„Kein Problem. Ich hoffe, es geht ihr bald wieder gut. Lassen Sie es mich wissen, wenn ich helfen kann."

In diesem Moment rief Freddie halb krächzend, halb schluchzend nach ihrem Vater.

Spences hilfloser Blick nach oben ließ Natasha das Gegenteil von dem tun, wozu ihr Verstand sie aufforderte. „Möchten Sie, dass ich mich eine Minute zu ihr setze? Ich bleibe bei ihr, bis Sie die Dinge wieder im Griff haben."

„Nein. Ja." Spence überlegte. Wenn er jetzt nicht mit Nina sprach, würde sie später erneut anrufen. „Dafür wäre ich Ihnen dankbar."

Schritten der Haushälterin. „Warum tun Sie das?“

„Weil Sie lachen müssen. Kommen Sie, schreiben Sie mir einen Song. Er muss nicht gut sein.“

Jetzt lachte er tatsächlich. „Sie wollen, dass ich Ihnen einen schlechten Song schreibe?“

„Er kann sogar schrecklich sein. Wenn Sie ihn Freddie vorspielen, wird sie sich kichernd die Ohren zuhalten.“

„Ein missratener Song ist so ungefähr das Einzige, was ich in diesen Tagen zustande bringe. Aber Sie müssen mir hoch und heilig versprechen, ihn vor keinem meiner Studenten zu wiederholen.“

„Großes Ehrenwort.“

Er begann mit den Tasten herumzuexperimentieren. Natasha ließ sich inspirieren und fügte hin und wieder einige Tonfolgen hinzu. Gar nicht mal übel, dachte Spence, als er die Takte nochmals durchging. Niemand würde die Komposition brillant nennen, aber sie besaß einen gewissen simplen Charme.

„Lassen Sie mich mal versuchen.“ Natasha warf das Haar zurück und kämpfte mit den Tasten.

„Hier.“ Wie er es manchmal bei seiner Tochter tat, legte er seine Hände auf Natashas, um sie zu führen. „Entspannen Sie sich“, murmelte er ihr ins Ohr.

Genau das konnte sie nicht. „Ich blamiere mich äußerst ungern“, erwiderte sie, ohne den Blick von den Tasten zu nehmen. Es fiel ihr schwer, sich auf die Musik zu konzentrieren.

„Das tun Sie nicht.“ Ihr Haar strich ihm weich und duftend über die Wange.

Seit Jahren hatte er nicht mehr auf dem Flügel herumgespielt. Sicher, er hatte gespielt – Beethoven, Gershwin, Mozart und Bernstein. Aber nie einfach so, aus Spaß. Es war viel zu lange her, dass er sich aus Vergnügen an die Tasten gesetzt hatte.

„Nein, nein. Vielleicht lieber a-Moll.“

Trotzig spielte Natasha erneut F-Dur. „So gefällt es mir besser.“

„Aber es passt nicht zur Melodie.“

„Genau darum geht es mir.“

Er grinste. „Wollen Sie mir Konkurrenz machen?“

„Ich glaube, Sie können es besser ohne mich.“

„Das glaube ich nicht.“ Sein Gesicht wurde ernst. Er legte ihr eine Hand unters Kinn. „Das glaube ich ganz und gar nicht."

„Der Tee wird kalt." Aber sie wich nicht zurück, stand nicht auf. Als er sich vorbeugte, um seine Lippen auf ihren Mund zu legen, schloss sie nur die Augen. „Dies kann doch zu nichts führen."

„Das hat es bereits." Seine Hand glitt ihren Rücken hinauf. „Ich denke die ganze Zeit an dich, daran, mit dir zusammen zu sein, dich zu berühren. Ich habe noch nie jemanden so gewollt, wie ich dich will." Langsam ließ er die Hand über ihren Hals wandern, über die Schulter, den Arm hinab, bis ihre Finger sich über den Tasten verschränkten. „Es ist wie Durst, Natasha. Ein andauernder Durst. Und wenn ich wie jetzt mit dir zusammen bin, weiß ich, dass es dir ebenso geht."

Ihre Hände gruben sich wie von selbst in sein Haar und zogen seinen Kopf hinab. Sie küsste ihn mit einer Intensität, die sie sich niemals zugetraut hätte. Es war, als ob er ihr erster Mann wäre, aber das war er nicht. Sie wünschte sich verzweifelt, ihr Leben wieder von vorn beginnen zu können. Mit ihm, in genau diesem Moment.

In ihr war mehr als Leidenschaft, das spürte er. Da gab es zudem Verzweiflung, Angst und eine uneingeschränkte Großzügigkeit, die ihn benommen machte.

„Warte." Erstmals gestattete sie es sich, ihre Schwäche einzugestehen, und legte den Kopf an seine Schulter. „Es geht mir alles zu schnell."

„Nein." Mit den Fingern kämmte er ihr das Haar. „Wir haben beide Jahre gebraucht, bis wir so weit waren."

„Spence ..." Sie richtete sich wieder auf. „Ich weiß nicht, was ich tun soll", sagte sie langsam und sah ihn an. „Und es ist wichtig für mich, dass ich das weiß."

„Ich glaube, das finden wir schon heraus." Aber als er nach ihr griff, sprang sie auf und trat einen Schritt zurück.

„Für mich ist das nicht so einfach." Nervös schob sie das Haar mit beiden Händen zurück. „Auch wenn es anders aussieht, weil ich so auf dich reagiere. Ich weiß, dass es für Männer einfacher ist als für Frauen, irgendwie weniger persönlich."

Er erhob sich betont langsam. „Das musst du mir erklären."

„Ich meine nur, dass Männer Dinge wie diese unproblematischer finden. Sie sind für sie weniger schwierig zu rechtfertigen."

„Rechtfertigen", wiederholte er und wippte auf den Absätzen vor und zurück. „Das klingt, als ob es ein Verbrechen wäre."

„Ich finde nicht immer die richtigen Worte", entgegnete sie kurz angebunden. „Ich bin kein College-Professor. Ich habe kein Englisch gesprochen, bis ich acht war. Und lesen konnte ich es noch später."

„Was hat denn das damit zu tun?"

„Nichts. Und zugleich alles." Frustriert eilte sie in die Halle und griff im Vorbeigehen nach ihrem Mantel. „Ich hasse es, mich dumm zu fühlen … dumm zu sein. Ich gehöre nicht hierher. Ich hätte nicht kommen sollen!"

„Aber das bist du." Er packte sie an den Schultern, sodass ihr Mantel auf die unterste Treppenstufe flatterte. „Warum bist du gekommen?"

„Ich weiß es nicht. Ist auch egal." Sie fühlte den ungeduldigen Druck seiner Hände.

„Warum kommt es mir bloß vor, als führte ich zwei Gespräche zur gleichen Zeit?", fragte er gereizt. „Was geht in deinem Kopf vor, Natasha?"

„Ich will dich", sagte sie leidenschaftlich. „Und ich will dich nicht wollen."

„Du willst mich." Bevor sie zurückzucken konnte, hatte er sie bereits an sich gezogen.

Diesmal hatte sein Kuss nichts Geduldiges, nichts Bittendes an sich. Er dauerte unendlich lange. Bis Natasha sicher war, ihm nichts mehr geben zu können.

„Warum macht dir das Angst?", flüsterte er.

Sie konnte nicht widerstehen und ließ ihre Hände über sein Gesicht gleiten, um nichts davon zu vergessen. „Ich habe meine Gründe."

„Erzähl mir davon."

Sie schüttelte den Kopf, und als sie zurückwich, ließ er sie los. „Ich will nicht, dass mein Leben sich verändert. Wenn etwas zwischen uns geschieht, ändert dein Leben sich nicht, aber meines vielleicht. Ich möchte sicher sein, dass das nicht eintritt."

„Ist das jetzt die alte Geschichte, dass Männer und Frauen unterschiedlich empfinden?"

„Ja."

Er fragte sich, wer ihr wohl das Herz gebrochen hatte, und er lächelte nicht dabei. „Du bist doch viel zu intelligent, um an das Märchen zu glauben. Was ich für dich empfinde, hat mein Leben bereits verändert."

„Gefühle kommen und gehen."

„Ja, das tun sie. Einige jedenfalls. Und was wäre, wenn ich dir sagte, dass ich dabei bin, mich ernsthaft in dich zu verlieben?"

„Ich würde dir nicht glauben." Ihre Stimme zitterte. Sie bückte sich nach ihrem Mantel. „Und ich wäre wütend auf dich."

Vielleicht sollte er besser warten, bis sie ihm glaubte. „Und wenn ich dir sagte, dass ich vor dir gar nicht wusste, wie einsam ich war?"

Seine Worte bewegten sie mehr als jede Liebeserklärung. „Ich würde darüber nachdenken."

Er berührte sie zaghaft nur mit der Hand an ihrem Haar. „Denkst du über alles so gründlich nach?"

Ihr Blick war vielsagend, als sie ihn ansah. „Ja."

„Dann denk einmal über dies nach. Ich hatte nicht vor, dich zu verführen. Sicher, ich habe es mir oft ausgemalt. Aber ganz bestimmt nicht, während meine Tochter oben krank im Bett liegt."

„Du hast mich nicht verführt."

„Jetzt kratzt du auch noch an meinem geringen Selbstbewusstsein."

Das brachte sie zum Lächeln. „Es gab keine Verführung. Dazu gehört Planung. Ich lasse mich nicht verplanen."

„Werde ich mir merken. Wie auch immer, ich habe keine Lust, dies alles auseinanderzunehmen wie ein Musikstudent ein Beethoven-Konzert. In beiden Fällen bleibt von der Romantik nichts übrig."

Sie lächelte erneut. „Ich will keine Romantik."

„Das ist schade!" Und eine Lüge, dachte er. Er hatte noch gut in Erinnerung, wie sie ihn angesehen hatte, als er ihr eine Rose gab. „Da die Windpocken mich noch für ein oder zwei Wochen auf Trab halten werden, hast du noch etwas Zeit. Wirst du wiederkommen?"

„Ja. Um nach Freddie zu sehen." Sie schlüpfte in den Mantel. „Und nach dir."

Natasha hielt ihr Versprechen. Eigentlich hatte sie nur rasch ein Gute-Besserung-Geschenk für Freddie vorbeibringen wollen, doch dann war fast ein kompletter Abend daraus geworden. Sie musste ein trauriges Kind mit einem juckenden Ausschlag trösten und sich um den erschöpften, gehetzt wirkenden Vater kümmern. Überraschenderweise hatte sie die Aufgabe genossen und es sich zur Gewohnheit gemacht, nach dem Lunch der noch immer misstrauischen Vera zu helfen oder nach Ladenschluss Spence eine Stunde Ruhe und Frieden zu verschaffen.

Seit zehn Tagen kam sie jetzt schon vorbei. Ein Mädchen, dem die Haut juckte, in Stärkemehl zu baden, hatte mit Romantik nicht viel zu tun. Trotzdem fühlte Natasha sich umso mehr von Spence angezogen, und seine Tochter fand sie von Tag zu Tag liebenswerter.

Sie erlebte mit, wie er sich alle Mühe gab, die missmutige Patientin an ihrem Geburtstag aufzuheitern, und half ihm mit dem Kätzchenpaar, das sich als Freddies Lieblingsgeschenk erwies. Als der Ausschlag zurückging und die Langeweile einsetzte, half sie Spence mit eigenen Geschichten aus. Seine Fantasie war langsam, aber sicher erschöpft.

„Nur noch eine Geschichte."

Natasha strich ihr die Decke glatt. „Das hast du vor drei Geschichten auch schon gesagt."

„Du erzählst immer so gute."

„Schmeichelei hilft da auch nichts. Ich müsste längst schlafen." Sie sah auf den großen roten Wecker. „Und du auch."

„Der Doktor hat gesagt, ich kann Montag wieder in die Schule. Ich bin nicht mehr fektiös."

„Infektiös", korrigierte Natasha. „Du freust dich bestimmt, deine Freunde wiederzusehen, stimmts?"

„Die meisten." Freddie spielte mit dem Deckenrand, um Zeit zu gewinnen. „Besuchst du mich, wenn ich nicht mehr krank bin?"

„Ich glaube schon." Sie beugte sich vor und griff nach einem miauenden Kätzchen. „Und Lucy und Desi."

„Und Daddy."

Behutsam kraulte Natasha dem Kätzchen die Ohren. „Ja, vermutlich."

„Du magst ihn, nicht?"

„Ja. Er ist ein sehr guter Lehrer."

„Er mag dich auch." Freddie erzählte nicht, dass sie gesehen hatte, wie ihr Vater Natasha gestern Abend vor dem Bett geküsst hatte. „Wirst du ihn heiraten und dann bei uns wohnen?"

„Soll das ein Antrag sein?" Natasha rang sich ein Lächeln ab. „Ich freue mich, dass du das möchtest, aber dein Daddy und ich sind nur gute Freunde. So wie du und ich."

„Wenn du bei uns wohnst, können wir immer noch Freunde sein."

Das Kind, dachte Natasha, ist ebenso schlau wie der Vater. „Bleiben wir denn nicht auch Freunde, wenn ich bei mir zu Hause wohne?"

„Mmh." Freddie schob trotzig die Unterlippe vor. „Aber es wäre schöner, wenn du hier wohnst. Wie JoBeths Mutter. Sie macht immer Kekse."

Natasha beugte sich hinunter, bis ihre Nasen sich fast berührten. „So, so, du willst mich also wegen der Kekse hier haben."

„Ich hab dich lieb." Freddie schlang die Arme um Natashas Hals und klammerte sich an sie. „Wenn du kommst, bin ich auch ganz artig."

Verblüfft umarmte Natasha das Mädchen und schaukelte sie hin und her. „Oh, Baby, ich hab dich doch auch lieb."

„Dann heiratest du uns auch."

Natasha wusste nicht, ob sie lachen oder weinen sollte. „Heiraten wäre jetzt für keinen von uns die richtige Lösung. Aber wir bleiben Freunde, und ich besuche dich und erzähle dir Geschichten."

Freddie seufzte gedehnt. Sie merkte es, wenn ein Erwachsener ihr auswich, und beschloss, nicht weiterzubohren. Zumal sie ihr Urteil bereits gefällt hatte. Natasha war genau das, was sie als Mutter wollte. Außerdem brachte Natasha ihren Daddy zum Lachen. Freddies geheimster Weihnachtswunsch stand fest. Natasha sollte ihren Vater heiraten und eine kleine Schwester mitbringen.

„Versprochen?", fragte Freddie mit ernster Stimme.

„Ehrenwort." Natasha gab ihr einen Kuss auf die Wange. „Und jetzt schlaf. Ich schicke dir deinen Daddy hoch, damit er dir einen Gutenachtkuss gibt."

Freddie ließ ihre Augen zufallen. Ihre Lippen kräuselten sich zu einem wissenden Lächeln.

Mit dem Kätzchen auf dem Arm ging Natasha nach unten. Im Haus war es ruhig, aber aus dem Musikzimmer drang Licht. Sie setzte das Kätzchen ab, und es rannte sofort in die Küche.

Spence lag im Musikzimmer auf dem zweisitzigen Sofa. Seine Beine baumelten an der einen Seite über der Lehne. In seiner abgetragenen Freizeitkleidung und mit bloßen Füßen sah er nicht aus wie ein brillanter Komponist und Ordentlicher Professor der Musikwissenschaft. Rasiert hatte er sich auch nicht. Natasha musste zugeben, dass die Stoppeln ihn noch attraktiver machten, vor allem in Kombination mit dem leicht zerzausten Haar, dessen Schnitt seit einer oder zwei Wochen überfällig war.

Er schlief fest, ein kleines Kissen unter den Kopf gestopft. Vera hatte ihre Zurückhaltung aufgegeben, von ihr wusste Natasha, dass Spence zwei Nächte lang aufgeblieben war, als Freddies Fieber den Höhepunkt erreicht hatte.

Und sie wusste, dass er sich zwischen den Terminen am College immer wieder Zeit nahm, um nach Hause zu fahren. Mehr als einmal hatte sie bei ihren Besuchen gesehen, wie er sich bis über beide Ohren in Papiere vertiefte.

Noch vor Kurzem hatte sie ihn für einen Mann gehalten, dem das Talent und die Karriere gewissermaßen in die Wiege gelegt worden waren. Was das Talent betraf, so stimmte das ja vielleicht, aber den Rest hatte er sich schwer erarbeitet. Für sich und für sein Kind. Es gab nichts, was sie an einem Mann mehr bewunderte.

Ich bin dabei, mich in ihn zu verlieben, dachte sie. Vielleicht gibt es doch eine Grundlage für unsere Beziehung.

Und sie wollte sich ihm völlig hingeben. Das hatte sie noch nie gewollt. Mit Anthony war es einfach passiert. Sie hatte sich überwältigen und davontragen lassen, bis zum bitteren Ende. Mit Spence würde es anders sein. Eine bewusste Entscheidung. Diesmal war sie nicht so leicht zu verletzen. Und schon gar nicht so tief. Vielleicht würde es sogar glücklich enden.

Sollte sie das Risiko eingehen? Leise faltete sie die blaue Wolldecke auf, die über der Sofalehne lag, und deckte ihn damit zu. Es war lange her, dass sie ein Risiko eingegangen war. Vielleicht war es jetzt an der Zeit. Sie beugte sich zu ihm hinab und küsste ihn behutsam auf die Augenlider.

7. KAPITEL

Die schwarze Katze stieß einen warnenden Schrei aus. Ein Windstoß ließ die Tür gegen die Wand knallen, und von draußen drang ein irres Lachen herein. Es mussten schwere Tropfen sein, die die Wände hinabrannen und geräuschvoll auf dem Boden des Verlieses aufschlugen. Die Gefangenen rasselten mit den Ketten. Einem ohrenbetäubenden Aufschrei folgte ein langes, verzweifeltes Stöhnen.

„Toll", meinte Annie und steckte sich einen Kaugummi in den Mund.

„Von den Schallplatten hätte ich mehr bestellen sollen!" Natasha griff nach einer orangefarbenen Schreckensmaske und verwandelte einen harmlosen Plüschbären in ein Halloween-Gespenst. „Das war die letzte."

„Nach heute Abend wirst du ohnehin für Weihnachten planen müssen." Annie schob ihren spitzen Zaubererhut zurück. Sie grinste und entblößte dabei ihre geschwärzten Zähne. „Da kommen die Freedmont-Jungen." Sie rieb sich die Hände und probierte ein hämisches Gackern. „Falls dieses Kostüm etwas taugt, werde ich die beiden in Frösche verwandeln."

Das schaffte sie zwar nicht, aber immerhin verkaufte sie ihnen künstliches Blut und aufklebbare Gumminarben.

„Ich möchte wissen, was die beiden Rabauken heute Abend bei ihren Nachbarn alles anstellen", dachte Natasha laut.

„Nichts Gutes." Annie bückte sich unter einer herabbaumelnden Fledermaus. „Musst du jetzt nicht los?"

„In einer Minute." Natasha widmete sich ihrem schwindenden Vorrat an Masken und falschen Nasen. „Die Schweineschnauzen haben sich besser verkauft, als ich dachte. Ich konnte mir nicht vorstellen, dass so viele Leute sich als Vieh verkleiden wollen." Sie hielt sich eine davon vor die Nase. „Vielleicht sollten wir sie das ganze Jahr hindurch im Angebot führen."

Annie merkte, dass ihre Freundin Zeit gewinnen wollte, und fuhr sich mit der Zunge über die Zähne, um nicht zu grinsen. „Ich finde es schrecklich nett von dir, bei der Dekoration für Freddies Party heute Abend zu helfen."

„Ist doch selbstverständlich.“ Natasha ärgerte sich über ihre Nervosität. Sie legte die Schnauze zurück und strich mit dem Finger über den faltigen Elefantenrüssel, der an einer übergroßen Brille befestigt war. „Schließlich habe ich selbst vorgeschlagen, dass sie eine Halloween-Party veranstaltet, nachdem die zu ihrem Geburtstag ausfallen musste.“

„Hmm“, murmelte Annie. „Ob ihr Vater wohl als Märchenprinz kommt?“

„Er ist kein Märchenprinz.“

„Der große böse Wolf?“ Annie lachte und hob begütigend die Hände. „Tut mir leid. Ich finde es nur lustig, wenn du entnervt bist.“

„Ich bin nicht entnervt.“ Das war eine dicke Lüge, und Natasha gestand es sich ein, während sie zusammenpackte, was sie zur Party beisteuern wollte. „Du kannst gern mitkommen, weißt du.“

„Vielen Dank. Aber ich bleibe lieber zu Hause und schütze mein Heim vor halbwüchsigen Bösewichten. Mach dir keine Sorgen um mich“, schnitt sie Natasha das Wort ab. „Ich schließe ab.“

„Na schön. Vielleicht werde ich einfach …“ Sie brach ab, als die Ladentür sich öffnete. Noch ein Kunde, dachte sie erleichtert. Das verschafft mir etwas mehr Zeit. Es war schwer zu entscheiden, wer von beiden überraschter war, als sie Terry sah. „Hi, Terry.“

Er schluckte und versuchte ihr Kostüm zu ignorieren. „Tash?“

„Ja.“ Sie hoffte, dass er ihr inzwischen verziehen hatte, und streckte ihm lächelnd die Hand entgegen. Er hatte sich in der Klasse umgesetzt und war ihr jedes Mal aus dem Weg gegangen, wenn sie ihn ansprechen wollte.

Jetzt stand er verlegen und unsicher vor ihr. Er gab ihr kurz die Hand und steckte sie hastig in die Hosentasche. „Ich habe nicht damit gerechnet, dich hier zu treffen.“

„Nein?“ Sie legte den Kopf auf die Seite. „Dies ist mein Laden. Er gehört mir.“

„Er gehört dir?“ Beeindruckt sah er sich um. „Wow. Nicht schlecht.“

„Danke. Möchtest du etwas kaufen, oder willst du dich nur mal umsehen?“

Einen Laden, dessen Besitzerin er eine Liebeserklärung gemacht hatte, zu betreten, war für ihn eine völlig neue Erfahrung. „Ich wollte nur … äh …“

„Etwas für Halloween?", half sie ihm auf die Sprünge. „Im College werden Partys veranstaltet."

„Ja, ich weiß. Nun, ich dachte mir ... Vielleicht schleiche ich mich auf ein paar davon. Eigentlich ist es ja kindisch, aber ..."

„Hier im ‚Fun House' ist Halloween eine äußerst ernste Angelegenheit", erwiderte sie feierlich. Noch während sie sprach, drang einer der grässlichen Schreie aus den Lautsprechern. „Siehst du?"

Dass er zusammengezuckt war, war ihm ungemein peinlich. Terry gelang die Andeutung eines Lächelns. „Ja. Nun, ich dachte mir, vielleicht eine Maske oder so." Er wedelte mit den Hände in der Luft herum und ließ sie dann wieder in den Taschen verschwinden.

„Möchtest du etwas Gruseliges oder etwas Lustiges?"

„Darüber habe ich noch gar nicht nachgedacht."

„Schau dir einfach an, was wir noch zu bieten haben. Annie, dies ist ein Freund von mir, Terry Maynard. Er ist Violinist."

„Hi!" Annie sah, wie er ihr nervös zunickte und damit seine Brille ins Rutschen brachte. Sie fand ihn hinreißend. „Wir haben zwar nicht mehr viel, aber es sind ein paar tolle Sachen darunter. Kommen Sie, ich helfe Ihnen, etwas auszusuchen."

„Ich muss los." Natasha nahm ihre zwei Einkaufstaschen. „Amüsier dich auf deiner Party, Terry."

„Danke."

„Annie, wir sehen uns morgen früh."

„Alles klar." Sie schob sich ihren Zaubererhut wieder aus der Stirn und lächelte Terry an. „So, Sie sind also Violinist ..."

Draußen überlegte Natasha, ob sie nach Hause laufen und den Wagen holen sollte. Aber sie beschloss, die kühle, klare Luft zu genießen. Die Blätter der Bäume hatten ihre Farbe gewechselt. Aus dem leuchtenden Rot und dem lebhaften Gelborange war ein eher blasses Rotbraun geworden. Auf den Bürgersteigen sammelte sich trockenes Laub, das unter Natashas Füßen raschelte, als sie sich auf den kurzen Weg machte.

Die widerstandsfähigsten Blumen blühten noch und strömten einen würzigen Duft aus, der so anders war als die schweren Aromen des Sommers. Kälter, sauberer, frischer, dachte Natasha.

Sie bog von der Hauptstraße ab und betrat das Viertel, in dem die Häuser hinter Hecken und großen Bäumen standen. Auf den Stufen und Veranden standen Kürbislaternen und warteten grinsend darauf, bei Anbruch der Dunkelheit von innen beleuchtet zu werden. Hier und dort hingen Wachspuppen in Flanellhemden und zerrissenen Jeans von entblätterten Ästen. Hexen und Gespenster aus Stroh hockten auf den Treppen, bereit, die Kinder zu erschrecken oder zu belustigen, wenn sie am Abend von Haus zu Haus zogen.

Natasha wusste, dass dieser Anblick einer der Gründe für ihre Entscheidung war, in einer Kleinstadt zu leben. Hier hatten die Menschen noch Zeit. Die Zeit, einen Kürbis auszuhöhlen oder aus einem Bündel alter Kleidungsstücke einen Reiter ohne Kopf zu formen. Bevor der Mond heute Abend aufging, würden Kinder, als Feen oder Kobolde verkleidet, durch die Straßen laufen. Ihre Sammelbeutel würden sich mit gekauftem Candy und selbst gebackenen Keksen füllen, und die Erwachsenen würden sich nicht anmerken lassen, dass sie die kleinen Landstreicher, Clowns und Gespenster längst erkannt hatten. Das Einzige, was die Kinder zu fürchten hatten, war ihre eigene Fantasie.

Ihr Kind wäre jetzt neun Jahre alt.

Natasha blieb kurz stehen und schloss die Augen, bis die Erinnerung und der Schmerz vorübergingen.

Wie oft hatte sie sich selbst aufgefordert, die Vergangenheit endlich ruhen zu lassen? Doch die Erinnerung kam immer wieder, ungebeten, unerwartet, manchmal mit brutaler Deutlichkeit, manchmal schleichend und behutsam. Aber immer schmerzhaft.

Sie holte tief Luft, schüttelte die Benommenheit ab. Heute Abend durfte es für sie keine Trauer geben. Sie hatte einem anderen Kind eine lustige Party versprochen und beabsichtigte, ihr Bestes zu geben.

Lächelnd stieg sie die Stufen zu Spences Haus hinauf. Er hatte sich bereits an die Arbeit gemacht. Neben der Tür hingen zwei riesige Kürbismasken. Die eine grinste schelmisch, die andere zog ein düsteres Gesicht. Komödiant und Tragödie, dachte Natasha. Über dem Geländer der Veranda war ein weißes Laken so befestigt, dass es wie ein schwebendes Gespenst aussah. Unter dem Dachvorsprung lauerten Pappfledermäuse mit roten Augen. In einem alten Schaukelstuhl saß ein Monster mit dem eigenen Kopf in der Hand. Und an der Haustür prangte eine lebensgroße Hexe, die in ihrem dampfenden Kessel rührte.

Natasha klopfte der Hexe direkt unter die warzenbesetzte Nase und lachte noch immer, als Spence ihr öffnete.

Ihm blieb die Sprache weg. Einen Moment lang glaubte er, sich ihren Anblick nur einzubilden. Vor ihm stand die Zigeunerin von der Spieluhr, funkelndes Gold an Ohren und Handgelenken. Ihre wilde Mähne wurde durch einen saphirfarbenen Schal gebändigt, der ihr zusammen mit den Locken fast bis zur Taille hinabfloss. Um ihren Hals hing noch mehr Gold, massive, kunstvolle Ketten, die ihre zarte Gestalt nur betonten. Das rote Kleid saß wie angegossen, über dem weiten Rock unterstrichen farbenfrohe Schals, wie schmal ihre Hüften waren.

Ihre Augen waren groß und dunkel, und sie hatte es verstanden, sie durch irgendeinen fraulichen Kunstgriff noch mysteriöser als sonst erscheinen zu lassen. Natasha verzog die vollen roten Lippen zu einem leisen Lächeln, während sie sich vor ihm drehte. Ihr Rocksaum hob sich so weit, dass ihm die schwarze Spitze, die sie darunter trug, nicht entging.

„Ich habe eine Kristallkugel", sagte sie und griff in die Tasche. Das Glas schien vor seinen Augen aufzublitzen. „Wenn du mir eine Silbermünze auf die Hand legst, schaue ich für dich hinein."

„Du bist wunderschön", stieß er hervor.

Sie lachte nur und trat ins Haus. „Illusionen. Heute ist die Nacht dafür." Sie ließ die Kristallkugel wieder in die Tasche gleiten. Am Bild der rätselhaften Zigeunerin änderte sich dadurch nichts. „Wo ist Freddie?"

Seine Hand war am Türgriff feucht geworden. „Sie …" Er brauchte einen Moment, bis er wieder einen klaren Gedanken fassen konnte. „Sie ist bei JoBeth. Ich wollte alles arrangieren, wenn sie nicht dabei ist."

„Gute Idee." Sie musterte seinen grauen Sweater und die staubigen Jeans. „Ist das dein Kostüm?"

„Nein. Ich habe Spinnengewebe aufgehängt."

„Ich helfe dir bei den Vorbereitungen." Lächelnd hielt sie die Taschen hoch. „Süßes oder Saures? Ich habe alles dabei. Was möchtest du als Erstes?"

„Das fragst du noch?", erwiderte er leise, legte ihr einen Arm um die Taille und zog sie mit einem Ruck an sich. Sie warf den Kopf in den Nacken. Ihre Augen blitzten protestierend. Doch dann spürte sie seine Lippen. Die Taschen glitten ihr aus den Händen. Als hätten ihre Finger nur darauf gewartet, fuhren sie Spence durchs Haar.

Es war nicht das, was sie gewollt hatte, aber es war genau das, was sie brauchte. Ohne Zögern öffnete sie den Mund und erwiderte den Kuss. Irgendwie fand sie es plötzlich selbstverständlich, hier in seiner offenen Tür zu stehen und ihn in den Armen zu halten, mit dem Duft der Herbstblumen in der Nase und der frischen Brise im Haar.

Perfekt, schoss es ihm durch den Kopf. Ein anderes Wort fiel ihm nicht ein, als ihr Körper sich an ihn schmiegte und er durch den Stoff hindurch die Wärme ihrer Haut spürte. Dies war alles andere als eine Illusion. Und sie war keine Fantasiegestalt, trotz der bunten Schals und glitzernden Goldketten. Sie war real, sie war hier, und sie war sein. Bevor die Nacht vorüber war, würde er es ihnen beiden beweisen.

„Ich höre Violinen", murmelte er, während er die Lippen an ihrem Hals hinabwandern ließ.

„Spence." Sie hörte nur ihr eigenes Herzklopfen, das allerdings laut wie Donnergrollen im Kopf. Sie zwang sich zur Vernunft und schob ihn von sich. „Du bringst mich dazu, Dinge zu tun, die ich nicht tun will." Sie holte tief Luft und sah ihn an. „Ich bin gekommen, um bei Freddies Party zu helfen."

„Und dafür bin ich dir dankbar." Leise schloss er die Haustür. „Und ich bin dankbar dafür, wie du aussiehst, wie du schmeckst, wie du dich anfühlst."

„Dies ist kaum der richtige Zeitpunkt hierfür."

Er liebte es, wie sie ihren Tonfall verändern und sich aus einer Bäuerin in eine Hoheit verwandeln konnte. „Dann müssen wir einen besseren finden."

Sie griff nach ihren Taschen. „Ich helfe dir, die Spinnengewebe aufzuhängen, wenn du mir versprichst, dabei Freddies Vater zu sein. Nur Freddies Vater."

„Okay." Anders würde er einen Abend mit fünfundzwanzig kostümierten Erstklässlern ohnehin nicht überstehen. Außerdem würde die Party ja nicht ewig dauern. „Benehmen wir uns vorläufig wie Kumpel."

Das klang gut. Sie überlegte kurz, griff in eine der Taschen und zog eine Gummimaske heraus. „Da“, sagte sie und stülpte ihm das blutverschmierte, mit blauen Flecken übersäte Gesicht über. „Du siehst großartig aus.“

Er rückte sich die Maske zurecht, bis er durch die Augenlöcher sehen konnte. Der Drang, sich im Spiegel zu betrachten, war unwiderstehlich. „Hilfe, ich ersticke“, sagte er lachend.

„Ein paar Stunden wirst du darin überleben.“ Sie reichte ihm die zweite Tasche. „Komm schon. Es braucht seine Zeit, ein verwunschenes Haus zu bauen.“

Zwei Stunden später hatten sie Spences elegant eingerichtetes Wohnzimmer in ein gruseliges Verlies verwandelt, das wie geschaffen schien für umherhuschende Ratten und die Schreie der Gefolterten. Schwarzes und orangefarbenes Krepppapier hing an Wänden und Decke. Spinnengewebe aus Engelshaar zierten die Ecken. In einem Winkel des Raums lehnte eine Mumie mit vor der Brust gekreuzten Armen an der Wand. Eine schwarz gekleidete Hexe schwebte auf ihrem Besenstiel durch die Luft. Im Schatten wartete ein blutrünstiger Graf Dracula auf den Einbruch der Dunkelheit und seine wehrlosen Opfer.

„Findest du es nicht zu gruselig?“, fragte Spence, während er einen Kürbiskopf für ein lustiges Halloween-Spiel aufhängte. „Es sind Erstklässler.“

Natasha schnippte nach einer Gummispinne und ließ sie an ihrem Faden hin und her wippen. „Das ist noch gar nichts. Meine Brüder haben einmal ein verwunschenes Haus gestaltet. Rachel und mir wurden die Augen verbunden. Mikhail steckte meine Hand in eine Schüssel mit Weintrauben und erzählte mir, das wären die herausgerissenen Pupillen seiner Opfer.“

Spence verzog angewidert das Gesicht.

Sie strahlte. „Und dann waren da noch Spaghetti …“

„Schon gut“, fiel er ihr ins Wort. „Ich habe kapiert, worum es bei diesem Spiel geht.“

Lachend überprüfte sie den Sitz ihre Ohrringe. „Jedenfalls fand ich es wunderbar. Unsere kleinen Gäste wären schrecklich enttäuscht, wenn wir nicht ein paar Monster für sie auf Lager hätten. Wenn es ihnen erst einmal richtig gegruselt hat, und das wollen sie, dann schaltest du das Licht ein. Schon sehen sie, dass alles nur eine Illusion war.“

„Zu dumm, dass wir keine Trauben im Haus haben."

„Nicht so schlimm. Wenn Freddie älter ist, zeige ich dir, wie man aus einem Gummihandschuh eine blutige, abgetrennte Hand macht."

„Ich kann es gar nicht abwarten."

„Was gibt es denn zu essen?"

„Vera hat wie ein Pferd geschuftet." Spence schob sich die Maske aus dem Gesicht und sah sich im Zimmer um. Sie hatten ausgezeichnete Arbeit geleistet. Er war zufrieden, besonders darüber, dass er und Natasha diese tolle Leistung gemeinsam vollbracht hatten. „Sie hat ein richtiges Grusel-Menü gezaubert, von Hölleneiern bis zum Hexenbräu-Punsch. Weißt du, was noch fehlt? Eine Nebelmaschine."

„Jetzt hast du's endlich drauf." Sein Grinsen ließ sie lachen. „Nächstes Jahr."

Nächstes Jahr? Das klang vielversprechend. Nächstes Jahr und das übernächste und das danach. Seine Gedanken rasten, und er musterte sie stumm.

„Stimmt etwas nicht?"

Er lächelte. „Nein, alles in Ordnung."

„Ich habe die Preise hier." Natasha wollte sich die Füße ausruhen und setzte sich neben die schaurige Gestalt auf die Sessellehne. „Für die Spiele und die Kostüme."

„Das hättest du nicht zu tun brauchen."

„Ich sagte dir doch, dass ich es gern tue. Dies ist mein Lieblingspreis." Sie zog einen Totenschädel hervor, stellte ihn auf den Boden und betätigte einen verborgenen Schalter. Der Schädel glitt mit blinkenden Augenhöhlen über das Parkett.

Kopfschüttelnd hob Spence den Schädel auf und ließ ihn auf seiner Handfläche rotieren. „Du schreckst ja vor nichts zurück."

„Nein. Für mich kann es gar nicht gruselig genug sein."

Lachend schaltete er den Schädel aus. Dann zog er sich seine Maske übers Gesicht. „Traust du dich, mich so zu küssen?", sagte er und zog sie zu sich hinauf.

„Nein", entschied sie nach kurzem Überlegen. „Du bist zu hässlich."

„Okay." Er schob die Maske wieder hoch. „Und jetzt?"

„Jetzt bist du noch hässlicher." Sie ließ die Maske wieder nach unten gleiten.

„Sehr witzig."

„Es war nötig." Sie hakte sich bei ihm ein und musterte die Dekoration. „Schätze, du wirst einen Volltreffer landen."

„Wir werden einen Volltreffer landen", korrigierte er. „Du weißt, dass Freddie ganz verrückt nach dir ist?"

„Ja. Und es beruht auf Gegenseitigkeit."

Sie hörten ein Türenknallen und einen begeisterten Aufschrei. „Wo wir gerade von Freddie reden ..."

Die Kinder trafen zunächst einzeln oder zu zweit ein, bis schließlich eine wahre Flut von ihnen über das Haus hereinbrach. Als die Uhr sechs schlug, war das Zimmer voller Ballerinen und Piraten, Monster und Superhelden. Das verwunschene Haus sorgte für schrilles Gekreische, erschrecktes Aufstöhnen und so manches verlegene Kichern. Niemand war tapfer genug, die Tour allein durchzustehen, aber manche machten sie ein zweites oder drittes Mal. Ab und zu war jemand so mutig, mit dem Finger gegen die Mumie zu drücken oder den Umhang des Vampirs zu berühren.

Als die Lichter eingeschaltet wurden, gab es ein enttäuschtes Aufstöhnen, aber auch einige Seufzer der Erleichterung. Freddie, als lebensgroße Raggedy-Ann-Puppe verkleidet, riss ihr verspätetes Geburtstagsgeschenk auf.

„Du bist ein sehr guter Vater", murmelte Natasha.

„Danke." Er griff nach ihrer Hand und verschränkte die Finger. Schon lange dachte er nicht mehr darüber nach, warum er es so selbstverständlich fand, dass sie gemeinsam die Party seiner Tochter beaufsichtigten. „Womit habe ich das Lob verdient?"

„Du hast es dir verdient, weil du noch kein einziges Aspirin geschluckt hast. Außerdem hast du kaum mit der Wimper gezuckt, als Mikey seinen Punsch auf deinem Teppich verschüttete."

„Ich wollte lediglich Kräfte sparen. Denn die brauche ich für den Moment, in dem Vera den Fleck entdeckt." Mit einer Körperdrehung wich er einer Elfenprinzessin aus, die von einem Kobold gejagt wurde. Aus jeder Zimmerecke drang Quietschen, untermalt vom Gerassel und Gestöhne der Schallplatte. „Was das Aspirin betrifft ... Wie lange halten die das noch durch?"

„Oh, bestimmt länger als wir."

„Du kannst einem wirklich Mut machen."

„Wir beginnen jetzt mit den Spielen. Du wirst dich wundern, wie schnell zwei Stunden vorübergehen."

Sie behielt Recht. Als endlich alle nummerierten Nasen in den von einem Laken verhüllten Kürbiskopf gesteckt worden waren, als die „Reise nach Jerusalem" abgeschlossen war, der letzte einsame Apfel unerreicht in der Luft baumelte und die letzte Wäscheklammer zielsicher in den Steintopf geworfen wurde, trafen die ersten Eltern ein, um ihre widerwilligen Frankensteins und sonstigen Monster abzuholen. Aber der Spaß war für die Kinder noch nicht vorbei.

In kleinen Gruppen zogen verkleidete Kinder durch die Straßen und verdienten sich mit fantasievollen Gruselnummern ihre Candy-Riegel und Karamelläpfel.

Es war fast zehn, als Spence es endlich schaffte, eine erschöpfte, aber strahlende Freddie ins Bett zu bekommen. „Das war der schönste Geburtstag, den ich je hatte", erklärte sie ihm. „Ich bin froh, dass ich die Windpocken bekommen habe."

Spence rieb mit den Fingerspitzen über eine orangefarbene Sommersprosse, die der Reinigungscreme entgangen war. „Ich weiß nicht, ob ich dir da zustimmen kann, aber ich freue mich, dass es dir Spaß gemacht hat."

„Kann ich noch ein …?"

„Nein!" Er gab ihr einen Kuss auf die Nase. „Wenn du noch ein Stück Candy isst, platzt du."

Sie kicherte, und weil sie zu müde für ihre üblichen raffinierten Manöver war, kuschelte sie sich ins Kissen. „Nächstes Jahr möchte ich eine Zigeunerin sein. Wie Tash. Darf ich?"

„Sicher. Schlaf jetzt. Ich bringe Natasha noch nach Hause, aber Vera ist ja hier."

„Wirst du Tash bald heiraten, damit sie immer hierbleibt?"

Spence öffnete den Mund, schloss ihn jedoch wieder, als Freddie herzhaft gähnte. „Woher bekommst du diese Ideen nur?", murmelte er.

„Wie lange braucht man, um eine kleine Schwester zu bekommen?", fragte sie und schlief gleich darauf ein.

Spence fuhr sich mit der Hand übers Gesicht. Er war froh, dass ihm die Antwort erspart blieb.

Als er nach unten kam, war Natasha dabei, die gröbste Unordnung zu beseitigen. Sie sah auf. „Wenn eine Party ein solches Chaos hinterlässt, weiß man, dass sie gelungen war." Etwas an seinem Gesichtsausdruck ließ sie genauer hinsehen. „Ist etwas nicht in Ordnung?"

„Nein, nein. Es ist nur wegen Freddie."

„Sie hat Bauchweh, stimmt's?"

„Noch nicht." Mit einem Schulterzucken tat er es ab. „Sie schafft es immer wieder, mich zu überraschen." Er lachte. „Nicht", sagte er und nahm ihr den Müllsack ab. „Du hast genug getan."

„Es macht mir nichts aus." Sie zögerte. „Jetzt gehe ich wohl besser. Morgen ist Samstag, da ist der Laden immer voll."

Er fragte sich, wie es wohl wäre, wenn sie jetzt einfach zusammen nach oben gingen, in sein Schlafzimmer. In sein Bett. „Ich bringe dich nach Hause."

„Das brauchst du nicht."

„Ich möchte es aber." Die Spannung war zurückgekehrt. Ihre Blicke trafen sich, und er wusste, dass sie sie ebenfalls spürte. „Bist du müde?"

„Nein." Die Zeit war reif für einige Wahrheiten, das ahnte sie. Er hatte getan, was sie von ihm verlangt hatte, und war während der Party nicht mehr als Freddies Vater gewesen. Jetzt war die Party vorüber. Aber die Nacht nicht.

„Möchtest du laufen?"

Ihre Mundwinkel hoben sich. Dann legte sie ihre Hand in seine. „Ja, gern."

Es war jetzt kälter. Die schneidende Luft kündigte den Winter an. Über ihnen stand der Vollmond in eisigem Weiß. Wolken tanzten über ihn hinweg und ließen die Schatten wandern. Vereinzelt raschelten die Blätter, und hin und wieder hörten sie die Rufe oder das Lachen der letzten kostümierten Gruppen. Um den Stamm der gewaltigen Eiche an der Ecke hatten Teenager das unvermeidliche Toilettenpapier gewickelt.

„Ich liebe diese Jahreszeit", murmelte Natasha. „Vor allem nachts, wenn es etwas windig ist. Man kann den Rauch der Schornsteine riechen."

Auf der Hauptstraße begegneten sie älteren Kindern und College-Studenten in Schreckensmasken oder mit bemalten Gesichtern. Ein Wagen voller Monster hielt kurz neben ihnen. Die Insassen kurbelten die Fenster hinunter, und schon ertönte ein schauriges Geheul.

Spence sah dem Wagen nach, als er um die Ecke bog. Das Geheul verklang erst einige Sekunden später. „Ich kann mich nicht erinnern, jemals irgendwo gewesen zu sein, wo man Halloween so ernst nimmt wie hier."

„Warte erst einmal ab, was sich Weihnachten abspielt."

Natashas eigener Kürbis stand mit flackernder Kerze vor ihrer Haustür. Daneben eine halb volle Schüssel Candy-Riegel. An der Tür hing ein Schild. „Jeder nur einen, sonst …"

„Und das reicht?", fragte Spence kopfschüttelnd.

Natasha warf einen Blick auf das Schild. „Sie kennen mich."

Er beugte sich hinunter und nahm einen Riegel. „Bekomme ich einen Brandy dazu?"

Sie zögerte die Antwort hinaus. Wenn sie ihn hereinließ, würden sie unvermeidlich wieder dort anfangen, wo der Kuss vorhin geendet hatte. Zwei Monate, dachte sie, zwei Monate voller Fragen, voller Zweifel, voller Verstellungen. Sie wussten beide, dass es so nicht weitergehen konnte.

„Natürlich." Sie öffnete die Tür und ließ ihn eintreten.

Nervös eilte sie in die Küche, um die Drinks einzugießen. Ja oder nein, jetzt musste die Entscheidung fallen. Ihre Antwort hatte schon lange vor dieser Nacht festgestanden, und sie war auf alles vorbereitet. Aber wie würde es mit ihm sein? Wie würde sie sein? Und wie würde sie nach dieser Nacht so tun können, als wäre sie mit diesem einen Mal zufrieden?

Mehr als diese Nacht durfte sie aber nicht wollen. Welcher Art ihre Gefühle für ihn auch sein mochten – und sie waren sehr tief –, das Leben musste so weitergehen wie bisher. Keine Versprechungen, keine Schwüre.

Keine gebrochenen Herzen.

Als sie zurückkehrte, drehte er sich zu ihr um, sagte aber nichts. Seine Gedanken waren widersprüchlich und konfus. Was wollte er eigentlich? Sie natürlich. Aber wie viel oder wie wenig würde er akzeptieren? Dabei brauchte er sie nur anzusehen, und schon erschien ihm alles so unproblematisch.

„Danke." Er nahm den Brandy und beobachtete sie, während er daran nippte. „Als ich das erste Mal eine Vorlesung hielt, stand ich auf dem Podium, und mein Kopf war plötzlich völlig leer. Einen schrecklichen Moment lang fiel mir nichts von dem ein, was ich hatte sagen wollen. Jetzt geht es mir ebenso."

„Du musst gar nichts sagen."

„Es ist nicht so einfach, wie ich es mir vorgestellt habe." Er nahm ihre Hand. Sie war kalt und zitterte. Instinktiv presste er die Lippen auf ihre Handfläche. Er wusste, dass sie genauso nervös war wie er. „Ich möchte dir keine Angst machen."

„Ich bin es selbst, die mir Angst macht." Sie entzog ihm die Hand wieder, um sich selbst ihre Stärke zu beweisen. „Ich gebe mich viel zu sehr meinen Gefühlen hin ... Es gab eine Zeit, da haben sie mich völlig beherrscht, mir die Entscheidung abgenommen. Für manche Fehler bezahlt man sein Leben lang."

„Dies ist kein Fehler." Er stellte das Glas ab und nahm ihr Gesicht zwischen die Hände.

Ihre Finger legten sich um seine Handgelenke. „Das darf es auch nicht sein. Ich will keine Versprechungen, Spence. Ich würde es nicht ertragen, wenn sie gebrochen werden. Ich brauche und will keine schönen Worte. Sie kommen einem allzu leicht über die Lippen." Der Griff der Finger festigte sich. „Ich möchte mit dir schlafen, aber ich brauche Respekt, keine Gedichte."

„Bist du fertig?"

„Ich will, dass du mich verstehst", beharrte sie.

„Ich fange an, genau das zu tun. Du musst ihn sehr geliebt haben."

Sie ließ die Hände sinken. „Ja."

Es schmerzte so sehr, dass es ihn überraschte. Wie konnte er sich von jemandem bedroht fühlen, der zu ihrer Vergangenheit gehörte? Er hatte doch selbst eine Vergangenheit. Aber trotzdem fühlte er sich verletzt. Und bedroht. „Ich will nicht wissen, wer er war und was zwischen euch passiert ist." Das war eine glatte Lüge, aber damit würde er später fertig werden müssen. „Aber ich will nicht, dass du an ihn denkst, wenn du mit mir zusammen bist."

„Das tue ich nicht. Jedenfalls nicht so, wie du es meinst."

„Du sollst es überhaupt nicht tun."

Sie zog eine Augenbraue hoch. „Du kannst weder meine Gedanken noch etwas anderes von mir steuern."

„Du irrst dich." Getrieben von ohnmächtiger Eifersucht, zog er sie in die Arme. Der Kuss war stürmisch, fordernd, besitzergreifend. Und verlockend. So verlockend, dass sie fast nachgegeben hätte. Doch in letzter Sekunde brach sie ihn ab und ging auf Distanz.

„Ich lasse mich nicht erobern." Sie wusste nicht, ob das stimmte, und ihre Stimme klang umso trotziger.

„Sind das deine Regeln, Natasha?"

„Ja. Weil sie fair sind."

„Wem gegenüber?"

„Uns beiden." Sie presste die Finger gegen ihre Schläfen. „Lass uns nicht streiten", sagte sie leiser als zuvor. „Es tut mir leid." Schulterzuckend und mit einem Lächeln signalisierte sie ihm die Entschuldigung. „Ich habe Angst. Es ist lange her, dass ich mit jemandem zusammen war. Dass ich mit jemandem zusammen sein wollte."

Er griff nach seinem Brandy, schwenkte ihn und starrte auf die goldbraune Flüssigkeit. „Du machst es mir schwer, dir böse zu sein."

„Ich möchte, dass wir gute Freunde bleiben. Ich habe noch nie mit einem guten Freund geschlafen."

Und er hatte sich noch nie in eine gute Freundin verliebt. Dass Freundschaft und Liebe sich für ihn immer ausgeschlossen hatten, war ein erschreckendes Eingeständnis. Nie würde er es laut aussprechen können.

„Wir sind Freunde." Er streckte die Hand aus und ergriff behutsam ihre Finger. „Freunde vertrauen einander, Natasha."

„Ja."

Er sah auf ihre beiden Hände hinab. „Lass uns doch ..."

Ein Geräusch am Fenster ließ ihn verstummen und hinübersehen. Bevor er sich bewegen konnte, festigte sich Natashas Griff an seiner Hand. Ihrem Gesicht war anzusehen, dass das Geräusch sie nicht ängstigte, sondern belustigte. Sie hob einen Finger an den Mund und blickte ihn mit großen Augen an.

„Ich finde es eine gute Idee, mit einem Professor befreundet zu sein", sagte sie mit etwas lauterer Stimme und nickte ihm auffordernd zu.

„Ich … äh … bin froh, dass Freddie und ich so viele nette Leute kennengelernt haben." Verblüfft sah er Natasha zu, wie sie in einer Schublade wühlte.

„Es ist eine sympathische kleine Stadt. Natürlich haben wir auch unsere Probleme. Hast du schon von der Frau gehört, die aus der Anstalt geflohen ist?"

„Aus welcher Anstalt?" Er sprach hastig weiter, als sie verärgert den Kopf schüttelte. „Nein, ich glaube nicht."

„Die Polizei will es möglichst geheim halten. Sie weiß, dass die Frau sich in dieser Gegend aufhält, und will nicht, dass die Leute in Panik geraten." Natasha schaltete die Taschenlampe kurz ein und nickte zufrieden. Die Batterien waren noch stark genug. „Sie ist geistesgestört, weißt du, und entführt kleine Kinder. Am liebsten kleine Jungs. Dann foltert sie sie auf grausame Art. In Vollmondnächten schleicht sie sich von hinten an sie heran und packt sie am Hals, bevor sie schreien können."

Kaum hatte sie das letzte Wort ausgesprochen, da ließ sie die Jalousie am Fenster nach oben sausen. Mit der Taschenlampe unter dem Kinn presste sie das Gesicht gegen die Scheibe und grinste.

Draußen ertönten zwei entsetzte Schreie fast gleichzeitig. Es gab ein Poltern, einen Ausruf, dann Fußgetrappel.

Natasha krümmte sich fast vor Lachen und stützte sich auf die Fensterbank.

„Die Freedmont-Jungs", erklärte sie. „Im letzten Jahr haben sie Annie eine tote Ratte vor die Tür gehängt." Sie presste sich eine Hand auf die Brust, als Spence sich neben sie stellte und durchs Fenster schaute. Alles, was er sehen konnte, waren zwei Schatten, die über den Rasen davonrannten.

„Schätze, diesmal hast du den Spieß umgedreht."

„Du hättest ihre Gesichter sehen sollen." Sie tupfte sich eine Lachträne von den Wimpern. „Ich glaube, ihre Herzen schlagen erst wieder, wenn sie sich die Bettdecke über den Kopf gezogen haben."

„Dies dürfte ein Halloween sein, das sie nie vergessen werden."

„Jedes Kind sollte einmal einen so gehörigen Schrecken bekommen, dass es sich immer an ihn erinnert.“ Noch immer lächelnd klemmte sie sich die Taschenlampe wieder unters Kinn. „Wie sehe ich aus?“

„Ich lasse mich nicht mehr verjagen.“ Er nahm die Taschenlampe und legte sie zur Seite. Dann zog er Natasha zu sich heran. „Es ist an der Zeit herauszufinden, was Illusion ist und was Realität.“ Langsam ließ er die Jalousie nach unten gleiten.

8. KAPITEL

Es war real. Schmerzhaft real. Sie fühlte seinen Mund und zweifelte nicht mehr daran, dass sie ebenso lebendig war wie ihre Bedürfnisse. Die Zeit, der Ort, darauf kam es nicht an. Sie hätten Illusionen sein können. Aber er nicht. Die Sehnsucht und das Begehren nicht. Die Berührung ihrer Lippen reichte aus, sie das wissen zu lassen.

Nein, einfach war es nicht. Nichts, was zwischen ihnen beiden geschah, war einfach. Das hatte sie von Anfang an gewusst. Und dabei hatte sie sich immer das Gegenteil gewünscht. Einen bequemen Weg, einen geraden Pfad, ohne Steigungen, ohne Kurven.

Mit ihm würde es das nicht geben. Niemals.

Natasha fand sich damit ab und schlang die Arme um Spence. In dieser Nacht würde es keine Vergangenheit und keine Zukunft geben. Nur einen Moment der Gegenwart, nach dem sie mit beiden Händen greifen und den sie so lange wie möglich genießen würde.

Sie hatte gesagt, dass sie sich nicht erobern lassen wollte. Aber jetzt schmiegte sie sich an ihn und fühlte sich dennoch nicht schwach. Sie fühlte sich geliebt. Dankbar und wie zur Bestätigung presste sie die Lippen auf seinen Hals. Als er sie ins Schlafzimmer trug, kam es ihr gar nicht in den Sinn, sich zu wehren oder auch nur zu protestieren. Sie ließ es einfach zu.

Dann gab es nur noch den Mondschein. Er kroch durch die dünne Gardine, sanft und leise, wie ein Mann, der ins Zimmer seiner Geliebten schleicht. Natashas Geliebter sagte nichts, als er sie vor dem Bett auf die Füße stellte. Sein Schweigen verriet ihr mehr als alle Worte.

So hatte er sie sich vorgestellt. Es schien unmöglich, aber er hatte es tatsächlich. In seinen Träumen war sie klar und deutlich zu erkennen gewesen. Er hatte das Haar gesehen, das in einer wilden Flut von Locken ihr Gesicht umrahmte, ihre dunklen Augen, aus denen sie ihn ruhig ansah, ihre Haut, die schimmerte wie das Gold an ihrem Hals.

Behutsam streifte er ihr den Schal vom Kopf und ließ ihn zu Boden fallen. Sie wartete. Ohne sie aus den Augen zu lassen, löste er die anderen Schals, die sie um ihre Taille trug. Einer nach dem anderen, erst saphirblau, dann smaragdgrün, schließlich bernsteingelb, fielen sie hinab, um ihr wie Juwelen zu Füßen zu liegen. Sie lächelte. Mit den Fingerspitzen schob er ihr das Kleid von den Schultern und presste die Lippen auf die entblößte Haut.

Ein Zittern durchlief sie. Dann griff sie nach ihm und bekam vor Erregung kaum noch Luft, als sie ihm das Hemd über den Kopf zog. Unter ihren Handflächen war seine Haut straff und weich, und sie fühlte, wie seine Muskeln sich unter ihrer Berührung spannten.

In ihm tobte ein Kampf, den er nur knapp gewann. Fast hätte der beinahe unwiderstehliche Wunsch, ihr das Kleid einfach vom Leib zu reißen und sich zu nehmen, was sie ihm darbot, über das Versprechen gesiegt, das er ihr gegeben hatte.

Obwohl sie behauptete, keine Versprechen zu wollen, beabsichtigte er, dieses eine zu halten. Sie würde Romantik bekommen, so viel wie er ihr zu geben in der Lage war.

Langsam, mit einer Geduld, die ihm übermenschlich vorkam, öffnete er die Reihe von Knöpfen auf ihrem Rücken. Er spürte ihre vollen Lippen auf seiner Brust und ihre sanften Hände an seinen Hüften, als sie die Hose nach unten schob. Als ihr Kleid zu Boden glitt, zog er sie zu einem ausgiebigen, verschwenderischen Kuss an sich.

Sie schwankte. Es kam ihr unsinnig vor, aber ihr war wirklich schwindlig. Farben schienen ihr im Kopf zu tanzen zu einer ekstatischen Symphonie, die ihr unbekannt war. Stoff raschelte, als er Petticoat nach Petticoat an ihren Beinen hinabgleiten ließ. Ihre Armreifen klirrten hell, als er ihre Hand anhob, um mit dem Mund ihren rasenden Puls zu erfühlen.

Dass sie so atemberaubend schön sein konnte, hatte er nicht geglaubt. Aber jetzt, als sie, nur noch mit einem hauchdünnen roten Teddy und dem glänzenden Gold bekleidet, vor ihm stand, war sie beinahe mehr, als ein Mann aushalten konnte. Ihre Augen hatte sie fast geschlossen, den Kopf jedoch hielt sie hoch. Aus Gewohnheit. Eine Geste des Stolzes, die auch jetzt zu ihr passte. Das Mondlicht umströmte sie.

Ohne Hast hob sie die Arme und kreuzte sie vor der Brust, um sich die Spaghetti-Träger von den Schultern zu streifen. Der hauchdünne Stoff raffte sich über ihren Brüsten, verharrte für den Bruchteil einer Sekunde dort und schwebte dann förmlich an ihrem Körper hinab. Jetzt gab es auf ihrer Haut nur das funkelnde Gold. Erotisch, exotisch, ekstatisch. Sie wartete und hob erneut die Arme. Diesmal um sie nach ihm auszustrecken.

„Ich will dich", sagte sie.

Ich kann nicht anders. Das war der einzige Gedanke, der ihr bei dem Chaos im Kopf klar genug war, um ihn sich bewusst zu machen. Es war unausweichlich.

Und so gab sie sich dem Verlangen hin, mit ganzem Herzen. Ihre Hände glitten mit zärtlicher Leidenschaft über seinen Körper.

Er kannte jetzt keine Geduld mehr. Der Hunger, den er zu lange ungestillt gelassen hatte, tolerierte keinen Aufschub. Bevor er sie dazu bringen musste, gab sie sich ihm bereits hin. Als sie zusammen aufs Bett fielen, erwiderten seine Hände ihre Liebkosungen und tasteten ungestüm über ihre Haut.

Hätte er ahnen können, wie gewaltig, wie berauschend es werden würde? Alles an ihr kam ihm einzigartig vor. Ihre Lippen, an denen er Honig und Milch zugleich zu schmecken glaubte. Ihre Haut, deren Farbe ihn an vom Tau benetzte Rosenblüten denken ließ. Ihr Duft, der ebenso natürlich wie mysteriös war. Ihr Verlangen, das er wie eine frisch geschärfte Klinge auf der Haut spürte.

Sie bog sich ihm entgegen, Angebot und Herausforderung in einem, und stöhnte leise auf, als er an ihr ein Geheimnis nach dem anderen ertastete. Sie presste ihren grazilen, beweglichen Körper an ihn, und die Erregung durchbohrte ihn wie ein Pfeil. Entschlossen rollte sie sich auf ihn und ergriff von ihm Besitz, bis ihm der Atem in den Lungen zu brennen schien und sein Körper eine einzige Empfindung war.

Fast unbewusst raffte er die zerwühlten Laken zusammen und zog sie über ihre Körper. Als er sich über Natasha hob, kamen ihm ihre Augen hinter dem ins Gesicht gefallene Haar vor wie zwei dunkel glühende Sonnen, vor die sich eine Wolke geschoben hatte.

Nie wieder würde er eine Frau finden, die so perfekt zu ihm passte, alles verkörperte, was er sich in den kühnsten Träumen ausgemalt hatte. Was immer er brauchte, das brauchte auch sie, was immer er wollte, wollte sie ebenfalls. Bevor er fragen konnte, gab sie ihm bereits die Antwort. Zum ersten Mal in seinem Leben wusste er, was es bedeutete, nicht nur mit dem Körper zu lieben, sondern darüber hinaus mit Herz und Seele.

Sie dachte nur an ihn, an nichts anderes und an keinen anderen. Wenn er sie berührte, hatte sie das Gefühl, nie zuvor berührt worden zu sein. Wenn er ihren Namen rief, glaubte sie, ihn das allererste Mal zu hören. Sein Mund gab ihr den ersten Kuss, den Kuss, auf den sie gewartet, nach dem sie sich ihr ganzes Leben gesehnt hatte.

Handfläche an Handfläche verschränkten sie ihre Finger ineinander, als wollten sie sich nie wieder loslassen. Sie sahen einander tief in die Augen, als er schließlich zu ihr kam. Und das Versprechen, das ihre Blicke in sich trugen, spürten sie beide. In einem Anflug von Panik schüttelte sie den Kopf. Doch dann war er auch schon vorüber. Es gab nur noch sie beide und das, was sie einander gaben.

„Und ich habe geglaubt, mir vorstellen zu können, wie es mit dir sein würde!" Ihr Kopf lag an seiner Schulter, und er ließ die Finger an ihrem Arm hinab- und wieder hinaufgleiten. „Meine Fantasie kam nicht einmal in die Nähe der Realität."

„Ich habe nie geglaubt, einmal hier mit dir zu liegen." Sie lächelte in die Dunkelheit. „Da habe ich mich gewaltig geirrt."

„Zum Glück, Natasha …"

Mit einem raschen Kopfschütteln legte sie ihm einen Finger auf den Mund. „Sag nicht zu viel. Im Mondschein sagt man manchmal mehr, als einem später lieb ist."

Er unterdrückte, was er hatte aussprechen wollen. Schon einmal hatte er den Fehler gemacht, zu viel zu schnell zu wollen. Bei Natasha wollte er alles richtig machen. „Darf ich dir denn wenigstens sagen, dass goldene Ketten für mich nie mehr einfach nur Schmuck sein werden?"

Schmunzelnd küsste sie ihn auf die Schulter. „Ja, das darfst du mir sagen."

Er spielte mit den Armreifen. „Darf ich dir sagen, dass ich glücklich bin?"

„Ja."

„Bist du es auch?"

Sie drehte den Kopf, um ihn anzusehen. „Ja. Glücklicher, als ich es für möglich gehalten hätte. Bei dir fühle ich mich wie ...", sie lächelte, zuckte leicht mit den Schultern, „... wie verzaubert."

„Es war eine magische Nacht."

„Ich hatte Angst", murmelte sie. „Vor dir, vor dem hier, vor mir selbst. Für mich ist es sehr lange her."

„Für mich auch." Er spürte ihre Unruhe und nahm ihr Kinn in die Hand. „Seit dem Tod meiner Frau bin ich mit niemandem mehr zusammen gewesen."

„Hast du sie sehr geliebt? Es tut mir leid", fuhr sie hastig fort und schloss die Augen. „Das geht mich nichts an."

„Doch, das tut es." Er ließ ihr Kinn nicht los. „Ich habe sie einmal geliebt. Oder das Bild, das ich mir von ihr gemacht hatte. Aber das Bild hielt der Realität nicht stand. Schon lange, bevor sie starb."

„Bitte. Dies ist nicht der richtige Zeitpunkt, um über die Dinge, die einmal waren, zu sprechen."

Als sie sich aufsetzte, tat er es ebenfalls. „Kann sein. Aber es gibt Dinge, die ich dir erzählen muss, über die wir reden werden."

„Ist es denn so wichtig, was früher passiert ist?"

Er hörte die Verzweiflung heraus und wünschte, er wüsste den Grund dafür. „Ich glaube schon."

„Aber dies ist das Jetzt." Sie legte ihre Hand auf seine, wie zur Bekräftigung. „Und im Jetzt möchte ich für dich Freundin und Geliebte sein."

„Dann sei beides."

„Vielleicht möchte ich nicht über andere Frauen reden, wenn ich mit dir im Bett bin."

Er spürte, dass sie auf eine Auseinandersetzung gefasst war. Seine Reaktion bestand aus einem behutsamen Kuss auf die Augenbraue und überraschte sie. „Also gut", flüsterte er, „vertagen wir die Diskussion."

„Danke." Sie fuhr ihm mit gespreizten Fingern durchs Haar.

„Ich würde sehr gern die Nacht mit dir verbringen. Die ganze."

Sie schüttelte mit einem bedauernden Lächeln den Kopf. „Du kannst nicht bleiben."

„Ich weiß." Er hob ihre Hand an ihre Lippen. „Wenn ich morgen am Frühstückstisch fehle, wird Freddie mir einige unangenehme Fragen stellen."

„Sie hat einen verständnisvollen Vater."

„Ich möchte aber nicht so einfach aufstehen und gehen."

Sie küsste ihn. „Wenn meine Rivalin erst sechs ist, darfst du das ruhig."

„Wir sehen uns morgen." Er beugte sich vor.

„Ja." Sie schlang die Arme um ihn. „Einmal noch", murmelte sie und zog ihn mit sich aufs Bett hinab. „Nur einmal noch."

In dem engen Büro hinter dem Laden saß Natasha am Schreibtisch. Sie war schon vor Öffnung des Geschäfts gekommen, um die Schreibarbeit zu bewältigen. Die Buchführung war auf dem letzten Stand, die Überweisungsformulare für die Lieferantenrechnungen ausgefüllt. In zwei Monaten war Weihnachten, und sie hatte die Bestellung rechtzeitig vorgenommen. In jeder freien Ecke stapelten sich bereits die Waren. Es war ein gutes Gefühl, von Sachen umgeben zu sein, die sich am Weihnachtsmorgen vor leuchtenden Kinderaugen in die ersehnten Geschenke verwandeln würden.

Aber das Weihnachtsfest brachte für Natasha auch ganz handfeste Probleme mit sich. Sie musste anfangen, über die Dekoration des Ladens nachzudenken, und sich bald entscheiden, ob sie für die turbulentesten Wochen des Jahres eine Aushilfsverkäuferin einstellen sollte.

Jetzt, am späten Vormittag, hatte sie Annie das Kommando über den Laden übergeben und sich ihre Lehrbücher vorgenommen.

Im Kurs stand ein Test über das Barock an, und sie hatte sich vorgenommen, ihrem Dozenten, ihrem Geliebten zu beweisen, dass sie eine gute Studentin war.

Vielleicht nahm sie es zu wichtig. Aber es hatte Zeiten in ihrem Leben gegeben, in denen sie sich unfähig, ja dumm vorgekommen war. Das kleine Mädchen mit dem gebrochenen Englisch, der magere Teenager, der mehr ans Tanzen als an die Schule dachte, die Tänzerin, die sich mit dem harten Training abquälte, die junge Frau, die mehr auf ihr Herz als auf den Verstand hörte.

Sie war keine dieser Personen mehr und gleichzeitig alle zusammen. Spence sollte ihre Intelligenz respektieren, sie als gleichwertig ansehen, nicht nur als Frau, die er begehrte.

Machte sie sich deswegen unnötig Sorgen? Spence war ganz anders als Anthony. Abgesehen von einigen Äußerlichkeiten, in denen sie sich entfernt ähnelten, waren sie vollkommen gegensätzlich. Sicher, der eine war ein brillanter Tänzer, der andere ein brillanter Musiker. Aber Anthony war selbstsüchtig, unehrlich und am Ende feige gewesen.

Ein großzügigerer, freundlicherer Mann als Spence war ihr nie begegnet. Er war ehrlich und einfühlsam. Oder sprach jetzt nur ihr Herz? Bestimmt sogar. Aber ein Herz war kein mechanisches Spielzeug, auf das man eine Garantie bekam. An jedem Tag, an dem sie mit ihm zusammen war, fühlte sie ihre Liebe tiefer werden. So tief, dass es Momente gab, in denen sie kurz davor war, alle Bedenken zur Seite zu schieben und ihm alles zu erzählen.

Schon einmal hatte sie einem Mann ihr Herz geschenkt. Ein reines und äußerst zerbrechliches Herz. Als er es ihr zurückgegeben hatte, waren Narben darin gewesen.

Nein, es gab keine Garantien.

Was die Gegenwart betraf, wollte sie nicht pessimistisch sein. So wie die Dinge waren, waren sie gut. Schließlich waren sie zwei erwachsene Menschen, die einander Vergnügen bereiteten. Und sie waren Freunde.

Natasha nahm die Rose aus der Vase auf dem Schreibtisch und rieb sich mit der Blüte über die Wange. Es war schade, dass sie und ihr Freund immer nur ab und zu und dann nur für einige Stunden allein sein konnten. Es gab das Kind, die Arbeit und andere Verpflichtungen. Aber in den Stunden, in denen ihr Freund zu ihrem Liebhaber wurde, erfuhr sie die wahre Bedeutung des Glücks.

Sie steckte die Blume in die Vase und konzentrierte sich wieder auf ihre Studienarbeit. Fünf Minuten später läutete das Telefon.

„Fun House. Guten Morgen."

„Guten Morgen, Geschäftsperson."

„Mama!"

„Also, bist du beschäftigt oder hast du einen Moment Zeit, um mit deiner Mutter zu reden?"

Natasha hielt den Hörer mit beiden Händen. Sie liebte den vertrauten Klang der Stimme, die aus der Ferne an ihr Ohr drang. „Natürlich habe ich einen Moment Zeit. So viele Momente, wie du willst."

„Ich habe mich nur gewundert, weil du dich seit zwei Wochen nicht mehr gemeldet hast."

„Tut mir leid." Seit zwei Wochen stand ein Mann im Mittelpunkt ihres Lebens. Aber das konnte sie ihrer Mutter schlecht erzählen. „Wie geht es dir und Papa und allen anderen?"

„Papa und mir und allen anderen geht es gut. Papa bekommt eine Gehaltserhöhung."

„Wunderbar."

„Mikhail trifft sich nicht mehr mit dem italienischen Mädchen." Nadia schickte einen ukrainischen Dankesspruch durch die Leitung, und Natasha musste lachen. „Alex trifft sich dauernd mit irgendwelchen Mädchen. Schlauer Junge, mein Alex. Und Rachel hat nur noch für ihr Studium Zeit. Wie sieht's bei Natasha aus?"

„Bei Natasha ist alles in Ordnung. Ich esse gut und schlafe viel", fügte sie hinzu, bevor Nadia sie danach fragen konnte.

„Gut. Und dein Laden?"

„Wir bereiten uns gerade auf das Weihnachtsgeschäft vor, und ich erwarte ein besseres Jahr als das letzte."

„Ich möchte, dass du aufhörst, uns Geld zu schicken."

„Ich möchte, dass du aufhörst, dir um deine Kinder Sorgen zu machen."

Nadia seufzte schwer. Es war ein Dauerthema zwischen ihnen. „Du bist eine dickköpfige Frau!"

„Wie meine Mama."

Nadia wusste, dass ihre Tochter da recht hatte, und vertagte die Diskussion. „Wir reden darüber, wenn du zum Thanksgiving-Fest kommst."

Thanksgiving, dachte Natasha. Wie hatte sie das bloß vergessen können? Sie klemmte sich den Hörer zwischen Ohr und Schulter und blätterte ihren Kalender durch. Weniger als zwei Wochen noch. „An Thanksgiving kann ich mich doch nicht mit meiner Mutter streiten." Natasha notierte sich, dass sie am Bahnhof anrufen musste. „Ich komme am späten Mittwochabend. Ich bringe den Wein mit."

„Du bringst dich selbst mit."

„Mich selbst und den Wein!" Natasha kritzelte eine weitere Notiz. Zu dieser Jahreszeit ließ sie den Laden nur ungern allein, aber sie hatte noch nie einen Familienfeiertag wie Thanksgiving zu Hause ausgelassen und würde es auch nie tun. „Ich freue mich darauf, euch alle wiederzusehen."

„Vielleicht bringst du ja einen Freund mit."

Auch das kannte Natasha schon, aber diesmal zögerte sie. Zum ersten Mal. Nein, sagte sie sich sogleich. Warum sollte Spence diesen Tag in Brooklyn verbringen wollen?

„Natasha?" Nadias ausgeprägter Instinkt hatte dafür gesorgt, dass ihr nicht entgangen war, was sich im Kopf ihrer Tochter abspielte. „Hast du einen Freund?"

„Natürlich. Ich habe viele Freunde."

„Sei nicht so frech zu deiner Mama. Wer ist er?"

„Er ist niemand." Sie verdrehte die Augen, als Nadia eine Salve von Fragen auf sie losließ. „Schon gut, schon gut. Er ist Professor am College, ein Witwer", fügte sie rasch hinzu. „Mit einem kleinen Mädchen. Ich dachte nur, sie brauchen Thanksgiving vielleicht etwas Gesellschaft, das ist alles."

„Aha."

„Du brauchst gar nicht so komisch ‚aha' zu sagen, Mama. Er ist ein Freund, und ich habe das kleine Mädchen gern."

„Seit wann kennst du ihn?"

„Sie sind im Spätsommer hergezogen. Ich bin in einem seiner Kurse, und das kleine Mädchen kommt manchmal in den Laden." Das war die Wahrheit, nicht so komplett, aber eben auch keine Lüge. Sie gab sich alle Mühe, unbeschwert zu klingen. „Wenn ich es schaffe, frage ich ihn, ob er mitkommen möchte."

„Das kleine Mädchen kann bei dir und Rachel schlafen."

„Ja, falls …"

„Der Professor kann Alex' Zimmer nehmen. Alex kann auf dem Sofa schlafen."

„Vielleicht hat er schon etwas anderes vor."

„Du fragst ihn."

„Na schön. Ich kann es bei passender Gelegenheit ansprechen."

„Du fragst ihn", wiederholte Nadia. „Und jetzt geh wieder an die Arbeit."

„Ja, Mama. Ich liebe dich."

So, jetzt war es raus, dachte Natasha, als sie auflegte. Sie konnte sich vorstellen, wie ihre Mutter jetzt neben dem klapprigen Telefontischchen stand und sich die Hände rieb.

Was würde er von ihrer Familie halten, und sie von ihm? Würde er ein ausgiebiges, lebhaftes Festessen genießen? Sie dachte an ihr erstes gemeinsames Abendessen, den elegant gedeckten Tisch, den leisen, diskreten Service. Aber vermutlich hatte er ohnehin schon Pläne. Wozu sollte sie sich also den Kopf zerbrechen?

Zwanzig Minuten später läutete das Telefon erneut. Vermutlich schon wieder Mama, dachte Natasha, mit einem Dutzend Fragen über diesen „Freund". Sie nahm den Hörer auf. „Fun House. Guten Morgen."

„Natasha."

„Spence?" Automatisch sah sie auf die Uhr. „Warum bist du nicht in der Universität? Geht's dir nicht gut?"

„Nein, nein. Ich habe mich zwischen zwei Kursen abgesetzt. Ich habe eine Stunde Zeit. Du musst sofort kommen."

„Zu dir nach Hause? Aber warum denn?"

„Das kann ich dir so nicht erklären. Komm einfach. Bitte."

„In zehn Minuten bin ich da." Sie griff nach dem Mantel. Irgendwie hatte er anders geklungen. Glücklich. Nein, begeistert, euphorisch. Sie zog sich die Handschuhe über und stürzte in den Laden.

„Annie, ich muss …" Wie angewurzelt blieb sie stehen und starrte auf Annie, die gerade von Terry Maynard geküsst wurde. „Oh, Entschuldigung."

„Oh, Tash, Terry wollte nur … Nun, er …" Annie pustete sich das Haar aus den Augen und grinste verlegen.

Natasha wollte sie nicht länger zappeln lassen. „Ich verschwinde mal kurz. Schaffst du es allein? In einer Stunde bin ich wieder zurück."

„Kein Problem." Annie strich sich über die Frisur, während Terry neben ihr mit dem Gesicht eine ganze Palette von Rottönen durchprobierte. „Lass dir ruhig Zeit!"

Was für ein Tag, dachte Natasha, während sie die Straße entlanglief. Erst ihre Mutter, dann Spence und jetzt auch noch Annie und Terry, eng umschlungen neben der Kasse.

Als Spence ihr die Haustür öffnete, fand sie ihre Befürchtung bestätigt. Er war doch krank, hatte offenbar Fieber. Seine Augen leuchteten, die Wangen glänzten. Sein Sweater war zerknittert, die Krawatte hing ihm ungeknotet um den Hals.

„Spence, du bist doch nicht etwa …"

Sie brachte die Frage nicht zu Ende. Er küsste sie, zog sie in die

Arme und wirbelte sie in der Luft herum. Nein, Fieber hatte er wohl doch nicht. Jedenfalls nicht die Art, die medizinische Betreuung erforderte.

„Wenn ich deswegen den ganzen Weg gerannt bin, kannst du was erleben“, sagte sie, als er sie wieder freigab.

„Ausgezeichnete Idee“, erwiderte er lachend. „Aber deshalb habe ich nicht angerufen.“

„Weshalb dann? Hast du das große Los gezogen?“

„Noch besser. Komm herein.“ Er zog sie ins Musikzimmer. „Sag nichts. Setz dich einfach hin.“

Und dann begann er zu spielen.

Schon nach wenigen Takten war Natasha klar, dass sie etwas völlig Neues hörte. Etwas, das noch nie zuvor komponiert worden war. Sie bekam eine Gänsehaut. Gebannt lauschte sie.

Leidenschaft. Jede Note trug die Leidenschaft in sich, drückte sie aus, in allen Schattierungen. Sie starrte auf Spence, auf seine intensiv leuchtenden Augen, auf die Finger, die flink und geschmeidig über die Tasten glitten. Wie schaffte er es nur, das, was sie im Innersten fühlte, in Musik umzusetzen?

Das Tempo wurde schneller. Sprachlos, atemlos saß sie da. Dann ging die Musik in etwas Kraftvolles, Trauriges über. Und in etwas Lebendiges. Natasha schloss die Augen, überwältigt, ohne die Tränen zu bemerken, die ihr über die Wangen rannen.

Als es vorbei war, wagte sie nicht, sich zu bewegen.

„Ich muss nicht fragen, was du davon hältst“, murmelte Spence. „Ich sehe es dir an.“

Sie konnte nur mit dem Kopf schütteln. Ihr fehlten die Worte. Dafür gab es keine Worte. „Wann?“

„In den letzten paar Tagen.“ Die Emotionen, die die Musik aus ihm herausgesogen hatte, kehrten zurück. Er stand auf, ging zu ihr und zog sie hoch. Als er sie berührte, spürte sie die Intensität, mit der er gespielt hatte. „Sie ist wieder da.“ Er presste ihre Hand an die Lippen. „Zuerst war es erschreckend. Ich hörte sie im Kopf, wie früher. Es ist, als ob man über eine Direktleitung mit dem Himmel verbunden ist, Natasha. Ich kann es nicht erklären.“

„Das brauchst du auch nicht. Ich habe es gehört.“

Irgendwie hatte er gewusst, dass sie es verstehen würde. „Erst dachte ich, es wäre reines Wunschdenken oder dass die Musik verschwindet, sobald ich mich hinsetze …“ Er sah zum Flügel hinüber. „Aber das tat sie nicht. Sie floss mir in die Hände. Ich komme mir vor wie ein Blinder, der wieder sehen kann.“

„Sie war immer da.“ Sie strich ihm übers Gesicht. „Sie hat sich nur ausgeruht.“

„Nein, du hast sie zurückgeholt. Ich habe dir einmal gesagt, du hättest mein Leben verändert. Jetzt weiß ich erst, wie sehr. Die Musik ist für dich, Natasha.“

„Nein, sie ist für dich.“ Sie schlang die Arme um ihn. „Das ist erst der Anfang.“

„Ja.“ Er fuhr ihr mit den Händen durchs Haar, sodass sie ihm das Gesicht zuwandte. „Das ist es. Wenn du gehört hast, was die Musik bedeutet, und ich glaube, das hast du, dann weißt du auch, was ich fühle.“

„Spence, sag jetzt nichts. Die Musik hat dich aufgewühlt. Du könntest das, was sie in dir ausgelöst hat, leicht mit anderen Dingen verwechseln.“

„Unsinn. Du willst nur nicht hören, wenn ich dir sage, dass ich dich liebe.“

„Nein.“ Panik stieg in ihr auf. „Nein, das will ich wirklich nicht. Denn ich bin noch nicht stark genug, dir dasselbe zu sagen.“

„Dann sage ich dir eben nicht, dass ich dich liebe.“ Er küsste sie auf die Lippen, ganz sanft. „Aber irgendwann kommt der Zeitpunkt, an dem du mir zuhören wirst. Und mir antworten wirst.“

„Das klingt wie eine Drohung.“

„Nein, es ist nur eines der Versprechen, die du nicht hören willst.“ Er küsste sie auf beide Wangen. „Ich muss zurück zum College.“

„Ich muss auch los.“ Sie griff nach ihren Handschuhen und ließ sie nervös durch eine Hand gleiten. „Spence, ich bin stolz auf dich und freue mich für dich. Und ich danke dir, dass ich es miterleben durfte.“

„Komm heute Abend zum Essen. Wir werden es feiern.“

Sie lächelte. „Gern.“

Natasha kaufte nicht sehr oft Champagner, aber diesmal schien es ihr das angemessene Getränk. Sie nahm die Flasche in die andere

Hand, setzte für Vera ein zurückhaltendes Lächeln auf und klopfte kräftig an die Tür.

„Guten Abend", begrüßte Natasha die Haushälterin freundlich.

„Miss." Mit dieser eher förmlichen Erwiderung hielt Vera ihr die Tür auf. „Dr. Kimball ist mit Freddie im Musikzimmer."

„Danke. Würden Sie mir die Flasche abnehmen?"

„Gern."

Insgeheim aufseufzend sah Natasha Vera hinterher. Sie war entschlossen, den Kampf um die Sympathie der Haushälterin nicht aufzugeben.

Aus dem Musikzimmer drang belustigtes Kichern. Als sie eintrat, sah sie, wie Freddie und JoBeth sich aneinander klammerten. Spence trug einen lächerlich aussehenden Helm auf dem Kopf und hielt eine Papprolle wie eine Waffe auf die beiden Mädchen gerichtet.

„Auf meinem Schiff werden blinde Passagiere an das Beta-Monster verfüttert", erklärte er gerade. „Und das hat zwei Meter lange Zähne und einen schlechten Atem."

„Nein!" Freddie versteckte sich hinter dem Flügel. „Nicht das Beta-Monster!"

„Kleine Mädchen schmecken ihm am besten." Mit hämischem Lachen klemmte Spence sich die kreischende JoBeth unter den Arm. „Kleine Jungen verschluckt es ganz, aber wenn ich es mit kleinen Mädchen füttere, kaut es extra sorgfältig."

„Wie eklig!" JoBeth hielt sich beide Hände vor den Mund.

„Das kannst du laut sagen." Spence tauchte hinter den Flügel und kam mit einer zappelnden Freddie unter dem zweiten Arm wieder hoch. „Sprecht eure Gebete. Ihr werdet das Hauptgericht abgeben." Mit einem dumpfen „Uff" ließ er sich mit seiner lebenden Last aufs Sofa fallen.

„Wir haben dich bezwungen!", verkündete Freddie und kletterte auf ihren Vater. „Die Wunderschwestern haben dich bezwungen!"

„Diesmal vielleicht. Aber das nächste Mal werdet ihr dem Beta-Monster ausgeliefert." Als er sich das Haar aus dem Gesicht pustete, entdeckte er Natasha in der Tür. „Hi." Sie fand sein verlegenes Lächeln einfach hinreißend. „Ich bin ein Weltraumpirat."

„Ach so, jetzt ist mir alles klar." Bevor sie richtig eintreten konnte, ließen die beiden Mädchen den Weltraumpiraten zurück und stürzten sich auf sie.

„Wir besiegen ihn immer“, sagte Freddie stolz. „Immer, immer!“

„Das freut mich zu hören. Wäre auch nicht sehr schön, wenn jemand vom Beta-Monster verspeist würde.“

„Er hat es sich bloß ausgedacht“, erklärte JoBeth ernst. „Dr. Kimball denkt sich immer so tolle Sachen aus.“

„Ja, ich weiß.“

„JoBeth bleibt auch zum Essen. Du bist Daddys Gast und JoBeth meiner. Du darfst dir als Erste einen Nachschlag nehmen.“

„Das ist sehr zuvorkommend.“ Natasha beugte sich zu den beiden Mädchen herunter und küsste sie auf die Wangen. „Wie geht es deiner Mama?“

„Sie bekommt ein Baby.“ JoBeth verzog das Gesicht.

„Das habe ich gehört. Passt du denn auch gut auf sie auf?“

„Ihr ist jetzt morgens nicht mehr schlecht, aber Daddy sagt, sie wird bald dick sein.“

Sichtbar neidisch trat Freddie von einem Fuß auf den anderen. „Lass uns in mein Zimmer gehen“, sagte sie zu JoBeth. „Wir können mit den Kätzchen spielen.“

„Ihr werdet euch jetzt erst mal das Gesicht und die Hände waschen“, erklärte Vera, als sie mit Gläsern und dem Eiskübel hereinkam. „Und dann kommt ihr wie Damen zum Essen herunter, nicht wie trampelnde Elefanten.“ Sie nickte Spence zu. „Miss Stanislaski hat Champagner mitgebracht.“

„Danke, Vera.“ Erst jetzt fiel ihm ein, seinen Helm abzunehmen.

„Dinner in fünfzehn Minuten“, verkündete sie beim Hinausgehen.

„Jetzt weiß sie endlich genau, dass ich hinter dir her bin“, murmelte Natasha. „Um an deinen großen Reichtum zu gelangen, natürlich.“

Lachend zog er den Korken heraus. „Ich mache mir darüber keine Sorgen. Schließlich weiß ich, dass du nur hinter meinem Körper her bist.“ Der Champagner schäumte auf, stieg bis zum Rand und sank wieder ab.

„Ich mag ihn sehr. Deinen Körper, meine ich.“ Lächelnd nahm sie die Champagnerflöte entgegen.

„Dann wirst du ihn vielleicht nachher genießen wollen.“ Er stieß mit ihr an. „Freddie hat nicht locker gelassen, bis ich damit einverstanden war, dass sie heute Nacht bei den Rileys schläft. Vielleicht darf ich ja, damit ich mich nicht ausgeschlossen fühle, die Nacht bei dir verbringen. Die ganze Nacht."

Natasha nippte an ihrem Glas und ließ den exquisiten Geschmack auf der Zunge zergehen. „Ja", gab sie lächelnd zurück.

9. KAPITEL

Die Kerzen flackerten, und Natasha sah den Schatten zu, wie sie durchs Zimmer tanzten. Sie wanderten über die Gardinen, über die Lehne des alten Stuhls in der Ecke, über das Schilf, das sie einfach in eine leere Milchflasche gesteckt hatte. Mein Zimmer, dachte sie, aber jetzt teile ich es ab und zu …

Ihre Hand ruhte auf Spences Brust, direkt über dem Herzen.

Draußen war es nicht mehr still. Der Wind war stärker geworden und trieb den kalten Regen gegen die Fensterscheibe. Die Nacht war stürmisch und frisch und ließ einen kühlen, fast frostigen Morgen erwarten. Der Winter kam oft früh in diese kleine Stadt, die sich an die Ausläufer der Blue-Ridge-Mountains schmiegte. Aber Natasha fühlte sich in Spences Armen warm und geborgen.

Seine Hand glitt über ihren Oberschenkel, über die Taille, bis ihre Finger sich fanden.

„Wirst du nach New York zurückkehren?“, fragte sie leise.

Er atmete den Duft ihres Haars ein und küsste es. „Warum sollte ich?“

„Du komponierst wieder.“ Sie konnte sich ihn gut vorstellen, im Smoking, bei der Uraufführung seiner eigenen Symphonie.

„Ich muss nicht in New York sein, um zu komponieren. Und selbst wenn, es gibt mehr Gründe hierzubleiben.“

„Freddie.“

„Ja, Freddie. Und dich gibt es auch.“

Das Laken raschelte, als sie sich bewegte. Sie sah ihn vor sich, nach der Symphonie, in irgendeinem noblen Privatklub, auf einer intimen Party. Natürlich tanzte er mit einer wunderschönen Frau. „Das New York, in dem du gelebt hast, ist anders als meins.“

„Das glaube ich.“ Er fragte sich, warum ihr das wichtig war. „Denkst du ab und zu daran, nach Brooklyn zurückzukehren?“

„Um dort zu leben? Nein. Nur zu Besuch.“ Verärgert registrierte sie die Nervosität, die in ihr aufstieg. „Meine Mutter hat mich heute angerufen.“

„Ist zu Hause alles in Ordnung?“

„Ja. Sie rief nur an, um mich an das Thanksgiving-Fest zu erinnern. Ich hätte es beinahe vergessen. Wir haben jedes Jahr ein großes

Essen und schlagen uns die Bäuche viel zu voll. Fährst du zum Festtag nach Hause?"

„Ich bin zu Hause."

„Zu deiner Familie, meine ich." Sie stützte sich auf, um sein Gesicht sehen zu können.

„Ich habe nur Freddie. Und Nina", fügte er hinzu. „Sie geht immer ins Waldorf."

„Und deine Eltern? Ich habe dich noch gar nicht nach ihnen gefragt."

„Sie sind in Cannes." Oder war es Monte Carlo? Ihm ging auf, dass er es nicht genau wusste. Die familiären Bande waren locker, bequem für alle Beteiligten.

„Kommen sie Thanksgiving nicht herüber?"

„Im Winter kommen sie niemals nach New York."

„Oh." So sehr sie es auch versuchte, sie konnte sich den Festtag nicht ohne Familie vorstellen.

„Wir haben Thanksgiving nie zu Hause gegessen. Wir gingen immer aus. Meistens waren wir auf Reisen." In seinen Kindheitserinnerungen spielten Orte eine größere Rolle als Menschen, Musik eine größere Rolle als Worte. „Als ich mit Angela verheiratet war, trafen wir uns normalerweise mit Freunden im Restaurant und gingen anschließend ins Theater."

„Aber …" Sie brach ab und schwieg.

„Aber was?"

„Und als ihr Freddie bekamt?"

„Änderte sich gar nichts." Er legte sich auf den Rücken und starrte an die Decke. Es war an der Zeit, ihr von seiner Ehe, von sich selbst, von dem Mann, der er einmal gewesen war, zu erzählen. „Ich habe mit dir noch nie über Angela gesprochen."

„Es ist nicht nötig." Sie nahm seine Hand. Sie hatte ihn zum Familienschmaus einladen wollen. Stattdessen beschwor sie die Geister seiner Vergangenheit herauf.

„Für mich ist es nötig." Er setzte sich auf, griff nach der Flasche Champagner, die sie mitgenommen hatten, füllte beide Gläser und reichte ihr eins.

„Ich brauche keine Erklärungen, Spence."

„Aber du hörst mir zu?"

„Ja, wenn es für dich wichtig ist."

Spence dachte einen Moment lang nach. „Ich war fünfundzwanzig, als ich ihr begegnete. Ich war ein berühmter junger Komponist und hatte eigentlich nur die Musik im Kopf. Und das Vergnügen. Als ich sie sah, wollte ich sie."

Natasha starrte in ihr Glas, sah die Perlen aufsteigen. „Und sie wollte dich."

„Auf ihre Art, ja. Was wir füreinander empfanden, war oberflächlich. Und schließlich sogar zerstörerisch. So hart es klingt, ich liebte schöne Dinge." Er nahm einen Schluck und lachte. „Und ich war es gewöhnt, sie zu bekommen. Angela war exquisit, wie eine anmutige Porzellanpuppe. Wir bewegten uns in denselben Kreisen, mochten dieselbe Literatur und Musik."

„Es ist wichtig, Gemeinsamkeiten zu haben." Sie kam sich auf einmal sehr provinziell und unscheinbar vor.

„Oh, davon hatten wir reichlich. Sie war ebenso verwöhnt und verzogen wie ich, genauso ichbezogen und ehrgeizig."

„Du bist zu hart zu dir."

„Du kanntest mich damals nicht." Glücklicherweise nicht, fügte er in Gedanken hinzu. „Ich war ein reicher junger Mann, für den alles ganz selbstverständlich war, weil ich es nie anders gekannt hatte."

„Als Nachteil können das wohl nur Menschen ansehen, die reich geboren wurden."

Er warf ihr einen Blick zu. Sie saß mit untergeschlagenen Beinen auf dem Bett, ihr Glas in beiden Händen, und sah ihn ernst an. „Ja, da hast du recht", fuhr er fort. „Ich frage mich, was geworden wäre, wenn ich dich mit fünfundzwanzig getroffen hätte … Jedenfalls heirateten Angela und ich nach weniger als einem Jahr. Die Tinte auf der Heiratsurkunde war noch nicht richtig trocken, da ödeten wir uns bereits an."

„Warum?"

„Ich glaube, wir waren uns viel zu ähnlich. Als unsere Ehe zu zerbrechen begann, wollte ich sie unbedingt kitten. Weil ich unter allen Umständen einen Misserfolg verhindern wollte, denn bisher war ich ja bei allem erfolgreich gewesen. Ich liebte nicht Angela. Ich liebte das Bild, das ich mir von ihr machte, und das Bild, das wir beide zusammen abgaben."

„Ja." Sie dachte an sich und ihre Gefühle für Anthony. „Ich verstehe."

„Wirklich? Ich habe Jahre gebraucht, bis ich es verstand. Und als ich es endlich kapiert hatte, war alles nicht mehr so einfach."

„Freddie", sagte Natasha.

„Ja, Freddie. Angela und ich führten eine ... zivilisierte Ehe. Privat hatten wir uns nichts mehr zu sagen, aber in der Öffentlichkeit, vor anderen Leuten benahmen wir uns zivilisiert. Eine solche Ehe ist erniedrigend, grauenhaft. Ein Betrug an beiden Seiten. Eines Tages kam sie wutentbrannt nach Hause. Ich weiß noch genau, wie sie ihren Nerz abschüttelte und zur Bar ging. Sie goss sich einen Drink ein, schüttete ihn herunter und schleuderte das Glas an die Wand. Dann erzählte sie mir, dass sie schwanger sei."

In Natasha krampfte sich etwas zusammen. „War dir das recht?"

„Ich weiß nicht. Ich war wie vom Donner getroffen. Wir hatten nie Kinder gewollt, waren ja selbst noch welche. Angela hatte ihre Entscheidung schon getroffen. Sie wollte nach Europa in eine Privatklinik, um einen Schwangerschaftsabbruch vornehmen zu lassen."

Natasha schloss die Augen. „Wolltest du das auch?"

Wie gern hätte er jetzt mit einem deutlichen Nein geantwortet. „Es schien vernünftig. Unsere Ehe war kaputt, an ein Kind hatte ich nie gedacht. Trotzdem platzte mir der Kragen. Wahrscheinlich weil es wieder einmal die leichteste Lösung gewesen wäre, für beide von uns. Sie wollte, dass ich mit den Fingern schnippte und ihr diese ... Unbequemlichkeit aus dem Weg räumte."

Sie starrte auf ihre geballte Faust. Seine Worte gingen ihr durch und durch. „Was hast du getan?"

„Ich habe ein Geschäft mit ihr gemacht. Sie würde das Kind bekommen, und wir würden versuchen, unsere Ehe zu retten. Bei einer Abtreibung hätte ich mich scheiden lassen und dafür gesorgt, dass sie vom Kimball-Vermögen nicht annähernd das bekommt, was sie sich erhoffte."

„Weil du das Kind wolltest?"

„Nein." Es war ein schmerzhaftes Eingeständnis. Eines, das ihm noch immer schwerfiel. „Ich glaube, ich habe gehofft, durch ein gemeinsames Kind die Ehe wieder in den Griff zu bekommen."

Natasha schwieg einen Moment lang. „Manche Menschen glauben, mit einem Baby etwas Kaputtes reparieren zu können."

„Und das funktioniert nicht", beendete er den Satz für sie. „Und das kann es auch nicht. Vielleicht ist das gut so. Als Freddie zur Welt kam, fingen meine Probleme mit der Musik schon an. Ich hatte seit Monaten keine Note mehr geschrieben. Angela brachte Freddie zur Welt und übergab sie sofort Vera, wie ein lästiges Kätzchen. Aber ich war auch nicht viel besser."

Sie griff nach seinem Handgelenk. „Ich weiß, wie sehr du Freddie liebst."

„Jetzt. Als du mir damals auf den Stufen vor dem College sagtest, ich hätte Freddie nicht verdient, hat mir das sehr wehgetan. Weil du recht hattest." Er sah, wie Natasha den Kopf schüttelte, ging aber nicht darauf ein. „Dauernd begleitete ich Angela ins Ballett oder Theater. Ich hörte ganz auf zu arbeiten. Um Freddie kümmerte ich mich überhaupt nicht. Nie habe ich sie gebadet oder gefüttert oder ins Bett gebracht. Manchmal hörte ich sie im Nebenzimmer weinen und fragte mich, was das für ein Geräusch ist. Dann fiel mir ein, dass ich ja eine Tochter hatte."

Er nahm die Flasche und füllte sein Glas auf. „Irgendwann wurde mir klar, dass ich keine Ehe, keine Frau, keine Musik mehr hatte. Aber dafür hatte ich ein Kind, für das ich verantwortlich war. Ich beschloss, mich dieser Verantwortung zu stellen. Das ist alles, was Freddie zunächst für mich war. Eine Verpflichtung. Doch dann habe ich mir dieses wunderschöne kleine Kind genauer angesehen, und da wusste ich plötzlich, wie sehr ich mein Baby liebte." Er hob das Glas, trank und schüttelte mit gerunzelter Stirn den Kopf. „Ich hob Freddie aus der Wiege und hielt sie in den Armen. Ich hatte eine Höllenangst, etwas falsch zu machen. Und was tat meine Tochter? Sie schrie so lange, bis Vera kam und sie tröstete."

Er lachte bitter und starrte auf seinen Champagner. „Es dauerte Monate, bis sie sich in meiner Nähe einigermaßen wohlfühlte. Damals hatte ich Angela schon um die Scheidung gebeten. Sie akzeptierte, ohne mit der Wimper zu zucken. Als ich sagte, dass ich das Kind behalten würde, wünschte sie mir viel Glück und ging. In all den Monaten, in denen unsere Anwälte sich um die finanzielle Seite stritten, ist sie nicht ein einziges Mal gekommen, um nach Freddie zu sehen."

Erst nach einer Weile sprach er weiter. „Dann hörte ich, dass sie ums Leben gekommen war. Bei einem Bootsunfall im Mittelmeer. Manchmal habe ich Angst, dass Freddie sich daran erinnert, wie ihre Mutter war. Und was noch schlimmer ist, ich hoffe, sie hat vergessen, wie ihr Vater damals war."

Natasha dachte daran, was Freddie über ihre Mutter gesagt hatte. Damals, auf dem Schaukelstuhl. Sie stellte das Glas ab und nahm sein Gesicht in beide Hände. „Kinder verzeihen", erklärte sie. „Wenn man geliebt wird, verzeiht man leichter. Sich selbst zu verzeihen ist viel, viel schwerer. Aber du musst es tun."

„Ich glaube, so langsam fange ich damit an, auch wenn es schwer ist."

Sie nahm ihm sein Glas ab und stellte es neben ihres. „Lass mich dich lieben", sagte sie einfach und umarmte ihn.

Diesmal waren ihre Zärtlichkeiten nicht so wild und ungestüm. Sie waren sich einander sicherer als zuvor und kosteten ihre Leidenschaft geradezu genießerisch aus.

Es war eine Verführung, die Spence mit ihr anstellte. Sie hatte ihn nicht darum gebeten, sie nicht gewollt. Aber jetzt ließ sie es sich nur zu gern gefallen. Sein Mund glitt über ihre Haut. Seine Hände spielten mit ihrem Körper wie mit einem Instrument. Und ihr Körper war so fein gestimmt, dass jede Berührung die erwartete Reaktion hervorbrachte.

Fast glaubte sie, Musik zu hören. Symphonien, Kantaten, Préludes. Die Musik schwoll an, ging wieder in ruhigere Takte über. Immer wieder dirigierte er ihren Körper bis dicht ans Finale, immer wieder zögerte er es hinaus.

Schließlich hielt sie es nicht mehr aus und zog ihn auf sich. Ihre Arme schlangen sich um ihn. Ihr Atem strich ihm heiß und heftig über die Wange, bis er zu ihr kam und die Symphonie in ein gewaltiges Crescendo mündete, um noch lange nachzuhallen.

Als Natasha erwachte, stieg ihr der Duft von Kaffee und Seife in die Nase und sie spürte einen Mund an ihrem Hals.

„Wenn du jetzt nicht aufwachst", murmelte Spence ihr ins Ohr, „bleibt mir nichts anderes übrig, als zurück zu dir ins Bett zu kriechen, eine zugegebenermaßen verlockende Vorstellung."

„Tu's doch", erwiderte sie und schmiegte sich an ihn.

Spence starrte auf ihre Schultern, von denen das Laken heruntergerutscht war. „Es ist verlockend, aber ich muss in einer Stunde zu Hause sein."

„Warum?" Mit geschlossenen Augen tastete sie nach ihm. „Es ist doch noch früh."

„Es ist fast neun."

„Neun Uhr? Morgens?" Sie riss die Augen auf und schoss hoch. Er hatte die Kaffeetasse in sicherer Entfernung gehalten. „Ich schlafe nie so lange." Sie schob ihr Haar mit beiden Händen zurück und sah ihn an. „Du bist ja angezogen."

„Leider", stimmte er zu. „Freddie wird um zehn nach Hause kommen. Ich habe geduscht." Seine freie Hand spielte mit ihrem Haar. „Ich wollte dich wecken und fragen, ob du dich anschließt, aber du hast so fest geschlafen, dass ich es nicht übers Herz brachte." Er beugte sich vor, um an ihrer Unterlippe zu knabbern. „Ich habe dich noch nie im Schlaf beobachtet."

Die Vorstellung behagte ihr nicht sehr. „Du hättest mich wecken sollen."

„Ja." Mit der Andeutung eines Lächelns reichte er ihr den Kaffee. „Vorsicht, er schmeckt bestimmt grauenhaft. Ich habe noch nie welchen gekocht."

Sie nahm einen winzigen Schluck und verzog das Gesicht. „Du hättest mich wirklich wecken sollen!" Dann trank sie tapfer weiter. Schließlich hatte er ihn für sie gemacht und ans Bett gebracht. „Hast du noch Zeit fürs Frühstück? Ich mache dir etwas." Sie stellte ihre Tasse ab. „Eier zum Beispiel. Und Kaffee."

Zehn Minuten später stand sie in einem kurzen roten Bademantel am Herd und briet dünne Scheiben Schinken. Er sah ihr zu, und sie gefiel ihm, wie sie war. Mit zerzaustem Haar und noch ein wenig schläfrigen Augen. Zielstrebig wechselte sie zwischen Herd und Arbeitsplatte hin und her, ohne überflüssige Bewegungen oder Handgriffe. Wie eine Frau, zu deren Alltag ganz selbstverständlich auch die Hausarbeit gehörte.

Draußen fiel ein leichter Novemberregen vom zinnfarbenen Himmel. Aus der Wohnung oben drangen gedämpft Schritte durch die Decke, dann leise Musik. Jazz aus dem Radio des Nachbarn. Und das Geräusch des brutzelnden Fleischs, das Summen der Fußleistenheizung unter dem Fenster. Morgenmusik, dachte Spence.

„Daran könnte ich mich gewöhnen", dachte er laut.

„An was denn?" Natasha schob zwei Scheiben Brot in den Toaster.

„Daran, mit dir aufzuwachen und zu frühstücken."

Ihre Hände zuckten kurz, als hätten ihre Gedanken plötzlich eine scharfe Kurve genommen. Dann setzte sie ihre Arbeit wieder fort, sorgfältig und ruhig. Und sie sagte kein Wort.

„Jetzt habe ich schon wieder das Falsche gesagt, stimmt's?"

„Es ist weder richtig noch falsch." Sie brachte ihm eine Tasse Kaffee. Als sie sich wieder umdrehen wollte, ergriff er ihr Handgelenk.

„Du willst nicht, dass ich mich in dich verliebe, Natasha, aber keiner von uns kann das frei entscheiden."

„Es gibt immer eine Entscheidung", erwiderte sie nachdrücklich. „Manchmal ist es allerdings schwer, die richtige zu treffen, oder überhaupt zu wissen, welche die richtige ist."

„Dann ist sie bereits gefallen. Ich habe mich in dich verliebt."

Er sah, wie ihr Gesicht sich veränderte, sanfter, nachgiebiger wurde, sah in ihren Augen etwas Tiefes, im Schatten Liegendes und unglaublich Schönes. Dann war es wieder fort.

„Die Eier brennen an."

Seine Hand ballte sich zur Faust, als Natasha zum Herd zurückging. Langsam streckte er die Finger wieder. „Ich sagte, ich liebe dich, und du machst dir Sorgen um angebrannte Eier."

„Ich bin eine praktische Frau, Spence. Ich musste es immer sein."

Es war anstrengend, sich auf die Arbeit zu konzentrieren. Sie richtete das Essen mit einer solchen Sorgfalt auf den Tellern an, als würde sie ein Staatsbankett veranstalten. Seine Worte klangen ihr noch in den Ohren, während sie die Teller auf den Tisch stellte und ihm gegenüber Platz nahm.

„Wir kennen uns erst kurze Zeit."

„Mir ist sie lang genug."

Sie befeuchtete sich die Lippen. In seiner Stimme lag nicht Verärgerung, sondern verletzter Stolz. Und verletzen wollte sie ihn am allerwenigsten. „Es gibt Dinge, die du von mir nicht weißt. Dinge, über die zu reden ich noch nicht bereit bin."

„Sie spielen keine Rolle."

„Doch, das tun sie." Sie holte tief Luft. „Zwischen uns ist etwas. Es wäre lächerlich, das bestreiten zu wollen. Aber Liebe? Ich glaube, es gibt kein größeres Wort auf der Welt. Wenn wir es für uns in Anspruch nehmen, ändert sich alles."

„Ja."

„Das kann ich nicht zulassen. Ich habe dir von Anfang an gesagt, dass es keine Versprechungen, keine Pläne geben darf. Ich will mein Leben nicht grundlegend verändern."

„Ist es, weil ich ein Kind habe?"

„Ja und nein." Zum ersten Mal sah er ihr an den Fingern an, dass sie nervös war. „Freddie würde ich sogar lieben, wenn ich dich hasste. Ihretwegen. Und weil du mir etwas bedeutest, liebe ich sie umso mehr. Aber gerade deshalb will ich die Verantwortung für ihr Leben nicht übernehmen." Unter dem Tisch presste sie sich eine Hand auf den Bauch. „Ob mit oder ohne Freddie, ich möchte den nächsten Schritt nicht mit dir gehen. Es tut mir leid, und ich kann es gut verstehen, wenn du mich nicht wiedersehen möchtest."

Er stand auf und ging zum Fenster. Verzweiflung und Zorn rangen in ihm. Der Regen fiel noch in dünnen Fäden herab, kalt und feucht, auf die sterbenden Blumen in den Gärten. Einen wichtigen, zentralen Punkt hatte sie ausgelassen. Sie vertraute ihm noch nicht. Jedenfalls nicht genug.

„Du weißt, dass ich nicht aufhören kann, dich zu sehen. Ebenso wenig wie ich aufhören kann, dich zu lieben."

Man kann aufhören zu lieben, dachte sie, fürchtete jedoch, es ihm zu sagen. „Spence, vor drei Monaten kannte ich dich noch gar nicht."

„Dann beschleunige ich den Lauf der Dinge eben."

Sie machte eine Bewegung mit der Schulter und stocherte in ihren Eiern. Er musterte sie von hinten. Sie hatte Angst, das war ihm klar. Irgendein verdammter Kerl hatte ihr irgendwann einmal das Herz gebrochen, und sie hatte Angst, dass das wieder geschah.

Na schön, dachte er. Die würde er ihr nehmen müssen. Früher hatte er geglaubt, es gebe nichts Wichtigeres als die Musik. In den letzten Jahren hatte seine Einstellung sich gewandelt. Ein Kind war unendlich viel wichtiger, wertvoller und schöner. Und jetzt hatte er innerhalb weniger Wochen erfahren, dass eine Frau ebenso wichtig sein konnte, auf andere Weise zwar, aber ebenso wichtig.

Freddie hatte auf ihn gewartet. Er würde auf Natasha warten.

„Möchtest du zu einer Matinee gehen?"

Sie hatte mit einem Zornesausbruch gerechnet und sah jetzt verständnislos über die Schulter. „Wie bitte?"

„Ich fragte, ob du zu einer Matinee gehen möchtest. Ins Kino." Lässig kehrte er an den Tisch zurück. „Ich habe Freddie versprochen, heute Nachmittag mit ihr ins Kino zu gehen."

„Ich … Ja." Sie lächelte zaghaft. „Ich würde gern mitgehen. Bist du mir nicht böse?"

„Doch, das bin ich." Aber er erwiderte ihr Lächeln und begann zu essen. „Ich nehme dich nur mit, damit du das Popcorn bezahlst."

„Einverstanden."

„Das Jumbo-Format."

„Ah, jetzt durchschaue ich deine Strategie. Du willst mir ein Schuldgefühl einimpfen, damit ich mein ganzes Geld ausgebe."

„Genau. Und wenn du pleite bist, musst du mich heiraten. Großartige Eier", fügte er hinzu, als ihr der Mund offen stehen blieb. „Du solltest deine essen, bevor sie kalt werden."

„Ja." Sie räusperte sich. „Ich habe übrigens auch eine Einladung für dich. Ich wollte es gestern Abend schon sagen, aber du hast mich dauernd abgelenkt."

„Ich erinnere mich." Er rieb ihren Fuß mit seinem. „Du lässt dich leicht ablenken, Natasha."

„Kann sein. Es geht um den Anruf meiner Mutter und das Thanksgiving-Fest. Sie fragte, ob ich jemanden mitbringen möchte." Sie sah auf ihren Teller. „Aber du hast wahrscheinlich schon etwas vor."

Er lächelte. Vielleicht würde er doch nicht so lange warten müssen. „Lädst du mich zum Thanksgiving-Schmaus bei deiner Mutter ein?"

„Meine Mutter lädt ein", verbesserte Natasha. „Sie macht immer viel zu viel, und sie und Papa freuen sich über Gesellschaft. Als das Thema darauf kam, dachte ich an dich und Freddie."

„Gibt's Borschtsch?"

Ihre Mundwinkel verzogen sich. „Ich könnte fragen." Sie schob ihren Teller fort, als sie das Leuchten in seinen Augen sah. „Ich möchte nicht, dass du es falsch verstehst. Es ist einfach nur eine freundschaftliche Einladung."

„Richtig."

Sie runzelte die Stirn. „Ich denke mir, Freddie würde ein großer Familienschmaus Spaß machen."

„Wieder richtig."

Sie hatte nicht damit gerechnet, dass er so schnell zustimmen würde, und stieß den Atem geräuschvoll aus. „Nur weil es im Haus meiner Eltern ist, musst du nicht glauben, dass ich dich mitnehme, um ...", sie wedelte mit der Hand, suchte nach der angemessenen Formulierung, „... um dich vorzuführen oder zu präsentieren."

„Du meinst, dein Vater wird nicht mit mir in sein Arbeitszimmer gehen und mich aushorchen?"

„Wir haben kein Arbeitszimmer", murmelte sie. „Nein, das wird er nicht. Ich bin eine erwachsene Frau." Spence grinste, und sie hob eine Braue. „Nun, vielleicht wird er dich diskret mustern."

„Ich werde mein bestes Benehmen an den Tag legen."

„Dann kommst du mit?"

Er lehnte sich zurück, trank einen Schluck Kaffee und lächelte insgeheim. „Um nichts in der Welt würde ich mir das entgehen lassen."

10. KAPITEL

Freddie saß auf dem Rücksitz, die Decke bis zum Kinn hochgezogen und ihre Raggedy Ann fest im Arm. Sie tat, als schliefe sie, denn sie wollte sich ihren Tagträumen hingeben. Sie tat es so gut, dass sie ab und zu wirklich in einen Halbschlaf fiel. Es war eine lange Fahrt von West Virginia nach New York, aber sie war viel zu aufgeregt, um sich zu langweilen.

Aus dem Autoradio drang leise Musik. Als Tochter ihres Vaters erkannte sie natürlich Mozart, aber sie war Kind genug, um sich einen Text zum Mitsingen zu wünschen. Vera hatten sie bereits bei ihrer Schwester in Manhattan abgesetzt. Die Haushälterin würde bis zum Sonntag dort bleiben. Jetzt lenkte Spence den großen Wagen durch den dichten Verkehr nach Brooklyn.

Freddie war zwar ein bisschen enttäuscht, dass sie nicht den Zug genommen hatten, aber im Auto gefiel es ihr auch gut. Sie liebte es, ihrem Vater und Natasha zuzuhören. Was genau sie sagten, war nicht wichtig. Der Klang ihrer Stimmen war genug.

Sie würde Natashas Familie kennenlernen und mit den Erwachsenen zusammen einen gewaltigen Truthahn essen. Vor Aufregung war Freddie fast übel. Truthahn mochte sie zwar nicht besonders, aber Natasha hatte ihr erzählt, dass es reichlich Preiselbeersoße und Succotash geben würde. Succotash hatte sie noch nie gegessen, aber da der Name lustig klang, würde es bestimmt toll schmecken. Selbst wenn es das nicht tat oder sogar eklig war, würde sie höflich sein und ihren Teller leeren. JoBeth hatte ihr erzählt, dass ihre Großmutter immer böse wurde, wenn JoBeth ihr Gemüse nicht aufaß, und Freddie wollte kein Risiko eingehen.

Sie hörte, wie Natashas Lachen mit dem ihres Vaters verschmolz, und lächelte zufrieden. In ihren Tagträumen waren sie bereits eine Familie. Statt Raggedy Ann hielt Freddie ihre kleine Schwester in den Armen, während sie durch die Nacht zum Haus der Großeltern fuhren.

Ihre kleine Schwester hieß Katie, und sie hatte dasselbe schwarze lockige Haar wie Natasha. Wenn Katie schrie, war Freddie die Einzige, die sie beruhigen konnte. Katie schlief in einer weißen Wiege in Freddies Zimmer, und Freddie deckte sie immer sorgfältig mit der pinkfarbenen Decke zu. Freddie wusste, dass Babys sich leicht erkälteten. Dann musste man ihnen Tropfen aus einem Fläschchen geben. Babys konnten sich nicht selbst die Nase putzen. Alle sagten, dass Katie ihre Medizin gern nahm, wenn Freddie sie ihr gab.

Freddie strahlte ihre Puppe an und zog sie fester an sich. „Wir fahren zu Großmutter“, flüsterte sie und ließ ihrer Fantasie freien Lauf.

Das Problem war nur, dass Freddie nicht wusste, ob die Leute, die sie zu ihren Großeltern machte, sie auch mögen würden. Nicht jeder mag Kinder, dachte sie. Vielleicht würden die Leute wollen, dass sie die ganze Zeit mit auf dem Schoß gefalteten Händen auf einem Stuhl saß. Tante Nina hatte Freddie erklärt, dass junge Damen so saßen. Freddie hasste es, eine junge Dame zu sein. Aber sie würde stundenlang so dasitzen müssen, die Erwachsenen nicht unterbrechen dürfen. Und schon gar nicht würde sie im Haus herumlaufen dürfen.

Wenn sie kleckerte oder etwas verschüttete, würden sie böse werden und die Stirn runzeln. Vielleicht wurden sie sogar laut schimpfen. So wie JoBeths Vater es immer tat. Vor allem dann, wenn JoBeths großer Bruder, der schon in der dritten Klasse war und es eigentlich besser wissen sollte, mit einem der Golfschläger seines Vaters die Steine im Hof traktierte. Einer der Steine war direkt durchs Küchenfenster gekracht.

Vielleicht würde sie ja auch ein Fenster zerbrechen. Dann würde Natasha ihren Daddy nicht heiraten und nicht bei ihnen wohnen. Sie würde keine Mutter und keine Schwester bekommen, und Daddy würde aufhören, nachts seine Musik zu spielen.

Die Vorstellung lähmte Freddie fast, und sie schrumpfte auf dem Sitz zusammen, als der Wagen seine Fahrt verlangsamte.

„Hier musst du abbiegen.“ Beim Anblick ihres heimatlichen Viertels wurde es Natasha warm ums Herz. „Die Straße halb hinunter, auf der linken Seite. Vielleicht findest du einen Parkplatz ... Ja, da vorn.“ Gleich hinter dem uralten Pick-up ihres Vaters war Platz. Offenbar hatten die Stanislaskis verlauten lassen, dass ihre Tochter mit Freunden zu Besuch kam, und die Nachbarn hatten den Wink verstanden.

So sind die Leute hier, dachte sie. Seit sie sich erinnern konnte, wohnten die Poffenbergers auf der einen, die Andersons auf der anderen Seite. Die Familien brachten einander Essen, wenn jemand krank war, oder passten nach der Schule auf die Kinder auf. Freud und Leid wurde miteinander geteilt, und natürlich blühte der Klatsch.

Mikhail war häufiger mit der hübschen Tochter der Andersons ausgegangen und war schließlich Trauzeuge gewesen, als sie einen seiner Freunde heiratete. Natashas Eltern waren bei einem der Poffenberger-Babys Taufpaten. Vielleicht hatte sie sich deshalb eine Kleinstadt für ihr neues Leben ausgesucht. Shepherdstown sah zwar nicht so aus wie Brooklyn, aber die Menschen waren einander so nah wie hier.

„Woran denkst du?“, fragte Spence sie.

„Es ist gut, wieder hier zu sein“, erwiderte sie mit glücklichem Lächeln. Sie stieg aus und zog in der frostigen Luft die Schultern zusammen, bevor sie Freddie die Tür öffnete. „Schläfst du etwa?“

Freddie blieb zusammengekauert sitzen, riss aber die Augen auf. „Nein.“

„Wir sind da. Alles aussteigen.“

Freddie schluckte und presste ihre Puppe an die Brust. „Und wenn sie mich nun nicht mögen?“

„Wie kommst du denn darauf?“ Natasha beugte sich in den Wagen und schob Freddie das Haar aus dem Gesicht. „Hast du geträumt?“

„Vielleicht wollen sie nicht, dass ich hier bin. Vielleicht denken sie, ich bin eine Plage. Viele Leute denken, Kinder sind eine Plage!“

„Dann sind viele Leute eben dumm“, sagte Natasha entschieden und knöpfte Freddie den Mantel zu.

„Kann sein. Aber wenn sie mich nun wirklich nicht mögen?“

„Und wenn du sie nicht magst?“

Auf die Idee war Freddie noch gar nicht gekommen. Während sie darüber nachdachte, wischte sie sich mit dem Handrücken über die Nase, bevor Natasha ein Taschentuch zücken konnte. „Sind sie nett?“

„Ich glaube schon. Aber das musst du selbst entscheiden, wenn du sie erst kennengelernt hast. Okay?“

„Okay.“

„Ladys, vielleicht könntet ihr eure Konferenz vertagen." Spence hatte den Kofferraum entladen und stand schwer bepackt neben dem Auto. „Worum ging's überhaupt?", fragte er, als sie zu ihm auf den Bürgersteig kamen.

„Frauensachen", antwortete Natasha und zwinkerte der kichernden Freddie zu.

„Großartig!" Er betrat die abgenutzten Betonstufen und folgte Natasha. „Dieses Gepäck wiegt Zentner. Was hast du da drin? Steine?"

„Nur ein paar, außerdem noch einige wichtige Dinge." Sie drehte sich zu ihm um und küsste ihn gerade auf die Wange, als Nadia die Tür öffnete.

„Na also." Zufrieden kreuzte Nadia die Arme vor der Brust. „Ich habe Papa gesagt, dass ihr kommen würdet, bevor die Johnny-Carson-Show vorbei ist."

„Mama." Natasha flog die letzten Stufen hinauf und ließ sich von Nadia umarmen. Der gewohnte Duft stieg ihr in die Nase. Talg und Muskat. Und ihre Mutter fühlte sich wie immer an. Stark und zupackend. Ihr Gesicht war genauso. Entschlossen und temperamentvoll und voller Falten, die die Sorgen, das Lachen und die Zeit hinterlassen hatten.

Nadia murmelte ein Kosewort und trat einen Schritt zurück, um Natasha auf die Wangen zu küssen. „Kommt herein. Unsere Gäste stehen in der Kälte."

Natashas Vater kam in den Flur gestürmt, packte seine Tochter an den Hüften und hob sie in die Luft. Er war ein hoch gewachsener Mann, und in seinem Arbeitshemd steckten Arme, die in Jahren harter Arbeit auf Baustellen den Umfang eines Kranhakens bekommen hatten. Mit einem herzhaften Lachen küsste er sie.

„Keine Manieren", sagte Nadia kopfschüttelnd, während sie die Tür schloss. „Yuri, Natasha hat Gäste mitgebracht."

„Hallo." Yuri streckte eine schwielige Hand aus und schüttelte Spences kräftig. „Willkommen."

„Das sind Spence und Freddie Kimball", stellte Natasha die beiden vor und sah dabei, wie Freddie nach der Hand ihres Vaters griff. Sie schien verlegen und neugierig zugleich zu sein.

„Wir freuen uns, dass Sie mitgekommen sind." Weil es ihre Art war, begrüßte Nadia die beiden ebenfalls mit Küssen. „Ich nehme die Mäntel, und ihr setzt euch. Ihr seid bestimmt müde."

„Vielen Dank für die Einladung", begann Spence. Als er spürte, wie nervös Freddie war, nahm er sie auf den Arm und trug sie ins Wohnzimmer.

Es war klein, mit alten Tapeten und abgenutzten Möbeln. Aber auf den Sessellehnen lagen Spitzendeckchen, im gelben Licht der Lampen glänzte das sorgfältig polierte Holz, und hier und dort lagen kunstvoll gestickte Kissen. Gerahmte Familienfotos standen zwischen Topfpflanzen und vielerlei Krimskrams.

Ein heiseres Hecheln ließ Spence nach unten sehen. In der Ecke lag ein alter, grauer Hund. Als das Tier Natasha erblickte, begann es mit dem Schwanz zu wedeln. Es kostete den Hund sichtlich Mühe, aufzustehen und zu ihr zu gehen.

„Sasha." Sie ging in die Knie, um ihr Gesicht in seinem Fell zu vergraben. Sie lachte, als der Hund sich hinsetzte und ihr Bein als Stütze nutzte. „Sasha ist ein alter Mann", erklärte sie Freddie. „Schlafen und Essen sind seine Lieblingsbeschäftigungen."

„Und Wodkatrinken", warf Yuri ein. „Das tun wir auch bald. Außer dir natürlich", fügte er hinzu und tippte Freddie auf die Nase. „Du bekommst stattdessen Champagner, was hältst du davon?"

Freddie kicherte und biss sich dann auf die Unterlippe. Natashas Daddy sah gar nicht so aus, wie sie sich einen Großvater vorgestellt hatte. Er hatte weder schneeweißes Haar noch einen dicken Bauch. Sein Haar war weiß und schwarz zugleich, und einen Bauch hatte er überhaupt nicht. Seine Stimme klang lustig, so tief und rumpelnd. Er duftete angenehm, wie Kirschen. Und sein Lächeln war nett.

„Was ist Wodka?"

„Ein altes russisches Getränk", antwortete Yuri. „Wir machen es aus Getreide."

Freddie kräuselte die Nase. „Das klingt aber eklig", sagte sie und biss sich sofort auf die Lippe. Aber Yuri lachte nur schallend. Sie lächelte scheu.

„Natasha wird dir bestätigen, dass ihr Papa zu gern kleine Mädchen neckt." Nadia stieß Yuri einen Ellbogen in die Rippen. „Das liegt daran, dass er im Herzen ein kleiner Junge geblieben ist. Du möchtest bestimmt viel lieber eine heiße Schokolade, nicht?"

Freddie schwankte zwischen dem geborgenen Gefühl, das sie an der Hand ihres Vaters hatte, und der Verlockung eines ihrer Lieblingsgetränke. Außerdem lächelte Nadia zu ihr herab, nicht so komisch, wie manche Erwachsene es bei Kindern immer taten, sondern ganz warmherzig und natürlich. So wie Natasha.

„Gern, Ma'am."

Nadia nickte. Das Kind war gut erzogen. „Dann komm doch einfach mit. Ich zeige dir, wie man große, dicke Marshmallows macht."

Freddie vergaß ihre Scheu, zog ihre Hand aus Spences und legte sie in Nadias. „Ich habe zwei Katzen", erzählte sie Nadia stolz, während sie in die Küche gingen. „Und an meinem Geburtstag hatte ich Windpocken."

„Setzt euch, setzt euch", befahl Yuri und zeigte auf das Sofa. „Wir nehmen einen Drink."

„Wo sind Alex und Rachel?" Natasha ließ sich in die abgenutzten Polster sinken.

„Alex ist mit seiner neuen Freundin im Kino. Sehr hübsch", sagte Yuri und rollte mit seinen hellen braunen Augen. „Rachel ist in einer Vorlesung. Berühmter Anwalt aus Washington, D. C., besucht ihr College."

„Und wie geht's Mikhail?"

„Hat viel zu tun. Sie renovieren eine Wohnung in Soho." Er verteilte die Gläser, goss den Wodka ein und stieß mit ihnen an. „So", sagte er zu Spence, als er sich in seinen Stammsessel setzte, „Sie unterrichten also Musik."

„Ja. Natasha ist eine meiner besten Studenten in Musikgeschichte."

„Schlaues Mädchen, meine Natasha." Er musterte Spence. Aber keineswegs so diskret, wie Natasha gehofft hatte. „Sie sind gute Freunde?"

„Ja", mischte Natasha sich hastig ein. Es gefiel ihr nicht, wie seine Augen leuchteten. „Das sind wir. Spence ist gerade in die Stadt gezogen. Er und Freddie haben vorher in New York gelebt."

„Das ist ja interessant. Wie Schicksal."

„Das denke ich auch immer", stimmte Spence ihm amüsiert zu. „Ich habe ein kleines Mädchen und Natasha einen sehr verlockenden Spielzeugladen. Und dann hat sie sich auch noch ausgerechnet für einen meiner Kurse eingetragen. Da war es für sie natürlich schwierig, mir aus dem Weg zu gehen, obwohl sie so trotzig war."

„Sie ist trotzig", erwiderte Yuri bedauernd. „Ihre Mutter ist auch trotzig. Ich bin sehr umgänglich."

Natasha schnaubte kurz.

„In meiner Familie wimmelt es geradezu vor trotzigen und respektlosen Frauen." Er nahm einen kräftigen Schluck. „Das ist mein Fluch."

„Vielleicht werde ich eines Tages das Glück haben, dasselbe sagen zu können." Spence lächelte ihr über den Rand seines Glases hinweg zu. „Wenn ich Natasha dazu gebracht habe, mich zu heiraten."

Natasha sprang auf und ignorierte das Grinsen ihres Vaters. „Da euch der Wodka offenbar schon zu Kopf gestiegen ist, frage ich Mama lieber, ob sie noch etwas heiße Schokolade übrig hat."

Yuri stemmte sich aus seinem Sessel und griff nach der Flasche. „Die Schokolade überlassen wir den Frauen."

Als Natasha beim ersten Tageslicht erwachte, hatte sich Freddie im Schlaf an sie gekuschelt. Sie lagen im Bett ihrer Kindheit, in einem Zimmer, in dem Natasha und ihre Schwester unzählige Stunden zusammen gelacht und geredet und sich manchmal auch gestritten hatten. Die Tapeten waren dieselben. Verblichene Rosen. Es hatte etwas von Geborgenheit an sich, wenn man morgens die Augen aufschlug und dieselben Wände sah, obwohl man vom Kind zur Jugendlichen und schließlich zur erwachsenen Frau geworden war.

Natasha drehte den Kopf und sah zu ihrer Schwester hinüber, die zwischen zerwühlten Laken im Nachbarbett lag. Typisch, dachte sie. Rachel hatte noch im Schlaf mehr Energie als manche Menschen im wachen Zustand. Sie war am Abend zuvor kurz vor Mitternacht heimgekommen, hatte alle umarmt und geküsst, begeistert von dem Vortrag berichtet und eine wahre Flut neugieriger Fragen auf sie losgelassen.

Ohne Freddie zu wecken, gab Natasha ihr einen Kuss aufs Haar und stand leise auf. Sie duschte, zog sich an und ging nach unten.

Aus der Küche drang frischer Kaffeeduft in ihre Nase, und sie folgte ihm.

„Mama." Nadia stand an der Arbeitsplatte und rollte Pastetenteig aus. „Es ist doch viel zu früh zum Kochen."

„An Thanksgiving ist es nie zu früh dazu." Sie hielt Natasha die Wange hin. „Möchtest du Kaffee?"

„Ich glaube nicht." Sie presste die Hand auf den Bauch. Schon beim Aufstehen war ihr so komisch gewesen. „Ich nehme an, bei dem Haufen zerknüllter Decken auf dem Sofa handelt es sich um Alex."

„Er kommt immer sehr spät nach Hause." Nadia rümpfte missbilligend die Nase. Doch dann zuckte sie mit den Schultern. „Er ist kein kleiner Junge mehr."

„Nein. Du musst dich damit abfinden, Mama. Du hast erwachsene Kinder. Und zwar welche, die du gut erzogen hast."

„Nicht so gut, dass Alex endlich einmal lernt, seine Socken nicht immer auf dem Boden herumliegen zu lassen." Aber sie lächelte, denn insgeheim war sie froh, dass Alex ihr noch einige Mutterpflichten ließ. Wenn eines Tages alle Kinder aus dem Haus waren, war es damit ohnehin vorbei. Dieser Tag würde noch früh genug kommen. Nadia seufzte tief bei diesem Gedanken.

„Sind Papa und Spence noch lange aufgeblieben?"

„Papa redet gern mit deinem Freund. Er ist ein netter Mann." Nadia legte etwas Teig auf einen Pastetenteller und formte ihn zu einem Kreis, dann griff sie wieder zur Rolle. „Sieht sehr gut aus."

„Ja", stimmte Natasha vorsichtig zu.

„Er hat eine gute Arbeit, ist verantwortungsbewusst und liebt seine Tochter."

„Ja", wiederholte Natasha.

„Warum heiratest du ihn nicht, wenn er es will?"

Sie hatte gewusst, dass ihre Mutter diese Frage stellen würde. Mit einem unterdrückten Seufzer lehnte Natasha sich gegen den Küchentisch. „Es gibt eine Menge netter, verantwortungsbewusster und gut aussehender Männer, Mama. Soll ich die alle heiraten?"

„Von ihnen gibt es nicht so viele, wie du denkst." Lächelnd machte Nadia sich an die dritte Pastete. „Liebst du ihn nicht?" Als Natasha nicht antwortete, wurde Nadias Lächeln breiter. „Ah."

„Bitte, Mama. Spence und ich, wir kennen uns erst seit einigen Monaten. Es gibt vieles, was er von mir noch nicht weiß."

„Dann erzähl es ihm."

„Irgendwie kann ich das nicht."

Nadia legte die Teigrolle hin und nahm das Gesicht ihrer Tochter zwischen die mehligen Hände. „Er ist nicht so wie der andere."

„Nein, das ist er nicht. Aber …"

Nadia schüttelte den Kopf. „Etwas festzuhalten, das längst vorbei ist, macht im Inneren krank. Du hast ein gutes Herz, Tash. Vertraue dir selbst."

„Das würde ich ja gern." Sie legte die Arme um ihre Mutter. „Ich liebe ihn, Mama. Aber ich habe immer noch Angst, und es tut noch weh." Sie atmete tief durch und trat einen Schritt zurück. „Ich möchte mir Papas Wagen ausleihen."

Nadia fragte nicht, wohin sie damit wollte. Das brauchte sie nicht. „Ja, sicher. Ich komme mit."

Natasha küsste ihre Mutter auf die Wange und schüttelte stumm den Kopf.

Sie war schon eine Stunde fort, als Spence mit müden Augen nach unten kam. Der graue Hund und er tauschten mitfühlende Blicke aus. Yuri hatte am Abend zuvor großzügig Wodka ausgeschenkt. An Gäste und Haustiere. Momentan kam es Spence vor, als wäre sein Kopf ein Steinbruch. Und zwar einer in Hochbetrieb. Glücklicherweise war da der Duft vom Backen und, besonders willkommen, von Kaffee. Sonst hätte er den Weg in die Küche vermutlich nie gefunden.

Nadia reichte ein Blick. Lachend wies sie auf den Tisch. „Setzen Sie sich." Sie goss ihm den starken, pechschwarzen Kaffee ein. „Trinken Sie. Ich mache Ihnen Frühstück."

Spence nahm die Tasse zwischen beide Hände und trank, als wäre es der letzte Schluck in seinem Leben. „Danke. Aber lassen Sie sich nicht stören."

Nadia machte eine abwehrende Handbewegung und griff nach einer gusseisernen Bratpfanne. „Ich sehe Ihnen doch an, was für einen Riesenkater Sie haben. Yuri hat Ihnen zu viel Wodka eingeschenkt."

„Nein, nein. Das habe ich mir selbst eingebrockt." Er öffnete die Aspirin-Flasche, die sie ihm auf den Tisch stellte. „Sie sind ein Engel, Mrs. Stanislaski."

„Nadia. Wer sich in meinem Haus betrinkt, nennt mich Nadia."

„So habe ich mich seit dem College nicht mehr gefühlt." Mit diesen Worten schluckte er gleich drei Aspirin hinunter. „Möchte bloß wissen, warum mir das damals Spaß gemacht hat." Er rang sich ein müdes Lächeln ab. „Irgendetwas riecht ganz wunderbar."

„Meine Pasteten werden Ihnen schmecken." Sie schob die dicken Würste in der Pfanne hin und her. „Sie haben Alex in der Nacht getroffen."

„Ja." Spence lehnte nicht ab, als sie ihm die Tasse erneut füllte. „Das war Grund genug, sich noch einen Drink einzugießen. Sie haben eine großartige Familie, Nadia."

„Sie macht mich stolz. Sie macht mir Sorgen. Sie wissen, wovon ich rede. Sie haben ja eine Tochter."

„Ja." Er lächelte und stellte sich vor, wie Natasha in einem Vierteljahrhundert aussehen würde.

„Natasha ist die Einzige, die weit weggezogen ist. Um sie sorge ich mich am meisten."

„Sie ist sehr stark."

Nadia nickte nur und schlug Eier in die Pfanne. „Sind Sie ein geduldiger Mensch, Spence?"

„Ich glaube schon."

Nadia sah über die Schulter. „Seien Sie nicht zu geduldig."

„Komisch. Genau das hat Natasha mir auch gesagt."

Mit zufriedener Miene steckte sie Brot in den Toaster. „Schlaues Mädchen, meine Tochter."

Die Küchentür ging auf. Alex, dunkelhaarig, mit schweren Lidern und zerknittert aussehendem Gesicht, kam grinsend herein. „Ich rieche ein köstliches Frühstück."

Der erste Schnee fiel. Kleine, fast durchsichtige Flocken, die vom Wind herumgewirbelt wurden und sich auflösten, bevor sie den Boden erreichten. Es gab Dinge, das wusste Natasha, die wunderschön und liebenswert waren, obwohl sie nur für kurze Zeit blieben.

Sie stand allein da, dick vermummt gegen die Kälte, die sie nur innerlich spürte. Das Licht war ein blasses Grau, wirkte aber wegen der winzigen herumtanzenden Flocken nicht trübe. Blumen hatte sie nicht mitgebracht. Das tat sie nie. Auf dem kleinen Grab würden sie viel zu traurig aussehen.

Lily. Mit geschlossenen Augen erinnerte sie sich daran, wie es gewesen war, das junge, zerbrechliche Leben in den Armen zu halten.

Ihr Baby. *Malenka*. Ihr kleines Mädchen. Sie dachte an die hübschen blauen Augen, die feingliedrigen Miniaturhände.

Wie die Blume, nach der sie benannt worden war, so war auch Lily schön gewesen und hatte ein viel zu kurzes Leben gehabt. Rot und faltig war sie gewesen, mit winzigen Fäusten, als die Schwester sie zum ersten Mal in Natashas Arme gelegt hatte. Und selbst jetzt spürte sie das schmerzhafte, aber nicht unangenehme Ziehen in der Brust, das sie empfunden hatte, wenn sie Lily stillte. Sie erinnerte sich an die weiche Haut und den Duft von Puder und Creme und daran, wie herrlich es gewesen war, mit dem Baby an der Schulter im Schaukelstuhl zu sitzen.

So schnell vorbei, dachte Natasha. Einige unschätzbare Wochen. So sehr sie auch nachdachte, so oft sie auch betete, nie würde sie verstehen. Sich damit abfinden vielleicht, aber verstehen nie.

„Ich liebe dich, Lily." Sie bückte sich und presste eine Handfläche auf das kalte Gras. Dann richtete sie sich auf, drehte sich um und ging durch den wirbelnden Schnee davon.

Wohin war sie nur gefahren? Es gab mindestens ein Dutzend Möglichkeiten. Spence wusste, dass es dumm war, sich Sorgen zu machen. Trotzdem war er beunruhigt. Auch weil er spürte, dass ihre Familie wusste, wo sie war, es ihm aber nicht sagte.

Das Haus war bereits voller Lärm und Lachen, und überall duftete es nach dem bevorstehenden Festtagsschmaus.

Es gab vieles, was Natasha ihm nicht erzählt hatte. Die Fotos, die im Wohnzimmer standen, ließen daran nicht den geringsten Zweifel. Natasha in einer Gymnastikhose und Tanzschuhen, im Ballettröckchen und auf Zehenspitzen, mit wachen, glänzenden Augen. Natasha mit wehenden Haaren auf dem höchsten Punkt eines Grand Jeté.

Sie war Tänzerin gewesen, offenbar professionell, hatte es jedoch nie erwähnt. Warum hatte sie den Beruf aufgegeben? Warum hatte sie eine so bedeutende Phase ihres Lebens vor ihm verheimlicht?

Als Rachel aus der Küche kam, sah sie, wie er gedankenverloren eines der Fotos in der Hand hielt. Schweigend musterte sie ihn für einen Moment. Wie ihrer Mutter, so gefiel auch ihr, was sie sah. Der Mann besaß Stärke und Sanftheit zugleich. Ihre große Schwester brauchte und verdiente beides.

„Es ist ein schönes Foto."

Spence drehte sich um. Rachel war größer als Natasha und sogar noch etwas schlanker. Ihr dunkles Haar war kurz geschnitten und umrahmte das Gesicht. Am beeindruckendsten waren ihre Augen. Die Farbe war eher Gold als Braun. „Wie alt war sie damals?"

Rachel steckte die Hände in die Hosentaschen und ging zu ihm hinüber. „Sechzehn, glaube ich. Sie war damals im Corps de Ballet. Sie war eine begeisterte Tänzerin. Um ihre Grazie habe ich Tash immer beneidet. Ich war mit ihr verglichen immer ein Klotz." Lächelnd wechselte sie das Thema. „Immer größer und drahtiger als die Jungs. Dauernd habe ich mit den Ellbogen etwas umgestoßen. Wo ist denn Freddie?"

Spence stellte das Foto wieder an seinen Platz. Rachel hatte ihm durch die Blume gesagt, dass die Beantwortung seiner Fragen Natashas Sache war. „Sie ist oben und sieht sich mit Yuri zusammen die Festtagsparade an."

„Die lässt er nie aus. Er war schrecklich enttäuscht, als wir nicht mehr auf seinem Schoß sitzen und die bunten Festwagen bestaunen wollten."

Als im ersten Stock ein quietschendes Lachen ertönte, drehten sie sich zur Treppe um. Füße trappelten. Wie ein pinkfarbener Wirbelwind kam Freddie in ihrem Overall hinuntergestürmt und warf sich Spence in die ausgebreiteten Arme. „Daddy, Papa brummt wie ein Bär. Wie ein ganz großer Bär."

„Hat er seinen Bart an deiner Wange gerieben?", wollte Rachel wissen.

„Er ist kratzig." Kichernd wand sie sich aus Spences Armen und rannte wieder hinauf, um sich dem bärtigen Bären nochmals auszusetzen.

„Sie amüsiert sich großartig", sagte Spence.

„So ist Papa. Wie geht's dem Kopf?"

„Besser, danke." Er hörte, wie Yuris Wagen vor dem Haus hielt, und warf einen Blick durchs Fenster.

„Mama braucht meine Hilfe." Rachel huschte in die Küche.

Er wartete an der Tür auf sie. Natasha sah blass und erschöpft aus, lächelte aber zur Begrüßung. „Guten Morgen." Sie brauchte ihn und legte die Arme um seine Taille.

„Geht's dir gut?"

„Ja." Jetzt, wo er sie so hielt, stimmte das sogar. „Ich habe damit gerechnet, dass du noch schläfst."

„Nein, ich bin schon eine Weile auf. Wo bist du gewesen?"

Sie nahm den Schal ab. „Es gab etwas, das ich tun musste. Wo sind denn die anderen?", fragte sie und hängte ihren Mantel in den engen Wandschrank.

„Deine Mutter und Rachel sind in der Küche. Und Alex telefonierte gerade, als ich ihn zuletzt sah."

Diesmal fiel ihr Lächeln ungezwungen aus. „Vermutlich raspelt er wieder bei einem Mädchen Süßholz."

„Hörte sich so an. Freddie ist mit deinem Vater oben und sieht sich die Parade an."

Als hätte sie es gehört, kam Freddie die Treppe heruntergerannt und raste auf Natasha zu. Sie schlang die Arme um ihre Taille. „Du bist zurück!"

„Das bin ich." Natasha bückte sich und küsste Freddie auf den Kopf. „Und was hast du so getrieben?"

„Ich sehe mir mit Papa die Parade an. Er kann wie Donald Duck sprechen und lässt mich auf seinem Schoß sitzen."

„So, so." Natasha beugte sich vor und schnupperte. Freddies Atem waren die vielen Weingummis noch anzumerken. „Ist er immer noch so wild auf die gelben?"

Freddie lächelte und warf ihrem Vater einen raschen Blick zu. Spence fand Weingummis keineswegs so toll wie Yuri. „Das macht nichts. Ich mag die roten sowieso am liebsten."

„Wie viele rote?", fragte Spence.

Freddie hob die Schultern und ließ sie wieder fallen. Spence bemerkte belustigt, dass seine Tochter Natashas gewohnheitsmäßige Geste beinahe perfekt nachahmte. „Nicht so viele", erwiderte sie. „Kommst du mit hoch?" Sie zog an Natashas Hand. „Gleich ist Santa Claus an der Reihe."

„In ein paar Minuten." Natasha bückte sich fast automatisch, um Freddie den Schnürsenkel zuzubinden. „Sag Papa, dass ich Mama nichts von den Weingummis erzähle. Aber nur, wenn er mir welche übrig lässt."

„Okay." Freddie tobte die Treppe hinauf.

„Er hat sie ziemlich beeindruckt“, sagte Spence.

„Papa beeindruckt jeden.“ Sie richtete sich wieder auf, und plötzlich schien der Raum sich um sie zu drehen. Bevor sie zu Boden sinken konnte, ergriff Spence ihre Arme.

„Was ist denn los?“

„Nichts.“ Sie presste eine Hand gegen die Schläfe und wartete darauf, dass der Schwindelanfall vorüberging. „Ich bin nur zu schnell aufgestanden, das ist alles.“

„Du siehst blass aus. Komm, setz dich.“ Er legte ihr den Arm fürsorglich um die Taille, aber sie schüttelte den Kopf.

„Nein, ich bin in Ordnung, wirklich. Nur etwas müde.“ Erleichtert, dass der Raum jetzt wieder stillstand, lächelte sie ihm zu. „Schuld hat Rachel. Sie hätte die ganze Nacht hindurch geredet, wenn ich nicht aus Gründen der Selbstverteidigung eingeschlafen wäre.“

„Hast du etwas gegessen?“

„Ich dachte, du bist Doktor der Musik.“ Sie tätschelte ihm die Wange. „Keine Sorge. Ich brauche nur die Küche zu betreten, und Mama fängt an, mich zu füttern.“

In diesem Moment ging die Haustür auf. Spence sah, wie ihr Gesicht aufleuchtete. „Mikhail!“ Lachend warf sie sich ihrem Bruder um den Hals.

Er hatte dieses südländische, atemberaubend gute Aussehen, das offenbar zum Familienerbe gehörte. Als größter Stanislaski musste er sich vorbeugen, um Natasha fest an sich zu drücken. Sein Haar ringelte sich in Locken um die Ohren und über den Kragen. Seine Hände strichen Natasha zärtlich übers Haar. Sie waren breit und wohlgeformt.

Spence brauchte nur Sekunden, um es zu erkennen. Natasha liebte jeden in ihrer Familie, aber zwischen diesen beiden gab es ein besonderes Band.

„Ich habe dich vermisst.“ Sie küsste ihn auf beide Wangen und umarmte ihn erneut. „Ich habe dich wirklich vermisst.“

„Warum kommst du dann so selten?“ Sanft schob er sie von sich, um sie genauer anzusehen. Ihre Hände waren noch kalt, also war sie schon draußen gewesen. Und er wusste, wo sie den Morgen verbracht hatte. Er murmelte etwas auf Ukrainisch, doch sie schüttelte nur den Kopf. Mit einem Schulterzucken, das ihrem sehr ähnlich war, ließ er das Thema ruhen.

„Mikhail, das ist Spence."

Während er den Mantel auszog, drehte Mikhail sich zu Spence um und musterte ihn.

Anders als Alex, der ihn sofort freundlich akzeptiert hatte, oder als Rachel, die ihn einer unauffälligen Prüfung unterzogen hatte, ließ Mikhail seinen Blick lange und intensiv auf Spence ruhen. Zweifellos würde er es sofort sagen, wenn der Freund seiner Schwester vor seinen Augen keine Gnade fand.

„Ich kenne Ihre Arbeit", meinte er schließlich. „Sie ist exzellent."

„Danke." Spence gab den kritischen Blick zurück. „Das kann ich von Ihrer auch behaupten." Mikhail hob eine dunkle Braue. „Ich habe die Figuren gesehen, die Sie für Natasha geschnitzt haben."

„Ah." Die Andeutung eines Lächelns erschien auf dem ernsten Gesicht. „Meine Schwester liebt Märchen über alles." Von oben ertönte ein Quietschen und dann ein tiefes Gelächter.

„Das ist Freddie", erklärte Natasha. „Spences Tochter. Papa ist ganz hingerissen von ihr."

Mikhail hakte einen Daumen durch eine Gürtelschlaufe. „Sie sind Witwer."

„Das ist richtig."

„Und jetzt unterrichten Sie am College."

„Ja."

„Mikhail", unterbrach Natasha, „spiel hier nicht den großen Bruder. Ich bin älter als du."

„Aber ich bin größer." Mit einem raschen aufblitzenden Lächeln legte er ihr den Arm um die Schultern. „Also, was gibt's zu essen?"

Viel zu viel, entschied Spence, als die Familie sich am späten Nachmittag um den Tisch versammelte. Der riesige Truthahn, der auf dem Tablett mitten auf der gehäkelten Decke stand, war nur der Anfang. Nadia nahm die Traditionen ihres neues Heimatlandes ernst und hatte ein typisch amerikanisches Festtagsmahl zubereitet, vom Kastanien-Dressing bis zu den Kürbis-Pasteten.

Mit großen Augen starrte Freddie auf die Parade der Gerichte. Der Raum war voller Lärm, alle sprachen durcheinander. Unter dem

Tisch lag neben ihren Füßen der alte Sasha in der Hoffnung auf ein paar unauffällig nach unten gereichte Brocken. Sie saß auf einem Stuhl, der durch die New Yorker Gelben Seiten künstlich erhöht wurde. Was sie betraf, so war das der schönste Tag ihres Lebens.

Alex und Rachel stritten über einen Streich aus ihrer Kindheit. Mikhail mischte sich ein und erklärte, dass sie sich beide irrten. Als sie nach ihrer Meinung gefragt wurde, lachte Natasha nur und schüttelte den Kopf. Dann murmelte sie Spence etwas ins Ohr, das ihn schmunzeln ließ.

Als Yuri das Glas hob, ergriff sie seine Hand.

„Genug", sagte er, und schon herrschte erwartungsvolle Stille. „Ihr könnt euch später streiten, wer die weißen Mäuse im Schullabor ausgesetzt hat. Jetzt möchte ich einen Toast ausbringen. Wir danken für das Essen, das Nadia und meine Mädchen für uns zubereitet haben. Und wir danken besonders dafür, dass wir es mit der ganzen Familie und guten Freunden genießen dürfen. Wie wir es an unserem ersten Thanksgiving in unserem Land getan haben, danken wir dafür, dass wir frei sind."

„Auf die Freiheit", sagte Mikhail und hob das Glas.

„Auf die Freiheit", stimmte Yuri zu. Mit verschleiertem Blick sah er in die Runde. „Und auf die Familie."

11. KAPITEL

An diesem Abend lauschte Spence den Geschichten, die Yuri über die alte Heimat erzählte. Freddie lag dösend auf dem Schoß ihres Vaters. Das Essen war laut und lebhaft gewesen. Jetzt dagegen war es ruhig und besinnlich. Auf der anderen Seite des Zimmers spielten Rachel und Alex ein Gesellschaftsspiel. Sie stritten häufig, aber ohne jede Verbissenheit.

In der Ecke hatten Natasha und Mikhail die dunkelhaarigen Köpfe zusammengesteckt. Spence hörte sie murmeln und bemerkte, dass sie einander häufig berührten. An der Hand, an der Wange. Nadia stickte an einem weiteren Kissenbezug. Hin und wieder verbesserte sie Yuri lächelnd oder gab einen Kommentar ab.

„Frau." Yuri richtete den Stiel seiner Pfeife auf Nadia. „Ich erinnere mich an alles, als ob es gestern wäre!"

„Du erinnerst dich so, wie du es erinnern willst."

„*Tak*." Er schob sich die Pfeife wieder in den Mund. „Dann gibt es auch eine bessere Geschichte ab."

Als Freddie sich bewegte, sah Spence auf sie hinab. „Ich bringe sie besser zu Bett."

„Ich tue es." Nadia legte ihr Stickzeug zur Seite und stand auf. „Ich tue es gern." Sie gab beruhigende Laute von sich und hob Freddie in die Arme. Freddie hatte nichts dagegen, sondern schmiegte sich schläfrig an Nadias Hals.

„Schaukelst du mich?"

„Ja." Gerührt küsste Nadia ihr Haar und ging zur Treppe. „In dem Stuhl, in dem ich alle meine Babys geschaukelt habe."

„Singst du auch?"

„Ich singe dir das Lied, das meine Mutter mir immer vorgesungen hat. Würde dir das gefallen?"

Freddie gähnte und nickte verschlafen.

„Sie haben eine wunderschöne Tochter." Yuri sah wie Spence den beiden nach. „Sie müssen sie oft herbringen."

„Dafür wird Freddie schon sorgen, glaube ich."

„Sie ist immer willkommen, so wie Sie auch." Yuri zog an der Pfeife. „Selbst dann, wenn Sie meine Tochter nicht heiraten."

Die Aussage löste für ungefähr zehn Sekunden ein knisterndes

Schweigen aus, bis Alex und Rachel sich mit verstohlenem Lächeln wieder über ihr Spiel beugten. Spence machte aus seiner Freude keinen Hehl, als Natasha aufstand.

„Wir haben nicht mehr genug Milch für morgen früh", sagte sie kurzentschlossen. „Ich werde welche holen gehen. Spence, begleitest du mich?"

„Sicher." Er lächelte strahlend.

In Mantel und Schal gehüllt traten sie wenig später in die Kälte hinaus. Über ihnen war der Himmel so klar wie schwarzes Glas und voller frostig glitzernder Sterne.

„Er wollte dich bestimmt nicht in Verlegenheit bringen", begann Spence.

„Doch, das wollte er."

Spence legte ihr schmunzelnd den Arm um die Schulter. „Nun ja, vermutlich wollte er das wirklich. Ich mag deine Familie."

„Ich auch. Meistens jedenfalls."

„Du kannst froh sein, dass du sie hast. Wenn ich Freddie hier so sehe, wird mir klar, wie wichtig die Familie ist. Irgendwie habe ich mich nie um einen engeren Kontakt zu Nina oder meinen Eltern bemüht."

„Trotzdem sind sie deine Familie. Vielleicht sind wir uns deshalb so nah, weil wir nur uns hatten, als wir herkamen."

„Ich gebe zu, dass meine Familie nie mit einem Fuhrwerk die Berge nach Ungarn überquert hat."

Sie musste lachen. „Rachel war immer neidisch auf uns, weil sie damals noch nicht geboren war. Als kleines Mädchen hat sie sich dadurch an uns gerächt, dass sie behauptete, amerikanischer als wir zu sein. Weil sie in New York zur Welt gekommen ist. Und vor gar nicht so langer Zeit hat ihr jemand gesagt, sie solle ihren Namen ändern, wenn sie Anwältin werden will." Sie lachte erneut und sah zu ihm hoch. „Sie war tödlich beleidigt und demonstrierte ihm ihr ukrainisches Temperament."

„Es ist ein guter Name. Du könntest ihn beruflich weiterführen, nachdem du mich geheiratet hast. Was hältst du davon?"

„Fang nicht schon wieder an."

„Das muss der Einfluss deines Vaters sein." Er sah zu dem dunklen Laden hinüber. An der Tür hing ein Schild. „Er ist geschlossen!"

„Ich weiß." Sie drehte sich in seine Arme. „Ich wollte nur etwas laufen. Und jetzt, wo wir in einem dunklen Hauseingang stehen, kann ich dich endlich küssen."

„Das Argument überzeugt mich." Spence neigte ihr den Kopf entgegen.

Natasha ärgerte sich darüber, dass sie auf der Fahrt nach Hause immer wieder einschlief. Als sie sich zum letzten Mal zwang, die Augen aufzuschlagen und wach zu werden, passierte der Wagen schon die Grenze zwischen Maryland und West Virginia.

„So weit sind wir schon." Sie richtete sich auf und warf Spence einen entschuldigenden Blick zu. „Ich habe dich gar nicht abgelöst."

„Kein Problem. Du sahst aus, als könntest du Schlaf brauchen", sagte er mitfühlend.

„Zu viel Essen und zu wenig Ruhe." Sie sah sich nach Freddie um, die auf dem Rücksitz friedlich schlummerte. „Wir waren keine sonderlich unterhaltsamen Beifahrer, was?"

„Du kannst es wiedergutmachen. Komm noch mit mir nach Hause."

„Einverstanden." Das war das Mindeste, was sie tun konnte. Vera kam erst am Sonntag zurück.

Als sie vor dem Haus hielten, war es bereits dunkel. Spence brachte Freddie nach oben und legte sie ins Bett.

Natasha wartete in der Küche und nutzte die Zeit, Tee zu kochen und Sandwiches zu machen. Als Spence wieder herunterkam, war der Küchentisch schon gedeckt.

„Sie schläft wie ein Stein." Er musterte den Tisch. „Du kannst Gedanken lesen."

„Mit zwei bewusstlosen Passagieren konntest du schlecht anhalten, um etwas zu essen."

„Was gibt es?"

„Alte ukrainische Tradition." Sie zog ihren Stuhl zurück und setzte sich. „Thunfisch."

„Großartig", entschied Spence nach dem ersten Bissen. „Eine wirklich köstliche Tradition."

Er meinte nicht nur das Sandwich. Er mochte es, wie sie ihm im hellen Küchenlicht gegenübersaß. Um sie herum war das Haus ruhig.

„Ich habe morgen einen harten Tag“, unterbrach Natasha die Stille. „Von jetzt an bis Weihnachten wird der Laden ein Tollhaus sein. Ich habe mir eine Aushilfskraft vom College geholt. Sie fängt morgen an.“ Sie hob ihre Tasse und grinste ihn an. „Rate mal, wer es ist.“

„Hoffentlich Melony Trainor“, sagte er. Sie war eine seiner attraktivsten Studentinnen, und seine Bemerkung brachte ihm von Natasha einen spielerischen Schlag gegen die Schulter ein.

„Nein, die ist viel zu sehr mit Flirten beschäftigt, um noch Zeit für Arbeit zu haben. Terry Maynard ist es.“

„Maynard? Wirklich?“

„Ja. Er braucht das Geld, um sich einen neuen Auspuff für seinen Wagen zu kaufen, und außerdem …“, sie machte eine dramatische Kunstpause, „… läuft zwischen ihm und Annie etwas.“

„Ohne Scherz?“ Grinsend lehnte er sich zurück. „Nun, dann hat er es ja schnell verdaut, dass du sein Leben zerstört hast.“

Natasha zog eine Braue hoch. „Ich habe es nicht zerstört, nur ein wenig erschüttert. Seit drei Wochen sehen die beiden sich fast jeden Abend.“

„Klingt nach einer ernsthaften Sache.“

„Ich glaube, das ist es auch. Aber Annie hat Angst, dass sie zu alt für ihn ist.“

„Wie viel älter ist sie denn?“

Natasha beugte sich vor und senkte die Stimme. „Oh, sehr viel älter. Fast ein komplettes Jahr.“

„Das grenzt ja schon an Verführung Abhängiger.“

„Ich freue mich immer, wenn ich sie zusammen sehe. Ich hoffe nur, dass sie beim gegenseitigen Anhimmeln nicht die Kunden vergessen.“ Schulterzuckend griff sie zur Tasse. „Ich glaube, ich werde früher hingehen und mit der Dekoration anfangen.“

„Du wirst morgen Abend ziemlich erschöpft sein. Warum kommst du nicht zum Essen her?“

Überrascht legte sie den Kopf auf die Seite. „Du kochst?“

„Nein.“ Grinsend schob er sich den Rest des Sandwiches in den Mund. „Aber meine Mitnahmegerichte sind großartig. Du hast die Wahl zwischen Hähnchen und Pizza. Jeweils ein ganzer Karton voll. Mit allem, was dazugehört. Ich habe sogar schon einmal orientalische Meeresfrüchte aufgetrieben.“

„Das Menü überlasse ich dir.“ Sie stand auf, um den Tisch abzuräumen, aber er ergriff ihre Hand.

„Natasha.“ Er erhob sich und strich ihr mit der freien Hand übers Haar. „Ich möchte dir dafür danken, dass du die letzten Tage mit mir verbracht hast. Es hat mir viel bedeutet.“

„Mir auch.“

„Trotzdem hat es mir gefehlt, mit dir allein zu sein.“ Er rieb seinen Mund über ihre Lippen. „Komm mit mir nach oben. Ich möchte dich in meinem Bett lieben.“

Sie antwortete nicht. Aber sie zögerte auch nicht. Sie legte ihm den Arm um die Hüften und ging mit ihm die Treppe hinauf.

Im weichen Licht der Nachttischlampe erkannte sie die dunklen, männlichen Farben, die er für sein Zimmer ausgesucht hatte. Mitternachtsblau, waldgrün. An der einen Wand dominierte ein Ölgemälde in einem schweren, reich verzierten Rahmen. Sie sah die Umrisse exquisiter Antiquitäten. Das Bett war groß, ein geräumiger Rückzugsbereich, mit einer dicken weichen Decke. Natasha wusste, dass sie die erste Frau war, die er in dieses Zimmer, in dieses Bett mitnahm.

Sie sah ihre beiden Spiegelbilder in dem Spiegel über der massiven Herrenkommode, und sie sah sich lächeln, als er ihre Wange berührte.

Ihre Erschöpfung war verschwunden. Jetzt fühlte sie nur das innere Glühen, das vom Lieben und Geliebtwerden herrührte. Worte waren zu schwierig, aber als sie ihn küsste, sprach ihr Herz für sie.

Langsam zogen sie einander aus.

Sie streifte ihm den Sweater über den Kopf. Er öffnete die Knöpfe ihrer Strickjacke und schob sie ihr von den Schultern. Sie sah ihm in die Augen, während sie sein Hemd aufknöpfte. Er half ihr aus dem Pullover und ließ seine Finger noch eine Weile auf ihren Schultern ruhen. Sie hakte seine Hose auf. Er ließ den Verschluss ihrer Slacks aufschnappen. Ohne Hast ließ er den Teddy an ihrem Körper nach unten gleiten, während sie ihm das letzte Hindernis, das sich noch zwischen ihnen befand, abstreifte.

Wie in Zeitlupe bewegten sie sich, ließen ihre Körper einander berühren. Ihre Handflächen pressten sich gegen seinen Rücken, seine Hände wanderten ihre Seiten hinauf. Mit mal zur einen, mal zur anderen Seite geneigten Köpfen experimentierten sie mit ausgiebigen, leidenschaftlichen Küssen. Ihre Körper erwärmten sich, und ihre Lippen sehnten sich nach dieser Wärme. In diesem Zimmer war alles so natürlich.

In wortloser Übereinstimmung lösten sie sich voneinander. Spence schlug die Decke zurück. Zusammen schlüpften sie darunter.

Es gibt keinen Ersatz für Intimität, dachte Natasha. Sie ist unvergleichlich. Ihre Körper rieben sich aneinander, und bei jeder Bewegung schienen die Laken zu wispern. Ein Seufzen antwortete ihm auf die gemurmelten Liebkosungen. Der Duft seiner Haut war ihr wohl vertraut. Seine Berührung war zunächst sanft, dann verführerisch, schließlich fordernd, aber immer genau das, was sie wollte.

Sie war einfach wunderschön. Nicht nur ihr Körper, nicht nur das bezaubernde Gesicht, sondern auch und gerade ihr Innerstes. Wenn sie sich mit ihm zusammen bewegte, spürte er eine intensivere Harmonie, als er sie mit Musik je schaffen könnte. Sie war seine Musik, ihr Lachen, ihre Stimme, ihre Gesten. Er wusste nicht, wie er es ihr erklären sollte. Aber er wusste, wie er es ihr zeigen konnte.

Seine Zärtlichkeiten gaben ihr das Gefühl, als wäre es das erste und einzige Mal. Noch nie hatte sie in sich eine solche Eleganz und Grazie gespürt. Noch nie eine solche Stärke und Sicherheit.

Als er über sie glitt und sie sich ihm entgegenstreckte, war es perfekt.

„Ich möchte, dass du bleibst."

Natasha drehte den Kopf, bis ihr Gesicht an seinem Hals lag. „Ich kann nicht. Freddie würde morgen früh Fragen stellen, von denen ich nicht weiß, wie ich sie beantworten soll."

„Es gibt eine ganz einfache Antwort. Ich werde ihr die Wahrheit sagen. Dass ich dich liebe."

„So einfach ist das gar nicht."

„Es ist die Wahrheit." Er stützte sich auf einen Arm, um sie anzusehen. „Ich liebe dich wirklich, Natasha."

„Spence …"

„Nein. Keine Logik, keine Ausreden. Das haben wir alles hinter uns. Sag mir, dass du mir glaubst."

Sie sah ihm in die Augen und erkannte in ihnen, was sie schon wusste. „Ja, ich glaube dir."

„Dann sag mir, was du fühlst. Ich muss es wissen."

Er hatte ein Recht, es zu erfahren. Doch die in ihr aufsteigende Panik hinterließ einen schalen Geschmack auf der Zunge. „Ich liebe dich. Und ich habe Angst."

Er hob ihre Hand an die Lippen und küsste sie fest auf die Finger. „Warum?"

„Weil ich schon einmal jemanden geliebt habe und es ein bitteres Ende genommen hat."

Da war er wieder, der Schatten aus ihrer Vergangenheit, gegen den er nichts ausrichten konnte, weil er namenlos war. „Keiner von uns ist in seinem bisherigen Leben ohne Narben davongekommen, Natasha. Aber wir haben die Chance, etwas Neues, etwas Bedeutendes zu schaffen."

Sie wusste, dass er Recht hatte. Fühlte es. Dennoch zögerte sie. „Ich wünschte, ich wäre mir da so sicher. Spence, es gibt Dinge, die du über mich noch nicht weißt."

„Dass du Tänzerin warst?"

Sie zog sich das Laken über die Brust und setzte sich auf. „Ja, das war früher."

„Warum hast du mir nie davon erzählt?"

„Weil es vorbei ist."

Er strich ihr das Haar aus dem Gesicht. „Warum hast du mit dem Tanzen aufgehört?"

„Ich musste mich entscheiden." Der Schmerz kehrte zurück, aber nur kurz. Sie lächelte ihn an. „Ich war nicht so gut. Oh, ich war begabt, und eines Tages wäre ich vielleicht sogar eine Primaballerina geworden. Vielleicht ... Es gab eine Zeit, da habe ich davon geträumt."

„Möchtest du darüber reden?"

Es würde der Anfang sein, das wusste sie. „Ich hoffe, du erwartest nichts Aufregendes." Sie hob die Hände, ließ sie aufs Laken fallen. „Ich fing spät damit an. Erst nachdem wir hierher kamen. Über die Kirche lernten meine Eltern Martina Latova kennen. Sie war vor vielen Jahren eine berühmte russische Tänzerin und ist geflohen. Sie wurde die Freundin meiner Mutter und bot an, mir Ballettstunden zu geben. Das Tanzen tat mir gut. Mein Englisch war schwach, und deshalb fand ich schwer Freunde. Es war alles so anders hier."

„Ja, das kann ich mir vorstellen."

„Damals war ich fast acht. In dem Alter ist es schon schwierig, dem Körper Bewegungen beizubringen, für die er nicht geschaffen ist. Aber ich habe hart gearbeitet. Meine Eltern waren so stolz.“ Sie lachte, aber ohne Bitterkeit. „Papa war überzeugt, dass ich die nächste Pawlowa werden würde. Als ich zum ersten Mal auf der Spitze tanzte, hat Mama geweint. Das Tanzen kann einen besessen machen, kann einem Freude und Schmerz bereiten. Es ist eine völlig andere Welt, Spence. Ich kann es nicht erklären. Man muss dazugehören.“

„Du brauchst es nicht zu erklären.“

Sie sah auf. „Natürlich. Du verstehst es“, murmelte sie. „Wegen deiner Musik. Ich war fast sechzehn, als ich in das Corps de Ballet eintrat. Es war wunderbar. Vielleicht wusste ich nicht, dass es noch andere Welten gibt, aber ich war glücklich.“

„Und was geschah dann?“

„Es gab da einen Tänzer.“ Sie schloss die Augen. Jetzt kam es auf jedes Wort an. „Du hast bestimmt schon von ihm gehört. Anthony Marshall.“

„Ja.“ Sofort hatte Spence das Bild eines hoch gewachsenen, blonden Mannes mit schlanker Figur und unglaublicher Grazie vor Augen. „Ich habe ihn oft tanzen sehen.“

„Er war fantastisch. Ist es“, verbesserte sie sich. „Allerdings habe ich seit Jahren kein Ballett mehr mit ihm gesehen. Zwischen uns entwickelte sich eine Beziehung. Ich war jung. Zu jung. Und es war ein gewaltiger Fehler.“

Jetzt hatte der Schatten endlich einen Namen. „Du hast ihn geliebt.“

„Oh ja. Auf naive und idealistische Art. So wie ein Mädchen mit siebzehn liebt. Und ich glaubte, dass er mich auch liebte. Jedenfalls behauptete er es. Mit Worten und Taten. Er war sehr charmant, romantisch ... Und ich wollte ihm glauben. Er versprach mir die Ehe, eine Zukunft, eine Tanzpartnerschaft, all die Dinge, die ich hören wollte. Er hat alle Versprechen gebrochen – und mein Herz.“

„Deshalb willst du jetzt von mir keine Versprechen hören.“

„Du bist nicht Anthony“, flüsterte sie und hob die Hand an seine Wange. „Glaub mir, das weiß ich. Und ich vergleiche nicht. Ich bin nicht mehr die Frau, die ihre Träume auf ein paar dahingesagte Worte baut. Ich bin keine siebzehn mehr.“

„Kein Wort von mir war so einfach dahingesagt."

„Nein." Sie beugte sich vor, um ihre Wange an seine zu legen. „Das ist mir in den letzten Monaten klar geworden. Und ich verstehe jetzt, dass das, was ich für dich empfinde, anders ist als alles, was ich bisher gefühlt habe." Es gab noch mehr, was sie ihm erzählen wollte, aber die Worte blieben ihr im Hals stecken. „Bitte, lass es für heute genug sein."

„Für heute. Nicht für immer."

Sie drehte ihm das Gesicht zu. „Nur für heute."

Wie konnte das sein? Wie hatte das ausgerechnet jetzt passieren können? Jetzt, wo sie gerade wieder begann, sich selbst zu vertrauen, ihrem Herzen zu vertrauen? Wie würde sie es nochmals durchstehen können?

Natasha kam es vor, als wäre ihr Leben ein Film, der zurückgespult worden war und wieder von vorn begann. Genau an dem Punkt, an dem sich alles so dramatisch und vollständig geändert hatte. Sie setzte sich wieder auf ihr Bett, dachte nicht mehr daran, sich zur Arbeit anzuziehen und ins Geschäft zu gehen.

Sie sah auf das Fläschchen in ihrer Hand. Sie hatte die Anweisungen genau befolgt. Nur um sicherzugehen. Aber insgeheim hatte sie es bereits gewusst. Seit dem Besuch bei ihren Eltern vor zwei Wochen hatte sie es gewusst. Und hatte vor der Realität die Augen verschlossen.

Es war nicht die Grippe, die ihr morgens das flaue Gefühl im Magen gab. Es war nicht Überarbeitung oder Stress, wenn sie sich so müde und manchmal sogar schwindlig fühlte. Der einfache Test, den sie im Drugstore gekauft hatte, ließ überhaupt keinen Zweifel mehr daran.

Sie trug ein Kind unter dem Herzen. Zum zweiten Mal in ihrem Leben. Das Erstaunen und die Freude gingen sofort in jener eisigen Angst unter, die lähmend von ihr Besitz ergriff.

Wie war es nur passiert? Sie war doch sofort zum Arzt gegangen und hatte sich diese winzigen Pillen verschreiben lassen, als sie ahnte, wohin die Beziehung mit Spence führen würde. Trotzdem war sie jetzt schwanger. Es war nicht zu leugnen.

Wie sollte sie es ihm sagen? Sie schlug die Hände vors Gesicht und ließ den Oberkörper nach vorn und wieder zurück schwanken.

Die Vergangenheit hatte sich schmerzhaft in ihr Gedächtnis eingebrannt. Und jetzt sollte sie alles noch einmal durchmachen?

Sie hatte damals gewusst, dass Anthony sie nicht mehr liebte. Wenn er es überhaupt je getan hatte. Aber als sie erfuhr, dass sie ein Kind von ihm bekam, war sie sicher gewesen, dass er sich ebenso wie sie darüber freuen würde.

Nur widerstrebend hatte er sie in seine Wohnung gelassen, als sie ihm die freudige Nachricht überbringen wollte. Natasha erinnerte sich nur zu deutlich an den Anblick in seinem Wohnzimmer. Der Tisch war für zwei Personen gedeckt, die Kerzen brannten, der Wein stand im Kühler. Genau so, wie er es oft für sie getan hatte, als er sie noch liebte. Doch diesmal erwartete er eine andere. Sie blieb ruhig. Wenn er erst erfuhr, was sie ihm zu sagen hatte, wurde alles gut werden.

„Was redest du da?" Sie erinnerte sich an die Wut in seinen Augen.

„Ich war heute Nachmittag beim Arzt. Ich bin schwanger. Seit fast zwei Monaten." Sie streckte die Hand nach ihm aus. „Anthony ..."

„Das ist eine uralte Masche, Tash." Es klang beiläufig, unbeteiligt. Er ging zum Tisch, um sich ein Glas Wein einzuschenken.

„Es ist keine Masche."

„Nein? Dann verstehe ich nicht, wie du so dumm sein konntest!" Er packte ihren Arm und schüttelte sie. „Wenn du dich in Schwierigkeiten gebracht hast, kannst du nicht erwarten, dass ich dir da heraushelfe."

Benommen rieb sie die Stelle, an der seine Finger sich in ihren Arm gegraben hatten. Er versteht es nur noch nicht, sagte sie sich verzweifelt. „Ich bekomme ein Kind. Dein Kind. Der Arzt meint, das Baby kommt im Juli zur Welt."

„Kann schon sein, dass du schwanger bist." Mit einem Schulterzucken leerte er das Glas. „Mich interessiert das nicht."

„Das muss es aber."

Er sah sie an. In seinen Augen war nichts als Kälte. „Woher soll ich wissen, dass es wirklich von mir ist?"

Sie wurde blass. „Du weißt es. Du musst es einfach wissen."

„Ich weiß überhaupt nichts. Und jetzt entschuldige mich bitte, ich erwarte Besuch."

„Verstehst du denn nicht, Anthony?", rief sie voller Entsetzen. „Ich erwarte unser Kind!"

„Dein Kind", korrigierte er. „Das ist dein Problem. Wenn du einen Rat willst, gebe ich dir einen. Werde es los."

„Loswerden?" Sie war alt genug, um zu wissen, was er damit meinte. „Das kann nicht dein Ernst sein."

„Du willst doch tanzen, Tash. Oder etwa nicht? Versuch mal, die verlorene Zeit wieder aufzuholen, nachdem du neun Monate damit verschwendet hast, irgend so ein Balg auf die Welt zu bringen, den du hinterher ohnehin weggibst. Werde erwachsen."

„Ich bin erwachsen." Wie zum Schutz und zur Selbstverteidigung legte sie eine Hand auf den Bauch. „Und ich werde dieses Kind bekommen."

„Wie du willst." Er machte eine abfällige Geste mit dem Weinglas. „Aber zieh mich nicht da rein. Ich muss an meine Karriere denken. Wahrscheinlich ist es besser so für dich", beschloss er. „Bring irgendeinen Versager dazu, dich zu heiraten, und werde Hausfrau. Als Tänzerin hättest du es sowieso nur bis zum Mittelmaß gebracht."

Also hatte sie das Kind bekommen und es geliebt. Für eine viel zu kurze Zeit. Und jetzt bekam sie wieder eins. Sie durfte es nicht wollen. Nicht wenn sie genau wusste, wie es war, zu verlieren.

Verzweifelt schleuderte sie das Fläschchen von sich und riss ihre Sachen aus dem Wandschrank. Sie musste weg. Sie musste nachdenken. Ich brauche Ruhe, sagte sie sich, aber erst muss ich es ihm sagen.

Diesmal fuhr sie zu seinem Haus. Es war Samstag, und auf den Bürgersteigen und den Rasen spielten Kinder. Einige riefen ihr etwas zu, und Natasha hob mühsam die Hand, um den Gruß zu erwidern. Vor Spences Haus vergnügte Freddie sich mit ihren Kätzchen.

„Tash! Tash!" Lucy und Desi gingen blitzschnell in Deckung, aber Freddie rannte zum Wagen. „Bist du gekommen, um mit mir zu spielen?"

„Heute nicht." Natasha rang sich ein Lächeln ab und küsste sie auf die Wangen. „Ist dein Daddy zu Haus?"

„Er spielt Musik. Er spielt viel Musik, seit wir hergezogen sind. Ich habe ein Bild gemalt. Ich werde es Papa schenken!"

Natasha bemühte sich, das Lächeln beizubehalten. „Da wird er sich aber sehr freuen."

„Komm, ich zeig's dir."

„Nachher. Ich muss erst mit deinem Vater sprechen. Aber allein."

Freddies Unterlippe schob sich drohend vor. „Bist du böse auf ihn?"

„Nein." Sie gab Freddie einen Stupser auf die Nase. „Such deine Kätzchen. Ich komme noch zu dir, bevor ich wieder wegfahre."

„Okay." Freddie sauste jubelnd davon. So lockt sie die Kätzchen bestimmt nicht unter den Büschen hervor, dachte Natasha.

Sie klopfte an die Tür und beschloss, ganz langsam und logisch vorzugehen. Wie eine Erwachsene.

„Miss." Vera zog die Tür auf. Diesmal klang sie nicht so distanziert wie sonst. Freddie hatte ihr das Thanksgiving in Brooklyn genauestens beschrieben, und das hatte sie besänftigt.

„Ich würde gern Dr. Kimball sprechen, wenn er nicht zu beschäftigt ist."

„Kommen Sie herein." Stirnrunzelnd musterte sie Natasha. Zu ihrem eigenen Erstaunen war sie etwas besorgt. „Geht es Ihnen gut, Natasha? Sie sind so blass."

„Ich bin in Ordnung, danke."

„Möchten Sie etwas Tee?"

„Nein, ich kann nicht lange bleiben."

Obwohl sie insgeheim fand, dass Natasha einem verängstigten Kaninchen glich, nickte Vera nur. „Sie finden ihn im Musikzimmer. Er hat die halbe Nacht hindurch gearbeitet."

„Danke." Natasha packte ihre Tasche fester und ging durch die Halle. Sie hörte die Musik, eine klagende Melodie. Aber vielleicht nahm sie sie nur so wahr. Blinzelnd unterdrückte sie die Tränen.

Als sie ihn sah, erinnerte sie sich daran, wie sie diesen Raum zum ersten Mal betreten hatte. Vielleicht hatte sie gleich damals begonnen, sich in ihn zu verlieben. Als er, vom Sonnenlicht umflutet, mit einem Kind auf dem Schoß dagesessen hatte.

Sie streifte die Handschuhe ab und ließ sie nervös durch die Finger gleiten, während sie ihn beobachtete. Er war tief in die Musik versunken, zugleich ihr Hüter und ihr Gefangener.

„Spence." Sie flüsterte seinen Namen, als die Musik endete, aber er hörte sie nicht. Sie konnte sehen, wie intensiv er sich auf seine Arbeit konzentrierte. Er war unrasiert. Als sie darüber lächeln wollte, füllten sich ihre Augen mit Tränen. Sein Hemd war zerknittert und am Kragen offen. Das Haar war zerwühlt. Er fuhr sich geistesabwesend mit der Hand hindurch. „Spence", wiederholte sie.

Er kritzelte gerade etwas auf College-Papier und sah verärgert auf. Doch dann erkannte er sie und lächelte. „Hi. Ich habe nicht damit gerechnet, dich heute zu sehen."

„Annie kümmert sich um den Laden." Sie knetete die Hände. „Ich musste dich sehen."

„Ich bin froh, dass du das musstest." Er stand auf, obwohl ihm die Musik noch im Kopf herumging. „Wie spät ist es überhaupt?" Abwesend blickte er auf die Uhr. „Zu früh, um dich zum Lunch zu bitten. Wie wär's mit etwas Kaffee?"

„Nein, danke." Schon der Gedanke an Kaffee versetzte ihren Magen in Unruhe. „Ich möchte nichts. Ich wollte dir nur sagen ..." Sie verknotete die Finger. „Ich weiß nicht, wie. Ich will, dass du weißt ... Ich habe es nicht geplant. Es ist auch kein Trick, damit du dich verpflichtet fühlst ..."

Sie wurde immer leiser, verstummte schließlich ganz. Er schüttelte den Kopf und ging zu ihr. „Wenn etwas nicht in Ordnung ist, warum erzählst du es mir nicht?"

„Das versuche ich ja gerade."

Er nahm ihre Hand, um sie zum Sofa zu führen. „Sprich es einfach direkt aus. Das ist meistens der beste Weg."

„Ja." Um sie herum drehte sich alles, und sie legte die Hand an den Kopf. „Siehst du, ich ..." Sie erkannte die Sorge in seinen Augen, dann wurde alles schwarz ...

Sie lag auf dem Sofa. Spence kniete an ihrer Seite und rieb ihr fast die Handgelenke wund. „Bleib ruhig liegen. Ich werde einen Arzt rufen."

„Nein, das brauchst du nicht." Vorsichtig richtete sie sich auf. „Es geht mir gut."

„Das tut es ganz und gar nicht." Ihre Haut fühlte sich feucht an.

„Du bist eiskalt und blass wie ein Gespenst. Verdammt, Natasha, warum hast du mir nicht erzählt, dass du krank bist? Ich bringe dich ins Krankenhaus!"

„Ich brauche weder das Krankenhaus noch einen Arzt." Die Verzweiflung legte sich wie eine Stahlklammer um ihr Herz. Aber sie kämpfte dagegen an und zwang sich, weiterzureden. „Ich bin nicht krank, Spence. Ich bin schwanger."

12. KAPITEL

Was?" Mehr brachte er nicht heraus. Er ließ sich auf die Absätze zurückfallen und starrte sie an. „Was hast du gesagt?"

Sie wollte stark sein, musste es sein. Er sah aus, als hätte sie ihm mit einem stumpfen Gegenstand auf den Kopf geschlagen. „Ich bin schwanger", wiederholte sie und machte anschließend eine hilflose Geste. „Es tut mir leid, das musst du mir glauben."

Spence schüttelte den Kopf und wartete, bis er es wirklich begriffen hatte. „Bist du sicher?"

„Ja!" Bleib ganz sachlich, sagte Natasha sich, es ist besser so. Schließlich war er ein zivilisierter Mann. Es würde keine Vorwürfe geben, keine Grausamkeit. „Ich habe heute Morgen den Test gemacht. Ich hatte schon seit einigen Wochen den Verdacht, aber …"

„Den Verdacht." Seine Hand ballte sich auf dem Kissen zur Faust. Sie sieht völlig anders aus als Angela damals, schoss es ihm durch den Kopf. Nicht wütend. Sondern am Boden zerstört. „Und du hast mir nichts davon erzählt!"

„Ich wollte erst sicher sein. Es hatte keinen Sinn, dich unnötig nervös zu machen."

„Ist es das, was du bist, Natasha? Nervös?"

„Schwanger, das ist es, was ich bin", entgegnete sie forsch. „Und ich hielt es für richtig, dich davon zu informieren. Ich werde für einige Tage wegfahren." Trotz ihrer zittrigen Knie schaffte sie es aufzustehen.

„Wegfahren?" Verwirrt, wütend, besorgt, sie würde wieder in Ohnmacht fallen, ergriff er ihren Arm. „Jetzt warte mal. Du kommst hereingeschneit, erzählst mir, dass du schwanger bist, und jetzt verkündest du in aller Seelenruhe, dass du wegfährst?" Er fühlte, wie sich etwas in seinen Magen bohrte. Es war die Angst. „Wohin?"

„Einfach nur weg!" Sie hörte ihre Stimme, schnippisch und unfreundlich, und presste eine Hand an den Kopf. „Tut mir leid, ich bin nicht sehr geschickt, ich weiß. Ich brauche etwas Zeit und Ruhe."

„Was du brauchst, ist ein Sessel, in dem du sitzen wirst, bis wir über alles gesprochen haben."

„Ich kann darüber nicht sprechen." In ihr wurde der Druck, ihm endlich die Wahrheit zu sagen, immer stärker. Wie Wasser an einem Staudamm. „Jedenfalls jetzt noch nicht … Ich wollte dir nur schnell Bescheid geben, bevor ich abfahre."

„Du fährst nirgendwohin." Er hielt sie am Arm fest. „Und du wirst verdammt noch mal mit mir darüber reden. Was erwartest du von mir? ‚Wie interessant, Natasha. Wir sehen uns, wenn du zurück bist.' Hätte ich so reagieren sollen?"

„Ich erwarte gar nichts." Ihre Stimme wurde lauter, und sie verlor die Kontrolle. Liebe, Trauer, Angst – alles strömte aus ihr heraus, als die Tränen kamen. „Ich habe nie etwas von dir erwartet. Ich habe nicht erwartet, dass ich mich in dich verlieben würde. Ich habe nicht erwartet, dass ich dich einmal brauchen würde. Ich habe nicht erwartet, dass ich einmal dein Kind in mir tragen würde. Und ich wollte das alles auch nicht."

„Das war deutlich genug." Sein Griff festigte sich. „Das war überdeutlich. Aber du hast nun einmal mein Kind in dir, und jetzt setzen wir uns hin und überlegen, was wir daraus machen."

„Ich brauche Zeit!"

„Zeit habe ich dir mehr als genug gegeben, Natasha. Offenbar ist das Schicksal nicht so geduldig, damit wirst du dich abfinden müssen."

„Ich kann das nicht noch einmal durchmachen. Ich werde es nicht."

„Noch einmal? Wovon redest du?"

„Ich hatte ein Kind." Sie riss sich los und schlug die Hände vors Gesicht. Ihr gesamter Körper begann zu zittern. „Ich hatte ein Kind. Oh Gott."

Fassungslos legte er die Hand auf die Schulter. „Du hast ein Kind?"

„Hatte." Die Tränen kamen wie eine Flut. Heiß und schmerzhaft, direkt aus der Mitte ihres Körpers. „Sie ist weg."

„Komm, setz dich, Natasha. Erzähl mir davon."

„Ich kann nicht. Du verstehst nicht. Ich habe sie verloren. Mein Baby. Ich kann den Gedanken nicht ertragen, das alles wieder durchzumachen. Du weißt nicht, wie weh das tut. Kannst es nicht wissen."

„Nein, aber ich kann es dir ansehen." Er legte ihr die zweite Hand auf die andere Schulter. „Ich möchte, dass du es mir erzählst, damit ich es verstehe."

„Was würde das ändern?“

„Wir werden sehen. Es ist nicht gut für dich, wenn du dich so aufregst.“

„Nein.“ Sie wischte sich mit der Hand über die Wange. „Es nützt nichts, wenn man sich aufregt. Es tut mir leid, dass ich mich so unmöglich benehme.“

„Entschuldige dich nicht. Setz dich. Ich hole dir etwas Tee. Dann reden wir.“ Er führte sie zum Sessel, und sie ließ sich fallen. „Bin gleich wieder da, dauert nur eine Minute.“

Er war weniger als eine Minute fort, da war er sich sicher. Trotzdem war sie verschwunden, als er zurückkam.

Mikhail schnitzte an dem Kirschholzblock herum und lauschte der Musik, der aus dem Kopfhörer kam. Irgendwie passte die laute Musik zu der Stimmung, die das Holz in ihm auslöste. Was auch immer in dem Block steckte, und er war sich nicht sicher, was es war, war jedenfalls jung und voller Energie. Beim Schnitzen brauchte er immer etwas, dem er lauschen konnte. Ob Blues oder Bach oder einfach nur das Rauschen des Verkehrs vier Stockwerke unter seinem Fenster, es sorgte für einen freien Kopf. Den brauchte er für das Medium, das seine Hände gerade bearbeiteten.

Heute Abend funktionierte es nicht, er weigerte sich bloß noch, es sich einzugestehen. Er sah über die Werkbank hinweg in sein enges und vollgestopftes Zwei-Zimmer-Apartment. Natasha lag zusammengerollt in dem alten Plüschsessel, den er trotz der kaputten Sprungfedern von der Straße geholt und vor dem Sperrmüll gerettet hatte. Sie hielt zwar ein Buch in Händen, hatte aber seit mindestens zwanzig Minuten nicht einmal umgeblättert. Auch sie zögerte eine Entscheidung hinaus.

Über sich selbst ebenso verärgert wie über sie, streifte er die Kopfhörer ab. Er brauchte sich nur umzudrehen, und schon befand er sich in der Küche. Wortlos stellte er den Kessel auf eine der beiden Gasflammen und brühte Tee auf. Natasha sagte nichts dazu. Als er die beiden Tassen brachte und ihre auf den zerkratzten Tisch neben ihr stellte, sah sie teilnahmslos auf.

„Oh. *Djakuju*.“

„Es ist an der Zeit, dass du mir erzählst, was los ist.“

„Mikhail …“

„Ich meine, was ich sage.“ Er setzte sich auf den Fußschemel, der vom Stil und der Farbe her überhaupt nicht zum Sessel passte. „Seit einer Woche bist du jetzt hier, Tash.“

Sie lächelte mühsam. „Du bist kurz davor, mich hinauszuwerfen, was?“

„Vielleicht.“ Aber er legte eine Hand auf ihre und strich sanft darüber. „Ich habe keine Fragen gestellt, weil du mich darum gebeten hast. Ich habe Mama und Papa nichts davon erzählt, dass du blass und verängstigt vor meiner Tür standest, weil du es nicht wolltest.“

„Und ich weiß es zu schätzen.“

„Nun, hör auf, es zu schätzen!“ Er machte eine der für ihn so typischen abrupten Gesten. „Rede mit mir.“

„Ich habe dir doch gesagt, dass ich einfach nur etwas Ruhe brauchte. Und ich wollte nicht, dass Mama und Papa mich den ganzen Tag lang bemuttern und mit Fragen löchern.“ Sie griff nach ihrem Tee. „Bei dir bin ich davor sicher.“

„Nicht mehr. Erzähl mir, was los ist.“ Er beugte sich vor und nahm ihr Kinn in die Hand. „Tash, erzähl's mir.“

„Ich bin schwanger“, platzte sie heraus und stellte mit zitternden Fingern die Tasse wieder hin.

Er öffnete den Mund, doch als keine Worte kamen, legte er einfach nur die Arme um seine Schwester.

„Ist alles in Ordnung? Geht es dir gut?“

„Ja. Ich bin vor ein paar Tagen beim Arzt gewesen. Er hat gemeint, es gäbe keinerlei Komplikationen. Uns geht's gut.“

Er sah ihr ins Gesicht. „Der College-Professor?“

„Ja. Außer Spence hat es niemanden gegeben.“

Mikhails dunkle Augen funkelten. „Wenn der Schuft dich schlecht behandelt hat …“

„Nein.“ Seltsamerweise konnte sie lächeln und legte ihre Hand auf seine geballte Faust. „Nein, er hat mich nie schlecht behandelt.“

„Also will er das Kind nicht.“ Natasha sah auf ihre beiden Hände hinunter. „Natasha?“

„Ich weiß nicht.“ Sie stand ruckartig auf und ging zwischen Mikhails alten Möbeln und den Blöcken aus Holz und Stein hin und her.

„Hast du es ihm noch nicht gesagt?“

„Natürlich habe ich es ihm gesagt.“ Um sich zu beruhigen, blieb sie vor Mikhails Weihnachtsbaum stehen, einer dreißig Zentimeter hohen Fichte, die sie mit bunten Papierschnipseln dekoriert hatte. „Ich habe ihm nur nicht viel Zeit gelassen, etwas dazu zu sagen. Ich war viel zu aufgeregt.“

„Du willst das Kind nicht.“

Mit geweiteten Augen drehte sie sich um. „Wie kannst du so etwas sagen? Wie kannst du so etwas auch nur denken?“

„Weil du hier bei mir bist, anstatt mit deinem College-Professor darüber zu reden, was nun werden soll.“

„Ich brauche Zeit zum Nachdenken.“

„Du denkst viel zu sehr nach.“

Das hatte sie von ihm noch nie zu hören bekommen. Natashas Kinnmuskeln spannten sich. „Hier geht es nicht darum, zwischen einem blauen und einem roten Kleid zu wählen. Ich bekomme ein Kind!“

„Tash. Setz dich und entspanne, sonst gibst du dem Baby noch Sorgenfalten.“

„Ich will mich nicht hinsetzen.“ Sie schob mit dem Fuß einen Karton beiseite und nahm ihren rastlosen Marsch durchs Zimmer wieder auf. „Ich hätte mich gar nicht erst mit ihm einlassen dürfen. Als es dazu zu spät war, wollte ich wenigstens etwas Distanz halten. Ich wollte den gleichen Fehler nicht noch einmal machen. Und jetzt …“ Sie hob die Arme zu einer hilflosen Geste.

„Er ist nicht Anthony. Das Baby ist nicht Lily.“

Sie drehte sich zu ihm um, und ihre Augen strömten über vor Gefühlen. Sofort stand er auf und ging zu ihr hinüber. „Ich habe sie geliebt.“

„Ich weiß. Lass dich nicht so von der Vergangenheit beherrschen, Tash.“ Zärtlich küsste er ihr die Wangen. „Es ist nicht fair. Dir gegenüber nicht, dem Professor gegenüber nicht und auch dem Kind gegenüber nicht.“

„Ich weiß nicht, was ich tun soll.“

„Liebst du ihn?“

„Ja, ich liebe ihn.“

„Liebt er dich?“

„Er sagt …“

Er griff nach ihrer rastlosen Hand. „Erzähl mir nicht, was er sagt. Erzähl mir, was du weißt."

„Ja, er liebt mich."

„Dann hör auf, dich zu verstecken, und fahre nach Hause. Dieses Gespräch solltest du mit ihm führen, nicht mit deinem Bruder."

Langsam verlor er den Verstand. Jeden Tag läutete Spence an Natashas Apartment, sicher, dass sie ihm diesmal öffnen würde. Wenn sie es nicht tat, ging er in den Laden, um Annie auszuhorchen.

Die Weihnachtsdekoration in den Schaufenstern, die dicken fröhlichen Weihnachtsmänner, die glitzernden Engel und die bunten Lichterketten an den Häusern bemerkte er kaum. Und wenn doch, dann betrachtete er sie mit düsterer Miene.

Es war anstrengend genug gewesen, sich Freddie gegenüber nichts anmerken zu lassen. Er hatte mit ihr zusammen einen Baum ausgesucht, ihn stundenlang geschmückt und ihre krümelnden Popcorn-Ketten bewundert. Geduldig hatte er sich ihre stetig wachsende Wunschliste angehört und war mit ihr ins Einkaufszentrum gefahren, damit sie beim Weihnachtsmann auf dem Schoß sitzen konnte. Aber irgendwie war er nicht in der richtigen Stimmung.

Ich muss aufhören, sagte er sich und starrte durchs Fenster auf den ersten Schnee hinaus. Wie groß die Krise auch sein mochte, in welches Chaos sein Leben auch geraten war, er durfte Freddie nicht das Weihnachtsfest verderben.

Jeden Tag fragte sie nach Natasha. Und er hatte keine Antwort für sie. Er hatte ihr stolz zugesehen, als sie in der Weihnachtsaufführung der Schule einen Engel gespielt hatte, und sich dauernd gewünscht, Natasha säße neben ihm.

Und ihr gemeinsames Kind? Er konnte an kaum etwas anderes denken. Vielleicht trug Natasha die Schwester unter dem Herzen, die Freddie sich so sehnlich wünschte. Das Baby, das er unbedingt wollte. Oder hatte sie … Er wollte sich nicht das Hirn mit der Frage zermartern, wohin sie gefahren war, was sie getan hatte. Aber wie konnte er an etwas anderes denken?

Es musste einen Weg geben, sie zu finden. Und dann würde er bitten, flehen, argumentieren, vielleicht sogar drohen, bis sie zu ihm zurückkehrte.

Sie hatte ein Kind gehabt. Ein Kind, das sie dann wieder verloren hatte. Aber wie und wann? Fragen, die dringend beantwortet werden mussten, gingen ihm durch den Kopf. Sie hatte gesagt, dass sie ihn liebte. Er wusste, wie schwer ihr das gefallen sein musste. Aber es reichte nicht. Zur Liebe musste noch Vertrauen hinzukommen.

„Daddy." Freddie kam ins Zimmer getobt, voller Vorfreude auf Weihnachten, auf das sie noch sechs lange Tage warten musste. „Wir backen Kekse."

Er sah über die Schulter. Freddie strahlte, den Mund mit rotem und grünem Zucker beschmiert. Spence hob sie auf. „Ich liebe dich, Freddie."

Sie kicherte und küsste ihn. „Ich liebe dich auch. Kommst du und backst mit uns Kekse?"

„Nachher. Ich muss erst noch mal weg." Er würde zum Laden fahren, sich Annie vorknöpfen und herausfinden, wo Natasha steckte. Egal, was der Rotschopf ihm sagte, er würde ihr nicht abnehmen, dass Natasha nicht wenigstens eine Telefonnummer hinterlassen hatte.

Freddies Lippe schob sich vor, während sie mit Spences Hemdkragen spielte. „Wann kommst du wieder?"

„Bald." Er küsste sie und stellte sie auf die Erde. „Wenn ich zurückkomme, helfe ich dir, Kekse zu backen. Ich verspreche es."

Zufrieden rannte Freddie zu Vera zurück. Sie wusste, dass ihr Vater seine Versprechen stets hielt.

Natasha stand im wirbelnden Schnee vor der Haustür, die von Lichterketten umrahmt war. Am Holz war ein lebensgroßer Santa Claus befestigt, der sich unter der Last der vielen Geschenke nach vorn beugte. Ihr fiel die Hexe ein, die an Halloween dort gestanden hatte. In jener ersten Nacht, die sie und Spence zusammen verbracht hatten. In jener Nacht, da war sie sicher, hatte sie das Kind empfangen.

Sie war kurz davor, sich umzudrehen, in ihre Wohnung zu fahren, ihre Tasche auszupacken und noch einmal in Ruhe nachzudenken. Aber das würde nur bedeuten, sich schon wieder zu verstecken. Das hatte sie jetzt lange genug getan. Sie nahm ihren Mut zusammen und klopfte.

Als Freddie die Tür öffnete, leuchteten ihre Augen auf. Das kleine

Mädchen quietschte vor Freude und warf sich Natasha mit einem Satz in die Arme. „Du bist zurück, du bist zurück! Ich habe schon sooo lange gewartet."

Natasha hielt sie fest, presste sie an sich. Dies war es, was sie wollte. Sie vergrub das Gesicht in Freddies Haar. Wie hatte sie nur so dumm sein können? „Ich war doch nur kurz weg."

„Ganz viele Tage. Wir haben einen Baum und Lichter, und dein Geschenk habe ich schon eingepackt. Ich hab's selbst gekauft, im Einkaufszentrum. Geh nicht wieder weg."

„Nein", murmelte Natasha. „Das werde ich nicht." Sie setzte Freddie ab, ging mit ihr ins Haus und schloss die Tür vor der Kälte und dem Schnee.

„Du hast meine Aufführung versäumt. Ich war ein Engel."

„Das tut mir leid."

„Wir haben die Heiligenscheine selbst gebastelt und durften sie behalten. Ich kann dir zeigen, wie ich ausgesehen habe."

„Darauf freue ich mich schon."

Freddie war sicher, dass jetzt wieder alles normal war, und nahm Natashas Hand. „Einmal bin ich fast hingefallen, aber ich konnte mir alles merken, was ich aufsagen sollte. Mikey hat seinen Text vergessen. Ich musste sagen ‚Ein Kind ist geboren in Bethlehem' und ‚Friede auf Erden', und singen musste ich ‚Gloria in Schellfisch Deo'."

Natasha lachte zum ersten Mal seit Tagen. „Das hätte ich zu gern gehört. Singst du es mir später vor?"

„Okay. Wir backen gerade Kekse." Sie zog Natasha zur Küche.

„Hilft dein Daddy dir dabei?"

„Nein, der musste weg. Er hat gesagt, er kommt bald zurück und backt auch welche. Er hat's versprochen."

Zwischen Erleichterung und Enttäuschung schwankend, folgte sie Freddie in die Küche.

„Vera, Tash ist wieder da."

„So, so." Vera schmollte. Sie hatte sich gerade zu der Überzeugung durchgerungen, dass Natasha vielleicht doch die Richtige für den Señor und ihr Baby war, da verschwand die Frau einfach für Tage. Trotzdem, sie wusste, was sich gehörte. „Möchten Sie etwas Kaffee oder Tee, Miss?"

„Nein, danke. Ich will Sie nicht stören."

„Du musst bleiben." Freddie zog wieder an ihrer Hand. „Sieh mal, ich habe Schneemänner und Rentiere und Weihnachtsmänner gemacht." Sie nahm einen Keks, den sie für besonders gut gelungen hielt, von der Arbeitsplatte. „Du kannst einen haben."

„Er ist wunderschön." Natasha sah auf den Schneemann hinunter. Auf seinem Gesicht saßen dicke Klumpen roten Zuckers, und seine Hutkrempe war bereits abgebrochen.

„Weinst du gleich?", fragte Freddie.

„Nein." Sie blinzelte mit den Augen, bis ihr Blick wieder klar wurde. „Ich freue mich einfach, wieder zu Hause zu sein."

Während sie sprach, ging die Küchentür auf. Natasha stockte der Atem, als Spence hereinkam. Er sagte nichts. Die Hand noch auf dem Türgriff, starrte er sie an. Es war, als hätte er sie aus der chaotischen Flut seiner Gedanken hierher in die Küche gezaubert. In ihrem Haar schmolz der Schnee. Ihre Augen waren hell und feucht.

„Daddy, Tash ist zu Hause", verkündete Freddie und rannte zu ihm. „Sie wird mit uns Kekse backen."

Vera band mit forschen Bewegungen ihre Schürze ab. Die Skepsis, die sie Natasha gegenüber noch empfunden hatte, war schlagartig verflogen. Sie hatte Natashas Gesicht gesehen. Vera wusste, wann sie eine verliebte Frau vor sich hatte. „Wir brauchen mehr Mehl, Freddie. Komm, wir gehen und kaufen welches ein."

„Aber ich will doch ..."

„Du willst backen. Und um zu backen, brauchen wir Mehl. Komm, wir holen deinen Mantel." Vera schob Freddie kurzentschlossen aus der Küche.

Als die beiden verschwunden waren, standen Spence und Natasha einander reglos gegenüber. Nach einem langen Moment, der ihr wie eine Ewigkeit vorkam, spürte sie endlich wieder seine beruhigende Nähe. Natasha streifte sich den Mantel ab und legte ihn über eine Stuhllehne. Die Hitze in der Küche machte sie schwindlig. Sie wollte mit ihm reden, und das konnte sie nicht, wenn sie ihm ohnmächtig vor die Füße fiel.

„Spence." Das Wort schien von den Wänden widerzuhallen. Sie atmete tief durch. „Ich hatte gehofft, wir würden reden können."

„So. Du bist also zu dem Ergebnis gekommen, dass Reden eine gute Idee ist?"

Sie wollte ihm antworten, doch hinter ihr schrillte plötzlich der Zeitschalter des Ofens. Automatisch drehte sie sich um, zog sich den Küchenhandschuh an und holte die letzte Ladung Kekse heraus. Sie stellte das Backblech zum Abkühlen auf die Spüle und ließ sich viel Zeit dabei.

„Du bist zu Recht wütend auf mich", sagte sie schließlich. „Ich habe mich dir gegenüber nicht richtig benommen. Jetzt muss ich dich bitten, mir zuzuhören, und hoffen, dass du mir verzeihen kannst."

Er musterte sie schweigend, für einen langen Moment. „Du verstehst es, einem den Wind aus den Segeln zu nehmen."

„Ich bin nicht gekommen, um dir den Wind aus den Segeln zu nehmen. Ich will mich nicht mit dir streiten. Es war keine sehr geschickte Art, dir von unserem Baby zu erzählen, das gebe ich zu. Und dann noch sang- und klanglos zu verschwinden, war unentschuldbar." Sie sah auf ihre Hände hinab, auf die fest verschränkten Finger. „Ich kann dir lediglich sagen, dass ich Angst hatte, dass ich völlig durcheinander war und keinen klaren Gedanken fassen konnte."

„Eine Frage", warf er ein und wartete, bis sie den Kopf hob. Er musste ihr Gesicht sehen. „Ist das Baby noch da?"

„Ja." Die Verwirrung wich aus ihren Augen, als ihr aufging, was hinter dieser knappen Frage an Gefühlen stecken musste. „Oh Spence, es tut mir leid, es tut mir so schrecklich leid, dass du gedacht haben musst, ich würde ..." Sie konnte es nicht aussprechen und fuhr sich mit der Hand über die brennenden Augen. „Es tut mir wirklich leid. Ich bin für ein paar Tage zu Mikhail gefahren." Sie atmete mit zitternden Lippen aus. „Darf ich mich hinsetzen?"

Er nickte nur und ging zum Fenster, als sie sich an den Tisch setzte. Die Hände auf die Fensterbank gestützt, blickte er auf den Schnee hinaus. „Ich bin fast verrückt geworden vor Sorge. Ich habe dauernd überlegt, wo du wohl bist, wie es dir wohl geht. Als du gingst, warst du in einem Zustand, der mich fürchten ließ, du würdest etwas Unüberlegtes tun. Noch bevor wir darüber reden konnten."

„Ich hätte nie tun können, woran du dachtest. Dies ist unser Baby."

„Du hast gesagt, du wolltest es nicht." Er drehte sich zu ihr um. „Du hast gesagt, du würdest das alles nicht wieder durchmachen."

„Ich hatte Angst", gab Natasha zu. „Und es stimmt, dass ich

nicht schwanger werden wollte, jedenfalls nicht jetzt. Nie wieder. Ich möchte dir alles erzählen."

Er hätte zu gern einfach die Arme nach ihr ausgestreckt, sie festgehalten und ihr gesagt, dass es jetzt nicht mehr wichtig war. Aber er wusste, dass es wichtig war, und ging an den Herd. „Möchtest du Kaffee?"

„Nein. Mittlerweile wird mir davon übel." Sie sah lächelnd zu, wie er mit der Kanne hantierte. „Würdest du dich bitte zu mir setzen?"

„Also gut." Er nahm ihr gegenüber Platz und legte die Hände mit gespreizten Fingern auf die Tischplatte. „Ich höre."

„Ich habe dir erzählt, dass ich mich in Anthony verliebte, als ich beim Corps de Ballet war. Ich war siebzehn, als wir das erste Mal ... intim wurden. Er war für mich der erste Mann. Und zwischen ihm und dir hat es keinen anderen gegeben."

„Warum nicht?"

Die Antwort fiel ihr leichter, als sie geglaubt hatte. „Weil ich vor dir keinen mehr geliebt habe. Die Liebe, die ich für dich empfinde, ist ganz anders als die Fantasie, die ich bei Anthony hatte. Bei dir dreht es sich nicht um Träume, um Prinzen und weiße Ritter. Bei dir ist es real und solide. Alltäglich, auf die schönste Weise alltäglich. Kannst du das verstehen?"

Er sah ihr ins Gesicht. In der Küche war es still, der Schnee dämpfte die Geräusche. Es duftete nach warmen Plätzchen und Zimt. „Ja."

„Ich hatte Angst, so starke Gefühle für dich, für irgendjemanden zu empfinden. Wegen dem, was zwischen Anthony und mir passierte." Sie wartete einen Moment, überrascht, dass da kein Schmerz mehr war, sondern nur noch Trauer. „Ich habe ihm geglaubt, jedes Wort, jedes Versprechen. Als ich herausbekam, dass er viele dieser Versprechungen auch anderen Frauen machte, war ich am Boden zerstört. Wir stritten uns, und er schickte mich wie ein unartiges Kind fort. Einige Wochen später stellte sich heraus, dass ich schwanger war. Alles, was ich dachte, war: ‚Du trägst sein Kind.'"

Sie senkte kurz den Blick, sah wieder auf und sprach weiter. „Ich dachte, wenn ich es ihm sage, wird er begreifen, dass wir zusammengehören. Da bin ich zu ihm gegangen."

Spence griff wortlos nach ihrer Hand.

„Es war nicht so, wie ich es mir ausgemalt hatte. Er war zornig. Die Dinge, die er sagte ..." Sie schüttelte den Kopf. „Egal. Jedenfalls wollte er mich nicht, das Kind auch nicht. In den paar Minuten bin ich um Jahre erwachsener geworden. Er war nicht der Mann, den ich mir vorgestellt hatte, aber ich hatte das Kind. Und ich wollte das Baby." Ihre Finger klammerten sich um seine Hand. „Ich wollte es so sehr."

„Was hast du getan?"

„Das Einzige, was mir noch blieb. An Tanzen war nicht mehr zu denken. Ich verließ die Ballett-Kompanie und ging nach Hause. Es war eine Bürde für meine Eltern, aber sie hielten zu mir. Ich bekam einen Job in einem Kaufhaus. Als Spielzeugverkäuferin." Sie musste lächeln, als sie daran dachte.

„Das muss schwierig für dich gewesen sein." Er versuchte, sie sich damals vorzustellen. Ein Teenager, schwanger, vom Vater ihres Kindes im Stich gelassen, verzweifelt bemüht, das Leben wieder in den Griff zu bekommen.

„Ja, das war es. Aber es war auch eine wundervolle Zeit. Mein Körper veränderte sich. Die ersten beiden Monate hatte ich mich schwach und zerbrechlich gefühlt, doch plötzlich kam ich mir ungeheuer stark vor. Und war es wohl auch. Ich saß nachts in meinem Bett und las Bücher über Babys und Geburtsvorbereitungen. Ich löcherte Mama mit unzähligen Fragen. Ich strickte, allerdings mehr schlecht als recht", fügte sie mit einem leisen Lachen hinzu. „Papa bastelte einen Babykorb, und Mama nähte ein weißes Kleidchen mit Bändern in Blau und Pink. Es war wunderschön." Sie fühlte die Tränen in sich aufsteigen und schüttelte den Kopf. „Kann ich etwas Wasser bekommen?"

Er stand auf, ließ das Wasser einen Moment lang aus dem Hahn laufen, füllte das Glas und kehrte zum Tisch zurück. „Lass dir Zeit, Natasha." Weil er wusste, dass sie beide Zeit brauchten, strich er ihr übers Haar. „Du brauchst mir nicht alles auf einmal zu erzählen."

„Doch, das möchte ich." Sie trank langsam, wartete, bis er sich wieder gesetzt hatte. „Ich habe sie Lily genannt", murmelte sie. „Sie war so hübsch, so winzig und zart. Ich hatte nicht gewusst, wie sehr man ein Kind lieben kann. Stundenlang sah ich ihr zu, wie sie dalag und schlief. Der Gedanke, dass sie in mir gewachsen war, dass ich ihr das Leben geschenkt hatte, war faszinierend, atemberaubend."

Natasha begann zu weinen, geräuschlos, und eine Träne fiel auf ihre Hand. „Es war heiß in dem Sommer, und ich fuhr sie immer im Kinderwagen aus, damit sie Luft und Sonne bekam. Die Leute blieben stehen, um sie anzuschauen. Und wenn ich sie stillte, legte sie mir eine winzige Hand auf die Brust und sah mich aus großen Augen an. Du weißt, wie das ist. Du hast Freddie."

„Ich weiß. Ein Kind zu haben ist etwas Unvergleichliches."

„Oder eines zu verlieren", sagte Natasha leise. „Es ging so schnell. Sie war erst fünf Wochen alt. Ich wachte morgens auf und wunderte mich, dass sie durchgeschlafen hatte. Meine Brüste waren voller Milch. Ihr Korb stand neben meinem Bett. Ich beugte mich hinunter, nahm sie hoch. Erst begriff ich nicht, was los war, konnte es nicht glauben ..." Sie brach ab und presste die Hände gegen die Augen. „Ich weiß noch, dass ich geschrien habe, immer wieder. Rachel sprang aus dem Nachbarbett, der Rest der Familie kam hereingerannt, Mama nahm sie mir aus den Armen." Ihr leises Weinen ging in ein Schluchzen über. Mit den Händen vor dem Gesicht ließ sie ihren Tränen freien Lauf, wie sie es sonst nur tat, wenn sie allein war.

Es gab nichts, was er sagen konnte. Nichts, was überhaupt jemand hätte sagen können. Statt nach bedeutungslosen Worten zu suchen, stand er auf, kniete sich neben sie und zog sie in die Arme.

Zunächst reagierte sie gar nicht, doch dann drehte sie sich halb zu ihm, klammerte sich mit aller Kraft an ihn und ließ sich trösten.

Ihre Hände pressten sich, zu Fäusten geballt, gegen seinen Rücken. Nach und nach entkrampfte sie sich. Die Tränen versiegten, der Schmerz, den sie jetzt mit ihm teilte, ließ etwas nach.

„Es geht schon wieder", flüsterte sie nach einer Weile. Sie löste sich von ihm und suchte in ihrer Tasche nach einem Tuch. Spence nahm es ihr aus der Hand und trocknete ihr die Wangen ab.

„Der Arzt nannte es plötzlichen Kindstod. Es gab keinen Grund", sagte sie und schloss erneut die Augen. „Das machte es irgendwie noch schlimmer. Nicht zu wissen, warum sie gestorben war, ob ich es vielleicht hätte verhindern können." Sie sah ihn an. „Ich brauchte lange, um mich mit etwas abzufinden, das ich niemals verstehen werde. Es dauerte eine ganze Zeit, bis ich wieder zu leben begann, zur Arbeit ging, schließlich hierher zog, meinen Laden eröffnete. Ich glaube, ohne meine Familie hätte ich es nicht überlebt." Sie gönnte sich eine Pause, kühlte sich den trockenen Hals mit Wasser. „Ich wollte nie wieder lieben. Dann kamst du. Und Freddie."

„Wir brauchen dich, Natasha. Und du brauchst uns."

„Ja." Sie presste seine Hand an ihre Lippen. „Ich möchte, dass du mich verstehst, Spence. Als ich erfuhr, dass ich schwanger bin, kam alles wieder hoch. Du kannst mir glauben, noch einmal würde ich so etwas nicht überstehen. Ich habe eine solche Angst, dieses Kind zu lieben. Und ich weiß, dass ich es schon tue."

„Komm her." Behutsam zog er sie aus dem Stuhl. „Ich weiß, wie sehr du Lily geliebt hast und dass du sie immer lieben und um sie trauern wirst. Ab jetzt werde ich das auch tun. Was geschehen ist, lässt sich nicht mehr ändern. Aber dies hier ist ein anderer Ort, eine andere Zeit und ein anderes Kind. Ich möchte, dass du eines weißt: Wir werden alles zusammen durchmachen. Die Schwangerschaft, die Geburt und die Kindheit. Ob du das nun willst oder nicht."

„Ich habe Angst."

„Dann werden wir zusammen Angst haben. Und wenn dieses Baby vier ist und zum ersten Mal vom Dreirad zum Zweirad wechselt, werden wir beide besorgt zusehen und Angst haben, dass es umfällt."

Ihre Lippen verzogen sich zu einem Lächeln. „Wie du das so sagst, kann ich es fast glauben."

„Glaub es." Er küsste sie. „Weil es ein Versprechen ist."

„Ja, dies ist die Zeit für Versprechen." Ihr Lächeln wurde zuversichtlicher. „Ich liebe dich." Es war jetzt auf einmal so einfach, es auszusprechen. Es zu fühlen. „Wirst du mir die Hand halten?"

„Unter einer Bedingung." Mit dem Daumen strich er ihr eine bereits trocknende Träne von der Wange. „Ich möchte Freddie erzählen, dass sie einen kleinen Bruder oder eine kleine Schwester bekommt. Ich glaube, das wäre für sie das schönste Weihnachtsgeschenk!"

„Ja." Sie fühlte sich jetzt stärker, sicherer. „Lass es uns ihr erzählen."

„Also gut, du hast fünf Tage."

„Fünf Tage wozu?"

„Um alles so vorzubereiten, wie du es haben möchtest, um deine Familie hierher einzuladen, um ein Kleid zu kaufen, um all das zu tun, was du vor der Hochzeit noch erledigen musst."

„Aber ..."

„Kein Aber." Er umrahmte ihr Gesicht mit beiden Händen und schnitt ihr das Wort ab. „Ich liebe dich, ich will dich. Seit Freddie bist du das Beste, was mir in meinem Leben passiert ist, und ich habe nicht vor, dich wieder loszulassen. Wir haben ein Kind gemacht, Natasha." Er sah ihr in die Augen und legte eine Hand auf ihren Bauch, ganz sanft und fast ein wenig besitzergreifend. „Ein Kind, das ich will. Ein Kind, das ich schon jetzt liebe."

Es war eine Geste des Vertrauens, als sie ihre Hand auf seine legte. „Ich werde keine Angst haben, wenn du bei mir bist."

„Wir haben eine Verabredung. Am Heiligen Abend, hier. Und am Weihnachtsmorgen werde ich mit meiner Frau aufwachen."

Sie legte die Hände auf seine Unterarme und fand den Halt, den sie suchte. „Einfach so?"

„Einfach so."

Lachend schlang sie die Arme um seinen Hals und sagte ein einziges Wort: „Ja."

EPILOG

Für Natasha war der Heilige Abend der schönste Tag des Jahres. Es war ein Tag, an dem man das Leben, die Liebe und die Familie feierte.

Als sie hereinkam, war das Haus still. Sie ging sofort zum Baum und zum Licht. Sie versetzte einen Engel, der von einem Zweig herabbaumelte, in Drehungen und kostete den Anblick des festlich geschmückten Zimmers aus.

Auf dem Tisch stand ein Rentier aus Pappmaschee, dem bereits ein Ohr fehlte. Freddie war in der zweiten Klasse, und der Kunstunterricht zeigte Wirkung. Daneben stand ein dickbäuchiger Schneemann mit einer Laterne. Auf dem Kaminsims thronte eine fein gearbeitete Krippe aus Porzellan. Darunter hingen vier Strümpfe. Im Kamin prasselte ein Feuer.

Es war ein Jahr her, dass sie davor gestanden und gelobt hatte, zu lieben, zu ehren und zu schätzen. Es waren die leichtesten Versprechen, die sie je hatte halten müssen. Jetzt war dies ihr Zuhause.

Zu Hause. Sie atmete tief durch und atmete den Duft der Kiefernnadeln und Kerzen ein. Es war so gut, zu Hause zu sein. Bis zum späten Nachmittag hatten sich verspätete Kunden im „Fun House“ gedrängt. Jetzt gab es für sie nur noch die Familie.

„Mama.“ Freddie kam hereingerannt. Ein leuchtend rotes Band flatterte ihr hinter dem Kopf. „Du bist zu Hause.“

„Ich bin zu Hause.“ Lachend griff Natasha nach ihr und wirbelte sie in der Luft herum.

„Wir haben Vera zum Flughafen gebracht, weil sie ja Weihnachten bei ihrer Schwester sein will, und dann haben wir uns die Flugzeuge angesehen. Daddy hat gesagt, wenn du kommst, gibt es Essen, und dann singen wir Weihnachtslieder.“

„Da hat Daddy vollkommen recht.“ Natasha drapierte Freddie das Band um die Schultern. „Was hast du denn da?“

„Ich packe ein Geschenk ein, ganz allein. Es ist für dich.“

„Für mich? Was ist es denn?“

„Das darf ich dir nicht sagen.“

„Doch, das musst du sogar. Pass auf.“ Sie ließ sich mit Freddie auf die Couch fallen und strich ihr mit den Fingerspitzen über die Rippen. „Siehst du", sagte sie, als Freddie quietschte und zappelte.

„Jetzt quält sie das Kind schon wieder", kommentierte Spence lächelnd von der Tür her.

„Daddy!" Freddie sprang auf und rannte zu ihm. „Ich hab's nicht verraten."

„Ich wusste doch, dass ich mich auf dich verlassen kann, Funny Face. Sieh mal, wer aufgewacht ist." Er ließ ein Baby auf dem Oberschenkel reiten.

„Hier, Brandon." Freddie sah den Kleinen liebevoll an und gab ihm das Band, damit er damit spielen konnte. „Es ist hübsch, genau wie du."

Mit sechs Monaten war der junge Brandon Kimball pummelig, rotwangig und mit der Welt zufrieden. Mit der einen Hand packte er das Band, mit der anderen griff er nach Freddies Haar.

Natasha ging mit ausgestreckten Armen auf die drei zu. „So ein großer Junge", murmelte sie, als ihr Sohn sich ihr entgegenreckte. Sie presste ihn an sich und gab ihm einen Kuss auf den Hals. „Und ein so hübscher."

„Er sieht genauso aus wie seine Mutter." Spence strich mit der Hand über Brandons dichte dunkle Locken. Als ob er dieser Behauptung zustimmen wollte, stieß Brandon ein glucksendes Lachen aus. Als er zu zappeln begann, ließ Natasha ihn auf dem Teppich herumkrabbeln.

„Es ist sein erstes Weihnachten." Natasha beobachtete, wie er sich aufmachte, eine der Katzen zu ärgern, und sah, wie Lucy rechtzeitig unter dem Sofa verschwand. Gar nicht dumm, die Katze, dachte Natasha.

„Und unser zweites." Er drehte Natasha zu sich herum und zog sie in die Arme. „Alles Gute zum Hochzeitstag."

Natasha küsste ihn einmal, zweimal. „Habe ich dir heute schon gesagt, dass ich dich liebe?"

„Nicht mehr, seit ich dich am Nachmittag angerufen habe."

„Das ist schon viel zu lange her." Sie schlang die Arme um seine Taille. „Ich liebe dich. Vielen Dank für das wunderschönste Jahr meines Lebens."

„Es war mir ein Vergnügen." Er sah lange genug über ihre Schulter, um sich zu vergewissern, dass Freddie auf Brandon aufpasste.

Denn der bemühte sich gerade, eine glitzernde Kugel von einem tief hängenden Zweig zu ziehen. „Und das Vergnügen wird immer größer."

„Versprichst du das?"

Lächelnd neigte er ihr wieder den Kopf zu. „Ganz fest!"

Freddie hörte kurz auf, mit Brandon durchs Zimmer zu krabbeln, und sah zu ihnen hinüber. Ein kleiner Bruder war ja doch ganz nett, aber sie wünschte sich noch immer eine Schwester. Sie lächelte, als ihre Eltern sich umarmten.

Vielleicht nächstes Weihnachten.

– ENDE –

Nora Roberts

Verführung in Manhattan

Roman

Aus dem Amerikanischen von
Louisa Christian

NEW YORK TIMES
BESTSELLER AUTOREN

PROLOG

Der Schulhof war erfüllt von Lärm, Gelächter und hitzigen kindlichen Debatten über Politik. Er war zwar erst acht, aber Mikhail wusste über Politik Bescheid. Immerhin lebte er jetzt schon fast zwei Jahre in Amerika.

Mittlerweile fürchtete er nicht mehr, dass Männer kommen und seinen Vater abholen würden. Oder eines Morgens wieder in der Ukraine aufzuwachen und herausfinden zu müssen, dass die Flucht nach Ungarn und die Reise durch Österreich und schließlich nach New York nur ein Traum gewesen waren.

Er lebte jetzt in Brooklyn, und das war gut. Und er war jetzt Amerikaner, und das war noch besser. Er und seine große Schwester und sein kleiner Bruder gingen zur Schule – und sprachen Englisch. Die meiste Zeit zumindest. Seine kleine Schwester, die Jüngste, war hier geboren worden. Sie würde nie erfahren müssen, wie es war, vor Kälte und Hunger zu zittern, versteckt in einem Zugwaggon. Darauf zu warten, dass sie entdeckt wurden.

Darauf zu warten, dass sie in der Freiheit ankamen.

Manchmal dachte er überhaupt nicht mehr daran. Er mochte es, morgens in dem kleinen Haus aufzuwachen, das ihn an ihr altes Zuhause erinnerte. Mochte es, wenn es nach dem Frühstück duftete, das seine Mutter unten in der Küche vorbereitete. Hörte zufrieden seinen Vater poltern, wenn dieser sich fertig machte, um zur Arbeit zu gehen.

Papa arbeitete hart, und manchmal kam er abends spät und müde nach Hause. Aber immer stand ein Lächeln in seinen Augen, und die tiefen Sorgenfalten in seinem Gesicht verblassten langsam immer mehr.

Jeden Abend gab es etwas Warmes zu essen und viel unbeschwertes Gelächter am Familientisch.

Und die Schule war auch nicht so schlimm, er lernte etwas. Nur dass seine Lehrer immer sagten, er würde zu oft in den Tag hineinträumen.

„Die Mädchen machen Seilspringen." Alexej, Mikhails kleiner Bruder, ließ sich neben ihm nieder.

Beide hatten dunkles Haar und goldbraune Augen. Schon jetzt

sah man ihren Gesichtern an, dass in wenigen Jahren die Frauen bei ihrem Anblick dahinschmelzen würden. Im Moment allerdings waren Mädchen nur dazu da, um sich nicht mit ihnen abzugeben. Außer natürlich, wenn sie zur Familie gehörten.

„Natasha ist die Beste." Man konnte den Stolz auf seine ältere Schwester aus Alex' Stimme heraushören.

„Klar. Sie ist eine Stanislaski."

Alex bedachte diese Erwiderung mit einem unbeeindruckten Schulterzucken. Das war schließlich selbstverständlich. Er ließ den Blick über den Hof schweifen. Er beobachtete gerne, was andere Leute taten – oder nicht taten.

Er deutete mit dem Kopf auf zwei Jungen, die weiter hinten auf dem Platz standen. „Nach der Schule müssen wir Will und Charlie Braunstein verhauen."

Mikhail schürzte die Lippen und kratzte sich die Seite. „Okay. Warum?"

„Weil Will gesagt hat, wir seien russische Spione, und Charlie hat gelacht und gegrunzt wie ein Schwein. Darum."

„Also gut, einverstanden."

Die beiden Brüder sahen sich an und grinsten.

Sie kamen viel zu spät nach Hause. Was höchstwahrscheinlich eine Strafe nach sich ziehen würde. Mikhails Hose hatte ein Loch am Knie davongetragen, und Alexejs Lippe war aufgeplatzt. Das bedeutete mit Sicherheit eine gewaschene Strafpredigt.

Aber es war die Sache wert gewesen. Die Stanislaski-Brüder waren siegreich aus dem Kampf hervorgegangen. Den Arm über die Schulter des anderen gelegt, die Schultasche schwingend, schlenderten sie gemeinsam die Straße hinunter und gingen die Szenen noch einmal durch.

„Charlie kann gut boxen", sagte Mikhail. „Wenn du dich also noch mal mit ihm prügelst, musst du schnell sein. Er hat längere Arme als du."

„Und er hat ein blaues Auge", fügte Alex mit tiefer Befriedigung hinzu.

„Ja." Mikhail war stolz auf seinen kleinen Bruder. „Wenn wir morgen in der Schule ankommen, werden wir … Oh, oh."

Er brach unvermittelt ab.

Nadia Stanislaski stand auf dem kleinen Treppenabsatz vor der Haustür. Seine Mutter hatte die Hände in die Hüften gestützt, und Mikhail wusste, dass sie mit Adleraugen selbst aus der Entfernung den Riss in seiner Hose längst bemerkt hatte.

„Jetzt sind wir dran“, murmelte Alex neben ihm. Er bemühte sich um sein unschuldigstes Lächeln, obwohl die aufgeplatzte Lippe das fast unmöglich machte.

Nadia kniff die Augen zu einem dünnen Strich zusammen. Sie stieg die wenigen Stufen hinab wie ein Cowboy vor dem Duell. „Hattet ihr Streit?“

Als Ältester stellte Mikhail sich vor seinen Bruder. „Nur ein bisschen.“

Ihr scharfer Blick glitt von Kopf bis Fuß über ihre beiden Söhne, und sie stufte den Schaden als gering ein. „Habt ihr euch untereinander geprügelt?“

„Nein, Mama.“ Alex sah hoffnungsvoll auf. „Will Braunstein hat gesagt …“

„Ich will nicht wissen, was Will Braunstein gesagt hat. Bin ich Will Braunsteins Mutter?“

Der Ton ihrer Stimme reichte, dass die beiden schuldbewusst ihre Köpfe senkten, bis das Kinn die Brust berührte. „Nein, Mama.“

„Wessen Mutter bin ich?“

Beide seufzten schwer. „Unsere Mutter.“

„Stimmt. Und das ist, was ich mit meinen Söhnen mache, wenn sie mir Sorgen bereiten und zu spät von der Schule heimkommen und sich wie Hooligans benehmen.“

„Hooligans“, das war ein Wort, das sie von ihrer Nachbarin gehört hatte – und das leider nur allzu gut auf ihre beiden Jungs passte. Und diese beiden quiekten jetzt gepeinigt auf, als sie ihnen die Ohren lang zog.

Doch bevor sie sie am Ohrläppchen ins Haus ziehen konnte, kündigte lautes Rattern die Ankunft ihres Mannes Yuri in seinem gebrauchten Pick-up an.

Er fuhr an den Straßenrand und hob die Augenbrauen, als er seine Frau bemerkte, die seine Söhne am Wickel hatte. „Was haben sie schon wieder angestellt?“

„Sich mit den Braunsteins geprügelt. Sie werden jetzt Mrs. Braunstein anrufen und sich entschuldigen."

„Au! Au!" Mikhails Protest ging in ein leises Wimmern über, als Nadia geübt das Ohrläppchen drehte.

„Das hat noch Zeit. Ich habe nämlich etwas mitgebracht." Yuri kletterte aus dem Truck und hielt einen kleinen grauen Welpen hoch. „Das ist Sasha, unser neues Familienmitglied."

Beide Jungen brachen in freudiges Jubelgeschrei aus – sie waren freigelassen worden –, rannten auf ihren Vater zu und wurden von Sasha begeistert begrüßt. Yuri drückte Mikhail den Welpen in die Arme.

„Er ist für dich und Alexej und Tash und Rachel. Und ihr werdet euch auch um ihn kümmern, nicht eure Mama. Ist das klar?" Dass Nadia die Augen zum Himmel aufschlug, entging ihm nicht.

„Wir werden gut auf ihn aufpassen, Papa. Ich will ihn halten, Mik!" Alex versuchte seinen Bruder mit dem Ellbogen zur Seite zu schieben.

„Ich bin der Älteste. Ich halte ihn zuerst."

„Jeder wird ihn halten. Jetzt geht und zeigt ihn euren Schwestern." Yuri scheuchte sie mit beiden Händen fort. Doch bevor sie davonstürmten, drückten sie ihren Vater fest.

„Danke, Papa." Mikhail küsste seine Mutter auf die Wange. „Wir werden Mrs. Braunstein anrufen, Mama."

„Oh ja, das werdet ihr." Nadia sah ihnen kopfschüttelnd nach, wie sie ins Haus rannten. „Hooligans", wiederholte sie voller Inbrunst.

„Jungs bleiben eben immer Jungs." Yuri lachte volltönend und hob seine Frau hoch. „Wir sind eine amerikanische Familie." Er setzte sie wieder ab, ließ aber seinen Arm um ihre Hüfte liegen und führte sie ins Haus. „Was gibt's zum Abendessen?"

1. KAPITEL

Sydney Hayward war keine geduldige Frau. Verspätungen und Ausreden ließ sie selten gelten und nahm sie niemals bereitwillig hin. Musste sie doch einmal warten – und das war im Moment der Fall –, sank ihre Laune stufenweise auf den Nullpunkt. Und bei Sydney war eiskalte Verärgerung erheblich gefährlicher als kochende Wut. Ein kühler Blick oder eine eisige Bemerkung konnte ihr Gegenüber das Fürchten lehren.

Ungeduldig lief sie in ihrem neuen Büro im zehnten Stock von Midtown Manhattan auf und ab. Alles lag an seinem Platz: die Papiere, die Akten, der Terminkalender und das Adressbuch. Selbst ihre Schreibtischgarnitur aus Bronze war sorgfältig ausgerichtet. Die Kugelschreiber und Bleistifte lagen parallel zueinander auf dem polierten Mahagoni, der Notizblock befand sich an der richtigen Stelle neben dem Telefon.

Sydneys eigene Erscheinung zeigte die gleiche penible Sorgfalt und geschmackvolle Eleganz wie die des Büros. Ihr helles Kostüm saß makellos, und der kniekurze Rock brachte ihre wohl geformten Beine gut zur Geltung. Als Schmuck trug sie eine schlichte Perlenkette mit passenden Ohrringen sowie eine schmale goldene Armbanduhr, die ebenfalls äußerst dezent und exklusiv wirkte.

Das dunkelrote Haar hatte sie zusammengebunden und mit einem Goldclip festgesteckt. Die blassen Sommersprossen waren unter dem zarten Puder kaum zu erkennen. Sydney fand, dass sie sie zu jung und zu verletzlich wirken ließen. Sie war achtundzwanzig, und ihre Züge verrieten ihre Herkunft: hohe Wangenknochen, ein Kinn, das Willensstärke verriet, sowie eine schmale gerade Nase. Ihr aristokratisches Gesicht war wie Porzellan, ihr weicher Mund, der sich häufig schmollend verzog, war sanft geschwungen, und ihre Augen waren so groß und blau, dass die Leute sie manchmal fälschlicherweise für arglos hielten.

Wieder blickte sie auf ihre Armbanduhr, zischte leise und ging zu ihrem Schreibtisch zurück. Bevor sie den Hörer aufnehmen konnte, summte ihre Sprechanlage.

„Ja?"

„Miss Hayward, hier ist ein Mann, der unbedingt den Verantwortlichen für das Soho-Gebäude sprechen möchte. Sie haben einen Termin um vier Uhr ...“

„Es ist bereits vier Uhr fünfzehn“, unterbrach Sydney die Sekretärin. „Schicken Sie den Mann herein.“

„Ja, Ma'am. Aber es ist nicht Mr. Howington.“

Howington hatte also einen Untergebenen geschickt. Verärgert reckte Sydney den Kopf etwas höher. „Schicken Sie ihn herein“, wiederholte sie und schaltete die Gegensprechanlage wieder aus. Die Firma Howington bildete sich also ein, sie ließe sich mit einem Nachwuchsmanager abspeisen.

Nur jahrelange Übung in Selbstbeherrschung hielt sie davon ab, den Mann, der nun eintrat, mit offenem Mund anzustarren. Nein, er tritt nicht ein, verbesserte sie sich, er stolziert wie ein Pirat über das Deck eines soeben gekaperten Schiffes.

Ihr anfänglicher Schreck hatte nichts mit der Tatsache zu tun, dass der Mann ausgesprochen abenteuerlich aussah. Sein dichtes, lockiges schwarzes Haar wurde hinten mit einem Lederband zusammengehalten, eine Frisur, die seiner unübersehbaren Männlichkeit jedoch nichts anhaben konnte. Sein schmales markantes Gesicht war tief gebräunt, und seine Augen waren beinahe ebenso dunkel wie sein Haar. Er hatte volle Lippen und trug einen Ein- oder Zwei-Tage-Bart, der ihm ein düsteres, gefährliches Aussehen verlieh.

Obwohl der Mann nur knapp einsachtzig groß und von schlanker Gestalt war, wirkte ihr Büro bei seiner Anwesenheit wie eine Puppenstube.

Noch schlimmer war, dass der Mann Arbeitskleidung trug, staubige Jeans, ein durchgeschwitztes T-Shirt und abgewetzte Stiefel, die eine Schmutzspur auf dem hellen Teppich hinterließen.

Man hat mir keinen Juniormanager geschickt, sondern einen gewöhnlichen Arbeiter, der es nicht einmal für nötig gehalten hat, sich vorher wenigstens zu waschen und umzuziehen, dachte Sydney erbost und presste verärgert ihre Lippen zusammen.

„Heißen Sie etwa Hayward?“

Sein unverschämter Tonfall und der unverkennbare slawische Akzent erinnerten sie an Männer am Lagerfeuer mit einer Peitsche am Gürtel, und sie antwortete unnötig scharf: „Ja. Und Sie kommen zu spät.“

Seine Augen wurden schmal, und er sah sie eindringlich über den Schreibtisch an. „Tatsächlich?"

„Ja. Vielleicht sollten Sie eine Armbanduhr tragen. Meine Zeit ist beschränkt, Mr. …?"

„Stanislaski." Er hakte seine Daumen in die Gürtelschlaufen und verlagerte das Körpergewicht überheblich auf ein Bein. „Sydney ist ein Männername."

Sie zog eine Braue in die Höhe. „Das ist offensichtlich ein Irrtum."

Er ließ den Blick halb interessiert, halb verärgert über ihren Körper gleiten. Die Frau war hübsch wie ein Kuchen mit Zuckerguss. Aber er war nicht völlig verschwitzt auf dem schnellsten Weg von der Arbeit hergekommen, um seine Zeit mit einem weiblichen Wesen zu verschwenden. „Offensichtlich. Ich dachte, Hayward wäre ein alter Mann mit Glatze und einem weißen Bart."

„Sie meinen meinen Großvater."

„Dann möchte ich mit Ihrem Großvater sprechen."

„Das ist leider nicht möglich, Mr. Stanislaski, denn mein Großvater ist seit fast zwei Monaten tot."

Seine Überheblichkeit verwandelte sich augenblicklich in Bedauern. „Tut mir leid. Ich weiß, wie es schmerzt, ein Familienmitglied zu verlieren."

Sie hätte nicht sagen können, weshalb diese wenigen Worte eines Fremden sie tiefer berührten als alle Beileidsbezeugungen, die sie sonst erhalten hatte. „Ja, das stimmt. Wenn Sie bitte Platz nehmen würden, könnten wir zur Sache kommen."

Außerdem ist sie kühl, hart und distanziert, dachte er.

„Ich hatte Ihrem Großvater mehrere Briefe geschrieben", begann Mikhail Stanislaski und setzte sich auf den zierlichen Queen-Anne-Sessel vor dem Schreibtisch. „Vielleicht sind die letzten in dem Durcheinander nach seinem Tod ja verloren gegangen."

Hier geht während der letzten Monate tatsächlich alles drunter und drüber, dachte sie. „Richten Sie in Zukunft bitte Ihre Korrespondenz direkt an mich", antwortete sie und faltete die Hände auf dem Schreibtisch. „Wie Ihnen wohl bekannt ist, zieht Hayward Enterprises mehrere Firmen in Erwägung."

„Weshalb?"

Sydney bemühte sich, nicht zu zeigen, dass sie sich über die Unterbrechung ärgerte. „Wie bitte?"

„Wozu ziehen Sie mehrere Firmen in Erwägung?"

Nervös trommelte sie mit den Fingern auf die Schreibtischplatte. „Was für eine Stellung nehmen Sie ein, Mr. Stanislaski?"

„Stellung?"

„Ja, als was arbeiten Sie?"

Er lächelte über ihre Ungeduld. Seine Zähne waren sehr weiß, allerdings saßen sie nicht ganz gerade. „Sie meinen, was ich tue? Ich arbeite mit Holz."

„Sind Sie Tischler?"

„Gelegentlich."

„Gelegentlich", wiederholte sie und lehnte sich zurück. „Dann können Sie mir vielleicht verraten, weshalb Howington Construction mir einen Gelegenheitsarbeiter als Gesprächspartner geschickt hat. Ich habe einen Mitarbeiter aus der Führungsetage erwartet."

Im Raum duftete es nach Zitrone und Rosmarin. Stanislaski war warm, und er hatte Durst. „Das könnte ich sicher – wenn man mich geschickt hätte", antwortete er ungeduldig.

Es dauerte einen Moment, bis Sydney begriff. „Sie kommen nicht von Howington?"

„Nein. Ich bin Mikhail Stanislaski und wohne in einem Ihrer Häuser. Falls Sie Howington mit der Renovierung beauftragen wollen, würde ich es mir an Ihrer Stelle gut überlegen. Ich habe einmal für die Firma gearbeitet. Die Leute waren mir nicht korrekt genug."

„Entschuldigen Sie bitte einen Moment." Verärgert drückte sie auf die Sprechtaste. „Janine, hat Mr. Stanislaski gesagt, er käme im Auftrag von Howington?"

„Oh nein, Ma'am. Er wollte Sie nur sprechen. Howington hat vor etwa zehn Minuten angerufen und um Verschiebung seines Termins gebeten. Wenn Sie …"

„Schon gut." Sydney lehnte sich wieder zurück und betrachtete den Mann näher, der sie freundlich anlächelte. „Offensichtlich bin ich einem Missverständnis aufgesessen."

„Sie meinen, dass Sie sich geirrt haben. Das stimmt. Ich bin hier, um mit Ihnen über Ihr Apartmenthaus in Soho zu reden."

„Kommen Sie wegen einer Mieterbeschwerde?"

„Ich komme wegen vieler Mieterbeschwerden", verbesserte er sie.

„Ihnen ist hoffentlich klar, dass es für solche Fälle gewisse Verfahrensweisen gibt."

Mikhail zog eine Augenbraue in die Höhe. „Das Haus gehört Ihnen doch, oder?"

„Ja, aber ..."

„Dann tragen Sie auch die Verantwortung dafür."

Sydney stand auf. „Ich bin mir meiner Verantwortung durchaus bewusst, Mr. Stanislaski. Und jetzt ..."

Er stand ebenfalls auf, rührte sich aber nicht von der Stelle. „Ihr Großvater hatte uns einige Verbesserungen versprochen. Wenn Sie sein Andenken in Ehren halten wollen, müssen Sie sie einlösen."

„Ich muss vor allem die Firma leiten", antwortete sie kühl. Und ich versuche verzweifelt zu lernen, wie man das macht, fügte sie stumm hinzu. „Sagen Sie den anderen Mietern, dass Hayward Enterprises sich in Kürze mit einem Bauunternehmen in Verbindung setzen wird. Uns ist bekannt, dass zahlreiche Gebäude dringend renoviert werden müssen. Die Wohnungen in Soho kommen ebenfalls an die Reihe."

Sein Gesichtsausdruck veränderte sich nicht. Breitbeinig blieb er stehen und erklärte im selben Ton wie zuvor: „Wir sind es leid, ständig zu warten, sondern verlangen, dass die Zusagen endlich eingehalten werden."

„Schicken Sie mir bitte eine Liste mit Ihren Forderungen."

„Das haben wir bereits getan."

Sydney presste die Zähne zusammen. „Ich werde mir die Akten heute Abend ansehen."

„Akten sind leblos. Sie, Miss Hayward, kassieren jeden Monat die Miete, aber Sie denken nicht an die Menschen, die sie zahlen müssen." Er stemmte die Hände auf den Schreibtisch und beugte sich vor. Er roch nach Sägespänen und Schweiß, eine Mischung, die Sydney seltsam anziehend fand. „Haben Sie das Gebäude oder die Leute, die darin leben, je gesehen?"

„Ich kenne die Unterlagen."

„Unterlagen!" Er schimpfte in einer Sprache, die sie nicht verstand, war aber sicher, dass es sich um einen Fluch handelte. „Sie haben Ihre Wirtschaftsprüfer und Ihre Rechtsanwälte. Sie sitzen in einem hübschen Büro und sehen die Akten durch." Er machte eine abwehrende Bewegung. „Aber Sie haben keine Ahnung. Sie frieren ja nicht, weil die Heizung streikt, und Sie brauchen keine fünf Stockwerke nach oben zu steigen, weil der Fahrstuhl nicht funktioniert. Es kümmert Sie nicht, ob das Wasser heiß wird oder die elektrischen Leitungen zu alt sind, um noch als sicher zu gelten."

Niemand hatte bisher je so zu ihr gesprochen. Ihr Herz begann vor Entrüstung zu rasen. „Sie irren sich. Ich kümmere mich sehr um diese Dinge, und ich habe die Absicht, sie so bald wie möglich zu verbessern."

Seine Augen blitzten. „Diese Zusage hatten wir schon einmal."

„Die heutige Zusage stammt von mir, und meine hatten Sie bisher noch nicht."

„Und wir sollen Ihnen vertrauen? Ausgerechnet Ihnen, die zu träge oder zu ängstlich ist, sich ihren Besitz auch nur anzusehen?"

Sie wurde kreidebleich, das einzige äußere Anzeichen für ihre Verärgerung. „Für heute reichen mir Ihre Beleidigungen, Mr. Stanislaski. Entweder gehen Sie freiwillig, oder ich rufe den Sicherheitsdienst, damit er nachhilft."

„Ich bin schon auf dem Weg", antwortete Mikhail ruhig. „Eines sage ich Ihnen ganz deutlich, Miss Sydney Hayward. Entweder lösen Sie Ihre Zusage innerhalb der nächsten beiden Tage ein, oder wir wenden uns an die Baubehörde und die Presse."

Sie wartete, bis der Mann gegangen war, dann setzte sie sich wieder. Langsam zog sie einen Firmenbogen aus der Schublade und zerriss ihn mechanisch. Sie betrachtete die großen Abdrücke, die Stanislaskis Handflächen auf ihrer glänzenden Schreibtischplatte hinterlassen hatten, und zerriss ein weiteres Blatt. Endlich beruhigte sie sich und drückte wieder auf die Sprechtaste. „Janine, bringen Sie mir bitte alles, was wir über das Soho-Gebäude besitzen."

Eine Stunde später schob Sydney die Akten wieder beiseite und führte zwei Telefongespräche. Mit dem ersten sagte sie eine Verabredung zum Abendessen ab. Mit dem zweiten rief sie Lloyd Bingham zu sich, den ehemaligen Direktionsassistenten ihres Großvaters, der jetzt für sie arbeitete.

„Sie haben mich gerade noch erwischt", erklärte Lloyd und betrat

Sydneys Büro. „Ich wollte eben gehen. Was kann ich für Sie tun?"

Sydney warf ihm einen kurzen Blick zu. Lloyd war ein gut aussehender, ehrgeiziger Mann und bevorzugte italienische Anzüge und französisches Essen. Er war noch keine Vierzig, stand kurz vor seiner zweiten Scheidung und zeigte sich gern in Begleitung von Frauen aus der Gesellschaft, denen seine blonden Locken und seine ausgezeichneten Manieren gefielen. Er hatte schwer gearbeitet, um seine jetzige Position bei Hayward zu bekommen, und hatte die Firma während der Krankheit ihres Großvaters praktisch allein geführt.

Sydney wusste, dass er sie nicht leiden konnte, weil sie seiner Ansicht nach hinter einem Schreibtisch saß, der eigentlich ihm zustand.

„Als Erstes erklären Sie mir bitte, weshalb wir wegen der Wohnungen in Soho noch nichts unternommen haben."

„Das Apartmenthaus in Soho?" Lloyd nahm eine Zigarette aus einem schmalen Goldkästchen. „Es steht auf unserer Planungsliste."

„Dort befindet es sich seit über anderthalb Jahren. Der erste Brief eines Mieters, der sich in unserer Akte befindet, ist fast zwei Jahre alt und enthält siebenundzwanzig Beschwerden."

„Vermutlich werden Sie der Akte ebenfalls entnommen haben, dass wir einigen dieser Klagen nachgegangen sind." Lloyd stieß eine dünne Rauchfahne aus und machte es sich auf einem Stuhl bequem.

„Ja, einigen", wiederholte Sydney. „Zum Beispiel wurde der Heizungskessel repariert. Die Mieter glauben jedoch, dass er ersetzt werden muss."

Lloyd machte eine abwehrende Bewegung. „Sie sind noch neu im Geschäft, Sydney, und werden bald selbst feststellen, dass Mieter grundsätzlich alles neu und besser haben möchten."

„Mag sein. Es scheint mir jedoch nicht unbedingt wirtschaftlich zu sein, einen dreißigjährigen Heizkessel zu reparieren und ihn zwei Monate später auszutauschen." Sie hob die Hand, bevor er etwas erwidern konnte. „Zerbrochene Treppengeländer, abblätternde Farbe, nicht funktionierende Heißwasserboiler, ein defekter Fahrstuhl, gesprungene Waschbecken …" Sie sah auf. „Ich könnte weitere Dinge aufzählen, aber das dürfte kaum nötig sein. Hier ist eine Aktennotiz meines Großvaters an Sie, in der er Sie bittet, sich um die Instandsetzung des Gebäudes zu kümmern."

„Was ich getan habe", erklärte Lloyd steif. „Sie wissen sehr wohl, dass in der Firma wegen der Erkrankung Ihres Großvaters alles drunter und drüber ging. Das Mietshaus ist nur eines von vielen Gebäuden, die ihm gehörten."

„Sie haben vollkommen recht." Ihre Stimme klang ruhig, aber ohne jede Wärme. „Mir ist jedoch ebenfalls klar, dass wir eine rechtliche und moralische Verantwortung gegenüber unseren Mietern tragen, gleichgültig, ob sie in Soho oder am West Central Park wohnen." Sie schloss den Aktenordner und legte besitzergreifend beide Hände darauf. „Ich will Sie nicht kränken, Lloyd, aber ich habe beschlossen, mich persönlich um diese Angelegenheit zu kümmern."

„Weshalb?"

Sydney lächelte ein wenig. „Das weiß ich selbst nicht genau. Sagen wir, dass ich ins kalte Wasser springen möchte und deshalb das Gebäude zu meinem Lieblingsprojekt machen werde. Sehen Sie sich bitte die Angebote der Bauunternehmen an und sagen Sie mir anschließend, wen Sie empfehlen würden." Sie übergab ihm einen anderen Aktenordner. „Darin befindet sich eine Liste unserer Gebäude in der Reihenfolge ihrer Wichtigkeit. Am Freitag, um zehn Uhr, werden wir abschließend darüber reden."

„In Ordnung." Lloyd drückte seine Zigarette aus, bevor er aufstand. „Nehmen Sie es mir nicht übel, Sydney", erklärte er, „aber eine Frau, die bisher vor allem gereist ist und ihre Zeit mit dem Einkaufen ihrer Garderobe verbracht hat, versteht nicht allzu viel von geschäftlichen Dingen oder davon, wie man Gewinne erwirtschaftet."

Sie nahm ihm die Bemerkung übel, hütete sich jedoch, es zu zeigen. „Dann sollte ich es wohl schleunigst lernen, nicht wahr? Gute Nacht, Lloyd."

Erst nachdem sich die Tür geschlossen hatte, merkte Sydney, dass ihre Hände zitterten. Lloyd hatte recht – völlig recht, wenn er sie auf ihre Unzulänglichkeiten hinwies. Er konnte nicht ahnen, wie viel ihr daran lag, sich zu bewähren und etwas aus dem zu machen, was der Großvater ihr hinterlassen hatte. Erst recht wusste er nicht, wie groß ihre Angst war, dass sie dem Ruf ihrer Familie schaden könnte – noch einmal.

Bevor sie es sich anders überlegen konnte, schob sie den Ordner in ihre Aktentasche und verließ das Büro. Sie lief den breiten Flur mit den geschmackvollen Aquarellen an den Wänden und den prächtigen Grünpflanzen hinab und durchquerte die dicke Glastür, die ihre Büroräume von den übrigen trennte. Mit ihrem Privatfahrstuhl fuhr sie in die Halle hinab, nickte dem Pförtner zu und trat nach draußen.

Die Hitze traf sie wie ein Schlag. Obwohl es erst Mitte Juni war, litt New York unter einer heftigen Hitzewelle mit hoher Luftfeuchtigkeit. Rasch stieg sie in ihren wartenden Wagen, nannte dem Fahrer ihr Ziel und lehnte sich zurück, um nach Soho zu fahren.

In seiner Wohnung schnitzte Mikhail an einem Stück Kirschbaumholz. Er wusste selbst nicht, weshalb er daran weiterarbeitete. Denn er war nicht mit vollem Herzen dabei, aber er musste seine Hände unbedingt beschäftigen.

Sydney Hayward ging ihm nicht aus dem Sinn. Eine eiskalte, stolze Frau, überlegte er. Alles in ihm wehrte sich dagegen. Obwohl er noch ein Kind gewesen war, als seine Familie nach Amerika flüchtete, konnte er seine Herkunft nicht verleugnen. Seine Vorfahren waren heißblütige, temperamentvolle Kosaken aus der Ukraine gewesen, die den Herrschenden wenig Respekt zollten.

Mikhail betrachtete sich als Amerikaner – außer wenn es ganz nützlich war, als Ukrainer zu gelten.

Die Holzspäne fielen auf den Tisch und auf den Boden. Beinahe die ganze Wohnung war mit Arbeitsutensilien vollgestopft: Holzblöcke, Platten, sogar eine knorrige Eichenwurzel, Schnitzmesser, Meißel, Hammer, Greifzirkel und Bohrer lagen auf den Regalen. In der Ecke befand sich eine kleine Drehbank, unzählige Pinsel standen in Gläsern. Im Raum roch es nach Leinöl, Schweiß und Sägespänen.

Mikhail trank einen Schluck Bier und lehnte sich zurück, um das Kirschbaumholz zu betrachten. Noch erkannte er nicht, was darin steckte. Nachdenklich strich er mit dem Finger über die Maserung und in die Kerben, während der Verkehrslärm, die Musik und die Rufe durch das geöffnete Fenster hereinschallten.

Er war während der beiden letzten Monate ziemlich erfolgreich gewesen und hätte sich durchaus eine größere, modernere Wohnung leisten können. Aber ihm gefiel die lebhafte Umgebung mit dem Bäcker gleich um die Ecke, der basarähnlichen Atmosphäre am Kanal, nur wenige Schritte entfernt, den Frauen, die morgens auf der offenen Veranda tratschten, und den Männern, die abends dort saßen.

Er brauchte keine Wohnung mit Teppichboden, eingelassenen Marmorwannen oder einer großen Küche mit den neuesten technischen Geräten. Er wollte nur ein Dach über dem Kopf, das nicht leckte, eine Dusche, aus der heißes Wasser floss, und einen Kühlschrank, in dem er sein Bier und einen kalten Imbiss kühl halten konnte. Zurzeit hatte er das nicht, und deshalb hatte Miss Sydney Hayward ihn heute gewiss nicht zum letzten Mal gesehen.

Er sah auf, denn es hatte dreimal kurz geklopft, und seine Wohnungsnachbarin stürzte herein. „Na, wie ist es gelaufen?", fragte er.

Keely O'Brian schlug die Tür zu und tänzelte ein paar Schritte. „Ich habe die Rolle!", jubelte sie, eilte zum Tisch und warf Mikhail die Arme um den Nacken. „Ich habe sie bekommen! Meine erste Fernsehrolle!" Sie gab ihm einen schmatzenden Kuss auf die Wange.

„Habe ich doch gesagt." Freundschaftlich zerzauste Mikhail Keelys kurzes, strohblondes Haar. „Hol dir ein Bier, das muss gefeiert werden."

„Oh Mik!" Keely ging zu dem winzigen Kühlschrank. Sie trug neongrüne Shorts, die ihre langen schlanken Beine gut zur Geltung brachten. „Ich war so nervös, dass ich vor dem Probesprechen einen Schluckauf bekam und literweise Wasser trinken musste. Trotzdem habe ich die Rolle bekommen. Eine ganze Woche filmen! Natürlich ist es keine großartige Sache, aber ich werde erst im dritten Akt ermordet." Sie trank einen Schluck und stieß plötzlich einen grauenhaften Schrei aus. „Das muss ich tun, wenn der Serienmörder mich in der Allee in die Enge treibt. Ich glaube, mein Schrei hat den Ausschlag gegeben."

„Zweifellos." Wie immer belustigte ihn ihre rasche, nervöse Sprechweise. Keely war dreiundzwanzig, besaß einen reizvollen Körper, lebhafte grüne Augen und ein Herz, das so weit wie der Grand Canyon war. Hätte Mikhail sich nicht wie ihr großer Bruder gefühlt, hätte er längst versucht, sie in sein Bett zu locken.

Keely trank einen weiteren Schluck Bier. „He, möchtest du etwas Chinesisches essen oder eine Pizza? Ich hab eine gefrorene Pizza da, aber mein Herd streikt mal wieder."

Seine Augen blitzten. „Ich war heute bei Hayward."

„Persönlich? Von Angesicht zu Angesicht?"

„Ja." Er legte sein Schnitzwerkzeug hin.

Keely war tief beeindruckt und setzte sich auf die Fensterbank. „Toll. Wie ist er?"

„Er ist tot."

Sie verschluckte sich, sah ihn mit großen Augen an und klopfte sich auf die Brust. „Tot? Du hast ihn doch nicht ..."

„Umgebracht?" Diesmal lächelte Mikhail. Keelys Sinn für Dramatik machte ihm jedes Mal Spaß. „Nein, das habe ich nicht. Aber ich hätte gern der neuen Hayward – seiner Enkelin – den Hals umgedreht."

„Unsere neue Vermieterin ist eine Frau? Wie ist sie?"

„Sehr hübsch – und eiskalt." Er runzelte die Stirn und strich erneut mit der Fingerspitze über die Holzmaserung. „Sie hat rotes Haar und porzellanweiße Haut. Ihre Augen sind so blau wie Eisblumen. Und wenn sie spricht, bilden sich Eiszapfen an ihren Lippen."

Keely verzog das Gesicht und trank einen Schluck. „Reiche Leute können es sich leisten, eiskalt zu sein", erklärte sie.

„Ich habe ihr gesagt, sie hätte zwei Tage Zeit. Anschließend würde ich die Bauaufsichtsbehörde verständigen."

Diesmal lächelte Keely. So sehr sie Mikhail bewunderte, er war ziemlich naiv. „Na, dann viel Glück. Vielleicht sollten wir lieber Mrs. Bayfolds Vorschlag aufgreifen und die Miete nicht mehr bezahlen. Dann riskieren wir zwar eine Kündigung, aber ... He!" Sie lehnte sich aus dem offenen Fenster. „Sieh dir mal diesen Wagen an. Es muss ein Lincoln sein. Mit Chauffeur. Und jetzt steigt eine Dame aus." Fasziniert holte sie tief Luft. „Eine Karrierefrau wie aus dem Bilderbuch." Lächelnd blickte sie über die Schulter zu Mikhail zurück. „Ich glaube, deine Eisprinzessin sucht die Slums auf."

Aufmerksam betrachtete Sydney das Gebäude. Eigentlich ist es ganz hübsch, dachte sie. Es gleicht einer alten Frau, die sich ihre Würde und einen Schimmer ihrer jugendlichen Schönheit bewahrt hat. Der rote Backstein war zu einem sanften Rosa verblasst und hier und da von Ruß und Abgasen geschwärzt. Die Stuckornamente waren gerissen, und die Farbe an den Fenstern blätterte ab, aber das ließ sich leicht ausbessern. Sie zog einen Block hervor und machte sich Notizen.

Sie bemerkte die Männer, die auf der offenen Veranda saßen und ihr zusahen, beachtete sie aber nicht weiter. Die Gegend ist furchtbar laut, stellte sie fest. Die meisten Fenster waren geöffnet, und die unterschiedlichsten Geräusche drangen nach draußen: Fernsehen, Radio und Babygeschrei. Irgendwo sang eine Frau eine italienische Arie. Die viel zu kleinen Balkons waren mit Topfblumen, Fahrrädern und Wäsche vollgestopft, die in der immer noch heißen Luft trocknete.

Sydney schirmte ihre Augen mit der Hand ab und ließ den Blick nach oben wandern. Die meisten Geländer waren stark verrostet, häufig fehlten Stäbe. Plötzlich entdeckte sie Mikhail, der beinahe Wange an Wange mit einer erstaunlich blonden Frau aus einem Fenster im oberen Stockwerk lehnte. Da sein Oberkörper nackt war und die Frau nur ein winziges Oberteil trug, waren die beiden vermutlich bei einem intimen Beisammensein gestört worden. Sydney nickte Mikhail kühl zu und beschäftigte sich weiter mit ihren Notizen.

Als sie in Richtung Eingang ging, rückten die Männer beiseite und gaben ihr den Weg frei. Die kleine Eingangshalle war nur schwach beleuchtet und drückend heiß. Der alte Parkettboden war fleckig und völlig zerkratzt, und es roch eindeutig nach Schimmel. Zweifelnd betrachtete Sydney den Fahrstuhl, drückte neugierig auf den Knopf nach oben und horchte auf das Rattern und Knarren der Anlage. Ungeduldig machte sie sich eine weitere Notiz. Das ist ja erbärmlich, dachte sie.

Die Türen öffneten sich quietschend, und Mikhail trat heraus.

„Na, sind Sie gekommen, um Ihr Reich zu besichtigen?“, fragte er.

Sydney schrieb absichtlich erst ihre Notizen zu Ende, bevor sie aufsah. Zumindest hat er ein Hemd übergezogen – falls man dieses Kleidungsstück so bezeichnen kann, dachte sie. Das dünne weiße T-Shirt war an den Ärmeln eingerissen und am Bund zerschlissen.

„Ich sagte doch, ich würde mir die Akte ansehen. Anschließend hielt ich es für sinnvoll, das Gebäude selbst zu inspizieren.“ Sie blickte zum Fahrstuhl und sah Mikhail erneut an. „Entweder sind Sie sehr mutig oder sehr dumm, Mr. Stanislaski.“

„Ich bin Realist“, verbesserte er sie. „Es kommt, wie es kommen muss.“

„Vielleicht. Trotzdem wäre es mir lieber, wenn die Mieter den

Fahrstuhl erst wieder benutzten, nachdem er repariert oder ausgetauscht worden ist."

Er schob seine Hände in die Taschen. „Und wann wird das geschehen?"

„So schnell wie möglich. Sie erwähnten in Ihrem Brief ebenfalls, dass das Treppengeländer an manchen Stellen defekt sei."

„Das Schlimmste habe ich repariert."

„Sie?", fragte Sydney verblüfft.

„In diesem Haus wohnen Kinder und alte Leute."

Die schlichte Antwort beschämte sie. „Verstehe. Da Sie sich bereit erklärt haben, auch im Namen der anderen Mieter zu sprechen, könnten Sie mich vielleicht herumführen und mir die größten Probleme zeigen."

Während sie die Treppe hinaufstiegen, stellte Sydney fest, dass das Geländer erneuert worden war. Das saubere Holz fühlte sich ausgesprochen stabil an. Sie notierte, dass es von einem Mieter ersetzt worden war.

Mikhail klopfte an die einzelnen Wohnungstüren. Die Bewohner begrüßten ihn herzlich, blieben ihr gegenüber jedoch zurückhaltend. Es roch nach Essen, und Sydney bekam Strudel, Bratkartoffeln, Gulasch und Hähnchenflügel angeboten. Einige Mieter trugen ihre Klagen verbittert vor, andere waren nervös. Ihr wurde klar, dass Mikhail in seinem Brief nicht übertrieben hatte.

Als sie den dritten Stock erreichten, schwindelte ihr beinahe von der Hitze. Im vierten Stock verzichtete sie auf die angebotenen Spaghetti mit Fleischklößchen und fragte sich, wie jemand bei dieser Temperatur kochen konnte. Umso lieber nahm sie ein Glas Wasser an. Pflichtbewusst notierte sie, dass die Rohre ratterten und klopften. Im fünften Stock sehnte sie sich verzweifelt nach einer kalten Dusche, einem Glas kühlen trockenen Weißwein und ihrer komfortablen Wohnung mit der angenehmen Klimaanlage.

Mikhail sah, dass Sydneys Gesicht vor Hitze glühte. Auf den letzten Stufen hatte sie ein wenig gekeucht, und das gefiel ihm. Es konnte nicht schaden, wenn diese Dame am eigenen Körper erfuhr, wie ihre Mieter lebten. Er fragte sich, weshalb sie nicht zumindest ihre Kostümjacke auszog oder ein paar Knöpfe ihrer bis zum Hals geschlossenen Bluse öffnete.

Am liebsten hätte er dies für sie getan, auch wenn ihm der Gedanke nicht gefiel.

„Ich dachte, einige dieser Wohnungen hätten eine Klimaanlage", sagte Sydney. Der Schweiß rann ihr unangenehm den Rücken hinab.

„Die Leitungen halten die Belastung nicht aus", erklärte Mikhail. „Sobald man das Gerät einschaltet, schlagen die Sicherungen durch. Im fünften Stock ist es am schlimmsten", fuhr er fort. „Die Hitze steigt nach oben."

„Das ist mir bekannt."

Die Frau ist ja kreideweiß, stellte Mikhail fest. „Ziehen Sie doch Ihre Jacke aus."

„Wie bitte?"

„Sie sind wirklich dumm. Es ist doch viel zu heiß für eine Jacke." Er schob den Stoff von ihren Schultern und wollte ihn weiter herunterziehen.

Schwarze Punkte begannen vor ihren Augen zu tanzen. „Hören Sie sofort auf!"

„Sehr dumm sogar. Dies ist kein Vorstandszimmer."

Mikhails Geste war keinesfalls liebevoll, irritierte Sydney aber trotzdem. Sobald sie eine Hand frei hatte, schlug sie ihm auf die Finger. Unbeirrt drängte er sie in seine Wohnung.

„Mr. Stanislaski", erklärte Sydney atemlos, doch würdevoll, „ich lasse nicht zu, dass man mich betatscht."

„Ich bezweifle, ob Sie je im Leben jemand betatscht hat, Hoheit. Welcher Mann möchte sich schon Frostbeulen holen? Setzten Sie sich."

„Ich habe nicht die Absicht ..."

Er schob sie auf einen Stuhl und sah zu Keely hinüber, die sie von der Küche aus mit offenem Mund beobachtete. „Bring ihr ein Glas Wasser", forderte er seine junge Nachbarin auf.

Sydney holte tief Luft. Neben ihr lief ein Ventilator und kühlte ihre Haut. „Sie sind der unverschämteste, unerträglichste Mann, der mir bisher begegnet ist."

Mikhail nahm Keely das Glas aus der Hand und hätte den Inhalt am liebsten in Sydneys hübsches Gesicht geschüttet. Stattdessen drückte er ihr das Getränk in die Hand. „Trinken Sie."

„Meine Güte, Mik, hab doch ein Herz", murmelte Keely. „Die

Frau ist ja restlos fertig. Möchten Sie einen kühlen Waschlappen?" Bewundernd betrachtete sie Sydneys elfenbeinfarbene Seidenbluse mit den winzigen Perlknöpfen.

„Nein danke, es geht mir gut."

„Ich bin Keely O'Brian, Apartment 502."

„Ihr Herd funktioniert nicht", fügte Mikhail hinzu. „Und sie bekommt kein heißes Wasser. Außerdem leckt das Dach."

„Nur wenn es regnet." Keely lächelte, erhielt aber keine Antwort. „Ich gehe jetzt lieber. Nett, Sie kennengelernt zu haben."

Als Mikhail und sie allein waren, trank Sydney langsam ein paar Schlucke des lauwarmen Wassers. Sie sah, dass der Linoleumboden in der Küche eingerissen war. Außerdem war der Kühlschrank viel zu klein und völlig altmodisch. Um sich auch die restliche Wohnung anzusehen, fehlte ihr die Kraft. Mikhail war zwar nicht gerade taktvoll vorgegangen, aber seine Klagen waren berechtigt. Ihre Firma musste etwas dagegen unternehmen.

Er saß auf dem Rand der Küchenanrichte und sah zu, wie ihre Wangen langsam wieder Farbe bekamen. Einen Moment hatte er auf dem Flur befürchtet, sie könne ohnmächtig werden.

„Möchten Sie etwas zu essen?", fragte er unfreundlich. „Ich könnte Ihnen ein Sandwich anbieten."

Sydney fiel ein, dass sie jetzt eigentlich mit einem standesgemäßen Junggesellen, den ihre Mutter für sie ausgesucht hatte, im „Le Cirque" zu Abend essen sollte. „Nein danke. Sie halten nicht viel von mir, nicht wahr?"

Achtlos zuckte er mit den Schultern. „So würde ich es nicht ausdrücken."

Stirnrunzelnd stellte sie das Glas ab. Die Art und Weise, wie er dies feststellte, ließ ihrer Fantasie ein bisschen zu viel Spielraum. „Sie sind Tischler, sagten Sie?"

„Manchmal bin ich Tischler."

„Besitzen Sie einen Gewerbeschein?"

Seine Augen wurden schmal. „Ja, als Bauunternehmer. Für Renovierungen und Umbauten."

„Dann haben Sie eine Reihe weiterer Handwerker, mit denen Sie zusammenarbeiten – Elektriker, Installateure und was man sonst noch braucht?"

„Ja."

„Sehr gut. Erstellen Sie bitte einen Kostenvoranschlag für die notwendigen Reparaturen einschließlich der Dachdecker- und Malerarbeiten, der zu ersetzenden Installationen etc., sodass er spätestens in einer Woche auf meinem Schreibtisch liegt." Sydney stand auf und nahm ihre zerknüllte Jacke.

Mikhail rührte sich nicht und sah zu, wie sie ihre Aktentasche aufhob. „Und dann?"

Sie sah ihn kühl an. „Und dann, Mr. Stanislaski, werde ich Ihnen mein Geld in den Rachen werfen. Sie bekommen den Auftrag."

2. KAPITEL

Mutter, dazu habe ich wirklich keine Zeit."

„Sydney, Liebes, für eine Tasse Tee hat man immer Zeit." Mit diesen Worten goss Margerite Hayward Kinsdale LaRue ihrer Tochter eine Tasse Ginseng-Tee ein. „Mir scheint, du nimmst diese Sache mit dem Mietshaus etwas zu ernst."

„Vielleicht weil ich die Verantwortung dafür trage", murmelte Sydney, ohne von den Akten auf ihrem Schreibtisch aufzusehen. Sie wünschte, ihre Mutter würde nicht lange bleiben, damit sie sich in Ruhe mit den Akten befassen konnte.

„Ich kann mir nicht vorstellen, dass dein Großvater dies beabsichtigt hat. Andererseits war er Zeit seines Lebens ein ungewöhnlicher Mann." Sie erinnerte sich, wie gern sie den alten Kauz gehabt hatte. „Komm, Liebling, trink ein bisschen Tee und nimm dir eines der köstlichen kleinen Sandwiches. Selbst Karrierefrauen brauchen mittags etwas zu essen."

Sydney gab nach und hoffte, dass sie ihre Mutter auf diese Weise schneller wieder loswurde. „Das ist wirklich sehr nett von dir", sagte sie. „Leider habe ich heute furchtbar viel zu tun."

„Und das alles wegen der dummen Firma", klagte Margerite, während Sydney sich zu ihr setzte. „Ich begreife nicht, weshalb du dich derart persönlich einsetzt. Es wäre doch ganz einfach, einen Geschäftsführer einzustellen." Sie tat einige Tropfen Zitronensaft in ihren Tee und lehnte sich zurück. „Natürlich kann ich mir vorstellen, dass es für eine Weile interessant ist. Aber der Gedanke, dass du richtig Karriere machen möchtest ... Das scheint mir ziemlich sinnlos zu sein."

„Meinst du?", murmelte Sydney und versuchte sich ihre Verbitterung nicht anmerken zu lassen. „Vielleicht verblüffe ich ja alle und bin tatsächlich gut."

„Ich bin sicher, du bist fantastisch – ganz gleich, was du anfängst, Liebling." Margerite tätschelte ihrer Tochter die Hand. „Ich war entzückt, als ich erfuhr, dass Großvater Hayward dir alle diese hübschen Gebäude hinterlassen hat", begann sie besänftigend. Sie war eine blendend aussehende, äußerst gepflegte Fünfzigerin und wirkte in ihrem Chanelkostüm mindestens zehn Jahre jünger. „Aber dass du dich in die laufenden Geschäfte einmischst ..." Verwirrt betastete sie ihr sorgfältig gefärbtes, kastanienbraunes Haar. „Manche Männer schrecken instinktiv vor allzu erfolgreichen Frauen zurück."

Sydney warf einen vielsagenden Blick auf den seit Kurzem ungeschmückten Ringfinger ihrer Mutter. „Nicht alle Frauen richten ihr Interesse ausschließlich auf die Männerwelt."

„Rede keinen Unsinn." Margerite lachte leise. „Keine Frau möchte auf Dauer ohne einen Ehemann bleiben. Du darfst den Mut nicht verlieren, nur weil es zwischen dir und Peter nicht geklappt hat. Die erste Ehe dient häufig als Versuchsballon."

Vorsichtig stellte Sydney ihre Tasse ab. „Hast du deine Ehe mit Vater ebenfalls nur als Versuchsballon betrachtet?"

„Ich bin sicher, wir haben beide eine Menge wertvoller Dinge daraus gelernt." Zuversichtlich strahlte sie ihre Tochter an. „Und jetzt erzähl mir von deinem Abend mit Channing. Wie war es?"

„Langweilig."

Margerites blaue Augen blitzten verärgert. „Sydney, bitte."

„Du hast mich gefragt." Um sich für die weitere Diskussion zu wappnen, nahm Sydney ihre Tasse wieder auf. Weshalb fühle ich mich in Gegenwart meiner Mutter immer so unzulänglich?, fragte sie sich. „Tut mir leid, Mutter, aber wir passen wirklich nicht zusammen."

„Unsinn. Ihr passt großartig zusammen. Channing Warfield ist ein intelligenter und erfolgreicher Mann aus einer sehr guten Familie."

„Das war Peter auch."

„Sydney, du darfst nicht jeden Mann, den du kennenlernst, mit Peter vergleichen."

„Das tue ich gar nicht." Sydney nutzte die Gelegenheit und legte ihre Hand auf die ihrer Mutter. Es musste doch ein Band zwischen ihnen geben, auch wenn sie es nicht recht fühlte. „Ehrlich, ich vergleiche Channing mit niemandem. Aber ich finde ihn gestelzt, langweilig und anmaßend. Mag sein, dass mir zurzeit jeder Mann so vorkommt. Mich interessieren Männer im Augenblick einfach nicht. Ich möchte erst etwas aus mir selbst machen."

„Etwas aus dir selbst machen", wiederholte Margerite verblüfft. „Du bist eine Hayward und hast es nicht nötig, etwas anderes zu sein." Sie hob ihre Serviette auf und betupfte ihre Lippen. „Du liebe Güte, Sydney, du bist seit fast vier Jahren von Peter geschieden. Es ist an der Zeit, dass du einen geeigneten Ehemann findest. Dir steht ein

Platz in der Gesellschaft zu, Sydney, und du trägst eine Verantwortung für den Namen deiner Familie."

Sydney spürte die vertraute Beklemmung im Magen und stellte ihren Tee beiseite. „Das sagst du mir ständig."

Ihre Mutter lächelte befriedigt. „Wenn Channing nicht der Richtige ist, wird sich gewiss ein anderer finden. Ich meine nur, du hättest ihn nicht so rasch ablehnen sollen. Wäre ich zwanzig Jahre jünger ... Nun ja." Sie warf einen Blick auf ihre Armbanduhr und stieß einen leisen Ausruf aus. „Meine Güte, ich komme zu spät zum Frisör! Ich pudere mir nur noch rasch die Nase."

Während Margerite im Waschraum nebenan ihr Make-up erneuerte, lehnte Sydney den Kopf zurück und schloss die Augen. Was sollte sie tun? Wie konnte sie ihrer Mutter verständlich machen, was sie selbst noch nicht recht begriff?

Ergeben stand sie auf und kehrte an ihren Schreibtisch zurück. Peter und sie waren miteinander aufgewachsen und gute Freunde gewesen. Aber sie hatten sich nicht geliebt. Unter dem Druck der Familie hatten sie geheiratet und waren noch zu jung gewesen, um den Fehler zu erkennen. Beinahe zwei Jahre hatten sie ihr Bestes versucht.

Nicht die Scheidung war schlimm, sondern die Tatsache, dass mit der Ehe auch die Freundschaft zwischen ihnen zerbrochen war.

Jetzt musste sie vor allem dafür sorgen, dass sie das Vertrauen ihres Großvaters rechtfertigte. Ihr war eine andere Verantwortung übertragen worden, eine neue Herausforderung. Und diesmal konnte sie sich keinen Fehlschlag leisten.

Die Sprechanlage summte. „Ja, Janine?", fragte sie erschöpft.

„Mr. Stanislaski ist hier, Miss Hayward. Er hat zwar keinen Termin vereinbart, sagt aber, er hätte einige Unterlagen, die Sie unbedingt sehen möchten."

Einen Tag früher als ausgemacht, stellte Sydney fest und richtete sich auf. „Schicken Sie ihn herein."

Zumindest hat er sich rasiert, dachte sie. Dafür hat seine Jeans Löcher. Mikhail schloss die Tür hinter sich und sah sie eindringlich an. Wie zwei Boxer, die sich aus ihrer neutralen Ecke gegenseitig belauern, überlegte sie weiter.

Sie sieht in diesem hellgrauen, perfekt sitzenden Kostüm genauso steif und ordentlich aus wie neulich, stellte er fest und betrachtete das

Teetablett mit den zarten Tassen und den exquisiten kleinen Canapés.

„Habe ich Sie etwa beim Lunch gestört, Miss Hayward?“, fragte er.

„Keineswegs.“ Sie stand nicht auf, und sie lächelte ihm zur Begrüßung auch nicht zu. „Haben Sie den Kostenvoranschlag dabei, Mr. Stanislaski?“

„Jawohl.“

„Sie arbeiten schnell.“

Er lächelte zufrieden. „Ich weiß.“ Er roch den Duft zweier Parfüms. Das eine war sehr zurückhaltend und kühl, das andere blumig und ausgesprochen weiblich. „Sie sind nicht allein?“

Sydney zog eine Braue in die Höhe. „Weshalb fragen Sie?“

„Hier riecht es nach einem Parfüm, das nicht zu Ihnen passt.“ Er reichte ihr die Unterlagen. „Auf dem ersten Blatt finden Sie, was unbedingt erledigt werden muss, auf dem zweiten steht, was darüber hinaus getan werden sollte.“

„Verstehe.“ Sie spürte die Hitze, die er ausstrahlte. Aus einem unerklärlichen Grund gefiel es ihr, und sie fühlte sich lebendiger denn je. Als träte sie aus einer dunklen Höhle ins Sonnenlicht hinaus. „Sind die Angaben Ihrer Subunternehmer ebenfalls dabei?“

„Ja, es ist alles vollständig.“ Während sie die Unterlagen durchsah, hob er ein winziges dreieckiges Brot in die Höhe und schnupperte daran. „Was ist denn dazwischen?“

Sydney sah kurz auf. „Gartenkresse.“

Enttäuscht legte er das Sandwich auf den Teller zurück. „Weshalb essen Sie so etwas?“

Diesmal lächelte sie. „Das ist eine gute Frage.“

Wenn Sydney lächelte, veränderte sie sich. Ihre Augen blickten warm, ihre Lippen wurden weicher, und ihre Schönheit wirkte nicht mehr so abweisend. Dadurch vergaß Mikhail, dass Frauen wie sie keinesfalls sein Typ waren.

„Dann werde ich Ihnen noch eine Frage stellen.“

Sydney überflog die Liste. Der Mann hatte gute Arbeit geleistet. „Sie scheinen heute ja davon überzuschäumen.“

Er beachtete ihre Bemerkung nicht. „Weshalb tragen Sie so gedämpfte Farben? Sie sollten lebhafte Töne wählen, saphirblau oder smaragdgrün.“

Überrascht blickte sie ihn an. Soweit sie sich erinnerte, hatte noch kein Mensch ihren Geschmack infrage gestellt. In manchen Kreisen galt sie sogar als ausgesprochen elegante Frau. „Sind Sie Tischler oder Modeberater, Mr. Stanislaski?“

Er zuckte achtlos die Schultern. „Ich bin ein Mann. Ist das Tee?“ Er hob die Kanne hoch und roch an dem Inhalt, während Sydney ihn weiterhin verblüfft ansah. „Nein, für Tee ist es zu warm“, stellte er fest. „Haben Sie nicht etwas Kaltes?“

Kopfschüttelnd drückte Sydney auf die Sprechtaste. „Bringen Sie Mr. Stanislaski bitte etwas Kaltes zu trinken“, bat sie die Sekretärin. Am liebsten wäre sie aufgestanden und hätte sich im Spiegel betrachtet. „Die Liste der wünschenswerten Dinge ist erheblich länger als jene mit den absolut erforderlichen Renovierungen, Mr. …“

„Nennen Sie mich Mikhail“, erklärte er unbekümmert. „Das ist wie im täglichen Leben. Man sollte immer erheblich mehr tun als unbedingt erforderlich ist.“

„Jetzt werden Sie auch noch philosophisch“, murmelte sie. „Wir werden mit den absolut notwendigen Dingen beginnen und vielleicht noch einiges Wünschenswerte hinzunehmen. Wenn wir uns beeilen, könnte der Vertrag Ende dieser Woche unterschrieben werden.“

Er nickte nachdenklich. „Sie arbeiten ebenfalls schnell.“

„Wenn nötig, ja. Erklären Sie mir jedoch zunächst, weshalb Ihrer Meinung nach sämtliche Fenster erneuert werden sollten.“

„Weil die Einfachverglasung unwirtschaftlich ist.“

„Das stimmt. Aber …“

„Sydney, die Beleuchtung in deinem Waschraum ist ja entsetzlich. Oh …“ Margerite blieb auf der Schwelle stehen. „Entschuldigung, du hast eine Besprechung.“ Sie konnte den Blick kaum von Mikhails Gesicht lösen. „Guten Tag“, sagte sie und freute sich, dass er bei ihrem Eintritt aufgestanden war.

„Sind Sie Sydneys Mutter?“, fragte Mikhail, bevor Sydney Margerite hinausscheuchen konnte.

„Ja. Weshalb?“ Margerite lächelte kühl. Es gefiel ihr nicht, dass ihre Tochter sich von Angestellten mit dem Vornamen anreden ließ. Vor allem nicht, wenn dieser Angestellte einen kurzen Pferdeschwanz und staubige Stiefel trug. „Woher wissen Sie das?“

„Offensichtlich hat sie ihr gutes Aussehen von Ihnen geerbt.“

„Aha." Margerite war einen Moment geschmeichelt. „Wie nett gesagt."

„Entschuldige, Mutter, aber Mr. Stanislaski und ich müssen ein geschäftliches Gespräch führen."

„Natürlich, mein Kind." Margerite ging zu ihrer Tochter und küsste sie andeutungsweise auf die Wange. „Ich gehe schon. Vergiss bitte nicht, dass wir nächste Woche zum Mittagessen verabredet sind. Außerdem möchte ich dich daran erinnern ... Stanislaski", wiederholte sie plötzlich und wandte sich wieder an Mikhail. „Sie kommen mir irgendwie bekannt vor. Ja, natürlich!" Plötzlich legte sie eine Hand auf ihre Brust. „Etwa Mikhail Stanislaski?"

„Ja. Sind wir uns schon einmal begegnet?"

„Nein, das nicht. Aber ich sah ein Foto von Ihnen in ‚Art/World'. Ich betrachte mich als eine Förderin der schönen Künste." Strahlend ging sie um den Schreibtisch herum und ergriff zu Sydneys Erstaunen Mikhails Hände. „Ihre Arbeiten sind fantastisch, Mr. Stanislaski. Wirklich fantastisch. Ich habe auf Ihrer letzten Ausstellung zwei kleine Figuren gekauft und kann Ihnen gar nicht sagen, wie sehr ich mich freue, Sie persönlich kennenzulernen."

„Sie schmeicheln mir."

„Durchaus nicht", erklärte Margerite nachdrücklich. „Sie gelten schon jetzt als einer der Spitzenkünstler der Neunzigerjahre. Und du hast etwas bei ihm bestellt." Sie strahlte die sprachlose Sydney an. „Eine brillante Idee, Liebling."

„Ehrlich gesagt, ich ..."

„Ich freue mich außerordentlich über die Zusammenarbeit mit Ihrer Tochter", unterbrach Mikhail sie.

„Das ist wunderbar." Margerite drückte erneut seine Hände. „Sie müssen unbedingt zu der kleinen Dinnerparty kommen, die ich Freitag in Long Island gebe. Bitte, sagen Sie jetzt nicht, Sie hätten an diesem Abend schon etwas anderes vor." Sie warf ihm einen eindringlichen Blick zu. „Ich wäre untröstlich."

„Ich brächte es nicht übers Herz, eine schöne Frau zu enttäuschen."

„Das freut mich. Sydney wird Sie mitbringen. Acht Uhr. Und jetzt muss ich mich beeilen." Sie betastete ihr Haar, winkte ihrer Tochter geistesabwesend zu und lief in dem Augenblick hinaus, als Janine mit einem Glas Saft hereinkam.

Mikhail nahm der Sekretärin das Glas dankend ab und setzte sich wieder. „Sie fragten wegen der Fenster", begann er.

Langsam öffnete Sydney die Hände, die sie unter dem Schreibtisch zu Fäusten geballt hatte. „Sie sagten, Sie wären Tischler."

„Das bin ich manchmal auch." Er trank einen großen Schluck. „Aber manchmal schnitze ich das Holz, anstatt es zu verbauen."

Falls er erreichen wollte, dass sie sich furchtbar dumm vorkam – und Sydney hatte das unbestimmte Gefühl, dass er diese Absicht besaß –, gelang es ihm bestens. „Ich war die beiden letzten Jahre in Europa und bin nicht mehr ganz auf dem Laufenden, was die amerikanische Kunstszene betrifft", erklärte sie.

„Sie brauchen sich nicht zu entschuldigen", versicherte er ihr vergnügt.

„Das tue ich gar nicht." Sydney musste sich zwingen, die Ruhe zu bewahren und nicht aufzustehen und seine Kostenvoranschläge zu zerreißen. „Aber ich möchte wissen, was für ein Spiel Sie mit mir treiben, Mr. Stanislaski."

„Sie haben mir eine Arbeit angeboten, an der mir einiges liegt. Deshalb habe ich sie angenommen."

„Sie haben gelogen."

„Wieso?" Er hob eine Hand. „Ich besitze einen Gewerbeschein und verdiene meinen Lebensunterhalt, seit ich sechzehn bin, auf dem Bau. Was für einen Unterschied macht es für Sie, dass die Leute auch meine Skulpturen kaufen?"

„Keinen." Sydney nahm die Kostenvoranschläge wieder auf. Wahrscheinlich stellte er hässliche, primitive Figuren her. Für einen Künstler war der Mann entschieden zu grob und besaß viel zu schlechte Manieren. Wichtig war nur, dass er etwas von der Arbeit verstand, die sie ihm übertragen wollte.

Andererseits konnte sie es nicht leiden, wenn man sie hinters Licht führte. Um sich an ihm zu rächen, ging sie einen Punkt der Kostenvoranschläge nach dem anderen mit ihm durch und vergeudete mehr als eine Stunde Zeit dafür.

„Das wär's." Sie schob ihre sorgfältigen Aufzeichnungen beiseite. „Der Vertrag wird Freitag zur Unterschrift bereitliegen."

„Schön." Er stand auf. „Sie können ihn ja mitbringen, wenn Sie mich abholen. Sagen wir um sieben Uhr."

„Wie bitte?"

„Sie wissen doch – das Abendessen." Er beugte sich vor, und einen Moment fürchtete sie, er wolle sie küssen. Aber er nahm nur ihren Jackenaufschlag zwischen Daumen und Zeigefinger. „Sie müssen etwas Farbigeres tragen."

Sie schob ihren Sessel zurück und stand ebenfalls auf. „Ich habe nicht die Absicht, Sie zu meiner Mutter zu fahren."

„Sie haben Angst, mit mir allein zu sein", stellte Mikhail nicht ohne Befriedigung fest.

Trotzig schob sie ihr Kinn vor. „Bestimmt nicht."

„Weshalb sollten Sie es sonst nicht wollen?" Ohne sie aus den Augen zu lassen, ging er um den Schreibtisch herum und stellte sich vor sie. „Eine Frau wie Sie ist nicht grundlos unhöflich."

Sydney stockte der Atem, und sie stieß die Luft kräftig aus. „Ein Grund wäre zum Beispiel, dass ich Sie nicht leiden kann."

Lächelnd spielte er mit den Perlknöpfen am Stehkragen ihrer Bluse. „Das glaube ich kaum. Ihnen wurde gewiss schon als Kind beigebracht, Leuten gegenüber, die Sie nicht leiden können, zumindest höflich zu sein."

„Lassen Sie mich sofort los."

„Ich sorge nur dafür, dass Sie etwas Farbe auf die Wangen bekommen." Lächelnd ließ er die Perlen aus den Fingern gleiten. Sicher fühlte sich Sydneys Haut genauso glatt und kühl an. „Hören Sie, Sydney, was wollen Sie Ihrer charmanten Mutter sagen, wenn Sie ohne mich bei dem Essen auftauchen? Wie wollen Sie ihr Ihre Weigerung erklären, mich am Freitag mitzubringen?" Er sah es ihren Augen an, dass sie einen inneren Kampf zwischen ihrem Stolz, ihren guten Manieren und ihrer maßlosen Wut auf ihn austrug, und lachte erneut. „Sie sind eine Gefangene Ihrer eigenen Herkunft", murmelte er. „Gut, dass ich diese Sorge nicht kenne."

„Zweifellos nicht", zischte Sydney.

„Also dann bis Freitag", sagte er und strich ihr zu ihrer großen Verärgerung mit dem Finger über die Wange. „Sieben Uhr."

„Mr. Stanislaski", rief sie leise, als er schon an der Tür war. „Ziehen Sie nach Möglichkeit etwas ohne Löcher an", fügte sie so hochmütig wie möglich hinzu.

Sie hörte, wie er draußen auf dem Flur lachte. Wäre ich nicht so gut erzogen, würde ich jetzt etwas an die Tür schmettern, dachte sie.

Sydney zog absichtlich ein schwarzes Kleid an. Auf keinen Fall wollte sie Mikhail die Genugtuung geben und etwas Farbiges tragen. Außerdem war das schlichte schmale Kleid ebenso modisch wie korrekt und dem Anlass angemessen.

Allerdings ließ sie ihr Haar heute Abend locker auf die Schultern fallen – aber nur, weil sie es leid war, immer dieselbe strenge Frisur zu tragen. Wie stets gab sie sich große Mühe mit ihrem Aussehen und stellte befriedigt fest, dass sie zurückhaltende Eleganz ausstrahlte.

Sie hörte Musik durch Mikhails Wohnungstür und wunderte sich, dass es sich um die leidenschaftlichen Klänge aus der Oper „Carmen“ handelte. Sie klopfte lauter und wollte schon rufen, da flog die Tür auf, und die blonde junge Frau, die sie bei ihrem ersten Besuch kennen gelernt hatte, stand in einem winzigen T-Shirt und noch knapperen Shorts vor ihr.

„Tag.“ Keely zerkaute ein Eisstück und schluckte es hinunter. „Ich hole mir gerade etwas Eis von Mik, denn mein Kühlschrank streikt mal wieder.“ Sie lächelte unsicher. „Ich bin schon weg.“ Bevor Sydney antworten konnte, lief Keely wieder hinein und ergriff einen Eisbehälter. „Mik, deine Verabredung ist da.“

Sydney zuckte bei dem Wort „Verabredung“ unwillkürlich zusammen. „Sie brauchen nicht sofort zu gehen …“

„Drei sind einer zu viel“, erklärte Keely und eilte lächelnd an ihr vorüber.

„Hast du mich gerufen?“ Mikhail trat auf die Schlafzimmerschwelle. Er trug nur ein schmales Handtuch um die Hüften und trocknete sich mit einem zweiten das Haar. Als er Sydney entdeckte, blieb er stehen. Seine Augen funkelten seltsam, während er den Blick über ihr schlichtes elegantes Kleid gleiten ließ. Endlich lächelte er. „Ich habe mich etwas verspätet.“

Zum Glück gelang es Sydney, ihre Verblüffung zu verbergen. Mikhail besaß einen schlanken, äußerst muskulösen Körper. Winzige Wassertropfen glitzerten darauf. Das Handtuch hing gefährlich tief auf seinen Hüften. Fasziniert beobachtete sie einen Tropfen, der über seine Brust und seinen Bauch hinabrann und unter dem Frottiertuch verschwand.

Die ohnehin schon hohe Temperatur im Raum schien um mehrere Grade zu steigen.

„Oh, Sie sind noch nicht …" Sie wartete einen Moment, bis sie wieder zusammenhängend reden konnte. „Wir hatten sieben Uhr gesagt."

„Ich hatte noch zu tun." Mikhail zuckte mit den Schultern, und das Handtuch bewegte sich. Sydney schluckte unwillkürlich. „Es dauert nicht lange. Nehmen Sie sich inzwischen etwas zu trinken." Ein verdächtiges Lächeln umspielte seine Lippen. Er hätte blind sein müssen, um ihre Reaktion nicht zu bemerken – und nicht hingerissen davon zu sein. „Sie sehen aus … als wäre Ihnen sehr warm, Sydney." Er trat einen Schritt vor und stellte befriedigt fest, dass sie die Augen aufriss und ihre Lippen zu zittern begannen. Ohne den Blick von ihr zu wenden, schaltete er einen kleinen Ventilator an. „Das wird Ihnen Erleichterung verschaffen", sagte er leise.

Sie nickte. Der Ventilator kühlte tatsächlich, trug aber gleichzeitig den Duft seiner Haut und seines Rasierwassers weiter in den Raum. Sie bemerkte den wissenden Ausdruck in seinen Augen und riss sich zusammen. „Hier ist Ihr Vertrag", erklärte sie und legte die Akte auf den Tisch.

Er sah das Papier kaum an. „Ich werde ihn später unterschreiben."

„In Ordnung. Sie sollten sich wirklich anziehen." Sie schluckte erneut, denn er lächelte wissend. „Wir kommen sonst zu spät."

„Ja, ein bisschen. Im Kühlschrank ist was zu trinken", fügte er hinzu, während er ins Schlafzimmer zurückkehrte. „Fühlen Sie sich wie zu Hause."

Langsam gewann Sydney die Fassung zurück. Ein Mann, der in einem Handtuch so gut aussieht, müsste eingesperrt werden, dachte sie und begann sich im Zimmer umzusehen.

Bei ihrem vorigen Besuch war sie zu erschöpft dafür gewesen. Und zu sehr mit anderen Dingen beschäftigt, gab sie stirnrunzelnd zu. Jemandem wie Mikhail gelang es mühelos, eine Frau von der Umgebung abzulenken. Jetzt bemerkte sie die kleinen und großen Holzblöcke, das Werkzeug und die Gläser mit den Pinseln. Ein langer Arbeitstisch stand unter dem Fenster. Sie schlenderte hinüber und sah, dass er mehrere Skulpturen in Arbeit hatte.

Vorsichtig strich sie mit den Fingern über ein stark gemasertes, von zahlreichen Furchen durchzogenes Stück Kirschbaumholz. Grob und primitiv, wie ich es mir gedacht habe, stellte sie fest. Offensichtlich gehörte er zu jenen raffinierten jungen Männern, denen es gelingt, für einige Zeit Eindruck auf die kapriziöse Kunstwelt zu machen.

Dann drehte sie sich herum und entdeckte die Regale. Sie waren voll von seinen Arbeiten: hohe schlanke, wunderbar geformte Holzsäulen, ein Frauenkopf mit langem, fließendem Haar, ein fröhlich lachendes Kind, Liebende, die sich zu einem ersten tastenden Kuss umarmten. Sydney war hingerissen. Mikhails Arbeiten reichten von kleinen charmanten Figuren bis zu leidenschaftlichen Darstellungen, von überaus zarten Skulpturen bis zu ausgesprochenen kühnen Werken.

Verzückt hockte sie sich hin, um einen näheren Blick auf die Werke im unteren Regal zu werfen. Wie war es möglich, dass ein Mann mit so groben Manieren und einer so unverschämten Arroganz ein derartiges Feingefühl und Einfühlungsvermögen besaß, um diese anmutigen Dinge aus einem Holzblock zu schaffen? Sie nahm eine der Miniaturen, um sie genauer zu betrachten.

„Gefällt sie Ihnen?“

Sie zuckte zusammen. Rasch richtete sie sich auf. „Ja … Entschuldigen Sie bitte.“

„Sie brauchen sich doch nicht zu entschuldigen, wenn Ihnen etwas gefällt.“ Mikhail stützte sich mit einer Hüfte an den Arbeitstisch. Er trug inzwischen eine weizenfarbene lange Hose und hatte das Haar zurückgekämmt. Es lockte sich beinahe bis auf seine Schultern.

Immer noch verlegen, stellte Sydney die Miniatur auf das Regal zurück. „Ich wollte mich dafür entschuldigen, dass ich die Arbeit angefasst habe.“

Seine Mundwinkel zuckten. Es war faszinierend, dass sie von einer Sekunde zur anderen von sichtbarer Freude zu kühler Höflichkeit wechseln konnte. „Immer noch besser, berührt zu werden, als nur bewundert abseits zu stehen. Meinen Sie nicht auch?“

Die Anspielung in seinen Worten und in seinem Blick war unmissverständlich. „Das kommt darauf an.“

Als sie an ihm vorübergehen wollte, richtete er sich auf und blieb vor ihr stehen. „Worauf?"

Dieses Mal zuckte sie nicht einmal zusammen. Sie war es schließlich gewöhnt, Haltung zu bewahren. „Ob man angefasst werden möchte."

Er lächelte vielsagend. „Ich dachte, wir sprächen von den Skulpturen."

Eins zu null für ihn, dachte Sydney. „Ja, das tun wir auch. Aber jetzt wird es tatsächlich spät. Wenn Sie sich bitte fertig machen würden, Mr. Stanislaski ..."

„Mikhail." Er hob die Hand und tippte lässig an den Saphirtropfen an ihrem Ohr. „Das ist einfacher." Bevor sie etwas antworten konnte, sah er sie wieder fest an. Sie war so verwirrt, dass sie nicht sicher war, ob sie ihren Namen noch wusste. „Sie sind wie ein englischer Garten zur Teezeit", murmelte er. „Sehr kühl und sehr verlockend. Nur leider ein bisschen zu förmlich."

Es ist hier viel zu heiß und viel zu eng, dachte sie und bekam kaum noch Luft. Mit Mikhail hatte das nichts zu tun, das durfte es nicht. „Sie sind mir im Weg", erklärte sie heiser.

„Ich weiß." Aus Gründen, die er nicht recht deuten konnte, rührte er sich nicht von der Stelle. „Sie sind es doch gewöhnt, die Leute einfach beiseite zu schieben."

„Was hat das denn damit zu tun?"

„Es war nur eine Feststellung", antwortete er und spielte mit ihren Haarspitzen. Sydneys Haar war von einer schönen satten Farbe, und er freute sich, dass sie es heute offen trug. „Künstler beobachten intensiv. Nicht alle Menschen schieben die anderen gleich beiseite." Es machte ihm nichts aus, dass sie zurückwich, als er ihr Kinn fasste. Ihre Haut war tatsächlich ebenso glatt wie die blanken Perlenknöpfe an ihrer Bluse. „Beinahe vollkommen", stellte er fest. „Und das ist besser als absolut vollkommen."

„Ich verstehe nicht ganz."

„Ihre Augen sind zu groß, und Ihr Mund ist eine Spur breiter, als er sein sollte."

Gekränkt schlug sie seine Hand fort. Sie war verlegen, und sie ärgerte sich, dass sie ein Kompliment erwartet hatte. „Meine Augen und mein Mund gehen Sie nichts an."

„Oh doch", verbesserte er sie. „Denn ich werde Ihr Gesicht schnitzen."

Sie runzelte die Stirn, und eine feine Falte bildete sich zwischen ihren Brauen. „Was werden Sie tun?"

„Ich werde Ihr Gesicht schnitzen. Wahrscheinlich in Rosenholz. Und zwar so, wie Sie das Haar jetzt tragen."

Erneut schob sie seine Hand fort. „Falls ich Ihnen dazu Modell sitzen muss, nehmen Sie bitte zur Kenntnis, dass ich nicht interessiert bin."

„Das macht nichts. Ich bin daran interessiert." Er nahm ihren Arm und führte sie zur Tür.

„Falls Sie sich einbilden, dass ich jetzt geschmeichelt bin ..."

„Weshalb sollten Sie?" Er öffnete die Tür und betrachtete sie aufmerksam. „Sie haben das Gesicht bei Ihrer Geburt mitbekommen und es sich nicht verdient. Geschmeichelt könnten Sie sein, wenn ich Ihnen versicherte, dass Sie gut singen, tanzen – oder küssen." Er schob sie hinaus und verschloss die Tür. „Können Sie es?", fragte er beiläufig.

„Ob ich was kann?", fuhr sie ihn verärgert an.

„Gut küssen."

Hochmütig zog Sydney die Augenbrauen in die Höhe. „Sollten Sie es eines Tages herausfinden, dürfen Sie sich etwas darauf einbilden."

Entschlossen lief sie vor ihm den Flur hinab. Mikhail hatte sie kaum berührt, das hätte sie schwören können. Trotzdem hielt er sie wenige Sekunden später zwischen seinen Armen an der Wand gefangen und stützte die Hände zu beiden Seiten ihres Kopfes ab.

Vor Schreck und aufkeimender Angst bekam sie keinen Ton heraus.

Er wusste, dass er sich abscheulich benahm, und er genoss es. Seine Lippen waren nur wenige Zentimeter vor ihren entfernt, und er merkte, wie Hitze in ihm aufstieg. Nun, damit würde er fertig werden. Auch mit ihr. Er spürte ihren Atem und lächelte.

„Ich glaube, Sie müssen noch lernen, wie man gut küsst", stellte er ruhig fest. „Sie haben den passenden Mund dazu." Sein Blick glitt tiefer. „Aber ein Mann müsste sich bei Ihnen Zeit lassen, bis sich Ihr Blut erhitzt. Schade, dass ich kein geduldiger Mann bin."

Er war so nahe, dass er das Aufblitzen in ihren Augen bemerkte.

Dann wurde ihr Blick eiskalt. „Und ich glaube", fiel sie in seinen Ton ein, „dass Sie bereits sehr gut küssen. Aber eine Frau müsste bei Ihnen ziemlich nachsichtig sein und sich mit Ihrer Selbstgefälligkeit abfinden. Zum Glück bin ich keine nachsichtige Frau."

Es wäre ein Leichtes für ihn gewesen, beide Bemerkungen sofort zu überprüfen. Aber plötzlich glitt ein Lächeln über sein Gesicht. Er verzog den Mund, und seine Augen leuchteten. Ja, er würde mit ihr fertig werden, dessen war er gewiss.

„Ein Mann kann Geduld lernen und eine Frau zur Nachsicht bringen."

Sydney lehnte fest an der Wand – nicht wie jemand, der in die Enge getrieben worden war, sondern wie jemand, der bereit war zum Sprung, bereit, zu fauchen und um sich zu schlagen.

Mikhail trat zurück und fasste ihren Ellbogen. „Wir sollten lieber gehen."

„Ja." Sie war nicht sicher, ob sie erleichtert oder enttäuscht war. Gemeinsam mit ihm ging sie in Richtung Treppe.

3. KAPITEL

Margerite wusste, welches Risiko sie einging, wenn sie einen aufstrebenden, geheimnisvollen Künstler wie Mikhail Stanislaski zu ihrer Dinnerparty einlud. Wie ein General vor der Schlacht inspizierte sie die Blumengestecke, die Küche, das Esszimmer und die Terrassen. Margerite war äußerst zufrieden.

Weniger gefiel ihr, dass ihre Tochter mit dem wichtigsten Gast noch nicht da war.

Strahlend mischte sie sich in einem fließenden kornblumenblauen Kleid unter ihre Gäste. Eine gute Auswahl von Politikern, Theaterleuten und reichen Müßiggängern war erschienen. Doch der ukrainische Künstler war das Tüpfelchen auf dem I, und sie freute sich schrecklich darauf, ihn vorzuführen.

Sobald sie Mikhail bemerkte, eilte Margerite auf ihn zu. „Mr. Stanislaski, wie schön, dass Sie gekommen sind." Sie warf ihrer Tochter einen strafenden Blick zu und strahlte Mikhail an.

„Nennen Sie mich bitte Mikhail." Er kannte das Spiel und machte bereitwillig mit. Deshalb führte er Margerites Hand an die Lippen und verhielt einen Moment darüber. „Bitte vergeben Sie mir, dass wir zu spät kommen. Ich habe Ihre Tochter aufgehalten."

„Ach ..." Margerite legte die Hand besitzergreifend auf seinen Arm. „Eine kluge Frau wartet gern, wenn es sich um den richtigen Mann handelt."

„Sie verzeihen mir also?"

„Absolut." Verstohlen drückte sie seinen Arm. „Dieses Mal zumindest. Und jetzt möchte ich Sie den anderen Gästen vorstellen." Sie hakte sich bei ihm ein und sah ihre Tochter zerstreut an. „Misch dich unter die Gäste, Sydney."

Er lächelte Sydney über die Schulter belustigt zu und ließ sich von Margerite davonführen.

Mikhail unterhielt sich charmant und liebenswürdig und passte sich der Crème de la crème der New Yorker Gesellschaft ebenso mühelos an wie der Arbeiterwelt von Soho oder den Einwanderern in der Nachbarschaft seiner Eltern in Brooklyn. Niemand ahnte, dass er wesentlich lieber ein Bier mit seinen Freunden oder eine Tasse Kaffee am Küchentisch seiner Mutter zu sich genommen hätte.

Schluckweise trank er seinen Champagner, bewunderte pflichtgemäß das Haus mit seinen kühlen weißen Wänden und den deckenhohen Fenstern und beglückwünschte Margerite zu ihrer Kunstsammlung.

Doch während er plauderte, trank und lächelte, ließ er Sydney nicht aus den Augen.

Seltsam, dachte er. Diese auffällige Eleganz in der Abgeschiedenheit von Long Island müsste eigentlich genau der richtige Rahmen für sie sein. Trotzdem passt sie nicht ganz hierher. Gewiss, sie lächelte reizend und bewegte sich genauso sicher wie ihre Mutter. Ihr schlichtes schwarzes Kleid wirkt ebenso exklusiv wie die farbigeren in diesem Raum. Und ihre Saphire funkelten so heftig wie die Diamanten und Smaragde der übrigen Frauen.

Es liegt an ihren Augen, erkannte er plötzlich. Sie strahlen nicht, sondern blicken ungeduldig drein. Als dächte sie: Bringen wir es hinter uns, damit ich anschließend etwas Wichtigeres tun kann.

Damit werde ich sie auf dem langen Rückweg nach Manhattan aufziehen, nahm Mikhail sich vor und lächelte breit. Das Lachen verging ihm allerdings, als er einen großen blonden Mann mit breiten Schultern in einem Seidensmoking bemerkte, der Sydney auf den Mund küsste.

Sydney sah in die hellblauen Augen unter den goldblonden Brauen und lächelte Channing zur Begrüßung an. „Hallo."

Er reichte ihr ein neues Glas Champagner. „Na, das ist aber eine Überraschung. Wie hat Margerite das denn geschafft?"

„Ich verstehe nicht ganz."

„Dich aus dem Büro zu zerren." Er besaß den Charme eines Liebesromanhelden, und Sydney ging instinktiv auf seinen Ton ein.

„Ganz so dramatisch war es nicht. Ich hatte einfach nur viel zu tun."

„Das sagtest du. Übrigens hast du neulich ein tolles Polospiel verpasst." Er betrachtete sie anerkennend, aber nicht anders als ein geschmackvolles Zubehör für seine Wohnung. Ohne an ihrer Einwilligung zu zweifeln, nahm er ihren Arm und führte sie ins Esszimmer. „Sag mal, Liebling, wie lange willst du eigentlich noch die Karrierefrau spielen? Mach doch einmal eine Pause. Ich fahre über das Wochenende in die Hamptons und würde mich freuen, wenn du mitkämest."

Channing glaubte, dass sie ihn nur hinhielt. Alle nahmen das an. „Ich fürchte, ich kann im Moment nicht fort", antwortete sie. Sie nahm neben ihm an dem langen Glastisch in dem luftigen Esszimmer Platz. Die Vorhänge waren zurückgezogen, sodass der Garten mit seinen unzähligen pastellfarbenen Frührosen, den späten Tulpen und den nickenden Akeleien bis ins Innere zu wachsen schien.

Sydney wünschte, sie würden draußen essen, damit sie zwischen den Blüten sitzen und die frische Seeluft genießen konnte.

„Ich hoffe, du nimmst es mir nicht übel, wenn ich dir einen kleinen Rat geben möchte", begann Channing erneut.

Um sie herum unterhielten sich die Gäste lebhaft. Gläser klirrten, und der erste Gang, delikat gefüllte Champignons, wurde serviert. Sie hatte das Gefühl, in eine Zelle eingesperrt worden zu sein. „Natürlich nicht, Channing."

„Entweder beherrschst du dein Geschäft, oder das Geschäft beherrscht dich."

„Hm." Channing hatte die Angewohnheit, seinen Rat in Bildern auszudrücken.

„Lass es dir von einem erfahrenen Bankier gesagt sein."

Sie lächelte versonnen, und ihre Gedanken schweiften ab.

„Es gefällt mir nicht, dass du unter der Verantwortung beinahe zusammenbrichst", fuhr er fort. „Schließlich wissen wir alle, dass du eine Anfängerin in dem mörderischen Immobiliengeschäft bist." Seine Manschettenknöpfe mit dem Monogramm blitzten, während er die Hand auf ihre legte. „Es ist völlig normal, dass du dir in deiner anfänglichen Begeisterung mehr zumutest, als gut für dich ist. Darin stimmst du mir sicher zu."

„Ehrlich gesagt, mir macht die Arbeit Spaß, Channing."

„Im Augenblick noch", antwortete er derart väterlich, dass sie ihn am liebsten mit der Salatgabel gestochen hätte. „Aber wenn der Alltag einkehrt, könntest du leicht überrannt werden. Du musst die Verantwortung delegieren, Sydney. Übergib sie jemandem, der sich auskennt."

Sie richtete sich hoch auf. „Mein Großvater hat mir die Firma nicht ohne Grund anvertraut."

„Ältere Menschen werden häufig sentimental. Allerdings glaube ich kaum, dass der alte Hayward erwartete, du würdest deine Aufgabe derart ernst nehmen." Besorgt verzog er den Mund. „Seit Wochen hast du kaum noch eine Einladung angenommen. Alle reden schon darüber."

„Wirklich?" Sydney zwang sich zu einem Lächeln. Wenn er ihr noch weitere Ratschläge gab, würde sie garantiert ihr Wasserglas auf seinem Schoß verschütten. „Willst du mir nicht lieber von dem Spiel erzählen?"

Mikhail saß am anderen Ende des Tisches zwischen Margerite und Mrs. Anthony Lowell aus der angesehenen Bostoner Familie der Lowells und beobachtete Sydney. Ihm gefiel nicht, wie der gut aussehende junge Mann und sie den Kopf zusammensteckten. Nein, beim besten Willen nicht. Der Mann berührte sie unablässig, ihre Hände, ihre Schultern – ihre bloßen Schultern. Und sie lächelte und nickte dazu, als wäre sie geradezu fasziniert von seinen Worten.

Offensichtlich hatte die Eisprinzessin nichts dagegen, betatscht zu werden, wenn die Hände, die es taten, genauso blütenweiß waren wie ihre.

Leise schimpfte er vor sich hin.

„Sagten Sie etwas, Mikhail?"

Mühsam wandte er seine Aufmerksamkeit wieder Margerite zu. „Nein, ich habe nichts gesagt. Der Fasan schmeckt ausgezeichnet."

„Danke. Darf ich Sie fragen, was für eine Figur Sydney bei Ihnen bestellt hat?"

Er warf einen düsteren Blick zum anderen Ende des Tisches und antwortete: „Ich arbeite an dem Gebäude in Soho mit."

„Aha." Margerite hatte keine Ahnung, was der Firma Hayward in Soho gehörte. „Ist es etwas für innen oder für außen?"

„Beides. Wer ist der Mann neben Sydney? Ich glaube, er wurde mir noch nicht vorgestellt."

„Oh, das ist Channing. Channing Warfield. Die Warfields sind alte Freunde unserer Familie." Verschwörerisch beugte sich Margerite zu ihm. „Im Vertrauen gesagt: Wilhelmina Warfield und ich hoffen, dass sich die beiden im Sommer verloben. Sie sind solch ein hübsches Paar und passen so gut zusammen. Und nachdem Sydneys erste Ehe schon eine ganze Weile zurückliegt …"

„Ihre erste Ehe?“ Mikhail traute seinen Ohren kaum. „Sydney war schon einmal verheiratet?“

„Ja. Aber Peter und sie waren noch zu jung und ungestüm“, erzählte Margerite. Dass die Ehe der beiden unter dem Druck ihrer Familien zustande gekommen war, verschwieg sie geflissentlich. „Sydney und Channing dagegen sind erwachsene, verantwortungsbewusste Menschen. Wir hoffen, dass sie im nächsten Frühjahr heiraten werden.“

Mikhail nahm sein Weinglas auf. Er spürte ein seltsames Kratzen im Hals. „Was macht dieser Channing Warfield?“

„Was er macht?“, fragte Margerite verwirrt. „Die Warfields sind Bankiers. Ich nehme an, Channing tut, was in einer Bank zu tun ist. Er ist ein fantastischer Polospieler.“

„Ein Polospieler“, wiederholte Mikhail derart düster, dass Helena Lowell sich an ihrem Fasan verschluckte. Hilfsbereit klopfte Mikhail ihr auf den Rücken und reichte ihr das Wasserglas.

„Sie sind Russe, nicht wahr, Mr. Stanislaski?“, fragte Helena. Bilder von wilden Kosaken gingen ihr durch den Kopf.

„Ich wurde in der Ukraine geboren.“

„Richtig, in der Ukraine. Ich habe irgendwo gelesen, dass Sie als kleines Kind mit Ihrer Familie über die Grenze geflohen sind.“

„Wir entkamen mit einem Fuhrwerk über die Berge nach Ungarn, reisten weiter nach Österreich und ließen uns schließlich in New York nieder.“

„Mit einem Fuhrwerk“, seufzte Margerite. „Wie romantisch.“

Er erinnerte sich noch genau an die Kälte, die Angst und den Hunger. Unter Romantik verstand er etwas anderes. Aber er zuckte nur mit den Schultern.

Eine Stunde später standen die Gäste vom Tisch auf und gingen hinaus auf die luftigen Terrassen und in den mondbeschienenen Garten. Margerite umschwirrte ihren Ehrengast wie ein Schmetterling. Sie flirtete offen mit ihm, aber Mikhail machte es nichts aus. Sie war eine hübsche, lebhafte Frau, harmlos und sogar recht unterhaltsam. Als sie vorschlug, ihm den Dachgarten zu zeigen, nahm er ihr Angebot bereitwillig an.

Nach dem unablässigen Gerede draußen war es hier wohltuend ruhig. Eine leichte Brise wehte vom Meer. Mikhail erkannte das Wasser, den leicht geschwungenen Strand und die heitere Eleganz der anderen Villen mit ihren Gärten hinter den Mauern.

Und er sah Sydney, die sich bei Channing eingehakt hatte und mit ihm zu einer schattigen Ecke der Terrasse schlenderte.

„Mein dritter Ehemann baute dieses Haus", erzählte Margerite. „Er ist Architekt. Als wir uns scheiden ließen, hatte ich die Wahl zwischen dem Haus und einer kleinen Villa in Nizza. Da ich zahlreiche Freunde in dieser Gegend habe, entschied ich mich natürlich hierfür." Sie lehnte sich graziös an die Brüstung. „Ich liebe dieses Haus. Bei meinen Partys verteilen sich die Gäste über alle Stockwerke, sodass es nie zu voll wird. Vielleicht haben Sie Lust, uns im Sommer einmal über das Wochenende zu besuchen?"

„Vielleicht", antwortete er zerstreut und beobachtete Sydney weiter. Im Mondschein glänzte ihr Haar beinahe mahagonifarben.

Margerite bewegte sich ein wenig, sodass sich ihre Schenkel berührten. Er wusste nicht, ob er überrascht oder eher belustigt sein sollte. Um den Stolz seiner Gastgeberin nicht zu verletzen, wandte er sich lächelnd ab.

„Sie haben ein entzückendes Haus. Es passt sehr gut zu Ihnen."

„Ich würde gern einmal Ihr Atelier sehen." Die Einladung in Margerites Blick war unübersehbar.

„Ich fürchte, Sie fänden es furchtbar stickig und voll und würden sich schrecklich langweilen."

„Niemals." Lächelnd strich sie mit einer Fingerspitze über seinen Handrücken. „Ich bin sicher, dass mich nichts an Ihnen langweilt."

Du liebe Güte, die Frau war alt genug, um seine Mutter zu sein! Und sie machte sich an ihn heran wie eine geheimnisvolle Jungfrau, die bereit war, ihre Unschuld zu verlieren. Er nahm ihre Hand. „Margerite, Sie sind sehr charmant. Und ich bin …" Er küsste ihre Fingerspitzen. „Ich bin völlig unpassend für Sie."

Zärtlich strich sie mit dem Finger über seine Wange. „Sie unterschätzen sich, Mikhail."

Nein, gewiss nicht, dachte er. Aber er merkte, dass er Margerite erheblich unterschätzt hatte.

Unten auf der Terrasse versuchte Sydney inzwischen, Channing auf taktvolle Weise loszuwerden. Er war aufmerksam, respektvoll und besorgt – und langweilte sie entsetzlich.

Es musste an ihr liegen, dessen war sie gewiss. Jede Frau, die ihre Sinne einigermaßen beisammen hatte, würde wie Wachs schmelzen, wenn ein Mann wie Channing ihr seine Aufmerksamkeit schenkte. Die Luft unter den dichten Laubbäumen roch nach Meer, und die Brise ließ die Blätter romantisch rascheln. Channing erzählte von Paris und streichelte ihr zärtlich den nackten Rücken.

Doch Sydney wünschte, sie wäre zu Hause und könnte sich mit dem dicken Quartalsbericht beschäftigen. Endlich holte sie tief Luft und drehte sich zu ihm. Sie musste Channing offen und ehrlich sagen, dass er sich eine andere Begleiterin suchen solle.

In diesem Augenblick entdeckte sie Mikhail auf dem Dach, der gerade Margerites Hand an die Lippen führte.

Dieser ...! Leider fiel ihr kein hässliches Wort ein, das sie ihm hätte zurufen können. Schleimer war viel zu harmlos, Gigolo war zu glatt. Machte der Kerl sich an ihre Mutter heran! An ihre Mutter! Dabei hatte er noch vor wenigen Stunden ...

Unsinn, sagte sie sich und verdrängte das Bild von der Szene auf dem Flur in Soho. Er hatte sich nur aufgespielt, mehr war es nicht gewesen.

Und sie hätte ihm am liebsten den Hals umgedreht.

Sie sah, wie Mikhail sich lachend von ihrer Mutter zurückzog und zu ihr hinabblickte.

Wütend fuhr sie zu Channing herum, der heftig erschrak. „Küss mich“, forderte sie ihn auf.

„Weshalb, Sydney?“

„Ich sagte: Küss mich.“ Sie packte sein Smokingrevers und warf sich an seine Brust.

„Aber gern, Liebling.“ Erfreut, dass sie endlich anderen Sinnes geworden war, fasste er ihre Schultern und beugte sich zu ihr.

Seine Lippen waren weich und warm. Channing presste sie auf ihren Mund und streichelte gleichzeitig ihren Rücken. Er schmeckte nach Pfefferminz, und ihr Körper passte gut mit seinem zusammen. Trotzdem empfand Sydney nichts als leere Wut. Plötzlich fröstelte sie vor Angst und Verzweiflung.

„Du weißt doch, dass ich dir nicht wehtun würde, Liebling“, flüsterte Channing.

Nein, das würde er nicht. Von Channing hatte sie nichts zu befürchten. Widerwillig ließ sie zu, dass er den Kuss vertiefte, und forderte sich selbst auf, endlich etwas zu fühlen und zu reagieren. Doch sie merkte schon, dass er aufgab, bevor er die Lippen von ihrem Mund löste.

„Ich weiß nicht, woran es liegt, Sydney", begann er und strich sein Revers glatt. „Es war, als hätte ich meine Schwester geküsst", fügte er enttäuscht hinzu.

„Ich bin müde", antwortete sie. „Ich glaube, ich hole meine Sachen und fahre nach Hause."

Zwanzig Minuten später steuerte der Fahrer ihren Wagen in Richtung Manhattan. Sydney saß kerzengerade auf ihrer Seite der Rückbank, während Mikhail es sich in seiner Ecke bequem gemacht hatte. Beide schwiegen und unterhielten sich nicht einmal über jene Nichtigkeiten, die es immer zu sagen gab, wenn zwei Menschen dieselbe Veranstaltung besucht hatten.

Sydney war eiskalt vor Verachtung, und Mikhail kochte innerlich vor Wut.

Sie hat es nur getan, um mich zu ärgern, überlegte er. Sie hat sich von diesem Kerl im Seidensmoking küssen lassen, damit ich leide. Aber weshalb leide ich?, fragte er sich. Diese Frau bedeutet mir überhaupt nichts.

Nein, das stimmt nicht, verbesserte er sich stumm und starrte finster in die Dunkelheit. Das Problem war nur herauszufinden, was sie ihm bedeutete.

Dieser Mann besitzt offensichtlich keinerlei Anstand, keine Moral und kein Schamgefühl, dachte Sydney. Nachdem er sich derart schändlich benommen hat, sitzt er wie unschuldig da und rührt sich nicht. Stirnrunzelnd betrachtete sie ihr blasses Spiegelbild in der Fensterscheibe und versuchte auf die Klänge von Chopins Prélude aus der Stereoanlage zu lauschen.

Flirtete der Kerl offen mit einer Frau, die zwanzig Jahre älter war als er, und grinste anschließend höhnisch vom Dachgarten zu ihr hinunter.

Und sie hatte ihn mit der Renovierung des Apartmenthauses beauftragt. Oh, wie sie diesen Schritt bedauerte! In ihrer Entschlossenheit, unverzüglich das Notwendigste zu veranlassen, war sie so blind gewesen, einen sexbesessenen, unmoralischen ukrainischen Tischler zu beauftragen.

Nun, wenn er sich einbildete, mit ihrer Mutter seine Spielchen treiben zu können, irrte er sich gewaltig!

Sydney holte tief Luft, drehte sich zu Mikhail und sah ihn fest an. Er hatte das Gefühl, dass die Temperatur im Wagen um mindestens zehn Grad sank.

„Lassen Sie die Finger von meiner Mutter", erklärte Sydney drohend.

Er warf ihr einen vielsagenden Blick zu und schlug die Beine übereinander. „Wie soll ich das verstehen?"

„Sie haben mich genau verstanden, Mikhail. Wenn Sie glauben, dass ich ruhig zusehe, wie Sie sich an meine Mutter heranmachen, können Sie etwas erleben. Meine Mutter ist eine einsame, verletzliche Frau. Ihre letzte Scheidung hat sie sehr mitgenommen, und sie ist noch nicht darüber weg."

Er schimpfte kurz und heftig in seiner Muttersprache und schloss die Augen.

Wütend rutschte Sydney zu ihm hinüber und stieß ihn am Arm. „Was zum Teufel heißt das?"

„Möchten Sie eine Übersetzung? Die harmloseste wäre ‚So ein Quatsch'. Und jetzt halten Sie den Mund, ich möchte schlafen."

„Sie werden erst schlafen, nachdem Sie Folgendes zur Kenntnis genommen haben: Entweder lassen Sie Ihre derben Finger von meiner Mutter, oder ich verwandle das Gebäude, an dem Ihnen so viel liegt, in ein Parkhaus."

Mikhail öffnete die Augen wieder. Sie funkelten vor Wut, wie Sydney befriedigt feststellte. „So eine gewaltige Drohung aus dem Mund einer so zarten Frau", meinte er täuschend träge. Sie saß viel zu nahe, und sie machte ihn nervös. Der Duft ihres Parfüms verwirrte seine Sinne und verwandelte seine Verärgerung in ein erheblich elementareres Gefühl. „Konzentrieren Sie sich auf Ihren Kerl, und lassen Sie Ihre Mutter ein eigenes Leben führen."

„Auf welchen Kerl?"

„Auf den Bankier, der Ihnen den ganzen Abend nicht von den Fersen gewichen ist."

Sydney wurde dunkelrot. „Channing und mich verbindet nur Geschäftliches."

„Aha. Dann haben Sie Ihre Geschäfte, und ich habe meine. Und nun wollen wir mal sehen, was wir gemeinsam haben." Im nächsten Moment hatte er sie zu sich auf den Schoß gezogen. Verblüfft stemmte sie die Hände gegen seine Brust und versuchte sich von ihm loszumachen.

„Was fällt Ihnen ein?"

Sie war stocksteif, aber sie hatte etwas an sich ... Und sie passte unglaublich gut in seine Arme. Obwohl er sich selbst verwünschte, hielt er sie so fest, dass er ihre Brüste spürte, die sich unregelmäßig an seinem Oberkörper hoben und senkten, und ihren Atem roch, der nach Wein duftete.

Ich werde ihr jetzt eine Lektion erteilen, beschloss er grimmig, und sie wird sie lernen. „Ich werde Ihnen beibringen, wie man küsst", erklärte er. „Nach dem, was ich vom Dach aus sah, haben Sie eine ziemlich armselige Vorstellung mit dem Polospieler abgegeben."

Sydney hielt vor Schreck regungslos still. Sie würde sich nicht wie eine Wilde wehren und laut schreien, und ihm erst recht nicht das Gefühl geben, sie hätte Angst vor ihm.

„Sie eingebildeter Kerl!" Am liebsten hätte sie auf ihn eingeschlagen. Deshalb ballte sie die Hände und blickte ihn hochmütig an. „Sie können mir nichts beibringen."

„Nein?" Einen Moment fragte er sich, ob er sie nicht lieber erdrosseln sollte. „Das wollen wir mal sehen. Ihr Channing hat es so gemacht, nicht wahr?" Er streichelte ihre Schultern, und Sydney erschauerte unwillkürlich.

„Zittern ist gut. Es gibt dem Mann ein Gefühl von Macht. Ich kann mir nicht vorstellen, dass Sie bei Channing gezittert haben."

Sydney antwortete nicht, sondern fragte sich, ob Mikhail wusste, dass sich sein slawischer Akzent verstärkt hatte. Es klang exotisch, ja erotisch.

Er fürchtete, dass er keinen Ton mehr herausbekam, wenn sie ihn noch länger so ansah. „Ich tue es anders", murmelte er. „Und zwar so." Behutsam legte er die Hände an ihren Nacken und zog ihren Kopf an sich. Er merkte, dass sie die Luft anhielt und unwillkürlich erschauerte. Mit ihren großen blauen Augen sah sie ihn aufmerksam an. Obwohl er sie leidenschaftlich küssen wollte, lächelte er und streifte mit den Lippen ihr Kinn.

Instinktiv bog sie den Kopf zurück, damit er ihren schlanken, empfindsamen Hals besser erreichte.

Was macht er bloß mit mir? Sydney schwirrte der Kopf, sie konnte nicht mehr klar denken. Weshalb brachte er es nicht einfach hinter sich, sodass sie davonkam, ohne dass ihr Stolz Schaden nahm?

Am liebsten hätte sie ihm den Hals umgedreht. Andererseits es war köstlich – und wunderbar. Und entsetzlich gemein …

Sie duftet wie ein frischer Frühlingsmorgen, wenn der Tau noch auf dem grünen Gras und den ersten Blüten liegt, dachte Mikhail. Ihr Körper war immer noch stocksteif, doch sie hatte den Kopf ergeben zurückgebogen und zitterte ein wenig.

Wer war sie? Träge strich er mit den Lippen zu ihrem Ohr, um es herauszufinden.

Unzählige lustvolle Empfindungen prickelten auf ihrer Haut. Erschrocken wollte sie sich losmachen, doch er glitt mit den Händen zu ihrem Rücken und hielt sie fest. Er reizte und quälte sie, stillte ihr wachsendes Verlangen aber nicht.

Ja, sie wollte ihn. Die flackernde Hitze in ihrem Inneren nahm zu.

Sie sehnte sich nach ihm.

Die Hitze breitete sich in ihrem Körper aus, ging ihr durch Mark und Bein.

Sie brauchte ihn.

Ein heißer Schauer nach dem anderen durchrieselte sie, ihr wurde glühend heiß.

Da hielt es sie nicht mehr zurück.

Verzückt presste Sydney die Lippen auf Mikhails Mund. Alles Eis war geschmolzen. Sie schob die Finger in sein Haar und wunderte sich verblüfft über die heftige Leidenschaft, die sie plötzlich erfasst hatte.

Er war grob und rastlos. Er duftete nicht nach einem teuren Eau de Toilette, sondern roch ungeheuer männlich. Sie verstand die Worte nicht, die er an ihrem Mund murmelte. Aber sie klangen nicht liebevoll oder besänftigend, sie ähnelten eher einer Drohung.

Er küsste sie nicht sanft oder warm, sondern hart und ungeduldig. Undeutlich erkannte sie, dass er sich stets nehmen würde, was er wollte, und zwar wo und wann es ihm passte. Ein lustvoller Schauer durchrieselte sie bei diesem Gedanken. Hingerissen keuchte sie seinen Namen, als er das Oberteil ihres Kleides hinunterzog und mit seinen rauen Händen ihre Brüste umschloss.

Er beugte sich über sie und war viel zu benommen, um zu überlegen, ob er weitermachen oder sich schleunigst losreißen sollte. Sie roch so gut, und ihre Haut war herrlich glatt. Wie Alabaster. Oder Rosenblätter. Sie war genau die Frau, die jeder Mann sich wünschte und für sich beanspruchte. Verlangend strich er mit den Händen über ihren Körper und wollte mehr.

Seufzend verlagerte er das Gewicht, bis sie auf der langen Polsterbank unter ihm lag. Ihr Haar breitete sich wie Kupfer um ihren Kopf aus. Leidenschaftlich wand sie sich unter ihm, und ihre Brüste hoben sich verführerisch von dem schwarzen Kleiderstoff ab, sodass er kaum noch an sich halten konnte.

Als er die Lippen über der rosigen Knospe schloss, bog Sydney sich ihm entgegen und presste die Finger in seinen Nacken. Ein köstliches Ziehen bildete sich tief in ihrem Körper. Dort, wo die Hitze am stärksten war, wollte sie Mikhail spüren. Dort begehrte sie ihn am meisten.

„Bitte …", hörte sie sich flehen.

Der kehlige Laut ging ihm durch und durch. Ekstatisch presste er die Lippen wieder auf ihren Mund. Schon hatte er eine Hand unter den Rand ihres Kleides geschoben, um den Stoff ganz hinunterzuziehen. Er sah ihr Gesicht, ihre großen Augen und ihre zitternden Lippen. Die Lichter und Schatten der Straße glitten darüber hinweg, sodass es blass wie das Antlitz einer Marmorstatue wirkte. Sydney bebte wie Espenlaub.

Plötzlich nahm Mikhail das Summen des Verkehrs wieder wahr. Erschrocken fuhr er zurück und keuchte wie ein Taucher, der zu lange unter Wasser geblieben war. Sydney und er befanden sich auf der Fahrt in die Stadt. Nur eine dünne getönte Scheibe trennte sie vom Chauffeur. Und er traktierte Sydney – anders konnte man es wirklich nicht nennen – wie ein ungebärdiger Teenager, der den Verstand verloren hatte.

Doch die Entschuldigung blieb ihm im Hals stecken. „Tut mir leid", war jetzt wohl nicht angebracht. Mit grimmiger Miene zog er ihr Kleid wieder hinauf. Sie starrte ihn wortlos an, und er kam sich wie ein dummer Junge vor. Wie gern hätte er sie auf der Stelle in Besitz genommen.

Stattdessen machte er sich los, lehnte sich in seine Ecke und blickte aus dem Fenster. Sie waren nur wenige Blocks von seiner Wohnung entfernt, und er hätte beinahe … Nein, daran durfte er nicht einmal denken.

„Wir sind fast da." Vor Anstrengung klang seine Stimme schroff und hart.

Sydney wich zurück, als hätte sie einen Schlag bekommen. Was hatte sie diesmal falsch gemacht? Sie hatte Gefühle gezeigt und Mikhail begehrt. Ja, sie hatte stärker empfunden und begehrt als je zuvor. Und trotzdem war es schiefgegangen.

Einen zeitlosen Augenblick war sie bereit gewesen, ihren Stolz und ihre Ängste zu verdrängen. Und sie hatte geglaubt, dass er ebenfalls etwas für sie empfand.

Aber sie war nicht leidenschaftlich genug gewesen. Sie schloss die Augen. Es schien niemals zu reichen. Ihr wurde kalt, und sie fröstelte. Deshalb presste sie die Arme um den Körper, um noch ein wenig von der Hitze der körperlichen Nähe zu bewahren.

Zum Teufel, weshalb sagte sie nichts? Unsicher fuhr Mikhail sich durch das Haar. Er hatte eine Ohrfeige verdient. Oder einen richtigen Schlag. Aber sie saß nur regungslos da.

Grübelnd blickte er aus dem Fenster und überlegte, dass er nicht allein schuld war. Sie hatte ihren wunderbaren Körper willig an ihn gepresst und ihn mit ihrem weichen Mund halb wahnsinnig gemacht. Der Duft ihres verführerischen Parfüms hatte ihn geradezu berauscht.

Langsam fühlte er sich wieder besser.

Zwei Menschen hatten sich im Fond eines Wagens liebkost, mehr war es nicht gewesen.

„Hören Sie, Sydney …" Mikhail drehte sich zu ihr, doch sie fuhr blitzschnell zurück.

„Rühren Sie mich nicht an!" Er hörte nur ihre Wut und sah nicht ihre Tränen.

„Schon gut." Der Wagen bog in die Einfahrt, und Mikhail bekam erneut ein schlechtes Gewissen. „Ich werde die Finger von Ihnen lassen, Miss Hayward. Rufen Sie in Zukunft jemand anders, wenn Sie eine kleine Balgerei auf der Rückbank wünschen."

Stolz ballte Sydney die Fäuste, um nicht die Fassung zu verlieren.

„Mir war es ernst mit dem, was ich über meine Mutter sagte.“

Er stieß die Tür auf. Im Schein der Straßenlaterne wirkte sein Gesicht kreideweiß. „Mir auch. Danke für die Fahrt.“

Die Tür schlug zu, und Sydney schloss enttäuscht die Augen. Sie wollte nicht weinen. Eine einzelne Träne löste sich, und sie wischte sie verärgert fort. Nein, sie würde nicht weinen. Aber sie würde auch nicht vergessen.

4. KAPITEL

Es war ein langer Arbeitstag gewesen. Genauer gesagt, Sydney hatte die ganze Woche wie wild gearbeitet und kam einschließlich der mittäglichen Geschäftsessen und der Abende zu Hause beim Studium der Akten auf beinahe sechzig Stunden. Der heutige Tag war noch nicht ganz zu Ende, aber sie empfand zum ersten Mal eine Art Erleichterung, dass es Freitagnachmittag war und das Wochenende bevorstand.

Seit sie erwachsen war, hatte ein Wochentag dem anderen geglichen. Die Stunden waren ausgefüllt gewesen mit wohltätigen Aufgaben, Einkäufen und Verabredungen zum Lunch. Und die Wochenenden hatten sich lediglich dadurch unterschieden, dass die Partys abends immer länger dauerten.

Sydney überflog noch einmal den Vertrag, der vor ihr auf dem Schreibtisch lag, und freute sich, dass sich ihr Leben entscheidend verändert hatte. Jetzt verstand sie, weshalb ihr Großvater immer so fröhlich gewesen war. Er hatte einen Lebenszweck gehabt, ein klares Ziel.

Und das war nun auf sie übergegangen.

Gewiss, wegen der korrekten Vertragsformulierungen musste sie immer noch den Rat von Fachleuten einholen, und bei neuen Geschäften hing sie stark von ihrem Vorstand ab. Aber die Arbeit gefiel ihr sehr. Ja, sie begann das große Spiel des An- und Verkaufs von Immobilien richtig zu genießen.

Gerade markierte sie eine Vertragsklausel, deren Formulierung ihr nicht gefiel, da summte ihre Gegensprechanlage.

„Mr. Bingham möchte Sie sprechen, Miss Hayward."

„Schicken Sie ihn herein, Janine. Und versuchen Sie bitte anschließend, Frank Marlow von Marlow, Radcliffe und Smith an den Apparat zu bekommen."

„Ja, Ma'am."

Als Lloyd kurz darauf in ihr Büro schlenderte, beschäftigte sich Sydney immer noch mit dem Vertrag. Sie hob die Hand, um ihm zu zeigen, dass sie noch eine weitere Minute benötigte.

„Tut mir leid, Lloyd, ich hätte sonst den Faden verloren und noch einmal von vorn beginnen müssen", erklärte sie anschließend und legte den Vertrag beiseite. „Was kann ich für Sie tun?“

„Es geht um das Gebäude in Soho. Die Renovierung gleitet uns völlig aus den Händen.“

Sie verzog die Lippen. Bei dem Wort Soho dachte sie automatisch an Mikhail. Und der erinnerte sie an die turbulente Fahrt von Long Island nach Manhattan und an ihr erneutes Versagen als Frau.

„In welcher Beziehung?“

„In jeder Beziehung.“ Lloyd konnte seine Verärgerung nur mühsam unterdrücken und lief erregt auf und ab. „Eine Viertelmillion Dollar! Sie haben eine Viertelmillion Dollar für die Renovierung des Gebäudes vorgesehen.“

Sie blieb ruhig sitzen und faltete die Hände auf der Schreibtischplatte. „Das ist mir bekannt. Angesichts des Zustands des Hauses ist Mr. Stanislaskis Kostenvoranschlag durchaus annehmbar.“

„Woher wollen Sie das wissen?“, schimpfte er. „Haben Sie weitere Angebote eingeholt?“

„Nein.“ Sydney musste daran denken, dass Lloyd langsam die Karriereleiter hinaufgeklettert war, während man sie gleich an die Spitze gesetzt hatte. „Ich habe mich in der Regel von meinem Instinkt leiten lassen.“

„Instinkt?“ Er fuhr zu ihr herum. „Sie sind erst ein paar Monate im Geschäft und lassen sich bereits von Ihrem Instinkt leiten?“ Sein Spott war unüberhörbar.

„Das ist richtig. Außerdem weiß ich, dass die Angebote für die Erneuerung der Elektroleitungen, der Installationen und der Arbeiten für den Tischler sich im Rahmen vergleichbarer Objekte halten.“

„Hören Sie, Sydney, die Renovierung unseres Firmensitzes hat uns letztes Jahr kaum mehr gekostet.“

Ungeduldig trommelte Sydney mit einem Finger auf den Tisch. „Bei dem Hayward-Gebäude ging es im Grunde nur um Verschönerungsarbeiten. In Soho besteht ein Großteil der Reparaturen dagegen aus absolut erforderlichen Sicherheitsmaßnahmen sowie der Modernisierung vorhandener Anlagen.“

„Eine Viertelmillion für Reparaturen!“ Er stemmte die Handflächen auf den Schreibtisch und beugte sich vor. Ihr fiel ein, dass Mikhail eine ähnliche Geste gemacht hatte. Allerdings würden Lloyds Hände keine Schmutzflecken hinterlassen. „Wissen Sie, wie hoch die jährlichen Mieteinnahmen aus diesen Wohnungen sind?"

„Ja, das weiß ich." Sie nannte eine Ziffer, die zu Lloyds Erstaunen auf den Cent genau stimmte. „Natürlich wird es länger als ein Jahr dauern, bis die Kosten für die Investitionen wieder hereinkommen. Andererseits haben die Mieter Anspruch auf eine anständige Wohnung für ihr Geld."

„Eine anständige Wohnung ...", wiederholte Lloyd steif. „Sie verbinden Moral und Geschäft."

„Das hoffe ich sehr."

Er richtete sich wieder auf. Es ärgerte ihn gewaltig, dass sie so ruhig und selbstgefällig hinter diesem Schreibtisch saß, der eigentlich ihm zustand. „Sie sind sehr naiv."

„Mag sein. Aber solange ich diese Firma leite, werde ich es nach meinen Maßstäben tun."

„Sie bilden sich ein, die Firma zu leiten, nur weil Sie einige Verträge unterzeichnet haben und herumtelefonieren. Sie stecken eine Viertelmillion Dollar in Ihr sogenanntes Lieblingsprojekt und haben keine Ahnung, worauf Stanislaski aus ist. Woher wissen Sie, dass er die Leistungen seiner Subunternehmer nicht für einen viel geringeren Lohn erhält und den Rest in die eigene Tasche steckt?"

„Sie reden Unsinn."

„Ich sagte bereits, Sie sind sehr naiv. Sie beauftragen einen ukrainischen Künstler und lassen die Arbeiten nicht einmal überwachen."

„Ich beabsichtige, mich selbst von dem Fortschritt zu überzeugen, hatte aber bisher leider keine Zeit dafür. Außerdem erhalte ich wöchentlich einen Bericht von Mr. Stanislaski."

Lloyd schnaufte verächtlich.

Plötzlich erkannte Sydney, dass Lloyd recht hatte. Sie hatte Mikhail impulsiv mit den Arbeiten beauftragt und sich anschließend aufgrund ihrer persönlichen Gefühle nicht mehr darum gekümmert und den Fortschritt der Arbeiten verfolgt.

Das war nicht naiv, sondern feige.

„Sie haben recht, Lloyd. Ich werde mich unverzüglich darum kümmern." Sie lehnte sich in ihrem Sessel zurück. „Sonst noch etwas?"

„Sie haben einen Fehler begangen", antwortete er, „einen sehr kostspieligen sogar. Einen weiteren wird der Vorstand nicht mehr dulden, davon können sie ausgehen."

Sie legte die Hände locker auf die Armlehnen und nickte. „Und Sie möchten ihn davon überzeugen, dass Sie an diesen Schreibtisch gehören."

„Es sind Geschäftsleute, Sydney. Gefühlsmäßig mögen sie eine Hayward an der Spitze vorziehen, doch am Ende wird die Gewinn- und Verlustrechnung den Ausschlag geben."

Ihre Miene blieb gleichmütig, und ihre Stimme klang weiterhin fest. „Ich bin sicher, dass Sie auch in diesem Punkt recht haben. Sollte mich der Vorstand jedoch weiterhin unterstützen, erwarte ich von Ihnen, dass Sie entweder loyal zu mir stehen oder kündigen. Etwas dazwischen akzeptiere ich nicht. Wenn Sie mich jetzt bitte entschuldigen würden ... Ich habe zu tun."

Nachdem Lloyd die Tür hinter sich zugeschlagen hatte, griff Sydney zum Telefon. Doch ihre Hand zitterte derart, dass sie den Hörer wieder auflegen musste. Lloyd Bingham war ihr Feind, und er besaß Einfluss und Erfahrung. Bei der Renovierung des Gebäudes in Soho hatte sie übereilt gehandelt. Falls sie wirklich einen Fehler gemacht hatte, würde Lloyd die Situation für sich nutzen.

Würde der Vorstand sie zum Rücktritt zwingen, falls sie nicht beweisen konnte, dass sie richtig gehandelt hatte?

Sie wusste es nicht, und das war das Schlimmste.

Doch sie wollte einen Schritt nach dem anderen tun, und dazu gab es nur eine Möglichkeit: Sie musste nach Soho fahren.

Während der letzten Tage hatte die Hitze etwas nachgelassen, doch heute Morgen war sie zurückgekehrt, und es war drückend und schwül.

Junge Mädchen in Shorts und Männer in verschwitzten Geschäftsanzügen drängten sich um die Stände auf den Gehsteigen und hofften, dass ihnen ein Eis oder ein Glas Saft das Leben erträglicher machen würde.

Als Sydney den Wagen verließ, traf die feuchte Luft sie wie ein Schlag. Um dem Fahrer das Warten zu ersparen, gab sie ihm für den restlichen Tag frei. Dann schirmte sie die Augen ab und betrachtete das Gebäude.

Die gesamte Fassade war eingerüstet. Werbeaufkleber der Lieferfirma klebten an den glänzenden Fensterscheiben. Im dritten Stock versuchte gerade jemand, das Papier zu entfernen.

Am Eingang warnte ein Schild vor den Bauarbeiten. Sydney hörte das Hämmern und Sägen und das Schlagen von Metall auf Metall. Aus einem Kofferradio erklang Rock 'n' Roll.

Am Straßenrand parkte der verbeulte Lieferwagen eines Installateurs. Einige Leute standen herum. Sie schauten neugierig nach oben, und Sydney folgte ihrem Blick.

Da entdeckte sie Mikhail.

Für einen Moment setzte ihr Herzschlag aus. Mikhail befand sich im fünften Stock und bewegte sich äußerst gewandt auf einem sehr schmalen Brett.

„Von solchen Männern müsste es noch mehr geben", meinte eine Frau neben ihr. „Der ist ja klasse."

Sydney schluckte. In Gedanken sah sie Mikhail schon von dem Gerüst stürzen und sich unmittelbar vor ihr das Rückgrat brechen. Entsetzt eilte sie ins Haus. Sie musste schnell zu ihm.

Der Fahrstuhl war geöffnet, und einige Handwerker beluden ihn. Sie wartete nicht ab, bis sie fertig waren, sondern stürmte die Stufen hinauf.

Zwischen dem zweiten und dritten Stock verputzten verschwitzte Männer die Treppe. Sie pfiffen ihr anerkennend nach, doch sie kümmerte sich nicht darum. Jemand hatte den Fernseher zu laut aufgedreht, wahrscheinlich um den Baulärm zu übertönen. Ein Baby schrie, und es roch nach gegrilltem Hähnchen.

Ohne stehen zu bleiben, eilte sie vom vierten in den fünften Stock. Die Tür zu Mikhails Wohnung stand offen, und sie lief hinein. Beinahe wäre sie über einen grauhaarigen Mann mit Armen wie Baumstämme gestolpert, der am Boden hockte und sein Werkzeug sortierte. Geschickt fing er sie auf.

„Entschuldigung, ich hatte Sie nicht gesehen."

„Macht nichts. Ich habe es gern, wenn die Frauen mir zu Füßen liegen."

Sydney bemerkte seinen slawischen Akzent und sah sich nach Mikhail um. Vielleicht arbeiten hier lauter Ukrainer, dachte sie.

„Kann ich Ihnen helfen?"

„Nein … Ja." Sie presste die Hand auf die Brust, denn sie war völlig außer Atem. „Ich suche Mikhail."

„Er ist da draußen“, erklärte der Mann und deutete mit dem Daumen zum Fenster.

Sydney sah ihn sofort – zumindest erkannte sie seinen schlanken gebräunten Oberkörper.

Der Mann betrachtete sie neugierig. „Wir sind für heute fertig. Möchten Sie nicht Platz nehmen?“

„Holen Sie ihn herein“, flüsterte Sydney. „Bitte, holen Sie ihn herein.“

Bevor er etwas antworten konnte, öffnete sich das Fenster, und Mikhail schob ein langes muskulöses Bein über die Brüstung. Lachend rief er etwas in seiner Muttersprache. Doch sobald er Sydney entdeckte, wurde er ernst. „Hallo, Miss Hayward.“

„Weshalb waren Sie da draußen?“ Die Frage klang wie ein Vorwurf.

„Ich habe die Fenster ausgetauscht. Ist etwas?“

„Nein, nein ...“ Nie war sich Sydney so dumm vorgekommen. „Ich möchte mich von dem Fortgang der Arbeiten überzeugen.“

„Ich führe Sie gleich herum.“ Mikhail ging in die Küche, hielt den Kopf übers Waschbecken und drehte das kalte Wasser auf.

„Er ist ein Hitzkopf“, sagte der Mann hinter ihr und lachte wie über einen gelungenen Witz. Sydney lächelte nur, und er rief Mikhail etwas in einer seltsamen fremden Sprache zu.

„*Tak*“, antwortete der.

Mikhail richtete sich wieder auf. Er warf sein tropfnasses Haar zurück, band ein großes Tuch herum und hakte die Daumen in die Gürtelschlaufen. Er war nass, verschwitzt und halb nackt. Sydney hätte ihm am liebsten die Zunge herausgestreckt.

„Mein Sohn ist ein Flegel“, erklärte Yuri Stanislaski. „Ich hoffte, ich hätte ihn besser erzogen.“

„Ihr ... Oh.“ Sie sah den Mann mit dem breiten Gesicht und den schönen Händen an. Mikhails Hände. „Sie sind Mr. Stanislaski.“

„Nennen Sie mich Yuri. Ich habe meinen Sohn gerade gefragt, ob Sie die Hayward sind, die seit Kurzem die Firma leitet.“

„Ja, mir gehört dieses Haus.“

„Es ist ein gutes Gebäude, nur ein bisschen krank. Und wir sind die Ärzte und machen es wieder gesund.“ Er lächelte seinem Sohn zu und schimpfte erneut auf Ukrainisch.

Diesmal zuckten Mikhails Mundwinkel. „Nein, du hast nicht gerade einen Patienten verloren, Papa. Geh nach Hause und iss zu Abend."

Yuri hob seinen Werkzeugkasten auf. „Komm ebenfalls und bring die hübsche Dame mit. Mama kocht genug für alle."

„Oh danke, aber ..."

„Ich habe heute Abend schon etwas anderes vor, Papa", unterbrach Mikhail Sydneys höfliche Ablehnung.

Yuri zog eine buschige Augenbraue in die Höhe. „Du bist ein Dummkopf", sagte er auf Ukrainisch. „Ist dies die Frau, wegen der du schon die ganze Woche schlecht gelaunt bist?"

Verärgert nahm Mikhail ein Küchentuch und trocknete sein Gesicht. „Frauen verderben mir niemals die Laune."

Yuri lächelte nachsichtig. „Diese schon." Er wandte sich an Sydney. „Entschuldigen Sie bitte. Jetzt war ich unhöflich und habe in einer Sprache geredet, die Sie nicht verstehen. Anscheinend übt mein Sohn einen schlechten Einfluss auf mich aus." Er hob ihre Hand und küsste sie äußerst charmant. „Ich freue mich, Sie kennengelernt zu haben."

„Ich freue mich ebenfalls."

„Zieh dein Hemd an", forderte er seinen Sohn auf und verließ pfeifend die Wohnung.

„Ihr Vater ist sehr nett", stellte Sydney fest.

„Ja." Mikhail nahm das T-Shirt, das er vor Stunden ausgezogen hatte, und hielt es in die Höhe. „Wollen Sie die Arbeiten wirklich sehen?"

„Ja, ich dachte ..."

„Die Fenster sind fertig", unterbrach er sie. „Fast alle Elektroleitungen sind bereits erneuert. Für die Abschlussarbeiten und die Installationen benötigen wir noch eine Woche. Kommen Sie."

Er ging hinaus und betrat ohne anzuklopfen die nächste Wohnung. „Hier wohnt Keely", erklärte er. „Sie ist zurzeit nicht da."

Die Möbel waren zwar alt und abgenutzt, aber durch Kissen in lebhaften Farben und unzählige weibliche Gegenstände wirkte das Apartment freundlich.

In der Küche nebenan herrschte ein fürchterliches Durcheinander. Die Wände waren aufgeschlagen, und dicke nackte Drähte hingen an einigen Stellen heraus.

„Die Umbauten bringen sicher erhebliche Unbequemlichkeiten für die Bewohner mit“, meinte Sydney.

„Das ist immer noch besser, als eine Rührmaschine einzuschalten und damit einen Kurzschluss im ganzen Gebäude auszulösen. Die alte Anlage muss fünfzig Jahre oder älter gewesen sein. Diese ist dreipolig und wesentlich sicherer.“

Es war für sie beide eine Qual, aber Mikhail ging mit Sydney von Stockwerk zu Stockwerk und zeigte ihr alle Stadien der Arbeit. Sie sah unzählige Winkelverbindungen von Kunststoffrohren und viele Meter Kupferrohr.

„Die Fußböden brauchen meistens nur neu versiegelt zu werden. Einige Böden sind allerdings nicht mehr zu retten.“ Er stieß mit dem Fuß gegen eine Sperrholzplatte, die er vor ein Loch im Treppengeländer des zweiten Stocks genagelt hatte.

Sydney nickte und stellte nur Fragen, wenn es angebracht schien. Fast alle Handwerker waren schon gegangen, um ihren Wochenlohn abzuholen. Es war ruhig geworden, sodass sie die gedämpften Stimmen, die Musik und die Geräusche aus den Fernsehern hinter den verschlossenen Türen hörten.

Plötzlich spielte ein Tenorsaxofon Gershwins „Rhapsody in Blue“, und Sydney sah erstaunt auf.

„Das ist Will Metcalf“, erklärte Mikhail. „Er ist ziemlich begabt und spielt in einer Band.“

Das Geländer fühlt sich glatt und stabil an. Das ist Mikhails Werk, dachte sie. Er hat es repariert, weil ihm das Schicksal seiner Mitbewohner nicht gleichgültig ist. Er weiß, wer hier Saxofon spielt oder ein Hähnchen grillt und wessen Baby lacht.

„Sind Sie mit dem Fortschritt der Arbeiten zufrieden?“, fragte sie.

Ihre Stimme klang so seltsam, dass er sie erstaunt ansah, was er bisher vermieden hatte. Einige Haarsträhnen an ihren Schläfen hatten sich gelöst, und er bemerkte ein paar blasse Sommersprossen auf ihrer Nase. „Ja, durchaus. Aber diese Frage hätte eigentlich ich stellen müssen. Sie sind die Besitzerin.“

„Nein, das stimmt nicht.“ Sydney wurde ernst. „Ich unterschreibe nur die Schecks.“

„Sydney …“

„Ich habe genug gesehen und weiß, dass die Arbeiten bei Ihnen in guten Händen sind." Sie eilte die Treppe hinunter. „Melden Sie sich umgehend in meinem Büro, wenn die nächsten Zahlungen fällig werden."

„Zum Teufel, nun warten Sie doch!" Er holte sie unten an der Treppe ein und ergriff ihren Arm. „Was ist los mit Ihnen? Erst stehen Sie völlig außer Atem in meiner Wohnung, und jetzt laufen Sie plötzlich davon."

„Ich laufe überhaupt nicht davon, und mit mir ist alles in Ordnung."

Ihr war plötzlich schmerzlich bewusst geworden, wie nahe sich die Menschen in diesem Haus standen. Sie hatte keinen solchen Freundeskreis. Ihr bester Freund war Peter gewesen, und die Freundschaft mit ihm hatte sie zerstört. Nein, sie besaß dieses Gebäude nicht, sie war nur die rechtmäßige Eigentümerin.

„Ich nehme meine Aufgabe sehr ernst. Es ist mein erstes größeres Projekt, seit ich die Firma Hayward leite, und ich möchte alles richtig machen. Deshalb habe ich die Gelegenheit ergriffen ..." Ihre Stimme erstarb. Hatte da jemand hinter der rechten Tür um Hilfe gerufen?

Wahrscheinlich war es im Fernsehen, überlegte sie. Doch bevor sie weitersprechen konnte, vernahm sie erneut das leise jämmerliche Rufen. „Mikhail, hören Sie das auch?"

„Was soll ich hören?" Wie sollte er etwas wahrnehmen, wenn er sich unwahrscheinlich zusammenreißen musste, um Sydney nicht zu küssen?

„In dieser Wohnung." Sie horchte erneut. „Ja, da war es."

Diesmal hörte er es ebenfalls und klopfte sofort heftig an die Tür. „Mrs. Wolburg! Mrs. Wolburg. Hier ist Mik."

Die zittrige Stimme drang kaum durch das Holz. „Ich bin gestürzt. Bitte helfen Sie mir."

„Meine Güte ..."

Bevor Sydney den Satz beenden konnte, rammte Mikhail seine Schulter gegen die Tür. Beim zweiten Schlag öffnete sie sich und blieb schwingend in der Angel hängen.

„Ich bin in der Küche", rief Mrs. Wolburg matt. „Gott sei Dank, dass Sie da sind."

Mikhail eilte mit großen Schritten durch das Wohnzimmer mit den gestärkten Deckchen und den Papierblumen und fand Mrs. Wolburg auf dem Boden. Sie war eine winzige, hagere Frau, und ihr weißes Haar war stark verschwitzt.

„Ich kann nichts sehen", wimmerte sie. „Meine Brille ist runtergefallen."

„Jetzt ist ja alles gut", versicherte Mikhail ihr und fühlte automatisch ihren Puls. „Rufen Sie einen Krankenwagen", forderte er Sydney auf, die sofort zum Telefon eilte. „Ich möchte Sie lieber nicht aufheben", fuhr er an Mrs. Wolburg gewandt fort. „Sie könnten sich verletzt haben."

„Meine Hüfte", stöhnte Mrs. Wolburg. „Ich glaube, ich habe mir die Hüfte gebrochen. Ich bin ausgerutscht und konnte mich nicht mehr rühren. Es war so laut, niemand hat mich rufen hören. Ich liege schon mindestens seit zwei oder drei Stunden hier und bin furchtbar schwach."

„Gleich kommt Hilfe", sagte er und rieb die eiskalten Hände der Frau. „Bringen Sie mir bitte eine Wolldecke und ein Kissen, Sydney."

Vorsichtig hob Mikhail den Kopf der Frau an und legte ihn auf das Kissen. Trotz der Hitze fröstelte Mrs. Wolburg. Sydney deckte sie sorgfältig zu und sprach beruhigend auf sie ein. „Es dauert nur noch einige Minuten", versicherte sie ihr und streichelte über die feuchte Stirn.

Einige Leute hatten sich vor der Tür versammelt. „Ich schicke jemanden nach unten, der auf den Krankenwagen wartet", erklärte Mikhail und stand auf.

„Sie haben eine sehr hübsche Wohnung, Mrs. Wolburg", meinte Sydney. „Haben Sie die Deckchen selbst gehäkelt?"

„Ja, ich häkle schon seit sechzig Jahren. Seit ich zum ersten Mal schwanger war."

„Haben Sie mehrere Kinder?"

„Drei Töchter und drei Söhne. Außerdem zwanzig Enkel und fünf Urenkel ..." Erneut schloss sie vor Schmerz die Augen. Dann lächelte sie plötzlich. „Sie schimpfen, weil ich allein lebe. Aber ich möchte mein eigenes Reich behalten."

„Das verstehe ich gut."

„Jetzt werden sie wieder von vorn beginnen", murmelte die alte Frau. „Es wäre nicht passiert, wenn ich meine Brille nicht verloren hätte. Ich bin schrecklich kurzsichtig und sah nicht, wohin ich trat. Deshalb blieb ich mit dem Fuß in dem zerrissenen Linoleum hängen, Mik hat mir oft gesagt, ich solle es festkleben. Aber ich wollte es ordentlich schrubben können." Sie lächelte kläglich. „Zumindest liege ich jetzt auf einem sauberen Boden."

„Die Krankenpfleger kommen herauf", verkündete Mikhail hinter ihr. Sydney nickte und hatte ein furchtbar schlechtes Gewissen.

„Rufen Sie bitte meinen Enkel an, Mik? Er wohnt in der 81. Straße und wird den anderen Bescheid geben."

Eine Viertelstunde später stand Sydney auf der Straße und sah zu, wie die Trage mit Mrs. Wolburg in den Krankenwagen geschoben wurde. Dann trat sie an den Bordstein und versuchte ein Taxi anzuhalten.

„Wo ist Ihr Wagen?", fragte Mikhail.

„Ich habe den Fahrer zurückgeschickt, weil ich nicht wusste, wie viel Zeit ich benötigen würde. Es war zu heiß, um ihn lange warten zu lassen."

„Haben Sie es sehr eilig?"

Sie zuckte zusammen, denn die Sirene begann zu heulen. „Ich möchte mit ins Krankenhaus fahren."

Verblüfft schob er die Hände in die Hosentaschen. „Dazu besteht kein Grund."

Sie antwortete nicht, sah ihn nur eindringlich an und wartete, bis ein Taxi neben ihr hielt. Sie sagte auch nichts, als er mit ihr in den Wagen kletterte.

Sydney konnte Krankenhausluft nicht leiden. Dazu war die Erinnerung an die letzten Tage ihres Großvaters viel zu frisch. Und in der Notaufnahme waren die Gerüche am schlimmsten.

Sie richtete sich hoch auf, ging zwischen den wartenden Kranken hindurch und trat an die Aufnahme.

„Hier ist gerade eine Mrs. Wolburg eingeliefert worden."

„Ja." Die Angestellte drückte auf einige Tasten ihres Computers. „Sind Sie eine Angehörige?"

„Nein, ich …“

„Wir brauchen jemanden aus der Familie, der diese Formulare ausfüllt. Die Patientin sagte, sie sei nicht versichert.“

Mikhail beugte sich drohend vor, doch Sydney antwortete sofort: „Hayward Enterprises wird die Krankenhauskosten übernehmen.“ Sie griff in die Handtasche und zog ihren Ausweis hervor. „Mein Name ist Sydney Hayward. Wo ist Mrs. Wolburg jetzt?“

„In der Röntgenabteilung. Der behandelnde Arzt heißt Dr. Cohen.“

Vier Stunden, nachdem sie die Notaufnahme betreten hatten, kam der Arzt endlich zu Sydney und Mikhail. Mrs. Wolburg hatte eine gebrochene Hüfte sowie eine leichte Gehirnerschütterung. Wegen ihres Alters war der Bruch nicht ungefährlich, doch bei ihrer guten Gesundheit würde sie sich gewiss erholen.

Sydney hinterließ die Telefonnummern ihres Büros und ihrer Privatwohnung und bat darum, über den Gesundheitszustand der Patientin auf dem Laufenden gehalten zu werden.

Erschöpft verließ sie das Krankenhaus.

„Sie müssen etwas essen“, stellte Mikhail fest.

„Wie bitte? Nein, ich bin nur müde.“

Er nahm ihren Arm und führte sie die Straße hinab. „Weshalb widersprechen Sie mir immer?“

„Das tue ich doch gar nicht.“

„Sehen Sie? Sie widersprechen schon wieder. Sie brauchen eine kräftige Mahlzeit.“

Verärgert versuchte sie mit ihm Schritt zu halten. „Woher wollen Sie wissen, was ich brauche?“

„Ich weiß es eben.“ An einer Ampel blieb er plötzlich stehen, und Sydney stieß mit ihm zusammen. Bevor er merkte, was er tat, streichelte er ihr Gesicht. „Meine Güte, sind Sie schön.“

Während sie ihn verblüfft ansah, schimpfte er leise und zerrte sie über die Straße.

„Vielleicht habe ich kein Glück mit Ihnen“, murmelte er eher zu sich selbst. „Vielleicht sind Sie eine wahre Plage, ein Snob und …“

„Ich bin kein Snob.“

Er sagte etwas in seiner Muttersprache, das ihr bekannt vorkam. Dann fiel ihr die Übersetzung ein, und sie schob trotzig das Kinn vor. „Das ist kein Quatsch. Sie sind selbst ein Snob, wenn Sie mich für einen halten, nur weil ich aus einer anderen Schicht stamme als Sie."

Er blieb stehen und sah sie halb misstrauisch, halb interessiert an. „Also gut. Dann haben Sie sicher nichts dagegen, hier mit mir zu essen." Er schob sie in ein lautes Grillrestaurant. Kurz darauf saß Sydney in einer engen Nische neben ihm.

Es roch nach gegrilltem Fleisch und gebratenen Zwiebeln. Ihr lief das Wasser im Mund zusammen. „Ich sagte doch, ich habe keinen Hunger."

„Und ich sagte, Sie sind ein Snob." Es gefiel ihm, dass ihre Wangen sich röteten.

„Möchten Sie wissen, was ich von Ihnen halte?", fragte sie und beugte sich zu ihm.

Wieder hob er die Hand und berührte ihre Wange. Er konnte nicht widerstehen. „Ja, das möchte ich gern."

Zum Glück kam in diesem Moment die Kellnerin.

„Zwei Steaks, halb durch, mit Beilagen, und zwei Glas Bier."

„Ich mag es nicht, wenn Männer für mich bestellen", erklärte Sydney bestimmt.

„Sie können es ja das nächste Mal tun, dann sind wir quitt." Mikhail legte einen Arm auf die Lehne, streckte die Beine aus und machte es sich bequem. „Wollen Sie nicht Ihre Jacke ausziehen? Ihnen ist doch bestimmt warm."

„Sagen Sie mir nicht ständig, wie ich mich fühle. Und hören Sie auf, mit meinem Haar zu spielen."

Er lächelte. „Ich spiele mit Ihrem Nacken. Er gefällt mir nämlich." Wie zum Beweis strich er erneut daran entlang.

Sie presste die Zähne zusammen angesichts des köstlichen Schauers, der ihr Rückgrat hinabrieselte. „Ich wünschte, Sie würden ein Stück rutschen."

„In Ordnung." Er kam näher heran. „Ist es so besser?"

Bleib ganz ruhig, forderte sie sich auf. Sie holte tief Luft und drehte sich zu ihm. „Wenn Sie nicht gleich …" Doch er streifte ihre Lippen mit seinem Mund, und sie konnte nicht weitersprechen.

„Und nun küssen Sie mich zurück."

Sie wollte den Kopf schütteln, aber sie brachte es nicht fertig.

„Ich möchte Ihnen dabei zusehen“, murmelte er. „Ich möchte wissen, was in Ihrem Kopf vorgeht.“

„Überhaupt nichts.“

Doch er verschloss ihren Mund und bewies ihr das Gegenteil. Sydney erwiderte seinen Kuss, schob eine Hand in sein Haar und klammerte sich mit der anderen an seine Schulter.

Wieder durchrieselten unzählige Empfindungen ihren Körper. Alles ging viel zu schnell. Sie verlor jedes Gefühl für Zeit und Raum und hörte kaum noch, was um sie herum geschah.

Stattdessen spürte sie seine Lippen, seine Zähne, die zärtlich an ihrer Haut knabberten, und seine Zunge, die sie verführte.

Ich tue ihr dasselbe an wie sie mir, stellte Mikhail fest. Er erkannte es an dem Glanz in ihren Augen, bevor sie die Lider schloss, und fühlte es an der Leidenschaft, mit der ihre Lippen reagierten. Es hätte seinem Selbstbewusstsein gut tun müssen, aber es schmerzte nur umso mehr.

„Tut mir leid, dass ich Sie unterbrechen muss.“ Die Kellnerin stellte zwei Biergläser auf den Tisch. „Die Steaks kommen gleich.“

Sydney wich erschrocken zurück. Sie hatte Mikhail an einem öffentlichen Ort umarmt und war entsetzlich verlegen. Er lockerte den Griff, ließ sie jedoch nicht los.

„Das war ausgesprochen schändlich“, stellte sie wütend fest.

Er zuckte mit den Schultern und hob sein Bierglas hoch. „Ich war es nicht allein.“ Als sie auffahren wollte, sah er sie scharf an. „Weder dieses noch das letzte Mal.“

„Letztes Mal haben Sie …“

„Was?“

Sie nahm ihr Glas und trank einen Schluck. „Ich möchte nicht darüber reden.“

Er dagegen wollte es sehr, am liebsten sofort. Aber in ihren Augen war solch ein Schmerz zu lesen, dass er verblüfft schwieg.

Es machte ihm nichts aus, dass sie sich ärgerte. Ja, es gefiel ihm sogar. Aber er wusste nicht, womit er sie so verletzt hatte. Deshalb wartete er, bis die Kellnerin die Steaks brachte.

„Sie haben einen anstrengenden Tag hinter sich“, sagte er so freundlich, dass Sydney überrascht aufsah. „Ich möchte Ihnen nicht noch mehr Schwierigkeiten bereiten.“

„Ja, es war …“, sie zögerte mit einer Antwort. „Es war tatsächlich ein anstrengender Tag. Reden wir nicht mehr davon.“

„Einverstanden.“ Lächelnd reichte er ihr ein Besteck. „Essen Sie erst einmal. Schließen wir Waffenstillstand.“

„In Ordnung.“ Und plötzlich hatte sie richtig Appetit.

5. KAPITEL

Sydney hatte keine Ahnung, wann und wie der Unfall von Mildred Wolburg an die Presse durchgesickert war. Doch am Dienstagnachmittag hatten zahlreiche Reporter bei ihr im Büro angerufen. Ein paar besonders eifrige lauerten ihr in der Halle des Hayward-Gebäudes auf und bedrängten sie selbst nach Dienstschluss.

Am Mittwoch verbreitete sich das Gerücht, auf Hayward Enterprises käme eine Multimillionenklage zu, und Sydney musste mehreren besorgten Vorstandsmitgliedern Rede und Antwort stehen. Nach übereinstimmender Auffassung hatte sie durch die Übernahme der ärztlichen Kosten ein Pflichtversäumnis gegenüber ihren Mietern zugegeben und die Firma einer Untersuchung durch die Presse ausgesetzt.

Das war schlecht für den Ruf und schlecht für das Geschäft.

Da der direkte Weg immer der kürzeste war, bereitete Sydney eine Presseerklärung vor und rief den Vorstand zu einer dringenden Sitzung zusammen. Spätestens am Freitag werde ich wissen, ob ich die Verantwortung für Hayward behalte oder meine Position auf reine Repräsentationsaufgaben beschränkt wird, dachte sie, während sie das Krankenhaus betrat.

Mit einem Stapel Taschenbücher in der einen und einer Topfblume in der anderen Hand blieb sie vor Mrs. Wolburgs Zimmer stehen.

Es war schon ihr dritter Besuch nach dem Unfall, und sie wusste inzwischen, dass die Witwe wahrscheinlich nicht allein war. Zahlreiche Freunde und Familienangehörige gaben sich während der Besuchszeiten die Klinke in die Hand. Diesmal waren Mikhail, Keely und zwei Kinder von Mrs. Wolburg am Bett.

Mikhail entdeckte sie, als Sydney gerade überlegte, ob sie wieder hinausschlüpfen und Bücher sowie Pflanze bei der Stationsschwester abgeben sollte.

„Sie bekommen noch mehr Besuch, Mrs. Wolburg“, sagte er.

„Sydney!“ Die Augen der Witwe leuchteten hinter ihren dicken Brillengläsern. „So viele Bücher!“

„Ihr Enkel erzählte mir, dass Sie gern lesen.“ Verlegen legte Sydney die Bücher auf den Tisch neben dem Bett.

„Harry behauptet immer, dass ich mehr lese als esse." Mit ihren knorrigen Fingern drückte sie Sydneys Hand. „Ist das eine hübsche Blume."

„Mir war aufgefallen, dass Sie viele Pflanzen in Ihrer Wohnung haben." Langsam fühlte sich Sydney wohler, denn die anderen Besucher nahmen ihre Unterhaltung wieder auf. „Als ich das letzte Mal hier war, glich das Zimmer einem Blumenladen." Sie betrachtete die zahlreichen Schnittblumen in den Vasen, die Pflanzen in den Töpfen und selbst in einem Keramikschuh. „Deshalb habe ich ein Alpenveilchen gewählt."

„Ja, ich habe eine Schwäche für Blumen und alles, was wächst. Stellen Sie den Topf bitte auf die Kommode, ja? Zwischen die Rosen und die Nelken."

Sie erfüllte Mrs. Wolburgs Wunsch, wartete, bis eine Pause in der allgemeinen Unterhaltung eintrat, und verabschiedete sich wieder. Mikhail folgte ihrem Beispiel und zog eine gelbe Rose aus einer Vase.

„Bis später, meine Liebe." Er küsste Mrs. Wolburg auf die Wange und verließ die Witwe rasch.

An den Fahrstühlen holte er Sydney ein. „He, Sie sehen aus, als würde Ihnen dies guttun." Er reichte ihr die Blume.

„Schaden wird sie mir sicher nicht." Sie roch an der Rose und lächelte ein wenig. „Danke."

„Verraten Sie mir, weshalb Sie so schlecht gelaunt sind?"

„Ich bin nicht schlecht gelaunt."

„Streiten Sie niemals mit einem Künstler über Gefühle." Entschlossen legte Mikhail einen Finger unter ihr Kinn. „Ich erkenne Müdigkeit und Sorge, Kummer und Verärgerung auf den ersten Blick."

Die Ankunft des Fahrstuhls enthob sie einer Antwort, auch wenn sie ahnte, dass er mit einsteigen würde. Stirnrunzelnd ließ sie sich zwischen ihn und eine kräftige Frau zwängen, die eine Tasche von der Größe eines Koffers in Händen hielt. Jemand hatte zu viel aufdringliches Parfüm benutzt. Beiläufig überlegte Sydney, ob das im Fahrstuhl nicht ebenso verboten werden müsste wie das Rauchen.

Der Fahrstuhl hielt auf jedem Stockwerk, und Menschen drängten herein oder hinaus. Als sie das Erdgeschoss erreichten, stand Sydney unmittelbar neben Mikhail, und er hatte den Arm locker um ihre Taille gelegt. Er nahm ihn nicht fort, als sie in die Halle traten, und ihr war es egal.

„Die Arbeiten kommen gut voran“, erzählte er.

„Das freut mich.“ Sie wollte jetzt nicht daran denken, dass sie vielleicht nicht mehr lange für das Gebäude verantwortlich war.

„Die Elektroleitungen sind bereits abgenommen worden. Für die Installationen werden wir wahrscheinlich noch eine weitere Woche benötigen.“ Er betrachtete ihre geistesabwesende Miene. „Außerdem haben wir beschlossen, das Dach mit Blauschimmelkäse neu einzudecken.“

„Hm.“ Sie verließen das Krankenhaus, und Sydney blieb stehen. Lächelnd schüttelte sie den Kopf. „Das könnte sehr reizvoll aussehen, dürfte bei dieser Hitze aber riskant sein.“

„Sie haben also doch zugehört.“

„Mehr oder weniger.“ Ihr Wagen fuhr vor, und sie presste die Finger an ihre pochenden Schläfen. „Tut mir leid. Ich habe zurzeit viel um die Ohren.“

„Erzählen Sie mir davon.“

Erstaunt stellte sie fest, dass sie gern mit Mikhail geredet hätte. Mit ihrer Mutter konnte sie es nicht, und mit Channing war es ebenfalls sinnlos. Sie bezweifelte, dass irgendein Freund oder eine Freundin begreifen würde, weshalb ihr nach kurzer Zeit schon so viel an der Firma lag.

„Es ist nichts Bestimmtes“, erklärte sie schließlich und wollte in ihren Wagen steigen.

Bildet sie sich etwa ein, dass ich sie mit dieser Sorgenfalte zwischen den Brauen und derart verkrampften Schultern gehen lasse?, dachte er. „Könnten Sie mich nach Hause fahren?“, bat er.

Die Erinnerung an den Heimweg von der Party ihrer Mutter war noch ziemlich frisch. Doch Mikhail lächelte unbekümmert. Außerdem hatten sie sich auf einen Waffenstillstand geeinigt, und es war nicht sehr weit zu ihm.

„Ja, gern. Wir nehmen Mr. Stanislaski mit und setzen ihn in Soho ab“, erklärte sie dem Fahrer, ehe der den Wagen startete.

So unauffällig wie möglich rutschte Sydney in die andere Ecke. „Mrs. Wolburg sieht erstaunlich gut aus“, begann sie.

„Sie ist eine starke Frau.“ Heute klingt leise Mozartmusik aus den Lautsprechern, stellte er fest.

„Der Arzt sagt, dass ihr Sohn sie schon bald nach Hause bringen kann."

„Und Sie haben dafür gesorgt, dass sie dort von einer Pflegerin betreut wird, bis sie wieder allein zurechtkommt." Als sie ihn erstaunt ansah, fuhr er fort: „Mrs. Wolburg hat es mir erzählt."

„Ich spiele nicht die barmherzige Samariterin", murmelte Sydney. „Ich versuche nur zu tun, was ich für richtig halte."

„Das ist mir klar. Sie sorgen sich um die alte Frau. Aber noch etwas bereitet Ihnen Kummer. Sind es die Zeitungen und das Fernsehen?"

Ihr Blick wurde eiskalt. „Ich habe die Behandlungskosten für Mrs. Wolburg nicht zu Werbezwecken übernommen, und ich …"

„Das weiß ich." Besänftigend legte er eine Hand auf ihre zusammengepressten Finger. „Vergessen Sie nicht, dass ich dabei war."

Sie holte tief Luft, um nicht aus der Haut zu fahren. „Tatsache ist", erklärte sie ruhiger, „dass eine ältere Frau ernsthaft verletzt wurde. Ihr Leiden sollten nicht von der Presse ausgenutzt werden. Ich wollte ausschließlich sicherstellen, dass die notwendigen Maßnahmen fortgesetzt werden können."

„Sie sind Vorstandsvorsitzende von Hayward."

„Im Augenblick schon." Sydney sah aus dem Wagen, denn sie hielten vor dem Wohnblock an. „Aha, das Dach ist ebenfalls schon ziemlich weit fortgeschritten."

„Ja, das stimmt." Er selbst war noch lange nicht fertig. Deshalb beugte er sich zu ihr hinüber und öffnete die Tür auf ihrer Seite. Einen Moment waren sie sich so nahe, dass er den Körper leicht an sie presste. Am liebsten hätte Sydney seine Wange gestreichelt, um die Bartstoppeln zu spüren, die er nicht rasiert hatte. „Würden Sie bitte einen Moment mit nach oben kommen?", bat er. „Ich möchte Ihnen etwas geben."

„Es ist beinahe sechs Uhr. Ich sollte …"

„Nur für eine Stunde", fuhr er fort. „Ihr Fahrer kann doch wiederkommen, nicht wahr?"

„Ja, das könnte er." Sie rutschte weiter und war sich nicht sicher, ob sie aussteigen oder nur mehr Abstand zu Mikhail bekommen wollte. „Sie können mir Ihren Bericht ja zuschicken."

„Das könnte ich."

Er rückte einige Zentimeter näher, und Sydney schwang die Beine aus dem Wagen. „In Ordnung. Aber ich glaube kaum, dass es eine ganze Stunde dauern wird."

„Oh doch."

Sie gab nach. Lieber beschäftigte sie sich eine Stunde mit dem Bericht, als allein in ihrer Wohnung zu sitzen und über den Ausgang der Vorstandssitzung nachzudenken. Deshalb gab sie dem Fahrer eine Anweisung und ging mit Mikhail in Richtung Haus.

„Ah, die Veranda ist schon repariert worden."

„Ja, am Dienstag. Es war gar nicht so einfach, die Männer so lange zu vertreiben." Er grüßte drei Alte, die sich dort niedergelassen hatten, und Sydney roch das Bier und den Tabak. „Wir können mit dem Fahrstuhl fahren. Er ist gerade von der Sicherheitsbehörde abgenommen worden."

Sie dachte an die fünf Treppen nach oben. „Sie haben keine Ahnung, wie froh ich darüber bin." Sie betraten die Kabine, und Mikhail schloss das Eisengitter.

„Jetzt besitzt er wieder seinen ursprünglichen Charakter", stellte er fest, während sie hinauffuhren. „Und man braucht keine Angst mehr zu haben, dass man vielleicht die Nacht darin verbringen muss."

Der Fahrstuhl hielt an, und Mikhail öffnete die Türen. Auf dem Flur war die Decke aufgerissen, und die nackten Querbalken und die neuen Leitungen waren zu sehen.

„Der Wasserschaden war ziemlich schlimm", berichtete er. „Sobald das Dach fertig ist, wird die Decke wieder geschlossen."

„Ich hatte zahlreiche Beschwerden von den Mietern erwartet", gestand Sydney, „aber bisher habe ich keine einzige erhalten. Es muss doch ziemlich lästig sein, auf solch einer Baustelle zu leben."

Er zog seine Schlüssel hervor. „Es ist unbequem. Aber alle freuen sich über die Renovierung und beobachten interessiert die Fortschritte." Er trat zurück und bat sie hinein. „Setzen Sie sich, bitte."

Sydney blickte sich in dem Zimmer um. Die Möbel waren in der Mitte zusammengeschoben worden. Stühle stapelten sich auf den Tischen, und der Teppich war aufgerollt. Der Arbeitstisch mit Mikhails Skulpturen, dem Werkzeug und den unbearbeiteten Holzblöcken war mit einem Laken bedeckt. Es roch nach Sägespänen und Terpentin.

„Wo denn?“, fragte sie.

Auf dem Weg zur Küche blieb Mikhail stehen. Nach einem raschen Blick in die Runde beugte er sich vor und zog einen schweren Schaukelstuhl hervor. Mit einer Hand, stellte Sydney beeindruckt fest.

„Hier.“ Er stellte den Stuhl auf eine freie Stelle und ging in die Küche.

Sie setzte sich und merkte, dass der Stuhl ausgesprochen bequem war. Langsam schaukelte sie vor und zurück. „Der ist wirklich hübsch.“

Mikhail hörte das leise Quietschen. „Ich habe ihn vor Jahren für meine Schwester gemacht, als sie ein Baby erwartete.“ Seine Stimme veränderte sich ein wenig, und er drehte den Wasserhahn auf. „Leider verlor sie das Kind einige Monate später und wollte den Stuhl nicht behalten, weil er sie zu schmerzlich an den Verlust erinnerte.“

„Das tut mir sehr leid.“ Das Quietschen hörte auf. „Ich kann mir nichts Schlimmeres für Eltern vorstellen.“

„Es gibt nichts Schlimmeres.“ Er kehrte mit einem Glas Wasser und einem Röhrchen zurück. „Lily wird immer eine Narbe im Herzen ihrer Mutter hinterlassen. Aber Natasha hat inzwischen drei weitere Kinder, und die Freude darüber wiegt den Schmerz auf. Hier.“ Er drückte Sydney das Glas in die Hand und schüttete ihr zwei Tabletten in die Hand. „Gegen Ihre Kopfschmerzen.“

Dankbar schluckte Sydney die Tabletten. Ihr Kopf dröhnte entsetzlich, aber sie hatte es nicht erwähnt. „Ich habe wirklich etwas Kopfschmerzen. Aber woher wissen Sie das?“, fragte sie.

„Ich erkenne es an Ihren Augen.“ Er wartete, bis sie nachgetrunken und das Glas abgesetzt hatte, trat hinter den Schaukelstuhl und massierte kreisförmig ihre Schläfen. „So gering sind die Schmerzen gar nicht.“

Sie musste ihm unbedingt Einhalt gebieten. Sofort. Doch sie konnte nicht widerstehen. Deshalb lehnte sie sich zurück und schloss die Augen, während er mit den Fingern den schlimmsten Schmerz vertrieb.

„Haben Sie mich deshalb heraufgebeten? Um mir etwas gegen meine Kopfschmerzen zu geben?“

Sie klang so müde, so erschöpft, dass sich sein Herz schmerzlich zusammenzog. „Nein, ich habe etwas anderes für Sie. Aber das hat Zeit, bis Sie sich etwas besser fühlen. Reden Sie mit mir, Sydney. Erzählen Sie, was Sie bekümmert. Vielleicht kann ich Ihnen helfen."

„Nein, damit muss ich allein fertig werden." Andererseits konnte es nicht schaden, wenn sie darüber redete und sich Mikhails Meinung dazu anhörte.

„Es handelt sich um die Geschäftspolitik", begann sie, während er ihren Nacken massierte. Seine rauen Finger gingen so sanft vor … „Mir scheint, man kann alle möglichen Tricks einsetzen, wenn man genügend Erfahrung besitzt. Ich habe leider nur meinen Namen und den letzten Willen meines Großvaters. Der Presserummel um Mrs. Wolburg hat meine Stellung in der Firma stark gefährdet. Ich hatte mich bereit erklärt, für die ärztlichen Kosten aufzukommen, ohne den Instanzenweg einzuhalten oder mich juristisch beraten zu lassen. Der Vorstand ist nicht gerade begeistert von mir."

Mikhails Blick verfinsterte sich, und er massierte weiter. „Weil Sie ein anständiger Mensch sind?"

„Weil ich unüberlegt gehandelt habe. Der nachfolgende Presserummel hat die Sache noch verschlimmert. Alle sind sich darüber einig, dass jemand mit mehr Köpfchen den Fall Wolburg – so nennt man die Angelegenheit bei Hayward – still und unauffällig geregelt hätte. Am Freitagmittag findet eine Vorstandssitzung statt. Es ist gut möglich, dass man mich zum Rücktritt auffordert."

„Werden Sie zurücktreten?"

„Ich weiß es nicht." Mikhail bearbeitete inzwischen wohltuend ihre Schultern. „Ich möchte die Sache gern ausfechten. Andererseits befindet sich die Firma seit über einem Jahr im Umbruch, und es würde ihr nicht gut tun, wenn die Vorstandsvorsitzende und der Vorstand sich gegenseitig bekämpfen. Hinzu kommt, dass der stellvertretende Vorstand und ich uns ebenfalls nicht gut verstehen. Er ist wohl nicht ganz zu Unrecht der Ansicht, dass eigentlich ihm Platz eins zukommt." Sie lachte leise. „Manchmal wünschte ich, er säße dort."

„Das glaube ich Ihnen nicht." Er widerstand der Versuchung, seine Lippen auf ihren schlanken Hals zu drücken. „Sie übernehmen gern Verantwortung, und Sie sind bestimmt nicht schlecht."

Sydney hörte auf zu schaukeln und drehte sich zu ihm um. „Sie sind der erste Mensch, der das zu mir sagt. Die meisten halten meine Arbeit für eine Art Spielerei oder für einen zeitweiligen Anfall von Wahnsinn."

Er strich mit der Hand ihren Arm hinab und hockte sich vor sie. „Dann kennen sie Sie nicht besonders gut, nicht wahr?"

Unzählige Gefühle durchströmten Sydney, während sie Mikhail betrachtete. Doch die Freude, die reine Freude, von ihm verstanden zu werden, überwog alle anderen. „Vielleicht tun sie es nicht", murmelte sie.

„Ich werde Ihnen keinen Rat geben." Er nahm ihre Hand und betrachtete die langen, ringlosen Finger, das schmale Gelenk und die glatte kühle Haut. „Ich verstehe nichts von Geschäftspolitik oder Vorstandssitzungen. Aber ich bin sicher, dass Sie sich richtig entscheiden werden. Sie besitzen einen scharfen Verstand und ein gutes Herz."

Ohne es zu merken, drehte sie ihre Hand und drückte seine lächelnd. Mikhail und sie verband mehr als nur die verschlungenen Finger. Er unterstützte sie moralisch. Er glaubte an sie und ermutigte sie in einer Weise, wie sie es nicht für möglich gehalten hätte.

„Seltsam, dass ich einen ukrainischen Tischler gebraucht habe, um mich auszusprechen. Danke."

„Gern geschehen." Er sah ihr in die Augen. „Ihre Kopfschmerzen sind weg."

Erstaunt berührte Sydney ihre Schläfen. „Ja, das stimmt." Sie erinnerte sich nicht, je so entspannt gewesen zu sein. „Sie könnten mit Ihren Händen ein Vermögen verdienen."

Lächelnd strich er ihre Arme hinauf und schob den Stoff in die Höhe, damit er ihre nackte Haut spürte. „Man muss nur wissen, was man damit tun kann – und wann." Er wusste genau, was er mit diesen Händen bei ihr machen wollte. Leider war jetzt der falsche Zeitpunkt dafür.

„Ja. Und nun ..." Da war es wieder, dieses seltsame Ziehen in ihrem Inneren und das Prickeln, das sie überlief. „Ich bin Ihnen wirklich dankbar. Aber nun muss ich gehen."

„Sie haben noch Zeit." Er strich ihre Arme wieder hinab und verschlang seine Finger mit ihren. „Außerdem habe ich Ihnen mein Geschenk noch nicht gegeben."

„Ihr Geschenk?"

Mikhail hatte Sydney auf die Füße gezogen, und sie standen sich Schenkel an Schenkel gegenüber. Ihre Augen waren genau in Höhe seines Mundes.

Er brauchte sich nur hinabzubeugen, dann konnte er sie küssen. Wenige Zentimeter genügten, und der Gedanke daran machte ihn halb wahnsinnig. „Mögen Sie keine Geschenke?"

Beim Klang seiner Stimme durchrieselte es sie glühend heiß. „Ich ... Der Bericht", sagte sie, denn sie erinnerte sich plötzlich, weshalb sie heraufgekommen war. „Wollten Sie mir nicht Ihren Bericht geben?"

Er strich mit dem Daumen über ihr Handgelenk und fühlte, wie ihr Puls raste. Es war verlockend, ungeheuer verlockend. „Den kann ich Ihnen auch zuschicken. Ich hatte etwas anderes im Sinn."

„Etwas ..." Sydney konnte nicht mehr klar denken.

Er freute sich so sehr über ihre Reaktion, dass er sie am liebsten geküsst hätte. Stattdessen ließ er ihre Hände los und trat beiseite.

Sie rührte sich nicht von der Stelle, während er zum Regal ging und das Tuch anhob. Kurz darauf war er zurück und drückte ihr eine kleine Statuette, die Skulptur einer Frau, in die Hand.

„Ich möchte, dass Sie sie haben."

„Aber ..." Sie gab sich große Mühe, ihre Ablehnung zu formulieren, doch sie bekam keinen zusammenhängenden Satz heraus.

„Gefällt Ihnen die Figur nicht?"

„Doch, natürlich. Sie ist entzückend. Aber weshalb geben Sie sie mir?" Instinktiv schloss sie die Finger um das zarte Holz.

„Weil sie mich an Sie erinnert. Sie ist entzückend, zerbrechlich und ihrer selbst nicht sicher."

Sydneys Freude wurde durch diese Beschreibung etwas gedämpft. „Ich werde sie in Ehren halten."

„Das freut mich. Und jetzt bringe ich Sie hinunter. Sie wollen doch nicht zu spät zum Abendessen mit Ihrer Mutter kommen."

„Mutter wird nicht vor halb neun auftauchen, sie kommt immer zu spät." Verblüfft blieb sie stehen. „Woher wissen Sie von der Verabredung mit meiner Mutter?"

„Sie hat es mir vor zwei Tagen erzählt. Wir hatten uns zu einem Drink in der Stadt getroffen."

Sie drehte sich um, sodass er auf einer Seite der Schwelle und sie auf der anderen stand. „Sie haben sich mit meiner Mutter getroffen?“, fragte sie und betonte jedes einzelne Wort.

„Ja.“ Träge lehnte er sich an den Rahmen. „Und bevor Sie sich in einen Eisberg verwandeln, sollen Sie wissen, dass ich keinerlei sexuelles Interesse an Margerite habe.“

„Das ist ja unglaublich. Einfach unglaublich.“ Zum Glück lag die Holzfigur schon in ihrer Handtasche, sonst wäre vielleicht etwas damit passiert. „Wir hatten ausgemacht, dass Sie meine Mutter in Ruhe lassen würden.“

„Wir hatten überhaupt nichts ausgemacht“, verbesserte er sie. „Außerdem habe ich Ihre Mutter nicht belästigt.“ Es würde nicht viel nützen, wenn sie erfuhr, dass Margerite ihn dreimal hatte anrufen müssen, bevor er nachgegeben und in ein Treffen eingewilligt hatte. „Es war eine rein freundschaftliche Begegnung. Am Ende hat Ihre Mutter begriffen, dass es zwischen uns nichts als Freundschaft geben kann. Besonders“, fuhr er fort und hob die Hand, damit sie ihn nicht unterbrach, „weil ich sexuell sehr an ihrer Tochter interessiert bin.“

Sydney schluckte und rang um Fassung. Aber es gelang ihr nicht. „Das sind Sie nicht“, erklärte sie heftig. „Ihnen geht es nur darum, einige weitere Punkte als Macho zu sammeln.“

Seine Augen funkelten seltsam. „Wollen wir wieder hineingehen, damit ich Ihnen genauer zeigen kann, woran ich interessiert bin?“

„Nein.“ Bevor sie es verhindern konnte, trat Sydney den Rückzug an. „Aber ich bitte Sie, so anständig zu sein und nicht mit den Gefühlen meiner Mutter zu spielen. Es würde sie sehr verletzen.“

Er fragte sich, ob Margerite ihre Tochter ebenfalls so spontan verteidigen würde. Ahnte Sydney, dass es der Mutter nur um eine kurze Affäre mit einem wesentlich jüngeren Mann ging, was er ganz entschieden abgelehnt hatte?

„Da ich verhindern möchte, dass Ihre Kopfschmerzen zurückkehren, nachdem ich mir solche Mühe gegeben habe, sie zu vertreiben, werde ich versuchen, mich so deutlich wie möglich auszudrücken. Ich habe absolut kein Interesse daran, körperlich oder gefühlsmäßig irgendetwas mit Ihrer Mutter anzufangen. Sind Sie jetzt zufrieden?“

„Ich wünschte, ich könnte Ihnen glauben.“

Mikhail rührte sich nicht, aber sie spürte, dass er innerlich kochte. „Ich lüge nicht", antwortete er leise, aber scharf.

Ihr Blick war eiskalt. „Halten Sie sich lieber an Ihren Hammer und Ihre Nägel, Mikhail. Dann kommen wir auch künftig gut miteinander aus. Ich finde meinen Weg allein." Langsam drehte sie sich um und ging zum Fahrstuhl. Zwar blickte sie nicht zurück, aber sie spürte, dass Mikhail ihr nachsah.

Punkt zwölf Uhr nahm Sydney an der Stirnseite des langen Nussbaumtisches im Konferenzzimmer der Vorstandsetage von Hayward Enterprises Platz. Zehn Männer und zwei Frauen saßen zu beiden Seiten. Kristallgläser, Notizblöcke und Kugelschreiber lagen bereit. Die schweren Brokatvorhänge waren zurückgezogen und gaben den Blick auf eine Fensterfront mit getönten Scheiben frei, die bei schönem Wetter die blendenden Sonnenstrahlen dämpfen sollten. Doch heute regnete es in Strömen, und gelegentlich war rollender Donner zu hören.

Das trübe Wetter war Sydney ganz recht. Sie kam sich wie eine ungehorsame Schülerin vor, die ins Zimmer des Direktors gerufen worden war.

Aufmerksam betrachtete sie die Gesichter. Einige der hier Versammelten hatten schon bei Hayward gearbeitet, da war sie noch gar nicht auf der Welt gewesen. Sie waren vermutlich am schwersten zu besänftigen, da sie immer noch das kleine Mädchen in ihr sahen, das auf den Knien des Großvaters gespielt hatte.

Etwa in der Mitte saß Lloyd mit einer so selbstgefälligen Miene, dass sie ihm am liebsten ins Gesicht geschlagen hätte. Nein, dachte sie entschlossen, das wäre keine Lösung. Ich will gewinnen.

„Meine Damen und Herren", begann sie und stand auf. „Bevor wir in die Diskussion über den Vorfall eintreten, möchte ich eine Erklärung abgeben."

„Sie haben Ihre Erklärung bereits gegenüber der Presse abgegeben, Sydney", stellte Lloyd fest. „Ich glaube, alle kennen Ihre Position."

Einige Anwesende murmelten zustimmend, andere deuteten ihr Missfallen an. Sydney wartete einen Moment, bevor sie weitersprach.

„Als Vorstandsvorsitzende und Hauptaktionärin von Hayward

werde ich zunächst meinen Standpunkt darlegen, anschließend können wir darüber diskutieren."

Ihr Hals schnürte sich zusammen, denn alle Blicke richteten sich auf sie. Manche waren geduldig, einige nachsichtig, andere eher misstrauisch.

„Wie man mir sagte, hegt der Vorstand Bedenken wegen der Höhe der Summe, die ich für unser Apartmenthaus in Soho bereitgestellt habe. Das Gebäude erwirtschaftet zwar nur einen relativ geringen Anteil an unserem Firmengewinn, dafür ist uns die Summe aber sicher. Während der letzten zehn Jahre waren dort kaum Reparaturen erforderlich. Zumindest sind keine vorgenommen worden, sollte ich wohl lieber sagen. Den vierteljährlichen Berichten haben Sie zweifellos entnommen, um wie viel der Wert der Immobilien in diesem Zeitraum gestiegen ist. Schon vom rein wirtschaftlichen Standpunkt meine ich daher, dass die von mir gebilligte Summe der Sicherung dieses Eigentums dient."

Sie hätte gern eine kurze Pause eingelegt und einen Schluck Wasser getrunken. Aber das sähe aus, als wäre sie nervös. Deshalb fuhr sie fort.

„Darüber hinaus stehe ich auf dem Standpunkt, dass die Firma Hayward die moralische, sittliche und juristische Pflicht hat, die Wohnungen ihrer Mieter in einem ordentlichen und sicheren Zustand zu halten."

„Das Gebäude hätte mit der halben Summe entsprechend renoviert werden können", warf Lloyd ein.

Sydney sah ihn kurz an. „Das ist richtig. Mein Großvater wünschte jedoch mehr als nur das unbedingt Erforderliche. Er wollte stets das Beste für seine Mieter. Und ich ebenfalls. Ich werde Sie hier nicht mit Zahlen langweilen. Die finden Sie in Ihren Unterlagen, und wir können anschließend darüber diskutieren. Ja, die benötigte Summe für das Soho-Gebäude ist hoch, denn die Maßstäbe von Hayward sind es ebenfalls."

„Sydney", antwortete Howard Keller, einer der ältesten Mitarbeiter ihres Großvaters, „niemand bezweifelt Ihre Motive oder Ihren Einsatz. Wir müssen jedoch über Ihr Urteilsvermögen in dieser und der Wolburg-Angelegenheit reden. Die Reaktion der Öffentlichkeit hat uns erheblich geschadet. Unsere Aktien sind gefallen. Hinzu kommt der Verlust, den wir erlitten haben, als Sie die Firmenleitung übernahmen. Die Aktionäre sind verständlicherweise besorgt."

„Bei der Wolburg-Angelegenheit", erklärte Sydney mit fester Stimme, „handelt es sich um eine achtzigjährige Frau, die sich die Hüfte gebrochen hat. Sie stürzte, weil der Boden in ihrer Küche schadhaft war und wir die erforderliche Reparatur versäumt hatten."

„Genau wegen dieser unbedachten Erklärung werden jetzt zahllose Schadensersatzklagen auf Hayward Enterprises zukommen", warf Lloyd ein. Er sprach ruhig und besonnen. „Derartige Entscheidungen dürfen erst nach sorgfältiger Prüfung seitens der Versicherung und der Rechtsabteilung getroffen werden. Wo kämen wir hin, wenn unsere Firma emotional oder impulsiv geführt würde? Miss Hayward mag das Schicksal der alten Mrs. Wolburg sehr zu Herzen gegangen sein. Aber es gibt gewisse Verfahren und Instanzenwege, die eingehalten werden müssen. Inzwischen hat sich die Presse des Themas angenommen und …"

„Ja", unterbrach Sydney ihn. „Es ist sehr interessant, wie rasch die Presse von dem Unfall erfahren hat. Kaum zu glauben, dass Hayward Enterprises bereits einen Tag, nachdem eine unbekannte alte Frau in ihrer Wohnung gestürzt war, in die Schlagzeilen geriet."

„Wahrscheinlich hat sie selbst die Presse informiert", sagte Lloyd.

„Meinen Sie?" Sydney lächelte kühl.

„Wie die Presse Wind von dem Vorfall bekommen hat, interessiert im Moment nicht", erklärte Mavis Trelane. „Tatsache ist, dass sie davon erfuhr. Dadurch hat sie die Öffentlichkeit stark gegen uns aufgebracht, und unsere Firma ist in eine sehr heikle Lage geraten. Die Aktionäre erwarten eine rasche Lösung."

„Glaubt irgendjemand, dass Hayward Enterprises nicht für Mrs. Wolburgs Verletzungen verantwortlich ist?"

„Darauf kommt es im Augenblick nicht an", verbesserte Mavis sie. „Außerdem können wir uns keine endgültige Meinung darüber bilden, solange die Untersuchungen über den Unfall nicht abgeschlossen sind. Hier geht es ausschließlich darum, wie solche Angelegenheiten behandelt werden."

Es klopfte an der Tür.

Stirnrunzelnd stand Sydney auf und öffnete. „Janine, ich habe doch gesagt, dass ich nicht gestört werden möchte."

„Ja, Ma'am, aber es ist sehr wichtig", flüsterte die Sekretärin, die sich spontan auf Sydneys Seite geschlagen hatte. „Ein Freund von mir, der bei Channel 6 arbeitet, hat gerade angerufen. Er sagte, Mrs. Wolburg werde im Mittagsmagazin eine Erklärung abgeben. Sie kann jeden Moment über den Sender gehen."

Sie zögerte einen Moment, dann nickte sie. „Danke, Janine."

„Viel Glück, Miss Hayward."

Lächelnd schloss Sydney die Tür. Glück konnte sie wirklich gebrauchen.

Ruhig wandte sie sich an die Anwesenden. „Ich habe soeben erfahren, dass Mrs. Wolburg gleich eine Erklärung im Fernsehen abgeben wird. Ich nehme an, es interessiert alle, was sie zu sagen hat. Mit Ihrer Erlaubnis werde ich daher den Fernseher einschalten." Ohne die Zustimmung abzuwarten, nahm sie die Fernbedienung und drückte auf die Taste.

Während Lloyd noch verlangte, der Vorstand müsse sich anhand der Fakten ein Bild machen und dürfe sich nicht von einem Werbemanöver ablenken lassen, schaltete Channel 6 nach einem Werbespot an Mrs. Wolburgs Krankenhausbett.

Die Reporterin, eine hübsche Frau Anfang Zwanzig mit aufmerksamem Blick, fragte die Patientin zunächst, wie es zu dem Unfall gekommen sei.

Mrs. Wolburg erzählte, weshalb sie mit dem Fuß im eingerissenen Linoleum hängen geblieben war und dass wegen des Baulärms niemand ihre Hilferufe gehört hatte.

Einige Vorstandsmitglieder schüttelten verblüfft den Kopf, und Lloyd lächelte insgeheim, weil er einen weiteren Schlag gegen Sydneys sinkendes Schiff erwartete.

„War Hayward Enterprises bekannt, in welchem Zustand sich der Boden befand?", fragte die Reporterin.

„Ja, natürlich. Mik – also Mikhail Stanislaski, dieser nette junge Mann aus dem fünften Stock – hat einen Brief nach dem anderen wegen des Gebäudes geschrieben."

„Und nichts geschah?"

„Nein, absolut nichts. Bei Mr. und Mrs. Kowalski, dem jungen Paar aus Apartment 101, fiel ein Stück Gips von der Größe eines Suppentellers von der Decke, und Mikhail reparierte den Schaden."

„Die Mieter mussten also zur Selbsthilfe greifen, da der Eigentümer sich nicht darum kümmerte?"

„Ja, das könnte man sagen. So war es zumindest bis vor einigen Wochen."

„Und was geschah während der letzten Wochen, Mrs. Wolburg?"

„Alles besserte sich sofort, nachdem Miss Sydney Hayward die Leitung der Firma übernahm. Sie ist die Enkelin des verstorbenen Mr. Hayward. Wie ich hörte, ist der alte Mann vor seinem Tod sehr krank gewesen. Die Dinge sind ihm während der letzten beiden Jahre wohl aus der Hand geglitten. Nun ja, Mikhail Stanislaski ging zu Miss Hayward, und sie kam noch am selben Tag heraus und überzeugte sich persönlich von den notwendigen Reparaturen. Keine vierzehn Tage später wimmelte es bei uns von Handwerkern. Wir erhielten neue Fenster, und das neue Dach dürfte in diesen Minuten fertig werden. Außerdem wurden die Installationen erneuert. Alles, was Mr. Stanislaski auf die Liste gesetzt hat, wird ausgeführt."

„Tatsächlich? Begannen die Arbeiten vor oder nach Ihrem Unfall?"

„Vorher", antwortete Mrs. Wolburg ungehalten. „Ich sagte Ihnen doch, dass mich wegen des Hämmerns und Sägens niemand hörte, als ich gestürzt war. Zufällig war Miss Hayward an diesem Tag wieder da, um sich von dem Fortgang der Arbeiten zu überzeugen. Sie und Mikhail Stanislaski fanden mich. Sie setzte sich zu mir auf den Boden und redete mir gut zu. Sie brachte mir eine Decke und ein Kissen und blieb bei mir, bis der Krankenwagen kam. Anschließend fuhr sie mit ins Krankenhaus und übernahm alle Kosten für meine Behandlung. Inzwischen hat sie mich schon dreimal besucht."

„Meinen Sie nicht, dass Hayward Enterprises – und damit Sydney Hayward – schuld daran ist, dass Sie jetzt hier liegen müssen?"

„Meine schlechten Augen und das Loch im Boden sind schuld daran", antwortete Mrs. Wolburg ruhig. „Eines sage ich Ihnen ganz klar – und ich habe es auch schon den Reportern erklärt, die meine Familie belästigen: Ich habe keine Veranlassung, Hayward Enterprises zu verklagen. Miss Hayward hat sich von Anfang an um mich gekümmert. Hätte die Firma die Zahlungen hinausgezögert oder versucht, die Tatsachen zu verdrehen, wäre es etwas anderes. Aber sie hat sich korrekt verhalten. Es könnte gar nicht besser sein. Sydney

Hayward ist eine anständige Frau. Solange sie die Firma leitet, geht dort bestimmt alles mit rechten Dingen zu. Ich bin froh, in einem Haus zu wohnen, dessen Eigentümer ein Gewissen besitzt."

Sydney schaltete den Fernseher nach Abschluss des Interviews wieder aus und wartete schweigend ab.

„Eine solche Aussage bekommt man nicht auf Bestellung", erklärte Mavis schließlich. „Ihre Methoden mögen zwar ungewöhnlich sein, Sydney, und ich bin davon überzeugt, dass noch einige Konsequenzen auf uns zukommen, aber ich nehme an, unsere Aktionäre werden alles in allem zufrieden sein."

Die Diskussion zog sich noch eine halbe Stunde hin, aber die Krise war vorüber.

Sobald Sydney wieder in ihrem Büro war, griff sie zum Telefon. Erst nach dem zwölften Läuten nahm jemand ab.

„Hallo?"

„Mikhail?"

„Nein, er ist hinten auf dem Flur."

„Oh, dann ..."

„Bleiben Sie am Apparat." Es klickte in der Leitung, dann rief eine männliche Stimme Mikhails Namen. Sydney kam sich ziemlich töricht vor und wartete.

„Ja, bitte?"

„Mikhail, hier ist Sydney."

Lächelnd holte er einen Krug mit Eiswasser aus dem Kühlschrank. „Hallo!"

„Ich habe gerade das Mittagsmagazin gesehen und nehme an, Sie wissen, was ich meine."

„Ja, ich habe es ebenfalls während der Pause gesehen. Und?"

„Haben Sie Mrs. Wolburg darum gebeten?"

„Nein." Er trank ein halbes Glas Wasser. „Ich habe ihr von Ihren Schwierigkeiten erzählt, und sie kam selbst auf diesen Gedanken. Es war eine sehr gute Idee."

„Ja, das war es. Und ich schulde Ihnen Dank dafür."

„Meinen Sie?" Er dachte einen Moment nach. „Dann zahlen Sie ihn ab."

Eigentlich hatte sie angenommen, dass er ihren Dank zurückweisen würde. „Was meinen Sie damit?", fragte sie zögernd.

„Zahlen Sie ihn ab, Miss Hayward, und essen Sie Sonntagabend mit mir."

„Ich verstehe nicht, was das eine mit dem anderen zu tun hat."

„Sie sind mir noch etwas schuldig", erinnerte er sie. „Und ich wünsche mir als Dank ein Essen mit Ihnen. Das ist doch nicht zu viel verlangt, oder? Ich hole Sie ungefähr um vier Uhr ab."

„Um vier Uhr? Zu einem Abendessen?"

„Stimmt." Er zog einen Zimmermannsstift aus der Tasche. „Wie lautet Ihre Privatadresse?"

Er stieß einen leisen Pfiff aus, als Sydney sie ihm widerstrebend nannte, und notierte die Adresse an der Wand. „Und Ihre Telefonnummer? Für den Fall, dass etwas dazwischenkommt."

Widerstrebend gab Sydney ihm die Nummer. „Eines möchte ich ganz deutlich sagen ..."

„Das können Sie tun, wenn ich Sie abhole. Ich stelle die Forderung, und Sie bezahlen." Impulsiv zog er ein Herz um ihre Anschrift und die Telefonnummer. „Bis Sonntag, Boss."

6. KAPITEL

Prüfend betrachtete Sydney ihr Gesicht im Drehspiegel. Natürlich ist dies kein intimes Rendezvous, sagte sie sich wohl zum hundertsten Mal. Sie bewies Mikhail ihre Dankbarkeit, und die war sie ihm schuldig, ganz gleich, was sie für ihn empfand.

Sie solle sich nicht zu elegant anziehen, hatte er gesagt. In dieser Beziehung verließ sie sich auf sein Wort. Ihr Kleid war wirklich schlicht. Der tiefe Ausschnitt und die feinen Träger waren ein Zugeständnis an die Hitze. Der hauchdünne leichte Stoff war stahlblau. Was allerdings nicht hieß, dass sie sich an Mikhails Rat gehalten hätte und deshalb eine freundlichere Farbe trug.

Trotzdem war das Kleid neu – sie hatte beinahe zwei Stunden verzweifelt danach gesucht, aber nur, weil sie sowieso etwas Neues zum Anziehen brauchte.

Die kurze Goldkette und die Goldkreolen in ihren Ohren waren von unauffälliger Eleganz. Außerdem hatte sie mehr Zeit als sonst für ihr Make-up benötigt, weil sie einige neue Lidschatten ausprobieren wollte.

Nach längerer Überlegung hatte sie ihr Haar offen gelassen. Allerdings hatte es eine ganze Weile gedauert, bis ihr die Frisur gefiel: zwanglos und auch sexy.

Zwar wollte Sydney heute Abend nicht aufreizend erscheinen, aber ein bisschen Eitelkeit durfte sich eine Frau ruhig erlauben.

Einen kleinen Moment zögerte sie, bevor sie zu dem Kristallflakon mit ihrem Parfüm griff, denn sie erinnerte sich, wie Mikhail den Duft beschrieben hatte. Dann tat sie ein wenig auf den Puls. Natürlich war es nicht wichtig, ob ihm das Parfüm gefiel. Sie trug es für sich.

Zufrieden überprüfte sie den Inhalt ihrer Handtasche und sah auf die Uhr. Sie hatte noch eine ganze Stunde Zeit. Erleichtert atmete sie auf und setzte sich auf das Bett. Zum ersten Mal in ihrem Leben sehnte sie sich heftig nach einem Drink.

Eineinviertel Stunden später läutete es an ihrer Tür. Sydney war inzwischen pausenlos in der Wohnung auf und ab gelaufen, hatte die

Kissen aufgeschüttelt und die kleine Skulptur aufgehoben und wieder an ihren Platz gestellt.

Sie stürzte auf den Flur und stellte fest, dass sie ihr Haar wieder richten musste. Äußerlich gefasst, öffnete sie schließlich.

Mikhail schien sich keine besonderen Gedanken über seine Kleidung gemacht zu haben. Seine Jeans waren sauber, aber verblichen, und seine Schuhe kaum weniger alt als die Arbeitsstiefel, die er normalerweise trug. Sein Hemd war aus Baumwolle, die rauchblaue Farbe harmonierte mit der von Sydneys Kleid. Sein schwarzes Haar fiel so ungebändigt über den Kragen, dass jede Frau davon geträumt hätte, ihre Finger hineinzuschieben.

Er wirkte äußerst sinnlich, ein bisschen verwegen und nicht gerade ungefährlich.

Und er hatte ihr eine Tulpe mitgebracht.

„Ich komme zu spät." Er hielt ihr die Blüte hin und überlegte, dass Sydney ebenso kühl und köstlich wirkte wie ein Eissorbet in einer Kristallschale. „Ich habe noch an Ihrem Gesicht gearbeitet."

„Was haben Sie getan?"

„An Ihrem Gesicht gearbeitet." Er legte die Hand unter ihr Kinn. „Ich hatte das richtige Rosenholz gefunden und anschließend völlig die Zeit vergessen." Er betrachtete Sydney aufmerksam und strich mit den Fingern über ihr Gesicht, als suche er nach einer Antwort auf ungestellte Fragen. „Darf ich hereinkommen?"

„Natürlich", stotterte sie verwirrt. „Es dauert nur eine Minute." Sie trat einen Schritt zurück, um sich von Mikhail zu lösen. „Ich möchte die Tulpe rasch ins Wasser stellen."

Während sie in die Küche ging, ließ er den Blick durch den Raum gleiten. Das Zimmer gefiel ihm. Es war längst nicht so durchgestylt, wie man es bei einer Frau wie ihr erwartet hätte. Hier, in dieser gemütlichen Atmosphäre aus warmen Farben, lebte Sydney wirklich. Die antiken Möbel wurden durch Einzelstücke im Jugendstil ergänzt. Der Bronzefuß einer Lampe bestand aus dem Körper einer großen schlanken Frau, und die Glastüren einer Sammelvitrine, hinter denen sich eine Reihe antiker Perlentäschchen befand, waren mit rankenden Blumen verziert.

Seine Statuette stand allein in einem hübschen alten Fach, wie er geschmeichelt feststellte.

Sydney kehrte zurück und brachte die Tulpe in einer schlanken Silbervase herein.

„Ich bewundere Ihren Geschmack."

Sie stellte die Vase auf die Vitrine. „Danke."

„Jugendstil ist sehr sinnlich." Mit dem Finger zog er eine Blüte der Lampe nach. „Und rebellisch."

Sydney wunderte sich über diese Beschreibung. „Ich finde ihn reizvoll und anmutig."

„Anmutig, ja. Aber auch kraftvoll."

Ihr gefiel die Art und Weise nicht, wie er sie anlächelte. Als wüsste er ein Geheimnis, das sie nicht kannte. „Nun ... ja. Als Künstler stimmen Sie mir sicher zu, dass Kunst kraftvoll sein sollte. Möchten Sie einen Drink, bevor wir gehen?"

„Nein, ich muss noch fahren."

„Fahren?"

„Ja. Mögen Sie Sonntagsausflüge, Sydney?"

„Ich ..." Sie nahm ihre Tasche, um ihre Hände zu beschäftigen. Sie wollte sich auf keinen Fall wie ein Teenager beim ersten Rendezvous in Verlegenheit bringen lassen. „In der Stadt habe ich nicht oft Gelegenheit dazu." Es war besser, wenn sie losfuhren. Daher ging sie zur Tür und fragte sich, wie es war, mit ihm allein in einem Auto zu sein. „Ich wusste gar nicht, dass Sie einen Wagen haben."

Mikhail lächelte ein wenig, während sie auf den Flur traten. „Ich habe ihn vor einigen Jahren gekauft, als ich mit meiner Kunst zum ersten Mal Erfolg hatte. Er war eine Art Traum von mir. Inzwischen haben die Kosten für die Parkgarage vermutlich den Anschaffungspreis überschritten. Träume sind selten kostenlos."

Sie betraten den Fahrstuhl, und Mikhail drückte auf den Knopf zum Untergeschoss.

„Ich habe auch schon daran gedacht, einen Wagen zu kaufen", gab Sydney zu. „Mir fehlt die Unabhängigkeit, jederzeit einsteigen und irgendwohin fahren zu können. Vor dem Tod meines Großvaters war ich zwei Jahre in Europa und habe das sehr genossen. Hier in New York scheint es dagegen sinnvoller zu sein, einen Fahrer einzustellen, als ständig um einen Parkplatz zu kämpfen."

„Irgendwann werden wir gemeinsam am Fluss entlang nach Norden fahren. Dort können Sie das Steuer gern übernehmen."

Der Gedanke, in Richtung Berge zu fahren, gefiel ihr sehr. Trotzdem ging sie nicht auf seine Bemerkung ein. „Ihr Bericht ist am Freitag angekommen“, sagte sie stattdessen.

„Nicht heute.“ Er ergriff ihre Hand, während sie die Tiefgarage betraten. „Das Gespräch über den Bericht hat bis Montag Zeit. Hier.“ Er öffnete die Tür eines glänzenden roten MG. Das Verdeck war heruntergeklappt. „Es macht Ihnen doch nichts aus, mit offenem Dach zu fahren?“, fragte er, während sie sich hineinsetzte.

Sydney musste an die Mühe denken, die sie sich mit ihrer Frisur gegeben hatte. Andererseits war die Vorstellung, das Haar von einer heißen Brise zerzausen zu lassen, ausgesprochen reizvoll. „Nein, es macht mir nichts aus.“

Mikhail glitt hinter das Lenkrad und startete den Motor. Er setzte eine Sonnenbrille auf und fuhr hinaus. Im Radio erklang Rockmusik. Sydney lächelte versonnen, während sie um den Central Park fuhren.

„Sie haben noch nicht gesagt, wohin wir fahren.“

„Ich kenne da etwas, wo das Essen ausgezeichnet ist.“ Befriedigt stellte er fest, dass sie mit dem Fuß im Takt wippte. „Wo in Europa haben Sie gelebt?“

„Oh, ich bin nicht an einem Ort geblieben. Ich war in Paris, Saint Tropez, Venedig, London und Monte Carlo.“

„Haben Sie vielleicht Zigeunerblut in den Adern?“

„Mag sein.“ Wanderlust hatte sie gewiss nicht durch halb Europa getrieben. Sie war mit sich selbst unzufrieden gewesen und hatte das Bedürfnis gehabt, sich zu verstecken, bis die Wunden geheilt waren. „Waren Sie seit Ihrer Kindheit noch einmal drüben?“

„Nein, das war ich nicht. Aber ich würde gern wieder hinfahren, weil ich die Kunst, die Atmosphäre, die Architektur und all das als Erwachsener richtig zu würdigen wüsste. Wo hat es Ihnen am besten gefallen?“

„In einem kleinen französischen Dorf auf dem Lande, wo die Kühe noch mit der Hand gemolken wurden und dicke rote Trauben an den Weinstöcken hingen. Zu dem Gasthof, in dem ich wohnte, gehörte ein Garten mit großen bunten Blumen. Dort konnte man nachmittags sitzen, einen fantastischen Rotwein trinken und auf das Gurren der Tauben lauschen.“ Sie schwieg verlegen. „Außerdem hat mir natürlich Paris gefallen“, fügte sie rasch hinzu. „Das Essen, die

Geschäfte, das Ballett ... Ich kannte dort eine Menge Leute, und die Partys haben mir viel Spaß gemacht."

Aber nicht so viel, wie allein im Garten zu sitzen und die Blumen zu betrachten, überlegte er.

„Haben Sie schon einmal daran gedacht, in die Ukraine zurückzukehren?", fragte Sydney. „Inzwischen ginge es ja."

„Ziemlich oft sogar. Ich möchte den Ort wiedersehen, in dem ich geboren wurde, und das Haus, in dem wir gewohnt haben. Vielleicht steht es gar nicht mehr. Aber die Hügel, auf denen ich als Kind gespielt habe, müssen noch da sein."

Sie konnte seine Augen hinter der Sonnenbrille nicht sehen, doch sie ahnte, dass sie wehmütig dreinblickten. „In den letzten Jahren hat sich viel verändert. Glasnost und Perestroika ... Die Berliner Mauer ist gefallen, der Ostblock existiert nicht mehr. Sie könnten tatsächlich fahren."

„Manchmal denke ich, dass ich es tun werde. Aber dann frage ich mich, ob es nicht besser wäre, es bei der Erinnerung zu belassen. Sie ist zum Teil bitter, zum Teil süß, aber immer mit den Augen eines Kindes gesehen. Ich war noch sehr jung, als wir die Heimat verließen."

„Das muss sehr schwer gewesen sein."

„Ja. Vor allem für meine Eltern, die das Risiko besser kannten als wir. Sie hatten den Mut, alles zurückzulassen, was sie besaßen, um ihren Kindern das Einzige zu geben, was sie nie gehabt hatten: die Freiheit."

Gerührt legte Sydney die Hand auf seine Finger am Schalthebel. Margerite hatte erzählt, dass Mikhail und seine Eltern mit einem Fuhrwerk nach Ungarn geflüchtet waren. Die Mutter hatte es wie ein romantisches Abenteuer dargestellt. Ihr, Sydney, kam eine Flucht nicht romantisch vor, sondern beängstigend. „Sie müssen furchtbare Angst gehabt haben."

„Mehr, als ich je wieder erleben möchte. Als wir Amerika erreichten, weinte mein Vater. Und ich begriff, dass wir es geschafft hatten."

Sydneys Augen füllten sich ebenfalls mit Tränen. Sie wandte sich ab, damit der Wind sie trocknete. „Hier muss es doch auch schlimm gewesen sein. Ein fremdes Land, eine fremde Sprache, eine fremde Kultur ..."

Er hörte die innere Bewegung in ihrer Stimme. Sie sollte seinetwegen nicht traurig sein. „Kinder passen sich schnell an", versicherte er ihr. „Ich brauchte dem Jungen von nebenan nur die Nase blutig zu schlagen, schon fühlte ich mich zu Hause."

Sie drehte sich wieder zu ihm. Sie sah, dass er lächelte, und lachte ebenfalls. „Und anschließend wurden Sie unzertrennliche Freunde, nehme ich an."

„Bei seiner Hochzeit vor zwei Jahren war ich Trauzeuge."

Sie lehnte sich zurück und stellte fest, dass sie soeben die Brücke nach Brooklyn überquerten. „Konnten Sie nicht etwas in Manhattan finden?"

Er lächelte noch breiter. „Nicht so etwas wie hier."

Kurz darauf fuhr Mikhail durch eines der alten Viertel von Brooklyn mit seinen verblichenen Backsteinreihenhäusern und den hohen schattigen Bäumen. Kinder spielten auf den Gehsteigen, fuhren Rad und sprangen mit dem Seil. Am Randstein, wo er den Wagen anhielt, tauschten zwei Jungen Baseballkarten aus.

„He, Mik!" Sie sprangen auf, bevor Mikhail aus dem Wagen war. „Du hast das Spiel verpasst. Es ist seit einer Stunde vorbei."

„Ich werde das nächste Mal zusehen", versprach er. Er drehte sich um und stellte fest, dass Sydney ebenfalls ausgestiegen war und sich argwöhnisch umsah. Geheimnisvoll beugte er sich vor und zwinkerte den Jungen zu. „Ich habe eine tolle Frau mitgebracht."

„Oje." Die ganze Verachtung eines Zwölfjährigen für alle Mädchen klang aus dieser Bemerkung.

Lachend ging Mikhail zu Sydney, fasste ihren Arm und zog sie auf den Gehsteig.

„Ich verstehe das nicht", begann sie, als er sie über den Asphalt führte, der hier und da von den Wurzeln einer gewaltigen Eiche angehoben wurde. „Dies ist ein Restaurant?"

„Nein." Er musste sie ziehen, damit sie auf der Treppe mit ihm Schritt hielt. „Es ist ein Privathaus."

„Aber Sie sagten doch …"

„Dass wir gemeinsam zu Abend essen würden." Er schob die Tür auf und schnüffelte. „Hm, es riecht, als hätte Mama Kiew-Hähnchen gebraten. Das wird Ihnen schmecken."

„Ihre Mutter?" Sydney wäre in dem schmalen Eingang beinahe

gestolpert. Die unterschiedlichsten Gefühle durchströmten sie. „Sie bringen mich in Ihr Elternhaus?"

„Ja, zu einem Sonntagsessen."

„Du liebe Güte!"

Er zog eine Braue in die Höhe. „Mögen Sie kein Kiew-Hähnchen?"

„Nein. Doch. Darum geht es nicht. Ich hatte nicht erwartet ..."

„Du kommst spät!", rief Yuri aus dem Wohnzimmer. „Bringst du die junge Dame herein, oder bleibt ihr draußen auf dem Flur stehen?"

Mikhail ließ Sydney nicht aus den Augen. „Sie will nicht mitkommen", schrie er zurück.

„Das stimmt nicht", flüsterte Sydney entsetzt. „Aber Sie hätten es mir sagen müssen, damit ich ... Oh, das ist jetzt auch egal." Entschlossen ging sie an Mikhail vorüber und betrat das Wohnzimmer. Yuri stand sofort auf.

„Mr. Stanislaski, es ist sehr nett, dass Sie mich eingeladen haben." Sie reichte Mikhails Vater die Hand, und er drückte sie fest.

„Sie sind uns herzlich willkommen. Nennen Sie mich bitte Yuri."

„Danke."

„Wir freuen uns sehr, dass Mikhail so einen guten Geschmack hat."

„Danke, Papa." Lässig legte Mikhail einen Arm um Sydneys Schultern und merkte, dass sie ihn gern wieder abgeschüttelt hätte. „Wo sind die anderen?"

„Mama und Rachel sind in der Küche. Alex verspätet sich noch mehr als du. Er verabredet sich immer mit allen Mädchen gleichzeitig", fügte er an Sydney gewandt hinzu.

„Yuri, du hast den Abfall noch nicht hinausgetragen." Eine kleine Frau mit fremdländischem Gesicht und grau meliertem Haar kam aus der Küche. In den Händen hielt sie Besteck.

Yuri gab seinem Sohn einen herzlichen Klaps auf den Rücken, sodass Sydney beinahe nach vorn gestürzt wäre. „Ich habe auf Mikhail gewartet, damit er das erledigt."

„Und Mikhail wird auf Alex warten." Die Frau legte die Bestecke auf den schweren Tisch auf der anderen Seite des Zimmers und ging zu Sydney. Mit ihren dunklen Augen blickte sie sie aufmerksam, aber nicht unfreundlich an. „Ich bin Nadia, Mikhails Mutter." Sie reichte Sydney die Hand. „Wir freuen uns sehr, dass Sie gekommen sind."

„Danke. Sie haben ein hübsches Haus", sagte Sydney. Es sollte eine höfliche Bemerkung sein. Doch sobald sie die Worte ausgesprochen hatte, merkte sie, dass sie zutrafen. Das ganze Haus hätte vermutlich in einen einzigen Flügel der mütterlichen Villa in Long Island gepasst, und die Möbel waren eher alt als antik. Häkeldecken, die ebenso hübsch und kompliziert waren wie die von Mrs. Wolburg, schmückten die Armlehnen. Die Tapete war verblichen, aber dadurch wirkte das winzige Rosenmuster umso hübscher.

Strahlender Sonnenschein fiel durch das Fenster und zeigte jeden Kratzer und jede reparierte Stelle, aber auch, wie liebevoll das Holz und die Tischplatte gepflegt wurden.

In einer Ecke entstand eine Bewegung. Als Sydney näher hinsah, entdeckte sie ein dickes graues Fellknäuel, das unter einem Sessel hervorkroch.

„Das ist Iwan", sagte Yuri und schnalzte zu dem Hündchen hinüber. „Er ist noch ein Welpe." Einen Moment dachte er an seinen alten Sasha, der vor einem halben Jahr im Alter von fünfzehn Jahren friedlich eingeschlafen war. „Alex hat ihn von einem Rundgang mitgebracht."

Mikhail beugte sich hinab und streichelte das Fell des Winzlings. Der Hund wedelte mit dem Schwanz und sah Sydney gleichzeitig ängstlich an. „Er ist zwar nach Iwan dem Schrecklichen benannt worden, aber leider ein Feigling."

„Er ist nur ein bisschen schüchtern", verbesserte Sydney ihn und hockte sich hin. Sie hatte sich immer einen Hund gewünscht, doch im Internat waren Haustiere nicht erlaubt gewesen. „Du bist ja ein ganz Hübscher." Der Hund zitterte einen Moment, als sie ihn streichelte. Dann begann er ihre Zehen zu lecken, die aus den Sandaletten hervorschauten.

„Was für eine Rasse ist das?", erkundigte sie sich.

„Teilweise ein russischer Wolfshund", erklärte Yuri.

„Und jede Menge andere Rassen", erklang eine Stimme von der Küche her.

Sydney blickte über die Schulter zurück und sah eine fantastisch aussehende Frau mit langem schwarzen Haar und goldbraunen Augen langsamen Schrittes auf sie zukommen.

„Ich bin Mikhails Schwester Rachel. Und Sie müssen Sydney sein."

„Ja. Hallo." Sydney richtete sich auf und fragte sich, durch welch ein Wunder der Gene alle Stanislaskis so hübsch geworden waren.

„Das Essen ist in zehn Minuten fertig." Rachel sprach nur mit einem ganz leichten Akzent, und ihre Stimme klang dunkel und samtweich. „Du kannst schon den Tisch decken, Mikhail."

„Ich muss den Abfall hinausbringen", verkündete er und wählte augenblicklich das kleinere Übel.

„Ich übernehme das Tischdecken." Sydneys spontanes Angebot wurde kommentarlos angenommen. Sie war beinahe fertig, als Alex, der ebenso dunkel, fremdländisch und fantastisch aussah wie die übrige Familie, hereinschlenderte.

„Tut mir leid, dass ich zu spät komme, Papa. Ich habe gerade eine Doppelschicht hinter mir und hatte kaum Zeit ..." Seine Stimme erstarb, denn er hatte Sydney entdeckt. Lächelnd verzog er den Mund und blickte sie interessiert an. „Jetzt tut es mir erst recht leid, dass ich mich verspätet habe. Hallo."

„Hallo." Sydney lächelte ebenfalls. Mit diesem charmanten Lächeln gewann Alex garantiert die Herzen aller jungen Mädchen.

„Sie gehört zu mir", erklärte Mikhail und kam wieder herein.

Alex grinste jungenhaft und ging auf Sydney zu. Er nahm ihre Hand und küsste sie. „Damit Sie es wissen: Ich bin längst nicht so launisch wie mein Bruder und habe einen sicheren Beruf."

Sie musste unwillkürlich lachen. „Ich werde es bestimmt nicht vergessen."

„Er hält sich schon für einen Polizisten." Mikhail warf seinem Bruder einen belustigten Blick zu. „Mama sagt, du sollst dir die Hände waschen. Das Essen ist fertig."

Eine so reichhaltige Mahlzeit hatte Sydney noch nie erlebt. Platten mit knusprigen Hähnchen im Kräutermantel standen auf dem Tisch. Dazu wurde eine riesige Schüssel Gemüse serviert, das Nadia erst heute Morgen im eigenen Garten geerntet hatte. Als Dessert gab es selbst gebackene Kekse sowie große gefüllte Blätterteigpasteten, die Alex' Lieblingsspeise waren.

Sydney trank den kühlen Wein, der ihr neben dem Wodka angeboten wurde, und kam aus dem Staunen nicht heraus. Doch die vielfältigen Speisen waren nichts im Vergleich zu der Unterhaltung bei Tisch.

Rachel und Alex unterhielten sich über einen Mann namens Goose. Sydney erfuhr, dass Alex Polizeischüler war, während Rachel als Referendarin bei einem Rechtsanwalt arbeitete und Goose, einen kleinen Dieb, bei Gericht verteidigte.

Yuri und Mikhail stritten sich über Baseball. Sydney brauchte Nadias freundliche Übersetzung nicht, um zu erkennen, dass Yuri ein überzeugter Anhänger der Yankees war, während Mikhail zu den Mets hielt.

Ständig fuchtelte jemand wild mit seinem Besteck durch die Luft. Ukrainische Ausdrücke mischten sich mit englischen. Alle lachten, stellten lautstark Fragen und stritten sich erneut.

„Rachel ist eine Idealistin", stellte Alex fest. Er stemmte die Ellbogen auf den Tisch, stützte das Kinn auf die zusammengelegten Hände und lächelte Sydney an. „Und was sind Sie?"

Sie lächelte zurück. „Zu klug, um mich zwischen eine Rechtsanwältin und einen Polizisten zu stellen."

„Ellbogen vom Tisch", schimpfte Nadia und gab ihrem Sohn einen Knuff. „Mikhail hat erzählt, dass Sie eine Firma leiten und eine kluge Frau sind. Und sehr gerecht."

Diese Beschreibung verblüffte Sydney so, dass sie einen Moment keinen Ton herausbekam. „Ich versuche es jedenfalls", antwortete sie schließlich.

„Die Firma war letzte Woche in einer ziemlich heiklen Lage." Rachel kippte ihren restlichen Wodka so schwungvoll hinunter, dass Sydney sich nur wundern konnte. „Sie haben sich gut aus der Affäre gezogen. Mir scheint, Sie versuchen nicht, gerecht zu sein, sondern sind es instinktiv. Kennen Sie Mikhail schon lange?"

Sie schloss die Frage so überraschend an, dass Sydney schlucken musste. „Nein, noch nicht. Wir lernten uns letzten Monat kennen, als er in mein Büro stürmte und entschlossen war, jedes anwesende Mitglied der Familie Hayward mit seinen Stiefeln zu zertreten."

„Ich war sehr höflich", wandte Mikhail sich an sie.

„Sie waren durchaus nicht höflich." Sie bemerkte, dass Yuri die

Situation Spaß machte, und fuhr fort: „Er war ungewaschen, wütend und bereit, sich mit jedem zu prügeln."

„Mein Sohn hat das Temperament seiner Mutter geerbt", erklärte Yuri. „Sie ist sehr feurig."

„Ein einziges Mal habe ich meinem Mann eine Pfanne auf den Kopf geschlagen. Das hält er mir ständig vor", beklagte sich Nadia kopfschüttelnd.

„Ich kann dir die Narbe heute noch zeigen. Und hier ist eine weitere." Yuri deutete auf seine Schulter. „Wo du die Haarbürste hingeworfen hast."

„Das tat ich nur, weil du behauptetest, mein neues Kleid wäre hässlich."

„Es war hässlich", antwortete Yuri unbekümmert und klopfte sich auf die Brust. „Und hier hast du ..."

Würdevoll stand Nadia auf. „Das reicht. Sonst hält mich unser Gast noch für eine Tyrannin."

„Sie ist eine Tyrannin", sagte Yuri lächelnd zu Sydney.

„Und diese Tyrannin wünscht, dass wir jetzt den Tisch abräumen und anschließend das Dessert essen."

Sydney lachte immer noch innerlich, während Mikhail und sie über die Brooklyn Bridge nach Manhattan zurückfuhren. Irgendwann während der langen gemütlichen Mahlzeit hatte sie vergessen, dass sie ihm böse war. Vielleicht hatte sie auch ein halbes Glas Wein zu viel getrunken. Auf jeden Fall war sie völlig entspannt und erinnerte sich nicht, je so einen angenehmen Sonntag verbracht zu haben.

„Hat Ihr Vater das erfunden?" Sie kuschelte sich in ihre Ecke und betrachtete Mikhails Profil. „Dass Ihre Mutter mit Gegenständen um sich wirft?"

„Nein, das tut sie tatsächlich." Er schaltete den Motor herunter und reihte sich in den Verkehr ein. „Nach mir hat sie einmal mit einem Teller Spaghetti und Fleischklößchen geworfen, weil ich Schimpfwörter benutzt habe."

Sie lachte fröhlich. „Das hätte ich gern gesehen. Konnten Sie sich ducken?"

Er lächelte ihr rasch zu. „Nicht schnell genug."

„So etwas habe ich noch nie getan." Sie seufzte beinahe sehnsüchtig. „Das muss sehr befreiend sein. Ihre Familie ist fabelhaft", fuhr sie nach einer Weile fort. „Sie haben großes Glück."

„Es hat Ihnen also nichts ausgemacht, in Brooklyn zu essen?"

Sie richtete sich ein wenig auf. „Ich sagte Ihnen schon, dass ich kein Snob bin. Aber ich war nicht darauf vorbereitet. Sie hätten mir sagen müssen, wohin Sie mich führen wollten."

„Wären Sie mitgekommen?"

Sie öffnete den Mund und schloss ihn wieder. Endlich antwortete sie: „Ich weiß es nicht. Weshalb haben Sie mich zu Ihren Eltern mitgenommen?"

„Ich wollte Sie dort beobachten. Vielleicht wollte ich auch, dass Sie mich in dieser Umgebung erleben."

Verblüfft sah sie ihn an. Sie hatten ihr Haus beinahe erreicht. In wenigen Minuten würden sich ihre Wege trennen. „Ich begreife nicht, weshalb Ihnen das so wichtig war."

„Dann begreifen Sie ziemlich wenig, Sydney."

„Vielleicht würde ich es verstehen, wenn Sie sich deutlicher ausdrückten." Plötzlich wollte sie unbedingt mehr wissen. Ihre Fingerspitzen begannen zu kribbeln, und sie musste sie aneinander reiben, damit es aufhörte.

„Ich kann mich besser mit den Händen als mit Worten ausdrücken." Ungeduldig bog Mikhail in die Tiefgarage. Als er die Sonnenbrille abnahm, blitzten seine dunklen Augen.

Wusste sie nicht, dass ihr Parfüm ihn fast wahnsinnig machte? Auch die Art und Weise, wie sie lachte und wie der Wind in ihrem Haar spielte.

Nachdem er sie im Kreis seiner Familie erlebt hatte, war alles noch viel, viel schlimmer geworden. Nach den ersten freundlichen Worten hatte Sydney ihr steifes Benehmen abgelegt. Richtig sehnsüchtig war ihr Blick geworden, als sie den kleinen Mischlingshund streichelte. Sie hatte gemeinsam mit seinem Vater gelacht und seiner Mutter beim Abtrocknen geholfen. Alex' offenes Flirten hatte sie nicht verärgert, sondern belustigt. Und sie war wie ein Schulmädchen errötet, als Rachel ihr Verhalten bei Mrs. Wolburgs Unfall freimütig lobte.

Wie, in der Welt, hätte er ahnen sollen, dass er sich in Sydney verlieben würde?

Jetzt, nachdem sie wieder allein waren, kehrte ihre kühle Reserviertheit zurück. Er merkte es an ihrer Haltung, als sie aus dem Wagen stieg.

„Ich begleite Sie nach oben." Mikhail schlug die Wagentür zu.

„Das ist nicht nötig." Sie wusste nicht, weshalb dieser Abend nun doch verdorben war. Es musste an Mikhail liegen.

„Ich bringe Sie nach oben", wiederholte er und zog sie zum Fahrstuhl.

„Na, meinetwegen." Sie verschränkte die Arme und wartete.

Die Türen öffneten sich, und sie traten wortlos ein. Beide hatten das Gefühl, dass der Fahrstuhl eine Ewigkeit benötigte. Sobald sie ihr Stockwerk erreicht hatten, schlüpfte sie vor Mikhail hinaus. Mit dem Schlüssel in der Hand blieb sie vor ihrer Wohnungstür stehen.

„Es war ausgesprochen nett bei Ihrer Familie", erklärte sie höflich. „Bitte sagen Sie Ihren Eltern noch einmal, wie sehr ich ihre Gastfreundschaft genossen habe." Das Schloss schnappte auf. „Falls sich bei der Renovierung Schwierigkeiten ergeben, können Sie mich diese Woche im Büro erreichen."

Er stemmte die Hand gegen die Tür, bevor sie sie vor seiner Nase schließen konnte. „Ich komme mit hinein."

7. KAPITEL

Sie wusste, dass sie keine Chance hatte, die Tür zu schließen, wenn er sich mit seinem Körpergewicht dagegenstemmte.

„Für einen Schlummertrunk ist es noch zu früh und für eine Tasse Kaffee zu spät", erklärte sie so kühl wie möglich.

„Ich möchte nichts trinken." Er schlug die Tür so heftig hinter sich zu, dass der Spiegel in der Diele wackelte.

Obwohl sie keinesfalls nachgeben wollte, begann sie innerlich zu beben. „Manche Leute betrachten es als schlechtes Benehmen, wenn sich ein Mann gewaltsam Zutritt zur Wohnung einer Frau verschafft."

„Ich weiß, dass ich mich schlecht benehme", erklärte er wütend. Er schob die Hände in die Hosentaschen und betrat das Wohnzimmer.

„Das muss sehr schmerzlich für Ihre Eltern sein. Offensichtlich haben sie sich große Mühe gegeben, ihren Kindern Anstand beizubringen. Bei Ihnen hatten sie damit wenig Erfolg."

Mikhail fuhr herum und erinnerte sie an eine Raubkatze, die auf dem Sprung nach Beute war. „Gefallen Ihnen meine Eltern?"

Verblüfft glättete sie ihr vom Wind zerzaustes Haar. „Natürlich gefallen sie mir. Das habe ich bereits gesagt."

Er ballte die Fäuste und entspannte sie wieder. „Ich dachte, Sie hätten es vielleicht nur aus Höflichkeit gesagt."

Das war eine bewusste Beleidigung, ein gut gezielter Schlag. „Dann haben Sie sich geirrt", antwortete sie verärgert. „Und nachdem das jetzt klar ist, gehen Sie bitte."

„Nichts ist klar. Sagen Sie mir, weshalb Sie jetzt ganz anders sind als vor einer Stunde."

Sie versuchte Zeit zu gewinnen. „Wovon reden Sie?"

„In meinem Elternhaus waren Sie freundlich und nett. Sie lachten unbeschwert. Jetzt, mit mir allein, sind Sie wieder kühl und abweisend. Sie lächeln nicht einmal."

„Das ist absoluter Unsinn." Mühsam verzog sie den Mund. „Sind Sie nun zufrieden?"

Seine Augen blitzten, und er begann erneut im Zimmer auf und ab zu laufen. „Seit ich zum ersten Mal Ihr Büro betrat, gibt es Ärger, und das gefällt mir nicht."

„Künstler leiden immer", fuhr sie ihn an. „Außerdem verstehe ich nicht, was das mit mir zu tun hat. Ich habe all Ihre Forderungen erfüllt: Die Fenster wurden ausgetauscht, die Installationen erneuert und die Elektroleitungen modernisiert."

„Stimmt. Aber darum geht es nicht." Mikhail trat einen Schritt vor, Sydney einen zurück.

„Ich habe doch gesagt, dass mir der Tag gefallen hat. Und jetzt ..." Sie wich hinter einen Stuhl. „Und jetzt pirschen Sie sich bitte nicht mehr ständig an mich heran."

„Das bilden Sie sich nur ein. Schließlich sind Sie kein Hase, sondern eine Frau."

Aber sie kam sich wie ein feiger Hase vor – wie eines jener armen, erstarrten Geschöpfe, die in das Scheinwerferlicht eines Wagens geraten und sich vor Angst nicht mehr rühren können. „Ich verstehe nicht, weshalb Sie plötzlich in dieser Laune sind."

„Sie versetzen mich in diese Laune, sobald ich Sie sehe oder nur an Sie denke."

Sie rückte weiter fort, sodass der Tisch zwischen ihnen war. Wenn sie nicht aufpasste, stand sie gleich mit dem Rücken an der Wand. „Also gut. Was wollen Sie?"

„Sie. Das wissen Sie genau."

Ihr Herz begann wie wild zu rasen. „Das ist nicht wahr." Sie ärgerte sich, dass ihre Stimme zitterte, und fuhr kühler fort: „Ich mag es nicht, wenn man mit mir spielt."

„Sie glauben, ich spiele? Was soll ein Mann denn davon halten, wenn eine Frau erst feurig ist und anschließend eiskalt wird? Wenn sie ihn leidenschaftlich ansieht und in der nächsten Minute zu Eis erstarrt?" Verärgert hob er die Hände und schlug sie auf den Tisch. „Ich habe Ihnen von Anfang an gesagt, dass ich nicht Ihre Mutter will, sondern Sie. Und Sie nannten mich einen Lügner."

„Ich habe nicht behauptet ..." Sydney bekam kaum noch Luft. Langsam ging sie ein paar Schritte, trat hinter einen Stuhl und hielt sich an der Rückenlehne fest. Als sie Mikhail in die Augen sah, erkannte sie eine solche Entschlossenheit bei ihm, dass ihr Blut vor Erregung ins Wallen geriet. „Neulich wollten Sie mich nicht."

„Neulich? Was heißt neulich?"

„Im Wagen." Ihre Wangen röteten sich. „Als ich … als wir aus Long Island zurückkehrten. Wir …" Sie krallte die Finger um die Stuhllehne. „Ach, das spielt jetzt keine Rolle mehr."

Mit zwei Schritten stand er vor dem Stuhl und hielt ihre Hände fest. „Sagen Sie mir sofort, was Sie meinen."

Ich muss unbedingt meinen Stolz bewahren, ermahnte sie sich. „Also gut – um es ein für alle Mal klarzustellen und damit wir unsere Unterhaltung nicht wiederholen müssen: Sie haben seinerzeit im Wagen etwas mit mir angefangen. Ich hatte Sie nicht darum gebeten und Sie nicht dazu ermutigt, aber Sie taten es trotzdem." Sie holte tief Luft, damit ihre Stimme fest blieb. „Und Sie hielten plötzlich inne, weil … weil ich am Ende doch nicht das war, was Sie erhofften."

Einen Moment starrte er sie an und bekam keinen Ton heraus. Dann spiegelte sich solche Wut auf seinem Gesicht, dass sie erschrocken zurückwich. Er packte den Stuhl, schleuderte ihn einen knappen Meter weiter und überschüttete sie mit ukrainischen Schimpfwörtern. Sie brauchte die Sprache nicht zu verstehen, um die Gefühle dahinter zu erkennen. Bevor sie den Rückzug antreten konnte, hatte er ihre Oberarme gepackt.

Einen Moment fürchtete Sydney, dass er sie dem Stuhl hinterherwerfen könnte. Wütend genug dazu war er. Aber er schimpfte nur weiter.

Erst nach einer vollen Minute merkte sie, dass ihre Füße einige Zentimeter über dem Boden schwebten und Mikhail wieder Englisch sprach.

„Sie törichte Person! Wie kann eine intelligente Frau so blind sein?"

„Ich lasse mich nicht von Ihnen beleidigen!", fuhr sie ihn an.

„Die Wahrheit ist keine Beleidigung. Seit Wochen versuche ich mich wie ein Gentleman zu benehmen."

„Wie ein Gentleman?", fragte sie erbost und versuchte sich aus seinem Griff zu befreien. „Das ist Ihnen gründlich misslungen."

„Mir scheint, Sie brauchen etwas mehr Zeit, und ich muss Ihnen deutlicher zeigen, was ich für Sie empfinde. Tut mir leid, dass ich Sie neulich im Wagen so behandelt habe. Ich fürchte, Sie halten mich …"

Er ärgerte sich, weil er die passenden Worte nicht fand. „Sie halten mich …“

„Für einen Grobian“, stieß Sydney befriedigt aus. „Einen Barbaren.“

„Nein, das wäre nicht schlimm. Sie halten mich für einen Mann, dem es Spaß macht, Frauen zu missbrauchen. Der Gewalt anwendet und ihnen wehtut.“

„Von Gewalt habe ich nichts gesagt“, erklärte sie kühl. „Und jetzt lassen Sie mich endlich runter.“

Er hob sie noch einige Zentimeter höher. „Sie glauben also, ich hätte aufgehört, weil ich Sie nicht begehrte?“

„Mir ist durchaus bewusst, dass meine Sexualität unter der Norm liegt.“

Er hatte keine Ahnung, worauf sie hinauswollte. Deshalb fuhr er fort: „Wir waren auf der Rückbank eines Wagens, mitten in der Stadt. Und vorn saß Ihr Fahrer. Trotzdem hätte ich Ihnen beinahe die Kleider vom Körper gerissen und Sie auf der Stelle genommen. Ich war wütend auf mich selbst und auf Sie, weil Sie mich so weit gebracht hatten.“

Verzweifelt suchte Sydney nach einer Antwort. Mikhail stellte sie wieder auf die Füße und streichelte sie zärtlich. Der Zorn in seinen Augen hatte sich gelegt und war einem anderen Gefühl gewichen, das ihr den Atem raubte.

„Seitdem erinnere ich mich tagaus tagein, wie Sie damals aussahen und wie Sie sich anfühlten. Und ich möchte mehr. Ich warte darauf, dass Sie mir ein Zeichen geben und mir schenken, was ich in jener Nacht in Ihren Augen entdeckte. Aber Sie tun es nicht, und ich kann nicht länger warten.“

Er schob die Finger in ihr Haar, bog ihren Kopf nach hinten und presste seine Lippen auf ihren Mund. Glühende Hitze durchrieselte sie und ging ihr durch und durch. Sie stöhnte vor qualvoller Lust. Einladend öffnete sie die Lippen und ließ seine Zunge eindringen. Ihr Herz klopfte vor Verlangen bis zum Hals.

Seufzend gab er ihre Lippen wieder frei und barg seinen Mund an ihrem Hals. Sie hatte ihn nicht um diesen Kuss gebeten, und sie hatte ihn nicht dazu ermutigt, das war ihm klar. Mit dem letzten bisschen Selbstbeherrschung, das er noch aufbringen konnte, murmelte er: „Wünsch mich zum Teufel oder bereite mir den Himmel."

Sie legte die Arme um seinen Nacken. Wenn er sie jetzt wie beim letzten Mal verließ, erlebte sie dieses heiße Verlangen vielleicht nie wieder. „Ich begehre dich auch", flüsterte sie. Aber ich habe Angst, schreckliche Angst davor, fügte sie stumm hinzu. „Ja, ich begehre dich. Schlafe mit mir."

Leidenschaftlich presste Mikhail seine Lippen auf ihren Mund, strich besitzergreifend mit den Händen über ihren Körper und machte ihr seine Ansprüche klar. Sydney blieb keine Wahl.

Furcht und Freude stritten sich in ihr, heftige Gefühlswellen erschütterten ihr Inneres, obwohl sie seine Liebkosungen außerordentlich genoss. Sie grub die Finger in seine Schultern. Durch den dünnen Baumwollstoff spürte sie das heftige Pochen seines Herzens und wusste, dass dieses Pochen ihr galt.

Ihm reichte dies noch lange nicht. Hingerissen roch er den Duft ihres Parfüms und schmeckte ihre salzige Haut. Immer wieder drängte sie ihren schlanken Körper an ihn. Während er sie streichelte und mit seinen Künstlerhänden ihre perfekten Rundungen erforschte, heizte ihr lustvolles Stöhnen seine Leidenschaft an.

Mehr, er brauchte mehr.

Ungeduldig zerrte er die Träger von ihren Schultern und zerriss in der Eile einen, um das kleine Hindernis schneller zu beseitigen. Während er mit den Lippen über die glatten nackten Schultern strich, öffnete er ihren Reißverschluss und zog an dem Kleid, bis es zu Sydneys Füßen fiel.

Der winzige trägerlose BH verhüllte nicht länger ihre weißen Brüste, und Sydney hob zitternd die Hand, um ihre Blöße zu bedecken. Aber Mikhail fing sie ab und hielt die Finger fest. Er bemerkte die Angst in ihren Augen nicht, denn er konnte sich nicht satt sehen an dem Bild, das sie ihm in den letzten Strahlen der Abendsonne bot.

„Mikhail …"

Er bekam keinen Ton heraus und nickte nur.

„Mein Schlafzimmer ist …"

Am liebsten hätte er sie auf der Stelle genommen. Doch er riss sich zusammen und hob sie schwungvoll auf die Arme. „Hoffentlich ist es nicht zu weit weg."

Sie lachte unsicher und zeigte ihm den Weg. Kein Mann hatte sie bisher ins Bett getragen, und sie fand es ungeheuer romantisch. Weil sie nicht recht wusste, welche Rolle sie jetzt spielen sollte, drückte sie vorsichtig die Lippen an seinen Hals. Mikhail begann leise zu beben, und sie fuhr etwas kühner hinauf zu seinem Ohr. Als er lustvoll stöhnte, begann sie an seinem Ohrläppchen zu knabbern, schob die Finger unter sein Hemd und streichelte seine Schulter.

Er fasste sie fester. Sie drehte den Kopf zu ihm, und er presste die Lippen gierig auf ihren Mund und sank gemeinsam mit ihr aufs Bett.

„Sollten wir nicht die Vorhänge zuziehen?" Ihre Frage ging in ein Keuchen über, denn er machte absolut wunderbare Dinge mit ihr. Für Schüchternheit war kein Platz mehr in dieser atemberaubenden, Schwindel erregenden Welt.

So etwas hatte sie noch nie erlebt. Bisher hatte sie angenommen, mit einem Mann zu schlafen wäre entweder eine entsetzlich mechanische Angelegenheit oder sanft und tröstlich. So drängend, so turbulent, ja so unglaublich hatte sie es sich nicht vorgestellt.

Mit seinen rauen Händen strich Mikhail über ihre Haut und ihre Glieder, bis sie im Bann ihrer intensiven Empfindungen alles um sich herum vergaß. Mit den Lippen folgte er seinen Händen und trieb mit ihnen geschickt das gleiche erotische Spiel.

Er verlor jedes Gefühl für Zeit und Raum. Die Luft war erfüllt von ihrem herrlich verführerischen, zurückhaltenden Duft. Ihre Haut schien unter seinen Fingern zu glühen. Jedes Mal, wenn sie leise bebte, ging es ihm so durch und durch, dass er halb wahnsinnig wurde.

Sein Verlangen wuchs und wuchs, je nachgiebiger und williger Sydney wurde.

Als sie ihm ungeduldig ihre Brüste entgegendrängte, schloss er die Lippen über einer rosigen Spitze, sog vorsichtig daran und schob gleichzeitig die Hand zwischen ihre heißen Schenkel. Sobald er die pulsierende Stelle berührte, zuckte Sydney zusammen, als hätte sie ein elektrischer Schlag getroffen. Überwältigt von ihrer Leidenschaft, klammerte sie sich an die Bronzestäbe des Bettes und warf den Kopf vor Lust von einer Seite zur anderen. Plötzlich vereinten sich Angst und Verlangen zu einem einzigen Gefühl, sodass sie nicht wusste, ob sie Mikhail bitten sollte, endlich aufzuhören oder unbedingt weiterzumachen. Weiter und weiter.

Hilflos rang sie nach Luft. Hitzeschauer überliefen sie, als sie schluchzend seinen Namen rief.

Er beobachtete fasziniert die glühende Lust, die ihre Wangen rötete, und das heiße, schwindelnde Verlangen, das ihre Augen verschleierte. Noch einmal brachte er sie an den Rand der Ekstase, um ihretwillen und um seinetwillen, bis sie sich kaum noch unter Kontrolle hatte.

„Bitte!“, konnte sie gerade noch hervorstoßen.

„Ja, sicher.“ Mit der Zunge strich er über die rosige Knospe.

Fantastischer konnte es nach Sydneys Meinung nicht werden. Doch Mikhail bewies ihr, wie sehr sie irrte. Während sie ungeduldig an seinen Kleidern zerrte, erregte er sie weiter und zeigte ihr, dass sie mehr ertragen konnte, als sie für möglich gehalten hätte. Doch auch er hatte die Grenzen der Beherrschung erreicht. Hastig zog er sich aus, und als er sich auf sie legte, spürten sie sich zum ersten Mal Haut an Haut.

Der Augenblick war gekommen, und Sydney schrie lustvoll auf, als er eins mit ihr wurde.

Sie war außer sich vor Lust. Es gab keine Worte für das, was sie empfand. Ihr Körper zuckte. Sie bog sich Mikhail entgegen und passte sich ganz natürlich seinem Rhythmus an. Er redete leise auf sie ein, in seiner Muttersprache, doch sie verstand, was er ihr sagen wollte.

Als sie den Gipfel des Glücks erreichte, gab es nur noch ihn. Er war alles, was sie brauchte.

Es war schon fast dunkel, und das Schlafzimmer lag im tiefen Schatten. Sydney fragte sich, ob sie je wieder würde klar denken können. Sie starrte an die Decke und horchte auf Mikhails gleichmäßigen Atem. Wahrscheinlich war es töricht. Aber es beruhigte sie. Sie hätte stundenlang zuhören können.

Vielleicht tat sie es sogar.

Sie hatte keine Ahnung, wie viel Zeit vergangen war, seit er seine Hände gegen ihre Tür gestemmt hatte und ihr in die Wohnung gefolgt war. Aber das war ihr gleichgültig. Ihr ganzes Leben hatte sich seitdem verändert. Lächelnd hob sie die Hand und strich ihm über das Haar. Er drehte den Kopf und drückte die Lippen auf ihr Kinn.

„Ich dachte, du schläfst", murmelte sie.

„Nein, ich würde nicht auf dir einschlafen." Er hob den Kopf, und sie erkannte im Halbdunkel den Glanz in seinen Augen. „Es gibt viel interessantere Dinge zu tun."

Sydney merkte, dass sie rot wurde, und war froh, dass es fast dunkel war. „War ich …" Wie sollte sie ihn fragen? „Es war also schön?"

„Nein." Obwohl er sie mit seinem Körper hinunterdrückte, merkte er, dass sie unwillkürlich zurückzuckte. „Ich kann mich nicht so gut ausdrücken wie du, Sydney. Aber ‚schön' ist eine ziemlich armselige Beschreibung. Ein Spaziergang im Park ist schön."

„Ich wollte nur sagen …" Sie rührte sich ein wenig. Er hatte sich zwar auf die Ellbogen gestützt, damit er nicht zu schwer für sie wurde, aber er gab Acht, dass sie ihm nicht entwischen konnte.

„Wir sollten Licht machen", schlug er vor.

„Nein, das ist nicht nötig." Doch schon leuchtete die Nachttischlampe auf.

„Ich möchte dich sehen können, denn ich werde dich gleich noch einmal lieben. Ich sehe dich gern an." Zärtlich strich er mit den Lippen über ihren Mund. „Nicht doch."

„Was nicht?"

„Verkrampf nicht so die Schultern. Ich möchte, dass du dich bei mir entspannst."

„Ich bin entspannt", sagte sie und atmete tief aus. Nein, das stimmte nicht. „Aber immer, wenn ich dir eine direkte Frage stelle, weichst du mir aus. Ich wollte nur wissen, ob du … na ja, ob du zufrieden warst."

Sie war sich völlig sicher gewesen. Aber jetzt, nachdem die Hitze der Leidenschaft langsam nachließ, fragte sie sich, ob sie es sich vielleicht nur eingebildet hatte.

„Aha." Mikhail legte die Arme um sie und rollte sich herum, sodass sie auf ihm lag. „Du möchtest also eine Note. Drei ist befriedigend, zwei ist gut und eins ist einfach wunderbar."

„Oh, vergiss es." Sie wollte sich enttäuscht losmachen, doch er hielt sie fest.

„Ich bin noch nicht fertig, Miss Hayward. Ich muss deine Frage noch beantworten, aber bisher habe ich zu wenig Fakten." Er zog ihren Kopf zu sich und küsste sie lange und verzehrend. „Verstehst du jetzt?"

Ihre Augen waren dunkel und immer noch verschleiert, und ihr Blick sagte mehr als ein Dutzend süße Worte. „Ja."

„Dann komm wieder zu mir." Er barg ihren Kopf an seiner Schulter und begann zärtlich ihren Rücken zu reiben. „Gefällt dir das?"

„Ja." Sie lächelte erneut. „Es gefällt mir." Sie schwiegen eine Weile. „Mikhail?"

„Hm?"

„Mir reichen die Fakten auch nicht."

Sie war so hübsch, wenn sie schlief, dass er kaum den Blick von ihr lösen konnte. Ihr dunkelrotes zerzaustes Haar bedeckte einen Teil ihres Gesichts. Eine Hand hatte sie auf das Kissen gestreckt, wo noch vor Kurzem sein Kopf gelegen hatte. Ihr Körper zeichnete sich deutlich unter dem Laken ab, das von der langen Liebesnacht zerknüllt war und gerade bis zu den Rundungen ihrer Brüste reichte.

Sydney war großartiger gewesen, als er sich je ausgemalt hätte: freigebig, offen, verblüffend aufreizend und gleichzeitig ein bisschen schüchtern. Es war ihm vorgekommen, als verführe er eine Jungfrau und würde seinerseits von einer Sirene verführt. Doch woher stammte ihre Verlegenheit danach? Woher kamen ihre verwirrenden Selbstzweifel?

Die Antwort auf diese Fragen musste er Sydney unbedingt entlocken. Und wenn Locken nicht half, würde er sie drängen.

Er weckte sie ungern. Doch er verstand genug von Frauen, um zu wissen, dass sie verletzt wäre, wenn er sie verließ, während sie noch schlief. Vorsichtig strich er das Haar von ihrer Wange, beugte sich zu ihr und küsste sie.

Sie rührte sich, und schon regte sich sein Verlangen.

Er küsste sie erneut und fuhr mit leichten Küssen zu ihrem Ohr. „Sydney …" Sie gurrte schläfrig, und sein Blut begann zu wallen. „Wach auf und gib mir einen Abschiedskuss."

„Ist es schon Morgen?" Sie öffnete die Augen, starrte ihn einen Moment mit ihren verschleierten Augen an und versuchte zu sich zu kommen. Mikhails Gesicht war so nah. Ganz nahe. Sehnsüchtig hob sie die Hand und berührte seine Wange mit den dunklen Bartschatten.

„Dein Gesicht wirkt richtig gefährlich.“ Er lächelte, und sie stützte sich auf einen Ellbogen. „Du bist ja angezogen“, stellte sie plötzlich fest.

„Ich dachte, das wäre angebrachter, wenn ich in die Stadt fahren muss.“

„Weshalb willst du schon fahren?“

Belustigt setzte er sich auf den Bettrand. „Um zu arbeiten. Es ist beinahe sieben Uhr. Ich habe mir Kaffee mit deiner Maschine gemacht und deine Dusche benutzt.“

Sie nickte. Sie roch sowohl den Kaffee als auch den Duft ihrer Seife auf seiner Haut. „Du hättest mich wecken sollen.“

Er wickelte sich eine ihrer Strähnen um den Finger und freute sich, wie ihr feines Haar auf seiner Haut glänzte. „Ich habe dir letzte Nacht nicht viel Zeit zum Schlafen gelassen. Kommst du nach der Arbeit zu mir? Ich mache uns etwas zu essen.“

Erleichtert lächelte sie. „Ja.“

„Und bleibst du anschließend bei mir und schläfst in meinem Bett?“

Sie richtete sich auf, sodass sie sich genau gegenübersaßen. „Ja.“

„Das freut mich.“ Er zog sanft an der Haarsträhne. „Und jetzt küss mich zum Abschied.“

„In Ordnung.“ Sie legte die Arme um seinen Nacken, und das Laken glitt zu ihrer Taille hinab. Befriedigt stellte sie fest, dass Mikhails Blick an ihr hinabwanderte. Seine Muskeln spannten sich an, und seine Haut begann zu glühen. Erst als er ihr wieder in die Augen sah, beugte sie sich langsam vor. Sie strich mit den Lippen über seinen Mund, löste sich ein wenig, strich erneut darüber und zog sich wieder zurück, bis er lustvoll stöhnte.

Entschlossen öffnete sie seine oberen Hemdenknöpfe. Doch er hielt ihre Hände lachend fest. „Sydney, ich komme zu spät zur Arbeit.“

„Das ist ein fabelhafter Gedanke“, erklärte sie erfreut und schob das Hemd von seinen Schultern. „Keine Sorge, ich werde ein gutes Wort bei deiner Chefin für dich einlegen.“

8. KAPITEL

Mikhail rührte das Gulasch aus Fleisch, Gewürzen und Tomaten in der alten gusseisernen Kasserolle und blickte durch das Küchenfenster auf die Straße hinab.

Er schnüffelte an seinem Löffel, kostete und fügte einen weiteren Schuss Rotwein an das Gericht. Hinter ihm im Wohnzimmer klangen Melodien aus „Figaros Hochzeit“ aus der Stereoanlage.

Wann würde Sydney kommen?

Er ließ das Essen köcheln und kehrte ins Wohnzimmer zurück. Aufmerksam betrachtete er den Rosenholzblock, aus dem langsam Sydneys Gesicht entstand.

Dieser Mund ... Er zeichnete sich gerade erst ab und war ausgesprochen weich. Mikhail maß ihn zwischen Zeigefinger und Daumen nach und erinnerte sich, wie die Lippen sich anfühlten und wie leidenschaftlich sie ihn geküsst hatten.

Diese hohen Wangenknochen ... Mal verliehen sie Sydney ein hochmütiges, mal ein kühles Aussehen.

Und dieses stolze Kinn ... Mit der Fingerspitze strich Mikhail darüber und musste daran denken, wie empfindsam und weich die Haut dort war.

Ob ihm Sydneys Augen Schwierigkeiten bereiten würden? Nein, nicht die Form – die war reine Handwerksarbeit. Aber das Gefühl, das in ihnen zu lesen war, das Geheimnis, das sie verbargen.

Er musste noch so viel über diese Frau wissen.

Er beugte sich näher, bis er in Augenhöhe mit der halb fertigen Büste war. „Du musst mich ganz an dich heranlassen“, flüsterte er.

Es klopfte. Doch er rührte sich nicht und betrachtete weiter aufmerksam Sydneys unfertiges Gesicht. „Die Tür ist offen!“, rief er.

„Hallo, Mik.“ Keely stürmte in einem gepunkteten T-Shirt und neongrünen Shorts herein. „Hast du was Kaltes zu trinken? Mein Kühlschrank hat seinen Geist aufgegeben.“

„Bedien dich“, antwortete Mikhail zerstreut. „Ich werde ihn ganz oben auf die Liste der Neuanschaffungen setzen.“

„Toll.“ Keely blieb stehen und schnüffelte an der Kasserolle. „Hm, das riecht großartig.“ Sie steckte einen Löffel hinein und kostete. „Und schmeckt himmlisch. Sieht wie ein bisschen zu viel für eine Person aus."

„Es ist für zwei gedacht."

„Aha", meinte sie vielsagend und holte eine Flasche Limonade aus dem Kühlschrank. Das Wasser lief ihr im Mund zusammen, und sie blickte erneut sehnsüchtig in den Topf. „Scheint auch ziemlich viel für zwei zu sein."

Lächelnd sah Mikhail sie über die Schulter an. „Dann nimm dir einen Teller."

„Du bist einfach wunderbar, Mik!" Sie öffnete seinen Küchenschrank. „Und wer ist die Glückliche?"

„Sydney Hayward."

„Sydney ...", Keelys Augen wurden riesengroß, und sie hielt mit dem Löffel auf halber Höhe über dem köchelnden Gericht inne, „... Hayward", schloss sie. „Du meinst die schöne, reiche Sydney, die in Samt und Seide gekleidet zur Arbeit geht und eine Sechshundertdollar-Handtasche trägt? Sie kommt heute Abend her und isst mir dir?"

„Ja."

„Huch." Eine andere Antwort fiel Keely nicht ein. Der Gedanke, dass Sydney sich auch privat mit Mikhail traf, machte ihr zu schaffen. Die Reichen waren anders, davon war sie überzeugt. Und diese Frau war außerordentlich reich. Keely wusste, dass er nicht schlecht mit seiner Kunst verdiente, trotzdem betrachtete sie ihn nicht als reichen Mann. Er war einfach Mik, der nette Kerl von nebenan, der stets bereit war, einen verstopften Abfluss zu reinigen, eine Spinne hinauszubefördern oder ein Bier mit einem zu trinken.

Keely nahm ihren Teller, ging zu Mikhail und entdeckte die Skulptur, die er gerade in Arbeit hatte.

„Oh", sagte sie nur. Für solche Wangenknochen hätte sie wer weiß was gegeben.

„Gefällt dir die Figur?"

„Natürlich. Ich mag alle Arbeiten von dir." Unsicher trat sie von einem Fuß auf den anderen. Ihr gefiel nicht, wie er das Holzgesicht betrachtete. „Ich ... ich vermute, euch verbindet mehr als nur Geschäftliches?"

„Ja." Er hakte seine Daumen in die Taschen der Jeans und bemerkte Keelys betrübte Miene. „Hast du was dagegen?"

„Ich ... Nein, selbstverständlich nicht." Sie schob die Unterlippe vor. „Es ist nur ... Meine Güte, sie ist so elegant."

Er wusste, was Keely meinte, und strich ihr über das Haar. „Du machst dir meinetwegen Sorgen."

„Wir sind doch Kumpel, nicht wahr? Und ich mag es nicht, wenn jemand einem Kumpel wehtut."

Gerührt küsste er sie auf die Nase. „Wie dir der Schauspieler mit den dünnen Beinen wehgetan hat?"

Sie zuckte mit den Schultern. „Ja, wahrscheinlich. Aber in den war ich nicht verliebt. Oder nur ein bisschen."

„Trotzdem hast du geweint."

„Sicher. Ich bin nun mal eine Heulsuse. Ich heule sogar bei Werbespots im Fernsehen." Besorgt betrachtete sie die halb fertige Holzbüste. „Eine Frau, die so aussieht, könnte einen Mann glatt in die Fremdenlegion treiben."

Lachend zerzauste er ihr Haar. „Keine Sorge. Ich schreibe dir von dort eine Postkarte."

Bevor Keely eine Antwort einfiel, klopfte es erneut. Mikhail gab ihr einen Klaps auf die Schulter und öffnete.

„Hallo." Sydney strahlte, sobald sie Mikhail sah. In der einen Hand trug sie eine Reisetasche, in der anderen eine Flasche Champagner. „Irgendwas riecht hier wunderbar. Mir läuft schon seit dem dritten Stock das Wasser im Mund zusammen, und ..."

In diesem Moment entdeckte sie Keely, die immer noch mit dem Teller in der Hand am Arbeitstisch stand. „Hallo", sagte sie zögernd.

„Hallo. Ich wollte gerade gehen." Keely war ebenso verlegen wie Sydney. Sie eilte in die Küche, stellte den Teller ab und ergriff ihre Limonadenflasche.

„Es war nett, Sie wiederzusehen", sagte Sydney. „Hat Ihre Mordszene im Film geklappt?"

„Der Kerl hatte mich nach drei Einstellungen erledigt." Sie lächelte kurz und sauste durch die Tür. „Viel Spaß beim Essen. Und danke, Mik."

Nachdem die Wohnungstür zugefallen war, atmete Sydney tief aus. „Oje, ist sie immer so schnell?"

„Meistens." Mikhail legte die Hände um Sydneys Taille. „Sie hat

Angst, dass du mich verführst, mich benutzt und anschließend beiseite schiebst."

„Wirklich?"

Er lachte leise und knabberte an ihrer Unterlippe. „Gegen die ersten beiden Dinge habe ich nichts einzuwenden." Er presste die Lippen auf ihren Mund, nahm ihr die Reisetasche aus der Hand und stellte sie ab. Anschließend schob er mit der Champagnerflasche die Tür zu. „Dein Kleid gefällt mir. Du siehst aus wie eine Rose in der Sonne."

Sie strich mit ihren freien Händen über seinen Rücken und schob sie unter sein Arbeitshemd. „Du gefällst mir auch."

Lächelnd drückte er die Lippen auf ihren Hals. „Hast du Hunger?"

„Hm. Und wie. Ich musste den Lunch ausfallen lassen."

„Es dauert nur zehn Minuten", versprach er und ließ sie widerstrebend los. Wenn er sich jetzt nicht von ihr löste, würden sie erst sehr viel später essen. „Was hast du da mitgebracht?", fragte er und drehte die Flasche, damit er das Etikett lesen konnte. „Daneben nimmt sich mein Gulasch geradezu armselig aus."

Sydney schnüffelte erneut. „Das glaube ich kaum." Lachend nahm sie ihm die Flasche ab. „Ich habe einen Grund zum Feiern."

„Erzählst du mir, weshalb?"

„Sicher."

„Gut, dann hole ich uns zwei Gläser."

Sie war hingerissen. Mikhail hatte einen kleinen Tisch mit zwei Stühlen auf dem winzigen Balkon vor dem Schlafzimmer gedeckt. In der Mitte stand eine einzelne rosa Pfingstrose in einer alten grünen Flasche. Ein Radio spielte leise Musik. In einer blauen Schüssel dampfte das Gulasch, und in einem Weidenkörbchen befand sich frisches Brot.

Während sie aßen, erzählte Sydney, dass sie Janine heute zu ihrer persönlichen Assistentin befördert und Lloyd dringend zur Kündigung geraten hatte. Sie wusste inzwischen, dass er die Presse von Mrs. Wolburgs Unfall unterrichtet hatte. Auch sonst hatte er der Firma mehrmals geschadet.

„Du hast ihn um die Kündigung gebeten?", fragte Mikhail. „Weshalb hast du ihn nicht gleich rausgeworfen?"

„So einfach geht das leider nicht." Sie hob ihr Glas und betrachtete den Champagner im Abendlicht. „Das ändert allerdings nichts am Ergebnis. Falls Lloyd Schwierigkeiten macht, werde ich den Vorstand informieren. Schließlich habe ich zahlreiche Beweise. Nimm allein dieses Gebäude." Mit dem Zeigefinger stieß sie an einen alten Backstein. „Vor mehr als einem Jahr beauftragte mein Großvater Lloyd damit, sich um die Beschwerden der Mieter zu kümmern. Den Rest kennst du ja."

„Eigentlich müsste ich Lloyd dankbar sein." Mikhail schob ihr das Haar hinters Ohr und küsste sie unmittelbar unter dem schwarzen Ohrring, den sie heute trug. „Hätte er seine Arbeit ordentlich erledigt, wäre ich nicht wütend in dein Büro gestürzt, und du wärst heute Abend nicht hier."

Sydney nahm seine Hand und legte sie an ihre Wange. „Hätte ich ihn dafür befördern sollen?" Sie drehte den Kopf, drückte die Lippen auf seine Handfläche und wunderte sich, wie leicht es ihr plötzlich fiel, ihre Gefühle zu zeigen.

„Nein. Nehmen wir lieber an, dass unsere Begegnung Schicksal war. Der Gedanke, dass du mit jemandem zusammenarbeitest, der dir schaden möchte, gefällt mir nicht. Du wirst es schon richtig machen." Er teilte den restlichen Champagner zwischen ihnen auf.

„Ja, das glaube ich auch." Sie sah zu den Nachbarwohnungen hinüber. Auf einigen Balkons trocknete Wäsche in der Sonne. Hinter den geöffneten Fenstern liefen Leute hin und her oder saßen vor dem Fernseher. Kinder spielten auf dem Gehsteig und nutzten den langen Sommertag. Als Mikhail ihre Hand ergriff, drückte sie seine fest.

„Heute habe ich zum ersten Mal wirklich Verantwortung empfunden", sagte sie ruhig. „Solange ich mich erinnere, hat mir immer jemand gesagt, was das Beste für mich wäre oder was die Leute von mir erwarteten." Sie hielt inne und schüttelte den Kopf. „Aber das spielt jetzt keine Rolle mehr. Mir ist in den letzten Monaten klar geworden, dass der, der verantwortlich ist, auch bereit sein muss, Verantwortung zu übernehmen. Das habe ich heute getan. Kannst du dir vorstellen, was für ein Gefühl das ist?"

„Ja, denn ich habe Augen im Kopf. Ich sehe eine Frau, die anfängt, sich selbst zu vertrauen und das zu tun, was sie für richtig hält.“ Lächelnd strich er ihr mit den Fingern über die Wange. „Zum Beispiel mit mir zu schlafen.“

Sie drehte sich zu ihm. Er war keinen halben Meter von ihr entfernt. Attraktiv und faszinierend ungebändigt, hätte bei ihm das Herz jeder Frau höher geschlagen. Aber bei ihr geschah mehr, als dass nur ihr Puls zu rasen begann, und sie wollte lieber nicht näher darüber nachdenken.

Mikhail zog sie in die Arme, rieb seine Wange an ihrem Haar und flüsterte ihr Liebesworte ins Ohr, die sie nicht verstand.

„Ich muss mir unbedingt ein Wörterbuch besorgen“, erklärte sie und schloss verzückt die Augen.

„Dieser Satz ist ganz einfach“, antwortete er und wiederholte seine Worte zwischen zwei Küssen.

Lachend stand sie gemeinsam mit ihm auf. „Einfach für dich. Und was heißt er?“

Erneut berührte er ihre Lippen. „Ich liebe dich.“

Erschrocken riss Sydney die Augen auf. „Mikhail, ich …“

„Weshalb machen dir diese Worte Angst?“, unterbrach er sie. „Liebe ist keine Bedrohung.“

„Das hatte ich nicht erwartet.“ Sie legte eine Hand auf seine Brust, um etwas Abstand zu wahren.

Seine Augen wurden dunkel, und er trat einen Schritt zurück. „Was hattest du denn erwartet?“

„Ich dachte, du wolltest …“ Wie sollte sie es behutsam ausdrücken? „Ich nahm an, du wärst …“

„Nur an deinem Körper interessiert?“, ergänzte er hitzig. Er hatte Sydney so viel bewiesen, und sie hatte so wenig verstanden. „Natürlich begehre ich deinen Körper, aber das ist nicht alles. Willst du etwa behaupten, dass letzte Nacht nicht mehr zwischen uns gewesen ist?“

„Natürlich war mehr. Es war wunderschön.“ Sie musste sich unbedingt setzen, denn sie hatte das Gefühl, von einer Klippe gesprungen und mit dem Kopf aufgeschlagen zu sein.

Aber Mikhail sah sie so eindringlich an, dass sie vorsichtshalber stehen blieb.

Er hob sein Glas und hätte es am liebsten vom Balkon geschleudert. Stattdessen trank er einen Schluck. „Guter Sex ist für Körper und Geist wichtig. Aber er genügt nicht für das Herz. Das Herz braucht Liebe, und zwischen uns beiden war gestern Nacht Liebe."

Hilflos ließ sie die Arme fallen. „Das weiß ich nicht. Ich hatte vorher noch nie guten Sex."

Er betrachtete sie nachdenklich. „Du warst doch verheiratet."

„Ja, ich war schon einmal verheiratet", antwortete Sydney bitter. „Aber darüber möchte ich nicht reden, Mikhail. Reicht es nicht, dass wir gut zusammenpassen und ich etwas für dich empfinde, was ich noch nie erlebt habe? Ich möchte meine Gefühle nicht analysieren. Ich kann es nicht."

„Du willst gar nicht wissen, was du empfindest?", wunderte er sich. „Wie kannst du leben, ohne zu wissen, wie es in dir aussieht?"

„Deine Gefühle liegen offen da. Man erkennt sie an der Art und Weise, wie du dich bewegst und wie du redest. Man sieht sie deinen Augen und deiner Arbeit an. Bei mir ist das anders. Meine Gefühle sind tiefer verborgen. Ich brauche mehr Zeit."

Er lächelte unmerklich. „Hältst du mich für einen geduldigen Mann?"

„Nein", erklärte Sydney aufrichtig.

„Das freut mich. Denn dann wirst du begreifen, dass dir sehr wenig Zeit bleibt." Er begann das Geschirr zusammenzustellen. „Hat dir dein Exmann sehr wehgetan?"

„Jede gescheiterte Ehe schmerzt. Bitte, bedräng mich nicht."

„Heute Nacht bestimmt nicht." Der Himmel über New York wurde langsam dunkel. „Ich möchte nämlich, dass du nur an mich denkst. Aber irgendwann möchte ich alles erfahren." Er brachte das Geschirr hinein und überließ es Sydney, die restlichen Sachen abzuräumen.

Mikhail liebt mich. Dieser Gedanke ging ihr nicht aus dem Kopf, während sie den Brotkorb und die Blume aufhob. Daran zweifelte sie nicht. Der Mann sagte grundsätzlich nur, was er auch meinte.

Aber sie wusste nicht, was er unter Liebe verstand.

Für Sydney war Liebe ein süßes, berauschendes und dauerhaftes Gefühl, das sie bisher nicht selbst kennengelernt hatte. Ihr Vater hatte sie auf seine unberechenbare Weise geliebt. Aber sie waren nur für kurze Zeit in ihrer frühen Kindheit beisammen gewesen. Nach der Scheidung der Eltern hatten sie sich kaum noch gesehen.

Auch ihre Mutter liebte sie, das stand außer Frage. Doch Margerite interessierte sich für sie nicht stärker als für zahlreiche andere Dinge.

Außerdem hatte es Peter gegeben. Peter und sie hatte eine starke freundschaftliche Beziehung verbunden – aber nur, bis sie versuchten, sich wie ein Ehepaar zu lieben.

Freundschaftliche Liebe war es gewiss nicht, was Mikhail ihr geben wollte. Deshalb wurde Sydney zwischen schwindelndem Glück und panischer Angst hin und her gerissen.

Unsicher ging sie in die Küche, wo er die Arme bis zu den Ellbogen in das Abwaschwasser getaucht hatte. Sie stellte den Brotkorb und die Flasche mit der Pfingstrose ab und nahm ein Geschirrtuch.

„Bist du mir böse?", fragte sie nach einer Weile zögernd.

„Ein bisschen. Eher verwirrt." Und verletzt, fügte er stumm hinzu, aber das brauchte sie nicht zu wissen. „Geliebt zu werden sollte dich glücklich machen."

„Einerseits bin ich das auch. Andererseits habe ich schreckliche Angst, dass wir zu schnell vorgehen und alles zerstören, was wir gerade erst aufgebaut haben." Ich muss unbedingt offen und ehrlich mit Mikhail sein, das bin ich ihm schuldig, überlegte sie und fuhr fort: „Den ganzen Tag hatte ich mich darauf gefreut, mit dir zusammen zu sein, mit dir zu reden und dir zu erzählen, was ich erlebt habe. Auch dir zuzuhören. Ich wusste, du würdest mich zum Lachen bringen, und mein Herz würde wie wild rasen, wenn du mich küsst." Sie stellte eine trockene Schüssel beiseite. „Weshalb siehst du mich so merkwürdig an?"

Er schüttelte den Kopf. „Du merkst nicht einmal, dass du mich liebst. Aber das macht nichts", beschloss er und reichte ihr die nächste Schüssel. „Du wirst es schon noch erfahren."

„Du bist so arrogant, dass ich nicht weiß, ob ich dich bewundern oder verabscheuen soll", antwortete sie unwillig.

„Und dieser Zustand gefällt dir, weil er dir die Möglichkeit gibt, dich gegen deine Gefühle zu wehren."

„Deiner Meinung nach sollte ich wohl geschmeichelt sein, weil du mich liebst."

„Natürlich." Er lächelte jungenhaft. „Bist du es nicht?"

Sie stellte die zweite Schüssel in die erste, nahm die Kasserolle und dachte nach. „Doch, wahrscheinlich. Das wäre nur menschlich. Außerdem bist du …"

„Was bin ich?"

Erneut betrachtete sie ihn – sein keckes Lächeln, seine feurigen Augen, sein dichtes wildes Haar. „Du bist einfach umwerfend."

Sein Lächeln verschwand. Er öffnete den Mund und schloss ihn wieder. Endlich nahm er die Hände aus dem Wasser und murmelte etwas vor sich hin.

„Schimpfst du etwa?"

Statt zu antworten riss Mikhail ihr das Geschirrtuch aus der Hand und trocknete sich die Hände gründlich damit ab.

„Du bist ja verlegen", stellte Sydney erfreut fest und nahm sein Gesicht zwischen beide Hände. „Tatsächlich."

„Hör auf." Verwirrt stieß er ihre Hände fort. „Mir wird ganz schlecht, wenn ich an deine Beschreibung denke."

„Aber du bist doch umwerfend." Zärtlich legte sie die Arme um seinen Nacken. „Als ich dich zum ersten Mal sah, erinnertest du mich an einen finsteren, verwegenen Piraten."

Diesmal schimpfte er auf Englisch, und sie lächelte vergnügt.

„Vielleicht liegt es an deinem Haar", überlegte sie und strich mit den Fingern durch die schwarzen Locken. „Ich stellte mir vor, wie es wäre, wenn ich meine Hände hineinschieben könnte. Oder es sind deine Augen. Sie blicken so mutwillig, so gefährlich."

Er legte die Hände auf ihre Hüften. „Langsam komme ich mir wirklich gefährlich vor."

„Hm. Oder es ist dein Mund. Ja, es könnte auch an deinem Mund liegen." Sydney berührte seine Lippen, zog mit der Zunge die Umrisse nach und blickte ihm tief in die Augen. „Ich glaube kaum, dass eine Frau ihm widerstehen könnte."

„Du willst mich wohl verführen."

Sie löste die Hände von Mikhails Hals und spielte mit den oberen Knöpfen seines Hemdes. „Jemand muss es ja tun." Hoffentlich mache ich alles richtig, wünschte sie inständig. „Und dann ist da natürlich noch dein wunderbarer Körper. Als ich dich zum ersten Mal ohne Hemd sah, blieb mir fast das Herz stehen."

Sie schob das Hemd auseinander und strich mit den Händen über seine Brust, sodass seine Knie ganz weich wurden. „Deine Haut war nass und glänzte, und ich bemerkte deine kräftigen Muskeln." Sie vergaß, dass sie eigentlich nur spielen wollte, und verführte ihn ebenso wie sich. „Sie sind so fest, und deine Haut ist so glatt. Ich wollte sie unbedingt berühren. Wie jetzt."

Sie atmete unsicher aus, drückte die Finger in seine Schultern und knetete seine Oberarme. Als sie ihm wieder in die Augen sah, blickte er sie glühend an. Seine Arme wurden hart wie Stahl, und ihr blieben die Worte im Hals stecken.

„Weißt du eigentlich, was du mir antust?", fragte er heiser. Mit bebenden Fingern griff er nach den winzigen schwarzen Knöpfen ihres Jacketts. Unter dem sonnengelben kurzärmeligen Kostüm trug Sydney Wäsche aus nachtblauer Spitze. Das Herz schlug ihm bis zum Hals. „Oder wie sehr ich dich brauche?"

Sie schüttelte leicht den Kopf. „Zeig es mir. Du kannst es mir ja zeigen."

Leidenschaftlich riss Mikhail sie an sich und presste seine Lippen auf ihren Mund. Als sie die Arme erneut um seinen Nacken legte, hob er sie einige Zentimeter vom Boden und ließ sie nicht mehr los.

Wie betäubt klammerte sie sich an ihn, während er mit ihr ins Schlafzimmer hinüberging. Sie streifte ihre Schuhe ab und hielt sich lachend an ihm fest, während er gemeinsam mit ihr auf das Bett fiel.

Die Matratze sank knarrend ein, sodass sie in die Mitte rollten. Er flüsterte ihren Namen und sie seinen, bevor sich ihre Lippen wieder aufeinanderpressten.

Er war ebenso hitzig und verwegen wie beim letzten Mal. Aber diesmal wusste sie, wohin es führen würde, und sie versuchte sich seinem Tempo anzupassen. Ihr Verlangen wuchs ins Unermessliche, und sie zerrte seine Jeans herunter, während er ungeduldig ihre zarte Spitzenwäsche beiseite schob.

Sie spürte seinen festen, ruhelosen Körper auf sich. Durch das offene Fenster drang die abendliche Hitze herein. In der Ferne rollte leiser Donner. Er kam ihr wie eine Antwort auf das Pochen ihres Blutes vor.

Mikhail war der Sturm draußen und in seinem Innern gerade recht. Nie zuvor hatte er so gespürt, was wahres Verlangen bedeutete. Er erinnerte sich, wie er sich einmal verzweifelt nach Essen und

Wärme gesehnt hatte, auch nach den weichen Rundungen einer Frau. Aber das war nichts im Vergleich zu dem heftigen Begehren, das er jetzt für Sydney empfand.

Leidenschaftlich strich er mit den Händen über ihren Körper, um jeden Zentimeter von ihr zu liebkosen. Überall, wo er sie berührte, glühte ihre Haut wie von lodernden Flammen. Als sie unmerklich zu beben begann, trieb er sie weiter, bis sie erschauerte. Und als sie lustvoll stöhnte, setzte er die süße Qual fort, sodass sie laut aufschrie.

Und nicht einmal das reichte ihm.

Das Gewitter kam drohend näher. Die Sonne versank langsam am Horizont und warf ihre letzten Strahlen und lange Schatten herein.

Drinnen in dem heißen, dunkler werdenden Zimmer nahmen Mikhail und Sydney Zeit und Raum nicht mehr wahr. Es gab nur noch sie und ihn und das heiße Verlangen, eins zu werden.

Endlich drang er tief in sie ein. In höchster Ekstase hob er ihre Hüften an, bis sie die Beine um seine Taille legte und den Rücken durchbog. Erschauernd presste er das Gesicht auf ihre Schulter und erreichte gemeinsam mit ihr den Gipfel der Lust.

Bis zum nächsten Nachmittag blieb es trocken, dann vertrieb ein Gewitter die brütende Hitze. Sydney hatte den Lautsprecher eingeschaltet und leitete eine heikle Telefonkonferenz. Obwohl ihr Janine gegenübersaß, machte sie sich ebenfalls Notizen.

„Ja, Mr. Bernstein, ich bin davon überzeugt, dass die neue Regelung im Interesse aller liegt", erklärte Sydney und wartete, bis Bernstein dies seinem Rechtsanwalt und seinem Partner an der Westküste bestätigt hatte. „Wir werden allen Beteiligten bis spätestens morgen, fünf Uhr östlicher Zeit, den überarbeiteten Vertrag per Telefax zusenden." Sie lächelte innerlich. „Ja, Hayward Enterprises wird in Zukunft schneller arbeiten. Danke, meine Herren, und auf Wiederhören."

Sie schaltete den Lautsprecher aus und sah Janine an. „Nun?"

„Sie sind absolut kühl geblieben. Sehen Sie sich meine Hände an." Janine streckte die Arme aus. „Meine Handflächen sind klatschnass. Die drei Männer wollten Sie unbedingt unterkriegen, und Sie sind trotzdem als Siegerin aus dem Gespräch hervorgegangen. Herzlichen Glückwunsch."

„Ich nehme an, der Handel wird dem Vorstand gefallen." Sieben

Millionen, dachte sie. Sie hatte gerade ein Sieben-Millionen-Dollar-Geschäft abgeschlossen. Janine hatte recht. Sie war felsenfest geblieben. „Machen wir uns an die Reinschrift", schlug sie vor.

„Ja, Ma'am." Während Janine aufstand, läutete das Telefon. Automatisch hob sie den Hörer ab. „Büro Miss Hayward. Einen Moment, bitte." Sie drückte auf die Unterbrechertaste. „Es ist Mr. Warfield."

Sydney nickte ergeben. „Ich übernehme das Gespräch. Danke, Janine."

Sie wartete, bis ihre Assistentin das Zimmer verlassen und die Tür hinter sich geschlossen hatte, und sagte: „Hallo, Channing."

„Sydney, ich versuche seit zwei Tagen, dich zu erreichen. Wo hattest du dich versteckt?"

Sie dachte an Mikhails Bett und lächelte. „Tut mir leid, Channing. Ich war … beschäftigt."

„Immer nur Arbeit und kein Vergnügen, Liebling", antwortete er zu ihrer Verärgerung. „Ich muss dich unbedingt davon weglotsen. Wie wäre es morgen Mittag mit einem Lunch? Bei ‚Lutece'?"

Automatisch blickte Sydney auf ihren Terminkalender. „Da habe ich eine Besprechung."

„Besprechungen kann man verschieben."

„Nein, diese nicht. Einige meiner Projekte stehen unmittelbar vor dem Abschluss, sodass ich diese Woche kaum Zeit haben werde."

„Hör mal, Sydney, ich habe Margerite versprochen, dafür zu sorgen, dass du dich nicht ständig hinter dem Schreibtisch verkriechst. Und ich stehe zu meinem Wort."

Weshalb bleibe ich bei einem Geschäft über viele Millionen Dollar kühl und bekomme feuchte Hände, sobald ich persönlich unter Druck stehe?, überlegte Sydney. „Meine Mutter macht sich unnötige Sorgen. Tut mir leid, Channing, aber ich habe im Moment keine Zeit für ein längeres Gespräch. Ich habe … Ich komme sonst zu spät zu einer Verabredung."

„Schöne Frauen dürfen zu spät kommen. Wenn ich morgen nicht mit dir zu Mittag essen kann, bestehe ich darauf, dass du Freitag mitkommst. Wir wollen ins Theater. Deine Mutter wird auch dabei sein. Natürlich treffen wir uns vorher zu einem Drink und werden anschließend ein leichtes Abendessen zu uns nehmen."

„Ich bin völlig ausgebucht, Channing, aber ich wünsche dir viel Spaß. Und jetzt muss ich Schluss machen. Ciao."

Sie legte den Hörer auf und verwünschte sich selbst. Weshalb hatte sie Channing nicht gesagt, dass sie einen anderen Mann kennengelernt hatte?

Die Antwort war einfach. Channing würde sofort zu Margerite laufen. Doch ihre Beziehung zu Mikhail ging nur sie etwas an, und das sollte möglichst noch eine Weile so bleiben.

Mikhail liebte sie ...

Sydney schloss die Augen, und ein Schauer aus Freude und Panik durchrieselte sie. Vielleicht würde sie ihn mit der Zeit ebenfalls uneingeschränkt und bedingungslos lieben können, auch wenn sie es sich bisher nicht hatte vorstellen können. Gefühlskalt war sie nicht, das wusste sie jetzt. Aber das war nur der erste Schritt. Sie brauchte unbedingt Zeit, um ihre Gefühle zu ordnen. Anschließend ... Nun, anschließend würde man sehen.

Das Klopfen an der Tür brachte sie in die Wirklichkeit zurück. „Ja?"

„Entschuldigen Sie, Ma'am." Janine kam herein und hielt einen Brief in der Hand. „Dies wurde gerade aus Mr. Binghams Büro für Sie abgegeben. Ich glaube, Sie sollten es sofort sehen."

„Ja, danke." Sydney überflog den Brief. Es war Lloyds geschickt formulierte fristlose Kündigung. Doch selbst bei oberflächlicher Lektüre wurde deutlich, dass der Kampf noch nicht vorüber war.

„Wir sollten die Stelle möglichst wieder durch jemanden aus dem Haus besetzen", sagte Sydney. „Bringen Sie mir bitte die entsprechenden Personalakten."

„Ja, Ma'am", antwortete Janine. An der Tür blieb sie stehen. „Darf ich Ihnen als Ihre Assistentin einen Rat geben?"

„Natürlich, Janine."

„Passen Sie bloß auf. Mr. Bingham möchte Ihnen furchtbar gern ein Messer in den Rücken rammen."

„Ich weiß", antwortete Sydney. „Aber ich werde ihm keine Gelegenheit dazu geben." Sie rieb sich den Nacken, um die Anspannung zu vertreiben. „Wie wäre es mit einem Kaffee für uns beide, bevor wir uns mit den Personalakten befassen?"

„Ich bringe sofort welchen." Janine drehte sich um und wäre beinahe mit Mikhail zusammengestoßen. Er war klatschnass, und sein schlichtes weißes T-Shirt klebte ihm am Körper. „Tut mir leid, Miss Hayward hat …", stotterte sie.

„Schon gut, Janine. Lassen Sie Mr. Stanislaski hereinkommen."

Janine bemerkte den Blick in den Augen ihrer Chefin und beneidete sie einen Moment. „Soll ich alle Telefongespräche von Ihnen fernhalten?"

„Wie?"

Mikhail lächelte freundlich. „Ja, bitte. Sind Sie Janine, die gerade befördert worden ist?"

„Ja, weshalb?"

„Sydney hat mir erzählt, dass Sie ausgezeichnete Arbeit leisten."

„Danke. Möchten Sie auch einen Kaffee?"

„Nein danke."

„Dann trinke ich im Moment auch keinen, Janine. Machen Sie jedenfalls eine Pause."

„Ja, Ma'am." Seufzend schloss Janine die Tür.

„Besitzt du keinen Regenschirm?", fragte Sydney und beugte sich vor, damit Mikhail sie küssen konnte. Doch er rührte sie nicht an.

„Ich darf dich nicht anfassen, sonst würde dein Kostüm ganz nass. Hast du vielleicht ein Handtuch für mich?"

„Warte einen Moment." Sydney ging in das angrenzende Bad. „Was führt dich um diese Uhrzeit hierher?"

„Bei diesem Regen konnten wir nicht weiterarbeiten. Deshalb habe ich einige schriftliche Dinge erledigt und um vier Uhr Schluss gemacht." Er nahm das Handtuch und trocknete sich das Haar.

„Ist es schon so spät?" Sie sah auf die Uhr und merkte, dass es beinahe fünf war.

„Du hast noch zu tun?"

Sie dachte an die Kündigung auf ihrem Schreibtisch und die Personalakten, die sie durchsehen musste. „Ja, noch ein bisschen."

„Wenn es nicht zu lange dauert, könnten wir vielleicht anschließend ins Kino gehen."

„Ja, gern." Sie nahm Mikhail das Handtuch wieder ab. „Gib mir noch eine Stunde Zeit."

„Ich komme zurück." Er streckte die Hand aus und spielte mit der Perlenkette an ihrem Hals. „Da ist noch etwas."

„Was denn?“

„Meine Familie und ich möchten am Wochenende meine Schwester Natasha besuchen und ein Barbecue bei ihr veranstalten. Kommst du mit?“

„Ein Barbecue? Das wäre nicht schlecht. Wann findet es statt?“

„Die anderen werden am Freitag nach der Arbeit losfahren.“ Er musste Sydney unbedingt mit diesen Perlen darstellen. Nur mit diesen Perlen. Normalerweise arbeitete er ausschließlich mit Holz, aber er konnte sie auch in Alabaster meißeln. „Wir können nachfahren, sobald du fertig bist.“

„Ich müsste gegen sechs Uhr so weit sein. Sagen wir lieber sechs Uhr dreißig“, verbesserte sie sich. „Ist das in Ordnung?“

„Ja.“ Mikhail fasste ihre Schultern, hielt Sydney einige Zentimeter von seinen nassen Kleidern entfernt und küsste sie. „Natasha mag dich bestimmt.“

„Das hoffe ich sehr.“

Er küsste sie erneut. „Ich liebe dich.“

Sie erschauerte vor Erregung. „Ich weiß.“

„Und du liebst mich“, murmelte er. „Du bist nur zu eigensinnig, um es zuzugeben.“ Er knabberte einen Moment an ihrer Unterlippe. „Trotzdem wirst du für mich posieren.“

„Ich werde … was?“

„Für mich posieren. Ich habe im Herbst eine Ausstellung, und ich gedenke, mehrere Stücke von dir dort zu zeigen.“

„Von mir?“

„Ja, wir werden bald viel zu tun bekommen. Deshalb lasse ich dich jetzt allein.“

Sie hatte die Personalakten und die Telefongespräche restlos vergessen. „Ja, wir sehen uns in einer Stunde.“

„Und am nächsten Wochenende wird nicht gearbeitet.“ Er nickte, sein Entschluss war gefasst. Es musste Alabaster sein.

Sydney zog das feuchte Handtuch durch die Hand und sah ihm nach. „Mikhail?“

Mit der Hand am Türgriff blieb er stehen. „Ja?“

„Wo wohnt deine Schwester eigentlich?“

„In West Virginia.“ Lächelnd schloss er die Tür hinter sich und ließ Sydney verblüfft zurück.

9. KAPITEL

Ich werde nie rechtzeitig fertig, dachte Sydney. Zweimal hatte sie ihren Koffer gepackt und anschließend alles wieder herausgenommen. Was brauchte man für ein Wochenende in West Virginia? Die Garderobe für einige Tage Urlaub auf Martinique hätte ihr keine Probleme bereitet. Auch für einen Trip nach Rom hätte sie mühelos packen können. Aber bei einem Familienausflug nach West Virginia war sie ratlos.

Nachdem sie ihren Koffer zum dritten Mal geschlossen hatte, brachte sie ihn ins Wohnzimmer, um nicht erneut in Versuchung zu geraten, und zog sich um.

Gerade hatte sie eine dünne Baumwollhose und ein ärmelloses mintgrünes Top übergestreift und überlegte, ob sie nicht etwas anderes wählen sollte, da läutete es an der Tür, und ihre Mutter stand auf der Schwelle.

„Sydney, Liebling“, sagte Margerite und küsste ihre Tochter auf die Wange.

„Mutter. Ich hatte keine Ahnung, dass du heute in die Stadt kommen würdest.“

„Natürlich wusstest du es.“ Margerite setzte sich in einen Sessel und schlug die Beine übereinander. „Channing hat dir doch von unserem kleinen Theaterbesuch erzählt.“

„Ja, das stimmt. Das hatte ich vergessen.“

„Ich mache mir deinetwegen wirklich Sorgen“, seufzte ihre Mutter.

Automatisch ging Sydney zur Bar und schenkte ihr ein Glas ihres Lieblingssherrys ein. „Das ist nicht nötig, mir geht es gut.“

„Nicht nötig?“ Margerites schlanke Finger mit den korallenroten Nägeln bebten. „Du lehnst Dutzende von Einladungen ab, du hattest vergangene Woche nicht einmal Zeit, um einen Nachmittag mit deiner Mutter einzukaufen, und du vergräbst dich stundenlang in deinem Büro. Und ich soll mir keine Sorgen machen?“ Sie lächelte und nahm Sydney das Sherryglas ab. „Das muss sich unbedingt ändern. Zieh dir etwas Tolles an. Wir treffen uns vor Beginn der Vorstellung mit Channing und den anderen im ‚Doubles‘.“

Sydney setzte sich auf die Sofalehne und hoffte, dass es ihr gelang, die Mutter hinauszukomplimentieren, ohne ihr wehzutun.

„Tut mir leid, Mutter. Ich musste die Einladung ablehnen. Die Veränderungen bei Hayward nehmen fast meine ganze Zeit in Anspruch."

„Genau darum geht es ja, Liebling", antwortete Margerite und gestikulierte mit dem Glas.

Sydney schüttelte den Kopf. „Andererseits habe ich gar nicht mehr das Bedürfnis, jeden Abend auszugehen. Ich freue mich, dass du mich heute dabeihaben möchtest. Aber wie ich bereits zu Channing sagte, habe ich etwas anderes vor."

Margerite trommelte nervös mit einem Nagel auf die Armlehne. „Wenn du glaubst, dass ich dich allein lasse, damit du den Abend mit irgendwelchen scheußlichen Akten verbringst …"

„Ich werde an diesem Wochenende nicht arbeiten", unterbrach Sydney ihre Mutter. „Genauer gesagt, ich werde …" Ein kurzes Klopfen an der Tür enthob sie einer näheren Erklärung. „Entschuldige mich bitte einen Moment."

Sydney öffnete und versuchte Mikhail zurückzuhalten. „Vorsicht, Mikhail, meine …"

Doch Mikhail wollte erst mit ihr reden, nachdem er sie geküsst hatte. Und das tat er ausgiebig.

Margerite wurde kreidebleich und stand auf. Sie erkannte auf den ersten Blick, dass dies ein Kuss zwischen Liebenden war.

„Mikhail." Sydney bog sich etwas zurück. „Ich bin noch nicht fertig." Mit einer Hand stemmte sie sich gegen seine Brust und deutete mit der anderen hilflos zu ihrer Mutter.

Er bemerkte Margerites verärgerte Miene und schob Sydney rasch neben sich. Es war eine ausgesprochen beschützende Geste. „Hallo, Margerite."

„Sagt man nicht, dass man Geschäftliches und Privates niemals verbinden soll?", fragte Margerite steif und betrachtete Mikhail von oben bis unten. „Aber von solchen Grundsätzen halten Sie wohl nicht viel, oder?"

„Manche Regeln sind wichtig, andere nicht." Er sprach leise, aber ohne Bedauern.

Verärgert wandte Margerite sich ab. „Ich möchte einen Moment mit dir allein reden, Sydney."

Sydney betrachtete die hoch aufgerichtete Gestalt ihrer Mutter, und ihre Schläfen begannen zu pochen. „Würdest du meinen Koffer bitte schon in den Wagen bringen, Mikhail? Ich komme gleich nach."

Er fasste ihr Kinn und sah ihr tief in die Augen. „Ich bleibe bei dir."

„Nein." Sie ergriff sein Handgelenk. „Es wäre mir lieber, wenn du uns allein lassen würdest. Nur ein paar Minuten." Ihr Griff wurde fester. „Bitte."

Er hatte keine andere Wahl. Er nahm Sydneys Koffer und ging hinaus. Sobald er die Tür geschlossen hatte, fuhr Margerite herum.

Sydney wappnete sich vorsorglich. Ihre Mutter setzte selten zu einer Schimpftirade an. Aber wenn sie es tat, wurde jedes Mal eine hässliche Szene daraus.

„Du Närrin. Du hast mit ihm geschlafen."

„Ich weiß zwar nicht, was dich das angeht, aber ... ja", antwortete Sydney ruhig.

„Glaubst du etwa, du wärest erfahren genug, um mit einem solchen Mann fertig zu werden?" Verärgert stellte Margerite ihr Glas ab. „Dieses schäbige Verhältnis könnte alles verderben, wofür ich gearbeitet habe. Deine Scheidung von Peter hat schon genügend Schaden angerichtet, aber das konnte ich einigermaßen hinbiegen. Und jetzt das. Sich für ein Wochenende in ein billiges Motel davonzustehlen, um mit diesem ..."

Sydney ballte die Fäuste. „An meiner Beziehung zu Mikhail ist nichts schäbig, außerdem stehle ich mich nicht heimlich davon. Und was Peter betrifft, möchte ich nicht darüber reden."

Mit hartem Blick kam Margerite näher. „Seit deiner Geburt habe ich alles in meiner Macht Stehende getan, damit du bekamst, was dir als einer Hayward zustand: die besten Schulen, die passenden Freunde und sogar den richtigen Ehemann. Und jetzt machst du alle meine Pläne, alle meine Opfer zunichte. Und wozu das Ganze?" Erregt ging sie im Zimmer auf und ab, während Sydney schweigend stehen blieb. „Glaub mir, ich weiß, wie der Mann ist. Ich habe selbst mit dem Gedanken gespielt, eine diskrete Affäre mit ihm zu beginnen." Ihre Eitelkeit war noch immer schwer gekränkt. „Jede Frau hat das Recht, sich gelegentlich mit solch einem Prachtkerl zu amüsieren. Sein künstlerisches Talent und sein Ruf sprechen gewiss zu seinen Gunsten. Aber woher stammt er denn? Seine Vorfahren waren Kosaken, Bauern und Tagelöhner. Ich besäße genügend Erfahrung, um mit ihm fertig zu werden – falls ich es gewollt hätte", fuhr sie wütend fort. „Außerdem bin ich zurzeit ungebunden, sodass mir eine Affäre nicht schaden könnte. Du stehst dagegen kurz vor deiner Verlobung mit Channing. Meinst du, er will dich noch, wenn er erfährt, dass du mit diesem Sexprotz im Bett gewesen bist?"

„Jetzt reicht es!" Sydney trat vor und fasste ihre Mutter an Arm. „Es reicht mir schon lange. Für jemanden, der so stolz auf seine Zugehörigkeit zu den Haywards ist, hast du nicht viel getan, um den Familiennamen in Ehren zu halten. Für mich war es immer eine Belastung, eine Hayward zu sein. Ich arbeite seit Wochen Tag und Nacht, damit der Name über jeden Zweifel erhaben bleibt. Was ich in meiner Freizeit tue und mit wem ich sie verbringe, geht niemanden etwas an."

Kreidebleich riss Margerite sich los. In diesem Ton hatte Sydney noch nie mit ihr gesprochen. „Wage ja nicht, noch einmal so mit mir zu reden. Bist du derart scharf auf den Mann, dass du allen Anstand vergisst?"

„Ich habe niemals vergessen, was ich der Familie schuldig bin", fuhr Sydney ihre Mutter an. „Und vernünftiger als jetzt kann ich nicht sein." Sie wunderte sich selbst, wie verbittert ihre Stimme klang, aber sie konnte es nicht ändern. „Hör mir gut zu, Mutter. Ich habe nicht die Absicht, mich mit Channing zu verloben. Das ist reines Wunschdenken von dir. Ich lasse mich nicht noch einmal unter Druck setzen. Abgesehen davon weißt du absolut nichts über Mikhail und seine Familie. Du bist nie durch seine äußere Schale gedrungen."

Stolz hob Margerite den Kopf. „Aber du bist es?"

„Ja. Mikhail ist ein fürsorglicher, einfühlsamer Mann. Ein aufrichtiger Mensch, der weiß, was er vom Leben erwarten kann, und alles dafür tut, um sein Ziel zu erreichen. Im Unterschied zu dir hat er jedoch nie jemanden dazu benutzt oder gar verletzt. Und ich ..." Plötzlich war sich Sydney ganz sicher. „Ich liebe ihn."

„Du liebst ihn?" Verblüfft fuhr Margerite zurück. „Jetzt bin ich sicher, dass du den Verstand verloren hast. Meine Güte, Sydney, glaubst du etwa alles, was ein Mann im Bett sagt?"

„Ich glaube, was Mikhail sagt. Und habe ihn schon viel zu lange warten lassen. Wir haben eine lange Fahrt vor uns."

Erhobenen Hauptes schritt Margerite zur Tür und warf ihrer Tochter einen letzten Blick über die Schulter zurück. „Er wird dir das Herz brechen, und du wirst wie eine Närrin zurückbleiben. Aber vielleicht brauchst du das ja, um an deine Pflichten erinnert zu werden."

Nachdem die Tür zugefallen war, setzte Sydney sich erschöpft auf die Armlehne. Mikhail musste noch einen Moment warten.

Mikhail wartete nicht, er lauerte. Die Hände tief in die Hosentaschen geschoben, lief er mit finsterer Miene vor den Fahrstühlen in der Tiefgarage auf und ab. Sobald sich die Türen öffneten, eilte er zu Sydney.

„Ist alles in Ordnung?", fragte er und nahm ihr Gesicht zwischen beide Hände. „Nein, ich sehe schon, es ist nicht in Ordnung."

„Doch, bestimmt. Es war nur unangenehm, wie Familienstreitigkeiten nun einmal sind", versicherte Sydney ihm.

„Ich bedaure, dass es meinetwegen zu Unstimmigkeiten zwischen dir und deiner Mutter gekommen ist." Er küsste ihre beiden Hände.

„Es war nicht deine Schuld." Sie lehnte den Kopf an seine Brust, und er legte die Arme um sie und streichelte ihren Rücken. „Eine uralte Sache, die ich viel zu lange verdrängt hatte, kam plötzlich an die Oberfläche. Ich möchte nicht darüber reden."

„Du enthältst mir so viel vor, Sydney."

„Ich weiß, und es tut mir leid." Sie schloss die Augen, und ihr Hals wurde trocken. So schwierig konnte es doch nicht sein, die Worte auszusprechen. „Ich liebe dich, Mikhail."

Mikhail hielt die Hände still. Er schob die Finger in ihr Haar und bog ihren Kopf zurück. Eindringlich sah er Sydney in die Augen und entdeckte endlich, wonach er sich seit Langem verzweifelt sehnte. „Du hast beschlossen, dich nicht mehr eigensinnig dagegen zu wehren." Seine Stimme klang vor innerer Erregung belegt, und er küsste Sydney zärtlich. „Sag es mir noch einmal, während ich fahre. Ich höre es so gern."

Lachend hakte Sydney sich bei ihm ein und ging mit ihm zum Wagen. „In Ordnung."

„Ich werde dasselbe tun, während du am Steuer sitzt."

Verblüfft blieb Sydney stehen. „Ich soll auch fahren?"

„Ja." Mikhail öffnete ihr die Beifahrertür. „Ich fange an, und anschließend kommst du an die Reihe. Du hast doch deinen Führerschein dabei?"

Es war nach Mitternacht, als Mikhail vor dem großen Backsteinhaus in Shepherdstown hielt. Die Luft war erheblich kühler geworden. Keine einzige Wolke stand am sternenübersäten Himmel. Sydney hatte den Kopf an die Rücklehne gelegt und schlief. Sie war von New Jersey über Delaware zügig bis nach Maryland gefahren. Kurz hinter der Grenze hatte sie sich wieder auf den Beifahrersitz gesetzt und war sofort eingeschlafen.

Mikhail war außerordentlich zufrieden. Er hatte immer gewusst, dass er eines Tages die Frau seines Lebens finden würde. Er stellte sich vor, wie er morgens neben Sydney in dem großen Schlafzimmer des alten Hauses aufwachte, das sie gemeinsam kaufen und in ein gemütliches Heim verwandeln würden. Abends würde sie in einem hübschen Kostüm hereinkommen, und er würde an ihrem Gesicht erkennen, wie ihr Tag verlaufen war. Anschließend würden sie zusammen auf der Couch sitzen und über ihre und seine Arbeit reden.

Eines Tages würde ein Kind in ihr wachsen, und er würde fühlen, wie sich sein Sohn oder seine Tochter in ihr bewegte.

Aber er durfte Sydney nicht bedrängen. Sie hatten schon viel erreicht, und er wollte jeden Moment genießen. Deshalb lehnte er sich zu ihr und liebkoste mit den Lippen ihren Hals.

„Wo sind wir?", fragte Sydney schläfrig.

„Auf dem Schild stand: Wunderbares wildes West Virginia." Er knabberte an ihrer Unterlippe. „Du wirst mir schon sagen, ob es wirklich wild und romantisch ist."

Jeder Ort auf der Welt ist wunderbar, wenn Mikhail bei mir ist, dachte sie und legte die Arme um ihn. Er stöhnte leise, denn der Schalthebel drückte sich in einen besonders empfindlichen Teil seines Körpers. „Ich glaube, ich werde alt. Es ist gar nicht so einfach, eine Frau im Wagen zu verführen."

„Ich finde, du machst das recht gut."

Heftige Erregung durchrieselte ihn und gaukelte ihm erotische Bilder vor. Doch er schüttelte den Kopf. „Ich traue mich nicht, weil Mama jeden Moment aus dem Fenster sehen kann. Finden wir lieber heraus, wo du schlafen sollst. Ich schleiche mich später zu dir."

Sydney lachte, während Mikhail seine langen Beine aus der offenen Wagentür streckte. Sie schob ihr Haar zurück und betrachtete das große Backsteinhaus. Im Erdgeschoss brannte noch Licht. Hohe Laubbäume spendeten im Sommer Schatten, und eine hübsche Buchsbaumhecke schirmte die Blicke von der Straße ab.

Mikhail holte das Gepäck aus dem Wagen, und sie stiegen die lange Steintreppe hinauf, die den ansteigenden Rasen durchzog. Der Vorgarten war keine gepflegte Anlage, sondern Dutzende von Blumen wuchsen scheinbar wild und willkürlich durcheinander. Im Lichtschein aus den Fenstern entdeckte Sydney ein Dreirad und sah, dass ein Petunienbeet vor Kurzem kräftig durchwühlt worden war.

„Ich fürchte, das ist Iwans Werk", meinte Mikhail, der ihrem Blick gefolgt war. „Wenn er schlau ist, versteckt er sich, bis es wieder heimgeht."

Während sie die Veranda überquerten, hörten sie Musik und Gelächter.

„Mir scheint, deine Familie ist noch auf", sagte Sydney. „Ich dachte, um diese Uhrzeit schliefen alle längst."

„Wir haben nur zwei Tage füreinander Zeit und werden sicher nicht viel Schlaf bekommen." Er öffnete die Glastür und trat ohne anzuklopfen ein. Nachdem er die Koffer an der Treppe abgestellt hatte, nahm er ihre Hand und zog Sydney durch die Diele zu dem Raum, aus dem die Geräusche kamen.

Sie merkte, dass sie instinktiv ihre reservierte Haltung wieder einnahm. Sie konnte es nicht ändern. Von klein auf hatte man ihr eingeschärft, wie sie Fremde zu begrüßen habe: höflich und kühl, mit einem festen Händedruck und einem schlichten „Guten Tag."

„Ha!", rief Mikhail. Er hob eine entzückende zierliche Frau in einem dunkelroten Sonnenkleid hoch und wirbelte sie so im Kreis, dass ihre schwarzen Locken flogen.

„Immer kommst du zu spät", sagte Natasha und küsste ihren Bruder lachend auf beide Wangen. „Hast du mir was mitgebracht?"

„Vielleicht habe ich etwas für dich im Koffer." Er setzte seine Schwester ab und wandte sich zu dem Mann am Klavier. „Passt du gut auf sie auf?"

„Wenn sie mich lässt ..." Spence Kimball stand auf und schüttelte Mikhail die Hand. „Sie regt sich deinetwegen schon seit einer Stunde auf."

„Ich rege mich nie auf", verbesserte Natasha ihren Mann. Sie drehte sich zu Sydney und lächelte herzlich. Doch gleichzeitig war sie besorgt. In diese kühle, distanzierte Frau war Mikhail nach übereinstimmender Meinung ihrer New Yorker Familie unsterblich verliebt? „Du hast mich deiner Freundin noch nicht vorgestellt."

„Sydney Hayward." Ungeduldig schob Mikhail Sydney nach vorn, die sich zurückgehalten hatte. „Und das ist meine Schwester Natasha."

„Nett, Sie kennenzulernen." Sydney reichte Natasha die Hand. „Tut mir leid, dass wir so spät kommen. Es ist meine Schuld."

„Das war doch nur ein Scherz. Sie sind uns herzlich willkommen. Die New Yorker kennen Sie ja schon, und dies ist mein Mann Spence."

Natashas Mann trat verblüfft vor. „Sydney? Sydney Hayward?"

Plötzlich strahlte Sydney über das ganze Gesicht. „Spence Kimball! Ich hatte ja keine Ahnung." Herzlich schüttelte sie dem Freund ihrer Kinderzeit die Hände. „Mutter hatte mir irgendwann erzählt, du wärst in den Süden gezogen."

„Ihr kennt euch?", fragte Natasha und wechselte einen Blick mit Nadia, die mit zwei frischen Weingläsern dazukam.

„Ich kenne Sydney seit frühester Jugend", antwortete Spence. „Aber ich habe sie seit ihrer ..." Er beendete den Satz nicht, denn er war auf Sydneys Hochzeit gewesen und wusste, dass ihre Ehe gescheitert war.

„Das ist schon lange her", murmelte Sydney, die verstanden hatte.

„Die Welt ist wirklich klein", warf Yuri ein und schlug seinem Schwiegersohn herzlich auf den Rücken. „Sydney ist die Eigentümerin des Gebäudes, in dem Mikhail wohnt. Er hat so lange gemeckert, bis sie ihm ihre Aufmerksamkeit widmete."

„Ich meckere nie." Schimpfend nahm Mikhail seinem Vater das Glas aus der Hand und kippte den Wodka hinunter. „Ich überzeuge.

Und jetzt ist Sydney verrückt nach mir."

„Achtung, sein Selbstbewusstsein steigt mal wieder", warnte Rachel die Übrigen.

Mikhail streckte die Hand aus und kniff seiner Schwester leicht in die Nase. „Sag ihnen, dass du verrückt nach mir bist", forderte er Sydney auf, „damit Rachel ihre Worte reumütig zurücknimmt."

Sydney zog eine Braue in die Höhe. „Du nimmst den Mund so voll, dass ich mich frage, wie du noch sprechen kannst."

Alex stieß einen lauten Pfiff aus und warf sich auf die Couch. „Sie hat dich durchschaut, Mikhail. Kommen Sie her, Sydney, und setzen Sie sich zu mir. Ich bin bescheidener."

„Ihr habt sie für heute Abend genug geneckt", erklärte Nadia und warf Alex einen scharfen Blick zu. „Sie müssen müde sein von der langen Fahrt", fügte sie an Sydney gewandt hinzu.

„Ja, ein bisschen. Ich …"

„Oh, entschuldigen Sie bitte." Sofort war Natasha bei ihr. „Natürlich sind Sie müde. Kommen Sie, ich zeige Ihnen Ihr Zimmer." Entschlossen führte sie Sydney hinaus. „Ruhen Sie sich erst einmal aus. Wir möchten, dass Sie sich bei uns wie zu Hause fühlen."

„Danke", antwortete Sydney und wollte ihren Koffer nehmen. Doch Natasha kam ihr zuvor. „Es war sehr nett, mich einzuladen."

Natasha warf ihr einen kurzen Blick zu. „Sie sind die Freundin meines Bruders, also auch meine." Sie musste ihren Mann nachher unbedingt über Sydney ausfragen.

Natasha führte Sydney in ein kleines Zimmer mit einem schmalen Himmelbett. Verblichene Teppichbrücken lagen auf dem glänzenden Eichenboden, und ein Strauß Löwenmäulchen stand in einer alten Milchflasche auf einem Tisch am Fenster, an dem sich duftige Gardinen bauschten.

„Ich hoffe, Sie werden sich hier wohlfühlen." Natasha stellte den Koffer auf eine Kirschbaumtruhe am Fuß des Bettes.

„Das Zimmer ist sehr hübsch." Es roch nach Zedernholz, aus dem der geräumige Schrank gefertigt war, und nach Rosenblättern, die in einer Schale auf dem Nachttisch standen. „Ich freue mich sehr, dass ich nicht nur Mikhails Schwester, sondern auch die Ehefrau eines alten Freundes kennengelernt habe. Soviel ich weiß, lehrt Spence Musik an der Universität."

„Ja, er ist am Shepherdstown College. Außerdem hat er wieder angefangen zu komponieren."

„Das finde ich fabelhaft. Er ist so begabt." Nachdenklich strich sie über ihren Ringfinger. „Ich erinnere mich an seine kleine Tochter – Freddie."

„Sie ist inzwischen zehn Jahre alt." Natasha lächelte herzlich. „Sie wollte unbedingt aufbleiben, bis Mikhail kam, ist aber auf der Couch …" Natasha legte den Kopf auf die Seite und horchte.

„Ist etwas?"

„Ja, Katie, unser Baby, weint. Sie möchte um Mitternacht noch einmal gestillt werden. Wenn Sie mich bitte entschuldigen wollen …"

„Natürlich", antwortete Sydney sofort.

Wildes Gebell, Lachen und fröhliche Rufe weckten Sydney kurz nach sieben Uhr am nächsten Morgen. Stöhnend drehte sie sich um, aber die andere Seite des Bettes war leer. Mikhail hatte sein Versprechen gehalten und sich nachts in ihr Zimmer geschlichen. Sie waren erst kurz vor Anbruch der Dämmerung eingeschlafen. Aber jetzt war er fort.

Sie zog ein Kissen über den Kopf und wollte weiterschlafen, aber es nützte nichts. Ergeben stand sie auf und suchte das Badezimmer.

Eine halbe Stunde später stieg sie frisch geduscht nach unten und fand beinahe die ganze Familie in der Küche.

Natasha stand nur mit Shorts und einem T-Shirt bekleidet am Herd. Yuri saß am Tisch, aß einen Pfannkuchen und zog eine Grimasse, sodass das Baby in der Wippe fröhlich lachte. Alex hatte den Kopf in beide Hände gestützt und dankte seiner Mutter, die ihm eine Tasse Kaffee unter die Nase schob.

Als Yuri Sydney lautstark begrüßte, zuckte Alex heftig zusammen. „Papa, du weckst ja einen Toten auf."

Yuri gab seinem Sohn einen väterlichen Klaps auf den Rücken. „Setzen Sie sich neben mich", forderte er Sydney auf, „und probieren Sie Natashas Pfannkuchen."

„Guten Morgen", sagte Natasha, während Nadia Sydney eine Tasse Kaffee eingoss. „Ich muss mich für meine unmöglichen Kinder und die Promenadenmischung entschuldigen, die das ganze Haus so früh geweckt haben."

„Kinder machen nun einmal Lärm“, sagte Yuri nachsichtig. Als Zustimmung quiekte Katie in diesem Augenblick laut und schlug mit ihrer Rassel auf das Tischchen vor der Wippe.

„Sind alle schon aufgestanden?“, fragte Sydney und setzte sich.

„Spence zeigt Mikhail gerade unseren neuen Grillplatz“, erzählte Natasha und stellte einen Stapel Pfannkuchen auf den Tisch. „Wie ich die Männer kenne, werden sie stundenlang darüber diskutieren. War das Bett bequem?“

Sydney dachte an Mikhail und hoffte, dass sie nicht rot wurde. „Ja, danke. Oh bitte, nicht so viel“, wehrte sie ab, denn Yuri begann ihren Teller mit Pfannkuchen zu beladen.

„Für neue Energie“, meinte er augenzwinkernd.

Bevor Sydney eine passende Antwort einfiel, stürzte ein kleiner Junge mit Lockenkopf durch die Hintertür herein. Yuri fing ihn auf und setzte das strampelnde Bündel auf seinen Schoß.

„Das ist mein Enkel Brandon. Er ist ein Ungeheuer, und ich verspeise Ungeheuer zum Frühstück. Schnapp, schnapp.“

Der kleine Junge war ungefähr drei Jahre alt, kräftig und ausgesprochen drahtig. Wie ein Wilder wand er sich auf Yuris Schoß und schrie aus Leibeskräften. „Grandpa, komm mit und guck mal, wie gut ich Rad fahren kann. Komm!“

„Wir haben einen Gast“, sagte Nadia leise, „und du benimmst dich abscheulich.“

Brandon legte den Kopf an Yuris Brust und betrachtete Sydney aufmerksam. „Du darfst auch zugucken“, lud er sie ein. „Du hast schönes Haar. Es sieht aus wie Lucys.“

„Das ist ein großes Kompliment“, meinte Natasha. „Lucy ist unsere Katze. Miss Hayward kann dir später zuschauen. Sie hat noch nicht gefrühstückt.“

„Dann guck du mir zu, Mama.“

Natasha konnte nicht widerstehen und strich ihrem Sohn übers Haar. „Gleich. Geh inzwischen zu Daddy und sag ihm, dass er heute für mich einkaufen muss.“

„Grandpa soll mitkommen.“

Yuri kannte das Spiel. Er schmollte und sträubte sich und hob seinen Enkel schließlich auf die Schultern. Der Junge jubelte vor Vergnügen, und seine Augen leuchteten.

„Guck mal, Daddy, wie groß ich bin!“, rief er, als sie zur Tür hinausgingen.

„Schreit dieses Kind eigentlich ständig?“, wollte Alex wissen.

„Du warst vor deinem zwölften Lebensjahr auch nicht leiser“, versicherte Nadia ihm und schlug ihr Geschirrtuch aus.

Alex tat Sydney ein bisschen leid. Sie stand auf und schenkte ihm frischen Kaffee ein. Er packte ihr Handgelenk, führte es an die Lippen und küsste es. „Sie sind die Königin unter den Frauen, Sydney. Brennen Sie mit mir durch.“

Mikhail schlenderte in die Küche. „Na, muss ich dich zum Duell auffordern?“

Alex grinste jungenhaft. „Wir können ja Armdrücken um sie veranstalten.“

„Meine Güte, ihr Männer seid wirklich unmöglich“, stellte Rachel fest, die von der anderen Seite in die Küche kam.

„Weshalb?“, fragte ein hübsches goldblondes Mädchen, das hinter Mikhail ins Zimmer spähte.

„Männer glauben immer, dass sie alles mit Muskeln und Schweiß regeln können, anstatt ihren winzigen Verstand zu benutzen, Freddie.“

Mikhail beachtete seine Schwester nicht. Er schob die Teller beiseite, setzte sich, stemmte einen Ellbogen auf den Tisch und murmelte etwas auf Ukrainisch.

Alex grinste nur, dann schlugen sie ihre Handflächen zusammen.

„Was machen die da?“, wollte Freddie wissen.

„Sich selbst zum Narren“, erklärte Natasha und legte Freddie den Arm um die Schultern. „Sydney, dies ist meine Älteste, Freddie. Freddie, das ist Miss Hayward, Mikhails Freundin.“

Sydney lächelte dem Mädchen über Mikhails Kopf zu. „Ich freue mich, dich wiederzusehen, Freddie. Ich habe dich schon gekannt, als du noch ganz klein warst.“

„Ja?“ Freddie wusste nicht recht, ob sie Sydney betrachten oder Mikhail und Alex beobachten sollte. Die beiden Männer saßen sich Knie an Knie gegenüber und drückten die Handflächen aneinander, sodass sich ihr Bizeps spannte.

„Ja, ich … äh …“ Sydney hatte ebenfalls Schwierigkeiten, sich auf Freddie zu konzentrieren. „Ich habe deinen Vater manchmal gesehen, als ihr noch in New York wohntet."

Die beiden Männer am Tisch stöhnten einige Male laut auf. Rachel setzte sich ans andere Ende und nahm ein paar Pfannkuchen. „Schieb mir bitte den Sirup herüber."

Mit der freien Hand gab Mikhail der Flasche einen Stoß.

Rachel unterdrückte ein Lächeln und bediente sich ausgiebig. „Wollen wir nach dem Frühstück einen Spaziergang in die Stadt machen, Mama?", fragte sie.

„Ja, das wäre schön." Ohne sich um ihre Söhne zu kümmern, begann Nadia die Geschirrspülmaschine zu füllen. Ihr war es lieber, wenn Alex und Mikhail sich im Armdrücken maßen, anstatt wie früher miteinander zu ringen und sich gegenseitig zu verprügeln. „Wir können Katie im Kinderwagen mitnehmen, wenn du möchtest, Natasha", fügte sie hinzu.

„Danke, aber ich werde mitkommen und kurz im Laden nach dem Rechten sehen." Natasha wusch sich die Hände. „Ich besitze ein Spielzeuggeschäft", erklärte sie Sydney.

„Oh." Sydney konnte den Blick nicht von den beiden Männern wenden. Natasha hätte ihr erzählen können, sie besäße eine Raketenabschussrampe. „Wie schön."

Die drei Stanislaski-Frauen sahen sich lächelnd an, und Nadia begann schon von einer Hochzeit im Herbst zu träumen. „Möchten Sie noch ein bisschen Kaffee?", fragte sie Sydney.

In diesem Augenblick jubelte Mikhail triumphierend auf und drückte den Arm seines Bruders auf den Tisch. Das Geschirr klirrte und wurde im letzten Moment abgefangen. Freddie klatschte in die Hände, und das Baby ahmte die Geste begeistert nach.

Lächelnd bewegte Alex seine tauben Finger. „Es geht über drei Runden."

„Besorg dir selbst eine Frau!" Bevor Sydney wusste, wie ihr geschah, hob Mikhail sie hoch, gab ihr einen herzlichen Kuss und trug sie zur Tür hinaus.

10. KAPITEL

Du hättest ebenso gut verlieren können", warf Sydney Mikhail vor.

Fröhlich legte er den Arm um ihre Taille und lief weiter den Gehsteig hinab. „Aber ich habe es nicht."

„Tatsache ist ..." Seit einer Stunde versuchte Sydney vergeblich, diesem slawischen Dickschädel ihren Standpunkt klar zu machen. „Tatsache ist, dass du wie um einen Kasten Bier um mich gekämpft hast."

Mikhail antwortete nicht, sondern lächelte nur noch breiter.

„Und anschließend", fuhr sie fort und sprach ganz leise, denn die anderen gingen vor und hinter ihnen. „Anschließend hast du mich in Gegenwart deiner Mutter unmöglich behandelt."

„Es hat dir gefallen."

„Das ..."

„Stimmt", beendete er ihren Satz und erinnerte sich daran, wie sie auf den Kuss reagiert hatte, den er ihr auf der Veranda gegeben hatte. „Und mir auch."

Sydney wollte die schwindelnde Erregung nicht zugeben, die sie erfasst hatte, als Mikhail sie wie ein verschwitzter Kämpfer auf die Arme hob und wie eine Kriegsbeute davontrug.

„Vielleicht habe ich ja heimlich auf Alex gehofft. Er scheint den Charme deines Vaters geerbt zu haben, im Gegensatz zu dir."

„Alle Stanislaskis sind charmant", erklärte Mikhail selbstbewusst. Er blieb stehen, beugte sich hinunter und pflückte ein Gänseblümchen von der Wiese am Rand des Weges. „Siehst du?"

„Hm." Sie hielt die Blüte unter die Nase. Vielleicht sollte sie lieber das Thema wechseln. „Ich freue mich, dass ich Spence wiedergetroffen habe. Mit fünfzehn war ich schrecklich in ihn verliebt."

Stirnrunzelnd betrachtete er den Rücken seines Schwagers. „Wirklich?"

„Ja. Deine Schwester hat Glück gehabt."

Familienstolz kam bei Mikhail an erster Stelle. „Er hat Glück gehabt, dass er sie bekommen hat."

Diesmal lächelte Sydney. „Ich glaube, wir haben beide Recht."

Brandon war es leid, an der Hand seiner Mutter zu laufen. Er riss sich los und stürzte zu Mikhail. „Du musst mich tragen", forderte er seinen Onkel unmissverständlich auf.

„Muss ich?"

Brandon nickte eifrig und versuchte, wie ein kleiner Affe an Mikhails Bein hinaufzuklettern.

Zur Freude des Jungen zog Mikhail ihn nach oben und trug ihn eine Weile über Kopf.

„Er wird sein ganzes Frühstück wieder ausspucken", rief Nadia besorgt.

„Dann bekommt er ein neues." Trotzdem schwenkte er den Jungen herum, sodass Brandon sich an seinem Rücken festhalten konnte. Mit hochroten Wangen strahlte der Kleine Sydney an.

„Ich bin vier Jahre alt", erklärte er stolz. „Und ich kann mich schon ganz allein anziehen."

„Und zwar sehr gut." Liebevoll tätschelte Sydney Brandons linken Freizeitschuh. „Willst du auch so ein berühmter Komponist werden wie dein Vater?"

„Nein, ich werde ein Wasserturm. Die sind am allergrößten."

„Aha." Von solch einem Ehrgeiz hörte Sydney heute zum ersten Mal.

„Wohnst du bei Onkel Mikhail?"

„Nein", antwortete sie schnell.

„Noch nicht", sagte Mikhail gleichzeitig und lächelte ihr zu.

„Du hast ihn geküsst", stellte Brandon fest. „Wieso hast du keine Kinder?"

„Jetzt hast du genug gefragt." Natasha kam Sydney zur Hilfe und zog ihren Sohn von Mikhails Rücken, der laut auflachte.

„Ich wollte doch bloß …"

„… alles wissen", ergänzte Natasha und gab Brandon einen schmatzenden Kuss. „Deshalb verrate ich dir schon jetzt, dass du dir gleich im Laden ein neues Auto aussuchen darfst."

Sofort vergaß Brandon die fehlenden Kinder. Mit seinen schokoladenbraunen Augen strahlte er seine Mutter an und fragte: „Irgendein Auto?"

„Ein kleines Auto."

„Du hast mich tatsächlich geküsst", erinnerte Mikhail Sydney, während Brandon mit Natasha aushandelte, was das Wort „klein" genau bedeutete.

Sydney beendete die Diskussion, indem sie Mikhail den Ellbogen in die Rippen stieß.

Das Städtchen mit seinen abfallenden Straßen und kleinen Geschäften erwies sich als ausgesprochen reizvoll. Natasha bot in ihrem Laden eine breite Auswahl von Spielzeug an, das von winzigen Plastikautos bis zu kostbaren Porzellanpuppen und Spieluhren reichte.

Mikhail folgte Sydney geduldig in die Antiquitäten- und Kunstgewerbegeschäfte sowie in zahlreiche Boutiquen. Irgendwann hatten sie die Familie aus den Augen verloren. Erst als sie mit zahlreichen Päckchen und Paketen beladen den Rückweg den Hügel hinauf antraten, klagte er: „Bisher habe ich dich für eine vernünftige Frau gehalten."

„Das bin ich auch."

Er murmelte eine der wenigen ukrainischen Sätze, die sie inzwischen verstand. „Weshalb hast du dann so viel eingekauft?"

Gerade betraten sie den Vorgarten, da flüchtete Iwan mit eingezogenem Schwanz quer über den Rasen. Ihm folgten zwei große Katzen. Mikhail seufzte tief.

„Dieser Hund ist eine Peinlichkeit für die ganze Familie."

„Der arme Kleine." Sydney drückte Mikhail ihre Pakete in die Arme. „Iwan!" Sie klatschte in die Hände und hockte sich hin. „Komm her."

Iwan sah die Rettung vor sich. Er schwenkte herum und raste in ihre Richtung. Sydney nahm ihn auf, und er barg zitternd seinen Kopf an ihrem Hals. Die beiden Katzen setzten sich selbstgefällig einige Meter entfernt auf den Boden und begannen sich zu putzen.

„Sich bei einer Frau zu verstecken", schimpfte Mikhail verächtlich und wandte sich ab.

„Er ist doch noch ein Baby. Spiel du lieber wieder Armdrücken mit deinem Bruder."

Lachend ging Mikhail ins Haus und überließ es Sydney, den verängstigten Hund zu beruhigen. Kurz darauf kam Freddie keuchend um die Ecke gelaufen. „Da ist er ja."

„Die Katzen haben ihm Angst gemacht", erklärte Sydney, während Freddie das Fell des Welpen streichelte.

„Sie wollten bestimmt nur spielen. Magst du kleine Hunde?"

„Ja." Sydney konnte nicht widerstehen und liebkoste Iwan herzlich. „Sehr sogar."

„Ich auch. Und Katzen. Lucy und Desi sind schon lange bei uns. Ich bitte Mama seit einer Ewigkeit, mir ein Hündchen zu schenken." Sie tätschelte Iwans Rücken und sah zu dem verwüsteten Petunienbeet hinüber. „Vielleicht klappt es, wenn ich die Blumen wieder in Ordnung bringe."

Sydney wusste, wie es war, wenn man sich nach einem Haustier sehnte. „Das ist ein guter Anfang. Soll ich dir helfen?"

Die nächste halbe Stunde verbrachte Sydney mit Gartenarbeit. Anschließend ging sie ins Haus, um sich zu waschen. Es war noch nicht einmal Mittag, und sie hatte schon eine Menge Dinge heute zum ersten Mal erlebt.

Sie war der Preis bei einem Armdrücken gewesen, hatte mit kleinen Kindern gespielt und war von dem Mann, den sie liebte, in aller Öffentlichkeit geküsst worden. Sie hatte im Garten gearbeitet und auf einem sonnigen Rasen mit einem Welpen auf dem Schoß gesessen.

Was mochte das Wochenende sonst noch bringen?

Draußen erschollen Rufe und erklang fröhliches Gelächter. Neugierig schlüpfte Sydney ins Musikzimmer und sah aus dem Fenster. Die Familie spielte Softball, eine Art Baseball mit größeren weicheren Bällen, und alle beteiligten sich lebhaft daran. Gerade waren Alex und Rachel heftig zusammengeprallt und gestürzt, und die anderen sprangen unbekümmert über sie hinweg. Selbst Brandon stolzierte mit seinen kurzen stämmigen Beinen dazwischen herum. Es war ein schönes Bild, und Sydney beneidete die Familie heftig.

„Bei uns geht es immer hoch her, wenn wir spielen", sagte Natasha hinter ihr. Lächelnd blickte sie über Sydneys Schulter auf das Durcheinander im Garten. „Ich finde es vernünftig, dass Sie das Ganze aus sicherem Abstand betrachten."

Sydney drehte sich zu ihr, und Natasha bemerkte die Tränen in ihren Augen. „Bitte, seien Sie nicht traurig. Die anderen wollten Sie bestimmt nicht ausschließen."

„Nein, natürlich nicht." Verlegen versuchte Sydney, ihre Tränen zurückzuhalten. „Ich bin nicht traurig. Ich musste nur plötzlich an ein schönes Gemälde oder an herrliche Musik denken und habe mich gehen lassen."

Mehr brauchte sie nicht zu sagen. Nach dem, was Natasha inzwischen von Spence wusste, hatte es in Sydneys Jugend weder Softballspiele noch Huckepackreiten oder fröhliche Streitgespräche gegeben.

„Sie lieben Mikhail sehr“, sagte sie leise.

Verlegen spielte Sydney mit den Fingern. Sie wusste nicht, wie sie auf diese schlichte Erklärung reagieren sollte.

„Natürlich geht es mich nichts an“, fuhr Natasha fort. „Aber mein Bruder steht mir sehr nahe, und ich fühle, dass Sie etwas Besonderes für ihn sind. Sie haben sicher längst gemerkt, dass er kein einfacher Mensch ist.“

„Nein, sicher nicht.“

Natasha blickte wieder hinaus und stellte fest, dass ihr Mann sich mit Freddie und Brandon gleichzeitig im Gras wälzte.

„Macht er Ihnen Angst?“

Sydney wollte es gerade leugnen, dann antwortete sie nachdenklich: „Die Wucht seiner Gefühle macht mir manchmal Angst. Er empfindet so heftig und kann seine Gefühle spontan ausdrücken. Ich habe mich nie von Gefühlen leiten und erst recht nicht fortreißen lassen. Manchmal überwältigt er mich geradezu, und das macht mich nervös.“

„Er gibt sich, wie er ist, und verstellt sich nicht“, sagte Natasha. „Soll ich Ihnen einmal etwas zeigen?“ Ohne Sydneys Antwort abzuwarten, ging sie zu einem Regal an der Wand.

Entzückend geschnitzte, bemalte Figuren standen dort. Manche waren so winzig und so hübsch, dass sie kaum von Menschenhand geschaffen sein konnten.

Ein Häuschen mit einem Pfefferkuchendach und Läden aus Zucker stand neben einem hohen silbrigen Turm, aus dessen oberen Fenster das goldene Haar einer wunderschönen Frau hinabfiel. Ein hübscher Prinz kniete vor einem handtellergroßen Bett mit einer schönen schlafenden Prinzessin.

„Diese hat er mir gestern mitgebracht.“ Natasha nahm die mit sanften Pastelltönen bemalte Figur einer Frau am Spinnrad in die Hand. Das Gerät stand auf einem winzigen Podest, das mit noch winzigeren Strohbüscheln und Goldsprenkeln bedeckt war. „Die Müllerstochter aus ‚Rumpelstilzchen‘.“ Versonnen strich sie über die zarten Fingerspitzen, die die Spindel hielten.

„Alle sind entzückend. Es scheint eine eigene Märchenwelt zu sein."

„Mikhail hat magische Hände", stimmte Natasha ihr zu. „Er schnitzt mir diese Figuren, weil ich die englische Sprache durch das Lesen von Märchen gelernt habe. Andere Arbeiten von ihm sind kraftvoller, erotischer, kühner, ja vielleicht sogar beängstigender. Aber alle sind glaubhaft, denn sie sind aus seinem Inneren entstanden."

„Ich verstehe. Sie möchten mir zeigen, wie einfühlsam Mikhail ist. Das ist nicht nötig. Ich kenne keinen Mann, der derart freundlich und mitfühlend ist."

„Ich dachte, Sie hätten Angst davor, er könnte Ihnen wehtun."

„Nein", antwortete Sydney leise, „ich fürchte, ich tue ihm weh."

„Hören Sie, Sydney ..."

In diesem Augenblick schlug die Hintertür und Schritte hallten über den Flur. Erleichtert atmete Sydney auf. Sie war es nicht gewöhnt, ihre Gefühle offen auszusprechen, und sie wunderte sich, dass es ihr gegenüber einer Frau gelang, die sie noch nicht einmal einen Tag kannte.

Diese Familie hat etwas Besonderes an sich, stellte sie fest, beinahe etwas Märchenhaftes, das sich auch in den Figuren ausdrückt, die Mikhail für seine Schwester geschnitzt hat. Vielleicht lag es daran, dass sie alle glücklich waren.

Der Nachmittag ging fröhlich weiter. Endlich saßen die Männer erschöpft bei einem Glas Bier im Schatten, während die Frauen in der Küche das Abendessen vorbereiteten.

„Wir haben Vera, unserer Haushälterin, diesen Monat Urlaub gegeben, damit sie ihre Schwester besuchen kann", erzählte Natasha und zerkleinerte eine große Menge Gemüse. „Würden Sie bitte schon die Weintrauben waschen?"

Bereitwillig folgte Sydney den Anweisungen. Sie wusch das Obst, holte die benötigten Zutaten und rührte hin und wieder in einem Topf. Sie merkte, dass sie von drei erfahrenen Köchinnen umgeben war.

„Sie können schon den Eiersalat zubereiten", schlug Nadia vor, als Sydney nicht wusste, was sie als Nächstes tun sollte. „Die Eier müssen kalt sein."

„Ich ..." Erschrocken blickte Sydney auf die Eier, die sie gerade in kaltes Wasser getaucht hatte. „Ich weiß nicht, wie das geht."

„Hat Ihre Mutter es Ihnen nicht gezeigt?", fragte Nadia ungläubig. Sie hatte es als ihre Pflicht betrachtet, allen Kindern das Kochen beizubringen – ob sie es lernen wollten oder nicht.

Soweit Sydney wusste, hatte Margerite nicht einmal Eier zubereitet, geschweige denn Eiersalat. Deshalb lächelte sie matt. „Nein. Sie hat mir gezeigt, wie man das Essen im Restaurant bestellt."

Nadia tätschelte ihre Wange. „Sobald die Eier kalt sind, zeige ich Ihnen, wie Mikhail sie am liebsten isst." Sie murmelte etwas auf Ukrainisch, denn Katies leises Weinen drang durch die Sprechanlage, die neben Sydney auf dem Tisch stand.

„Sydney, würden Sie das bitte übernehmen?", bat Natasha und strahlte sie an. „Ich muss hier unbedingt etwas fertig machen."

Sydney sah sie verständnislos an. „Ich soll das Baby holen?"

„Ja, bitte."

Mit einem äußerst unbehaglichen Gefühl in der Magengrube verließ Sydney die Küche.

„Was hast du vor, Natasha?", fragte Rachel.

„Sydney sehnt sich nach einer Familie."

Lachend legte Rachel ihrer Schwester und ihrer Mutter einen Arm um die Taille. „Mit unserer wird sie mehr als genug davon bekommen."

Das Baby klingt ziemlich verstört, dachte Sydney und eilte die Treppe hinauf. Vielleicht ist es krank. Was in aller Welt fällt Natasha ein, sich nicht selbst um ihr Kind zu kümmern? Nun, vielleicht wurde man als dreifache Mutter etwas sorgloser. Entschlossen betrat sie das Zimmer.

Katie klammerte sich an das Gitter des Bettchens und heulte herzerweichend. Das verschwitzte Haar ringelte sich um ihr Gesicht, und ihre unsicheren Beine knickten immer wieder ein, während sie verzweifelt versuchte, das Gleichgewicht zu halten.

Sobald sie Sydney sah, verzog sie ihr tränenüberströmtes Gesicht. Sie streckte die Arme aus, kippte zur Seite und landete mit dem Po auf dem hellrosa Laken.

„Arme Katie", sagte Sydney leise. „Hattest du Angst, es würde niemand kommen?" Sie hob das schluchzende Baby auf, und Katie belohnte sie dafür, indem sie sich vertrauensvoll an ihre Schulter schmiegte. „Du bist ein niedliches kleines Wesen." Katie seufzte tief und bog den Kopf zurück. „Du hast große Ähnlichkeit mit deinem Onkel, weißt du das?"

Die drei Frauen in der Küche lachten leise, als sie Sydneys Worte durch die Gegensprechanlage hörten.

„Oje." Sydney gab Katie einen herzlichen Klaps auf den Po und erkannte das Problem sofort. „Du bist nass, nicht wahr? Deine Mutter würde das jetzt innerhalb von dreißig Sekunden ändern und die anderen ebenfalls. Aber die sind nicht hier. Und was machen wir jetzt?"

Katie hatte aufgehört zu weinen. Sie zog an Sydneys Haar und brabbelte vor sich hin. „Ich glaube, wir versuchen es mal, auch wenn ich noch nie eine Windel gewechselt habe", erklärte Sydney und sah sich im Kinderzimmer um. „Da sind ja welche."

Sie strich die sorgfältig gefaltete Baumwollwindel glatt. „Also los, legen wir dich da hin." Vorsichtig ließ sie Katie auf den Wickeltisch nieder und machte sich bereit, ihr Bestes zu leisten.

„Hallo!" Mikhail stürmte in die Küche und wurde mit einem dreifachen „Pst!", empfangen.

„Was ist los?"

„Sydney wechselt Katie die Windeln", flüsterte Natasha und lächelte über die Geräusche, die durch die Sprechanlage kamen.

„Sydney?", fragte Mikhail. Er vergaß das Bier, das er holen wollte, und horchte.

„In Ordnung, das wäre der erste Teil." Katies kleiner Po war trocken und frisch gepudert. Vielleicht ein bisschen zu stark, aber das ist sicher besser als zu wenig, überlegte Sydney. Stirnrunzelnd versuchte sie die frische Windel so gut zu falten, wie die nasse ausgesehen hatte. „Das müsste ungefähr stimmen. Was meinst du?"

Katie strampelte mit den Beinen und kicherte.

„Du bist die Expertin. Und jetzt wird's schwierig. Halt mal still!"

Natürlich hielt Katie nicht still, und je mehr sie strampelte, desto lauter lachte Sydney.

Nachdem die Windel endlich fest saß, sah Katie so niedlich aus und roch so frisch, dass sie das Baby unbedingt an sich drücken musste. Sie hob es in die Höhe, sodass Katie vor Vergnügen quiekte.

Die Windel begann zu rutschen, blieb aber am Körper haften.

„In Ordnung, Kleines, das hätten wir. Möchtest du nach unten und deine Mama sehen?"

„Mamama", gurrte Katie und wand sich in Sydneys Armen. „Mamama."

Die vier in der Küche machten sich rasch wieder an die Arbeit und taten, als hätten sie nichts gehört.

„Tut mir leid, dass es so lange gedauert hat", sagte Sydney und trat ein. „Sie war nass." Dann sah sie Mikhail und blieb stehen.

Er sah sie so seltsam an. Ihre Wangen röteten sich, und ihre Knie wurden weich. Was fiel ihm ein, sie in Gegenwart seiner Mutter und seiner Schwester derart anzuschauen?

„Ich nehme sie dir ab", sagte er und streckte die Arme nach dem Baby aus. Katie schmiegte sich vertrauensvoll hinein. Ohne Sydney aus den Augen zu lassen, strich er mit der Wange über den Kopf des Babys und setzte das Kleine geschickt auf seine Hüfte. „Komm her." Bevor Sydney reagieren konnte, hatte er eine Hand hinter ihren Kopf gelegt, zog sie an sich und küsste sie herzlich auf den Mund. Katie, die so etwas gewöhnt war, strampelte und krähte vor Vergnügen.

Langsam machte Mikhail sich los und sah Sydney lächelnd an. „Ich komme gleich zurück und hole das Bier." Er hob Katie wieder auf die Arme, stolzierte hinaus und schlug die Glastür hinter sich zu.

Verwirrt starrte Sydney ihm nach.

„Und jetzt machen Sie den Eiersalat", erklärte Nadia.

Die Sonne ging gerade unter, als Sydney ihre Wohnungstür aufschloss. Sie strahlte immer noch und war sicher, an diesem Wochenende mehr gelacht zu haben als in ihrem ganzen Leben zuvor. Mikhail setzte ihren Koffer ab und schloss die Tür hinter sich.

„Danke", sagte sie und legte die Arme um seine Taille. Mikhails Familie hatte sie zum Abschied herzlich auf die Wange geküsst und sie liebevoll umarmt. Nur Alex hatte sich nicht damit begnügt, sondern die Lippen voll auf ihren Mund gepresst. „Dein Bruder küsst sehr gut", erklärte sie und berührte Mikhails Wange. „Das muss in der Familie liegen."

„Hat es dir gefallen?"

„Nun …" Sie sah ihn unter ihren Wimpern an. „Er besitzt zweifellos einen gewissen Stil."

„Er ist doch noch ein Junge", murmelte Mikhail. Alex war keine zwei Jahre jünger als er.

„Oh nein", rief Sydney lachend. „Er ist ganz entschieden kein Junge mehr. Trotzdem glaube ich, dass du einige geringe Vorzüge besitzt."

„Geringe?"

Sie faltete die Hände hinter seinem Hals. „Als Tischler weißt du, dass es auf jeden Millimeter ankommt, damit zwei Teile zusammenpassen."

Er legte die Hände auf ihre Hüften und zog sie an sich. „Und ich passe mit Ihnen zusammen, Miss Hayward?"

„Ja, es scheint so", antwortete sie lächelnd, während er ihre Brauen küsste.

„Und du magst meine Küsse lieber als Alex'?"

Es gefiel ihr, wie er mit den Lippen über ihre Schläfen und ihr Kinn strich. „Etwas." Er biss zu, und sie riss empört die Augen auf. „Na, hör mal!"

Mehr konnte sie nicht sagen, denn schon verschloss er ihren Mund. Verzückt warf sie den Kopf in den Nacken.

„Jetzt muss ich es dir wohl beweisen", meinte er und hob sie hoch.

Sie legte die Arme um seinen Hals. „Wenn du darauf bestehst ..."

Mit wenigen Schritten war er im Schlafzimmer und ließ sie unsanft auf das Bett fallen. Als sie wieder Luft bekam, hatte er bereits sein Hemd und seine Schuhe ausgezogen.

„Worüber lächelst du?", fragte er.

„Du siehst schon wieder wie ein Pirat aus. Es fehlen nur der Degen und die Augenklappe."

Er hakte die Daumen in seine Gürtelschlaufen. „Für dich bin ich also ein Wilder."

Sie ließ den Blick über seinen nackten Oberkörper zu seinem Gesicht mit dem Drei-Tage-Bart wandern, der bewies, dass Mikhail sich über das Wochenende nicht rasiert hatte, und schaute in seine dunklen, ausdrucksvollen Augen. „Für mich bist du ein strahlender Held", erklärte sie überzeugt.

Er wollte protestieren. Aber sie sah so zerbrechlich und hübsch aus mit dem vom Wind zerzausten Haar und dem zarten Gesicht, das von seinen stürmischen Küssen gerötet war, dass er hingerissen schwieg.

Er erinnerte sich, wie sie mit Katie in die Küche gekommen war. Ihre Augen hatten vor Freude und Verwunderung geleuchtet. Verlegen war sie errötet, als seine Mutter erzählte, sie habe den Eiersalat zubereitet, und noch einmal, als sein Vater sie zum Abschied herzlich umarmte. Er hatte bemerkt, dass sie den Kopf eine Sekunde länger als nötig auf Yuris Brust liegen ließ und die Finger in sein Hemd krallte.

Weitere Bilder kamen Mikhail in den Sinn: wie Sydney Iwan streichelte, Brandons Hand nahm oder Freddie über den Kopf strich.

Sie brauchte Liebe. Sie war stark und klug und einfühlsam. Aber sie brauchte Liebe.

Nachdenklich setzte Mikhail sich auf den Bettrand und nahm ihre Hand. Sydney fröstelte plötzlich.

„Was ist los? Habe ich etwas falsch gemacht?“

Nicht zum ersten Mal bemerkte er die Unsicherheit und den Zweifel in ihrer Stimme. Er verdrängte die Fragen, die er eigentlich hatte stellen wollen, und schüttelte den Kopf. „Nein, es liegt an mir.“ Er drehte ihre Hand und küsste zärtlich erst die Innenseite und anschließend das Handgelenk, wo ihr Puls vor Furcht und Erregung wie wild raste. „Ich vergesse immer, dass ich dich sanft und zärtlich behandeln muss.“

Ich habe seine Gefühle verletzt, dachte Sydney. Sein Selbstbewusstsein. „Mikhail, das mit Alex war doch nur ein Scherz. Ich wollte mich nicht beklagen.“

„Vielleicht solltest du es.“

„Nein.“ Sie kniete sich hin, schlang die Arme um seinen Oberkörper und presste die Lippen auf seinen Mund. „Ich will dich“, erklärte sie leidenschaftlich. „Du weißt, wie sehr ich dich begehre.“

Obwohl es in seinem Innern längst lichterloh brannte, legte Mikhail die Hand an ihren Kopf und streichelte behutsam ihre Wange. Anschließend küsste er Sydney liebevoll.

Einen Moment lang sehnte sie sich nach seiner leidenschaftlichen Hitze. Doch seine Lippen waren so weich und er liebkoste sie so geduldig, dass ihr Begehren sich in Verwunderung wandelte. Seine Berührung löste nicht die vertrauten sprühenden Flammen aus, sondern erzeugte ein warmes, ungeheuer schönes Gefühl der Geborgenheit. Selbst als er den Kuss vertiefte, blieb die Zärtlichkeit erhalten, und ihr Körper wurde weich wie Wachs. Hilflos ließ sie die Hände sinken und gab sich ihm ganz hin.

„Du bist so schön, so schön“, flüsterte er. Er drückte sie auf den Rücken und verwirrte ihre Sinne mit einem langen, herzzerreißenden Kuss. „Man sollte mich erschießen, weil ich es dir bisher nur auf eine Weise gezeigt habe.“

„Ich kann nicht …“ Mehr klar denken oder mich bewegen, beendete Sydney stumm ihren Satz.

„Pst.“ Geschickt streifte er die Kleider von ihrem Körper und sah hingerissen zu, wie die letzten Sonnenstrahlen auf ihre nackte Haut fielen. Sie wirkte so zerbrechlich, dass er sie kaum anzurühren wagte. Ehrfürchtig streichelte er sie und zeigte ihr, dass es neben Leidenschaft und Begehren eine Einheit von Geist und Seele gab.

Liebe konnte auch friedlich, selbstlos und hingebungsvoll sein.

Sie duftete verwirrend erotisch. Doch heute wollte er es langsam angehen und alles mit ihr teilen. Jedes Erschauern ihres Körpers erfüllte ihn mit Dankbarkeit darüber, dass sie sich ihm so vollkommen hingab.

Er sorgte dafür, dass sie nicht zu rasch den Höhepunkt erreichte, und Sydney ließ sich von ihm führen und erlebte gemeinsam mit ihm die intensivsten Gefühle sinnlicher Erregung.

Selbst während ihrer früheren leidenschaftlichsten Umarmungen war sie sich ihres Körpers, ihrer Haut und ihres Duftes nicht so bewusst gewesen wie jetzt. Und seines Körpers. Oh ja, auch seines Körpers.

Beglückt nahm sie Mikhails stahlharte Muskeln und seine unbändige Kraft wahr. Seine unglaubliche Zärtlichkeit und seine behutsamen Bewegungen weckten bisher unbekannte Sehnsüchte in ihr und mündeten in einem gegenseitigen Verständnis von vollendeter Harmonie.

Lass mich dir alles geben. Lass es mich dir zeigen. Lass mich nehmen …

Einfühlsam strich Mikhail mit den Fingerspitzen über ihre Haut, verhielt mit leichtem Druck, um Sydney zu erregen, und glitt weiter, um neue sinnliche Stellen zu entdecken. Seine eigene Lust zog er aus ihrer, und sie war ebenso süß, ebenso schwindelerregend und ungekünstelt.

Sie hörte den eigenen bebenden Atem, während es ringsum immer dunkler wurde. Ihre Wangen wurden feucht vor Tränen, und sie flüsterte seinen Namen.

Da verschloss er erneut ihren Mund und nahm sie ganz in Besitz. Sie hielten sich eng umschlungen, und er erschauerte von der heftigen Gefühlswallung, die ihn erfasste. Sydney öffnete die Lippen, legte die Arme um seinen Nacken und hielt ihn fest.

Er erinnerte sich, wie er früher immer nach etwas gesucht hatte, nach mehr. Jetzt, mit Sydney, hatte er alles, was er brauchte.

Obwohl das Blut in seinen Adern rauschte, bewegte er sich langsam, denn er wusste, dass er sie wieder und wieder nahe an den Höhepunkt führen konnte, bevor die wundersame Erlösung kam.

„Ich liebe dich, Sydney." Seine Muskeln spannten sich an, und er merkte, dass sie beinahe den Gipfel der Lust erreicht hatte. „Ich werde dich immer und ewig lieben."

11. KAPITEL

Als das Telefon läutete, war es stockdunkel. Sydney und Mikhail schliefen eng umschlungen. Sie kuschelte sich enger an ihn, kniff die Augen zusammen und war entschlossen, das Geräusch zu überhören.

Unwillig rollte Mikhail sich zur anderen Seite und überlegte einen Moment, ob er nicht so liegen bleiben sollte. Dann hob er den Hörer ab.

„Wer ist da? Alex?" Erschrocken setzte er sich auf und stieß einen Wortschwall auf Ukrainisch aus. „Weshalb rufst du mitten in der Nacht an?" Er strich mit der Hand über sein Gesicht und warf einen Blick auf Sydneys Wecker. Das Leuchtzifferblatt zeigte genau vier Uhr fünfundvierzig. „Wie bitte?" Er nahm den Hörer an das andere Ohr. „Zum Teufel, wann ist das passiert? Ich komme sofort."

Mikhail warf den Hörer auf die Gabel. Erst als er hastig nach seinen Kleidern suchte, merkte er, dass Sydney das Licht eingeschaltet hatte. Ihr Gesicht war vor Schreck kreideweiß.

„Ist etwas mit deinen Eltern?"

„Nein, um sie geht es nicht." Er setzte sich auf den Bettrand und nahm ihre Hand. „Im Apartmenthaus haben Vandalen gewütet."

„Vandalen?", fragte sie ungläubig.

„Ja. Einer der Polizisten, die man gerufen hat, wusste, dass Alex mein Bruder ist, und verständigte ihn. Du erinnerst dich sicher, dass Alex bei der Polizei ist. Es muss größerer Schaden entstanden sein."

„Hoffentlich nur Sachschaden." Sydney schlug das Herz bis zum Hals.

„Ja. Menschen wurden nicht verletzt. Aufgesprühte Farbe, zerbrochene Fenster und so weiter." Er schimpfte leise vor sich hin. „Außerdem wurden zwei Wohnungen, deren Besitzer nicht anwesend waren, unter Wasser gesetzt. Ich fahre sofort hinüber, um nach dem Rechten zu sehen."

„Gib mir zehn Minuten Zeit." Sydney sprang aus dem Bett.

Es ging nur um Steine, Holz und Glas, aber es tat trotzdem weh. Gemeine Obszönitäten waren in leuchtendem Rot auf die hübschen alten Backstein gesprüht worden. Im Erdgeschoss waren drei Fenster zerschlagen. Im Innern hatte jemand mit einem Messer das Treppengeländer beschädigt und den Putz aufgehackt.

In Mrs. Wolburgs Wohnung stand das Wasser fünf Zentimeter hoch auf dem alten Dielenboden. Es hatte die Teppiche verdorben und war in die Polstermöbel gestiegen.

„Sie haben die Ausgussbecken verstopft", erklärte Alex, der ebenfalls gekommen war. „Als sie die Fenster unten einschlugen und die Bewohner dadurch weckten, war der Schaden schon passiert."

Ja, der Schaden ist passiert, dachte Sydney. Aber damit ist noch nicht alles vorbei. „Und die andere Wohnung?"

„Es handelt sich um eine unbewohnte im zweiten Stock. Dort haben sie vor allem die Wände besprüht." Alex drückte Sydneys Arm. „Es tut mir wirklich leid. Wir nehmen zwar die Aussagen der Mieter auf, aber ..."

„Es war dunkel", ergänzte sie seinen Satz. „Alle haben geschlafen und nichts gesehen."

„Das weiß man nie." Alex blickte zu der Eingangshalle hinüber, wo sich die meisten Mieter versammelt hatten. „Wollen Sie nicht in Mikhails Wohnung warten? Es wird eine Weile dauern, bevor wir mit allen gesprochen haben."

„Nein, dies ist mein Haus. Ich möchte mit den Leuten reden."

Alex nickte und führte sie in die Halle. „Merkwürdig, dass nichts gestohlen wurde und die Kerle nur in die beiden unbewohnten Wohnungen eingedrungen sind."

Sydney warf ihm einen Blick zu. „Soll das ein Verhör sein?"

„Es war nur eine Bemerkung. Ich nehme an, Sie wissen, wer Zugang zu der Mieterliste hat?"

„Ja", antwortete sie. „Und ich habe sogar eine dumpfe Ahnung, wer für diese Schurkerei verantwortlich ist." Sie legte die Hand auf das beschädigte Geländer. „Nicht wer die Farbe an die Wände gesprüht oder die Räume unter Wasser gesetzt hat, sondern wer es veranlasst hat. Allerdings weiß ich nicht, ob ich es beweisen kann."

„Den Beweis überlassen Sie getrost uns."

Sie blickte auf die Farbstreifen an der Wand und schüttelte den Kopf. „Nein, ich muss erst Gewissheit haben. Anschließend informiere ich Sie. Das verspreche ich Ihnen – wenn Sie mir versprechen, Mikhail nichts davon zu sagen."

Um acht Uhr saß Sydney im Büro und studierte aufmerksam Lloyd Binghams Personalakte. Bis zehn Uhr hatte sie bereits zahlreiche Telefongespräche geführt, viel zu viel Kaffee getrunken und sich einen Plan zurechtgelegt.

Sie hatte Mikhail gebeten, die erforderlichen Handwerker zu beauftragen, und sich persönlich mit dem Gutachter der Versicherung in Verbindung gesetzt. Nun wollte sie einen kleinen psychologischen Trick ausprobieren.

Entschlossen wählte sie Lloyd Binghams Telefonnummer. Es läutete dreimal, bevor er abhob.

„Hallo?"

„Hallo, Lloyd, Sydney Hayward hier." Sie hörte das Klicken eines Feuerzeugs.

„Gibt es irgendwelche Probleme?"

„Keine, die nicht gelöst werden könnten. Das war eine ziemlich armselige Vorstellung, Lloyd."

„Ich habe keine Ahnung, wovon Sie reden."

„Natürlich haben Sie das nicht", antwortete Sydney spöttisch. „Das nächste Mal sollten Sie sich vorher besser informieren."

„Würden Sie bitte zur Sache kommen?", forderte Lloyd sie verärgert auf.

„Es geht um mein Mietshaus, meine Mieter und Ihre Machenschaften."

„Für Rätsel ist es noch ziemlich früh am Tag." Seine Selbstgefälligkeit war unüberhörbar.

„Die Lösung dieses Rätsels ist ganz einfach. Ich nehme an, Sie wussten nicht, wie viele Menschen in dem Gebäude wohnen, die sehr früh zur Arbeit müssen. Manche von ihnen stehen sehr früh auf, trinken eine Tasse Kaffee und sehen dabei aus dem Fenster. Und sie geben ihre Beobachtungen bereitwillig an die Polizei weiter."

„Es ist Ihr Problem, wenn etwas in dem Haus passiert ist." Lloyd zog heftig an seiner Zigarette. „Ich war nicht mal in der Nähe."

„Das dachte ich mir", erklärte Sydney sofort. „Sie konnten schon immer gut delegieren. Doch sobald die Polizei alle Aussagen aufgenommen hat, werden Sie feststellen, wie unangenehm es ist, keine zuverlässigen Mitarbeiter zu haben." Sie konnte sich gut vorstellen, wie Lloyd jetzt schwitzte.

„Ich brauche mir so etwas nicht anzuhören. Das habe ich nicht nötig."

„Nein, natürlich nicht. Ich möchte Sie auch nicht länger aufhalten." Sydney machte eine kleine Pause. „Übrigens, falls ich Ihnen einen Rat geben darf: Lassen Sie sich nicht zu einer Extraprämie überreden, Lloyd. Ihre Leute haben nicht besonders gut gearbeitet. Ciao."

Befriedigt legte Sydney auf. Lloyd würde sich schleunigst mit seinen Männern in Verbindung setzen und sie auszahlen. Da der Gutachter der Versicherung sich sehr für ihre Theorie interessiert hatte, bezweifelte sie, dass das Treffen unbeobachtet bleiben würde.

Es war acht Uhr abends, und Sydney wäre am liebsten früh zu Bett gegangen, doch sie hatte sich von ihrer Mutter zu einem Abendessen im „Le Cirque" überreden lassen. Margerite hatte sich heute Morgen wegen ihres Auftritts am Freitag entschuldigt und wollte sich unbedingt mit ihr versöhnen.

In einem ärmellosen eisblauen Seidenoverall betrat Sydney das Restaurant. Der Empfangschef erkannte sie sofort und führte sie persönlich an Margerites Tisch. Zu ihrer Bestürzung war Channing ebenfalls anwesend.

„Da bist du ja, Liebling." Margerite war so sicher, dass ihre Tochter sich über den Gast freuen würde, dass sie das Blitzen in Sydneys Augen nicht bemerkte. „Na, ist das nicht schön?", fragte sie.

„Ja, wirklich wunderschön", antwortete Sydney spöttisch und ließ sich schweigend von Channing auf die Wange küssen.

„Du siehst entzückend aus, Sydney", sagte er liebenswürdig.

Der gut gekühlte Champagner konnte Sydneys Verärgerung nicht vertreiben. „Meine Mutter hatte mir nicht gesagt, dass du auch hier sein würdest", erklärte sie.

„Es sollte eine Überraschung sein", antwortete Margerite rasch. „Mein kleines Geschenk, um dich für Freitag zu entschädigen." Wie mit Channing ausgemacht, legte sie ihre Serviette beiseite und stand auf. „Wenn ihr beide mich bitte einen Moment entschuldigen wollt … Ich muss mir die Nase pudern."

Channing wusste, dass ihm nur eine Viertelstunde mit Sydney blieb. Daher fasste er ihre Hand und sagte: „Du hast mir gefehlt,

Liebling. Mir scheint, wir hatten seit Wochen keine Minute mehr für uns allein."

Geschickt entzog Sydney ihm die Finger. „Es ist wirklich Wochen her, Channing. Wie ist es dir inzwischen ergangen?"

„Ich war einsam ohne dich." Mit der Fingerspitze strich er ihren nackten Arm hinauf. Sydneys Haut war seidenweich. „Wann machst du endlich Schluss mit diesem Spiel bei Hayward Enterprises?"

„Ich spiele nicht", antwortete sie und trank einen Schluck Champagner. „Ich arbeite."

Verärgert sah Channing sie an. Margerite hatte recht. Sobald sie verheiratet waren, würde Sydney viel zu beschäftigt sein, um sich weiterhin so intensiv um ihre Karriere zu kümmern. Am besten war es wohl, wenn er gleich zur Sache kam. „Liebling, wir kennen uns seit Jahren und treffen uns schon seit Monaten. Zwischen uns hat sich einiges verändert."

Sie sah ihm in die Augen. „Ja, das stimmt."

Ermutigt von ihrer Antwort, nahm er erneut ihre Hand. „Ich will dich nicht drängen, Sydney, aber ich finde, es ist an der Zeit, den nächsten Schritt zu tun. Ich mag dich sehr. Ich finde dich nett, amüsant und ausgesprochen entzückend."

„Und standesgemäß", murmelte sie.

„Natürlich. Ich möchte, dass du meine Frau wirst." Channing zog eine Schachtel aus der Tasche und öffnete den Deckel. Ein großer runder Diamant funkelte im Kerzenschein.

„Channing ..."

„Der Stein erinnert mich an dich", unterbrach er sie. „Er ist königlich und elegant."

„Der Ring ist wirklich wunderschön", antwortete Sydney so kühl wie möglich. „Aber es tut mir leid. Ich kann ihn nicht annehmen."

Er erschrak, dann wurde er ärgerlich. „Wir sind beide erwachsen, Sydney. Du brauchst dich nicht zu zieren."

„Ich versuche nur, aufrichtig zu sein." Diesmal ergriff sie seine Hand. „Ich kann dir gar nicht sagen, wie leid es mir tut, dass meine Mutter dir falsche Hoffnungen gemacht hat. Das bringt uns beide in eine peinliche Lage. Seien wir ehrlich, Channing. Ich liebe dich nicht, und du liebst mich nicht."

Gekränkt richtete er sich auf. „Sonst hätte ich dir wohl kaum einen Heiratsantrag gemacht."

„Du hast ihn gemacht, weil du mich attraktiv findest, weil ich eine ausgezeichnete Gastgeberin sein würde und weil ich aus derselben gesellschaftlichen Schicht stamme wie du. Das mögen Gründe für eine geschäftliche Verbindung sein, aber nicht für eine Ehe." Sie schloss den Deckel über den Diamanten und drückte ihm die Schachtel wieder in die Hand. „Ich eigne mich nicht als Ehefrau, Channing, das weiß ich genau. Und ich habe nicht die Absicht, diese Rolle erneut zu spielen."

Er entspannte sich ein wenig. „Du hast das Scheitern deiner Ehe mit Peter immer noch nicht verwunden."

„Das hat nichts mit meiner Ablehnung zu tun. Ich liebe einen anderen Mann."

Channings Gesicht wurde dunkelrot. „Dann war es eine schwere Beleidigung, mir so etwas wie Zuneigung vorzuspielen."

„Ich mag dich wirklich", antwortete sie kläglich. „Aber mehr ist es nicht. Ich bedaure aufrichtig, dass ich es dir nicht klarer gemacht habe."

„Das dürfte kaum ausreichen." Steif stand Channing auf. „Bitte entschuldige mich bei deiner Mutter."

Erhobenen Hauptes ging er hinaus und ließ Sydney mit einer Mischung aus Wut und Schuldgefühlen allein.

Fünf Minuten später kehrte Margerite strahlend zurück. Sie war froh, dass Channing nicht da war, und beugte sich verschwörerisch zu ihrer Tochter. „Nun? Erzähl mir alles."

„Channing ist gegangen, Mutter."

„Gegangen?" Margerite blickte sich in dem Restaurant um. „Was soll das heißen, er ist gegangen?"

„Er war wütend, weil ich seinen Heiratsantrag abgelehnt habe."

Margerite zuckte unwillkürlich zusammen. „Sydney! Wie konntest du?"

„Ich?" Ihre Stimme wurde lauter. Doch sie riss sich zusammen und fuhr flüsternd fort: „Die Frage ist wohl: wie konntest du? Du hast das Ganze arrangiert."

„Ja, natürlich!" Verwirrt scheuchte Margerite den herbeieilenden Kellner fort und goss sich selbst den Champagner ein. „Seit Monaten versuche ich, Channing und dich zusammenzubringen. Nachdem Mikhail dich offensichtlich aus deinem Schneckenhaus herausgeholt hat, war es in meinen Augen der perfekte Zeitpunkt. Channing ist genau der Mann, den du brauchst. Er ist standesgemäß, stammt aus einer einwandfreien Familie, besitzt ein wunderschönes Haus und hat eine ausgezeichnete Ausbildung genossen."

„Aber ich liebe ihn nicht."

„Du liebe Güte, Sydney, sei doch vernünftig!"

„Das bin ich bisher immer gewesen, Mutter. Vielleicht liegt da das Problem. Ich habe dir heute Morgen geglaubt. Ich war davon überzeugt, dass dir unser Streit leid täte, dass du etwas für mich empfindest und verhindern wolltest, dass wir nur noch höfliche Worte miteinander wechseln."

Margerites Augen wurden feucht. „Alles, was ich heute Morgen gesagt habe, stimmt. Ich habe ein schreckliches Wochenende hinter mir und litt entsetzlich unter dem Gedanken, dich vertrieben zu haben. Du bist meine Tochter, und ich habe dich gern. Ich möchte nur das Beste für dich."

„Das glaube ich dir ja", murmelte Sydney erschöpft. „Aber du bildest dir ein zu wissen, was dieses Beste für mich ist. Auf diese Weise habe ich Channing heute stärker gekränkt, als ich es je zuvor getan habe."

Eine Träne rann Margerites Wange hinab. „Ich dachte doch nur …"

„Denk bitte nicht mehr für mich." Sydney war ebenfalls den Tränen nahe. „Tu das nie wieder. Ich habe einmal auf dich gehört und dadurch das Leben eines Menschen zerstört."

„Ich möchte nicht, dass du allein bleibst", schluchzte Margerite. „Es ist entsetzlich."

„Mutter." Sydney nahm Margerites Hand. „Bitte, hör mir gut zu. Ich liebe dich, aber ich bin anders als du. Wir können ein schönes, aufrichtiges Verhältnis zueinander haben. Es wird einige Zeit dauern, aber es wird gelingen, wenn du versuchst, mich zu verstehen, wenn du mich so nimmst, wie ich bin, und mich nicht so siehst, wie du mich haben möchtest. Ich kann Channing nicht heiraten, nur um dir einen Gefallen zu tun. Ich will überhaupt nicht heiraten."

„Oh Sydney …"

„Bitte, vertrau mir. Ich bin noch nie so glücklich gewesen wie während der letzten Wochen."

„Stanislaski", sagte Margerite seufzend.

„Ja, Mikhail. Und Hayward Enterprises", fügte sie hinzu. „Im Gegensatz zu früher versuche ich nun endlich etwas aus meinem Leben zu machen, Mutter. Und jetzt sollten wir beide unser Make-up auffrischen."

Mikhail saß an seinem Arbeitstisch und polierte die Rosenholzbüste. Er hatte nicht so lange arbeiten wollen, aber Sydneys Gesicht war wie von allein in seinen Händen entstanden. Es war ein unaussprechliches Gefühl, sie derart zum Leben zu erwecken. Er hatte kaum zu überlegen brauchen. Obwohl seine Finger verkrampft waren und er daran erkannte, wie lange er geschnitzt, geschmirgelt und poliert hatte, erinnerte er sich kaum, welche Technik er verwendet hatte.

Nun war die Figur fertig, und sie wirkte ebenso schön, warmherzig und lebendig wie Sydney. Er würde sich nie wieder von ihr trennen.

Mikhail lehnte sich zurück und kreiste mit den Schultern, um die Verspannung zu vertreiben. Es war ein langer Tag gewesen. Zunächst hatte er dafür gesorgt, dass die verwüsteten Wohnungen gereinigt und die schlimmsten Schäden beseitigt wurden. Und jetzt, nachdem auch die Büste geschafft war, war er todmüde. Aber er wollte nicht ins Bett. Nicht in das leere Bett.

Wie war es möglich, dass ihm Sydney schon nach wenigen Stunden wieder fehlte? Weshalb hatte er den Eindruck, sie wäre meilenweit entfernt, obwohl sie nur am anderen Ende der Stadt wohnte?

Ich werde keine Nacht mehr ohne sie verbringen, schwor er sich und stand auf.

Er fuhr sich mit den Fingern durch das Haar und überlegte, was er tun sollte. Er konnte ins Bett gehen und sich zwingen, trotz allem einzuschlafen. Besser war, er rief Sydney an und hörte zumindest den Klang ihrer Stimme. Oder er fuhr direkt zu ihr und trommelte an ihre Tür, bis sie ihn einließ.

Die dritte Möglichkeit gefiel ihm am besten. Deshalb zog er ein Hemd über, steckte es in die Hose und eilte in Richtung Tür. Er riss sie genau in dem Augenblick auf, als Sydney anklopfen wollte.

„Oh, du hast wohl einen siebten Sinn!" Erschrocken legte Sydney die Hand aufs Herz. „Tut mir leid, dass ich so spät noch komme. Aber ich sah Licht bei dir und dachte …"

Er ließ sie nicht ausreden, sondern zog sie in die Wohnung und hielt sie so fest, dass sie fürchtete, er würde ihr die Rippen brechen. „Ich wollte gerade zu dir", murmelte er.

„Zu mir? Ich komme direkt vom Restaurant."

„Ich begehre dich, und ich möchte …" Seine Augen wurden dunkel, und er betrachtete sie eindringlich. Als Künstler und Liebender ließ er sich von dem Make-up nicht täuschen. „Du hast geweint."

Es klang so vorwurfsvoll, dass Sydney lachen musste. „Nein, das habe ich nicht. Meine Mutter wurde ein bisschen sentimental, das steckt an."

„Du sagtest doch, du hättest dich wieder mit ihr vertragen?"

„Das stimmt auch. Zumindest verstehen wir uns jetzt besser."

Lächelnd strich er mit dem Finger über ihre Lippen. „Ich bin nicht gut genug für ihre Tochter."

„Das ist nicht das eigentliche Problem. Heute Abend sind endgültig all ihre Träume geplatzt, die sie meinetwegen hegte."

„Erzähl mir mehr."

„Ja, gern." Sie ging zu der Couch mit den ausgeleierten Sprungfedern und wollte sich darauf fallen lassen. Da entdeckte sie die Büste. Langsam trat sie näher und betrachtete aufmerksam die Figur. „Du hast ein einmaliges Talent", sagte sie leise mit belegter Stimme.

„Ich habe nur geschnitzt, was ich sehe und was ich empfinde."

„So siehst du mich?"

„So bist du." Locker legte er die Hand auf ihre Schulter. „Für mich."

Dann bin ich wunderschön für ihn, dachte sie und zitterte innerlich vor Liebe. „Dabei habe ich nicht einmal für dich posiert."

„Das kommt noch." Mit den Lippen streifte er ihr Haar. „Und jetzt erzähle."

„Channing war bei meiner Mutter, als ich im Restaurant eintraf."

Mikhails Augen wurden gefährlich dunkel. „Der Bankier mit den Seidenanzügen? Er hat dich geküsst, bevor ich es durfte."

„Schließlich kannte ich ihn schon länger." Sie drehte sich zu ihm und merkte, wie eifersüchtig er war. „Außerdem gab ich dir nicht die Erlaubnis, mich zu küssen, du hast es einfach getan."

Er tat es erneut. „Er wird dich nie mehr küssen."

„Nein."

„In Ordnung." Zufrieden zog er sie auf die Couch. „Dann kann er meinetwegen am Leben bleiben."

Lachend warf sie die Arme um ihn und legte den Kopf an seine Schulter. „Eigentlich war es nicht Channings Schuld. Meine Mutter hatte ihm eingeredet, es wäre an der Zeit, mir einen Heiratsantrag zu machen. Und er glaubte, so etwas gehöre sich nach so langer Bekanntschaft in unseren Kreisen."

„Der Kerl will dich heiraten?", fuhr er auf.

„Jetzt bestimmt nicht mehr."

Er schob sie beiseite, sprang auf und lief erregt hin und her.

„Du hast keinen Grund, böse zu sein", erklärte sie und strich ihren Overall glatt. „Für mich war es eine peinliche Situation. Ich fürchte, Channing wird kein Wort mehr mit mir reden."

„Wenn er es tut, schneide ich ihm die Zunge heraus." Langsam, langsam, ermahnte Mikhail sich, sonst wird alles noch schlimmer. „Außer mir heiratet dich niemand."

„Ich habe doch schon gesagt ...", begann Sydney, doch auf einmal war ihre Kehle wie zugeschnürt. „Ach, lassen wir das", stieß sie hervor und stand ebenfalls auf. „Außerdem ist es schon spät."

„Warte hier", forderte er sie auf. Er eilte ins Schlafzimmer und kehrte kurz darauf mit einer kleinen Schachtel zurück. „Setz dich wieder."

„Nein, Mikhail, bitte ..." Alles Blut wich aus Sydneys Gesicht.

„Dann bleib stehen." Er öffnete den Deckel und nahm einen gehämmerten Goldring mit einem leuchtend roten Stein in der Mitte heraus. „Der Großvater meines Vaters hat diesen Ring für seine Frau angefertigt. Er war Goldschmied. Deshalb handelt es sich um eine besonders schöne Arbeit, auch wenn der Stein nur klein ist. Als ältester Sohn habe ich den Ring geerbt. Aber wenn er dir nicht gefällt, kaufe ich dir einen anderen."

„Nein, er ist wunderschön, Mikhail. Aber ich kann nicht." Sie ballte die Fäuste hinter den Rücken. „Bitte, frag mich nicht."

„Doch, ich werde dich fragen", antwortete er ungeduldig. „Gib mir deine Hand."

Sydney trat einen Schritt zurück. „Ich kann den Ring nicht tragen, Mikhail, ich kann nicht."

Kopfschüttelnd zog Mikhail ihre Hand nach vorn und schob ihr den Ring auf den Finger. „Siehst du, du kannst ihn tragen. Er ist zu groß, doch das lässt sich ändern."

„Nein, das ist es nicht." Sie wollte den Ring wieder abziehen, aber er legte seine Hand darüber. „Ich will dich nicht heiraten."

Sein Griff wurde fester, und seine Augen funkelten. „Weshalb nicht?"

„Ich will überhaupt nicht heiraten", antwortete Sydney so deutlich wie möglich. „Das, was sich zwischen uns entwickelt hat, darf nicht wieder zerstört werden."

„Eine Ehe zerstört die Liebe nicht, sondern fördert sie."

„Du hast ja keine Ahnung!", fuhr sie ihn an. „Du warst nie verheiratet. Aber ich. Und ich will das nicht noch einmal durchmachen."

„Dein Exmann muss dich sehr verletzt haben", stellte er fest und unterdrückte mühsam seine Wut. „Und du glaubst, ich werde es ebenfalls tun."

„Ich habe ihn geliebt." Ihre Stimme erstarb, und sie schlug die Hände vors Gesicht, weil ihre Tränen zu fließen begannen.

Hin- und hergerissen zwischen Eifersucht und Bedauern, zog Mikhail sie an sich, flüsterte ihr liebevolle Worte ins Ohr und streichelte ihr Haar. „Entschuldige bitte. Es tut mir leid."

„Das verstehst du nicht."

„Erklär es mir." Er beugte sich hinunter, um die Tränen wegzuküssen. „Bitte, entschuldige. Ich werde nicht mehr brüllen."

„Das ist es nicht." Sie atmete bebend aus. „Ich möchte dir nicht wehtun. Bitte, lassen wir das Thema."

„Das geht nicht. Ich liebe dich, Sydney. Ich brauche dich. Ohne dich kann ich nicht mehr leben. Erklär mir, weshalb du mich nicht heiraten willst."

„Also gut", begann sie und trat ein paar Schritte beiseite. „Ein weiteres Scheitern und noch einmal einen Mann zu verlieren, den ich liebe, würde ich nicht verkraften. Die Ehe verändert die Menschen."

„Inwiefern hat sie dich verändert?"

„Ich habe Peter geliebt, Mikhail. Anders als dich, aber mehr als sonst jemanden auf der Welt. Er war mein bester Freund. Wir sind zusammen aufgewachsen. Als meine Eltern sich scheiden ließen, war er der Einzige, mit dem ich darüber reden konnte. Er hatte mich gern, wirklich gern. Ihn interessierte, was ich fühlte, was ich dachte und was ich mir wünschte. Stundenlang konnten wir am Strand sitzen, auf das Wasser schauen und uns gegenseitig Geheimnisse anvertrauen." Sie wandte sich ab, denn der alte Schmerz kehrte qualvoll zurück.

„Und dann hast du dich in ihn verliebt."

„Nein", antwortete sie elend, „wir liebten uns einfach. Ich weiß nicht mehr, ab wann es beschlossene Sache war, dass wir heiraten würden. Nicht wir redeten davon, sondern alle anderen taten es. ‚Sydney und Peter – was für ein hübsches Paar. Passen die beiden nicht wunderbar zusammen?' Alle erwarteten, dass wir heirateten, und wir waren dazu erzogen worden, den Erwartungen der Leute zu entsprechen."

Sie wischte die Tränen fort, ging hinüber zu den Wandregalen und drehte sich wieder zu ihm. „Wir waren gerade zweiundzwanzig – ein gutes Heiratsalter. Ich glaube, wir fanden es ebenfalls richtig. Wir kannten uns seit einer Ewigkeit, besaßen dieselben Interessen und liebten uns. Aber es war nicht richtig. Es klappte von Anfang an nicht. Unsere Flitterwochen verbrachten wir in Griechenland, denn wir beide liebten dieses Land. Und wir taten, als sei auch körperlich zwischen uns alles in Ordnung. Und je stärker wir es vorgaben, desto mehr entfernten wir uns innerlich voneinander. Wir kehrten nach New York zurück, damit Peter seinen Platz innerhalb des Familienunternehmens einnehmen konnte. Ich richtete das Haus ein, gab Partys und fürchtete mich vor dem Sonnenuntergang."

„Die Heirat war ein Fehler", sagte Mikhail leise.

„Ja. Einer, den ich ausschließlich mir zuzuschreiben habe. Ich verlor meinen besten Freund, und es gab nur noch Streit und gegenseitige Beschuldigungen zwischen uns. Ich war frigide. Weshalb sollte er also nicht ein bisschen Wärme bei jemand anders suchen? Aber wir bewahrten Haltung, wie man es von uns erwartete. Am Ende ließen wir uns äußerst kühl, äußerst beherrscht und zivilisiert scheiden. Ich konnte Peter keine Ehefrau sein, Mikhail."

„Unsere Beziehung ist anders", erklärte Mikhail und ging zu ihr.

„Ja, das stimmt. Und ich werde dafür sorgen, dass es so bleibt."

Er nahm ihr Gesicht zwischen beide Hände. „Du bist verletzt, weil dir etwas passiert ist, wofür du nichts kannst. Du musst es überwinden und auf das vertrauen, was zwischen uns entstanden ist."

„Nein." Verzweifelt klammerte sie sich an seine Handgelenke. „Begreifst du nicht, dass es genau dieselbe Situation ist? Du liebst mich und erwartest, dass ich dich heirate, weil du es möchtest und es für das Beste hältst."

„Nicht für das Beste", sagte er und schüttelte sie leicht. „Für das Richtige. Ich möchte mein Leben mit dir teilen. Ich will mit dir zusammenleben, Kinder mit dir bekommen und zusehen, wie sie aufwachsen. Wir wollen eine Familie sein, Sydney."

Sie riss sich los. Er will mir nicht zuhören, dachte sie. Er will nicht verstehen. „Heirat und Familie stehen nicht auf meinem Plan", erklärte sie plötzlich kühl. „Das musst du akzeptieren."

„Du liebst mich. Dafür bin ich dir gut genug. Du lässt mich in dein Bett, bist aber nicht bereit, meinetwegen deine Pläne zu ändern. Und alles nur, weil du seinerzeit dem gefolgt bist, was man von dir erwartete, und nicht deinem Herzen."

„Und dieses Mal folge ich meinem gesunden Menschenverstand." Sie ging an ihm vorüber in Richtung Tür. „Tut mir leid, ich kann dir nicht geben, was du möchtest. Versteh mich bitte."

„Du fährst jetzt nicht allein nach Hause."

„Es ist besser, wenn ich gehe."

„Ich werde dich nicht aufhalten." Mikhail lief zur Tür und riss sie auf. „Aber ich bringe dich nach Hause."

Erst als sie tränenüberströmt im Bett lag, merkte sie, dass sie immer noch seinen Ring trug.

12. KAPITEL

Die nächsten beiden Tage hatte Sydney furchtbar viel zu tun. Inständig wünschte sie, die Arbeit würde ihr helfen. Sagte man nicht, sich zu beschäftigen sei die beste Ablenkung? Weshalb klappte das bei ihr nicht?

Sie schloss den größten Vertrag seit ihrem Eintritt bei Hayward Enterprises ab, stellte eine neue Sekretärin ein, um Janine von den Büroarbeiten zu entlasten, und leitete eine Sitzung.

Die Aktien von Hayward waren während der letzten zehn Tage um drei Punkte gestiegen, und der Vorstand war voller Lob für sie.

Trotzdem fühlte sie sich hundeelend.

„Ein Officer Stanislaski ist auf Leitung zwei, Miss Hayward", verkündete ihre neue Sekretärin über die Gegensprechanlage.

„Stani… Ach so." Sydneys Herz tat einen Sprung und beruhigte sich wieder. „Ich übernehme das Gespräch. Danke." Sie richtete sich auf. „Alex?"

„Hallo, schöne Frau. Ich dachte, Sie sollten es als Erste erfahren: Gerade ist Ihr früherer Mitarbeiter Lloyd Bingham zur Vernehmung hereingebracht worden."

„Interessant."

„Der Gutachter der Versicherung folgte Ihrem Rat und behielt ihn im Auge. Bingham traf sich tatsächlich mit zwei zwielichtigen Gestalten, die er ausbezahlen wollte. Sie packten aus, sobald wir sie festgenommen hatten. Ich glaube kaum, dass Sie in nächster Zeit etwas von Bingham zu befürchten haben."

„Darüber bin ich wirklich froh."

„Auf den Kerl musste man erst einmal kommen. Schönheit und Geist passen eben doch zusammen", meinte Alex seufzend, und Sydney lächelte unwillkürlich. „Wollen wir beide nicht für ein paar Tage nach Jamaika verschwinden und Mikhail halb wahnsinnig machen?"

„Ich glaube, er ist schon wütend genug."

„Mein Bruder setzt Ihnen ziemlich zu, nicht wahr? Lassen Sie sich von Onkel Alex trösten." Als sie auf seinen scherzhaften Ton nicht einging, fügte er ernst hinzu: „Nehmen Sie es Mik nicht übel, Sydney. Er ist launisch, das ist alles. So sind Künstler nun einmal. Er ist restlos vernarrt in Sie."

„Ich weiß.“ Sie schob nervös die Akte auf ihrem Tisch hin und her. „Vielleicht könnten Sie ihn anrufen und ihm die Neuigkeit ebenfalls erzählen.“

„Ja, gern. Soll ich ihm noch etwas sagen?“

„Sagen Sie ihm … Nein“, beschloss sie dann. „Nein, das habe ich ihm schon selbst gesagt. Vielen Dank für Ihren Anruf, Alex.“

„Keine Ursache. Lassen Sie es mich wissen, falls Sie es sich wegen Jamaika anders überlegen.“

Sie legte den Hörer auf und wünschte, sie wäre ebenso jung und unbeschwert wie Alex. Aber Alex war nicht verliebt, und er hatte nicht gerade seine eigenen Träume zerstört.

Habe ich tatsächlich meine Träume zerstört?, fragte sie sich plötzlich. Nein, sie hatte sich und den Mann, den sie liebte, vor einem schwer wiegenden Fehler bewahrt. Die Ehe war nicht immer die beste Lösung. Ihr eigenes Beispiel und das ihrer Mutter waren der Beweis. Wenn Mikhail sich beruhigt hatte, würde er es einsehen, und sie konnten dort fortfahren, wo sie aufgehört hatten.

Oder mache ich mir vielleicht selbst etwas vor?, fragte Sydney sich kläglich. Mikhail war viel zu eigensinnig und dickköpfig, um auch nur einen Schritt nachzugeben.

Was sollte sie tun, wenn er sich nicht rührte? Nervös sprang sie auf und lief in ihrem Zimmer hin und her. Was war, wenn sie vor der Wahl stand, den geliebten Mann aufzugeben oder ihn zu heiraten, auf die Gefahr hin, ihn später doch zu verlieren?

Ich muss unbedingt mit jemandem darüber reden, dachte Sydney. Früher wäre sie mit solch einem Problem zu Peter gegangen, aber das war …

Wie angewurzelt blieb sie stehen. Peter. Ja, Peter war die Ursache für ihre Probleme. Vielleicht wäre das die Lösung …

Entschlossen eilte sie zu Janine. „Ich muss für zwei Tage verreisen“, erklärte sie ohne Umschweife.

Vierundzwanzig Stunden, nachdem sie ihr Büro verlassen hatte, stand Sydney auf einem schattigen Gehsteig in Georgetown, Washington D.C., und betrachtete das Haus, in das Peter nach der Scheidung gezogen war.

Die Fahrt zum Flughafen und der kurze Flug von Stadt zu Stadt waren problemlos gewesen. Auch der Anruf bei Peter, den sie um eine Stunde Zeit für ein Gespräch gebeten hatte, war ihr leicht gefallen. Aber dieser letzte Schritt schien beinahe unmöglich.

Sie hatte Peter vor über drei Jahren zuletzt gesehen, und nur auf der anderen Seite eines Schreibtisches beim Rechtsanwalt. Höflich und zivilisiert hatten sie sich gegenübergestanden – wie zwei Fremde.

Der Gedanke, dass ein Gespräch mit ihm ihr helfen könnte, war geradezu lächerlich. Nichts würde sich dadurch ändern. Trotzdem stieg Sydney die Stufen zur Veranda des hübschen alten Reihenhauses hinauf, hob den Bronzeklopfer und pochte an die Tür.

Peter öffnete selbst. Er sah noch genauso aus wie früher, und Sydney hätte ihm beinahe unwillkürlich beide Hände gereicht.

Er war groß und schlank und mit einer eleganten khakifarbenen Hose und einem Leinenhemd bekleidet. Sein blondes Haar war leicht zerzaust. Doch seine grünen Augen leuchteten nicht vor Freude, sondern blickten sie kühl und aufmerksam an.

„Hallo, Sydney“, sagte er und ließ sie ein.

Die Diele war kühl und hell. Das Mobiliar und die Bilder an den Wänden bewiesen, dass der Besitzer aus einer alten reichen Familie stammte.

„Ich bin dir wirklich dankbar, dass du Zeit für mich hast“, setzte sie an.

„Du sagtest, es sei wichtig.“

„Für mich.“

„Also gut.“ Da Peter nicht wusste, was er sonst noch sagen sollte, führte er sie in sein Wohnzimmer. Wie sie es von klein auf gewohnt war, machte Sydney einige höfliche Bemerkungen über sein Haus, und er gab ihr die Komplimente zurück und bot ihr einen Drink an.

„Es gefällt dir also in Washington“, meinte sie.

„Ja, sehr.“ Er trank einen Schluck Wein, während sie ihr Glas nur hin und her drehte.

Sie ist nervös, stellte Peter fest. Er kannte sie viel zu gut, um die Anzeichen dafür nicht zu erkennen. Und sie sah noch genauso hübsch wie früher aus. Es tat schon weh, sie nur anzusehen. Deshalb kam er direkt zur Sache. „Was kann ich für dich tun, Sydney?“, fragte er freundlich.

Wir benehmen uns wie Fremde, dachte sie und blickte auf ihr

Glas hinab. Wir kennen uns ein Leben lang, waren beinahe drei Jahre verheiratet und sind uns dennoch fremd. „Ich weiß nicht, wie ich anfangen soll."

Er lehnte sich zurück und machte eine kleine Handbewegung. „Beginn irgendwo."

„Weshalb hast du mich geheiratet, Peter?"

„Wie bitte?"

„Ich möchte wissen, weshalb du mich damals geheiratet hast."

Diese Frage hatte er nicht erwartet, und er trank einen weiteren Schluck. „Aus den üblichen Gründen, nehme ich an."

„Hast du mich geliebt?"

Er sah sie scharf an. „Das weißt du genau."

„Ja, ich weiß, dass wir uns geliebt haben. Du warst mein Freund." Sie presste die Lippen zusammen. „Mein bester Freund."

Peter stand auf und schenkte sich ein weiteres Glas ein. „Wir waren noch Kinder."

„Nicht, als wir heirateten. Wir waren jung, aber keine Kinder mehr. Und wir waren immer noch Freunde. Ich weiß beim besten Willen nicht, weshalb alles schiefgelaufen ist und was ich getan habe, um unsere Freundschaft zu zerstören."

„Du?" Mit der Flasche in der einen und dem Glas in der anderen Hand, starrte er sie an. „Du glaubst, du hättest alles zerstört?"

„Ich habe dich unglücklich gemacht, sehr unglücklich sogar. Und ich habe im Bett versagt. Eines kam zum anderen, und am Ende konntest du meine Gegenwart nicht mehr ertragen."

„Du wolltest dich nicht von mir anfassen lassen", fuhr er sie an. „Zum Teufel, es war, als ob man mit einem …"

„Eisberg schlief", beendete sie tonlos seinen Satz. „Das hast du mir oft genug gesagt."

Schuldbewusst stellte Peter sein Glas ab. „Ich habe damals eine Menge gesagt, und du ebenfalls. Ich dachte, ich wäre mehr oder weniger darüber hinweg, bis ich heute Nachmittag deine Stimme hörte."

„Tut mir leid." Sie stand auf. Ihr Körper war von der Anstrengung, ihren Stolz zu bewahren, ganz steif. „Ich habe alles nur noch schlimmer gemacht, indem ich hergekommen bin. Das tut mir wirklich leid, Peter. Ich gehe wieder."

„Mir war immer, als ob ich mit meiner Schwester schliefe", stieß er hervor. „Oder mit einer guten Freundin. Meine Güte, Sydney, ich konnte nicht …“ Das demütigende Gefühl kehrte zurück. „Ich schaffte es nicht, dich als Ehefrau zu betrachten. Deshalb wurde ich impotent und gab dir die Schuld dafür.“

„Ich dachte, du verabscheutest mich.“

Er stellte die Flasche heftig auf den Tisch. „Es war einfacher für mich, mir einzureden, dass ich dich verabscheute, als einzusehen, dass ich weder dich noch mich erregen konnte. Dass ich dir nicht gerecht wurde.“

„Ich wurde dir nicht gerecht.“ Verblüfft trat sie einen Schritt auf ihn zu. „Ich weiß, wie nutzlos ich für dich im Bett war. Lange bevor du es mir sagtest, wusste ich es schon. Und du musstest dir woanders holen, was ich dir nicht geben konnte.“

„Ich betrog dich“, erklärte er. „Ich belog und betrog meine engste Freundin. Ich ertrug den Blick nicht, mit dem du mich plötzlich betrachtetest, und ich konnte mich selbst nicht leiden. Deshalb bewies ich meine Männlichkeit woanders und tat dir weh. Als du es herausfandest, reagierte ich typisch wie ein Mann und gab dir die Schuld.“

„Ich weiß. Und ich erinnere mich, was ich dir daraufhin an den Kopf geworfen habe. Mein Stolz kostete mich einen Freund.“

„Und ich verlor eine Freundin. Das hat mir unendlich leid getan.“ Zögernd ging er zu ihr und nahm ihre Hände. „Du hast nichts zerstört, Sydney. Zumindest warst du es nicht allein.“

„Ich brauche jetzt einen Freund, Peter. Ganz dringend sogar.“

Mit dem Daumen wischte er eine Träne von ihrer Wange. „Gibst du mir eine neue Chance?“ Er lächelte ein wenig und zog ein Taschentuch hervor. „Hier, putz dir die Nase und setz dich wieder.“

Sydney gehorchte. „Ist unsere Ehe wirklich nur gescheitert, weil wir im Bett nicht zurechtkamen?“

„Es war der wesentliche Grund. Außerdem sind wir uns zu ähnlich. Wir verschanzen uns bereitwillig hinter unserer guten Erziehung und tun, was von uns erwartet wird. Meine Güte, Sydney, weshalb haben wir bloß geheiratet?“

„Weil alle es von uns erwarteten.“

„Na, siehst du.“

Ein bisschen getröstet, legte sie seine Hand an ihre Wange. „Bist du glücklich, Peter?“

„Ich komme langsam dahin. Und du, Miss Vorstandsvorsitzende von Hayward Enterprises?"

Sie lachte. „Hat es dich überrascht?"

„Und wie. Ich bin furchtbar stolz auf dich."

„Lieber nicht. Sonst fange ich wieder an zu heulen."

„Ich weiß etwas Besseres." Peter küsste sie auf die Stirn. „Komm mit in die Küche. Ich mache uns ein Sandwich, und du erzählst mir inzwischen, was du neben der Arbeit sonst noch treibst."

Es war gar nicht so schwierig. Peter und sie waren ein bisschen verlegen und gingen vorsichtig miteinander um, aber das Band, das sie einst verbunden hatte, war nur stark gestrafft und nicht gerissen. Langsam ließ die Spannung nach.

Beim Kaffee erzählte Sydney ihm den Rest. „Warst du jemals unsterblich verliebt, Peter?", fragte sie schließlich.

Lächelnd sah er sie an. „Außer mit vierzehn in Marsha Roisenbloom – nein, dieser Kelch ist bisher an mir vorübergegangen."

„Wenn du es wärest, wenn du jemanden innig liebtest ... Würdest du eine neue Ehe wagen?"

„Ich weiß es nicht. Ich hoffe, ich würde es beim nächsten Mal besser machen, aber ich bin nicht sicher. Wer ist es?"

Um Zeit zu gewinnen, schenkte Sydney sich Kaffee nach. „Er ist ein Künstler. Ein Tischler."

„Was denn nun?"

„Beides. Er macht Skulpturen und arbeitet auf dem Bau. Ich kenne ihn noch nicht lange, erst seit Juni."

„Ist das nicht etwas zu kurz, Sydney?"

„Ich weiß. Alles bei Mikhail geht furchtbar schnell. Er ist so verwegen, so selbstsicher und ungeheuer gefühlvoll. Ähnlich wie seine Arbeiten."

Verblüfft zog Peter die Brauen in die Höhe. „Der Russe?"

„Er ist von Geburt Ukrainer", verbesserte Sydney ihn automatisch.

„Handelt es sich etwa um Mikhail Stanislaski? Von ihm steht eine Skulptur im Weißen Haus."

„Tatsächlich?" Sie lächelte versonnen. „Das wusste ich nicht. Er hat mich zu seiner Familie mitgenommen – zu seiner wunderbaren Familie –, aber wie erfolgreich er ist, hat er mir nicht erzählt. Daran erkennt man, was bei ihm an erster Stelle steht."

„Und du liebst ihn."

„Ja, er möchte mich heiraten." Sie schüttelte den Kopf. „An einem Abend habe ich zwei Heiratsanträge bekommen. Einen von Mikhail und den anderen von Channing Warfield."

„Bloß nicht Channing, Sydney. Er passt überhaupt nicht zu dir."

Sie schob ihre Tasse beiseite und beugte sich zu ihm. „Du hast mir sehr gefehlt, Peter."

Er nahm erneut ihre Hand. „Und was ist mit deinem großen verwegenen Künstler?"

„Er ist ein fabelhafter Mensch. Und er bringt mich zum Lachen. Ich ertrüge es nicht, ihn zu heiraten und erneut zu scheitern."

„Ich kann dir nicht sagen, was du tun sollst. Und an deiner Stelle würde ich diesmal nicht auf die gut gemeinten Ratschläge der anderen hören."

„Gibst du mir trotzdem einen Rat?"

„Meinetwegen", stimmte er zu. Es war plötzlich, als hätte es die letzten Jahre nicht gegeben. „Beurteile dein Verhältnis zu ihm nicht nach unserer gescheiterten Ehe. Stell dir einfach ein paar Fragen: Macht er dich glücklich? Vertraust du ihm? Wie würde dein Leben mit ihm verlaufen? Und wie wäre es ohne ihn?"

„Du meinst, dann finde ich die Antwort?"

„Dann wirst du wissen, was du tun musst." Peter küsste ihre Hand. „Ich mag dich sehr, Sydney."

„Ich mag dich auch."

Ich muss unbedingt die Antworten auf Peters Fragen finden, dachte Sydney, während sie auf den Fahrstuhlknopf zu Mikhails Wohnung drückte. Bisher hatte sie nicht gewagt, sich näher damit zu befassen. Das brauche ich gar nicht, erkannte sie plötzlich und betrat die Kabine. Ich weiß die Antworten auch so.

Machte Mikhail sie wirklich glücklich? Ja, wahnsinnig glücklich.

Vertraute sie ihm? Bedingungslos.

Wie wäre das Leben mit ihm? Es wäre abwechslungsreich, voller Herausforderungen, Diskussionen, Gelächter und Wärme.

Und ohne ihn? Absolut leer.

Sydney konnte sich ein Leben ohne Mikhail nicht mehr vorstellen. Zwar bliebe ihr die Arbeit, die tägliche Routine. Sie würde immer einen Lebenszweck haben. Aber ohne Mikhail verliefe alles in wohlgeordneten Bahnen.

Deshalb wusste sie, was sie zu tun hatte. Wenn es dafür nicht schon zu spät war.

Es roch nach Mörtel, als sie den Fahrstuhl verließ. Sie stellte fest, dass die Decke wieder angebracht und die Fugen verputzt waren. Der Flur brauchte nur noch gestrichen zu werden.

Er hat gute Arbeit geleistet, dachte sie und strich mit dem Finger an der Wand entlang. Innerhalb kurzer Zeit hatte er das heruntergekommene Haus in ein gutes, solides Gebäude verwandelt.

Zwar gab es noch eine Menge zu tun, und es würde noch Wochen dauern, bis der letzte Nagel eingeschlagen war. Aber was er tat, war für die Dauer.

Beklommen legte sie eine Hand auf den Magen und klopfte an Mikhails Tür.

Drinnen blieb alles still. Es war erst zehn Uhr. Sicher war er noch nicht schlafen gegangen. Sie klopfte erneut, diesmal lauter, und überlegte, ob sie rufen sollte.

Eine Tür öffnete sich, und Keely steckte den Kopf hinaus. Sobald sie Sydney bemerkte, verschwand die Freundlichkeit aus ihrem Gesicht.

„Mik ist nicht da", erklärte sie kühl. Zwar kannte sie die Einzelheiten nicht, aber sie war sicher, dass er wegen dieser Frau seit Tagen schlecht gelaunt war.

„Oh …" Sydney ließ die Hand fallen. „Wissen Sie, wo er ist?"

„Weg."

„Aha. Dann warte ich hier."

„Wie Sie wollen", erklärte Keely achselzuckend. Was ging es sie an, dass Sydney sichtbar ebenfalls litt? Dann siegte ihr weiches Herz. „Hören Sie, Mik wird sicher bald zurück sein. Möchten Sie inzwischen einen Drink?"

„Nein, danke, das ist nicht nötig. Sind Sie … mit den Renovierungen zufrieden?"

„Der neue Herd ist fantastisch." Keely konnte niemandem lange ernsthaft böse sein, und sie lehnte sich an den Türpfosten. „Allerdings ist noch einiges zu tun – vor allem, nachdem diese Vandalen so viel verwüstet haben." Plötzlich strahlte sie. „Wissen Sie übrigens, dass man den Kerl verhaftet hat?“

„Ja.“ Janine hatte es ihr bei einem Anruf erzählt. Von ihrer Assistentin wusste Sydney auch, dass Mikhail unmittelbar nach ihrer Abreise äußerst erregt in ihr Büro gestürzt war. „Es tut mir sehr leid. Der Mann wollte sich an mir rächen.“

„Sie können doch nichts dafür. Mik wird das schon hinkriegen.“

Ja, das würde er. „Wissen Sie, ob bei Mrs. Wolburg viel zerstört wurde?“

„Die Teppiche sind hin, und eine Menge andere Dinge wurden ziemlich nass. Aber das trocknet wieder.“ Keely biss in eine Banane, die sie hinter dem Rücken versteckt gehalten hatte. „Ihr Enkel war neulich hier. Mrs. Wolburg geht es wieder gut, und sie will unbedingt nach Hause. Wir wollen nächsten Monat eine Willkommensparty für sie geben. Vielleicht möchten Sie dabei sein?“

„Ja, ich ...“

Der Fahrstuhl ratterte herauf, und die Türen öffneten sich. Zwei Männer sangen mit tiefer Stimme ein deftiges ukrainisches Volkslied. Beide waren ziemlich angetrunken und schwankten von einer Seite zur anderen Seite. Sie hatten die Arme so eng umeinander gelegt, dass unmöglich festzustellen war, wer wen stützte.

Sydney sah nur das Blut. Es stammte aus Platzwunden auf Mikhails Lippe und oberhalb des Auges und war auf das Hemd getropft.

„Meine Güte ...“

Beim Klang ihrer Stimme fuhr Mikhail auf. Sein Gesicht erstarrte zu einer Maske, und er blieb wie angewurzelt stehen. „Was willst du hier?“, fragte er lallend und nicht gerade einladend.

„Was ist passiert?“ Sydney eilte auf die beiden Männer zu.

„Hallo, schöne Frau.“ Alex lächelte charmant, obwohl sein linkes Auge stark geschwollen und beinahe geschlossen war. „Wir haben eine tolle Party gefeiert. Sie hätten dabei sein sollen. Nicht wahr, Bruderherz?“

Mikhail gab ihm als Antwort einen trägen Schlag in die Magengrube. Es war wohl herzlich gemeint, denn er umarmte seinen Bruder anschließend heftig und küsste ihn auf beide Wangen.

Während er in seinen Taschen nach dem Wohnungsschlüssel suchte, wandte Sydney sich an Alex. „Was war los? Wer hat Sie beide so zugerichtet?“

„Wieso?“ Alex versuchte Keely zuzuzwinkern, zuckte aber vor Schmerz zusammen. „Ach, das …“ Mit dem Zeigefinger berührte er sein Auge und lachte. „Mein Bruder hatte schon immer eine tolle Linke.“ Er sah Mikhail voller Bewunderung an, der vergeblich versuchte, den kleinen Schlüssel in das noch kleinere Schlüsselloch zu schieben. „Ich konnte ebenfalls ein paar gute Schläge bei ihm landen. Hätte ihn garantiert nicht erwischt, wenn er nicht betrunken gewesen wäre. Natürlich hab ich auch getrunken.“ Er zeigte auf Keelys Tür. „He, Keely, goldblonder Traum meiner schlaflosen Nächte, hast du ein rohes Steak im Haus?“

„Nein.“ Keely tat Mikhails jüngerer Bruder leid, und sie nahm seinen Arm. „Komm, ich stecke dich in ein Taxi.“

„Tanzen wir lieber“, schlug Alex vor, während sie ihn zum Fahrstuhl führte. „Magst du tanzen?“

„Für mein Leben gern.“ Sie schob ihn in die Kabine und blickte über die Schulter zurück. „Viel Glück“, rief sie Sydney zu.

Das brauche ich jetzt wirklich, dachte Sydney und ging Mikhail nach, der endlich seine Wohnungstür aufbekommen hatte. Beinahe hätte er sie ihr vor der Nase zugeschlagen, doch diesmal war sie schneller als er.

„Du hast dich mit deinem Bruder geprügelt“, sagte sie vorwurfsvoll.

„Ja.“ Es war ein wahrer Jammer, dass er bei Sydneys Anblick sofort nüchtern wurde. „Hätte ich mich lieber mit einem Fremden schlagen sollen?“

„Oh, setz dich erst mal.“ Sie nutzte ihren momentanen Vorteil. Sie drückte Mikhail in einen Sessel und ging ins Badezimmer. Als sie mit einem nassen Waschlappen und Jod zurückkehrte, war er wieder aufgestanden, lehnte aus dem Fenster und versuchte einen klaren Kopf zu bekommen.

„Ist dir schlecht?“

Er drehte sich verächtlich zu ihr. „Einem Stanislaski wird von Wodka nicht schlecht.“ Höchstens ein bisschen übel, wenn dem Wodka ein paar gezielte Rechte in die Magengrube folgen, fügte er stumm hinzu und lächelte.

„Also bist du nur betrunken“, stellte sie fest und deutete auf den Sessel. „Setz dich, damit ich dein Gesicht säubern kann.“

„Ich brauche kein Kindermädchen." Trotzdem setzte er sich, denn er merkte, dass es besser für ihn war.

„Nein, du brauchst einen Wärter." Sie beugte sich über ihn und betupfte vorsichtig die Platzwunde über seinem Auge, während Mikhail mühsam dem Bedürfnis widerstand, seine Wange an ihre weichen Brüste zu schmiegen. „Wie kann man sich nur betrinken und anschließend seinen Bruder verprügeln! Weshalb habt ihr so etwas Dummes getan?"

Stirnrunzelnd sah er sie an. „Es hat Spaß gemacht."

„Ich bin sicher, es macht gewaltigen Spaß, eine Faust aufs Auge zu bekommen." Sie legte den Kopf auf die Seite und machte weiter. „Ich möchte wissen, was deine Mutter jetzt sagen würde."

„Sie würde überhaupt nichts sagen, sondern uns beiden eine runterhauen." Zischend zog er die Luft ein, denn Sydney hatte etwas Jod auf die Wunde gestrichen. „Selbst wenn Alex angefangen hat, bekommen wir beide unsere Strafe." Er sah sie verärgert an. „Kannst du mir erklären, weshalb?"

„Bestimmt, weil ihr sie beide verdient habt", murmelte sie und betrachtete seine Hände. „Du bist vielleicht ein Dummkopf!" Die Haut auf seinen Knöcheln war abgeschürft. „Meine Güte, du bist Künstler! Du darfst deine Hände nicht verletzen."

Es ist ein unglaublich schönes Gefühl, von ihr umsorgt und gescholten zu werden, überlegte er. Noch ein bisschen länger, und er würde sie auf seinen Schoß ziehen.

„Ich tue mit meinen Händen, was ich will", erklärte er und musste daran denken, was er jetzt am liebsten tun würde.

„Du tust immer, was du willst", fuhr sie ihn an und reinigte vorsichtig seine Finger. „Du schimpfst die Leute aus, prügelst auf sie ein und trinkst, bis du wie das Innere einer Wodkaflasche stinkst."

Mikhail war nicht so betrunken, dass er eine Beleidigung nicht erkannte. Er schob Sydney beiseite, stand auf und verschwand im Badezimmer. Kurz darauf hörte Sydney die Dusche rauschen.

So war das eigentlich nicht geplant, dachte sie. Sie war zu Mikhail gekommen, um ihm zu sagen, wie sehr sie ihn liebte, und ihn um Verzeihung zu bitten. Und er hätte nett und verständnisvoll sein, sie in die Arme nehmen und ihr sagen sollen, dass sie ihn zum glücklichsten Mann auf der Welt machte.

Stattdessen war er betrunken und schlecht gelaunt. Und sie war schnippisch und kritisch.

Nun, er verdiente es nicht besser. Bevor sie merkte, was sie tat, schleuderte sie den Waschlappen in Richtung Küche, wo er an die Wand schlug und in das Becken glitt. Einen Moment starrte sie dem Tuch nach und blickte verblüfft auf ihre Hände.

Sie hatte etwas durch den Raum geworfen, und es war herrlich befreiend gewesen. Sie sah sich um, entdeckte ein Taschenbuch und schleuderte es hinterher. Ein Plastikbecher mit einem Rest Cola hinterließ einen hübschen Fleck an der Wand, auch wenn ihr splitterndes Glas lieber gewesen wäre. Sie nahm einen alten Turnschuh und wollte ihn ebenfalls fortwerfen. Da hörte sie ein Geräusch hinter sich, fuhr herum und schleuderte den Schuh instinktiv an Mikhails nackte Brust.

Er stieß die Luft heftig aus. „Sag mal, was machst du denn da?"

„Ich werfe mit Sachen." Sie nahm den zweiten Schuh und ließ ihn fliegen. Doch Mikhail fing ihn ab.

„Du verlässt mich ohne ein Wort, und anschließend kommst du zurück und wirfst mit Sachen um dich?"

„Richtig."

Seine Augen funkelten, und er wog den Schuh in der Hand. Der Gedanke, ihn genau auf Sydneys trotzig vorgeschobenes Kinn zurückzuschleudern, war äußerst verlockend. Doch er konnte keiner Frau wehtun.

„Wo bist du gewesen?"

„Ich habe Peter besucht."

Mikhail schob seine verletzten Hände in die Jeanstaschen. „Du verlässt mich, um dich mit einem anderen Mann zu treffen, kehrst zurück und zielst mit Schuhen nach mir. Sag mir bitte, weshalb ich dich nicht kurzerhand hinauswerfen und ein für alle Mal mit dir fertig sein soll."

„Ich musste unbedingt mit Peter reden. Und ich …"

„Du hast mich tief gekränkt", stieß er hervor. „Meinst du, es macht mir etwas aus, einen Faustschlag ins Gesicht zu bekommen? So was kann ich ertragen." Mit dem Handrücken deutete er auf seine aufgesprungene Lippe. „Aber was du mir antust, macht mich völlig hilflos. Und das verabscheue ich."

„Es tut mir leid.“ Sydney trat einen Schritt auf Mikhail zu, merkte aber, dass es dafür noch zu früh war. „Ich hatte Angst, ich würde dich noch mehr kränken, wenn ich versuchte, dir zu geben, was du dir wünschtest. Bitte, hör mir zu, Mikhail. Peter war bisher der einzige Mensch in meinem Leben, dem wirklich etwas an mir lag. Meine Eltern …“ Sie schüttelte den Kopf. „Sie sind anders als deine. Sicher wollten sie das Beste für mich. In Wirklichkeit suchten sie nur die Kindermädchen für mich aus, kauften mir hübsche Kleider und schickten mich in das beste Internat. Du hast keine Ahnung, wie einsam es dort war.“

Sie rieb sich mit den Fingern über die Augen. „Ich hatte nur Peter, und den verlor ich am Ende durch eigene Schuld. Was ich für dich empfinde, ist noch viel, viel größer. Es ist so groß, dass ich nicht weiß, was ich tun würde, wenn ich dich auch verlieren würde.“

Er entspannte sich langsam. „Du bist weggegangen, Sydney, nicht ich.“

„Ich musste mit Peter sprechen, denn ich war davon überzeugt, unsere Ehe, unsere Freundschaft und unsere Liebe zerstört zu haben.“ Sie seufzte ein wenig und ging zum Fenster. „Merkwürdig war, dass Peter dieselben Schuldgefühle hegte wie ich. Wir haben uns ausgesprochen und können wieder Freunde sein. Das hat alles verändert.“

„Ich nehme dir nicht übel, dass du mit ihm geredet hast, sondern dass du, ohne mir ein Wort zu sagen, weggefahren bist. Ich dachte, du kämst nicht zurück.“

Sydney drehte sich wieder zu ihm. „Das letzte Stück bin ich buchstäblich gerannt. Ich ging weg, weil ich hoffte, anschließend zu dir zurückkommen zu können. Endgültig.“

Mikhail sah ihr tief in die Augen. „Bist du es?“

„Ja.“ Sie atmete bebend aus. „Meine Antwort auf alle deine Fragen lautet: Ja. Du hast mich einmal durch dieses Haus geführt, und ich hörte die Stimmen, die Geräusche, die Gerüche und das Lachen hinter den Türen. Ich habe dich wahnsinnig darum beneidet, dass du dazugehörtest. Ich muss auch irgendwohin gehören, zumindest möchte ich die Chance dazu haben. Ich wünsche mir diese Familie, die wir deiner Meinung nach gründen können.“

Sie hob die Hände und zog aus ihrem Ausschnitt eine Kette hervor, an der der Ring mit dem kleinen Rubin funkelte.

Gerührt ging Mikhail zu ihr und nahm den Ring in die Hand. „Du trägst ihn ja", murmelte er.

„Ich fürchtete, ihn zu verlieren, wenn ich ihn am Finger behielt. Du musst mir sagen, ob ich ihn immer noch tragen soll."

Er sah sie eindringlich an. Ohne Sydney aus den Augen zu lassen, küsste er sie zärtlich. „Ich habe dich neulich nicht richtig gefragt."

„Nein, ich habe nicht richtig geantwortet." Sie nahm sein Gesicht und erwiderte seinen Kuss. „Du warst perfekt."

„Ich war tollpatschig. Es ärgerte mich, dass der Bankier dich vor mir gefragt hatte."

Sydney lächelte unter Tränen. „Welcher Bankier? Ich kenne keinen Bankier."

Er löste die Kette von ihrem Hals und legte sie beiseite. „So hatte ich es nicht vorgehabt. Es gibt keine Musik."

„Ich höre Musik."

„Keine zärtlichen Worte, keine hübschen Kerzen, keine Blumen."

„Der Mond scheint. Und ich habe immer noch die erste Rose, die du mir geschenkt hast."

Gerührt küsste er ihr die Hand. „Ich habe dir nur gesagt, was ich mir von dir wünsche, und nicht, was ich dir geben möchte. Ich schenke dir mein Herz, Sydney. Es gehört dir, solange es schlägt. Mein Leben ist dein Leben." Er schob ihr den Ring auf den Finger. „Willst du mir gehören?"

Sydney zog den Finger an, damit der Ring nicht wieder hinunterrutschte. „Ich gehöre dir jetzt schon."

– ENDE –

Nora Roberts

Gegen jede Vernunft

Roman

Aus dem Amerikanischen von
Annegret Hilje

NEW YORK TIMES
BESTSELLER AUTOREN

PROLOG

Nick konnte einfach nicht glauben, wie er so dumm hatte sein können. Möglicherweise bedeutete ihm die Zugehörigkeit zu einer Bande doch mehr, als er zugeben mochte. Vielleicht war er auch nur mit sich und der Welt uneins. Aber schließlich – warum sollte er eine Chance nicht nutzen, wenn sie so greifbar nahe vor ihm lag? Und natürlich bestand auch die Gefahr, dass er vor Reece, T.J. und Cash sein Gesicht verlor.

Es war das erste Mal, dass er ein Gesetz übertrat.

Na ja. Das entspricht nicht ganz der Wahrheit, korrigierte er sich, als er durch das zerbrochene Fenster in das Elektronikgeschäft einstieg. Mit den Bagatelldelikten, auf die er sich bisher eingelassen hatte, war diese Sache hier allerdings nicht zu vergleichen. Nicht mit den Hütchentricks drüben am Madison für Touristen und andere Trottel und nicht mit den heißen Uhren, die er auf der Fifth Avenue verhökerte. Auch nicht mit dem schlecht gefälschten Personalausweis, der ihn älter machte, damit er sich ab und zu mal ein Bier kaufen konnte. Eine Weile hatte er in einer Werkstatt gearbeitet, die gestohlene Autos ausschlachtete, aber schließlich war es ja nicht so, dass er die Autos gestohlen hätte. Er hatte sie nur auseinander genommen. Er hatte sich auch ein paar Messerstiche bei Kämpfen mit den Hombres eingefangen, aber das war eine Sache der Ehre.

Nein, das hier war anders. Ein weiter Sprung nach vorn. Er brach in ein Geschäft ein, um Rechner und Stereoanlagen mitgehen zu lassen. Über ein paar Bier hatte sich das Ganze noch wie ein großer Ulk ausgenommen. Jetzt allerdings stieß es ihm schwer auf.

Er hatte sich wieder mal in eine Situation hineinmanövriert, aus der er sich nur schwer befreien konnte.

„Mann, das ist echt besser, als einen Schokoriegel zu klauen, was?“ Reece ließ seine gierigen Blicke über die gefüllten Regale schweifen. Der Zwanzigjährige, der bereits einige Jahre in Jugendverwahrung zugebracht hatte, war nicht sonderlich groß. „Wir werden riesig absahnen.“

T.J. kicherte. Das war seine Art, Reece die Anerkennung für alles, was er sagte, auszudrücken. Cash, der gewöhnlich seine Meinung für sich behielt, verstaute bereits die ersten Videospiele in einer großen Tasche.

„Los, komm schon, Nick." Reece drückte ihm einen Seesack in die Hand. „Stopf ihn voll."

Nick spürte, wie ihm der Schweiß den Nacken hinunterrann, als er die Radios und Kassettenrecorder in dem unförmigen Sack verschwinden ließ. Was, zum Teufel, tust du hier überhaupt?, fragte er sich. Er raubte irgendeinen armen Schlucker aus, der sich mit diesem Laden seinen Lebensunterhalt zu verdienen versuchte. Das war kein Kavaliersdelikt mehr, sondern handfester Einbruch.

„Hör zu, Reece, ich …" Er schwieg, als Reece das Licht der Taschenlampe in seine Augen hielt.

„Hast du Probleme, Bruder?"

In die Enge gedrängt, überlegte er es sich noch mal. Selbst wenn er jetzt ausstieg – die anderen würden den Laden trotzdem ausräumen. Und er würde sich nur erniedrigen. „Nein, Mann, null Probleme", erwiderte er hastig und packte einige kleinere Lautsprecherboxen ein. „Wir sollten jetzt abhauen. Wir haben mehr eingesackt, als wir verhökern können."

Reece klopfte ihm auf die Schulter und grinste boshaft. „Du denkst immer so zweckmäßig. Das mag ich an dir. Aber mach dir keine Gedanken, wie wir das Zeug loswerden. Ich hab da so meine Beziehungen."

„Alles klar." Nick leckte sich über die trockenen Lippen und erinnerte sich daran, dass er ein Cobra war. Er gehörte zur Bande. Er war ein Cobra und würde es auch immer bleiben.

„Cash, T.J., bringt die erste Ladung schon mal ins Auto." Reece klapperte mit den Schlüsseln. „Und schließt bloß ab. Wir wollen doch nicht, dass uns einer beklaut, oder?"

T.J.s Kichern hallte von der Decke wider, als er durch das Fenster nach draußen stieg. „Klar, Sir." Er schob die Sonnenbrille zurecht. „Heutzutage wird ja überall geklaut. Oder, Cash?"

Cash brummte nur missmutig und quetschte sich durch das Fenster.

„Dieser T.J. ist ein richtiger Vollidiot." Reece hob einen Videorecorder hoch. „Pack mal mit an, Nick."

„Wir wollten doch nur Kleinzeug mitnehmen."

„Ich hab's mir anders überlegt.“ Er stemmte den Karton in Nicks Arme. „Meine Alte liegt mir schon lange wegen so einem Ding in den Ohren.“ Reece strich sich die Haare zurück, bevor er ebenfalls aus dem Fenster kletterte. „Weißt du, was dein Problem ist, Nick? Dein Gewissen. Und was hat dir das je eingebracht? Aber was uns Cobras angeht – wir Cobras sind eine Familie. Nur gegenüber deiner Familie solltest du ein Gewissen haben.“ Er streckte die Arme aus, nahm Nick den Recorder ab und verschwand in der Dunkelheit.

Familie. Reece hat recht, überlegte Nick und begann aus dem Fenster zu klettern. Die Cobras waren seine Familie. Man konnte sich auf sie verlassen. Er musste sich auf sie verlassen. Er schob alle Zweifel beiseite und schulterte den Seesack. Und er musste an sich selbst denken, oder etwa nicht? Sein Anteil an der Beute garantierte ihm für weitere zwei Monate ein Dach über dem Kopf. Er hätte die Miete ja auch längst bezahlt, wenn er bei der Spedition nicht entlassen worden wäre.

Lausige Wirtschaftslage, beschloss er still. Wenn er stehlen musste, um über die Runden zu kommen, konnte er immer noch die Regierung dafür verantwortlich machen. Bei dem Gedanken begann er zu grinsen und schwang ein Bein durch die zerbrochene Glasscheibe. Reece hatte recht. Man musste selbst zusehen, wie man am besten zurechtkam.

„Darf ich dir beim Aussteigen behilflich sein?“

Nick erstarrte. Die Stimme war ihm unbekannt. Im Halbdunkel erkannte er den Lauf einer Pistole und das metallene Glitzern einer Dienstmarke. Einen Moment überlegte er, ob er den Seesack auf die Silhouette werfen und sein Heil in der Flucht suchen sollte. Aber da trat der Cop auch schon mit einem Kopfschütteln näher. Er war jung, ein dunkler Typ. In seinen Augen lag ein Ausdruck, der Nick erkennen ließ, dass er mit Kerlen wie ihm Erfahrung hatte.

„Tu dir selbst einen Gefallen, Junge, und versuch es erst gar nicht. Du hast eben Pech gehabt“, bemerkte der Polizist trocken.

„Gibt es denn überhaupt eine Alternative zu Pech?“ Nick stieg resigniert aus dem Fenster, stellte den Seesack ab und drehte sich mit dem Gesicht an die Wand, während ihm seine Rechte vorgelesen wurden.

1. KAPITEL

Die Aktenmappe in der einen, einen Bagel in der anderen Hand, eilte Rachel die Stufen zum Gerichtssaal hinauf. Sie hasste Unpünktlichkeit, und bei der morgendlichen Anhörung sollte sie ausgerechnet auf den überkorrekten Richter Snyder treffen. Das war Grund genug, spätestens eine Minute vor neun ihren Platz als Verteidigerin eingenommen zu haben. Es blieben also noch drei Minuten. Sie hätte die doppelte Zeit gehabt, hätte sie nicht noch in ihrem Büro vorbeischauen müssen.

Wie hätte sie auch wissen sollen, dass ihr Chef mit einem neuen Fall aufwartete.

Zwei Jahre arbeitest du nun schon als Strafverteidigerin, überlegte sie, während sie die zahlreichen Türen aufstieß und die Treppen hinaufeilte, da die Fahrstühle ständig besetzt waren. Sie nahm den letzten Bissen ihres Bagels und wünschte sich sehnlichst eine Tasse Kaffee, mit der sie ihr improvisiertes Frühstück hinunterspülen könnte.

Sie blieb vor der Tür des Gerichtssaals stehen, rückte ihre blaue Jacke zurecht und glättete ihr halblanges, schwarzes Haar. Noch ein letzter Blick auf die Uhr und einmal tief durchgeatmet.

Pünktlich auf die Minute, Stanislaski, lobte sie sich und betrat gefasst den Gerichtssaal. Während sie ihren Platz einnahm, wurde ihr dreiundzwanzig Jahre alter Mandant in Begleitung eines Wachmannes in den Saal geführt.

Rachel hatte ihrem Mandanten bereits erklärt, dass er nicht auf Verständnis hoffen könne, wenn er seine Mitmenschen um zweihundert Dollar und eine Scheckkarte erleichterte.

„Erheben Sie sich von Ihren Plätzen!"

Der große, massige Richter trat in seiner schwarzen Robe ein. Sein kugelrundes, unfreundliches Gesicht entsprach farblich einem guten Cappuccino. Richter Snyder duldete keine Verspätung, keine Aufsässigkeiten und keinen Widerspruch in seinem Gerichtssaal.

Rachel tauschte einen freundlichen Blick mit dem stellvertretenden Bezirksstaatsanwalt, der die Anklage vertrat, und ging ans Werk.

Mit einer Verurteilung zu neunzig Tagen Haft kam ihr Mandant vergleichsweise schlecht davon. So war es nicht verwunderlich, dass er sich nicht gerade überschwänglich bei ihr bedankte, als er von einem Gerichtsdiener aus dem Saal geführt wurde.

Etwas mehr Glück bescherte ihr der nächste Fall, bei dem es um tätliche Beleidigung ging …

„Euer Ehren, mein Mandant bezahlte die Bestellung in dem guten Glauben, ein heißes Essen zu erhalten. Als die Pizza eiskalt serviert wurde, wies er auf das Problem hin, indem er der Bedienung ein Stück derselben zukommen ließ. Unglücklicherweise führte seine Offenherzigkeit dazu, dass er dem Kläger die Pizza zu heftig empfahl und das Objekt im darauf folgenden Handgemenge fahrlässigerweise auf dem Kopf desselben landete …"

„Ein ausgesprochen amüsanter Vortrag der Verteidigung. Fünfzig Dollar erscheinen mir eine angemessene Strafe."

Rachel hangelte sich durch die morgendlichen Sitzungen. Taschendiebstahl, Trunkenheit in Verbindung mit Ruhestörung, zwei weitere Beleidigungen und ein Bagatelldelikt. Gegen Mittag schlossen sie mit einem Fall von Ladendiebstahl ab. Rachel musste all ihre juristischen Fähigkeiten aufbieten, um den Richter davon zu überzeugen, dass zunächst ein psychiatrisches Gutachten eingeholt werden sollte.

„Nicht übel." Der Staatsanwalt war nur wenige Jahre älter als die sechsundzwanzigjährige Rachel, zählte sich aber im Geschäft bereits zu den alten Hasen. „Schätze, der Vormittag ist unentschieden ausgegangen."

Rachel lächelte und schloss die Aktenmappe. „Keineswegs, Spelding. Bei der Sache mit dem Ladendiebstahl habe ich dich ganz schön alt aussehen lassen."

„Möglich." Spelding begleitete sie zum Gerichtsgebäude hinaus. „Dein Mandant wird bald wieder zurechnungsfähig sein."

„Aber sicher. Der Typ ist zweiundsiebzig, stiehlt bevorzugt Einweg-Rasierer und lässt Glückwunschkarten mitgehen, auf denen Blümchen abgebildet sind. Zweifellos handelt er bei klarem Verstand."

„Ihr Strafverteidiger seid einfach zu mitleidig", erwiderte er freundlich. Rachels Fähigkeit, juristisch zu argumentieren, fand seine ungeteilte Bewunderung. Diese Einschätzung traf übrigens auch auf ihre Beine zu. „Weißt du was? Ich werde uns etwas zum Essen besorgen, und du kannst dabei versuchen, meine Einstellung zur Gesellschaft zu ändern."

„Tut mir leid." Sie lächelte ihm zu und stieg die Treppen hinunter. „Ich muss noch zu einem Mandanten."

„Ins Gefängnis?"

Sie zuckte mit den Schultern. „Üblicherweise treffe ich sie dort. Also, viel Glück bei unserem nächsten Zusammentreffen, Spelding."

Das Untersuchungsgefängnis war ein Gebäude mit hohem Lärmpegel, in dem es ständig nach abgestandenem Kaffee roch. Rachel trat leicht fröstelnd ein. Dabei hatte der Wetterbericht einen heißen Sommertag angekündigt. Und jetzt hing eine dichte Wolkenschicht über Manhattan. Rachel ärgerte sich, dass sie weder einen Mantel noch einen Regenschirm mitgenommen hatte.

Vielleicht konnte sie in spätestens einer Stunde zurück im Büro sein, bevor es anfing zu regnen. Sie begrüßte ein paar der Polizisten, die sie kannte, und legte ihren Besucherausweis vor.

„Nicholas LeBeck", erklärte sie dem wachhabenden Sergeanten. „Versuchter Einbruch."

„Ja, ja ..." Der Sergeant blätterte die Papiere durch. „Dein Bruder hat ihn eingelocht. LeBeck ist gerade erst zu uns gekommen."

Rachel seufzte. Die Tatsache, dass ihr Bruder Polizist war, machte ihr das Leben nicht gerade leichter. „Ich habe davon gehört. Hat er von seinem Recht zu telefonieren Gebrauch gemacht?"

„Nein."

„Hat ihn jemand besucht?"

„Nein."

„Na, großartig." Rachel hob die Aktenmappe hoch. „Dann lass ihn bitte holen."

„Sieht so aus, als bekämst du wieder einen waschechten Verlierertypen, Rachel. Raum A, wenn's beliebt."

„Danke." Sie wandte sich ab und ging zu dem kleinen Raum, der nur mit einem langen Tisch und vier Stühlen ausgestattet war. Unterwegs gelang es ihr, sich eine Tasse Kaffee zu besorgen. Sie setzte sich, öffnete die Mappe und nahm die Akte von Nicholas LeBeck heraus.

Ihr Mandant war neunzehn, arbeitslos und wohnte in einem Zimmer in der Lower East Side. Sie seufzte beim Anblick seines Vorstrafenregisters. Keine weltbewegenden Delikte, stellte sie fest, aber es reichte, um diesmal erheblich in Schwierigkeiten zu kommen. Mit dem versuchten Einbruch war er eine Stufe höher geklettert, und auch die Möglichkeit, ihn als Minderjährigen einzustufen, war nur ein schwacher Lichtblick. Immerhin hatte er elektronische Geräte im Wert von mehreren tausend Dollar in einem Seesack bei sich, als Detective Alexej Stanislaski ihn schnappte.

Alex würde ihr den Sachverhalt ausgiebig schildern, daran bestand kein Zweifel für Rachel. Ihr Bruder tat nichts lieber, als sie mit der Nase auf alle Einzelheiten einer Straftat zu stoßen, das wusste sie aus Erfahrung.

Sie nahm noch einen Schluck aus dem Pappbecher, als ihr Mandant von einem griesgrämigen Polizisten hereingeführt wurde.

Nicht übergroß, dafür etwas untergewichtig, dunkelblonde, struppige Haare, eigentlich ganz attraktiv, schätzte sie ihn auf den ersten Blick ein. Wenn er nicht so verbittert aussehen würde.

„Danke, Officer." Auf ihr Nicken hin verließ der Polizist den Raum und ließ sie allein. „Mr. LeBeck, ich bin Rachel Stanislaski, Ihre Pflichtverteidigerin."

„Ach ja?" Er ließ sich auf einen Stuhl fallen und lehnte sich zurück. „Mein letzter Verteidiger war klein, dürr und glatzköpfig. Scheint, dass ich diesmal mehr Glück habe."

„Ganz im Gegenteil. Sie wurden dabei ertappt, wie Sie aus dem zerbrochenen Fenster eines verschlossenen Lagerraumes kletterten. In Ihrem Besitz befand sich Ware im Wert von sechstausend Dollar."

„Unglaublich, was das Zeug wert ist." Nick lächelte hämisch. Er hatte keine sehr angenehme Nacht in der Zelle verbracht, aber sein Stolz war ungebrochen. „Haben Sie Zigaretten dabei?"

„Nein. Mr. LeBeck, ich möchte Ihre Anhörung vor dem Untersuchungsrichter möglichst bald ansetzen, damit wir die Kaution aushandeln können. Es sei denn, Sie möchten Ihre Nächte lieber hier in der Zelle verbringen."

Er zuckte mit den Schultern und versuchte, gleichgültig zu wirken. „Ich überlasse das alles Ihnen, Süße."

„Fein. Und nennen Sie mich ruhig Stanislaski", erwiderte sie freundlich. „Miss Stanislaski. Ich konnte Ihre Akte heute Morgen leider nur kurz einsehen. Deshalb hatte ich kaum Gelegenheit, mich mit dem zuständigen Staatsanwalt zu unterhalten. Angesichts der Vorstrafen und des Straftatbestands, dessen Sie hier beschuldigt werden, hat die Staatsanwaltschaft beschlossen, Sie nach dem Erwachsenenstrafrecht anzuklagen. Die Verhaftung war rechtens, Sie werden also keine Nachsicht erwarten können."

„Erwarte ich auch nicht."

Sie schloss die Akte. „Also, Mr. LeBeck, fassen wir zusammen: Sie wurden geschnappt, und falls Sie dem Gericht keine fantastische Geschichte wegen des zerbrochenen Fensters auftischen können, werden Sie sich mit dem Gedanken einer Haftstrafe anfreunden müssen."

Nick grinste herablassend. „Klingt doch gar nicht so übel."

„Die Sache stinkt. Sie haben sich schuldig gemacht. Und da der Officer bei Ihrer Verhaftung keinen Formfehler beging und Sie unglücklicherweise bereits ein Vorstrafenregister vorzuweisen haben, werden Sie um eine Strafe nicht herumkommen. Die Höhe der Strafe hängt allerdings von Ihnen ab."

Er schaukelte weiter mit dem Stuhl. Eine Zelle, dachte er. Diesmal werden sie dich richtig einsperren, in eine Zelle … nicht für ein paar Stunden, sondern für Monate oder Jahre. „Die Gefängnisse sind doch überfüllt, soweit ich weiß. Das kostet die Steuerzahler eine Menge Geld. Der Staatsanwalt könnte sich doch auf einen kleinen Handel einlassen."

„Waren im Wert von fünfzehntausend Dollar sind verschwunden. Sie waren also nicht allein, LeBeck. Ich weiß das, Sie wissen das, die Polizei weiß es, und der Staatsanwalt ebenfalls. Geben Sie ihnen die Namen der Mittäter, einen Hinweis, wo sich die gestohlene Ware befinden könnte, und ich wäre in der Lage, einen Handel mit der Staatsanwaltschaft zu Ihren Gunsten abzuschließen."

„Den Teufel werde ich tun. Ich habe nie gesagt, dass jemand dabei war. Niemand kann das Gegenteil beweisen."

Rachel beugte sich vor und sah ihn herausfordernd an. „Ich bin Ihre Verteidigerin, LeBeck, und Sie sollten mich unter gar keinen Umständen anlügen, sonst lege ich den Fall nieder. Wenn Sie mitarbeiten, springen sechs Monate auf Bewährung heraus. Aber sitzen Sie nicht da und erzählen mir, Sie hätten das Ding allein gedreht."

Nick schüttelte den Kopf. „Ich werde meine Freunde nicht verraten. Also, kein Handel."

Rachel holte tief Luft. „Sie trugen bei der Verhaftung eine Jacke mit der Aufschrift Cobra."

„Und weiter?"

„Sie werden nach Ihren Freunden fahnden, denselben Freunden, die sich aus dem Staub gemacht haben und Sie die Suppe jetzt allein auslöffeln lassen. Die Staatsanwaltschaft wird aus der Sache einen vorsätzlich vollendeten Einbruch zimmern und Ihnen eine Zwanzigtausend-Dollar-Schuld aufladen."

„Keine Namen", erwiderte er stur. „Kein Handel."

„Ihre Loyalität ist bewundernswert, aber leider völlig fehl am Platz. Ich werde alles tun, die Strafe so gering wie möglich ausfallen zu lassen und eine Kaution zu erwirken. Aber ich glaube, es werden nicht weniger als fünfzigtausend werden. Könnten Sie zehn Prozent selbst zusammenkratzen?"

Keine Chance, dachte er und zuckte mit den Schultern. „Ich könnte ein paar Schulden eintreiben."

„Also gut. Ich komme wieder." Sie stand auf und nahm eine Visitenkarte aus ihrer Tasche. „Falls Sie mich vor der Anhörung sprechen wollen oder falls Sie Ihre Meinung geändert haben, rufen Sie mich an."

Sie klopfte gegen die Tür. Kaum hatte sich die Tür geöffnet, spürte sie, wie sich ein Arm um ihre Hüfte legte.

„Hallo, Rachel, lange nicht gesehen", begrüßte ihr Bruder sie mit einem freudigen Lächeln.

„Ja, das muss schon etwas mehr als vierundzwanzig Stunden her sein."

„Du bist gereizt." Er warf einen Blick auf LeBeck. „Ach so, haben sie dir den Burschen angedreht?"

Sie stupste ihn mit dem Ellbogen in die Seite. „Lass deine Gehässigkeiten. Besorg mir lieber einen Kaffee."

Sie verließen das Gebäude und gingen zum Präsidium, das nur einige wenige Blocks entfernt war. Rachel setzte sich hinter Alex' Schreibtisch und wartete darauf, dass ihr Bruder mit den Pappbechern kam.

Am nächsten Schreibtisch saß ein kleiner, rundlicher Mann, der sich mit einem Taschentuch immer wieder über die verschwitzte Stirn wischte, während er kurzatmig eine Aussage zu Protokoll gab.

Irgendwo ließ jemand eine laute Schimpfparade in Spanisch auf sein Gegenüber niederprasseln. Eine Frau mit einem Bluterguss im Gesicht saß auf einer Bank und wiegte ein Kleinkind in den Armen, während ihr unaufhörlich Tränen über die Wangen strömten.

Der Geruch von Verzweiflung, Wut, Hoffnungslosigkeit hing in der Luft, erfüllte das Revier. Rachel hatte schon immer gedacht, dass nur jemand, der einen ausgesprochen feinen Geruchssinn hatte, unter diesen erdrückenden Lagen auch den kaum wahrnehmbaren Hauch von Gerechtigkeit erkennen konnte. Es war auch nicht anders in den Räumen, in denen die Verteidiger arbeiteten.

Das Bild ihrer Schwester Natasha stieg in ihr auf, wie sie ihrer Familie in dem großen hübschen Haus in West Virginia das Frühstück in der gemütlichen Küche zubereitete. Oder wie sie die Tür zu dem wunderbaren Spielzeugladen aufschloss, um die ersten Kunden des Tages zu empfangen.

Das Bild ließ sie leise lächeln, so auch jenes, wenn sie sich vorstellte, wie ihr Bruder Mikhail in seinem hellen Atelier saß und leidenschaftlich an einem Holzblock schnitzte, um etwas unvergleichlich Schönes mit seinen Händen entstehen zu lassen. Vielleicht würde er eine schnelle Tasse Kaffee mit seiner großartigen Frau nehmen, bevor sie in ihr Büro im Stadtzentrum fuhr.

Und sie saß hier und wartete ungeduldig auf einen Pappbecher mit unweigerlich schlechtem Kaffee, in einem muffigen Raum, angefüllt mit den Bildern und den Gerüchen und den Geräuschen, die so typisch für das großstädtische Elend waren.

„Danke." Rachel seufzte, als ihr Bruder zurückkam und ihr den Kaffee in die Hand drückte. „Was ist bloß los mit uns, Alex?"

Er grinste spitzbübisch und legte den Arm um ihre Schultern. „Was soll schon los sein? Wir schlagen uns so durchs Leben, schlecht bezahlt und ohne Dank."

Sie lachte leise und nahm einen Schluck von dem Kaffee, der verdächtig nach Motorenöl schmeckte. „Du bist immerhin gerade befördert worden, Detective Stanislaski."

„Ich kann eben nichts dazu, dass ich gut bin. Du dagegen sorgst dafür, dass die Ganoven wieder frei herumlaufen können, während ich mein Leben riskiere, um sie hinter Schloss und Riegel zu bringen."

Rachel warf ihm einen Blick über den Rand des Bechers zu und schnaubte abfällig. „Die meisten Leute, die ich vertrete, versuchen nur zu überleben."

„Sicher ... indem sie stehlen und betrügen."

Sie merkte, wie es in ihr zu brodeln begann. „Heute Morgen bei Gericht habe ich einen alten Mann verteidigt, der ein paar Einweg-Rasierer hat mitgehen lassen. Richtig gefährlich! Wahrscheinlich hätte man ihn wohl lebenslang in Einzelhaft stecken sollen, was?"

„Aha, es ist also in Ordnung, dass man stiehlt, solange es sich dabei um nichts Wertvolles handelt?"

„Der Mann braucht Hilfe, keine Gefängnisstrafe."

„Wie dieser Kerl, den du letztens rausgepaukt hast? Der die beiden alten Leutchen im Laden terrorisiert und das Geschäft zerlegt hat, um an die erbärmlichen sechzig Dollar in der Kasse zu kommen?"

Sie schämte sich für diesen Fall, ja, sie schämte sich jämmerlich dafür. Aber die Regeln des Gesetzes waren eindeutig. „Das habt ihr Jungs selbst zu verantworten. Der Officer, der ihn festgenommen hat, hätte dem Mann seine Rechte in seiner Muttersprache verständlich machen sollen oder einen Übersetzer besorgen müssen. Mein Klient verstand kaum Englisch." Sie schüttelte den Kopf, bevor Alex sich weiter über sein Lieblingsthema auslassen konnte. „Ich habe nicht die Zeit, mit dir über Recht und Ordnung zu diskutieren. Ich wollte von dir etwas über Nicholas LeBeck erfahren."

„Was ist denn mit ihm? Du hast doch schon den Bericht gelesen."

„Du hast ihn verhaftet."

„Ja, und? Ich wollte gerade nach Hause, als ich das zerbrochene Fenster und das Licht sah. Er kam mit einem prall gefüllten Sack elektronischer Geräte geradewegs herausgeklettert. Ich habe ihm seine Rechte verlesen und ihn eingelocht."

„Was ist mit seinen Komplizen?"

Alex zuckte mit den Schultern. „Außer LeBeck war niemand am Tatort."

„Komm schon, Alex. Mehr als das Doppelte von dem, was mein Mandant mit sich führte, ist verschwunden."

„Er hatte vermutlich Komplizen, aber ich habe niemanden gesehen. Dein Mandant hat von seinem Schweigerecht Gebrauch gemacht. Und er hat ein ansehnliches Vorstrafenregister."

„Kinderkram."

„Jetzt behaupte bloß noch, er hätte seine Kindheit als Pfadfinder verbracht."

„Er ist ein Cobra."

„Nach seiner Jacke zu schließen, ja", stimmte Alex zu. „Und er verhält sich auch so."

„Er ist ein verängstigtes Kind."

Alex warf den leeren Becher in den Papierkorb. „Er ist kein Kind mehr, Rachel."

„Es ist mir egal, wie alt er ist, Alex. Jetzt sitzt er wie ein ängstliches Kind in seiner Zelle und spielt den starken Mann. Das könntest auch du sein, oder Mikhail, ja sogar Tash oder ich ... wenn wir andere Eltern gehabt hätten."

„Verdammt, Rachel."

„Wenn unsere Eltern nicht so hart für uns gearbeitet hätten, wären wir auch auf der Straße gelandet. Das weißt du."

Alex widersprach seiner Schwester nicht. Aber was glaubte sie, warum er Polizist geworden war? „Fakt ist, wir sind eben nicht da gelandet. Wir wussten immer zu unterscheiden, was richtig und was falsch ist. Und das ist der springende Punkt."

„Manchmal entscheiden sich die Menschen für den falschen Weg, weil sie niemanden haben, der ihnen den richtigen zeigt."

Sie hätten noch stundenlang weiterreden können, aber Alex musste zum Dienst. „Du bist zu weichherzig, Rachel. Pass auf, dass dein Verstand nicht ebenfalls aufweicht. Die Cobras sind eine der härtesten Gangs in Manhattan, und dein Mandant gehört zu ihnen."

Rachel sah ihren Bruder an. „Hatte er eine Waffe bei sich?"

„Nein."

„Hat er Widerstand geleistet?"

„Nein, aber das ändert nichts an dem, was er getan hat und was er ist."

„Das mag nichts an dem ändern, was er getan hat, aber das sagt doch möglicherweise eine Menge darüber aus, wer er ist. Die erste Anhörung ist um zwei."

„Ich weiß."

Sie küsste ihn und lächelte. „Wir sehen uns dort." Sie drehte sich um und verließ den Raum.

„Miss Stanislaski!"

Rachel blieb im Gang stehen und warf einen Blick über ihre Schulter. Hinter ihr stand ein großer, breitschultriger Mann in einem ausgebeulten Sweatshirt und abgetragenen Jeans. Er sah ziemlich verärgert aus. Seine dunkelblauen Augen verrieten, wie aufgebracht er war.

„Rachel Stanislaski?"

„Ja."

Er schüttelte ihre Hand und begleitete sie die Stufen hinunter. „Ich bin Zackary Muldoon", stellte er sich in einem Tonfall vor, als besage das bereits alles.

„Kann ich Ihnen helfen, Mr. Muldoon?"

„Das will ich schwer hoffen." Er strich sich mit der Hand durch das pechschwarze Haar. Er fasste sie am Ellbogen und nötigte sie die restlichen Treppen hinunter. „Wie kriegen wir ihn da raus? Und warum, zum Teufel, hat er Sie und nicht mich angerufen? Wozu muss er die ganze Nacht in der Zelle verbringen? Was für eine Anwältin sind Sie eigentlich?"

Rachel befreite sich aus seinem Griff und hob die Aktenmappe, bereit, sich gegen ihn zu schützen. „Mr. Muldoon, ich weiß nicht, wer Sie sind und wovon Sie sprechen. Und zufälligerweise bin ich ziemlich beschäftigt …"

„Das interessiert mich nicht die Bohne. Antworten Sie mir. Wenn Sie keine Zeit haben, Nick zu helfen, werden wir einen anderen Anwalt nehmen. Ich möchte nur wissen, warum er sich eine so elegante, durchgestylte Tussi wie Sie aussuchen musste."

Rachel hielt die Luft an und stieß ihm einen Finger auf die Brust. „Tussi? Sie sollten erst einmal richtig hinsehen, bevor Sie derartige Ausdrücke benutzen, oder …"

„Oder Sie lassen mich durch Ihren Freund in eine Zelle sperren, stimmt's? Welche Art Verteidigung sollte Nick wohl von einer Frau erwarten, die ihre Zeit damit verbringt, Bullen zu küssen und sich mit ihnen zu verabreden?"

„Das geht Sie überhaupt nichts an." Sie holte tief Luft. Nick. „Sprechen Sie von Nicholas LeBeck?"

„Von wem denn sonst? Und jetzt erwarte ich klare Antworten, sonst sind Sie den Fall los."

„Hallo, Rachel." Ein Polizist in Zivil stellte sich hinter Rachel und sah Zackary argwöhnisch an. „Bist du in Schwierigkeiten?“

„Nein.“ Sie lächelte ihn gezwungen an. „Nein, alles klar, Matt. Vielen Dank.“ Sie stellte sich neben Zackary und dämpfte ihre Stimme. „Ich bin Ihnen keine Erklärung schuldig, Mr. Muldoon. Und Beleidigungen sind kein Erfolg versprechender Weg, mich zur Mitarbeit zu bewegen.“

„Dafür werden Sie bezahlt“, erwiderte er. „Also, wie viel?“

„Wie bitte?“

„Was ist dein Preis, Süße?“

Rachel biss die Zähne zusammen. Süße war in ihren Augen nicht minder beleidigend als Tussi. „Ich bin Pflichtverteidigerin, Mr. Muldoon. Die Stadt New York hat mir den Fall LeBeck übertragen. Ich bin nicht sein Privatbesitz.“

„Sie sind Pflichtverteidigerin? Wozu braucht Nick einen Pflichtverteidiger?“

„Weil er völlig mittellos ist. Und jetzt entschuldigen Sie mich bitte.“

„Er hat seinen Job verloren? Aber …“ Diesmal wirkte Zackary eher resigniert, verzweifelt. „Er hätte doch zu mir kommen können.“

„Und wer, zum Teufel, sind Sie?“

Zackary strich mit der Hand über sein Gesicht. „Ich bin sein Bruder.“

Rachel schob die Lippen vor und hob eine Augenbraue. Sollte er etwa auch zu den Cobras gehören? „Gibt es bei den Cobras keine Altersbegrenzung?“

„Bitte? Sehe ich so aus, als wäre ich Mitglied einer Straßengang?“

Rachel betrachtete ihn von oben bis unten. Er sah so aus, als könne er sich mit seinen großen Fäusten den Weg frei machen. Das scharfkantige Gesicht und der hitzige Blick bestärkten sie in der Annahme, dass er es möglicherweise genoss, anderen den Schädel einzuschlagen. „Ihr Benehmen passt wie die Faust aufs Auge zu meiner Annahme. Sie sind unverschämt und primitiv.“

Es kümmerte ihn nicht im Geringsten, was sie über sein Aussehen oder sein Benehmen dachte, aber es wurde Zeit, mit dieser Frau Klartext zu reden. „Ich bin Nicks Bruder – Stiefbruder, wenn Sie es genau nehmen wollen. Seine Mutter heiratete meinen Vater. Kapiert?“

„Aber er sagte, er habe keine Verwandten.“

„Er hat mich, ob er will oder nicht. Und ich kann mir einen richtigen Anwalt leisten."

„Zufällig bin ich eine richtige Anwältin, stellen Sie sich das vor, Mr. Muldoon. Und wenn LeBeck einen anderen Rechtsbeistand wünscht, so kann er das selbst bestimmen."

„Das hat noch Zeit." Er war sichtlich bemüht, seine Geduld wiederzufinden. „Im Augenblick möchte ich nur wissen, worum es eigentlich geht."

„Na schön." Rachel warf einen Blick auf die Uhr. „Ich gebe Ihnen fünfzehn Minuten meiner Zeit, und zwar, während ich etwas esse. Ich muss in einer Stunde wieder im Gericht sein."

2. KAPITEL

So wie sie aussah – elegant und sexy in einem Dreiteiler –, hätte Zackary darauf gewettet, dass Rachel ihn in eines der kleinen, beliebten Restaurants führen würde, in denen raffinierte Nudelgerichte und Weißwein serviert wurden. Stattdessen eilte sie mit großen Schritten – einmal brauchte er also sein Tempo nicht zu reduzieren! – den Gehweg entlang, blieb vor einem Imbissstand stehen und bestellte sich ein Hotdog.

Bei dem Gedanken, zu dieser Tageszeit etwas zu essen, das auch nur annähernd Ähnlichkeit mit einem Hotdog haben könnte, drehte sich ihm der Magen um. Also beschloss Zackary, sich mit einer Cola zu stärken und sich eine Zigarette anzuzünden.

Rachel nahm einen Bissen und leckte sich den Senf vom Daumen. Trotz eines intensiven Zwiebelgeruchs und diverser anderer Düfte nahm Zackary einen Hauch ihres Parfums wahr. Es war wie der Gang durch einen Dschungel, in dem sich süße Düfte überlagerten, um ganz plötzlich einem exotischen, verführerischen Aroma zu weichen.

„Die Anklage lautet auf Einbruchsdiebstahl", erklärte Rachel mit vollem Mund. „Daran gibt es kaum etwas zu rütteln. Er wurde dabei ertappt, wie er aus einem Fenster kletterte, im Besitz von Waren, die mehrere tausend Dollar wert sind."

„Reine Dummheit." Zackary trank das Glas halb leer. „Er hat es nicht nötig zu stehlen."

„Sie können es drehen und wenden, wie Sie wollen. Er wurde erwischt, steht unter Anklage, und er leugnet die Tat auch nicht. Die Staatsanwaltschaft schlägt einen Handel vor. Wenn Nick mitmacht, dann könnte er mit einer Strafe auf Bewährung und einer Arbeit zum Wohl der Allgemeinheit rechnen."

Zackary stieß eine Rauchwolke aus. „Dann wird er also mitmachen."

Rachel zog eine Augenbraue hoch. Sie zweifelte nicht daran, dass Zackary Muldoon davon überzeugt war, immer seinen Willen durchzusetzen. „Ich habe so meine Zweifel. Er fürchtet sich zwar vor den Folgen, aber er ist auch sehr dickköpfig. Und er deckt die Cobras. Da es seine erste Straftat dieser Art ist, glaube ich, dass er mit drei Jahren davonkommen wird. Bei guter Führung könnte er nach einem Jahr entlassen werden."

Zackary zerdrückte den Pappbecher in seiner Hand. „Ich möchte, dass er überhaupt nicht ins Gefängnis muss."

„Mr. Muldoon, ich bin Anwältin, keine Magierin. Was erwarten Sie?"

„Sie haben die Waren doch zurückerhalten, oder?"

„Ja, aber das macht die Tat nicht ungeschehen. Außerdem fehlen noch Waren im Wert von mehreren tausend Dollar."

„Ich bringe das wieder in Ordnung." Irgendwie, dachte Zackary und warf den Becher in einen Mülleimer. „Hören Sie, ich werde den Gegenwert des gestohlenen Guts ersetzen. Nick ist erst neunzehn. Wenn Sie den Staatsanwalt dazu bringen, ihn als Minderjährigen einzustufen, wäre alles viel einfacher."

„Der Staat behandelt Bandenmitglieder besonders streng, und Nicks Vorstrafenregister wird ihn auch nicht gerade besänftigen."

„Dann muss ich mir einen anderen Anwalt suchen." Zackary hob die Hand, bevor sie etwas erwidern konnte. „Ich weiß, ich habe Sie schon einmal angegriffen. Es tut mir leid. Ich arbeite nachts und bin deshalb morgens nicht besonders gut drauf. Nick hat die ganze Nacht in der Zelle verbracht. Als ich mit ihm sprach, hat er mir die üblichen Antworten gegeben: ‚Ich brauche dich nicht. Ich brauche niemanden. Ich werde das schon schaukeln.'" Er warf die Zigarette auf den Boden und trat die Glut aus. „Ich weiß, dass er schreckliche Angst vor dem Knast hat."

Zackary seufzte und steckte die Hände in die Hosentaschen. „Er hat niemanden außer mir, Miss Stanislaski, und ich möchte um jeden Preis verhindern, dass er ins Gefängnis muss."

Rachel wischte sich die Finger an einer Serviette ab. „Haben Sie denn genug Geld, um den Schaden zu begleichen? Fünfzehntausend Dollar?"

Zackary erschrak einen Moment, dann nickte er. „Kann ich besorgen."

„Das bringt uns schon einen Schritt weiter. Wie viel Einfluss üben Sie auf Nick aus?"

„So gut wie keinen." Er lächelte. „Aber das kann sich ja ändern. Ich habe ein gut gehendes Geschäft und ein großes Apartment. Ich kann jede Menge Referenzen vorweisen, und mein polizeiliches Führungszeugnis ist makellos. Ich saß zwar während meiner Dienstzeit bei der Marine dreißig Tage im Bau, aber das wird mir wohl kaum jemand ankreiden, da es zwölf Jahre her ist."

Rachel überlegte einen Moment. „Wenn ich Sie recht verstanden habe, dann wollen Sie dem Gericht vorschlagen, Nick in Ihre Obhut zu nehmen."

„Eine Bewährungsstrafe und die Arbeit zum Wohl der Allgemeinheit. Der Schaden wäre dann beglichen, und Nick erhielte die Chance, endlich ein Erwachsener zu werden, der bereit ist, Verantwortung zu übernehmen."

„Sie sollten nicht allzu gefällig sein, Mr. Muldoon."

„Er ist immerhin mein Bruder."

Für dieses Argument hatte sie vollstes Verständnis. Rachel warf einen Blick in die Wolken. Die ersten Regentropfen fielen. „Ich muss zurück ins Büro. Wenn Sie Zeit haben, können Sie mich begleiten. Ich werde ein paar Anrufe tätigen und sehen, was ich erreichen kann."

Eine Bar! Warum musste er ausgerechnet Besitzer einer Bar sein, überlegte Rachel, als sie sich Argumente für die Anhörung am Nachmittag überlegte. Irgendwie passte es zu ihm. Die breiten Schultern, die großen Hände, die gekrümmte Nase, die offensichtlich einmal gebrochen war, und natürlich sein raues, irisches Temperament.

Aber um wie viel angenehmer könnte es sein, wenn sie dem Richter erzählte, dass Zackary Muldoon Besitzer einer Herrenboutique in bester Geschäftslage sei. Stattdessen musste sie dem Richter einen ganz anderen Sachverhalt darlegen: Nicks zweiunddreißig Jahre alter Stiefbruder, Besitzer einer Bar – mit dem klingenden Namen „Lower the Boom"! – an der East Side wollte die Verantwortung für einen Neunzehnjährigen übernehmen.

Der Staatsanwalt bestand zwar darauf, dass Nick die Namen seiner Mittäter preisgab, aber der Ladenbesitzer war hocherfreut darüber, seinen Schaden ersetzt zu bekommen. Dass er dabei die Preise erhöhte, war Muldoons Problem. Immerhin bestand damit eine kleine Chance, das Gericht auf ihre Seite zu bringen.

Rachel blieb nicht viel Zeit, den Staatsanwalt dazu zu bringen, Nick als Jugendlichen einzustufen. Mit den Informationen, die Zackary ihr gegeben hatte, machte sie sich auf den Weg in einen der kleinen Konferenzräume des Gerichtsgebäudes.

„Kommen Sie, Haridan, verschwenden wir nicht unnötig unsere Zeit und das Geld der Steuerzahler. Den Jungen hinter Gitter zu bringen ist keine Lösung."

Haridan ließ seinen fülligen Körper in einem Sessel nieder. „Es ist meine Lösung, Stanislaski. Er ist ein Punk. Ein Bandenmitglied mit einer langen Vorgeschichte asozialen Verhaltens."

„Das waren harmlose Delikte."

„Tätlichkeiten."

„Er ist nicht kriminell. Er ist ein verängstigter Junge, der in einer Bande nach Sicherheit suchte. Wir wollen ihn da rausholen, keine Frage. Aber nicht, indem wir ihn ins Gefängnis stecken. Sein Stiefbruder bezahlt nicht nur den Schaden, sondern möchte in Zukunft die Verantwortung für ihn übernehmen. LeBeck wird eine Arbeit erhalten, ein Zuhause, jemanden, der auf ihn Acht gibt. Sie müssen nur zustimmen, dass er als Minderjähriger behandelt wird."

„Ich möchte Namen."

„Die wird er nicht preisgeben, ganz gleich, was geschieht. Er ist kein Krimineller, noch nicht. Also sollten wir auch keinen aus ihm machen."

Nachdem sie eine Zeit lang das Für und Wider verhandelt hatten, gab Haridan schließlich nach. „Aber die Anklage lautet auf Einbruch, darauf bestehe ich", erklärte er stur. „Doch selbst wenn wir ihn nach dem Jugendstrafrecht behandeln, so wird das Gericht einer Bewährung nicht zustimmen."

„Den Richter überlassen Sie ruhig mir. Mit wem haben wir es denn zu tun?"

Haridan grinste schelmisch. „Beckett."

Marlene C. Beckett war eine Exzentrikerin. Wie eine Magierin schüttelte sie überraschende Satzkonstruktionen aus den Ärmeln ihrer Robe, als seien es weiße Kaninchen. Sie war Mitte vierzig, ausgesprochen attraktiv, mit einzelnen weißen Haarsträhnen, die unter ihrer feuerroten Kappe hervorragten.

Als Privatperson mochte Rachel sie sehr gerne. Richterin Beckett war eine unerschütterliche Feministin, die bewiesen hatte, dass eine unverheiratete Frau, die sich auf ihre Karriere konzentrierte, durchaus erfolgreich sein konnte. Mitten in einer von Männern dominierten Arbeitswelt hatte sie nichts von ihrer Fraulichkeit eingebüßt. Rachel respektierte und bewunderte sie. Vielleicht, so hoffte sie, trat sie eines Tages in ihre Fußstapfen.

Während Rachel ihr Gesuch vortrug, spürte sie, wie ihr Magen sich allmählich unangenehm bemerkbar machte. Richterin Beckett stülpte die Lippen vor. Ein schlechtes Zeichen. Mit einem ihrer perfekt manikürten Nägel klopfte sie auf den Tisch neben dem Hammer und wechselte ihren Blick zwischen dem Angeklagten und Zackary hin und her.

„Die Verteidigung erklärt also, dass der Angeklagte den Verlust der Sachwerte ersetzen wird, und beantragt, ihn nach dem Jugendstrafrecht zu behandeln sowie eine Verbringung in eine Strafanstalt auszusetzen."

„Euer Ehren, ich bitte aufgrund der familiären Vorgeschichte von einer Haftstrafe abzusehen. Mr. Muldoon erklärt die Bereitschaft, die Verantwortung für seinen Stiefbruder zu übernehmen. Die Verteidigung geht davon aus, dass die Situation des Angeklagten stabilisiert wird und die Verbringung meines Mandanten in eine Strafanstalt nicht geeignet ist, ihn für einen Fehler büßen zu lassen, den er von ganzem Herzen bereut."

Richterin Beckett warf einen Blick auf Nick. „Trifft es zu, junger Mann, dass Sie die Straftat tief bereuen?"

Nick zuckte mit den Schultern und sah Rachel mürrisch an. „Sicher, ich ..." Ihr mahnender Blick machte ihm deutlich, sich die Chance nicht zu verderben. „Es war dumm von mir."

„Zweifellos", stimmte ihm Richterin Beckett zu. „Mr. Haridan, wie steht der Vertreter der Anklage dazu?"

„Die Staatsanwaltschaft ist nicht gewillt, die Anklage fallen zu lassen, Euer Ehren. Wir stimmen allerdings zu, den Angeklagten als Jugendlichen zu behandeln. Sollte er die Namen der Mittäter preisgeben, so bestünde die Möglichkeit, ganz auf die Anklage zu verzichten."

„Er soll also die Namen derer preisgeben, die er fälschlicherweise als seine Freunde betrachtet?" Richterin Beckett sah Nick herausfordernd an. „Würden Sie das in Erwägung ziehen?"

„Nein, Ma'am."

Sie flüsterte etwas Unverständliches und deutete auf Zackary. „Erheben Sie sich bitte, Mr. Muldoon."

Zackary folgte ihrer Aufforderung. „Ma'am. Euer Ehren."

„Mr. Muldoon, sind Sie davon überzeugt, Ihren Bruder aus allen Schwierigkeiten heraushalten zu können und ihn zu einem verantwortungsbewussten Staatsbürger zu machen?"

„Ich ... ich weiß nicht. Aber ich wünsche mir die Chance, es wenigstens versuchen zu dürfen."

Beckett klopfte mit den Fingern auf den Tisch. „Nehmen Sie wieder Platz. Miss Stanislaski, das Gericht schließt die Möglichkeit einer Haftstrafe nicht grundsätzlich aus ..."

„Euer Ehren ..."

Beckett unterbrach Rachel mit einer Handbewegung. „Ich bin noch nicht fertig. Das Gericht setzt eine Kaution in Höhe von fünftausend Dollar fest. Außerdem wird dem Angeklagten eine vorläufige Bewährungsfrist von zwei Monaten gewährt. Sollte er in diesem Zeitraum jeglichen Kontakt mit Mitgliedern der Cobras meiden und sich keine Straftat zu Schulden kommen lassen, ist das Gericht bereit, die Bewährungsstrafe zu verlängern."

„Euer Ehren", platzte Haridan heraus, „auf welche Weise können wir sichergehen, dass der Angeklagte in diesen zwei Monaten die Auflagen erfüllt?"

„Indem wir Mr. Muldoon eine Person zur Seite stellen, die ihn bei seiner Aufgabe unterstützt und dem Gericht laufend einen Bericht über Mr. LeBeck zukommen lässt. Maßnahmen zur Resozialisierung, Mr. Haridan, müssen nicht unbedingt auf Strafanstalten beschränkt bleiben."

Rachel lächelte Haridan siegessicher zu. „Danke, Euer Ehren."

„An die Adresse der Verteidigung gerichtet – es wird mir ein Vergnügen sein, jeden Freitagnachmittag gegen drei Uhr Ihren Bericht in Empfang zu nehmen."

„Meinen ..." Rachel wurde kreidebleich und rang nach Luft. „Meinen Bericht? Euer Ehren, soll das etwa heißen, dass ich diese Aufsichtsperson sein soll?"

„Exakt das meine ich, Miss Stanislaski. Ich glaube, ein Mann und eine Frau als Autoritäten werden auf Mr. LeBeck einen positiven Einfluss haben."

„Ich stimme dem Vorschlag zu, Euer Ehren. Aber ich bin keine Sozialarbeiterin. Diese Aufgabe ..."

„Sie dienen der Rechtspflege, Miss Stanislaski, also erfüllen Sie Ihre Aufgabe." Sie klopfte mit dem Hammer auf den Tisch. „Der nächste Fall."

Rachel verließ sprachlos den Gerichtssaal.

„Da hast du den Salat", murrte ihr Bruder, als sie einen der Nebenräume betraten. „Ich werde nicht zulassen, dass du für diesen Burschen den Babysitter spielst. Beckett kann dich nicht zwingen." Wütend packte er sie am Ellbogen.

„Hör auf, an mir herumzuzerren, Alex. Ich muss nachdenken."

„Was gibt es da nachzudenken? Es ist schlimm genug für mich, mit ansehen zu müssen, wie du diese Kerle verteidigst. Jetzt spielst du auch noch die große Schwester für sie. Lass die Finger davon."

„Ich entscheide selbst, was ich tun werde. Und jetzt raus hier."

„Rachel, ich hätte gute Lust ..."

„Sie sollen verschwinden, haben Sie nicht verstanden?" Zackarys Stimme klang bedrohlich.

Alex drehte sich abrupt um. Er hatte alle Mühe, sich zu beherrschen. „Die Sache geht Sie nichts an."

„Das sehe ich anders."

Rachel stellte sich zwischen die beiden Streithähne. „Hört sofort auf damit. Muldoon, ist das Ihre Art, Verantwortung zu übernehmen, indem Sie Schlägereien provozieren?"

Zackary behielt Alex im Auge. „Ich sehe es eben nicht gern, wenn Frauen so grob behandelt werden."

„Ich kann auf mich selbst Acht geben." Sie wandte sich ihrem Bruder zu. „Und du willst Polizist sein? Du führst dich auf wie ein Raufbold. Ich werde versuchen, den Vorschlag des Gerichts erfolgreich umzusetzen."

„Verdammt, Rachel ..." Alex wandte sich Zackary zu. „Wenn Sie mir oder meiner Schwester Schwierigkeiten machen sollten, werden Sie in Zukunft Ihre Zähne in einem Glas auf dem Nachttisch aufbewahren."

„Schwester?" Zackary wechselte den Blick von Alex zu Rachel. Ja, die Familienähnlichkeit war eigentlich nicht zu übersehen. Beide sahen sehr gut und irgendwie auch sehr verwegen aus.

Das änderte natürlich eine ganze Menge. Seine Wut kühlte sofort ab. „Es tut mir leid. Ich wusste nicht, dass es um einen Familienstreit ging. Dann machen Sie nur weiter, schreien Sie sich ruhig an."

Rachel seufzte und küsste ihren Bruder auf die Wange. „Geh jetzt, Alexej, und mach Jagd auf die wirklich schweren Jungs."

Alex gab auf. Es war unmöglich, mit seiner Schwester zu diskutieren. Er änderte die Taktik und fixierte Zackary. „Seien Sie auf der Hut, Muldoon, denn ich werde Sie während der ganzen Zeit nicht aus den Augen lassen."

„Sie sind jederzeit in meiner Bar willkommen, Officer. Der erste Drink geht auf Kosten des Hauses."

Alex brummte etwas Unverständliches und ging zur Tür. Er drehte sich noch einmal um und rief Rachel auf Ukrainisch etwas zu. Er lächelte, schüttelte den Kopf und verließ schließlich den Raum.

„Übersetzung?", fragte Zackary.

„Er sagte nur, dass wir uns am Sonntag sehen. Haben Sie die Kaution bezahlt?"

„Ja, sie werden ihn gleich freilassen. Es sieht so aus, als sei es Ihrem Bruder nicht ganz geheuer, dass Sie mit mir und Nick zu tun haben."

Rachel sah Zackary lange an. „Es ist der Wille des Gerichts. Fangen wir also an."

„Anfangen?"

„Holen wir unser Mündel hier raus, und Sie bringen ihn in Ihrem Apartment unter."

Nachdem er fast zehn Jahre mit zweihundert anderen Matrosen auf engstem Raum zusammengelebt hatte, verabschiedete Zack sich mit einem letzten schweren Seufzer von seiner Privatsphäre. Er nahm Rachel beim Arm, und sie bemühte sich redlich, den Arm nicht wegzuziehen.

„Sagen Sie, Sie haben nicht zufällig ein Seil in Ihrer Aktentasche, oder?"

Nein, sie brauchten Nick nicht zu fesseln, um ihn aus der Zelle zu holen. Aber viel hätte nicht gefehlt. Er war alles andere als begeistert von seiner Situation. Er nörgelte, beschwerte sich und fluchte. Bis sie das Gerichtsgebäude verlassen hatten und am Straßenrand ein vorbeifahrendes Taxi anhalten konnten, erstickte Zack fast an seinem Ärger, und Nick ließ seine schlechte Laune an Rachel aus.

„Wenn Sie kein besseres Urteil herausschinden konnten, dann sollten Sie wieder auf die Universität gehen. Ich habe Rechte, und das erste ist, dass ich Sie feuern kann."

„Das steht Ihnen frei, LeBeck." Rachel warf einen Blick auf die Uhr. „Sie können jederzeit einen anderen Anwalt nehmen. Aber in meiner Funktion als gerichtlich bestellte Aufpasserin können Sie mich nicht feuern. In den nächsten beiden Monaten sind wir aneinander gebunden."

„Quatsch, wenn Sie und diese blöde Richterin glauben, ihr könntet mir in die Suppe spucken ..."

Zackary hob drohend den Arm, aber Rachel hielt ihn zurück. „Jetzt hör mir mal zu, du bemitleidenswerter, verwöhnter, launischer kleiner Idiot! Du hast die Wahl: Du kannst in den nächsten acht Wochen wie jeder andere Mensch leben oder für drei Jahre in den Knast gehen. Mir ist es herzlich egal, für welchen Weg du dich entscheidest. Du bildest dir also ein, ein ganz harter Kerl zu sein, ja? Und natürlich weißt du genau, was abgeht, ja? Dann lass dir eines von mir gesagt sein: Du sitzt noch nicht eine Woche ein, und die Kunde von deinem hübschen Gesicht wird im ganzen Bau die Runde gemacht haben. Deine Mithäftlinge werden sich auf dich stürzen wie der Hund auf den Knochen. Und dann wirst du ganz schnell bereit sein, mit uns zu kooperieren."

Rachel stellte zufrieden fest, dass ihre Worte genau ins Schwarze getroffen hatten. Der wütende Blick aus Nicks Augen wich – genauso wie alle Farbe aus seinem Gesicht. Er schwieg verbissen.

„So, und jetzt muss ich mich noch um andere Dinge kümmern." Sie wandte sich Zackary zu. „Gegen sieben werde ich vorbeikommen."

„Ich halte das Essen warm." Er lächelte und hielt Rachels Hand fest, bevor sie gehen konnte. „Danke. Und das meine ich ernst."

Sie hätte es mit einem Schulterzucken abgetan. Aber sein Händedruck war fest wie eine Eisenklammer, und sie konnte die Schwielen an seiner Hand spüren.

„Sie sind schwer in Ordnung, Frau Anwältin." Er grinste. „Für eine Tussi." Damit schob er Nick in den Wagen, kletterte hinter ihm hinein und winkte Rachel noch einmal zu, bevor der Wagen anfuhr.

„Mit dem Idioten hat sie Recht, Nick", sagte er leichthin zu seinem Bruder. „Aber auf jeden Fall hast du dir eine Anwältin mit umwerfenden Beinen ausgesucht."

Nick sagte nichts dazu, warf aber noch mal einen Blick durch die Rückscheibe. Ja, Rachels Beine waren ihm auch schon aufgefallen.

Als sie zehn Minuten später bei Nicks Bude ankamen, musste Zack sich zusammenreißen, um nicht loszubrüllen. Es würde nichts helfen, den Jungen alle fünf Minuten anzuschreien. Aber warum, zum Teufel, hatte er sich ausgerechnet ein Zimmer in dieser Gegend nehmen müssen?

An jeder Straßenecke lungerten zwielichtige Gestalten herum, Drogendeals gingen ganz offen am helllichten Tag über die Bühne, Prostituierte posierten provozierend, um den nächsten Kunden anzulocken. Der Gestank von Müll, gemischt mit menschlichen Ausdünstungen, stieg Zack beißend in die Nase. Glasscherben knirschten unter ihren Füßen, als sie zusammen über den aufgerissenen Bürgersteig gingen und das alte, heruntergekommene Backsteingebäude, über und über beschmiert mit Graffiti, betraten.

Hier drinnen war der Gestank noch schlimmer, weil gefangen zwischen den Wänden. Zack schwieg beharrlich, während sie die knarrenden Treppen in die dritte Etage hochstiegen. Er ignorierte die Geräusche, die durch die geschlossenen Türen drangen – Geschrei, Weinen, lautes Scheppern.

Nick schloss eine Tür auf dem Gang auf und ließ Zack in das Zimmer eintreten. Das Mobiliar bestand aus einem Bett, dessen Matratze in dem verrosteten Eisenrahmen durchhing, einer zerkratzten Kommode und einem einzelnen wackeligen Stuhl, der nur durch ein zerrissenes Telefonbuch im Gleichgewicht gehalten wurde. Poster von Heavy Metal-Bands waren an die schmutzigen Wände gepinnt – ein Mitleid erregender Versuch, dem schäbigen Raum eine persönlichere Note zu verleihen.

Zack war machtlos gegen die Wut, die in ihm überbrodelte. Sie entlud sich in einer Reihe von saftigen Flüchen, die die abgestandene Luft erzittern ließen.

„Was, zum Teufel, hast du mit dem Geld gemacht, das ich dir jeden Monat geschickt habe, solange ich auf See war? Mit dem Gehalt, das du angeblich als Stadtkurier verdient hast? Du lebst mitten auf einer Müllhalde, und was noch schlimmer ist – du selbst hast es dir ausgesucht, hier zu leben!"

Niemals hätte Nick zugegeben, dass sein ganzes Geld in die Kasse der Cobras gewandert war. Genauso wenig, wie er zugegeben hätte, wie beschämt er war, dass Zack sah, wie und wo er lebte. „Das geht dich einen Dreck an", knurrte er. „Das ist mein Zimmer, genauso wie das mein Leben ist. Du hast dich doch die ganze Zeit woanders rumgetrieben, oder? Nur weil du keine Lust mehr hast, auf irgendeinem Zerstörer durch die Weltgeschichte zu gondeln, brauchst du dir nicht einzubilden, dass du zurückkommen und hier einfach den Ton angeben kannst."

„Ich bin seit zwei Jahren wieder zurück. Ein Jahr davon habe ich damit zugebracht, mich um unseren alten Herrn zu kümmern, bis er gestorben ist. Du hast dir nicht mal die Mühe gemacht vorbeizukommen."

Eine neuerliche Welle der Scham überkam Nick. Und die enttäuschende Gewissheit, dass Zack nicht verstehen würde. „Er war nicht mein alter Herr."

Zacks Kopf zuckte hoch, Nick ballte die Fäuste. Wäre noch jemand im Raum gewesen, er hätte die Spannung körperlich gespürt. Ein winziger Funke nur, und der Vulkan würde ausbrechen. Langsam und nur mit äußerster Anstrengung zwang Zack seinen Körper dazu, sich zu entspannen.

„Ich werde meine Zeit nicht damit verschwenden, dir klar zu machen, dass er getan hat, was er konnte."

„Und wie solltest ausgerechnet du das wissen können?", fragte Nick voller Verachtung. „Du warst doch nicht hier. Du hast deinen Weg gewählt, Bruder." Er betonte das Wort sarkastisch. „Ich habe meinen gewählt."

„Was uns wieder an den Ausgangspunkt bringt. Pack zusammen, was du mitnehmen willst, und dann lass uns gehen."

„Ich lebe hier, und das ist …"

Zack bewegte sich so schnell, dass Nick der restliche Satz in der Kehle stecken blieb. Er fühlte sich von Zacks großen Händen an die Wand gepresst, so fest, dass er sich nicht mehr rühren konnte. Das Zittern, das seinen mageren Körper durchlief, war die einzige Bewegung, die der feste Griff ihm erlaubte. Zacks Gesicht stand direkt vor seinem, er konnte nur noch diese harten, unerbittlichen Augen sehen.

„Für die nächsten zwei Monate lebst du bei mir, ob es dir nun passt oder nicht. Und jetzt hör mit dem Mist auf und such deine Klamotten zusammen. Ab jetzt ist die Freifahrt vorüber." Er gab Nick frei, wohl wissend, dass es ihm mit seiner Kraft und seiner Ausbildung ein Leichtes wäre, seinen trotzigen Bruder mit Gewalt zu zwingen. „Du hast zehn Minuten. Und heute Abend deine erste Schicht."

Gegen sieben Uhr erging Rachel sich in einer Fantasie, wie sie in ein duftendes warmes Schaumbad stieg, mit einem Glas gekühlten Weißweins und einem guten Buch. Es half ihr dabei, die Unbequemlichkeiten in der überfüllten U-Bahn zu ignorieren.

Sie stemmte die Beine fester auf den Boden, um das Gleichgewicht besser halten zu können, und schaute blicklos vor sich hin. Hier fuhren ein paar fragwürdig aussehende Gestalten mit, solche, die man besser auf Abstand hielt. Hinter ihr auf dem Sitz schnarchte ein Mann, eine Zeitung über das Gesicht gelegt. Offensichtlich ein Betrunkener, denn er roch wie eine ganze Kneipe.

An der Haltestelle kämpfte sie sich zum Ausgang durch und legte die kurze Strecke bis zu Zackarys Bar durch Regen und Wind zu Fuß zurück.

Sie öffnete die schwere Glastür und betrat den großen, holzgetäfelten Raum. Ihr Blick fiel auf die spiegelblanke Mahagonitheke. Die lederbezogenen, burgunderroten Barhocker waren besetzt. Zierliche Tische, die im ganzen Raum verteilt waren, boten zahlreichen Gästen Platz. Es roch nach Whisky, Bier und Zigaretten. Der Duft gebratener Zwiebeln lag in der Luft. Aus einer Musikbox ertönte ein Blues, der die Gespräche der Gäste überdeckte.

Zwei Kellnerinnen in weißen Hosen und Matrosenhemden bahnten sich ihren Weg durch die Reihen der Kundschaft. Rachel war einigermaßen beruhigt. Also immerhin keine Netzstrümpfe und großzügigen Dekolletees.

Zackary stand hinter der Theke und zapfte gerade ein Bier. Auch er ähnelte in seinem blauen Rollkragenpulli einem Matrosen. Rachel konnte sich ihn gut an Bord eines Schiffes vorstellen. Immerhin wusste sie aus seinen Akten, dass er eine zehnjährige Dienstzeit bei der Marine verbracht hatte. Die Schiffsglocken und Anker, mit denen die Bar dekoriert war, passten sehr gut zu diesem Image.

Sie sah Zackary in Uniform an Bord eines Schiffes, das Gesicht in den Wind gedreht. Und fand dieses Bild so faszinierend, dass sie es schnellstens verdrängte.

Schließlich war sie kein verträumter Typ, wie sie sich ermahnte. Und ganz bestimmt keine Romantikerin. Sie gehörte nicht zu dem Typ Frau, der in eine Bar ging und sich zu irgendeinem an Land gegangenen Seemann mit breiten Schultern und rauen Händen hingezogen fühlte.

Sie war als Vertreterin des Gerichts hier, das war der einzige Grund. Und wie unangenehm es auch sein mochte, sich für die nächsten zwei Monate mit Zackary Muldoon abgeben zu müssen – sie würde natürlich ihre Pflicht erfüllen.

Aber wo war Nick?

„Möchten Sie einen Tisch, Miss?"

Rachel betrachtete die Blondine, die ein großes Tablett mit Sandwiches und Bier balancierte. „Nein danke. Ich gehe an die Bar. Ist es hier immer so voll?"

Die Bedienung sah sich erstaunt im Raum um. „Voll? Das ist mir noch gar nicht aufgefallen." Sie lachte laut auf und ging weiter, während Rachel sich der Bar näherte. Sie stellte sich zwischen zwei besetzte Stühle und wartete darauf, dass Zackary sie bemerkte.

„Na, mein Schatz ..." Der Mann zu ihrer Linken hatte ein molliges, freundliches Gesicht. Er verschob den Hocker, um seine Nachbarin besser sehen zu können. „Kann mich nicht erinnern, Sie hier schon einmal getroffen zu haben."

„Ganz richtig beobachtet." Sie lächelte den Mann, der alt genug war, ihr Vater zu sein, an.

„So hübsche junge Damen wie Sie sollten hier nicht allein herkommen." Er klopfte dem Mann, der rechts von Rachel saß, auf die Schulter. „He, Harry, wir sollten der Dame einen Drink spendieren."

Harry, der an seinem Bier nippte und in ein Kreuzworträtsel vertieft war, nickte kaum merklich. „Klar, Pete. Bestell schon. Ich brauche ein Wort mit sechs Buchstaben für Gefahr oder Wagnis."

Rachel sah auf. Zackary betrachtete sie regungslos. Sie spürte, wie es ihr eiskalt den Rücken hinunterlief. „Risiko", flüsterte sie und schüttelte sich.

„Klar! Besten Dank!“ Harry setzte die Lesebrille auf und sah Rachel erfreut an. „Der erste Drink geht auf meine Rechnung. Was möchten Sie haben, Süße?“

„Pouilly-Fumé.“ Zackary stellte ein Glas Weißwein auf die Theke. „Und der erste geht auf Kosten des Hauses.“ Er hob eine Augenbraue. „Ist es Ihnen genehm, Frau Anwältin?“

„Ja, danke.“

„Zackary bekommt immer die hübschesten Frauen ab“, erklärte Pete seufzend. „Gib mir noch einen aus, Junge. Das ist das Mindeste, was du für mich tun kannst, nachdem du mir meine Freundin ausgespannt hast.“ Er blinzelte Rachel zu.

Rachel lächelte ihm zu. „Und wie oft hat er Ihnen Ihre Freundinnen ausgespannt, Pete?“

„Ein- bis zweimal die Woche. Es ist geradezu demütigend. Erinnerst du dich an Rosemary, Zackary? Sie ist jetzt verheiratet und erwartet ihr zweites Kind.“

Zackary wischte mit einem Tuch über die Theke. „Sie hat mir das Herz gebrochen.“

„Ich kenne keine Frau, die dein Herz auch nur angekratzt, geschweige denn gebrochen hätte.“ Die blonde Bedienung kam mit einem leeren Tablett zurück. „Zwei Weißwein, Hausmarke, und einen Scotch.“

„Du hast mir das Herz gebrochen, Lola.“ Zackary stellte Gläser auf das Tablett. „Oder weshalb, glaubst du, bin ich wohl zur Marine gegangen?“

„Weil du genau wusstest, wie gut dir die weiße Uniform steht.“ Sie lachte, nahm das Tablett und sah Rachel an. „Nehmen Sie sich vor diesem Burschen in Acht, er ist gefährlich.“

Rachel nippte an ihrem Weinglas und versuchte die verführerischen Düfte, die aus der Küche kamen, zu ignorieren. Ihr Magen knurrte erbarmungslos. „Haben Sie eine Minute Zeit?“, fragte sie Zackary. „Ich müsste mir einmal ansehen, wie Sie wohnen.“

Pete verdrehte die Augen. „Wie macht er das bloß?“

„Die Frauen scheinen auf mich zu fliegen. Ich kann mich kaum noch wehren.“ Er gab einem Kellner das Zeichen, ihn zu vertreten.

Rachel trank ihr Glas leer. „Ich bin die Strafverteidigerin seines Bruders“, klärte sie Pete auf.

„Im Ernst?" Pete schien sehr beeindruckt. „Sie sind es also, die ihm den Knast erspart hat?"

„Vorerst. Muldoon?"

„Bin schon unterwegs." Zackary verließ die Bar und führte Rachel durch eine schwere Schwingtür in die Küche.

Ihr Blick fiel sofort auf einen in Weiß gekleideten Zwei-Meter-Mann, der gerade ein delikates Sandwich zusammenstellte.

„Rio, das ist Rachel Stanislaski, Nicks Anwältin."

„Freut mich. Der Junge wird es noch zum Weltmeister im Geschirrspülen bringen. Die paar Teile, die er Abend für Abend zerbricht, sind kaum der Rede wert."

Nick, der vor einer riesigen Spüle stand, die Arme in das Abwaschwasser getaucht, drehte sich um und murrte. „Wenn du meinst, anderer Leute Dreck waschen wäre ein akzeptabler Job, dann kannst du meinetwegen …"

„Keine unflätigen Bemerkungen in Gegenwart einer Dame." Rio hob ein großes Messer und teilte das Sandwich in vier Teile. „Meine Mutter sagte immer, nur beim Abwaschen findet der Körper genug Zeit, um die Seele zu entdecken. Also wasch weiter und such, mein Junge."

Nick hätte zu gern einen Kommentar abgegeben, aber es war unklug, mit einem Zwei-Meter-Mann zu streiten, der ein Tranchiermesser in der Hand hielt.

Rio lächelte, als er bemerkte, wie sehnsüchtig Rachel das Sandwich anstarrte. „Vielleicht sollte ich Ihnen ein richtiges warmes Essen zubereiten. Wenn Sie das Geschäftliche erledigt haben, könnten Sie es zu sich nehmen."

„Ich … ich sollte eigentlich nach Hause gehen."

„Zackary wird Sie heimbringen. Um diese Zeit sollten Sie nicht mehr allein herumlaufen."

„Ich brauche keinen …"

„Mach ihr ein Chili con carne, Rio." Zackary gab Rachel ein Zeichen, ihm zur Treppe zu folgen. „Das hier wird nicht lange dauern."

Noch ehe sie etwas erwidern konnte, fand sie sich auf Tuchfühlung mit Zackary in dem engen Treppenhaus. Er riecht wie das Meer, dachte sie. Die ungebändigte, fast elektrisierende Energie, kurz bevor ein Unwetter am Horizont aufzieht. „Das ist wirklich sehr nett, Mr. Muldoon, aber ich brauche weder ein Essen noch eine Eskorte."

„Sie werden beides bekommen, ob Sie es brauchen oder nicht."

Er drehte sich zur Seite und drängte sie dabei leicht gegen die Wand. Der Kontakt fühlte sich gut an. Wie er es vorausgesehen hatte.

„Ich an Ihrer Stelle würde mich nicht mit Rio anlegen. Ich habe ihn vor ungefähr sechs Jahren auf Jamaika getroffen. Bei einer Kneipenschlägerei. Ich habe gesehen, wie er einen Kerl von hundert Kilo einfach hochgehoben und durch die Holzwand geschmissen hat. Sehen Sie, Rio ist ein sehr friedliebender Mensch, aber wenn man ihn reizt, kann keiner voraussagen, was passieren wird." Er hob die Hand und nahm eine Strähne von Rachels Haar zwischen die Finger. „Ihre Haare sind ja ganz feucht."

Sie wehrte seine Hand ab. „Es regnet."

„Ja, ich kann den Regen förmlich an Ihnen riechen, Rachel."

Sie konnte nicht vor und nicht zurück, also musste sie sich mit dem einzigen Ausweg begnügen, der ihr offen blieb: Sie fauchte wie eine in die Ecke gedrängte Katze.

„Sie stehen mir im Weg, Muldoon. Sparen Sie sich Ihren irischen Charme für jemanden, bei dem er wirkt, und machen Sie endlich Platz."

„Nur einen Moment noch. War das Russisch, was Sie heute Ihrem Bruder nachgerufen haben? Es schien mir jedenfalls so."

„Ukrainisch", presste sie zwischen den Zähnen hervor.

„Aha, Ukrainisch also." Er schien darüber nachzudenken. „Bis in die Sowjetunion bin ich nie gekommen."

„Ich auch nicht", erwiderte sie trocken. „Könnten wir diese Unterhaltung vielleicht verschieben, bis ich mir Ihren Wohnbereich angesehen habe?"

„Ja, natürlich." Mit einer Hand an ihrem Rücken führte er sie weiter die Stufen hinauf. „Es ist nichts Besonderes, aber für Nick ist es ein gewaltiger Fortschritt im Vergleich zu dem, was er vorher gewöhnt war. Ich weiß wirklich nicht, warum er …" Zackary brach ab und blieb auf der oberen Stufe stehen. „Nun, das ist jetzt vorbei."

Rachel allerdings hatte das unbestimmte Gefühl, dass jetzt alles erst richtig losging.

3. KAPITEL

Rachel nahm ihre neue Aufgabe sehr ernst. Obwohl Nick weiterhin ziemlich missmutig reagierte, kam sie mit den Schwierigkeiten gut zurecht. Am meisten aber beschäftigte sie, dass Zackary Muldoon ständig in ihrer Nähe war.

Sie konnte ihn nicht fortschicken, aber auch nicht in seiner Gegenwart arbeiten. Tag für Tag war sie gezwungen, mit ihm umzugehen. Und das hatte schon fast gesundheitsschädliche Auswirkungen auf ihren Stresspegel.

Wenn ich ihn nur irgendwie aus meinem Kopf ausblenden könnte, überlegte sie, während sie nach dem sonntäglichen Essen mit ihrer Familie von der U-Bahn-Station zu ihrem Apartment ging. Das hätte vieles erleichtert. Aber selbst nach einer Woche war sie diesem Ziel nicht einen Schritt näher gekommen.

Er war barsch, ungeduldig und – so nahm sie zumindest an – potenziell gewalttätig. Trotzdem war er bereit, sich für seinen Stiefbruder einzusetzen, Geld und – was viel wichtiger war – Zeit und Energie zu investieren, um den Jungen wieder auf die richtige Bahn zu lenken. In seiner Freizeit kleidete er sich so lässig, dass man es schon fast als schlampig bezeichnen konnte, doch wann immer Rachel in die Wohnung über der Bar kam, war alles blitzblank aufgeräumt und sauber. Ständig berührte er sie, legte seine Hand auf ihren Arm, ihre Schulter, in die Mulde an ihrem Rücken, doch immer in durchaus akzeptablen Grenzen, sodass sie bisher noch keinen Grund gehabt hatte, ihn zurückzuweisen.

Er flirtete offen mit den weiblichen Barbesuchern, doch dabei blieb es auch. Er war nie verheiratet gewesen, und auch wenn er monate-, ja jahrelang nicht bei seiner Familie gewesen war, so hatte er doch die Seefahrt aufgegeben, um seinen kranken Vater zu pflegen.

Er irritierte und verwirrte sie maßlos. Und irgendwo tief in ihrem Innern verwandelte sich gerade diese Irritation in eine seltsame Hitze, die Rachel, wenn sie ehrlich war, nur als pure Lust bezeichnen konnte.

Sie versuchte diese Hitze zu ersticken, indem sie sich daran erinnerte, dass sie nicht der Typ war, der auf Lust reagierte. Natürlich war sie leidenschaftlich. Wenn es um ihre Familie und ihren Ehrgeiz ging. Aber Männer, auch wenn sie deren Gesellschaft durchaus genoss, standen ganz sicher nicht im oberen Teil ihrer Prioritätenliste.

Und Sex stand noch weiter unten. Genau deshalb war es ja so lästig, dass sie dieses seltsame Prickeln verspürte.

Was für ein Mensch war dieser Zackary Muldoon? War es vielleicht besser, die Antwort darauf nie herauszufinden?

„Wo, zum Teufel, sind Sie gewesen?"

Zackary stand plötzlich vor ihr und versperrte ihr den Weg.

„Ich … Verdammt, Sie haben mich fast zu Tode erschreckt. Müssen Sie unbedingt vor meiner Wohnung herumlungern?"

„Ich habe Sie überall gesucht. Sind Sie denn nie zu Hause?"

„Muldoon, ist es Ihnen noch nicht aufgefallen? Bei mir folgt eine Party auf die andere." Sie stieg die Treppen hinauf und öffnete die Haustür. „Was wollen Sie von mir?"

„Nick hat den Abflug gemacht."

Rachel blieb abrupt stehen. „Was soll das heißen?"

„Er ist heute Nachmittag aus der Küche verschwunden. Ich kann ihn nicht finden, und dabei suche ich bereits seit fünf Stunden."

„Nur keine Panik." Rachel ging den Flur entlang zum Fahrstuhl. „Es ist doch erst zehn Uhr. Er wird schon wissen, was er tut."

„Das ist ja das Problem." Sie betraten den Fahrstuhl. „Wir hatten vereinbart, dass er sagt, was er vorhat. Ich nehme an, dass er sich mit den Cobras trifft."

„Ich glaube nicht, dass Nick seine Verpflichtungen so schnell bricht." Während der Fahrstuhl zum vierten Stock fuhr, überlegte Rachel, wie sie weiter vorgehen konnten. „Wir könnten versuchen, ihn selbst zu finden, oder auch schwerere Geschütze auffahren."

„Schwerere Geschütze?"

Rachel verließ den Fahrstuhl und ging den Flur entlang. „Alex."

„Keine Polizei." Zackary fasste ihren Arm. „Ich werde ihm nicht die Polizei auf den Hals schicken."

„Alex ist mein Bruder." Sie schüttelte seine Hand ab. „Außerdem bin ich dem Gericht verpflichtet, Zackary. Wenn Nick die Auflagen bricht, kann ich das nicht ignorieren."

„Ich möchte aber nicht, dass er wieder ins Gefängnis muss, nachdem ich ihn vor einer Woche da rausgeholt habe."

„Wir haben ihn herausgeholt", verbesserte sie ihn und schloss die Wohnungstür auf. „Wenn Sie meinen Rat und meine Hilfe nicht wünschen, so hätten Sie erst gar nicht zu kommen brauchen."

Zackary zuckte mit den Schultern und trat ein. „Wir sollten ihn gemeinsam suchen."

Er betrachtete den Raum, der kaum größer war als der, den Nick gemietet hatte. Sein Blick fiel auf das Sofa, das mit bunten Kissen dekoriert war. An einer Wand hing ein riesiger ovaler Spiegel, dessen Glas dringend einer Erneuerung bedurft hätte. Bücherregale und Dutzende von Fotografien und Skulpturen rundeten das Bild ab.

Zackary fühlte sich etwas unbeholfen und völlig fehl am Platz. Er steckte die Hände verlegen in die Taschen und betrachtete die zahlreichen Kerzen. Seine Mutter hatte Kerzen geliebt, erinnerte er sich. Kerzen und Blumen und chinesische Vasen.

„Ich werde uns einen Kaffee kochen." Rachel legte die Handtasche ab und ging in die Kochecke.

„Ja, gut." Zackary besah sich die Familienfotos an der Wand und setzte sich schließlich auf das Sofa. „Was mache ich da eigentlich? Wie konnte ich auf die Idee kommen, für Nick den Vater spielen zu wollen? Sein halbes Leben lang hat er mit mir nichts zu tun gehabt. Er hasst mich."

„Sie haben richtig gehandelt", entgegnete Rachel und stellte die Tassen auf den Tisch. „Sie spielen nicht den Vater für ihn. Sie sind sein Bruder. Und er hasst Sie nicht, sondern ist zornig und voller Groll. Das hat mit Hass nichts zu tun. Jetzt hören Sie schon auf mit Ihren Selbstvorwürfen und holen Sie lieber die Milch."

Zackary stand auf und öffnete den Kühlschrank. „Es ist keine Milch da."

Rachel seufzte. „Dann müssen wir ihn schwarz trinken. Haben Sie sich mit Nick gestritten?"

„Nein, das heißt, nicht mehr als sonst. Er beschimpft mich, ich gebe ihm Kontra. Er flucht, ich fluche noch lauter. Wir haben uns gestern unterhalten und noch einen alten Film im Fernsehen angesehen, nachdem die Bar geschlossen war."

„Das wäre doch schon einmal ein Fortschritt ..." Rachel reichte ihm die Kaffeetasse.

„Mittags war er in der Küche. Sonntags kommen immer viele Familien zum Essen. Ich dachte, er hätte sich etwas früher zurückgezogen, um ein wenig allein zu sein. Als ich gegen vier Uhr nach ihm sah, war er nicht mehr da. Rio wollte ihn nicht bei mir anschwärzen, also hat er gut eine Stunde oder so den Mund gehalten. Ich hatte gehofft, er würde einfach nur eine kurze Pause brauchen ... Dann habe ich ihn gesucht ..." Zackary trank seinen Kaffee aus und füllte seine Tasse selbst nach. „In den vergangenen Tagen war ich wohl etwas zu streng mit ihm."

„Hören Sie auf, sich Vorwürfe zu machen. Schließlich haben Sie ihn nicht am Hauptmast aufgehängt, oder?" Sie konnte sich nicht zurückhalten und legte eine Hand auf seinen Arm. „Lassen Sie mich mit Alex reden."

Zackary setzte sich widerwillig und stellte die Tasse auf den Tisch. Da er keinen Aschenbecher entdeckte, verkniff er es sich, eine Zigarette anzuzünden.

Er hörte nur mit einem Ohr dem Telefongespräch zu, das Rachel mit ihrem Bruder führte. Er lächelte ein wenig. Diese Frau war ein Energiebündel, das sicherlich voller Leidenschaften steckte. Wie oft hatte er sich in den vergangenen Tagen beherrschen müssen, sie nicht anzurufen?

Viel zu oft. Irgendetwas an Rachel faszinierte ihn. Er fühlte sich zu ihr hingezogen, und Zack hatte nicht die geringste Ahnung, ob er diesen Drang schnellstens ersticken oder ihm nachgeben sollte.

Allerdings war seine Libido jetzt wirklich das Letzte, mit dem er sich beschäftigen sollte. Schließlich ging es hier um Nick.

Offenbar war Rachels Bruder nicht begeistert, sich einzuschalten. Sie redete hitzig auf Ukrainisch auf ihn ein. Zack griff nach einer kleinen Statuette, die auf dem Kaffeetisch stand, und betrachtete sie mit zusammengezogenen Brauen. Es machte ihn wahnsinnig, wenn sie Ukrainisch sprach.

Aber offenbar hatte sie damit mehr Erfolg. *„Tak"*, erwiderte sie zufrieden. Alex hatte nachgegeben. „Ich schulde dir was, Alexej." Sie lachte, ein herzliches, sattes Lachen, ein Klang, der Zack direkt in die Lenden fuhr. „Na schön, ich schulde dir viel." Sie legte den Hörer auf. „Alex sieht sich mit seinem Partner ein wenig um. Er benachrichtigt uns, falls er etwas herausfindet."

„Dann warten wir einfach?"

„Wir warten." Rachel nahm ein Notizbuch vom Schreibtisch.

„Um uns die Zeit zu vertreiben, sollten Sie mir etwas über Nicks Werdegang erzählen. Sie sagten, seine Mutter starb, als er ungefähr fünfzehn war. Was ist mit seinem Vater? Hat er danach für Nick gesorgt?“

„Seine Mutter war nicht verheiratet.“ Zackary griff automatisch nach einer Zigarette, dann fiel es ihm wieder ein, und er ließ den Arm wieder sinken. Rachel hatte die Geste bemerkt und holte aus einer Schublade den einzigen Aschenbecher hervor, den sie besaß.

„Danke.“ Erleichtert zündete er sich eine Zigarette an und fuhr fort: „Nadine muss ungefähr achtzehn gewesen sein, als sie schwanger wurde. Der Typ wollte von dem Baby nichts wissen und ließ sie sitzen. Also bekam sie Nick und tat, was sie konnte. Eines Tages kam sie in unsere Bar, auf der Suche nach einem Job. Dad hat sie eingestellt.“

„Wie alt war Nick damals?“

„Vier, fünf. Manchmal konnte sie niemanden finden, der während ihrer Arbeitszeit auf den Kleinen aufpasste, also schlug Dad ihr vor, ihn mitzubringen. Ich habe mich dann um ihn gekümmert. Er war ganz in Ordnung.“ Zack lächelte schwach. „Er war still, beobachtete viel und war ziemlich clever. Er konnte schon lesen, bevor er in die Schule kam. Auf jeden Fall … Ein paar Monate danach heirateten Nadine und mein Vater. Dad war gute zwanzig Jahre älter als sie, aber ich vermute, sie beide waren einfach einsam. Meine Mutter war damals schon fast zehn Jahre tot. Also zogen Nadine und der Kleine zu uns.“

„Wie war es für Sie? Für Nick?“

„Es schien ganz gut zu gehen. Himmel, ich war doch selbst noch ein halbes Kind.“ Rastlos geworden, stand er auf und begann im Zimmer auf und ab zu gehen. „Nadine hat sich überschlagen, um es jedem recht zu machen. Das lag in ihrer Natur. Und mein Vater … Nun, er war kein einfacher Mensch. Und er hat viel Zeit in seiner Bar verbracht. Wir waren nicht gerade eine Bilderbuchfamilie, aber es war okay.“ Er warf einen Blick auf die vielen Familienfotos und war erstaunt über den Stich der Eifersucht, der ihn durchzuckte. „Ich hatte nichts dagegen, dass der Kleine ständig um mich herum war. Dann bin ich zur Marine gegangen, direkt nach der Schule. Das ist so eine Art Familientradition. Es war hart für meinen Vater, als Nadine starb. Noch härter für Nick. Man könnte sagen, sie haben es aneinander ausgelassen.“

„Und zu dieser Zeit fing das mit Nicks Schwierigkeiten an?"

„Er hatte vorher schon mal kleinere Probleme gehabt, aber nach Nadines Tod wurde es schlimmer. Bei jedem Landurlaub beschwerte sich mein Vater mehr und mehr über ihn. Der Junge tat dies nicht, dafür das, geriet ständig in Schwierigkeiten, hing mit Gesindel herum … Und so weiter. Und wenn ich mich einmischte und mit Nick darüber reden wollte, fluchte er und beschimpfte mich, und dann haute er meist einfach ab."

Rachel begann zu verstehen: Ein kleiner Junge, von seinem leiblichen Vater nicht gewollt, fängt an, in seinem großen Bruder ein Vorbild zu sehen, fühlt sich dann von ihm allein gelassen, als dieser zur See geht. Die Mutter stirbt, und mit dem Stiefvater, der alt genug ist, sein Großvater zu sein, gibt es keinen richtigen Kontakt. Nichts in seinem Leben ist von Bestand – nur die Ablehnung.

„Ich bin kein Psychologe, Zack, aber mir scheint, der Junge braucht Zeit, um wieder Vertrauen zu fassen. Und ich halte es auch nicht für falsch, wenn Sie streng mit ihm sind. Im Gegenteil, gerade dafür wird er Sie mit der Zeit respektieren lernen. Man muss nur den richtigen Gegenpol finden." Sie seufzte und legte den Block beiseite. „Und das ist der Punkt, wo ich ins Bild komme. Wahrscheinlich war ich bisher zu harsch mit ihm. Wir sollten es vielleicht anders versuchen. Ich werde die mitfühlende Schulter sein, an die er sich anlehnen kann. Glauben Sie mir, ich verstehe Flegel und Hitzköpfe. Ich bin mit ihnen aufgewachsen. Wir sollten damit anfangen …"

Das Klingeln des Telefons unterbrach sie. Rachel nahm den Hörer ab. „Hallo. Ah, ja. Gut. Danke, Alex." Sie legte auf. „Sie haben ihn entdeckt. Er ist auf dem Weg zur Bar."

Die Erleichterung in Zacks Blick wandelte sich innerhalb von Sekundenbruchteilen in Ärger. „Wenn ich den Burschen in die Finger kriege …"

„Sie werden ihn ganz sachlich fragen, wo er gewesen ist", schnitt sie ihm das Wort ab. „Und damit das auch wirklich klappt, begleite ich Sie."

Nick schlich sich in Zackarys Apartment. Er war überzeugt, dass er es besonders schlau angestellt hatte, indem er Rio überlistet und sich unbemerkt entfernt hatte.

Er holte sich ein Bier aus der Küche. Irgendwie ging alles schief. Dabei hatte er nur kurz nachsehen wollen, was die Jungs so auf der Straße trieben.

Und jetzt behandelten sie ihn wie einen Außenseiter. Sie trauten ihm nicht. Reece nahm an, dass er nur deshalb so schnell aus dem Gefängnis entlassen worden war, weil er irgendetwas verraten hatte. Als Nick ihnen erzählte, wie es wirklich war, dass er für Zackary in der Bar das Geschirr spülte, hatten sie ihn ausgelacht. Und nicht einer der Cobras hatte es für nötig befunden, ihm zu erklären, warum sie ihn bei dem Einbruch im Stich gelassen hatten.

Danach war er bei Marla vorbeigegangen. In den letzten Monaten hatten sie sich regelmäßig getroffen. Er war sicher gewesen, wenigstens bei ihr auf Verständnis zu stoßen. Aber sie war nicht da gewesen – ausgegangen, mit irgendeinem anderen Kerl.

Also hatte jeder ihn fallen gelassen. Wieder mal. Das war ja nichts Neues. Aber das machte es nicht einfacher, es zu ertragen.

Verdammt, sie sollten doch angeblich seine Familie sein. Sie sollten sich für ihn einsetzen, zu ihm halten. Nicht ihn bei dem ersten kleinen Problem abwimmeln. Er hätte das keinem von ihnen angetan.

Er trank den letzten Schluck und warf die leere Flasche mit Schwung in den Abfalleimer. Das Klirren des brechenden Glases befriedigte ihn nur wenig. Nein, er war sicher, er hätte so was nie getan.

Als er die Wohnungstür hörte, verließ er missmutig die Küche. Zackary hatte er erwartet, aber auf Rachel war er nicht vorbereitet.

Zackary zog die Jacke aus. Er konnte nur hoffen, dass es ihm gelang, sein Temperament zu zügeln. „Ich nehme an, dass du einen guten Grund hattest, dich heute Nachmittag aus dem Staub zu machen."

„Ich wollte frische Luft schnappen." Nick zündete sich eine Zigarette an. „Ist das etwa verboten?"

„Wir haben eine Vereinbarung", erwiderte Zackary ruhig. „Du solltest dich vorher mit mir absprechen und mir sagen, wohin du gehst."

„Nein, das ist deine Vereinbarung. Wir leben in einem freien Land, und ich kann gehen, wohin ich will." Er zeigte auf Rachel. „Wie ich sehe, hast du dir gleich einen Rechtsbeistand mitgebracht, nicht wahr?"

„Hör zu, Kleiner ..."

„Ich bin kein Kind mehr", platzte Nick heraus. „Als du in meinem Alter warst, hast du auch niemandem gesagt, wohin du gehst."

„Ich war in deinem Alter kein Einbrecher." Er ging einen Schritt auf Nick zu, aber Rachel hielt ihn zurück.

„Warum gehen Sie nicht in die Bar und holen mir ein Glas Wein, Muldoon? Ich wäre gern einen Moment mit meinem Mandanten allein."

„Also schön." Zackary ging zur Tür. „Aber was auch immer sie zu dir sagen wird, Bürschchen, ab der nächsten Woche weht hier ein anderer Wind. Notfalls werde ich Rio anweisen, dich an die Spüle zu ketten." Er schlug die Tür heftig hinter sich zu.

Nick nahm einen Zug aus der Zigarette und ließ sich auf das Sofa fallen. „Große Sprüche", murrte er. „Er glaubt, er kann mich herumkommandieren. Seit Jahren stehe ich auf eigenen Füßen. Das sollte er endlich kapieren."

Rachel setzte sich neben ihn. Sie verkniff es sich, eine Bemerkung über das Bier zu machen, das sie in Nicks Atem riechen konnte, auch wenn der Junge noch minderjährig war. Wieso hatte Zack nicht dieses Bedürfnis nach Nähe in Nicks Augen gesehen? Warum war ihr es erst jetzt aufgefallen? „Muss schwer sein für dich, hier leben zu müssen, nachdem du doch eine eigene Bude hattest."

„Ja, aber ich glaube, die zwei Monate werde ich das schon durchstehen."

„Ich war nur wenig älter als du, als ich von zu Hause fortging. Und ich habe zwei Brüder, die ständig auf mich aufgepasst haben. Einerseits hat es mich wütend gemacht, auf der anderen Seite gab es mir ein Gefühl der Sicherheit."

Nick starrte auf die Zigarette. „Er ist nicht mein richtiger Bruder."

Gott, er sieht so jung aus, dachte sie. Und so verletzt. „Das hängt davon ab, was du mit richtig meinst." Sie legte eine Hand auf sein Knie, darauf gefasst, dass er sie abweisen würde, aber er sah nur erstaunt auf ihre Finger. „Zackary macht sich Sorgen um dich, Nick."

Nick räusperte sich verlegen. „Warum sollte er das? Ich bedeute ihm gar nichts."

„Warum sollte er dich sonst so anschreien? In meiner Familie galten solche Ausbrüche immer als ein Zeichen dafür, dass wir uns mochten. Zackary möchte auf dich aufpassen."

„Ich kann auf mich selbst Acht geben."

„Aber manchmal ist es ganz gut, eine helfende Hand anzunehmen. Er wird zwar nicht begeistert sein, wenn ich es dir erzähle, aber ich glaube, du solltest es wissen." Sie wartete, bis Nick sie ansah. „Zackary musste einen Kredit aufnehmen, um den Gesamtschaden, der bei dem Einbruch entstanden ist, bezahlen zu können."

„Quatsch. Hat er Ihnen diesen Bären aufgebunden?"

„Ich habe mich selbst davon überzeugen können. Die Bar steht zwar auf einer soliden finanziellen Basis, wirft aber nicht so viel ab, dass er damit alles hätte bezahlen können. Und kein Mann brächte sich in eine solche Situation, wenn es nicht um jemanden ginge, der ihm etwas bedeutet."

Nick drückte hastig die Zigarette aus. „Er fühlt sich nur irgendwie verpflichtet, das ist alles."

„Möglich, aber mir scheint, dass du ihm etwas schuldig bist, Nick. Zumindest solltest du dich in den nächsten Wochen ein bisschen kooperativer zeigen. Er macht sich wirklich große Sorgen um dich."

„Zackary macht sich um nichts und niemanden Sorgen."

„Er zeigt es nur nicht offen. Zackary glaubte, dass du dich aus dem Staub gemacht hast."

„Wo, zum Teufel, hätte ich denn hingehen sollen? Es gibt niemanden … Wir haben einen Deal", flüsterte er. „Ich werde nicht abhauen."

„Ich freue mich, das zu hören. Und ich werde dich auch nicht fragen, wo du warst", fügte sie lächelnd hinzu. „In meinem Bericht für das Gericht wird nur stehen, dass du spazieren warst und dich in der Zeit vertan hast. Wenn du wieder einmal den Drang verspürst, frische Luft zu schnappen, kannst du mich anrufen."

„Wozu?"

„Weil ich das Gefühl kenne, sich von allem frei zu machen und auszubrechen." Sie fuhr mit der Hand durch sein Haar. „Es ist kein Verbrechen, mit seinem Verteidiger befreundet zu sein. Also, was ist? Gib dir einen Ruck und versuch, besser mit Zackary zurechtzukommen, während ich dir ein wenig den Rücken frei halte. Ich kenne alle Tricks und Kniffe, wie man mit neugierigen älteren Brüdern umgeht."

Sie duftet so wundervoll, überlegte Nick. Warum war ihm nicht schon viel früher aufgefallen, was für schöne Augen sie hatte? „Vielleicht könnten wir ja mal zusammen irgendwohin gehen?"

„Sicher." Sie hielt seinen Vorschlag für ein Zeichen seines Vertrauens.

„Ich kann Sie also jederzeit anrufen? Sie haben nichts dagegen?"

„Aber klar." Sie drückte ihm die Hand.

Als die Tür aufging und Zackary hereinkam, stand Nick wie von der Tarantel gestochen auf.

Zackary gab Rachel das Weinglas und reichte Nick eine Flasche Ginger Ale, dann nahm er einen Schluck aus seinem Bierglas. „So, habt ihr zwei eure Besprechung beendet?"

„Vorerst, ja." Rachel nippte an dem Wein und blinzelte Nick zu.

„Es tut mir leid, dass ich einfach so weggelaufen bin", erklärte Nick und hielt Zackarys Blick stand.

Zackary schluckte. Nicks Reaktion kam völlig überraschend. „Okay. Wir könnten einen Plan erstellen, der dir mehr Freizeit gewährt. Ach ja, Rio könnte Hilfe in der Küche gebrauchen."

„Klar, kein Problem." Nick ging zur Tür. „Also, bis dann, Rachel."

Als Nick gegangen war, setzte sich Zackary neben Rachel und schüttelte verwundert den Kopf.

„Was haben Sie mit ihm gemacht? Ihn hypnotisiert?"

„Nicht ganz."

„Was, in aller Welt, haben Sie ihm gesagt?"

Rachel seufzte zufrieden. „Das ist nur für Eingeweihte bestimmt. Er braucht nur jemanden, der ein bisschen sein Ego streichelt. Ihr seid euch sehr ähnlich."

Zackary legte den Arm über die Sofalehne, sodass er ihr Haar berühren konnte. „Wie soll ich das verstehen?"

„Ihr seid zwei leidenschaftliche Dickschädel. Ich erkenne diesen Typ sofort, denn ich bin in einer Familie aus Dickschädeln aufgewachsen." Sie lächelte und schloss kurz die Augen. „Fehler werden nur ungern zugegeben, und ein Problem wird vorzugsweise mit den Fäusten geregelt, bevor man sich auf eine vernünftige Aussprache einlässt."

„Wollen Sie damit andeuten, das seien Charakterschwächen?"

Sie öffnete die Augen wieder und lachte. „Lassen Sie uns einfach sagen, dass es Charaktereigenschaften sind. In meiner Familie wimmelt es von temperamentvollen Charakteren. Diese Menschen brauchen ein Ventil, um ihr hitziges Temperament ablassen zu können. Für meine Schwester Natasha war es erst das Ballett, dann ihr Laden und ihre Familie. Mein Bruder Mikhail hat seine Kunst, Alexej ist ein Streiter für die Gerechtigkeit, und ich habe das Gesetz, für das ich mich einsetze. So wie ich das sehe, war es für Sie die Marine und jetzt ist es die Bar. Nick hat sein Ventil noch nicht gefunden, aber er wird es sicher noch entdecken."

Er fuhr mit einem Finger leicht über ihren Hals, spürte den Schauer, der sie durchzuckte. „Sind Paragraphen wirklich das richtige Ventil für Leidenschaft?"

„Für mich schon." Aber als sie ihn ansah, merkte sie, wie nahe sein Gesicht dem ihren war. Gefährlich nah. Er hatte seine Hand bereits um ihre Schulter gelegt. Die Alarmsirenen in ihrem Kopf waren eindeutig zu spät losgegangen.

„Ich muss jetzt nach Hause", erklärte sie schnell. „Um neun Uhr muss ich wieder im Gericht sein."

„Ich werde Sie in einer Minute begleiten."

„Ich kenne den Weg, Muldoon."

„Es muss sein." Er nahm ihr das Weinglas ab und stellte es beiseite. „Wir sprachen gerade über Leidenschaften." Seine Finger griffen in ihr Haar. „Und Ventile."

Sie presste die Hand gegen seine Brust, aber er zog sie immer näher zu sich. „Ich bin gekommen, um Ihnen zu helfen, Muldoon." Sein Mund war bereits gefährlich nah. „Nicht, um mich auf irgendwelche Spielereien einzulassen."

„Ich teste nur Ihre Theorie, Frau Anwältin." Er berührte sanft mit dem Mund ihre Unterlippe. Einmal, zweimal. Dann bedeckte er ihren Mund mit leidenschaftlichen Küssen und presste sie gegen das Sofa.

Natürlich hätte sie ihn aufhalten können. Sie würde ihn auch aufhalten. Sie wusste, wie man sich gegen unerwünschte Avancen zur Wehr setzte. Das Problem war nur, wie setzte man sich gegen Avancen zur Wehr, die man sich nicht wünschen wollte?

Sein Mund war so … so hungrig. So ungeduldig. So leidenschaftlich. Er küsste meisterlich. Wenn es eine Sekunde gegeben hatte, in der sie Widerstand hätte leisten können, dann war diese längst vorbei. Sie wurde von ihrer eigenen Leidenschaft davongetragen, und sie riss ihn mit sich.

Er war auf Widerstand vorbereitet gewesen, auf Kratzen und Fauchen und sogar eine Ohrfeige. Er hätte es akzeptiert und sich zurückgezogen. Sicher, er war ein viriler Mann, aber er hatte Prinzipien. Er nahm sich nicht mit Gewalt, was ihm nicht freiwillig geboten wurde.

Und sie bot ihm nicht nur, sie explodierte geradezu. In dem Moment, als er seine Lippen auf ihre gepresst hatte, hatte er auch das Feuer in ihre Augen schießen sehen. Das gleiche Feuer, das in ihm tobte. Sie hatte den Kuss nicht nur mit der gleichen Glut erwidert, sie hatte ihn weiter angeheizt. Den Kuss und ihn. Viel weiter, als er vorgehabt hatte zu gehen.

Und dann der leise Seufzer. Dieser Laut, ein ungemein weiblicher Ausdruck von Triumph und Kapitulation, schickte unzählige Schauer über seinen Rücken. Sie schmiegte sich an ihn, mit diesem unbeschreiblich weichen, schlanken Körper, dass er meinte, in Flammen zu stehen.

Sie vernahm sein raues Stöhnen, fühlte, wie sie in die Kissen der Couch gedrückt wurde, und für einen wunderbar freien, überwältigenden Moment konnte sie nur ein Wort denken: Ja! Das war es, wonach sie sich immer gesehnt hatte, diese wilde Sturmflut von Gefühlen, dieses ungebändigte, zügellose Verlangen, den Körper des anderen zu spüren. Sie bog sich ihm entgegen, als sein Mund verlangend über ihren Hals wanderte.

Und dann murmelte er ihren Namen. Stöhnend, heiser, rau. Es war wie ein Schwall eiskalten Wassers. Ein Schock, der sie in die Wirklichkeit zurückholte.

Sie lag auf einer Couch in einer fremden Wohnung und fummelte mit einem Mann herum, den sie kaum kannte!

„Nein." Rachel versuchte sich zu befreien. „Aufhören! Ich sagte nein."

Zackary hob den Kopf und atmete heftig. „Warum?"

„Weil das verrückt ist. Und jetzt lass mich endlich los!"

Er hätte sie erwürgen können. Weil sie ihn fast dazu gebracht hätte zu betteln. „Wie du willst, Lady." Er ballte die Fäuste, um das Zittern zu verbergen. „Sagtest du nicht, du hältst nichts von Spielchen?"

Sie fühlte sich erniedrigt, war wütend auf sich selbst und unendlich frustriert. Und in so einem Fall war Angriff immer die beste Verteidigung. „Tue ich auch nicht. Du hast dich mir aufgedrängt. Um es ein für alle Mal klar zu machen: Ich bin nicht interessiert."

„Sicher. Deshalb hast du mich auch so hart geküsst, dass mir fast die Zähne ausgefallen sind."

„Du hast mich geküsst!" Sie stieß ihm mit dem Finger in die Brust. „Du bist so verflucht groß und stark, dass ich dich nicht aufhalten konnte."

„Ein einfaches Nein hätte gereicht", erinnerte er sie und zündete sich eine Zigarette an. „Lass uns doch bei der Wahrheit bleiben, Frau Anwältin. Ich wollte dich küssen, seit ich dich zum ersten Mal gesehen habe, als du wie eine Königin in dieser schäbigen kleine Wache gesessen hast. Kann ja sein, dass das bei dir nicht so gewesen ist, aber als ich dich gerade geküsst habe, hast du mich zweifelsfrei zurückgeküsst."

Ein Rückzug zum richtigen Zeitpunkt war auch eine gute Verteidigung. Rachel stand auf und nahm Jacke und Handtasche. „Vergessen wir es."

„Nein." Er stellte sich Rachel in den Weg. „Wir werden das auf dem Nachhauseweg besprechen."

„Ich möchte nicht, dass du mich nach Hause bringst." Sie legte sich die Jacke über die Schultern. „Und komm nicht auf die Idee, mir zu folgen, sonst werde ich dich wegen Belästigung einsperren lassen."

„Versuch es." Er griff nach ihrem Arm, aber Rachel tat das, was sie schon längst hätte tun sollen: Sie schlug ihm mit der Faust in den Magen.

Zackary stöhnte und sah sie mit zusammengekniffenen Augen an. „Ein Schlag ist umsonst. Und jetzt gehen wir zur U-Bahn."

„Was ist los mit dir?", fauchte sie. „Kannst du kein Nein akzeptieren?"

Statt einer Antwort drückte Zackary sie gegen die Tür und küsste sie auf den Mund. „Wenn ich ein Nein nicht akzeptieren könnte, dann würde ich dich jetzt nicht nach Hause bringen, nachdem du mich so angeheizt hast, dass ich die nächste Woche wahrscheinlich die meiste Zeit unter der kalten Dusche verbringen muss." Er riss die Wohnungstür auf. „Also. Gehst du jetzt freiwillig mit, oder muss ich dich mir über die Schulter werfen?"

Sie hob herausfordernd ihr Kinn und segelte hoch erhobenen Hauptes an ihm vorbei und zur offenen Tür hinaus.

Also schön, dachte sie. Gehen wir.

Aber sie würde kein Wort mit ihm reden.

4. KAPITEL

Rachel verließ das Gerichtsgebäude. Ein quälend langer Zehnstundentag lag hinter ihr.

Eigentlich hatte sie allen Grund, glücklich zu sein, denn ihr Mandant war freigesprochen worden, aber es gelang ihr nicht, sich über diesen Sieg zu freuen. Als sie zudem Zackary auf der untersten Treppe entdeckte, wäre sie um ein Haar über ihre eigenen Füße gestolpert.

„Frau Anwältin." Er reichte ihr die Hand.

„Was gibt es denn?", fragte sie. „Auch wenn uns das Gericht als Aufpasser für Nick bestimmt hat, wäre ich nicht abgeneigt, ein Stündchen ohne deine Gegenwart verbringen zu dürfen."

„Vielleicht kann ich dich damit umstimmen." Er streckte ihr die rechte Hand, die er hinter dem Rücken versteckt hatte, entgegen und überreichte ihr einen bunten Blumenstrauß.

Rachel besah sich argwöhnisch das Geschenk. „Und wofür sind die?"

„Sie sollen die traurigen Pflanzen ersetzen, die in deiner Wohnung vor sich hin welken." Als sie keine Anstalten machte, den Strauß entgegenzunehmen, wurde er ungeduldig. „Okay, ich wollte mich für mein Verhalten entschuldigen." Er drückte ihr wütend die Blumen in die Hand.

„Dein Verhalten? Du hast dich wie ein Irrsinniger auf mich geworfen. Warum nimmst du nicht einfach deine Blumen und deine charmante Entschuldigung und …"

„Jetzt mach mal halblang! Ich sagte, dass es mir leid tut, obwohl ich dich nur geküsst habe."

Als kluge Anwältin wusste Rachel, wann sie einen Kompromiss eingehen und die Taktik ändern musste. Sie schmunzelte und betrachtete den Blumenstrauß. „Wollen Sie mich damit bestechen, Mr. Muldoon?"

Die Art, wie sie seinen Namen aussprach, gab ihm zu verstehen, dass er die erste Hürde genommen hatte. „Ja."

„Schön, dann nehme ich sie."

„Danke." Er hakte die Daumen in seine Hosentaschen. „Übrigens war ich vor etwa einer Stunde im Gerichtssaal und habe dich beobachtet …"

„Oh!“ Sie war noch im Nachhinein froh, dass sie ihn nicht bemerkt hatte. „Und?“

„Nicht schlecht. Wie du die Anklage wegen Vandalismus gegen den anderen Typ gedreht hast …“

„Den Kläger“, berichtigte sie. „Mein Mandant war berechtigterweise frustriert, nachdem er alle Möglichkeiten ausgeschöpft hatte, seinen Vermieter dahin zu bewegen, die im Mietvertrag vereinbarten Konditionen auch einzuhalten.“

„Dass er dann die Villa des Vermieters in der Upper West Side mit „Hier lebt der Vermieter aus der Hölle“ vollgesprüht hat, war nur ein Ausdruck seiner Frustration, was?“

„Nun, er hat eben von seinem Recht auf freie Meinungsäußerung Gebrauch gemacht. Mein Mandant hat immer pünktlich seine Miete gezahlt, in dem guten Glauben, dass der Vermieter schließlich seine Pflichten hinsichtlich Reparatur und Instandsetzung wahrnehmen würde. Laut Mietvertrag ist der Vermieter verpflichtet …“

„He, Süße“, Zack hob abwehrend die Hand, „mir brauchst du nichts zu erzählen. Als du mit ihm fertig warst, wollten die Leute oben in der Besuchergalerie den Vermieter lynchen.“ Kein Muskel regte sich in seinem Gesicht, aber seine Augen funkelten belustigt.

Sie lächelte durchtrieben. „Ich liebe Gerechtigkeit.“

Er streckte die Hand aus und streichelte flüchtig über ihren Hals. „Vielleicht hast du Lust, deinen Sieg für die Unterprivilegierten dieser Welt zu feiern. Wollen wir spazieren gehen?“

Fehler. Das Wort blinkte in Neonfarben in ihrem Kopf auf. Aber der Blumenstrauß roch so gut, und der Abend war wunderbar lau. „Keine schlechte Idee, solange wir in Richtung zu meinem Apartment bleiben. Ich sollte die Blumen in eine Vase stellen.“

„Ich trage das für dich.“ Er nahm ihr die Aktentasche ab und fasste sie am Arm. „Was trägst du da mit dir herum? Ziegelsteine?“

„Die Juristerei ist ein schweres Geschäft, Muldoon. Übrigens, wie kommst du mit Nick zurecht?“

„Besser. Glaube ich zumindest. Er sträubt sich noch gegen die Idee, von Rio das Kochen zu lernen, ansonsten macht er sich sehr nützlich. Er möchte immer noch nicht mit mir reden, ich meine, sich so richtig aussprechen. Aber was will ich nach einer Woche schon verlangen? Er braucht Zeit.“

„Und es bleiben noch sieben Wochen übrig."

„Ja." Er griff in die Jackentasche, nahm etwas Kleingeld heraus und warf es in den Hut eines Bettlers. „Ich nehme an, wenn sie es bei der Marine geschafft haben, im gleichen Zeitraum aus mir einen richtigen Seemann zu machen, so habe ich vielleicht ganz gute Karten."

„Vermisst du die Seefahrt manchmal?"

„Nicht sehr. Aber manchmal wache ich nachts auf und denke, ich bin an Bord eines Schiffes." Und dann waren da noch diese Albträume, aber das war etwas, das ein Mann einer Frau nicht unbedingt mitteilen musste. „Sobald sich die Situation gebessert hat, werde ich mir ein Boot kaufen und damit für ein paar Monate herumsegeln. Vielleicht mit einer Fünfzehn-Meter-Yacht." Zackary konnte sich Rachel gut an Bord eines Segelschiffes vorstellen. „Warst du schon einmal auf See?"

„Nur wenn du die Überfahrt mit der Fähre nach Liberty Island dazu rechnest."

„Es würde dir gefallen." Er strich leicht mit den Fingern über ihren Arm. „Man könnte es auch als Ventil ansehen."

Rachel hielt es für besser, keinen Kommentar dazu abzugeben.

Sie hatten das Gebäude, in dem Rachel wohnte, erreicht. Sie blieb stehen und nahm die Aktentasche an sich. „Vielen Dank für die Blumen und deine Begleitung. Ich werde wahrscheinlich morgen nach der Arbeit in der Bar vorbeikommen, um nach Nick zu sehen."

Zackary fasste ihre Hand. „Rachel, ich habe heute Abend frei. Und ich würde diesen Abend gerne mit dir verbringen."

„Wie bitte?" Sie sah ihn völlig verdutzt an.

„Ich würde gern einen Abend mit dir verbringen." Er spielte gedankenverloren mit einer Strähne ihres Haars. „Ein gutes Essen, Musik. Ich kenne einen Ort, an dem wir beides haben könnten. Wenn dich der Gedanke an ein Rendezvous nicht zu nervös macht …"

„Ich bin nicht nervös." Ein bisschen doch, dachte sie bei sich.

„Lass es uns betrachten wie zwei Menschen, die gemeinsame Interessen haben und ein paar Stunden miteinander verbringen wollen. Es kann überhaupt nicht schaden, wenn wir uns etwas besser kennenlernen." Zackary zog seine Trumpfkarte. „Alles zu Nicks Wohl, an dem uns beiden doch liegt."

Rachel betrachtete ihn eine Zeit lang. „Du willst mit mir zum Wohl von Nick den Abend verbringen?"

Zackary gab auf und grinste schelmisch. „Verdammt, nein. Um ehrlich zu sein, entspringt mein Wunsch ganz eigennützigen Zielen."

„Das dachte ich mir bereits. Aber vielleicht könnten wir eine Abmachung treffen. Ich mache mich jetzt ein wenig zurecht, und du versprichst, dass du nicht anmaßend wirst."

„Du bist eine ganz schön harte Nuss."

„Endlich hast du mich verstanden."

„Also abgemacht."

„Schön. Komm in zwanzig Minuten zurück. Dann bin ich so weit, dass wir gehen können."

Eigentlich wirkte der Ort, an den Zackary sie geführt hatte, eher wie ein Klub und nicht wie eine Bar. Eine Drei-Mann-Band spielte auf einer kleinen Bühne einen Blues, während sich eine Handvoll Gäste auf der winzigen Tanzfläche, die von Tischen umgeben war, tummelte. Die Art, wie Zackary von dem Ober begrüßt wurde, ließ darauf schließen, dass er hier kein Fremder war.

Augenblicklich hatten sie einen Tisch in einer dunklen Ecke, und kurz darauf bekamen sie ein Glas Wein und ein Bier serviert.

„Ich komme wegen der Musik hierher", erklärte Zackary. „Aber das Essen ist auch sehr gut. Das ist allerdings etwas, das ich gegenüber Rio nie erwähnen dürfte."

Rachel warf ein Auge auf die Speisekarte. „Was schlägst du vor?"

„Versuch einmal die gegrillten Hühnerschenkel. Da kannst du mir vertrauen."

Sie stellte fest, dass sie ihm zumindest in dieser Beziehung tatsächlich trauen konnte. Sie genoss jeden Bissen, ließ sich von der Musik anregen und begann sich langsam zu entspannen. „Du sagtest mir, dass es in eurer Familie Tradition war, zur Marine zu gehen. Bist du deshalb zur See gefahren?"

„Ich wollte einfach weg und etwas von der Welt sehen. Eigentlich sollten es nur vier Jahre werden, aber dann habe ich verlängert."

„Warum?"

„Ich war Teil einer Mannschaft, und ich liebte das Leben an Bord. Du stehst an der Reling und siehst um dich herum nur Wasser. Du lernst alle Gegenden dieser Welt kennen."

„In zehn Jahren hast du vermutlich viel von der Welt gesehen und kennengelernt."

„Das Mittelmeer, den Südpazifik, den Indischen Ozean, den Persischen Golf. Ich habe mir im Nordatlantik die Finger abgefroren und Haie in der Karibik gefüttert."

Rachel stützte die Ellbogen auf den Tisch. „Ist dir aufgefallen, dass du bisher kein Land erwähnt hast? Sieht das Meer vom Deck eines Schiffes nicht überall gleich aus?"

„Nein." Er glaubte nicht, dass es ihm gelingen könnte, Rachel in Worten zu beschreiben, wie unterschiedlich die Weltmeere waren, das Gefühl, die Delfine und Wale bei ihren Streifzügen zu beobachten. „Die Meere haben ihre eigenen Charakteristiken, genau wie Landmassen."

„Dir fehlt das Meer, nicht wahr?"

„Es ist ein Teil von mir geworden. Was ist mit dir? Ist die Juristerei eine Familientradition der Stanislaskis?"

„Nein. Mein Vater ist Zimmermann, genau wie mein Großvater."

„Wie bist du dann zur Rechtswissenschaft gekommen?"

„Weil ich in einer Familie aufgewachsen bin, die Unterdrückung kennen gelernt hat. Sie sind aus der Ukraine geflohen, mit der Habe, die sie auf ein Fuhrwerk laden konnten. Im Winter durchquerten sie das Gebirge, um nach Österreich zu kommen. Ich bin die Erste in unserer Familie, die hier zur Welt kam."

„Das klingt fast so, als würdest du es bereuen."

„Ich fühle mich beiden Seiten verbunden. Meine Familie hat nie vergessen, wie es war, endlich in Freiheit leben zu können. Freiheit und Gerechtigkeit gehören zusammen."

„Manche Leute könnten sagen, du hättest die Chance, der Gerechtigkeit in einer bequemen Kanzlei zu dienen."

„Manche Leute könnten das sagen, ja."

„Du hattest die Chance. Ich habe mich über dich erkundigt. Du hast das New Yorker College als Jahrgangsbeste abgeschlossen, mehrere Angebote von Top-Firmen abgelehnt, um für ein Taschengeld als Pflichtverteidigerin zu arbeiten. Ich könnte auf die Idee kommen, dich entweder für verrückt zu halten oder für eine Frau, die sich berufen fühlt."

Rachel schluckte ein wenig und nickte. „Und du hast die Marine verlassen, dekoriert mit Orden, darunter die Tapferkeitsmedaille. Deine Akte enthält aber auch Einträge wegen Ungehorsams sowie eine Belobigung eines Admirals für deinen mutigen Einsatz während einer Rettungsaktion bei stürmischer See." Rachel genoss es, dass er sie verblüfft ansah. Sie hob das Glas und toastete ihm zu. „Ich habe ebenfalls Erkundigungen eingeholt."

„Wir sprachen gerade von dir", entgegnete Zackary.

„Nein, du hast von mir gesprochen." Rachel lächelte. „Also, Muldoon, warum hast du eine Ausbildung zum Offizier ausgeschlagen?"

„Ich hatte keine Lust, Offizier zu werden." Er fasste ihre Hand. „Komm, lass uns tanzen."

„Du bist viel zu bescheiden." Sie lachte leise, als er doch tatsächlich ein wenig rot wurde, und ließ sich auf die Tanzfläche führen.

„Kein Wort mehr darüber."

„Es muss verdammt schwer sein, ein Held zu sein", fuhr Rachel unbeirrt fort.

„Hör zu. Du vergisst jetzt die Sache mit den Medaillen und der Admiralität, und ich werde mit keinem Wort erwähnen, dass du als Jahrgangsbeste die Abschlussrede halten durftest. Und jetzt hör auf, darüber nachzudenken."

Es hätte gar nicht seiner Aufforderung bedurft, denn in dem Augenblick, als Zackary sie fest in seine Arme schloss, schien sich ihr Verstand von selbst abzuschalten. Rachel überließ sich ganz dem Klang der Musik, den verführerischen Tönen des Saxofons, den gleichförmigen Rhythmen der Bassgitarre und der Melodie des Pianospiels.

Sie tanzten nicht wirklich. Sie wiegten sich eng umschlungen zu den Klängen der Musik, und niemand auf der winzigen Tanzfläche wäre auf die Idee gekommen, dies Tanzen zu nennen.

Rachel hatte gar nicht die Absicht gehabt, ihre Arme so fest um seinen Nacken zu legen, aber in diesem Gedränge blieb kein Raum, sich etwas Bewegungsfreiheit zu verschaffen.

„Du passt sehr gut zu mir." Zackary legte den Mund an ihr Ohr.

„Das liegt daran, dass ich auf den Zehenspitzen stehe."

„Ich meinte nicht wegen deiner Größe." Er rieb seine Wange an ihrem Haar. „Es ist schön, dich zu spüren. Du riechst verführerisch, du fühlst dich gut an, du schmeckst genau richtig …"

Rachel drehte den Kopf zur Seite, bevor Zackary sie küssen

konnte. „Mich in aller Öffentlichkeit zu verführen könnte strafrechtliche Folgen für dich haben."

„Nein, ich kenne eine gute Anwältin." Er strich sanft mit den Händen über ihren Rücken.

„Sie werden uns beide einsperren."

„Ich werde die Kaution stellen." Er bemerkte, dass Rachel unter ihrem Sweater nichts anhatte. „Ich möchte mit dir allein sein." Er unterdrückte ein Stöhnen und küsste ihren Hals. „Weißt du, was ich jetzt täte, wenn ich mit dir allein wäre?"

Rachel schüttelte den Kopf. „Wir sollten uns lieber wieder setzen. Und wir sollten uns nicht so verhalten."

„Ich möchte dich streicheln, dich spüren."

„Zwei Schritte zurück", ermahnte sie ihn und holte tief Luft. Sie wusste, dass sie etwas tun musste, um sie beide zu bremsen, bevor sie die Kontrolle über die Situation verlor. „Du willst zu viel auf einmal und zu schnell, Muldoon." Sie sah ihm in die Augen und atmete heftig vor Aufregung. „Ich bin kein so spontaner Mensch."

„Du brauchst also Zeit? Gut, ich gebe dir eine Stunde, auch zwei, falls du mein Leiden verlängern möchtest."

Sie schüttelte den Kopf und ging zurück zum Tisch. „Ich möchte es einmal so ausdrücken: Wenn ich so weit bin, werde ich es dir mitteilen. Falls ich diese Möglichkeit weiter in Erwägung ziehen sollte."

„Sie möchte, dass ich leide." Zackary stöhnte leise. „Dann lass uns jetzt gehen."

„Es ist noch früh am Abend", erinnerte sie ihn. Und sie sehnte sich danach, nach draußen zu kommen, um etwas frische Luft zu schnappen.

„Wir haben eine Abmachung getroffen." Er nahm seine Brieftasche und legte ein paar Dollarnoten auf den Tisch. „Lass uns doch zu Fuß zurückgehen. Ein wenig Bewegung hilft uns vielleicht, dass wir beide heute Nacht schlafen können."

Ein wenig Bewegung? Rachel dachte daran, was für einen gewaltigen Fußmarsch sie vor sich hatten.

„Kalt?", fragte Zackary kurz darauf.

„Nein, es ist ganz angenehm." Dennoch legte Zackary den Arm um Rachels Schultern. „Ich komme aber nur selten dazu, einfach nur spazieren zu gehen. Meistens hetze ich zwischen zu Hause, Büro und Gericht hin und her."

„Und was machst du, wenn du nicht umherhetzt?"

„Ich gehe ins Kino, mache Schaufensterbummel oder besuche meine Familie. Ich habe schon daran gedacht, Nick an einem der Sonntage mitzunehmen. Er kann Mamas gute Hausmannskost genießen, kann sich Papas Geschichten anhören und zusehen, wie meine Brüder mich ärgern."

„Nur Nick?"

Sie warf ihm einen Seitenblick zu. „Wahrscheinlich ließe sich diese Einladung auch auf Nicks Bruder ausdehnen."

„Es ist ewig her, dass einer von uns an einem Familienessen teilgenommen hat. Was ist mit dem Cop? Ich kann mir nicht vorstellen, dass er vor Begeisterung überschäumen würde."

„Überlass Alex ruhig mir." Jetzt, da sie es vorgeschlagen hatte, überschlug sich alles in ihrem Kopf. „Weißt du, Natasha und ihre Familie sollen in zwei Wochen kommen. Es wird fürchterlich voll und genauso laut werden. Ja, das wird die perfekte Gelegenheit sein, um Nick mit einer ungewöhnlichen Familiensituation bekannt zu machen. Ich werde sehen, was ich tun kann."

„Ich kann dir gar nicht sagen, wie dankbar ich dir dafür bin, was du für ihn tust."

„Das Gericht ..."

„Hat damit überhaupt nichts zu tun, Rachel, und das weißt du." Sie waren bei ihrem Apartmenthaus angekommen, und Zack blieb stehen und drehte sich zu ihr hin. „Es geht dir längst nicht mehr darum, wöchentliche Berichte bei Gericht abzuliefern oder einen Mandanten zu vertreten. Du hast dich von Anfang an persönlich für Nick eingesetzt."

„Okay, ich geb's zu, ich habe eben eine Schwäche für harte Jungs. Sag's aber nicht weiter."

„Was du hast, ist Klasse und ein gutes Herz." Ihm gefiel es, wie sie in dem schwachen Licht, das dunkle Schatten warf, aussah. Sie strahlte Energie und Lebensfreude aus, und er konnte auch die Verlegenheit in ihrem Blick sehen. „Eine solche Kombination ist selten."

Sie schüttelte seine Hände von ihren Schultern. „Bring mich nicht dazu, dass ich rot werde, Muldoon. Wenn alles so läuft, wie wir uns das vorstellen, kannst du mir am Ende der zwei Monate noch einen Blumenstrauß schenken, und dann sind wir quitt." Sie wich einen Schritt zurück, aber Zackary hielt sie fest.

„Ich nehme an, dass du mich nicht in die Wohnung bitten wirst?"

„Richtig", entgegnete sie bestimmt. Sie erinnerte sich nur zu genau, wie heftig ihr Körper auf der engen Tanzfläche reagiert hatte.

„Aber ich werde dich nicht gehen lassen, ohne dich geküsst zu haben, Rachel." Er berührte mit den Lippen flüchtig ihr Kinn. „Unsere Lippen werden sich ganz einfach berühren, und dann lassen wir uns überraschen, was geschieht."

Diesmal wusste Rachel, was sie zu erwarten hatte. Dieselbe Leidenschaft und ein unbändiges Verlangen. Jetzt war sie besorgt, dass sie nicht genug bekommen konnte. Wie hatte sie bis heute leben können, ohne zu wissen, was wirkliches Verlangen war?

„Ich werde mich nicht darauf einlassen", flüsterte sie und berührte sanft seine Lippen. „Nicht so. Nicht mit dir. Mit niemandem."

„Na fein." Er stöhnte leise, als sie ungeduldig an seiner Unterlippe knabberte. Bilder schossen ihm durch den Kopf. In seiner Fantasie trug er sie hinauf in die Wohnung, legte sie auf das Bett und liebte sie.

„He, Kumpel."

Zackary nahm die Stimme hinter ihm zunächst kaum wahr. Er hätte sie auch ignorieren können, aber er spürte ganz deutlich die Spitze eines Messers in seinem Rücken. Er blieb schützend vor Rachel stehen, drehte sich langsam um und sah in das blasse Gesicht des Angreifers.

„Wie wär's, wenn ich dir die Kleine überlasse und du mir dafür deine Brieftasche rausrückst? Und ihre auch." Er hielt das Messer hoch. „Und zwar schnell, wenn ich bitten darf."

Zackary fasste in seine Hosentasche. Er hörte, wie Rachel ihre Handtasche öffnete. In dem Augenblick, als der Gangster einen Blick auf Rachel warf, stürmte Zackary vor.

Rachel unterdrückte einen Schrei. Sie beobachtete, wie Zackary mit dem Gangster kämpfte. Sie sah das Messer aufblitzen, hörte den Faustschlag und das metallene Geräusch, als die Waffe auf dem Gehweg aufschlug. Dann war der Gangster so schnell in der Dunkelheit verschwunden, wie er aufgetaucht war, und sie war wieder mit Zackary allein.

Er drehte sich ruhig zu ihr um. Er atmete heftig und sah sie aus wild entschlossenen Augen an. „Wo waren wir stehen geblieben?"

„Du bist verrückt!" Rachel hatte Mühe zu sprechen. Etwas benommen hielt sie immer noch die Spraydose in der Hand. „Hast du nichts Verrückteres im Kopf, als einfach ins Messer zu laufen? Er hätte dich töten können."

„Ich hatte keine Lust, meine Brieftasche loszuwerden." Er warf einen Blick auf die Dose in ihrer Hand. „Was ist das denn?"

„Tränengas." Rachel merkte erst jetzt, dass sie nicht einmal den Sicherheitsverschluss entfernt hatte, und steckte die Dose missmutig zurück in ihre Handtasche. „Ich hätte ihm eine Ladung ins Gesicht gesprüht, wenn du dich nicht eingemischt hättest."

„Beim nächsten Mal werde ich beiseite treten und dir die Sache überlassen." Er sah verdutzt auf sein blutiges Handgelenk und fluchte. „Ich glaube, der Bursche hat mich verletzt."

Rachel wurde kreidebleich. „Du blutest."

„Ich dachte, es wäre sein Blut." Zackary steckte verärgert einen Finger in den Riss in seinem Pullover. „Den habe ich mir bei meinem letzten Aufenthalt auf Korfu gekauft. So ein Mist." Er warf einen Blick in die Richtung, in die der Gangster verschwunden war. Hatte es einen Sinn, ihn zu verfolgen?

„Zeig her." Mit zitternden Händen schob sie den Ärmel hoch, um sich den Schnitt anzusehen. „Dummkopf!" Sie suchte nervös in der Handtasche nach ihrem Hausschlüssel. „Du solltest mit nach oben kommen, damit ich die Wunde verbinden kann. Es ist kaum zu glauben, dass du imstande bist, etwas so Dummes zu tun!"

„Es ging um das Prinzip", entgegnete er gereizt, wurde aber sofort von einem Schwall ukrainischer Flüche unterbrochen.

„Sprich bitte in meiner Gegenwart nicht Russisch", protestierte er.

„Das ist kein Russisch!" Sie fasste seinen unverletzten Arm und zog ihn ins Haus. „Du musstest ja unbedingt den starken Mann markieren!"

„Es tut mir leid." Zackary versuchte sich ein Grinsen zu verkneifen, während sie zum Fahrstuhl gingen. Er bemühte sich, einen niedergeschlagenen Eindruck zu machen. „Ich weiß überhaupt nicht, was in mich gefahren ist."

„Ein Überschuss an männlichen Hormonen." Sie führte ihn in

ihr Apartment. „Setz dich", erklärte sie energisch und ging ins Badezimmer.

Er nahm gehorsam Platz und legte die Füße auf den kleinen Tisch vor dem Sofa. „Ich könnte jetzt glatt einen Brandy vertragen", rief er hinter Rachel her. „Als vorbeugendes Mittel gegen den Schock."

Sie kam eilig mit Verbandszeug und einer Schüssel Wasser zurück. „Fühlst du dich nicht wohl?" Sie legte die Hand auf seine Stirn. „Ist dir schwindlig?"

„Mal sehen." Er nutzte die willkommene Gelegenheit, nahm Rachels Kopf zwischen beide Hände, zog sie an sich und küsste sie auf den Mund. „Ja", bestätigte er seufzend und ließ sie widerstrebend wieder los. „Man könnte sagen, ich fühle mich tatsächlich ein wenig … beschwingt."

„Hohlkopf!" Sie stieß seine Hand beiseite und setzte sich neben ihn, um die Wunde zu verbinden. „Das hätte übel ausgehen können."

„Das war schon übel genug. Ich mag es nicht sonderlich, wenn mir jemand ein Messer an den Rücken hält, während ich eine Frau küsse. Liebling, wenn du nicht aufhörst zu zittern, werde ich dir Brandy bringen müssen."

„Ich zittere gar nicht … und wenn, dann nur deshalb, weil mich die Sache ziemlich mitgenommen hat." Sie strich sich die Haare aus der Stirn und sah Zackary an. „Mach so etwas nie wieder."

„Aye, aye, Sir."

Rachel trug ein Desinfektionsmittel auf die Wunde auf. Als er zusammenzuckte und leise fluchte, lächelte sie befriedigt. „Sei nicht so zimperlich. Und jetzt halt still, damit ich dich verbinden kann."

Es war angenehm, ihre Finger auf der Haut zu spüren. Zackary schien es ganz natürlich, sich vorzubeugen und an ihrem Ohrläppchen zu knabbern.

„Lass das. Nicht hier und nicht jetzt." Sie zog den Ärmel über den fertigen Verband.

„Aber ich sehne mich nach dir, Rachel." Er fasste ihre Hand. „Ich möchte jetzt mit dir schlafen."

„Ich weiß. Aber ich weiß auch sehr genau, was ich will und was nicht."

„Aber vorhin auf der Treppe war doch alles ganz klar."

„Für dich vielleicht." Rachel holte tief Luft und stand auf. „Ich sagte doch bereits, dass ich kein spontaner Mensch bin. Und vor allem schlafe ich nicht mit einem Mann, nur weil mir im Moment danach ist. Wenn ich mich auf dich einlasse, weil ich etwas für dich empfinde, so mache ich das bei klarem Verstand."

„Ich bezweifle, dass ich in deiner Gegenwart noch einen klaren Verstand bewahren kann." Er stand auf. „Ich weiß, welchen Ruf wir Seeleute genießen. Aber das hat mit der Wirklichkeit nichts zu tun, zumindest nicht mit meiner. Und das, was ich mit Frauen erlebt habe, hatte für mich bisher keine Bedeutung." Zackary war erstaunt über seine eigenen Worte. Er konnte sich nicht dagegen wehren, ihr seine Gefühle mitzuteilen. Es war wie ein innerer Zwang. „Verdammt, bisher hat mir niemand so viel bedeutet wie du."

„Ich muss Prioritäten setzen ...", begann sie. „Und ich weiß nicht, ob ich derartige Komplikationen zurzeit gebrauchen kann. Wir müssen vor allem an Nick denken. Und es wäre besser, was uns betrifft, sehr langsam und behutsam vorzugehen."

„Langsam und behutsam? Das kann ich dir nicht versprechen. Bei der erstbesten Gelegenheit werde ich versuchen, deine Prioritäten zu erschüttern."

„Die Warnung ist bei mir angekommen, Muldoon. Aber ich bin nicht so leicht zu erschüttern."

„Gut." Er lächelte und ging zur Tür. „Ein leichter Sieg wäre auch sehr unbefriedigend. Vielen Dank für die erste Hilfe, Frau Anwältin. Und schließ die Tür ab." Er verließ die Wohnung und entschied sich, nach Hause zu gehen.

Wenn das so weiterging, hatte er noch so manche schlaflose Nacht vor sich.

5. KAPITEL

Nein, sie ging ihm nicht aus dem Weg. Sie war einfach nur zu beschäftigt. Ihr blieb keine Zeit, um Abend für Abend in Zackarys Bar vorbeizuschauen und sich mit den Gästen zu unterhalten. Ihre Pflichten vernachlässigte sie aber nicht. Sie war ein- oder zweimal in die Küche geschlüpft, um mit Nick zu reden. Wenn sie dabei Zackary nicht begegnet war, dann war das auf puren Zufall zurückzuführen.

Und auf ihren Überlebensinstinkt.

Wenn sie ihren Anrufbeantworter eingeschaltet ließ, um die Anrufer vorher zu überprüfen, dann nur aus dem Grund, weil sie nicht unnötig gestört werden wollte.

Außerdem hatte er sowieso nicht angerufen. Der Idiot.

Immerhin machte sie mit Nick Fortschritte. Er hatte sie angerufen. Einmal im Büro und ein andermal zu Hause. Seinen Vorschlag, sich gemeinsam einen Film anzusehen, hielt sie für ein ermutigendes Zeichen. Wenn er einen Abend mit ihr verbrachte, so konnte er sich nicht mit den Cobras treffen und würde sich an die gerichtlichen Auflagen halten.

Nach neunzig Minuten Verfolgungsjagden und Schießereien eines Krimis, den er sich ausgesucht hatte, saßen sie jetzt in einer hell erleuchteten Pizzeria.

„Also, Nick, jetzt sind zwei Wochen vergangen. Erzähl mir, wie du dich zurzeit fühlst." Auf sein gleichgültiges Schulterzucken hin drückte sie seinen Arm. „Komm schon, erzähl's mir ruhig."

„Es könnte schlimmer sein." Er zündete sich eine Zigarette an. „Ich habe immer ein bisschen Kleingeld in der Tasche, und Rio ist kein übler Bursche. Er spioniert nicht ständig hinter mir her."

„Und Zackary?"

Nick blies den Rauch in die Luft und betrachtete Rachel durch den Qualm. Im blauen Dunst wirkte sie noch geheimnisvoller und exotischer. „Vielleicht ist er ein bisschen ruhiger geworden, aber nicht viel. So wie heute, zum Beispiel. Ich habe heute meinen freien Abend, und was macht er? Er will wissen, wo ich hingehe, mit wem ich ausgehe, wann ich zurückkomme, und so einen Mist. Ich werde bald zwanzig. Ich brauche keinen Aufpasser."

„Er macht sich Sorgen um dich. Das ist mehr, als nur aufgrund eines Gerichtsbeschlusses die Verantwortung für dich zu übernehmen. Er ist ein etwas rauer Bursche, aber seine Absichten sind wirklich gut. Was hast du ihm wegen heute Abend gesagt?"

„Ich habe gesagt, ich hätte ein Rendezvous und er solle sich da raushalten." Nick grinste gewitzt, als er sah, wie freudig Rachel ihn anlächelte. „Ich führe mein Leben und er seins. Verstehen Sie, was ich damit sagen will?"

„Ja." Rachel atmete erleichtert auf, als die Pizza serviert wurde. „Und was willst du mit deinem Leben anfangen, Nick?"

„Ich nehme alles so, wie es kommt."

„Keine Ziele? Keine Träume?" Sie nahm einen Bissen, ohne den Blick von Nick zu lassen.

Etwas flackerte in seinen Augen auf, bevor er den Blick wieder senkte. „Ich habe jedenfalls keine Lust, meinen Lebensunterhalt damit zu verdienen, andere Leute zu bedienen. Das überlasse ich gerne Zackary." Er drückte die Zigarette aus und begann seine Pizza zu essen. „Und zur Marine gehe ich auch nicht. Neulich hat er mir das vorgeschlagen, aber ich habe ihn abgeschmettert."

„Nun, du scheinst dir zumindest darüber im Klaren zu sein, was du nicht willst. Damit bist du schon einen Schritt weiter."

Nick fasste Rachels Hand und spielte mit dem kleinen Silberring an ihrem Ringfinger. „Wollten Sie immer schon Anwältin werden?"

„Eigentlich ja. Mit fünf wollte ich Ballerina werden, wie meine Schwester. Nach drei Übungsstunden habe ich festgestellt, dass es da wesentlich mehr gibt als nur Tutus und Spitzenschuhe. Dann wollte ich Schreiner werden, wie die Männer in meiner Familie. Also habe ich mir zu meinem achten Geburtstag einen Werkzeugkasten gewünscht. Ich habe sogar ein ziemlich stabiles Bücherregal gebaut, bevor ich mich zur Ruhe setzte." Sie lächelte, und sein Herzschlag beschleunigte sich rasant. „Es hat einige Zeit gedauert, um herauszufinden, dass ich meinen eigenen Weg gehen muss." Sie sagte es so lässig, und dabei hoffte sie so stark, dass er dieses Konzept verstehen würde.

„Und dann haben Sie Jura studiert."

„Ja." Sie sah ihn eindringlich an. „Kannst du ein Geheimnis für dich bewahren?"

„Klar."

„Perry Mason." Sie lachte und nahm sich noch ein Stück Pizza. „Diese alten Filme haben mich fasziniert. Du weißt doch, da gibt es immer einen Mörder, und Perry übernimmt den Fall immer in dem Augenblick, in dem die Lage seines Mandanten aussichtslos erscheint. Für die Polizei ist die Sache sonnenklar, aber Perry Mason schafft es mit Hilfe seiner beiden Mitarbeiter doch noch, Beweise für die Unschuld seiner Mandanten aufzubringen."

„Ja, und dann bringt er den echten Mörder in den Zeugenstand und bearbeitet ihn so lange, bis er ein Geständnis ablegt. Und am Ende erklärt er, wie er das alles geschafft hat. Und Sie wollten also wie Perry Mason werden."

„Auf jeden Fall!" Sie biss herzhaft in ihre Pizza. „Bis mir klar geworden war, dass alles längst nicht nur schwarz und weiß und erst recht nicht so einfach ist, war ich dem Ganzen schon so verfallen, dass ich nicht mehr loskam."

„Ray Charles", murmelte Nick, mehr zu sich selbst.

„Wie bitte?"

„Ich musste nur eben daran denken, dass ich immer Ray Charles gehört habe. Seine Musik hat mich zum Klavierspiel geführt."

Rachel stützte das Kinn auf die Hand und sah Nick interessiert an. Vielleicht war das ja eine Tür, die sich womöglich weiter öffnen ließ. „Du spielst Klavier?"

„Nicht richtig. Aber das wäre eine tolle Sache gewesen. Manchmal habe ich in Musikgeschäften herumgeklimpert, bis sie mich rausgeworfen haben." Die Verlegenheit brachte ihn dazu, das Thema verächtlich abzutun. „Jetzt bin ich darüber hinweg."

Aber wenn Rachel sich erst einmal etwas in den Sinn gesetzt hatte, ließ sie sich nicht so leicht abschütteln. „Ich hätte es auch gerne gelernt. Tash hat meiner Mutter vor ein paar Monaten ein Klavier geschenkt – nachdem wir herausgefunden hatten, dass sie eigentlich schon immer Klavierspielen lernen wollte. Die ganzen Jahre, als wir noch alle zu Hause waren, hat sie nie davon gesprochen. Nie ein Sterbenswörtchen davon erwähnt, all die Jahre ..." Ihre Stimme wurde leiser, dann schüttelte sie die Nachdenklichkeit ab und erinnerte sich daran, weshalb sie hier saß, mit Nick. „Meine Schwester hat einen Musiker geheiratet. Spence Kimball."

„Kimball?" Nick sah sie aus großen Augen an. „Den Komponisten?"

„Du kennst seine Musik?"

„Ja. Ein bisschen", fügte er hinzu, um nicht zugeben zu müssen, dass ihn außer Heavy Metal auch noch andere Musik interessierte.

Rachel war über Nicks Begeisterung für Musik sehr glücklich, aber sie fuhr genauso lässig wie er fort: „Bei einem Besuch bei Tash und ihrer Familie haben wir Mama am Klavier erwischt. Sie war fürchterlich verlegen und meinte immer wieder, sie wäre dafür schon zu alt und es sei doch albern. Aber dann setzte sich Spence zu ihr ans Klavier und brachte ihr ein paar Akkorde bei. Man konnte ihr ansehen, wie viel Spaß sie hatte und wie gerne sie es lernen wollte. Also haben wir uns für den Muttertag diesen Plan ausgedacht, wie wir sie für ein paar Stunden aus dem Haus lotsen konnten, und als sie zurückkam, stand das Klavier im Wohnzimmer. Seither ist sie nicht mehr zu bremsen. Sie nimmt zweimal die Woche Unterricht und übt jeden Tag. Demnächst hat sie sogar ihren ersten öffentlichen Auftritt."

„Das ist cool", murmelte Nick, auf seltsame Weise angerührt.

„Ja, das ist wirklich cool." Sie lächelte ihm zu. „Du siehst, für einen Versuch ist es nie zu spät." Sie streckte ihm als Zeichen ihrer Freundschaft und Zustimmung die Hand hin. „Und jetzt lass uns gehen, ja?"

„Ja." Er hielt ihre Hand fest umschlossen.

Nicholas LeBeck flog in den Wolken. Er war glücklich, ihr zuhören zu dürfen, sich von ihrem Lachen anstecken zu lassen. Alle Erinnerungen an die Mädchen, die er bisher kennengelernt hatte, verblassten neben der Frau, die jetzt an seiner Seite ging.

Sie hörte ihm zu, wenn er etwas erzählte. Sie war tatsächlich interessiert an dem, was er sagte. Und wenn sie ihn anschaute und anlächelte, fühlte er, wie sein Magen Achterbahn fuhr.

Er hätte noch stundenlang mit ihr spazieren gehen können.

„Da wären wir."

Nick hielt fast an der gleichen Stelle, an der sein Bruder vor ein paar Abenden gestanden hatte. Aufgeregt fragte er sich, ob sie ihn wohl in die Wohnung bitten würde. Sie würden erst einen Kaffee trinken, und dann würde sie die Schuhe von den Füßen streifen und diese endlos langen Beine auf den Sessel ziehen, auf dem sie saß.

Er würde sehr behutsam mit ihr umgehen, zärtlich. Nachdem seine Nerven sich wieder beruhigt haben würden.

„Ich freue mich, dass wir etwas zusammen unternommen haben. Wenn du wieder jemanden brauchst, dann ruf mich ruhig an. Richterin Beckett wird über meinen morgigen Bericht sicher sehr erfreut sein."

„Und Sie?" Er hob die Hand, um über ihr Haar zu streichen. „Sind Sie auch froh darüber, wie die Dinge sich entwickeln?"

„Sicher." Sie stutzte alarmiert, aber dann schalt sie sich selbst albern. „Ich denke, du hast einen Schritt in die richtige Richtung getan."

„So sehe ich das auch."

Die kleine Alarmglocke hörte nicht auf zu schrillen, also machte Rachel einen Schritt zurück. „So, Nick, und jetzt muss ich gehen. Ich habe morgen früh einen Termin."

„Gut, ich rufe Sie an."

Sie blinzelte verwundert, als er die Hand um ihren Nacken legte. „Äh, Nick …"

Er schloss mit den Lippen ihren Mund, warm und fest. Rachel riss schockiert die Augen auf und drückte mit einer Hand gegen seine Schulter. Der Griff an ihrem Hals wurde fester, bevor sie es schaffte, sich von ihm frei zu machen.

Sie wich zurück. „Nein, Nick."

„Ist schon okay." Er lächelte und steckte ihr eine Haarsträhne hinters Ohr. Eine Geste, die sie sehr an seinen Bruder erinnerte. „Also, bis dann. Wir sehen uns bald, Rachel."

„Ach du lieber Himmel!" Rachel sah ihm fassungslos nach. Dann schloss sie die Haustür auf und lief eilig zum Fahrstuhl, während ihre Gedanken sich überschlugen. Was sollte sie jetzt tun? Wie hatte sie nur so dumm sein können? Sie hatte versucht, seine Freundschaft zu gewinnen, während er ganz anders über ihre Beziehung dachte.

Ohne die Jacke auszuziehen, ging sie in ihrem Apartment unruhig hin und her.

Es muss einfach einen vernünftigen, diplomatischen Weg geben, um mit dieser Situation fertig zu werden, sagte sie sich. Schließlich war er erst neunzehn, er hatte sich in sie verknallt, mehr nicht, und sie machte zu viel aus der ganzen Sache.

Dann fielen ihr wieder diese schlanken, starken Finger an ihrem Nacken ein, der feste Druck dieser warmen Lippen auf ihrem Mund, die Art, wie er sie zu sich herangezogen hatte.

Nein, hier ging es nicht um das erste Aufflammen einer Teenagerliebe, das waren das Verlangen und die Leidenschaft eines erwachsenen Mannes gewesen.

Sie ließ sich gegen die Couchlehne sinken und fuhr sich nervös durchs Haar. Du hättest es ahnen können, warf sie sich vor. Du hättest ihn aufhalten müssen, bevor es zu spät war.

Nach zwanzig Minuten gab sie sich einen Ruck und nahm den Telefonhörer ab. Wenn sie schon so tief im Schlamassel steckte, so wollte sie nicht allein untergehen.

„Lower the Boom."

„Ich möchte gerne Muldoon sprechen. Hier ist Rachel Stanislaski."

„Alles klar. He, Zackary, Telefon für dich. Es ist die Kleine."

Kleine? Rachel traute ihren Ohren nicht. „Kleine?", wiederholte sie laut, als Zackary sich am Telefon meldete.

„He, Süße, für die Bemerkungen meiner Angestellten bin ich nicht verantwortlich." Er nahm einen Schluck Mineralwasser. „Dir ist also endlich klar geworden, dass du es ohne mich nicht aushältst, was? Warum hat das so lange gedauert?"

„Spar dir deine Bemerkungen, Muldoon. Wir müssen miteinander reden. Heute Abend noch."

Das Grinsen verschwand von seinem Gesicht, und er griff den Hörer fester. „Ist etwas passiert?"

„Allerdings."

„Nick ist vor wenigen Minuten hier eingetroffen. Er ist freudestrahlend in seinem Zimmer verschwunden."

„Er ist zu Hause?" Rachel überlegte einen Augenblick. „Dann sorge dafür, dass er dort auch bleibt. Ich komme sofort rüber."

Bevor Zackary etwas erwidern konnte, hatte sie bereits den Hörer aufgelegt und machte sich auf den Weg.

Es läuft nicht so, wie ich es geplant hatte, überlegte Zackary, während er ein paar Whisky Soda mixte. Er hatte sich vorgenommen, Rachel einige Tage schmoren zu lassen, bis sie von selbst zu ihm kam.

Aber sie hatte weder einsam noch nachgiebig am Telefon geklungen, im Gegenteil, ihre Stimme hatte sich angehört, als sei sie so wütend wie eine aufgescheuchte Hornisse. Offenbar hatte es etwas mit Nick zu tun. Verdammt, wo war der Junge den ganzen Abend gewesen? Welches Problem hatte er sich jetzt schon wieder eingehandelt?

Zackary nahm mit einem Ohr die nächsten Bestellungen entgegen. Er warf einen Blick zur Decke, über der sich das Apartment befand. Nick war entspannt und gut gelaunt nach Hause gekommen. Seine Verabredung war also ein voller Erfolg gewesen. Aber den Namen seiner Freundin hatte er nicht preisgegeben.

Er ging davon aus, dass Nick bereits wusste, wie das mit den Blumen und den Bienen war, aber es konnte ja nichts schaden, noch ein paar Bemerkungen darüber fallen zu lassen, welche Rolle Verantwortungsbewusstsein und Respekt in einer Beziehung spielten.

Eine feste Freundin, ein fester Job, ein solides Zuhause. So langsam kam alles zusammen. Was, zum Teufel, war also los?

Zackarys Gedankenflüge wurden unterbrochen, als er aufsah. Rachel kam gerade auf die Theke zu. Sie zog die Jacke aus und gab damit den Blick frei auf einen dieser eleganten Sweater, die sie so oft trug. Diesmal war es ein burgunderroter, mit einem tiefen Ausschnitt, der die Rundungen ihrer Brüste betonte. Die schwarzen Leggings umschlossen ihre wundervoll geformten, schlanken Beine.

„In deinem Büro", erklärte sie kurz angebunden und ging weiter.

„Nanu?" Lola sah hinter Rachel her. „Scheint, dass die Dame etwas auf dem Herzen hat."

„Tja." Zackary stellte das letzte Glas auf Lolas Tablett. „Falls Nick runterkommt, sag ihm, dass ich beschäftigt bin."

„Du bist der Boss."

Das hatte er auch vor zu bleiben. „Genau." Er ging durch die Bar, holte tief Luft und betrat sein Büro, in dem Rachel schon wartete.

Sie hatte Jacke und Tasche abgelegt und marschierte energisch im Raum auf und ab. Als Zack eintrat, schwang sie herum und funkelte ihn herausfordernd an.

„Redest du eigentlich auch mal mit dem Jungen?", setzte sie sofort empört an. „Interessiert es dich überhaupt nicht, was in seinem Kopf vorgeht? Sag mal, was bist du für ein Aufpasser?"

„Was soll das?" Er warf die Arme in die Luft. „Wir sehen uns ein paar Tage nicht, dann platzt du hier herein und giftest mich an. Jetzt beruhigen Sie sich erst einmal, Frau Anwältin. Ich stehe hier nicht im Zeugenstand."

„Wozu sollte ich mich beruhigen?", erwiderte sie barsch. Es tat gut, ihre Schuldgefühle und die Frustrationen mit Hilfe einer kleinen Auseinandersetzung loszuwerden. „Was für ein Bruder bist du eigentlich? Du hättest es wissen müssen. Und du hättest mich warnen können."

„Jetzt setz dich erst einmal und erzähl mir alles von Anfang an. Ich vermute, dass es um Nick geht."

„Natürlich geht es um Nick! Worüber sollten wir sonst reden?"

„Die Antwort hebe ich mir für später auf. Also, was hätte ich wissen müssen und wovor hätte ich dich warnen können?"

„Dass er ..." Sie stieß geräuschvoll den Atem aus und suchte nach den richtigen Worten. „Dass er begonnen hat, mich als Frau zu betrachten."

„Als was sollte er dich denn sonst sehen? Als Thunfisch?"

„Verstehst du denn nicht? Als Frau! Soll ich es dir auch noch buchstabieren?"

Zackary zog die Brauen hoch und steckte sich eine Zigarette an. „Unsinn, Rachel. Er ist neunzehn. Sicher ist er nicht blind und weiß dein Aussehen zu schätzen, aber er hat eine Freundin. Er war heute Abend mit ihr verabredet."

„Idiot!" Sie sprang auf und versetzte ihm einen Knuff mit der Faust vor die Brust. „Er war heute Abend mit mir zusammen."

„Mit dir?" Zackary sah sie erstaunt an. „Und weiter?"

„Wir waren im Kino und haben danach eine Pizza gegessen. Ich wollte ein wenig mit ihm plaudern. Ich hielt das alles für ein Zeichen dafür, dass wir uns ganz gut verstehen. Ich meine, auf einer freundschaftlichen Ebene."

„Klingt doch ganz vernünftig. Wo liegt da das Problem? Gab es eine Auseinandersetzung?" Zackary überlegte einen Moment. „Du hast doch nicht etwa die Cobras getroffen?"

„Nein, nein." Rachel lief nervös im Zimmer auf und ab. „Hör mir doch endlich genau zu. Er hat mich geküsst."

„Was heißt das, geküsst?"

„Du weißt verdammt gut, was das heißt." Sie wandte sich ab. „Ich hätte es ahnen müssen. Aber bevor ich zur Besinnung kam ... Bum!“

„Bum.“ Zackary versuchte Ruhe zu bewahren. Allerdings lief auch er jetzt unruhig im Zimmer umher. „Hör zu, ich glaube, du machst hier aus einer Mücke einen Elefanten. Er hat dir einen Gutenachtkuss gegeben. Es war eine nette Geste. Er ist noch ein Kind.“

„Ist er nicht. Okay, er hat mich geküsst. Aber mir geht es nicht um die Tatsache, dass er es getan hat, sondern wie er mich geküsst hat. Ich kann sehr wohl zwischen einem Gutenachtkuss und ... und einer Zärtlichkeit unterscheiden. Und ich kann dir versichern, dass Nick sehr zärtlich ist.“

„Freut mich zu hören“, erwiderte Zackary missmutig.

Rachel setzte sich auf die Kante seines Schreibtisches. „Wie soll es jetzt weitergehen?“

„Ich bringe das wieder in Ordnung.“

„Und wie?“

„Keine Ahnung.“ Er drückte die Zigarette aus. „Verdammt, das fehlte mir noch, mit meinem kleinen Bruder in Konkurrenz zu treten.“

Rachel sah ihn vernichtend an. „Ich bin keine Trophäe, Muldoon.“

„Das wollte ich damit auch nicht gesagt haben.“ Er lehnte sich ebenfalls gegen den Schreibtisch. „Sieh mal, ich weiß im Moment auch noch nicht so genau, was zu machen ist. Ich dachte, Nick wäre mit einem hübschen Teenager unterwegs, einem Mädchen, das um zwölf Uhr zu Hause sein muss. Und jetzt finde ich heraus, dass er sich an dich heranmacht. Wäre er nicht mein Bruder, würde ich ihm einen anständigen Denkzettel verpassen.“

„Typisch“, murmelte sie verächtlich.

Er ignorierte ihre Bemerkung und dachte nach. „Ist es nicht ganz normal, dass er für dich ... nun, irgendwelche Gefühle entwickelt?“

„Möglich.“ Sie sah Zackary an. „Aber ich möchte ihm wirklich nicht wehtun.“

„Ich auch nicht. Du könntest dich ja zurückziehen, so wie du es bei mir gemacht hast.“

„Ich hatte viel zu tun.“ Würdevoll hob sie das Kinn. „Und wir reden hier nicht über uns. Ich kann mich nicht um Nick kümmern und gleichzeitig auf Distanz zu ihm gehen. Er hat heute Abend mit mir geredet und sich da zum ersten Mal geöffnet. Wenn ich ihm jetzt einen Dämpfer versetze, nachdem er angefangen hat, mir zu vertrauen, weiß ich nicht, was ich in ihm zerstören könnte."

„Du kannst ihn zu nichts zwingen, Rachel."

„Ich weiß." Sie betrachtete nachdenklich ihre Hände. „Irgendwie muss ich einen Weg finden, der ihn erkennen lässt, dass ich eine Freundin bin, mehr nicht, und ohne dabei sein Selbstverständnis zu verletzen."

Zackary nahm ihre Hand und drückte sie zärtlich. „Ich werde mit ihm reden. In aller Ruhe", fügte er hinzu, als Rachel ihn argwöhnisch ansah.

„Aber ich habe kein gutes Gefühl bei der Sache", entgegnete sie. „Es ist nicht richtig, hinter Nicks Rücken über seine Gefühle zu reden. Ich glaube, es wäre besser, wenn ich die Geschichte mit ihm selbst ins Reine bringe." Zackary führte ihre Hand an die Lippen und küsste sie sanft.

„Ich muss jetzt gehen", erklärte Rachel unruhig.

„Ich werde dir ein Taxi bestellen."

„Das kann ich schon selbst tun."

„Na schön. Einen Augenblick noch." Er hob sie hoch und setzte sie auf den Schreibtisch. „Ich habe dich vermisst", flüsterte er und rieb die Nase an ihrem Nacken.

Rachel hob den Kopf und genoss seine Zärtlichkeiten. „Ich hatte viel zu tun."

„Das bezweifle ich nicht." Er knabberte sanft an ihrem Ohrläppchen. „Aber du bist ziemlich dickköpfig, und das mag ich an dir, Rachel. Ich glaube, ich mag so ziemlich alles an dir."

„Du möchtest mit mir schlafen, nicht wahr?"

„Oh ja." Er küsste ihren Mund und stöhnte leise, als sie ihm entgegenkam.

„Du machst es mir nicht gerade leicht."

„Gut, sehr gut."

„Und wir würden miteinander schlafen, wenn ich heute Abend bliebe, das weiß ich." Sie schüttelte den Kopf, als wollte sie auf diese Weise ihren Verstand zur Ordnung rufen. „Deshalb ist es das Beste, wenn ich jetzt den Raum verlasse und nach Hause gehe."

Zackary hob sie vom Tisch herunter und nahm sie fest in seine Arme. „Was hast du jetzt vor?"

„Ich verlasse diesen Raum und gehe nach Hause." Sie seufzte und holte tief Luft. „Vorerst", fügte sie hinzu, nahm ihre Jacke und Handtasche und ging zur Tür.

„Sonntag."

„Sonntag?"

„Ja, ich möchte gern den Sonntag mit dir zusammen verbringen. Wir könnten ein Museum besuchen oder eine Ausstellung, in den Park gehen, irgendwo etwas essen. Wenn ich mich nicht täusche, haben wir uns meist nach Einbruch der Dunkelheit getroffen. Wie wäre es denn mit Sonntagnachmittag?"

„Ich …" Rachel fiel keine Ausrede ein, weshalb sie nicht auf seinen Vorschlag eingehen sollte. „Also gut. Komm einfach um elf bei mir vorbei."

„Das werde ich."

Sie öffnete die Tür. „Und du willst wirklich in ein Museum?"

„Zufällig interessiere ich mich für Kunst." Er küsste sie schnell auf den Mund. „Und für alles Schöne auf dieser Welt."

Rachel eilte aus der Bar. Als sie die Straße entlangging, um ein Taxi zu suchen, dachte sie besorgt darüber nach, wie sie in Zukunft mit Nick umgehen sollte.

Und sie hatte auch noch keine Idee, wie es mit Nicks großem Bruder weitergehen sollte.

6. KAPITEL

Rachel fluchte leise, als es Punkt elf Uhr am Sonntagmorgen an der Haustür klingelte. Sie legte einen Ohrring an und nahm den Hörer der Gegensprechanlage ab. „Muldoon?"

„Du bist ja ganz außer Atem, Süße. Soll ich das als Kompliment auffassen?"

„Komm rauf", erwiderte sie knapp. „Und nenn mich nicht Süße."

Sie öffnete die Sicherheitsschlösser und warf noch einen Blick in den Spiegel. Sie hatte den zweiten Ohrring vergessen. Nach einer kurzen Suchaktion fand sie ihn auf der Spüle in der Küche neben der leeren Kaffeetasse.

Heute war eigentlich ihr freier Tag. Und sie ärgerte sich, dass sie jetzt doch noch arbeiten musste. Dieser Ärger hatte natürlich nichts damit zu tun, dass sie sich etwa darauf gefreut hätte, den Tag mit Zack zu verbringen. Nein, es war einfach nur so, dass sie schon lange keine Gelegenheit mehr gehabt hatte, durch Museen und Galerien zu schlendern, und …

Das Klopfen an der Tür riss sie aus ihren trüben Gedankengängen.

„Komm rein, es ist offen."

„Und? Freust du dich?", bemerkte Zackary, als er hereinkam. Dann blieb er stehen und betrachtete Rachel eine Zeit lang. Sie stand mitten im Raum, schlank und wundervoll anzusehen in ihrer bronzefarbenen Wildlederjacke, dem kurzen Rock und der blauen Seidenbluse. Sie war barfuß, und Zackary spürte, wie heftig sein Körper reagierte. „Du siehst fabelhaft aus."

„Danke, du auch." Nein, du siehst richtig sexy aus, dachte sie. Verdammt sexy in der schwarzen Jeans, dem dunkelblauen Sweater und der schwarzen ledernen Pilotenjacke. „Hör zu, Zackary, ich habe vorhin versucht, dich zu erreichen, leider umsonst."

„Ist etwas?" Er sah fasziniert zu, wie sie ihre Pumps anzog. Als sie in den zweiten Schuh schlüpfte, waren seine Handflächen feucht und er hatte nicht mitbekommen, was sie gesagt hatte. „Entschuldige, was meintest du?"

„Ich sagte, mein Chef hat vor einer halben Stunde angerufen. Ich muss mich um einen Mandanten kümmern, der wegen Mordversuchs festgenommen wurde."

Das Wort wirkte auf ihn wie ein Eimer kalten Wassers. Die erotischen Fantasien, denen er sich eben noch hingegeben hatte, verpufften mit einem Schlag. „Ein was?"

„Ein Mordversuch. Alex hat ihn festgenommen. Ich muss heute noch mit dem Mann reden, damit ich morgen früh mit dem Staatsanwalt verhandeln kann. Es tut mir wirklich leid, dass ich dich nicht mehr erreichen konnte."

„Kein Problem. Ich komme mit."

„Du kommst mit mir?" Ihr gefiel der Vorschlag. Ein bisschen zu sehr sogar. „Du willst doch nicht etwa den Rest des Tages auf einer Polizeiwache verbringen?"

„Wir wollten den Tag zusammen verbringen", erinnerte er sie. „Außerdem wird die Sache doch nicht den ganzen Tag dauern, oder?"

„Nein, wahrscheinlich nur eine Stunde, aber ..."

„Also, dann los." Er ging auf sie zu und reichte ihr den Arm. Dann beugte er sich vor und sog den Duft ihres Parfums ein. „Hast du das für den Übeltäter aufgetragen oder für mich?"

Rachel wich zurück. „Für mich selbst." Sie nahm ihre Aktentasche und hielt sie wie einen Schutzschild zwischen sich und Zackary. „Ich muss zuerst ins Büro. Von dem Burschen existiert bereits eine Akte."

„Okay, Frau Anwältin." Er nahm Rachel die Aktentasche ab und fasste ihre Hand. „Gehen wir."

Alex bemerkte seine Schwester genau in dem Augenblick, als sie die Wache betrat. Da auch er nur äußerst ungern den Sonntagmorgen mit Arbeit verbrachte, war ihre Anwesenheit ein Lichtblick für ihn. Wenn er Rachel eins auswischen konnte, hob sich seine Laune immer erheblich.

Grinsend schlenderte er zu ihr hinüber, doch als er den Mann an ihrer Seite erblickte, war es vorbei mit der Schadenfreude. Mit einem Schlag befiel ihn das Misstrauen. „Rachel."

„Hallo, Alex. Haben sie dich heute auch eingespannt?"

„Sieht ganz so aus. Muldoon, nicht wahr?"

„Stimmt." Zackary nickte ihm zu. „Freut mich, Sie zu sehen."

„Ich habe nichts davon gehört, dass LeBeck wieder eingesperrt wurde“, entgegnete Alex erstaunt.

„Ich bin nicht wegen Nick hier.“ Rachel erkannte sofort die missmutige, aggressive Haltung ihres Bruders. Schon als sie fünfzehn war, hatte er so auf alle Jungen reagiert, mit denen sie sich verabredete. „Mir ist der Fall Victor Lomez übertragen worden.“

„Ein widerlicher Typ, dieser Lomez.“ Aber Alex interessierte sich weniger für Rachels Mandanten. Vielmehr beunruhigte ihn der große Ire, der die Aktentasche seiner Schwester trug. „Seid ihr euch zufällig über den Weg gelaufen?“

„Nein, Alexej.“ Rachel nahm ihm die Kaffeetasse aus der Hand und sah ihn warnend an. Auch wenn sie wenig Hoffnung hatte, dass das Wirkung zeigen würde. „Zackary und ich haben uns heute etwas vorgenommen, das ist alles.“

„Und das wäre?“

„Nichts, das dich etwas angehen könnte.“ Sie küsste ihn auf die Wange, nicht ohne die Chance zu nutzen, ihm etwas ins Ohr zu flüstern. „Halt dich zurück.“ Sie wandte sich Zackary zu. „Setz dich, Muldoon, und nimm dir etwas von dem scheußlichen Kaffee. Es wird nicht lange dauern.“

„Ich habe den ganzen Tag Zeit“, rief er ihr nach, als sie in den Besucherraum ging. Dann drehte er sich zu Alex um. „Also, Sie werden doch sicher die Chance nutzen wollen, mich zu verhören.“

Alex setzte sich hinter den Schreibtisch. Die Position gefiel ihm, da Zackary auf dem Stuhl saß, auf dem normalerweise die Beschuldigten verhört wurden. „Was gibt es denn so zu erzählen, Muldoon?“

Zackary zündete sich eine Zigarette an. „Es interessiert Sie sicher, was ich mit Ihrer Schwester zu schaffen habe.“ Er zog genüsslich den Rauch ein. „Als Detective sollte es Ihnen nicht schwerfallen, das herauszufinden. Sie ist eine wundervolle Frau, schön, intelligent, mit einem Herzen aus Gold. Und sehr sexy.“ Er bemerkte, wie herausfordernd Alex ihn ansah. „Also, frei heraus, Sie erwarten doch nicht, dass ich Ihnen erzähle, ich sei an Rachel nur deshalb interessiert, weil ich einen Rechtsbeistand brauche, oder?“

„Passen Sie auf, was Sie tun.“

Weil er das Bedürfnis nachempfinden konnte zu schützen, was man liebte, lehnte Zackary sich vor. „Stanislaski, wenn Sie Rachel kennen, dann wissen Sie doch, dass sie auf sich selbst aufpassen kann. Niemand auf dieser Welt wird sie dazu bringen, etwas zu tun, das sie nicht will.“

„Und Sie nehmen an, dass Rachel bereits am Haken zappelt?“

„Soll das ein Scherz sein?“ Als er sah, dass Alex an ihm vorbeisah, drehte er sich um und bemerkte einen kleinen, drahtigen Mann, der von einem Polizisten in den Besucherraum geführt wurde. „Ist er das?“

„Ja, das ist Lomez.“

Rachel sah von den Akten auf. Sie hatte Lomez schon einmal wegen einer anderen Straftat verteidigt und sich kurz seine Akte angesehen.

„Nun, Lomez, so sieht man sich wieder.“

„Sie haben sich verdammt viel Zeit gelassen, um herzukommen.“ Er setzte sich und tat so, als sei sein uniformierter Begleiter Luft für ihn. Aber er schwitzte. Dadurch, dass man ihn festgenommen hatte, hatte er seinen Dealer verpasst. Seit vierzehn Stunden hatte er jetzt schon keinen Schuss mehr gehabt. „Haben Sie mir Zigaretten mitgebracht?“

„Nein. Danke, Officer.“ Sie wartete, bis sie mit ihrem Mandanten allein war. „Diesmal haben Sie das große Los gezogen.“ Sie zeigte auf die Unterlagen. „Die Frau, die Sie angegriffen haben, ist dreiundsechzig. Ich habe mich im Krankenhaus erkundigt. Es dürfte Sie beruhigen, dass sich der Zustand Ihres Opfers gebessert hat. Sie schwebt nicht mehr in Lebensgefahr.“

Lomez zuckte gleichgültig mit den Schultern und starrte Rachel unentwegt aus kleinen dunklen Augen an. Er konnte seine Finger nicht ruhig halten und trommelte ununterbrochen auf dem Tisch herum. Auch mit den Füßen klopfte er einen wilden Rhythmus auf den Boden. „Hätte sie mir die Handtasche gleich gegeben, hätte ich nicht grob werden müssen, oder?“

Gott, dieser Typ macht mich krank! dachte sie. Dann erinnerte sie sich wieder daran, dass sie eine Staatsbeamtin war. „Wenn Sie ältere Bürgerinnen dieser Stadt mit Messerstichen schwer verletzen, wird Ihnen diese Stadt wohl kaum zu Füßen liegen. Das ist vielmehr eine Freikarte für einen langen Gefängnisaufenthalt. Verdammt, Lomez, sie hatte nur zwölf Dollar bei sich.“

Sein Mund war trocken, Schweiß stand auf seiner Haut. Kalter Schweiß. „Dann hätte es ihr umso leichter fallen müssen, mir den Kies auszuhändigen. Aber Sie pauken mich da raus. Das ist Ihr Job." Und sobald er draußen war, würde er einen der Hombres um einen Fix anhauen. „Ich musste die ganze Nacht in dieser stinkenden Zelle verbringen."

„Sie sind wegen versuchten Mordes angeklagt", erwiderte Rachel barsch.

Lomez rieb die feuchten Handflächen an seinen Oberschenkeln ab. Selbst seine Knochen schmerzten unerträglich. „Ich hab die alte Hure nicht umgelegt."

Rachel wünschte sich einen Schluck Kaffee, um den faden Beigeschmack in ihrem Mund hinunterspülen zu können. „Sie haben dreimal zugestochen. Der Polizist, der Sie festnahm, hat Sie auf der Flucht mit Ihrem Messer und der Brieftasche des Opfers angetroffen. Diesmal sind Sie kaltgestellt, Lomez. Ihr Vorstrafenregister beinhaltet Tätlichkeiten, Schlägereien, Einbrüche und Eigentumsdelikte."

„Ich brauche diese Auflistung nicht. Ich brauche eine Kaution."

„Selbst wenn der Staatsanwalt dem zustimmen sollte, so wird die Summe Ihre Möglichkeiten weit übersteigen. Ich werde tun, was in meiner Macht liegt, um die Anklage wegen Mordversuchs umzuändern. Wir werden auf schuldig plädieren wegen …"

„Schuldig?"

„Diesmal werden Sie nicht davonkommen, Lomez. Ganz gleich, was ich aus meinem Hut zaubere, werden Sie eine Strafe absitzen müssen. Sie werden sich schuldig bekennen wegen Raub und schwerer Körperverletzung. Eine andere Chance werden Sie vor Gericht nicht haben."

Dicke Schweißtropfen standen ihm jetzt auf Stirn und Oberlippe. „Zum Teufel mit dem ganzen Mist!"

Rachel war am Ende ihrer Geduld. Sie schloss den Aktenordner. „Wenn Sie mitarbeiten, könnte es gelingen zu verhindern, dass Sie die nächsten zwanzig Jahre hinter Gittern verbringen."

Lomez schrie auf, hechtete über den Tisch und stieß Rachel zurück. Noch ehe sie etwas unternehmen konnte, war ihr Stuhl umgefallen. Sie lag auf dem Boden und Lomez auf ihr.

„Sie werden mich da rausholen!“ Er drückte die Hände um ihren Hals. Dass ihre Fingernägel sich tief in seine Handgelenke gruben, merkte er gar nicht mehr. „Du wirst mich sofort hier rausholen, oder ich bringe dich um!“

Rachel konnte nur sein wutverzerrtes Gesicht sehen. Sie versuchte sich zu befreien, aber es gelang ihr nur, ihm einen Faustschlag gegen den Nasenrücken zu versetzen. Das Blut tropfte auf sie, und unter wilden Flüchen würgte er sie noch fester, bis sie das Bewusstsein verlor.

Wie aus weiter Ferne hörte sie laute Schreie, die Lomez’ Fluchen übertönten. Dann konnte sie endlich wieder atmen. Irgendjemand rief ihren Namen, hob sie auf und nahm sie in die Arme. Sie glaubte kurz, den Geruch des Meeres wahrnehmen zu können, dann fiel sie wieder in die Dunkelheit zurück, die sie den Schmerz nicht mehr spüren ließ.

Kühle Hände auf ihrem Gesicht. Ein wundervolles Gefühl. Starke Arme, die sich schützend um sie legten. Rachel fühlte sich geborgen.

Sie öffnete die Augen und sah in die Gesichter der beiden Männer. Sie sah die Wut, die Sorge bei beiden. Benommen hob sie die Hand und strich Zackary und ihrem Bruder Alex über die Wange. „Es geht mir gut.“ Ihre Stimme klang heiser, und ihr Kehlkopf schmerzte. Blutergüsse zeichneten sich bereits an ihrem Hals und Kinn ab.

„Bleib jetzt ganz ruhig liegen“, flüsterte Alex auf Ukrainisch und streichelte ihr Haar. Seine Hand schmerzte immer noch von dem Faustschlag, den er Lomez versetzt hatte. „Möchtest du etwas Wasser?“

Rachel nickte. „Ich möchte mich aufsetzen.“ Sie blickte sich im Raum um und stellte fest, dass sie auf dem Sofa im Büro ihres Bruders lag. Sie bedankte sich bei Alex und nahm einen Schluck aus dem Pappbecher, den er ihr an die Lippen führte. „Lomez?“

„Hinter Gittern, wo er auch hingehört.“ Alex küsste ihre Stirn, ihre Wangen und versuchte zur Ruhe zu kommen. Er setzte sich neben Rachel und hielt ihre Hand. „Entspann dich. Ein Krankenwagen ist unterwegs.“

„Ich brauche keinen Krankenwagen.“ Sie betrachtete ihre zerrissene, blutbespritzte Bluse. Die Wildlederjacke ist auch hin, dachte sie angewidert. „Das ist sein Blut, nicht meines“, betonte sie.

„Du hast dem Mistkerl die Nase gebrochen“, bemerkte Alex.

„Dann war der Selbstverteidigungskurs also doch nicht umsonst.“ Als er laut zu fluchen begann, hielt sie seine Hand fest. „Alexej, kannst du dir jetzt vorstellen, wie es für mich ist, wenn ich weiß, dass du jeden Tag dein Leben riskierst?“, sagte sie eindringlich. „Weißt du nicht, dass ich es nur akzeptieren kann, weil ich dich liebe?“

„Komm mir bloß nicht so!“, gab er wütend zurück. „Der Kerl hätte dich fast umgebracht! Wir mussten ihn zu dritt überwältigen, so durchgedreht war er.“

Darüber wollte sie nicht nachdenken. Konnte es im Moment einfach noch nicht. „Ich bin falsch an die Sache herangegangen, Alex.“

„Du ...“

„Doch, doch. Aber so bin ich nun einmal. Und ich werde mich nicht ändern, nicht einmal für dich. Jetzt bestell bitte den Krankenwagen ab und tu mir einen Gefallen.“

Er belegte sie mit einem Schimpfwort in seiner Muttersprache, was Rachel dazu veranlasste zu lächeln. „Das bin ich nicht mehr und nicht weniger als du. Aber jetzt muss ich mein Büro anrufen. Unter diesen Umständen bin ich nicht in der Lage, Lomez zu vertreten.“

„Das wirst du ganz sicher nicht!“ Mit diesem Hoffnungsschimmer von Einsicht würde er sich zufrieden geben müssen. Er strich ihr vorsichtig über den geschwollenen Hals. „Diesmal ist er zu weit gegangen, Rachel. Das wird er teuer bezahlen müssen. Hierbei kann ihm niemand mehr helfen.“

„Das muss das Gericht entscheiden.“ Sie stand vorsichtig auf. „Und du wirst Mama und Papa nichts davon sagen. Ist das klar?“ Als er stumm blieb, hob sie eine Augenbraue. „Sonst erzähle ich ihnen ein bisschen von deinen verdeckten Ermittlungen. Zum Beispiel von der, als du vom zweiten Stock aus dem Fenster gefallen bist.“

„Geh nach Hause.“ Er gab auf. „Und ruh dich erst einmal aus.“ Alex drehte sich zu Zackary um und betrachtete ihn nachdenklich. Er hatte seine Meinung über ihn ein wenig geändert, da er eine entscheidende Rolle gespielt hatte, als es darum ging, Lomez zu überwältigen. Zackary hatte sich wie ein Tiger auf Lomez gestürzt, Rachel befreit und sie fest in die Arme geschlossen. „Du bringst sie nach Hause", erklärte Alex, als sei es das Selbstverständlichste von der Welt, und verließ das Büro.

„Du kannst dich auf mich verlassen", erwiderte Zackary und wandte sich Rachel zu. „Kannst du laufen?"

„Natürlich." Sie ging etwas benommen durch den Raum. „Es tut mir leid, dass sich die Dinge so entwickelt haben. Du musst mich wirklich nicht …"

„Tu mir einen Gefallen", unterbrach er sie und führte sie zur Tür. „Halt einfach den Mund."

Rachel folgte ihm kommentarlos. Dennoch hätte es sie gereizt, ihm zu sagen, wie töricht sie es fand, ein Taxi zu nehmen, um die kurze Strecke zu ihrer Wohnung zurückzulegen.

In wenigen Minuten bist du allein zu Hause, überlegte sie. Sie konnte sich gehen lassen und ihren Schock verarbeiten. Aber in Zackarys Gegenwart wollte sie sich nicht ausweinen. Niemand sollte ihre Tränen sehen.

Mit zitternden Knien verließ sie das Taxi und wankte auf die Treppe zu. „Danke", begann sie. „Es tut mir leid …"

„Ich bringe dich nach oben."

„Hör mal, ich habe dir bereits den Morgen verdorben. Du musst wirklich nicht …"

„Hatte ich dir nicht gesagt, du sollst den Mund halten?" Zackary ließ sich nicht abschütteln und führte sie mit einem stützenden Arm zur Haustür.

Seine Finger zitterten immer noch vor Wut, während er in Rachels Handtasche nach dem Schlüssel suchte. Wusste sie denn nicht, wie blass und mitgenommen sie aussah? Konnte sie nicht ahnen, was es ihm antat, ihre Stimme so rau und heiser zu hören?

Er öffnete die Haustür und führte sie zum Aufzug, presste übertrieben hart und oft auf den Knopf für ihr Stockwerk.

„Ich weiß nicht, warum du so wütend bist", murmelte sie und zuckte vor Schmerz zusammen, als sie schluckte. „Du hast zwei Stunden deiner Zeit vergeudet, sicher, aber weißt du eigentlich, was mich dieses Kostüm gekostet hat? Und ich habe es erst zweimal getragen, und jetzt ist es ruiniert." Tränen traten ihr in die Augen, sie blinzelte sie ärgerlich fort, während Zack sie über den Korridor zu ihrem Apartment schob. „Ein Pflichtverteidiger bekommt nicht gerade ein fürstliches Gehalt." Sie rieb die kalten Hände gegeneinander und sah zu, wie Zackary die Tür aufschloss. „Ich musste mich einen Monat lang von Jogurt ernähren, um es mir leisten zu können. Dabei mag ich das Zeug überhaupt nicht."

Die erste Träne rann über ihre Wange. „Selbst wenn ich es reinigen lasse, könnte ich es nicht mehr tragen, weil ..." Um Himmels willen, dachte sie, du stehst hier und plapperst unentwegt über dieses dumme Kostüm. „Okay." Sie holte tief Luft. „Du hast mich nach Hause gebracht. Ich weiß das zu schätzen. Aber jetzt geh bitte."

Er stellte ihre Aktentasche ab und zog ihr die Jacke von den Schultern. „Setz dich, Rachel."

„Ich will mich aber gar nicht setzen." Noch eine Träne. „Ich will jetzt allein sein." Ihre Stimme überschlug sich. „Bitte, lass mich allein."

Zackary hob sie auf seine Arme und setzte sich mit ihr auf das Sofa. Er hielt sie fest, zwang sich dazu, ruhig und sanft zu bleiben, während unbändige Wut und Angst in ihm tobten. Streichelte ihr über den Rücken und flüsterte beruhigende Worte.

Die Schleusen öffneten sich. Sie weinte heftig, aber nicht lange. Das unkontrollierbare Zittern war stark, aber es ließ bald nach. Sie schob ihn auch nicht fort. Er hätte es sowieso nicht zugelassen. Vielleicht tröstete er sie, aber dass sie hier mit ihm saß, auf seinem Schoß, zu wissen, dass sie in Sicherheit war, spendete ihm unglaublichen Trost.

„Verdammt." Rachel legte den Kopf gegen seine Schulter. „Du solltest mich doch allein lassen."

„Wir hatten eine Verabredung. Erinnerst du dich? Wir wollten den Tag zusammen verbringen." Er merkte, wie seine Hände sich verspannten. Er ermahnte sich, die Finger zu lockern. „Du hast mir einen Riesenschreck eingejagt."

„Ja, den hatte ich auch."

„Und wenn ich jetzt ginge, könnte ich mich nicht mehr beherrschen. Ich müsste zur Wache, um den Kerl in Stücke zu reißen."

Seltsam, dass eine sachlich vorgebrachte Drohung viel gefährlicher klang als jedes wütende Schreien. „Dann solltest du lieber bleiben, bis du dich wieder beruhigt hast. Es geht mir wieder gut." Sie kuschelte sich enger an ihn. „Das ist nur die Schockreaktion."

Ja, diese eiskalte Wut, die seinen ganzen Körper und einen Großteil seiner Gedanken beherrschte, war seine Schockreaktion. Aber damit würde er später umgehen. „Vielleicht ist es sein Blut, Rachel, aber du hast die blauen Flecke."

Mit gerunzelter Stirn fuhr sie sich über die Wange. „Ist es sehr schlimm?"

Trotz allem musste er grinsen. „Du meine Güte, ich wusste gar nicht, dass du eitel bist."

Sie schnaubte pikiert. „Das hat nichts mit Eitelkeit zu tun. Ich habe morgen früh einen Termin und keine Lust, mir all die dummen Fragen anzuhören. Was soll ich nur tun?"

Er strich sanft mit der Hand über ihre Wange. „Lass dir es von jemandem gesagt sein, der seinen fairen Anteil an blauen Flecken im Leben gehabt hat: Die Fragen werden sich nicht vermeiden lassen. Aber jetzt denk erst mal nicht an morgen." Er strich vorsichtig mit seinen Lippen über den großen Bluterguss am Kinn. „Hast du Tee und Honig im Haus?"

„Vermutlich. Warum?"

„Da du nicht ins Krankenhaus willst, wirst du mit Muldoons erster Hilfe vorlieb nehmen müssen." Zackary stand auf und legte Rachel bequem auf das Sofa. Die farbenfrohen Kissen ließen sie umso blasser wirken. „Warte."

Der Tränenausbruch hatte sie erschöpft und ausgelaugt, sie widersprach ihm nicht.

Als Zackary fünf Minuten später aus der Küche mit einer Tasse Tee zurückkam, schlief sie bereits tief und fest.

Rachel fühlte sich wie erschlagen, als sie erwachte, ihre Kehle brannte wie Feuer. Der Raum war abgedunkelt und merkwürdig still. Sie stützte sich auf den Ellbogen und sah, dass die Vorhänge zugezogen waren. Die Wolldecke, die ihre Mutter vor Jahren für sie gehäkelt hatte, lag auf ihr.

Rachel stöhnte leise, schlug die Decke beiseite und stand auf. Sie stand sicher, wie sie befriedigt bemerkte. So leicht ließ eine Stanislaski sich nicht unterkriegen.

Aber diese Stanislaski brauchte jetzt erst einmal Wasser. Viel Wasser, um das Brennen in ihrer Kehle zu löschen. Sie rieb sich die Augen und tappte auf bloßen Füßen in die Küche. Dann stieß sie einen

Schrei aus, der ihrer verletzten Kehle alles andere als gut tat, als sie Zackary entdeckte, der sich gerade am Herd zu schaffen machte.

„Was, zum Teufel, machst du denn hier? Ich dachte, du wärst längst gegangen."

„Nein." Er rührte noch einmal im Kochtopf und wandte sich schließlich Rachel zu, um sie zu mustern. Sie hatte wieder Farbe im Gesicht, der glasige Ausdruck war aus ihren Augen verschwunden. Die Blutergüsse würden allerdings länger brauchen, bis sie fort wären. „Ich habe Rio gebeten, eine Suppe vorbeizubringen. Hast du denn Appetit?"

„Ich glaube schon." Rachel presste die Hand auf den Magen. Sie hatte zwar entsetzlichen Hunger, wusste aber nicht, ob sie mit ihren Halsschmerzen überhaupt einen Bissen schlucken konnte. „Wie spät ist es?"

„Etwa drei Uhr."

Also hatte sie fast zwei Stunden geschlafen. Die Vorstellung, dass Zack die ganze Zeit hier gewesen war und in der Küche hantiert hatte, war sowohl peinlich wie auch irgendwie anrührend. „Du musst wirklich nicht hierbleiben."

„Dein Hals wird sich schneller erholen, wenn du nicht so viel redest. Also geh wieder ins Wohnzimmer und setz dich."

Rachel nahm seinen Vorschlag an, zog zunächst die Vorhänge auf und setzte sich an den kleinen Klapptisch am Fenster. Sobald sie sich an Rios Suppe gestärkt hatte, wollte sie duschen und sich umziehen.

Offensichtlich kennt er sich schon gut in meiner Wohnung aus, überlegte Rachel, als Zackary das Tablett mit der Suppe hereintrug.

„Danke." Sie erhaschte kurz seinen dunklen Blick, der über ihre befleckte Bluse glitt, dann war der Moment wieder vorbei.

„Ich bin deine Plattensammlung durchgegangen, während du schliefst." Er war unheimlich stolz auf sich, dass er so gelassen Konversation machen konnte, während alles in ihm danach drängte, Aggressionen auszuleben. „Hast du was dagegen, wenn ich eine auflege?"

„Nein, mach nur."

Sie starrte in die dampfende Suppe, während Zack ein altes B.B. King-Album auflegte.

„Und du behauptest, wir hätten nichts gemeinsam."

Sie lächelte. „Die habe ich von Mikhail stibitzt. Sein Geschmack in Musik umspannt wirklich alle Genres."

Nachdem er sich ihr gegenüber gesetzt hatte, begann sie genüsslich die Suppe zu löffeln. „Großartig. Was ist da alles drin?"

„Ich habe nicht danach gefragt, und Rio verrät seine Kochgeheimnisse nicht."

„Dann werde ich ihn bestechen müssen, um das Rezept zu erfahren. Meine Mutter wäre begeistert davon." Sie nahm vorsichtig einen Schluck von dem heißen Tee und riss die Augen auf.

„Ich habe in der Küche keinen Honig gefunden. Dafür hattest du Brandy im Haus."

„Alkohol betäubt die Nerven."

„So hatte ich es mir auch gedacht." Er langte über den Tisch und fasste ihre Hand. „Geht es dir jetzt besser?"

„Viel besser. Es tut mir nur leid, dass dein Sonntag verdorben ist."

„Zwing mich nicht, dich zum Schweigen zu bringen."

Rachel lächelte. „Langsam glaube ich, dass du gar kein so übler Bursche bist, Muldoon."

„Vielleicht hätte ich dir schon früher eine Suppe anbieten sollen."

„Die Suppe hilft tatsächlich. Aber es liegt mehr an der Tatsache, dass du mich nicht wie eine Idiotin behandelt hast, als ich mich vorhin so gehen ließ."

„Du hattest guten Grund, so zu reagieren. Warum musst du immer beweisen, wie stark du bist?"

Sie nahm noch einen Schluck von dem Tee. „Ich wollte mich in Alex' Gegenwart zusammenreißen. Er macht sich schon genug Sorgen um mich." Ihre Lippen verzogen sich zu einem Lächeln. „Du weißt ja, wie es ist, wenn jüngere Geschwister die Dinge partout nicht so sehen wollen, wie du sie siehst."

„Du meinst dieses Gefühl, dass man ihnen dann am liebsten den Dickschädel einschlagen würde? Ja, das Gefühl kenne ich."

„Nun, ob Alex es nun wahrhaben will oder nicht, ich kann mit meinem Leben selbst umgehen. Und Nick wird das auch können, wenn die Zeit so weit ist."

„Er ist nicht wie dieser Mistkerl heute", sagte Zack leise. „So etwas könnte Nick gar nicht tun."

„Nein, ganz sicher nicht." Sie schob den Suppenteller beiseite und griff Zacks Hand. „So etwas darfst du noch nicht einmal denken. Jetzt hör mir zu: In den vergangenen zwei Jahren habe ich viele Straftäter kommen und gehen sehen. Manche sind unverbesserlich, so wie Lomez. Andere wieder sind verzweifelt und verwirrt. Die Arbeit mit ihnen macht dich entweder fertig, lässt dich ausbrennen, oder sie schärft deinen Blick für die Nuancen. Nick ist jemand, der sehr verletzt worden ist, und sein Selbstwertgefühl ist auf dem Nullpunkt. Er hat sich einer Gang angeschlossen, weil er einen Rückhalt brauchte, er wollte dazugehören, irgendwohin. Aber jetzt hat er dich. Was er sich auch ausdenken mag, um dich loszuwerden und auf Distanz zu halten, er braucht dich. Er sehnt sich danach, dich als Bruder zu haben."

„Mag sein. Und sollte er je wieder lernen, mir zu vertrauen, wird er es vielleicht schaffen und die Kurve kriegen." Er hatte nicht geahnt, wie schwer diese Last auf seinen Schultern wog. „Er weigert sich, mit mir über meinen Vater zu reden. Ich meine, nachdem ich weggegangen war."

„Er wird mit dir reden. Wenn die Zeit richtig und er bereit dazu ist."

„Mein alter Herr war gar nicht so schlimm, Rachel. Sicher, er wäre bestimmt nicht zum Vater des Jahres gewählt worden, aber … Verflucht!" Er fuhr sich aufgewühlt durch das Haar. „Er war ein sturer irischer Dickschädel, der gern tief in die Flasche guckte. Er hätte die Seefahrt nie aufgeben dürfen. Zu Hause brüllte er seine Kommandos, als wären wir alle Matrosen auf einem sinkenden Schiff. Es gab nichts, über das wir uns einig gewesen wären."

„Das kommt in Familien sowieso selten vor, das kannst dur mir glauben."

„Er ist nie über den Tod meiner Mutter hinweggekommen. Er war im Südpazifik, als sie starb."

Was bedeutete, dass Zack allein gewesen war. Ein Kind noch, und allein. Sie griff seine Finger und drückte sie leicht.

„Als er zurückkam, schäumte er vor Wut. Er wollte unbedingt einen ganzen Kerl aus mir machen. Dann kamen Nadine und Nick, und ich war alt genug, meiner eigenen Wege zu gehen. Wenn du so willst, habe ich das sinkende Schiff verlassen. Also hat er versucht,

Nick zu dem zu machen, was er unter einem ganzen Kerl verstand."

„Du gibst dir die Schuld für etwas, das du nicht mehr ändern kannst. Du hättest es auch damals nicht ändern können."

„Ich muss ständig an das erste Jahr denken, nachdem ich zurückgekommen war. Der alte Herr war tattrig geworden, konnte nichts mehr behalten, ging raus und fand den Weg nicht mehr zurück. Verflucht, ich wusste, dass Nick ohne Aufsicht aufwuchs, aber ich war damals selbst nicht so weit, dass ich mich um ihn hätte kümmern können. Es war schwierig genug für mich, meinen Vater in einem Heim unterzubringen, mich um ihn zu kümmern, die Bar am Laufen zu halten. Nick ist bei dem ganzen Durcheinander irgendwie untergegangen."

„Aber du hast ihn wiedergefunden."

Er wollte etwas sagen, doch dann seufzte er nur. „Nicht gerade der richtige Zeitpunkt, um dich damit zu belasten, was?"

„Ist schon in Ordnung. Ich möchte helfen."

„Du hast schon genug geholfen. Möchtest du denn noch etwas Suppe?"

Er hätte so gern noch so viel mehr gesagt. Er wollte sie in seine Arme ziehen und ihren Kopf an seiner Schulter ruhen fühlen. Er wollte einfach nur dasitzen und sie anschauen, wie sie schlief. Aber sollte er auch nur eines dieser Dinge tun, würde er sicher nicht mehr zu dieser Tür herauskommen.

„Ich werde jetzt erst einmal abwaschen und dich dann in Ruhe lassen."

Sie sah ihm mit gerunzelter Stirn nach, als er in die Küche verschwand. Sie wollte doch allein sein, oder? Wieso also suchte sie nach Gründen, um ihn länger hier zu halten?

„He, warte." Sie stand auf und folgte ihm. Er war gerade dabei, den Rest der Suppe in einen anderen Behälter umzufüllen. „Es ist noch früh. Wir könnten doch noch etwas aus dem Tag machen."

„Du brauchst Ruhe."

„Die hatte ich bereits zur Genüge." Sie spülte die Teller unter dem Wasserhahn ab. „Wir könnten doch noch ins Museum gehen oder uns eine Vorstellung ansehen, nachdem du dich den ganzen Tag so um mich gekümmert hast."

„Mach dir um meine Freizeit keine Gedanken." Zackary stellte den Behälter mit der Suppe in den Kühlschrank. „Ich bin der Chef, weißt du noch? Ich kann mir jederzeit einen weiteren freien Tag genehmigen."

„Also gut." Sie schlug auf den Wasserhahn und stellte das Wasser ab. „Also, bis dann."

„Geduld ist nicht gerade deine Stärke, was?" Grinsend legte Zackary die Hände auf ihre Schultern. „Reg dich nicht unnötig auf, Süße. Alles in allem war der Tag für mich sehr ereignisreich."

Sie schloss die Augen und genoss das leichte Kneten seiner Finger. „Gern geschehen, Muldoon. Jederzeit wieder."

Er sog den Duft ihres Haares ein und widerstand dem Verlangen, ihr näher zu kommen. „Meinst du, du kommst allein zurecht? Ich könnte ja auch den Cop anrufen, dass er sich um dich kümmert. Vielleicht wäre das ja besser."

„Nein, mir geht's bestens." Sie hielt sich an der Spüle fest und starrte verlegen die Wand an. „Danke für deine erste Hilfe."

„Gern geschehen." Warum verzögerte er alles? Er sollte längst zur Tür hinaus sein. „Vielleicht könnten wir irgendwann in dieser Woche gemeinsam essen gehen."

Rachel presste die Lippen zusammen. Bei der Art und Weise, wie er über ihre Arme strich, hätte sie am liebsten aufgestöhnt. „Ja, doch. Ich werde in meinem Terminkalender nachsehen."

Zackary drehte sie zu sich. Er war sich nicht sicher, ob sie ihm ausweichen oder ihm entgegenkommen würde. Dennoch hielt er sie fest in den Armen, und Rachel öffnete erwartungsvoll den Mund. „Ich werde dich anrufen."

„Okay." Sie schloss die Augen und küsste ihn leidenschaftlich.

„Also, bis bald." Erneut schloss er ihren Mund mit seinen Küssen.

„Ja", hauchte sie und schmiegte sich an ihn.

„Ich komme einfach nicht weg." Er küsste zärtlich ihr Kinn. „Nur eines noch."

„Ja?"

„Ich werde nicht gehen."

„Ich weiß. So ist das eben. Reine Chemie." Sie knabberte sanft an seinem Hals.

„Stimmt." Er setzte Dutzende kleiner Küsse auf ihr Gesicht, vorsichtig darauf achtend, dass er den Bluterguss nicht berührte.

„Ich will mich nicht auf etwas Ernsthaftes einlassen. Ich habe andere Pläne."

„Einverstanden, nichts Ernsthaftes." Das Blut rauschte ihm in den Ohren, Hitze schoss in seine Lenden. Mit einer Hand riss er eine Tür auf und erkannte, dass er den Schrank geöffnet hatte. „Wo ist das verdammte Schlafzimmer?"

„Bitte?" Erst jetzt wurde ihr bewusst, dass er sie hochgehoben und aus der Küche getragen hatte. „Na, hier. Das Sofa ..." Sie knabberte an seinem Ohr. „Es ist ausziehbar. Ich kann ..."

„Lass nur", erklärte er und legte sie vorsichtig auf den Teppich.

7. KAPITEL

Er riss ihr die Bluse vom Körper. Nicht nur aus Leidenschaft, sondern auch, weil er es nicht länger ertragen konnte, die Blutflecken zu sehen, die ihn so schmerzlich an die Ereignisse des Tages erinnerten.

Doch das Geräusch der reißenden Seide und ihr erstaunter Ausruf ließen die Flammen in ihm noch höher lodern. „Schon als ich dich das erste Mal sah, habe ich mich nach dir gesehnt."

„Ich weiß. Mir ging es genauso. Es ist verrückt." Sie zitterte ein wenig, als er die Träger ihres Tops von den Schultern streifte. „Unglaublich."

Rachel drängte sich ihm sehnsüchtig entgegen. Sie genoss die Zärtlichkeit seiner Hände auf ihren Brüsten, das Prickeln auf ihrer Haut, als er sie mit Küssen überhäufte. Beeil dich, war alles, was sie in dem Moment denken konnte, bitte, beeil dich. Ungeduldig streifte sie ihm den Pullover über den Kopf und warf ihn achtlos beiseite.

Sie war begierig, seine nackte Haut zu spüren. Während er mit den Lippen ihre Brüste liebkoste, vergrub sie die Hände in seinen Haaren und presste seinen Kopf an sich. Sie verlangte nach mehr. Außer sich vor Leidenschaft umfasste sie seine breiten Schultern. Die sanften Berührungen seiner Lippen auf ihrem ganzen Körper erregten sie unablässig.

Zackary konnte sich kaum mehr zurückhalten. Er hatte sich in seiner Fantasie zwar vorgestellt, sie behutsam und unendlich langsam in einem riesigen Bett zu lieben, aber die Wirklichkeit überstieg seine Traumbilder bei weitem.

Sie gehörte ihm. Er war wie besessen von ihr.

Mit zitternden Händen befreite er Rachel von den letzten Kleidungsstücken, die sie von der Vollendung ihres Glücks abhalten konnten. Er hörte ihr leises Stöhnen, während er langsam über ihre Schenkel strich. Immer noch bemüht, sich zurückzuhalten, legte er sich zwischen ihre Beine.

Rachel bäumte sich auf. Sie wollte nicht einen Moment länger warten. Während sie seinen Mund mit ihren Lippen bedeckte, versuchte sie den Verschluss seiner Jeans zu öffnen.

„Lass es mich machen", forderte sie heiser und sah ihn verlangend an.

„Nein." Er legte eine Hand um ihren Rücken, um sie zu stützen, und streifte mit der anderen die Hose ab. „Ich mache es."

Als sich ihre nackten Körper berührten, brach ein Sturm der Leidenschaft los, den sie beide nicht mehr aufhalten konnten. Rachel legte den Kopf zurück. Ihr Körper zitterte vor Erregung und Verlangen, sich Zackary ganz hinzugeben.

Rachel hätte es nie für möglich gehalten, dass sie, die sonst immer so vernünftig vorging, jetzt ihren Verstand nicht gebrauchte und sich den Leidenschaften ergab. Sie wollte ihn ganz spüren, jetzt. Sie schlang die Beine um seine Hüften und nahm ihn in sich auf.

Sie hörte sein Stöhnen, sah in seine glänzenden Augen, die unablässig auf sie gerichtet waren, während er sie mit seiner Männlichkeit erfüllte. Sie steigerten sich zu einem gemeinsamen Rhythmus, der sie wie ein Sturm in eine andere Welt trug.

„Wer hoch hinaufsteigt ...", flüsterte Rachel einige Zeit später.

„Hm?"

„Der fällt auch tief." Sie rollte sich zur Seite und legte die Arme auf Zackarys Brust, um ihn genauer betrachten zu können. Er schien vor sich hin zu dösen und atmete langsam und gleichmäßig. Die Augen hielt er geschlossen. Es dauerte eine Zeit lang, bis er sich das erste Mal ein wenig bewegte.

„Muldoon, weißt du eigentlich, dass du aussiehst, als hättest du mindestens zehn Runden mit einem Champion gerungen?"

Er stülpte die Lippen vor. Mehr ließen seine Energiereserven nicht zu. „Willst du es mit mir aufnehmen, Champion?"

„Jederzeit und an jedem Ort."

„Also dann, hier und jetzt." Er rollte sich zur Seite, bis er auf ihr lag, drehte sich aber sofort wieder auf den Rücken, als sie einen gequälten kleinen Schrei ausstieß, weil er an ihr Kinn gestoßen war. „Tut mir leid."

„Komm schon, Zackary." Sie wollte diesen zerknirschten Ausdruck nicht auf seiner Miene sehen. „So schlimm war es nicht."

Zackary ignorierte ihre Bemerkung und betrachtete besorgt ihr verletztes Kinn. „Ich hätte etwas Eis auflegen müssen."

„Hör zu, du Raufbold, ich habe in meiner Kindheit eine harte Schule durchgemacht. Bei den Prügeleien mit meinen Brüdern habe ich ganz andere Verletzungen davongetragen."

„Wenn der Kerl jemals rauskommt ..."

„Hör auf damit." Sie nahm sein Gesicht zwischen ihre Hände. „Sag nie etwas, das du bereuen könntest. Denk daran, dass ich bei Gericht angestellt bin."

Zackary hob die zerrissene Bluse auf. „Scheint so, als hätte ich dir die Kleider vom Leib gerissen."

„Darauf bist du wohl auch noch stolz, was?"

Er warf die Bluse wieder beiseite. „Klar. Wir könnten den Vorgang ja wiederholen."

Rachel knabberte an seiner Unterlippe und lächelte. „Die Bluse war sowieso ruiniert. Aber beim nächsten Mal wirst du mir den Schaden ersetzen müssen", scherzte sie.

Zackary lachte und spielte mit ihrem Ohrring. „Ich bin völlig verrückt nach dir."

Sie spürte, wie ihr Herz plötzlich schneller schlug. Seine Worte klangen wie eine romantische Liebeserklärung. „He, keine Sentimentalitäten, bitte."

„Verrückt", wiederholte er und stellte befriedigt fest, dass Rachels Wangen sich rot gefärbt hatten. „Ach, und habe ich dir eigentlich schon gesagt, dass mich dein Körper ganz wild macht?"

„Nein." Sie hob neugierig den Kopf.

„Vom Vorder- bis zum Achtersteven." Er unterstrich seine Worte mit weit ausholenden Gesten. „Vorn und achtern. Backbord und Steuerbord."

„Ach, du meine Güte." Rachel seufzte laut. „Seemannsgarn." Sie küsste ihn auf den Mund. „Sag mal, Seemann ...", begann sie.

„Ja?"

„Wo ist eigentlich der Achtersteven?"

„Ich zeige es dir." Ganz sacht küsste er sie auf den Hals. „Liebling, ich glaube, wir sollten jetzt besser das Sofa ausziehen, bevor sich die Dinge so weiterentwickeln."

„Okay, wenn du willst."

Aber das Sofa schien meilenweit entfernt zu sein. „Wir könnten es auch verschieben. Vielleicht könntest du etwas auf Ukrainisch sagen, dann wäre es mir möglich zu vergessen, dass wir uns auf dem Fußboden befinden."

„Warum sollte ich Ukrainisch sprechen?"

„Weil es mich auf die Palme bringt. Also, schieß los."

Rachel seufzte, legte die Arme um seinen Nacken und flüsterte ein paar Worte.

„Und was heißt das?"

„Frei übersetzt heißt das, dass du ein großer Dummkopf bist."

„Hm, bist du sicher, dass du nicht gesagt hast, wie sehr du mich begehrst?"

„Nein, das wäre deine Art, den Sachverhalt auszudrücken."

Bevor sie ihm sagen konnte, wie sehr sie ihn wirklich begehrte, hatte er sie bereits fest in die Arme geschlossen.

Zackary kuschelte sich eng an Rachel. Es war dunkel. Sie hatten es in der Zwischenzeit doch noch geschafft, aus dem Sofa ein Bett zu machen. Aus dem Nachmittag war Abend, aus dem Abend Nacht geworden.

„Ich möchte gerne bleiben", erklärte er leise.

„Ich weiß." Es war albern, traurig darüber zu sein, dass er ging. Dabei hatte sie immer streng darauf bestanden, ihre Nächte allein zu verbringen. „Aber du kannst nicht bleiben. Es ist noch zu früh, um Nick über Nacht sich selbst zu überlassen."

„Wenn die Situation es zuließe", begann er frustriert, „würde ich dich mitnehmen, um morgen früh an deiner Seite aufzuwachen."

„Ich weiß nicht, ob wir Nick bereits trauen können. Solange seine Situation nicht gefestigt ist, sollte er besser nicht wissen, dass wir beide …"

Ja, was war überhaupt mit ihnen? Die Frage ging beiden durch den Kopf. Aber keiner sprach es aus.

„Du hast recht." Zackary setzte sich auf. „Rachel, ich möchte wieder mit dir zusammen sein. Es muss ja nicht gerade im Bett sein." Er streichelte sanft ihre Wange. „Oder auf dem Teppich", fügte er hinzu.

„Auch ich möchte mit dir zusammen sein." Sie legte ihre Hand zärtlich auf seine. „Es ist einfach gut. Das muss reichen."

„Ja." Er war fast überzeugt, dass es genug war. „Ich könnte mir am Mittwoch freinehmen. Wir könnten zusammen essen."

„Gern.“

Sie schwiegen eine Zeit lang.

Rachel seufzte. „Du solltest jetzt besser gehen.“

„Ja.“

„Vielleicht könnten wir am Sonntag zusammen mit Nick zu meinen Eltern fahren.“

„Das ist eine gute Idee.“ Er küsste sie immer und immer wieder. „Einmal noch, ja?“

„Ja.“ Sie umarmte ihn zärtlich. „Noch einmal.“

Rachel wechselte den Telefonhörer zum anderen Ohr; notierte etwas auf dem Notizblock und warf einen zweifelnden Blick über die Akten auf ihrem Schreibtisch.

„Ja, Mrs. Macetti, ich kann Sie gut verstehen. Aber wir benötigen einige Zeugen, die den guten Charakter Ihres Sohnes bestätigen. Ihr Priester vielleicht, oder ein Lehrer.“ Während sie den Wortschwall der Anruferin über sich ergehen ließ, hoffte sie, dass einer ihrer Mitarbeiter so aufmerksam wäre, ihr eine Tasse Kaffee zu besorgen. „Das kann ich Ihnen so nicht sagen, Mrs. Macetti. Die Chancen stehen gut, dass es nur auf eine Bewährungsstrafe hinausläuft, da er nicht selbst am Steuer saß. Aber es führt nichts an der Tatsache vorbei, dass er in einem gestohlenen Auto fuhr, und …“

Sie faltete sorgfältig den Zettel, auf dem sie sich Notizen gemacht hatte. „Ja, nun, wie ich Ihnen schon sagte, es wird schwer sein, irgendjemanden davon zu überzeugen, dass er von dem Diebstahl nichts wusste.“ Zufrieden mit ihrem Papierflugzeug, warf sie den Gleiter zur Tür hinaus.

„Natürlich ist er ein guter Junge, Mrs. Macetti.“ Rachel rollte ergeben mit den Augen. „Schlechte Gesellschaft, ja. Ich tue, was in meiner Macht steht. Bleiben Sie zuversichtlich. Wir sehen uns dann nächste Woche vor Gericht. Ich rufe Sie an. Ja, das verspreche ich. Auf Wiederhören. Ja, unbedingt. Auf Wiederhören.“

Rachel legte den Hörer auf und schloss einen Moment die Augen. Zehn Minuten mit einer tobenden Mutter zu telefonieren war anstrengender, als den ganzen Tag im Gericht zu arbeiten.

„Harter Tag heute?“

Rachel öffnete die Augen und sah Nick in der Tür stehen. In der einen Hand hielt er ihr Papierflugzeug, in der anderen einen Pappbecher.

„Ein harter Monat." Ihr Blick blieb auf dem Becher kleben. „Ist das etwa Kaffee?"

„Ohne Zucker." Er kam näher und gab ihr das heiße Getränk. „Deine Notizen sind ziemlich verzweifelt. Ich kam zufällig den Gang entlang. Das Ding hat mich mitten ins Herz getroffen."

Rachel nahm einen Schluck Kaffee und fühlte die Wirkung des Koffeins sofort. „Da du mir mit dem Kaffee soeben das Leben gerettet hast ... Was kann ich für dich tun?"

„Ich dachte, wir könnten vielleicht zusammen etwas essen."

„Tut mir leid, Nick." Sie zeigte auf die Akten auf ihrem Schreibtisch. „Ich stecke bis über beide Ohren in Arbeit."

„Lassen sie dich denn nicht einmal zum Essen gehen?"

„Hin und wieder werfen sie mir ein Stück rohes Fleisch herein." Sie betrachtete den Aktenstapel und überlegte, wie viel Zeit sie für die Vorbereitung benötigte, bevor sie sich mit dem Staatsanwalt traf. „Eigentlich würde ich gern mit dir reden, falls du ein paar Minuten Zeit hast."

„Meine Schicht geht heute von sechs bis zwei Uhr nachts. Ich habe also jede Menge Zeit."

„Fein." Sie stand auf und schloss die Tür. Als sie sich umdrehte, stand er vor ihr und legte die Hände um ihre Hüften. „Setz dich, Nick." Sie ging an ihm vorbei und nahm hinter dem Schreibtisch Platz, während Nick sich auf einem Sessel räkelte.

„Drei Wochen sind jetzt vorüber. Ich wollte wissen, wie es dir geht."

„Mir geht's so weit gut."

„Wenn wir wieder vor Richterin Beckett stehen, gibt sie dir vermutlich eine Bewährung, falls du vorher keinen gravierenden Fehler machst."

„Das habe ich nicht vor." Der Stuhl knarzte, als er sich damit zurücklehnte. „Der Knast steht zurzeit nicht auf meiner Wunschliste."

„Das höre ich gern. Aber das Gericht wird auch etwas über deine Zukunftspläne erfahren wollen. Vielleicht möchtest du die Wohnsituation bei Zackary aufrechterhalten."

„Für immer?" Nick lachte laut auf. „He, ich möchte eine Bude für mich allein. Ich komme zwar mit Zackary schon besser klar, aber der Gedanke, dass er hereinplatzen könnte, wenn ich gerade Damenbesuch habe, ist nicht berauschend.“ Er warf Rachel einen herausfordernden Blick aus grünen Augen zu. „Du verstehst doch sicher, was ich dir damit sagen will?“

Damit wären wir beim Thema, dachte Rachel und ergriff die Gelegenheit beim Schopf. „Hast du denn ein Mädchen?“

Nick lächelte viel sagend. „Ich stehe mehr auf Frauen. Frauen mit großen braunen Augen.“

„Nick ...“

„Weißt du, gerade auf dem Weg hierher dachte ich darüber nach, dass es verdammtes Glück war, dass sie mich geschnappt haben.“ Er fasste ihre Hand und strich verspielt über ihre Finger. „Sonst wäre mir nie eine so gut aussehende Anwältin über den Weg gelaufen.“

„Nick, ich bin sechsundzwanzig.“ Es war nicht gerade das, was Rachel eigentlich sagen wollte, aber Nick hob nur stolz den Kopf.

„Ja, und?“

„Und ich bin vom Gericht als deine Betreuerin bestellt.“

„Eine faszinierende Situation.“ Er lächelte. „In fünf Wochen hat sich das erledigt.“

„Dann bin ich immer noch sieben Jahre älter als du.“

„Eher sechs“, erwiderte er lässig. „Na und? Wen kümmert das?“

„Mich.“ Rachel lehnte sich in ihrem Stuhl zurück. „Nick, ich mag dich. Sehr sogar. Und ich habe es ernst gemeint, als ich sagte, ich wolle dein Freund sein.“

„Das Alter spielt zwischen uns keine Rolle.“ Er stand auf, ging um den Schreibtisch herum und setzte sich auf die Tischkante.

„Ich war bereits im College, als du in die Pubertät kamst.“

„Die habe ich hinter mir.“ Er grinste schelmisch und streichelte ihr Kinn. Dann kniff er die Augen zusammen. „Ist das etwa ein blauer Fleck?“

„Ich habe mich gestoßen“, wich sie aus und versuchte es noch einmal. „Um es deutlich auszudrücken, ich bin zu alt für dich, Nick.“

Er starrte noch einen Moment auf den Bluterguss, dann hob er den Blick und sah ihr in die Augen. „Da bin ich anderer Ansicht. Überleg doch mal – wenn ein Typ sechs Jahre älter ist als die Frau, hättest du doch auch nichts dagegen, oder?“

„Das ist auch etwas ganz anderes."

„Ah, das ist aber sehr sexistisch, nicht wahr?", sagte er gespielt tadelnd. „Ich dachte, du seist für Gleichberechtigung?"

„Natürlich, aber ..." Sie brach schnaubend ab.

„Touché!"

„Aber ganz unabhängig vom Altersunterschied", – da dies offenbar nicht wirkte –, „bin ich als Betreuerin für dich verantwortlich. Es wäre falsch und nicht zuletzt gegen die Berufsethik, mich auf etwas einzulassen, das darüber hinausgeht. Ich mache mir Gedanken um dich, und wenn ich bei dir den Eindruck erweckt haben sollte, dass ich an mehr als Freundschaft interessiert sei, dann möchte ich mich dafür entschuldigen."

Er dachte über ihre Worte nach. „Du nimmst deine Arbeit wirklich sehr ernst, stimmt's?"

„Ja."

„Ich hab's begriffen. Also ohne Druck, ja?"

Rachel seufzte erleichtert. „Genau." Sie stand auf und gab ihm die Hand. „Du bist in Ordnung, Nick."

„Du auch." Als das Telefon klingelte, küsste er schnell ihre Hand. „Ich überlasse dich jetzt deinen anwaltlichen Pflichten. Die fünf Wochen kann ich locker warten."

„Aber ..."

„Bis dann." Er verließ das Büro und ließ eine völlig verwirrte Rachel zurück.

Nick fühlte sich großartig. Er hatte den ganzen Tag Zeit, Geld in der Tasche und die Aussicht auf eine wundervolle Frau. Er musste grinsen, als er daran dachte, wie verwirrt sie gewesen war. Er hatte ja nicht geahnt, was für ein gutes Gefühl es war, eine Frau nervös zu machen.

Man stelle sich vor, eine Superfrau wie Rachel machte sich Gedanken um ihr Alter! Er schüttelte den Kopf und eilte auf den U-Bahn-Eingang zu. Na schön, er hatte sie für jünger gehalten, aber das machte auch keinen Unterschied. Alles an ihr war einfach perfekt!

Was würde Zackary dazu sagen, wenn er ihn Arm in Arm mit Rachel in die Bar kommen sah? Mit einer Frau wie Rachel Stanislaski an seiner Seite würde er ihn nicht mehr für ein Kind halten.

Auf dem Weg zum Times Square träumte er davon, was er alles mit ihr unternehmen könnte. Sie konnten essen gehen, Spaziergänge machen, miteinander reden, tanzen oder einen gemütlichen Abend vor dem Fernseher verbringen. Er hielt es für einen Beweis seiner ernsten Absichten, dass Sex auf seiner Wunschliste keineswegs ganz oben stand.

Er schlenderte vergnügt die Allee entlang und ging schließlich in eine der zahlreichen Spielhallen, um sich ein wenig beim Flippern zu entspannen.

Laute Rockmusik schlug ihm entgegen, vermischt mit dem metallenen Biepen und Zischen der elektrischen Geräte, als er die Spielhalle betrat. Auch wenn es ihm gefehlt hatte, eine Spielhalle zu betreten, wann immer er wollte, so musste er doch zugeben, dass es ein gutes Gefühl war, Geld in der Tasche zu haben, das er selbst verdient hatte.

Kein Verstecken mehr, kein schlechtes Gewissen. Sicher, er hatte keinen Kontakt zu der Gang mehr, aber er fühlte sich lange nicht so einsam, wie er anfangs befürchtet hatte.

Was er natürlich niemals laut zugeben würde. Genauso wenig wie die Tatsache, dass es ihm Spaß machte, in der Küche mit Rio zu arbeiten. Dieser Hüne von einem Koch kannte viele Anekdoten und Geschichten, die meisten erzählte er von Zack. Beim Zuhören konnte Nick sich alles genau vorstellen. Fast so, als wäre er dabei gewesen.

Aber er war nicht dabei gewesen. Das durfte er nicht vergessen. Er hätte niemandem erklären können, wie mies er sich gefühlt hatte, als Zack zur See gegangen war. Da war er wieder allein gewesen. Sicher, seine Mutter hatte es versucht, aber sie war mehr wie ein Schatten durchs Leben gehuscht. Es hatte sie ihre ganze Energie gekostet, um überhaupt Essen auf den Tisch stellen zu können. Zu mehr hatte sie keine Kraft gehabt.

Und dann war Zack in seinem Leben aufgetaucht.

Nick erinnerte sich noch gut an die erste Begegnung mit seinem Stiefbruder. Zack hatte auf einem Hocker in der Küche gesessen und sich mit Chips voll gestopft. Groß und dunkel war er gewesen, immer ein Lachen auf den Lippen und unglaublich großzügig. Als Nick erst einmal den Mut aufgebracht hatte, ihm auf Schritt und Tritt zu folgen, hatte Zack den kleinen Stiefbruder nicht weggestoßen, sondern gutmütig gewähren lassen.

Es war Zack gewesen, der ihn zum ersten Mal in eine Spielhalle mitgenommen, ihn auf einen Barhocker gestellt und ihm gezeigt hatte, wie man die silbernen Kugeln tanzen ließ.

Mit Zack war er zum ersten Mal zur Festtagsparade gegangen. Zack hatte ihm geduldig beigebracht, wie man seine Schnürsenkel band. Zack hatte ihn zusammengestaucht, wenn er, ohne auf den Verkehr zu achten, seinem Ball hinterhergerannt war.

Und es war Zack gewesen, der ihn knapp ein Jahr später mit einer kranken Mutter und einem autoritären Stiefvater allein zurückgelassen hatte, der ihn im Stich gelassen hatte.

Vielleicht will Zack das ja wieder gutmachen, dachte Nick mit einem Achselzucken und fluchte laut, als der Ball verloren ging. Und vielleicht, ganz tief drinnen, wollte Nick Zack auch die Chance geben, es wiedergutzumachen.

„He, LeBeck." Der Schlag auf die Schulter hätte Nick fast den nächsten Ball gekostet. „Wo hast du dich versteckt?"

„Ich bin immer erreichbar." Nick warf einen kurzen Blick auf Cash und konzentrierte sich wieder auf das Spiel. Er fragte sich, ob Cash wohl irgendwas sagen würde, weil er seine Cobra-Jacke nicht trug.

„Hängst du immer noch bei deinem Stiefbruder rum?"

„Ja, in ein paar Wochen habe ich noch einen Termin bei Gericht."

Cash stellte sich an den Flipper und übernahm den nächsten Ball. „Hat dich übel erwischt, was? Irgendwie ist die Sache ziemlich schiefgegangen. Das verursacht mir Magenschmerzen."

„So?"

„Ja, Mann, ehrlich. Wir haben uns abgeseilt, und du musst den Mist ausbaden."

Nick zuckte mit den Schultern. „Ich komme ganz gut klar damit. Was macht die Bande?"

„Das Übliche. Hör mal, ich hätte da eine Bombensache, in die du einsteigen könntest."

„Vergiss es."

„Kommst wohl nachts nicht aus der Bar raus, was?"

„Jederzeit."

„Zum Hinterausgang?"

„Ja. Zackary hat meistens bis drei in der Bar zu tun, sonntags bis zwei. Ich gehe einfach über die Feuertreppe."

„Hast du dein Zimmer im Obergeschoss?“

„Mm … Dein Ball.“

Cash ließ nicht locker, Nick weiter auszufragen. So erfuhr er, dass das Geld in einem Tresor im Büro aufbewahrt wurde. Es gab drei Wege dorthin: die Vordertüre, den Hintereingang und das Apartment im oberen Stockwerk.

Nachdem Nick ihm drei Spiele in Reihenfolge abgenommen hatte, wusste Cash alles, was er benötigte. Er verabschiedete sich schnell und ging, um sich mit Reece zu treffen.

Er fühlte sich zwar nicht wohl bei dem Gedanken, Nick hereinzulegen, aber schließlich war er ein Cobra.

8. KAPITEL

Zackary stieg aus der Dusche und trocknete sich ab. Er war froh, dass der Nachmittag endlich zu Ende ging. Normalerweise störten ihn die Büroarbeiten nicht. Oder zumindest hasste er sie nicht. Na ja, wenn er ehrlich war, hasste er sie schon, aber diese Arbeit war eben ein notwendiges Übel.

Er hatte alle Bestellungen aufgegeben, seine Rechnungen bezahlt und die monatliche Buchführung erledigt. Er war zufrieden mit sich. Und mit dem Geschäft.

Sah so aus, als sei das Loch, das die Krankheit seines Vaters und die daraus resultierenden Kosten in seine Brieftasche gerissen hatte, endlich gestopft. Schön, die Kaution für Nick machte die Sache noch ein bisschen eng, aber in einem Jahr konnte er bestimmt mehr tun als nur Boote in Katalogen anschauen.

Was würde Rachel wohl von dem Vorschlag halten, sich einen Monat freizunehmen und mit einem Boot durch die Karibik zu segeln? Er konnte sie sich gut vorstellen, wie sie auf den schimmernden Holzplanken lag, in einem knappen Bikini. Ihm gefiel der Gedanke, wie der Wind ihr die Haare ins Gesicht blasen würde und sie den Kopf in die Sonne hielt.

Natürlich müsste er das Boot zunächst testen, und vor allem die Takelage. Vielleicht konnte er Nick überreden, ein Wochenende mitzusegeln. Er wollte, dass sie beide einmal die Gelegenheit erhielten, aus ihrem Stadtalltag auszubrechen, weg von der Stadt, weg von der Bar – und weg von den Erinnerungen, die sie beide gefangen hielten.

Zackary wickelte sich das Handtuch um die Hüften und ging ins Schlafzimmer, um sich anzuziehen. Er hoffte so sehr, dass der Besuch bei den Stanislaskis am Sonntag seinen Bruder etwas aus der Reserve lockte. Immer wenn Rachel von ihrer Familie sprach, hatte er das Gefühl, dort etwas zu finden, das er und Nick vermisst hatten.

Nick sollte ein wenig die Erfahrung machen, dass das Leben auch anders sein konnte. Etwa die Hälfte der Bewährungszeit war um, und bis jetzt war alles reibungslos verlaufen.

Das habe ich Rachel zu verdanken, überlegte Zackary und zog sich die Jeans an. Überhaupt verdankte er ihr eine ganze Menge. Sie hatte nicht nur Nick eine Chance gegeben, sondern sie hatte auch sein eigenes Leben entscheidend verändert. Etwas hinzugefügt, von dem er nie geglaubt hatte, es überhaupt je besitzen zu können. Etwas, das er …

Er atmete tief aus und starrte in den Spiegel. Sei kein Idiot, Muldoon, ermahnte er sein Spiegelbild. Immer mit der Ruhe. Die Lady will es langsam angehen lassen, und du auch.

Es würde nichts Gutes einbringen, wenn er das vergaß.

„Gehst du aus?“ Nick klopfte gegen den Türpfosten und betrachtete Zackary, der vor dem Spiegel stand.

„Bitte? Ach so, ja. So könnte man es ausdrücken.“ Er fuhr sich mit der Hand durch das nasse Haar.

„Ich habe ab sechs Dienst.“ Nick verstand selbst nicht ganz, warum er ausgerechnet jetzt an die Zeit zurückdenken musste, als er früher immer im Bad gestanden und Zack beim Rasieren zugeschaut hatte. Wie fasziniert er gewesen war, wenn Zack Rasierschaum auf dem Gesicht verteilt hatte. „Rio hat heute Abend einen besonderen Rindseintopf gekocht. Schade, den wirst du verpassen.“

Zackary zog ein Hemd über. „Du kannst für mich mitessen, oder Rio wird ihn mir morgen zum Frühstück servieren.“

Nick stellte sich lässig in den Türrahmen. „Du lässt dir von ihm einiges bieten.“

„Er ist stärker als ich.“

„Richtig.“

Während er das Hemd zuknöpfte, sah er Nick im Spiegel an. „Er hat das Gefühl, er müsse ständig auf mich aufpassen. Und mir tut es nicht weh, wenn ich ihn in dem Glauben lasse. Hat er dir eigentlich schon einmal erzählt, wie er zu der Narbe in seinem Gesicht gekommen ist?“

„Er hat etwas von einer zerbrochenen Flasche und einem betrunkenen Matrosen gesagt.“

„Der betrunkene Matrose wollte mir mit der zerbrochenen Flasche an die Kehle. Rio stellte sich ihm in den Weg. Ich schulde ihm also eine Menge. Warum sollte ich da seine Nörgeleien in den Vordergrund stellen?“ Zackary drehte sich um und lächelte Nick an. „Und du wirst dafür bezahlt, damit klarzukommen.“

„Er ist okay.“ Nick hätte gerne noch mehr über die Geschichte mit dem betrunkenen Matrosen erfahren, aber er fürchtete, dass Zackary es mit einem Schulterzucken abwehren würde. „Also, wenn du heute Abend dein Glück findest, brauchst du nicht nach Hause zu kommen."

„Danke, dass du so entgegenkommend bist, aber ich werde nicht über Nacht wegbleiben."

„Damit du mich ins Bett bringen kannst, was?", murmelte Nick trotzig.

„Nenn es, wie du willst." Zack schluckte den Fluch hinunter. Ein Mal, ein einziges Mal, würden sie ein Gespräch zu Ende bringen, ohne laut zu werden. „Hör zu, ich gehe davon aus, dass du nicht durchs Fenster abhauen wirst. Das könntest du auch, wenn ich hier bin. Es ist einfach nur so, dass die Lady vielleicht über Nacht keine Gesellschaft haben will. Das muss ich dann respektieren."

Nick war einigermaßen versöhnt. Er hakte die Daumen in die Gürtelschlaufen und grinste frech. „Also haben sie dir bei der Marine wohl doch nicht so viel beigebracht, was, Bruderherz?"

Mit einer Geste, die sie beide schon fast vergessen hatten, nahm Zack Nick in den Schwitzkasten und rieb recht unsanft mit den Fingerknöcheln über Nicks Scheitel. „Sei nicht so großspurig!" Dann nahm er seine Jacke über die Schulter und ging zur Tür. „Und du musst auch nicht aufbleiben. Irgendwie habe ich das Gefühl, dass das Glück mir heute vielleicht doch hold ist."

Lange nachdem Zackary die Tür hinter sich zugezogen hatte, grinste Nick immer noch.

Rachel schloss gerade die Außentür auf, als Zackary plötzlich hinter ihr stand. „Da komme ich gerade im richtigen Augenblick", erklärte er und küsste ihren Nacken.

„Aus deiner Sicht vielleicht. Bei mir ging heute alles drunter und drüber. Eigentlich wollte ich erst noch ein Bad nehmen."

„Wundervoll, ich werde dir den Rücken schrubben." Sie gingen zusammen zum Fahrstuhl. Kaum hatte sich die Kabine in Bewegung gesetzt, presste er Rachel sanft gegen die Wand und küsste sie auf den Mund.

Sobald seine Lippen ihre berührten, spürte sie tief in sich dieses schmerzhafte Sehnen nach ihm. „Du duftest so gut, Zackary."

„Das müssen wohl die hier sein." Er holte hinter seinem Rücken einen Strauß Rosen hervor und hielt ihn ihr entgegen.

„Noch ein Bestechungsversuch, Muldoon?“ Sie barg ihr Gesicht in den Blüten und sog tief den Duft ein.

„Ich habe sie einem Straßenhändler abgekauft. Er sah so aus, als könnte er etwas Geld gebrauchen.“

„Du hast ja so ein weiches Herz.“ Sie gab ihm den Schlüssel, damit er die Wohnungstür aufschließen konnte.

„Sag’s bloß nicht weiter.“

Nachdem sie die Tür mit dem Fuß zugeschlagen hatte, stellte sie die Aktentasche ab, legte den Strauß vorsichtig auf einen Tisch und schlang die Arme um Zackarys Hals.

„Ich habe dich vermisst.“ Er hob sie ein paar Zentimeter vom Boden hoch.

„Ach ja?“, erwiderte sie lächelnd. „Vielleicht habe ich dich ebenfalls vermisst. Ein wenig. Wie lange möchtest du mich eigentlich noch in der Luft verhungern lassen?“

„So kann ich dich besser betrachten. Du siehst wundervoll aus, Rachel.“

„Du brauchst keine Schmeicheleien, um mich weich zu kriegen.“

„Wenn ich dich betrachte, dann denke ich immer an die wundervollen Sonnenaufgänge auf See. Die Farben kommen aus dem Himmel, breiten sich über dem Horizont aus und ergießen sich über das Wasser. Für ein paar Minuten ist es so, als erwache alles zu neuem Leben. Und wenn ich dich ansehe, verspüre ich das Gleiche.“

Ihre Augen wurden dunkler. Ein Gefühl ergriff von ihr Besitz, über das sie lieber nicht nachdenken wollte. „Oh Zackary.“ Sein Name war wie ein Hauch nur. Und wenn sie nicht sofort die Stimmung aufheiterte, würde sie bestimmt noch zu heulen anfangen! „Rosen und Poesie, und das alles an einem einzigen Tag. Ich weiß gar nicht, was ich sagen soll.“

„Und das ist nur der Anfang.“

„Soll das heißen, dass wir jetzt …?“

„Immer langsam“, unterbrach er sie lachend, setzte sich auf das Sofa und zog sie auf den Schoß. „Zeig mir deinen Bluterguss.“

„Es ist schon wieder gut.“ Doch er hob bereits ihr Kinn an, um es sich genauer anzusehen. „Das Schlimmste daran ist, dass es die Runde gemacht hat und ich mir all diese mitfühlenden Sympathiebekundungen habe anhören müssen. Wenn die Jungs von der Polizei den Mund gehalten hätten, hätte ich wenigstens behaupten können, ich sei in eine Tür gerannt."

„Zieh die Jacke und den Pullover aus."

Rachel zog skeptisch eine Augenbraue hoch. „Du bist ja richtig romantisch, Muldoon."

„Ich möchte nur deinen Hals sehen."

„Da gibt es nichts zu sehen."

„Und deshalb trägst du einen Pullover, dessen Kragen bis zum Kinn reicht?"

„Das ist jetzt modern."

„Zieh ihn aus, Süße, oder ich übernehme das für dich."

Ihre Augen begannen zu funkeln. „Das ist Nötigung eines Beamten." Rachel zog die Schuhe aus und kickte sie beiseite. Sie hob herausfordernd das Kinn. „Versuch es doch. Mal sehen, wer stärker ist."

Sie ließ es zwar nicht auf eine wirkliche Auseinandersetzung ankommen, aber der kurze Ringkampf genügte vollkommen, um sie beide zu erregen. Schließlich presste Zackary sie gegen das Sofa, hielt ihre Arme über den Kopf und klemmte die Hände fest. Sie atmeten heftig.

„Ich habe mich nicht ernsthaft gewehrt", erklärte sie.

„Das habe ich gemerkt." Ihre Jacke lag zerknittert auf dem Fußboden neben dem Sofa. Zackary begann langsam ihren Pullover hochzuziehen.

Rachel holte tief Luft. „Das ist nicht mein Hals", bemerkte sie trocken, als er mit der Hand über ihre Brüste glitt.

„Ich will nur was überprüfen." Er strich mit den Fingern über die Spitzen ihrer Brust, bis sie sich erregt aufrichteten. „Du reagierst ziemlich schnell, Rachel."

Aber nur auf dich, dachte sie fiebrig.

Er zog langsam den Pullover höher, Stück für Stück, genoss jede Sekunde. Er lockerte nur kurz den Griff, um ihr den Pulli über den Kopf zu ziehen, warf ihn dann beiseite und hielt ihre Hände wieder fest, während er ihr in die Augen sah.

„Zack."

Sie versuchte sich freizuwinden, doch er ignorierte ihre Bemühungen. „Ich habe dir schon einmal gesagt, dass ich dich zum Wahnsinn treiben will. Weißt du es noch?"

Das tat er bereits. „Zackary, lass meine Hände los, ich möchte dich berühren."

Er hob langsam ihren Kopf und küsste vorsichtig die verletzten Stellen an ihrem Hals. „Ich möchte nie wieder erleben, dass dir jemand etwas zufügt. Nie wieder."

„Es tut nicht weh." Ihr Puls klopfte heftig unter seinen leidenschaftlichen Küssen. „Zack, du musst mich nicht verführen."

„Oh doch, das muss ich. Aber du hast Angst davor, es geschehen zu lassen – was der Idee nur noch mehr Reiz verleiht und die Vorstellung geradezu unwiderstehlich macht." Er rutschte ein wenig zur Seite, damit er den Reißverschluss ihres Rocks aufziehen konnte. „Es gibt Orte, an die ich dich bringen will." Sein Mund kam ihrem immer näher. „Einzigartige, wunderbare, unvergleichliche Orte."

Es gibt kein Zurück mehr, dachte sie, als er sie näher an seinen Körper zog. Es war, als habe sie sich in einem Labyrinth von Gefühlen verloren, so nachdrücklich drängte sie sich seinen Liebkosungen entgegen.

Zackary ließ die Finger über die Seidenstrümpfe hinauf zu den weißen Strumpfbändern gleiten. Er öffnete erst den einen Verschluss, dann den anderen. Rachel stöhnte leise. Schließlich zog er die Strümpfe Zentimeter für Zentimeter die Beine hinunter.

Rachel hielt den Atem an, als er mit der Zunge über die warme Haut ihrer Oberschenkel glitt. Ungeduldig zog sie ihr Höschen aus, um ihm den Weg zu öffnen, mehr von ihr zu spüren.

Sie spannte sich wie ein Bogen unter ihm, als sie die ersten Wellen der Leidenschaft spürte. Sie flüsterte etwas auf Ukrainisch und half Zackary, sich auszuziehen. Begierig drängte sie sich ihm entgegen und schloss seinen Mund mit zärtlichen Küssen.

„Eigentlich wollte ich ja nur mit dir ausgehen", erklärte Zackary, als sie eng umschlungen auf dem Sofa lagen.

„Aber sicher."

Er lächelte. „Doch, ehrlich. Wir können uns wieder anziehen und einen neuen Versuch starten."

Sie küsste ihn auf die Brust. Sein Herzschlag ging immer noch stark und schnell. „Du wirst nirgendwohin gehen, Muldoon. Nicht bevor ich mit dir fertig bin."

„Wenn du darauf bestehst."

„Wozu gibt es denn einen Lieferservice? Wie wäre es mit chinesischem Essen?"

„Bitte. Wer steht auf und ruft an?"

Sie setzte sich auf und rieb die Wange auf seiner Haut. „Wir knobeln."

Zackary verlor. Rachel nutzte die Gelegenheit, um schnell zu duschen. Als sie mit triefend nassen Haaren in ihrem weißen Bademantel zurückkam, füllte Zackary gerade zwei Weingläser.

„Ich wiederhole mich ungern, aber ich vermute, dass du großartig aussahst, als du ganz nass warst." Er reichte ihr ein Glas.

„Du hättest ja mitkommen können." Sie strich ihm mit dem Zeigefinger über die bloße Brust. Er hatte zwar seine Jeans übergezogen, mit dem Hemd aber hatte er sich nicht bemüht.

„Dann hätten wir nicht gehört, wenn das Essen geliefert wird."

Rachel ging in die Küche, holte Teller und stellte sie auf den Tisch neben dem Fenster. „Ich muss jetzt unbedingt Energie tanken. Ich habe heute nur einen Schokoriegel im Büro gegessen." Sie zündete Kerzen an, weil die Stimmung richtig dafür war. „Nick war übrigens bei mir im Büro."

„Oh."

„Wenn ich doch nur mehr Zeit gehabt hätte …" Sie starrte auf die Flamme. „Er hat mich zwischen zwei Telefonaten und einer Verhandlung erwischt."

Er sah ihr zu, wie sie in ihrem praktischen, alltäglichen Frotteemantel mit den Kerzen romantische Atmosphäre im Raum schuf, und fragte sich, ob sie sich des Kontrastes überhaupt bewusst war. „Du bist mir keine Erklärung schuldig, Rachel."

„Aber mir selbst." Sie machte das Licht aus und tauchte das Zimmer dadurch in flackerndes Kerzenlicht. „Er wollte mit mir ausgehen. Ich habe mit ihm gesprochen … über die Situation und so …"

„Du meinst, weil er hinter dir her ist?"

„So würde ich das nicht ausdrücken." Sie seufzte schwer, als es an der Tür läutete. „Er bringt ganz einfach Dankbarkeit und Freundschaft völlig durcheinander." Sie öffnete das Sicherheitsschloss und ging zum Tisch zurück. „Du hast bestellt, Muldoon."

Auf dem Weg zur Tür zückte Zack sein Portemonnaie aus der

Hosentasche und öffnete dem Servicemann. Dann kam er mit drei großen Tüten zurück und packte die Kartons aus. Sofort war der Raum mit exotischen Düften erfüllt.

„Willst du mir nicht auch den Rest erzählen? Was hast du ihm gesagt?"

„Nun ..." Rachel klemmte ein paar Nudeln zwischen die Essstäbchen. „Ich habe ihn auf den Altersunterschied hingewiesen." Sie kaute genüsslich. „Er hat es mir nicht abgekauft." Sie sprach mit vollem Mund weiter. „Er hatte ein bestechendes Gegenargument, also musste ich die Taktik ändern."

„Diese Fähigkeit ist mir bereits bei Gericht aufgefallen", erinnerte er sie.

„Ich habe ihm erklärt, welche Verpflichtungen ich als seine Betreuerin eingegangen bin. Er schien auch für alles Verständnis zu haben."

„Gut."

„Das dachte ich zuerst auch. Aber als er ging, sagte er, es sei für ihn nicht so schwer, noch fünf Wochen zu warten."

Zackary schwieg einen Moment. Dann lachte er halbherzig und nahm sein Weinglas auf, trank aber nicht. „Der Junge ist wirklich gut."

„Zack, die Sache ist ernst."

„Ich weiß, ich weiß. Für uns beide ist das keine einfache Sache. Aber es ist schon bewundernswert, wie energisch er sich an dich herangepirscht hat."

„Er war sehr charmant." Rachel öffnete einen weiteren Karton und häufte sich einige gebratene Hühnchenstücke und Sojabohnen auf den Teller. „Kennst du kein Mädchen in seinem Alter, das du ihm vor die Nase setzen könntest?"

„Lola hat eine Tochter", erwiderte er nachdenklich. „Ich glaube, sie ist sechzehn."

„Lola hat ein Kind in diesem Alter?"

„Drei sogar. Sie wollte früh anfangen, bevor sie mit vierzig ihre Meinung über das Kinderkriegen änderte."

„Nun, ich werde es vielleicht noch einmal selbst versuchen. Es könnte ja sein, dass sich seine Gefühle in den nächsten ein oder zwei Wochen ändern."

„Darauf würde ich mich nicht verlassen." Er fasste ihre Hand.

„Es ist nämlich schwer, nicht ständig an dich zu denken."

„Soll das etwa heißen, dass du an mich denkst, während du Drinks mixt und mit deiner Kundschaft flirtest?"

„Ich flirte nicht mit Pete."

Sie lachte. „Ich denke da eher an die junge Blondine und den ebenso jungen Rotschopf, die ganz heiß auf deinen Spezialdrink sind."

„Sie observieren mich also, Frau Anwältin."

„Die Rothaarige mit den grünen Augen ist hinter dir her."

„Sie hat blaue Augen."

„Aha!"

Zackary schüttelte amüsiert den Kopf, weil er ihr so leicht auf den Leim gegangen war. „Es ist immer gut, wenn man seine Stammgäste besser kennt. Ich mag übrigens viel lieber braune Augen, mit einem Stich ins Goldene."

„Zu spät." Sie küsste ihn und lachte ebenfalls. „Ist schon in Ordnung, Muldoon. Nötigenfalls kann ich mir immer noch Rios Fleischmesser leihen – sollte dir mehr auffallen als ihre blauen Augen."

„Dann kann mir ja nichts passieren. Schließlich habe ich ihre süßen Sommersprossen auf der niedlichen Nase noch nie bemerkt. Auch nicht das kleine Grübchen an ihrem Kinn."

Rachel kniff die Augen zusammen und biss ihn in die Unterlippe. „Gib Acht, Muldoon, dass du dich nicht in zu tiefes Fahrwasser begibst."

„Kein Problem", entgegnete er. „Ich bin ein ausgezeichneter Schwimmer."

Stunden später, als Zack in sein kaltes, leeres Bett kroch, dachte er an diesen Abend zurück, um sich zu wärmen. Es war schön gewesen, einfach richtig schön. Sie hatten zusammen gelacht, sich gegenseitig mit chinesischem Essen aus Pappschachteln gefüttert und über Gott und die Welt geredet. Nicht über die Arbeit, nicht über Nick, aber über hundert andere Dinge.

Dann hatten sie sich noch einmal geliebt. Langsam, voller Zärtlichkeit und Gefühl, während um sie herum der Abend in die Nacht übergegangen war.

Er hatte gehen müssen. Er hatte Verpflichtungen, die er einzuhalten hatte. Und während er sich auf die Seite drehte und den Schlaf nahen fühlte, stellte er sich vor, wie es sein würde.

Morgens mit ihr aufwachen. Zu fühlen, wie sie sich an seiner Seite regte, wenn der Wecker losging. Sie zu beobachten, wie sie durch die Wohnung huschte, um sich für die Arbeit fertig zu machen.

Sie würde eines dieser schicken Kostüme tragen, und gemeinsam würden sie in der Küche eine schnelle Tasse Kaffee trinken, um noch eben den Tag zu planen.

Manchmal würden sie die kurze Mittagspause gemeinsam verbringen, weil sie beide es nicht lange aushielten, wenn sie einander nicht berühren konnten. Wenn es ihm möglich war, eine Zeit lang aus der Bar zu verschwinden, würde er sie abends vom Büro abholen. Und falls nicht, dann würde er hinter der Theke stehen und immer wieder zur Tür schauen, bis sie endlich hereinkam. Dann würde er ihr zulächeln, während sie auf einen der Barhocker glitt und Rio einen Teller mit Chili con carne vor sie hinstellte. Und während sie aß, würde sie ihn anlachen und mit ihm flirten.

An einem Wochenende würden sie dann endlich alle gemeinsam mit dem Boot hinausfahren. Er würde ihr zeigen, wie man segelte, ihr alles beibringen. Sie würden über das blaue Wasser dahingleiten, mit geblähten Segeln …

Wellen, hoch wie Berge, schlugen über dem Schiff zusammen. Der Wind heulte unerträglich laut, wie tausend lamentierende Klageweiber. Die Angst, die er verspürte, konnte tödlich werden wie der Sturm, wenn er sie nicht beherrschte. Er strauchelte über das rutschige Deck, während er unablässig Befehle gegen den Wind schrie.

Der Regen peitschte ihm ins Gesicht, nahm ihm die Sicht. Seine Augen waren gerötet von dem Salzwasser und brannten höllisch. Er wusste, dass das Boot da draußen war – der Radar zeigte es an –, aber sehen konnte er nur eine Wand aus Wasser.

Die nächste Welle rollte über das Deck und zerrte an ihm. Ein Blitz zuckte über den Himmel, tauchte alles in gespenstisches Licht. Das Schiff neigte sich gefährlich auf eine Seite. Er sah den Mann stolpern, fallen. Hörte den Schrei, während der Mann verzweifelt auf dem nassen Deck einen Halt zu finden suchte. Zack hechtete vor, bekam einen Ärmel zu fassen, dann ein Handgelenk.

Ein Seil! Um Himmels willen, bringt mir ein Seil!

Er zog einen bewusstlosen Körper zurück an Deck.

Sturm und Wassermassen. Entfesselte Elemente.

Da, im Licht des Blitzes hatte er das Boot gesehen. Drei Gestalten an Deck. Sie hatten sich festgebunden. Der Mann am Steuer, eine Frau hinter ihm, ein junges Mädchen am Mast.

Sie kämpften mit aller Macht um ihr Leben, aber die Zwölf-Meter-Yacht hatte einem Hurrikan auf See nichts entgegenzusetzen. Eine Nussschale auf meterhohen Wellen. Es war unmöglich, ein Beiboot auszusetzen, sie mussten versuchen, die Yacht ins Schlepptau zu nehmen. Er konnte nur hoffen, dass sie da drüben in der Lage sein würden, die Yacht einigermaßen gerade zu halten.

Anweisungen wurden per Signallicht durch den Sturm gegeben.

Und dann passierte alles unglaublich schnell. Wieder ein Blitz, er fuhr in den Mast, knickte ihn wie einen Strohhalm. Entsetzt musste Zack mit anschauen, wie das junge Mädchen in den tosenden Fluten unterging.

Keine Zeit zum Nachdenken. Es war ein Reflex. Zack griff nach einem Rettungsring und sprang.

Er fiel, fiel und fiel. Endlos. Dann der Aufschlag auf der Oberfläche, hart, wie auf Stein. Das Eintauchen in das eiskalte Nass. Einsinken. Alles schwarz. Wie der Tod …

Zackary wachte auf und schnappte erstickt nach Luft. Es war nur Wasser in einem Albtraum gewesen, aber er musste dennoch husten. Das Laken war nass geschwitzt. Kalter Schweiß, der ihn frösteln machte.

Stöhnend lehnte er sich in das Kissen zurück und wartete darauf, dass die Übelkeit verschwinden würde.

Der Raum drehte sich, als er aufstand. Aus Erfahrung wusste er, dass er die Augen schließen und still halten musste, bis der Schwindelanfall vorbei war. Dann ging er durch das dunkle Zimmer ins Bad und goss sich kaltes Wasser ins Gesicht und über den Nacken.

„He, alles okay?“ Nick stand in der Tür zu Zackarys Schlafzimmer. „Bist du krank oder was?“

„Nein.“ Zackary trank Wasser aus der hohlen Hand, um den Würgereflex in seiner Kehle zu beruhigen. „Geh wieder ins Bett.“

Nick zögerte. „Du siehst aber krank aus.“

„Verdammt, ich sagte, es geht mir gut. Zieh ab.“ Als Nick sich verärgert und verletzt abwandte, stieß Zack laut den Atem aus. „Warte, es tut mir leid. Ich hatte einen Albtraum, deshalb bin ich so schlecht gelaunt.“

„Einen Albtraum?“

„Habe ich das nicht gerade gesagt?“ Aus Verlegenheit riss Zack das Handtuch viel zu heftig vom Haken.

Nick konnte sich kaum vorstellen, dass der große, starke Zack Albträume haben könnte, die ihm den Schweiß auf die Stirn trieben und die Farbe aus seinem Gesicht stahlen. „Äh … Willst du vielleicht einen Drink?“

„Ja.“ Er fühlte sich schon besser und nahm das Handtuch vom Gesicht. „In der Küche steht noch eine Flasche Whisky vom alten Herrn. Du hast recht, ein Drink wird mich beruhigen.“

Kurz darauf folgte Zackary Nick ins Wohnzimmer. Er setzte sich auf eine Sessellehne, während Nick den Whisky eingoss und seinem Bruder das Glas reichte. Zack trank und machte ein zischendes Geräusch, als der Whisky in seiner Kehle brannte. „Ich weiß wirklich nicht, wie der Alte das tagtäglich wegpacken konnte. Seine Leber muss ausgesehen haben wie ein Schwamm.“

Nick wünschte, er hätte sich eine Hose übergezogen. So, nur in Unterwäsche, hatte er keine Möglichkeit, die Hände in die Taschen zu stecken, und wusste nicht, wohin mit ihnen. „Wahrscheinlich hat er getrunken, damit er die Schuld auf den Alkohol schieben konnte, als das mit der Vergesslichkeit immer schlimmer wurde, anstatt zugeben zu müssen, dass er … du weißt schon.“

„Alzheimer hat, ja“, beendete Zack den Satz und nahm noch einen Schluck.

„Ich habe dich vorhin gehört. Es klang ziemlich schlimm.“

„Es war auch schlimm.“ Zackary hob das Glas und betrachtete den Inhalt von allen Seiten. „Die Sache ist jetzt drei Jahre her. Wir waren in der Gegend der Bermudas, gerade einem Hurrikan entkommen, als uns der Notruf erreichte. Unser Schiff war am nächsten dran, und der Kapitän musste sich entscheiden. Also fuhren wir wieder in den Hurrikan hinein. Es ging um drei Zivilpersonen in einem Segelboot. Sie waren vom Kurs abgekommen und konnten die Küste nicht erreichen.“

Nick setzte sich schweigend auf das Sofa und sah seinen Bruder an. Gespannt wartete er auf die Fortsetzung der Geschichte.

„Windstärke zwölf und vierzehn Meter hohe Wellen. Du solltest einmal einen Hurrikan auf See erleben. Dabei kannst du das Fürchten lernen. Manchmal war es so dunkel um uns herum, dass wir die Hand vor Augen nicht sehen konnten."

„Wie habt ihr die Schiffbrüchigen denn überhaupt finden können?"

„Wir sahen sie auf dem Radarschirm. Dann machten wir sie dreißig Grad Steuerbord aus. Der Mann und die Frau versuchten das Wasser aus dem Boot zu pumpen. Ihr Kind, ein kleines Mädchen, hatten sie am Hauptmast festgebunden. Als der Mast brach, fiel das Mädchen über Bord. Also sprang ich hinterher."

„Du bist reingesprungen?" Nick sah ihn aus großen Augen an. „Du bist tatsächlich ins Wasser gesprungen?"

„Ich bin einfach abgesprungen. Es war, als würde ich von einem Hochhaus springen. Ich dachte, der freie Fall würde niemals mehr aufhören. Hätte der Wind gedreht, so wäre ich gegen die Außenbordwand geschleudert worden. Aber ich hatte Glück und landete direkt neben dem Boot." Erst später hatte er bemerkt, dass er sich die linke Schulter ausgekugelt hatte.

„Ich weiß gar nicht mehr so genau, wie alles ablief. Es gelang mir, mich über Wasser zu halten. Schließlich fand ich den Mast. Das Mädchen hing immer noch am Tau. Ich befreite sie von dem Seil und legte ihr den Rettungsring um. Dann erinnere ich mich nur noch daran, dass ich in der Krankenstube aufwachte. Das Mädchen saß da, in eine Decke gehüllt, und hielt meine Hand." Zackary lächelte. „Es stellte sich heraus, dass sie die Enkelin eines Admirals war."

„Du hast ihr das Leben gerettet."

„Ja, war wohl so. In den folgenden Monaten sprang ich in Gedanken immer wieder von diesem verdammten Schiff, sobald ich die Augen schloss. Jetzt erlebe ich das nur noch ein- oder zweimal im Jahr. Der Schrecken sitzt immer noch sehr tief und verfolgt mich bis in den Schlaf."

„Ich wusste gar nicht, dass dich irgendetwas erschrecken könnte."

„Da gibt es einiges", erwiderte Zackary ruhig. „Eine Zeit lang schreckte mich der Gedanke, an Deck zu stehen und auf das Wasser zu sehen. Und mich schreckte die Vorstellung, nach Hause zu kommen und ein völlig neues Leben anzufangen. Schließlich schreckte mich die Aussicht, wie unser Vater zu enden, krank, kraftlos und verbraucht."

„Nun, du kamst damals zurück, weil du keine andere Wahl hattest. Und ich blieb, da es kein anderes Zuhause für mich gab."

„Es fiel mir schwer, mit dem alten Mann umzugehen."

„Aber du warst der Einzige, der ihm etwas bedeutete", platzte Nick heraus. „Jeden Tag musste ich mir anhören, was für ein Held du bist. Ich dagegen war ein Nichts."

„Das ist nicht wahr, Nick. Ich konnte ihm nie etwas recht machen. Als es ihm immer schlechter ging, hat er oft nach dir gefragt. Manchmal hat er uns beide sogar in seinen Gedanken nicht trennen können. Dann rief er nach mir und meinte dich damit. Aber es war für ihn zu spät, Nick, um neu anzufangen. Für dich dagegen ist es noch nicht zu spät."

„Wieso beschäftigt dich das so?"

„Weil du alles bist, was von meiner Familie übrig ist." Er stand auf und legte die Hand auf Nicks Schulter. „Und ich möchte dich nicht verlieren."

„Ich weiß überhaupt nicht, was es heißt, eine Familie zu haben", murmelte Nick.

„Ich auch nicht. Vielleicht können wir es gemeinsam herausfinden."

Nick wich dem Blick seines Bruders aus. „Möglich. Wir stecken die nächsten Wochen ohnehin noch zusammen."

Zackary gab ihm einen kurzen Klaps auf die Schulter. „Danke für den Drink. Und erzähl bitte niemandem etwas von meinem Albtraum, ja?"

„Geht klar." Nick sah seinem Bruder nach. „Zackary?"

„Ja?"

Er wusste nicht, wie er sich ausdrücken sollte. Er hatte nur das Gefühl, dass es ihm besser ging. Viel besser. „Ach, nichts. Gute Nacht."

„Gute Nacht." Zackary ging ins Schlafzimmer und legte sich zu Bett. Er war sicher, dass er jetzt ruhig schlafen können würde.

9. KAPITEL

Irgendetwas hatte sich geändert. Rachel wusste zwar nicht, was es war, aber als sie zwischen Zackary und Nick in der U-Bahn nach Brooklyn saß, spürte sie, dass irgendetwas anders war.

Es machte sie nervös. Sie fragte sich, ob sie nicht einen Riesenfehler machte, wenn sie die Probleme dieser beiden Männer in das Haus ihrer Eltern brachte.

Und mein Problem, fügte sie in Gedanken fairerweise hinzu. Immerhin konnte sie nicht verleugnen, dass sie für beide, für Zack und Nick, Gefühle entwickelt hatte, die weit über das hinausgingen, was man normalerweise als „rein professionell" bezeichnen würde. Sie konnte nachempfinden, wie Nick sich fühlte – das musste wohl daran liegen, dass sie beide jüngere Geschwister waren. Und hinzu kam, dass sie die Wahrheit gesagt hatte, als sie vor Zack behauptet hatte, sie hätte eine Schwäche für harte Jungs.

Sie wollte mehr für Nick LeBeck tun als nur versuchen, ihm das Gefängnis zu ersparen.

Und was nun Nicks großen Bruder anbelangte – da hatte sie längst alle beruflichen Schranken hinter sich gelassen. Das, was sie mit Zackary Muldoon verband, war eine Vollblutaffäre, hitzig, leidenschaftlich, wild. Selbst jetzt, wo sie nur in der rumpelnden Bahn neben ihm saß, musste sie an das letzte Mal denken, als sie allein gewesen waren. Und es kostete auch keine große Anstrengung sich vorzustellen, wie es das nächste Mal sein würde, wenn sie ein paar Stunden für sich abzweigen konnten.

Ihre Mutter würde es sofort erahnen, dessen war Rachel sich bewusst. Wenn es um ihre Kinder ging, hatte Nadia Stanislaski einen untrüglichen Spürsinn. Sie fragte sich, was ihre Mutter wohl von ihm halten würde. Wie würde Nadia es auffassen, dass ihr kleines Mädchen, das Nesthäkchen, eine Affäre mit einem Mann hatte?

Für zwei Leute, die es so darauf anlegten, Komplikationen zu vermeiden, hatten sie wirklich lausige Arbeit geleistet. Rachel war sich so sicher gewesen, dass sie ihre Prioritäten nicht durcheinander bringen würde, dass sie Arbeit und Privatleben streng auseinander halten könnte und sich keine Gedanken darüber machen würde, wie es weitergehen sollte.

Aber sie dachte viel zu oft an Zack. Sie empfand sich bereits als Teil eines Paars, wenn sie doch immer so stolz darauf gewesen war, ganz allein mit dem Leben fertig zu werden.

Aber jetzt schien das Leben ihr fad und düster, wenn sie daran dachte, es ohne ihn leben zu müssen.

Nun, das war allein ihr Problem. Sie hatten eine Vereinbarung getroffen, und wenn sie einmal ihr Wort gegeben hatte, dann hielt sie es auch. Immer. Sie würde sich um dieses Problem kümmern, wenn es so weit war. Im Moment war es viel aufreibender, dass die Beziehung zwischen den beiden Männern eine so entscheidende Wendung genommen hatte, ohne dass sie etwas davon mitbekommen hatte.

„Es ist gleich um die Ecke“, erklärte Rachel, als sie die U-Bahn-Station verließen und der Herbstwind an ihren Haaren zog. „Ich hoffe, es macht euch nichts aus, einen kleinen Spaziergang zu unternehmen.“

„Damit kommen wir klar.“ Zackary hob eine Augenbraue. „Du wirkst irgendwie nervös, Rachel. Stimmt's, Nick?“

„Ja, ziemlich aufgeregt.“

„Vielleicht deshalb, weil ein Straftäter am sonntäglichen Tisch sitzt. Da muss das Silberbesteck genau abgezählt werden.“

Rachel war über Zackarys Bemerkung wie vor den Kopf geschlagen. Bevor sie etwas entgegnen konnte, ergriff Nick das Wort.

„Es ist immer ein Risiko, einen irischen Seemann einzuladen. Sie hat Angst, du könntest dich betrinken und einen Streit vom Zaun brechen.“

„Ich weiß, wie viel ich vertragen kann. Und ich habe nicht vor, mich zu prügeln. Es sei denn, es ginge um den Cop.“

„Den übernehme ich“, prahlte Nick, als sie den Gehweg entlanggingen.

Rachel war erstaunt, wie die beiden miteinander scherzten. Sie benahmen sich zum ersten Mal wie Brüder, wie richtige Brüder. Erleichtert hakte sie sich bei Zackary und Nick unter. „Unterschätzt Alex nicht. Ihr könntet euer blaues Wunder erleben. Und das Einzige, was mir Sorgen bereitet, ist, ob für mich genügend Essen übrig bleibt. Ich kenne euren Heißhunger.“

„Und das von einer Frau, die Portionen für eine ganze Kompanie vertilgt!"

Rachel warf Zack einen vorwurfsvollen Blick zu. „Ich habe eben einen gesunden Appetit, das ist alles."

Er grinste sie viel sagend an. „Ich auch, Süße, ich auch."

Sie war noch damit beschäftigt, die plötzliche Hitzewelle, die sie bei seinen zweideutigen Worten überkommen hatte, zu unterdrücken, als ein kleiner Sportwagen neben ihnen hielt.

„Hallo!" Der Fahrer hatte das Fenster heruntergekurbelt.

„Hallo." Rachel ging hinüber, beugte sich durch das Fenster und küsste ihren Bruder Mikhail. „Na, Sydney", begrüßte sie seine Frau, „kommst du mit ihm zurecht?"

Sydney lächelte. „Schwierige Aufgaben sind meine Spezialität."

Mikhail kniff seiner Frau in den Oberschenkel und nickte Rachels Begleitung zu. „Und was gibt es über euch so zu berichten?"

„Das sind meine Gäste." Rachel warf Mikhail einen warnenden Blick zu, der wohl nicht viel Wirkung zeigen würde. „Zackary Muldoon und Nicholas LeBeck. Kommt her, ihr beiden, das ist mein Bruder Mikhail und seine bedauernswerte Frau Sydney."

Mikhail betrachtete die beiden Männer ausgiebig. Als typischer großer Bruder hatte er nicht das geringste Vertrauen in die Menschenkenntnis seiner kleinen Schwester. „Und welcher von beiden ist dein Mandant?"

„Heute sind sie beide meine Gäste", betonte Rachel.

Sydney gab ihm mit dem Ellbogen einen Stoß in die Rippen. „Freut mich, Sie kennen zu lernen. Sie werden bald das Vergnügen haben, Nadias Kochkünste zu genießen."

„Davon habe ich schon gehört", erwiderte Zackary und legte den Arm um Rachel.

Mikhail trommelte nervös auf das Lenkrad. „Sie besitzen eine Bar?"

„Nein, eigentlich betreiben wir einen internationalen Mädchenhandel", scherzte Nick.

Rachel schüttelte nur den Kopf. „Jetzt parkt erst einmal euren Wagen."

Kurz darauf standen sie vor dem Haus der Stanislaskis. Mikhail und Sydney waren bereits an der Tür und wurden herzlich begrüßt.

Als Rachel ihre Schwester Natasha entdeckte, schrie sie erfreut auf und rannte die Treppen hinauf.

Zackary betrachtete die beiden Frauen. Natasha war wesentlich zarter als Rachel gebaut. Es war kaum zu glauben, dass sie die Mutter dreier Kinder sein sollte. Ein etwa sechsjähriger Junge stellte sich zwischen die beiden und forderte lautstark ihre Aufmerksamkeit.

„Es wird kalt hier drinnen!“ Die Männerstimme kam donnernd aus dem Inneren des Hauses.

„Ja, Papa.“ Rachel hob ihren Neffen hoch und gab ihm einen Kuss. „Meine Schwester Natasha und mein kleiner Freund Brandon“, stellte sie ihre Verwandtschaft vor. „Und das hier“, sie zeigte auf ein kleines Mädchen, das um ihre Beine schlich, „ist Katie.“

„Nimmst du mich auch hoch?“, forderte Katie und lächelte Nick zu. „Ja?“ Sie streckte ihm die Arme entgegen.

Nick räusperte sich und sah Rachel Hilfe suchend an. Als er nur ein Lächeln und Schulterzucken zur Antwort erhielt, bückte er sich und hob Katie auf. „Sicher.“

Katie schlang die Arme um seinen Hals und ließ sich ins Haus tragen.

„Sie mag Männer“, erklärte Natasha schmunzelnd, dann rollte sie ergeben mit den Augen, als ihr Vater lautstark wieder forderte, dass alle hereinkommen sollten.

Zack nahm sofort alle Geräusche und Gerüche in sich auf. Das hier war ein Zuhause, ein richtiges Heim. Etwas, das er nie gekannt hatte.

Der köstliche Duft eines Bratens lag in der Luft, vermischte sich mit dem Aroma von Gewürznelken und Möbelpolitur. Der Teppich auf der Treppe in der Diele war abgenutzt, ein Beweis der vielen Füße, die hier auf und ab gelaufen waren. Die Möbel im Wohnzimmer waren alt, aber liebevoll gepflegt. An einer Wand stand ein schimmerndes neues Klavier, darauf eine Bronzestatue, in deren Zügen er die Gesichter von Rachels Familie wieder erkannte.

Er verstand nicht viel von Kunst, aber er begriff, dass hier eine Einheit dargestellt wurde, die durch nichts und niemand zerstört werden konnte.

„Warum lässt du die Gäste so lange in der Kälte stehen?“ Yuri saß in einem Sessel und hielt ein junges blondes Mädchen mit neugierigen Augen in den mächtigen Armen.

„So kalt ist es nicht." Rachel küsste ihren Vater, dann das Mädchen. „Freddie, du wirst immer hübscher."

Freddie lächelte und warf einen scheuen Blick auf den blonden jungen Mann, der ihre kleine Schwester auf dem Arm hielt. Aber sie war gerade dreizehn geworden, und eine völlig neue Welt begann sich ihr zu eröffnen.

Während Rachel den anderen Familienmitgliedern ihre Gäste vorstellte, erteilte ihr Vater Befehle. „Alex, bring den heißen Most. Rachel, du bringst die Mäntel nach oben. Und sag Mama, dass wir Besuch haben."

Einen Moment später saß Zackary auf dem Sofa, liebevoll bedrängt von einem riesigen Hund namens Iwan, und besprach mit Yuri die Vor- und Nachteile der Selbstständigkeit.

Nick dagegen fühlte sich schrecklich unsicher mit einem Kleinkind auf dem Schoß. Die Kleine schien auch keine Eile zu haben, wieder auf den Boden gesetzt werden zu wollen. Und dieses blonde Mädchen namens Freddie starrte ihn unablässig mit ihren großen grauen Augen an. Er wünschte sehnsüchtig, ihre Mutter würde endlich kommen und irgendetwas tun.

Katie lächelte ihn jetzt an und begann mit seinem Ohrring zu spielen. „Toll. Guck, ich hab auch Ohrringe." Sie drehte den Kopf, damit er ihre Ohrringe bewundern konnte. „Weil ich Daddys kleine Zigeunerin bin."

„Da wette ich drauf." Ohne sich dessen bewusst zu sein, hatte er die Hand gehoben und strich ihr über das feine Haar. „Du siehst ein bisschen aus wie deine Tante Rachel."

„Ich werde sie nehmen." Freddie hatte all ihren Mut zusammengenommen, war zum Sofa gegangen und stand jetzt vor Nick. „Wenn sie dir lästig ist."

Nick zuckte die Schultern. „Nein, ist schon okay." Er überlegte krampfhaft, was er noch sagen könnte. Das Mädchen war hübsch wie eine Porzellanpuppe. „Äh … du … ihr seht euch aber nicht ähnlich, so wie Schwestern."

Freddies Lächeln wurde herzlicher, und ihr Herz, das Herz einer erwachenden Frau, schlug schneller in ihrer Brust. Er hatte sie also genauer angesehen! „Eigentlich ist Mama meine Stiefmutter. Ich war ungefähr sechs, als sie und Dad geheiratet haben."

„Oh." Ein Stiefkind also. Das kannte er selbst, und sofort empfand er Mitgefühl. „Muss schwer für dich sein."

Sie hatte zwar keine Ahnung, was er meinte, aber Freddie lächelte weiter. Er sah aus wie ein Rockstar, und er unterhielt sich mit ihr. „Wieso?"

„Na ja ..." Dieser durchdringende Blick aus den grauen Augen machte ihn nervös und verlegen. „Wenn man eine Stiefmutter hat ... eine Stieffamilie ..."

„Ach das. Das ist nur ein Wort, eine Bezeichnung." Mit dem ganzen Wagemut einer Dreizehnjährigen ließ sie sich neben ihm auf dem Sofa nieder. „Wir leben in einem Haus in West Virginia. Da hat Dad Mama auch getroffen. Er unterrichtet an der Universität, und sie hat einen Spielzeugladen. Warst du schon mal in West Virginia?"

Nick hatte ihre Antwort immer noch nicht verdaut. Nur ein Wort. Und ihr Ton, als sie das gesagt hatte, bewies, dass sie es auch so meinte, dass es für sie wirklich nicht mehr war. „Wie bitte? Äh, nein ... Ich war noch nie dort."

Währenddessen stand Rachel zusammen mit ihrer Mutter und ihrer Schwester in der Küche.

„Katie weiß schon ganz genau, wie sie sich ihre Männer aussucht."

„Es war ja so süß, wie er rot geworden ist."

„Hier, kümmere dich um den Teig." Nadia drückte ihrer ältesten Tochter eine Schüssel in die Hand. „Der Junge hat gute Augen. Warum ist er in Schwierigkeiten?"

Rachel hob den Deckel von einem Topf und schnupperte. „Weil er keine Mama und keinen Papa gehabt hat, die ihn ausgeschimpft haben."

„Und der Ältere?" Nadia öffnete den Backofen und überprüfte den Braten. „Er hat auch gute Augen. Und die sind auf dich gerichtet."

„Möglich."

Als Rachel naschen wollte, schlug Nadia ihr entrüstet auf die Finger. „Alex gefällt das nicht."

„Alex hat an vielem etwas auszusetzen."

Natasha schnitt Kräuter und grinste ihre Mutter verschmitzt an. „Es liegt wohl eher daran, dass Rachel ebenso intensiv ein Auge auf Zackary geworfen hat.“

„Oh, vielen Dank“, erwiderte Rachel.

„Eine Frau, die einen solchen Mann übersieht, benötigt eine starke Brille“, fügte Nadia hinzu und brachte ihre Töchter zum Lachen.

Irgendwann konnte Rachel ihre Neugier nicht mehr zügeln. Sie öffnete die Küchentür einen Spaltbreit und lugte ins Wohnzimmer.

Sydney spielte auf dem Boden mit Brandon und seinen Autos. Die Männer saßen zusammen und debattierten hitzig über die letzten Football-Ergebnisse. Freddie saß auf dem Sofa und himmelte Nick ganz offensichtlich an. Der wiederum schien endlich über seine Verlegenheit hinweg zu sein und schaukelte Katie auf dem Schoß. Und Zack, so stellte sie mit einem kleinen Lächeln fest, ging völlig darin auf, seine Prognose für das nächste Football-Spiel zu verteidigen.

Als der Tisch gedeckt war und unter dem Gewicht der zahlreichen Platten und Schüsseln ächzte, war Zackary bereits von den Stanislaskis fasziniert. Obwohl sie lautstark miteinander umgingen, war nie ein bitterer Ton zu vernehmen, so wie er es von zu Hause her kannte.

Er fand heraus, dass Mikhail der Künstler war, der die Bronzestatue auf dem Klavier gegossen hatte und auch die anderen Stücke, die in Rachels Wohnung standen. Und doch redete Mikhail lieber über Probleme auf Baustellen und Renovierungen von Häusern mit seinem Vater.

Natasha führte ein strenges Regiment mit ihren Kindern. Niemand schien sich daran zu stören, dass Brandon lautstark die Motorengeräusche seiner Rennautos nachahmte oder Katie über die Möbel kletterte, aber ein einziges Wort von Mutter oder Vater reichte, damit sie aufhörten.

Selbst Alex schien im Kreise der Familie nicht der raue Polizist zu sein, vor allem nicht, wenn seine Geschwister ihn mit seiner neuesten Eroberung aufzogen, die – laut Mikhails vernichtendem Urteil – den gleichen IQ hatte wie das Sauerkraut, das er sich großzügig auf den Teller häufte.

„Das ist mir doch völlig egal“, verteidigte Alex sich. „Dann werde ich eben das Denken für sie übernehmen."

Eine Bemerkung, für die er ein verächtliches Schnauben von Rachel erntete. „Alex würde doch gar nicht wissen, was er mit einer intelligenten Frau anfangen sollte."

„Eines Tages wird eine kommen und ihn haben wollen", mischte Nadia sich ein. „So wie Sydney meinen Mikhail gefunden hat."

„Sie hat nicht mich gefunden, ich habe sie gefunden." Er reichte die Schüssel mit dampfenden Kartoffeln an seine Frau weiter und grinste. „Sie brauchte dringend etwas mehr Pep in ihrem Leben."

„So wie ich das sehe, brauchtest du dringend jemanden, der dir zeigt, wo's langgeht."

„Das war schon immer so mit ihm." Yuri wedelte mit der Gabel in der Luft. „Er war ein guter Junge, aber … Wie heißt das Wort?"

„Arrogant?", schlug Sydney listig vor.

„Ja." Zufrieden widmete sich Yuri wieder seinem Essen. „Aber es ist gar nicht so schlecht für einen Mann, arrogant zu sein."

„Stimmt." Nadia beobachtete Katie mit Adleraugen, die versuchte, ihr Fleisch auf dem Teller mit dem Messer zu schneiden. „Solange er eine Frau hat, die klüger ist als er. Was ja im Allgemeinen nicht schwierig ist."

Vor Freude über das Gelächter der Frauen und die entrüsteten Ausrufe der Männer klatschte Katie begeistert in die Hände.

„Nicholas", wandte sich Nadia an Nick, „Sie werden doch zur Schule gehen, oder?"

„Äh … Nein, Ma'am."

Sie reichte ihm den Korb mit den Brötchen. „Dann haben Sie doch sicher eine Vorstellung davon, was Sie gerne arbeiten möchten?"

„Ich … Nicht so genau."

„Er ist jung, Nadia", mischte sich Yuri von der gegenüberliegenden Seite des Tisches ein. „Er hat noch Zeit, sich zu entscheiden. Aber er sieht kräftig aus. Wenn du Arbeit brauchst, dann besorge ich dir einen Job."

Nick war sprachlos. Noch nie hatte ihm irgendjemand so selbstverständlich etwas angeboten. Und Rachels Vater kannte ihn noch nicht einmal. „Danke, aber ich arbeite für Zackary."

„Es muss interessant sein, in einer Bar zu arbeiten. Brandon, iss auch das Gemüse. All die Menschen, die einem dort begegnen", fügte

Natasha hinzu und schaffte es gerade noch mit einer blitzschnellen Handbewegung, Katies Glas davor zu bewahren, auf dem Fußboden zu zerschellen.

„In der Küche trifft man nicht so viele Leute", erwiderte Nick leise.

Rachel, der Nicks mürrischer Tonfall sofort auffiel, wandte sich an ihre Mutter. „Mama, du solltest Zackarys Koch sehen. Er ist ein richtiger Hüne und stammt aus Jamaika. Er kocht unglaublich gut. Ich habe schon versucht, ihm ein paar Rezepte zu entlocken."

„Vielleicht könnte ich mit ihm Rezepte tauschen."

„Zum Beispiel das für diesen vorzüglichen Braten. Der würde ihn begeistern." Zackary nahm einen weiteren Bissen. „Wirklich großartig."

„Sie können etwas davon mit nach Hause nehmen", erklärte Nadia. „Für Sandwiches."

„Ja, Ma'am. Danke." Nick lächelte.

Rachel wartete ab, bis das Essen beendet war und auch drei der vier Apfelkuchen, die ihre Mutter gebacken hatte, verspeist waren. Dann wurde Nadia überredet, etwas auf dem Klavier zu spielen. Spence schloss sich ihr kurz darauf an, und sie spielten ein Duett.

Rachel sah, wie gespannt Nick die Szene beobachtete und der Musik lauschte. Ihre Taktik schien aufzugehen. Als die beiden ihren Vortrag unterbrachen, setzte sie sich sofort ans Klavier und winkte Nick zu sich heran.

„Ich hätte das dritte Stück Kuchen nicht essen sollen", sagte sie mit einem Seufzer.

„Ja, ich hab mich auch zu voll gestopft." Er wusste nicht recht, ob er ihr sagen sollte, wie er sich nach diesem Nachmittag fühlte. Er hatte nie geglaubt, dass Menschen überhaupt so lebten. „Deine Mutter ist einfach großartig."

„Ich weiß." Sie spielte wie abwesend eine einfache Melodie. „Sie und Papa lieben diese Sonntage, wenn wir alle zusammenkommen."

„Dein Dad meinte, dass das Haus immer größer geworden sei, nachdem ihr alle euer eigenes Leben angefangen habt. Aber jetzt will er noch zwei Räume anbauen, damit überhaupt jeder Platz hat. Ihr trefft euch also wohl oft, was?"

„Wann immer wir können."

„Sie scheinen nichts dagegen zu haben, dass du Zack und mich mitgebracht hast."

„Sie haben gern Menschen um sich." Sie versuchte einen Akkord zu spielen und zog eine Grimasse bei dem unharmonischen Klang. „Bei Spence und Mama sieht es immer so einfach aus."

„Hier, versuch das mal." Er nahm ihre Hand und führte ihre Finger.

„Ah, schon besser. Ich werde nie verstehen, wie jemand gleichzeitig mit jeder Hand etwas völlig anderes spielen kann."

„So darfst du es nicht sehen. Du denkst nicht daran, sondern lässt es einfach geschehen."

„Na ja ..." Sie erhob sich langsam und ging zum Tisch zurück.

Nick konnte nicht widerstehen, er begann einen Blues zu improvisieren. Als die Musik durch ihn hindurchströmte, vergaß er darüber völlig, dass der Raum mit Gästen gefüllt war, die sich angeregt unterhielten. Auch als die Gespräche verstummten, spielte er unbeirrt weiter. Wenn er spielte, war er nicht Nick LeBeck, der halbstarke Außenseiter. Dann war er jemand, den er selbst nicht so recht verstand, jemand, den er nicht kannte, aber nach dem er sich verzweifelt sehnte.

Er wechselte von Blues und Boogie-Woogie zu Jazz, spielte fast vergessene Melodien, interpretierte sie, kreierte mit der Musik Stimmungen, Atmosphäre.

Als er eine Pause einlegte und gedankenverloren vor sich hin lächelte, stellte sich Zackary hinter ihn und klopfte ihm auf die Schulter, als wolle er ihn in die Wirklichkeit zurückholen.

„Wo hast du das gelernt?", fragte Zackary verblüfft. „Ich wusste gar nicht, dass du so etwas kannst."

Nick legte die Hände in den Schoß. Erst jetzt merkte er, wie aufgeregt er eigentlich war. „Das war doch nichts Besonderes."

Zackary schüttelte den Kopf. „Oh Mann, nun untertreib mal nicht. Das war wirklich großartig." Er war stolz auf seinen Bruder.

Nick nahm erst jetzt wahr, dass die Unterhaltungen aufgehört hatten und ihn alle ansahen. Er spürte, wie sein Gesicht rot anlief. „Ich habe doch nur ein bisschen auf den Tasten herumgehackt."

„Aber das war ein ausgesprochen talentiertes Herumhacken."

Mit Katie auf dem Arm näherte sich Spence dem Klavier. „Hast du schon einmal darüber nachgedacht, das Klavierspielen ernsthaft zu betreiben?“

Nick betrachtete völlig verblüfft seine Hände. Mit Spence Kimball an einem Tisch zu sitzen war eine Sache, aber mit dem berühmten Komponisten über Musik zu sprechen, machte ihn entsetzlich nervös. „Nein … Nun, nicht so richtig. Ich probiere so herum, das ist alles.“

„Du hast das richtige Gefühl dafür und ein gutes Ohr.“ Spence übergab Rachel die kleine Katie und setzte sich neben Nick ans Klavier. „Kennst du etwas von Muddy Waters?“

„Schon. Mögen Sie denn Muddy Waters?“

„Aber sicher.“ Er begann den Bass zu spielen. „Kannst du das Thema aufnehmen?“

„Klar.“ Nick legte die Finger auf die Tasten und grinste vergnügt. „Klar doch.“

„Nicht übel“, flüsterte Rachel Zackary zu und sah ihn gespannt an.

Zackary war immer noch verblüfft über seinen Bruder. „Er hat mir nie ein Wort davon gesagt.“ Als ihm Rachel die Hand reichte, umfasste er sie mit einem festen Griff. „Dir aber, oder?“

„Nun, er hat es mal angedeutet. Deshalb dachte ich mir, es wäre einen Versuch wert. Aber ich wusste nicht, dass er so gut ist.“

„Ja, er spielt wirklich sehr gut.“ Immer noch überwältigt, drückte Zackary einen Kuss auf Rachels Haar. Nick war zu sehr in seiner eigenen Welt, als dass es ihm aufgefallen wäre, aber den anderen entging diese kleine Geste nicht. „Sieht so aus, als müsste ich ein Klavier besorgen.“

Rachel lehnte den Kopf gegen seine Schulter. „Du bist wirklich in Ordnung, Muldoon.“

Es dauerte fast eine Woche und riss erneut ein klaffendes Loch in seine Ersparnisse, aber am Ende der Woche hatte Zack ein Klavier gekauft. Zusammen mit Rachel räumte er die Möbel beiseite, um Platz für das Instrument zu schaffen.

„Vielleicht sollten wir es doch lieber an die Wand stellen?“ Rachel stemmte die Hände in die Hüften und sah sich im Raum um.

„Du hast deine Meinung jetzt schon dreimal geändert. Das ist der richtige Platz." Er nahm einen Schluck kühles Bier.

Rachel küsste ihn auf den Mund. „Wann sollte es denn geliefert werden?"

„Vor zwanzig Minuten." Zackary wurde langsam nervös. „Wenn sie nicht liefern, nachdem ich mir so viel Mühe gemacht habe, um Nick ein paar Stunden loszuwerden ..."

Rachel unterbrach ihn. „Es wird schon klappen. Und deine Idee mit den nicht gelieferten Bierfässern war genial."

„Nick war außer sich." Zackary setzte sich auf das Sofa. „Er hat zehn Minuten mit mir darüber diskutiert, warum er sich um diese verdammte Bierlieferung kümmern soll, wo er doch für das Geschirrspülen bezahlt werde."

„Er wird es dir verzeihen, sobald er zurück ist."

„He, ihr da oben." Rios Stimme hallte durch den Flur. „Da kommt gerade ein prima Klavier an. Ihr solltet mal runterkommen und es euch ansehen."

Rachel versuchte, nicht im Weg zu stehen, als das Klavier die Treppen hinaufgeschleppt, an seinen Platz gestellt und gestimmt wurde. Zackary behandelte das Instrument wie ein rohes Ei und wischte immer wieder über vermeintliche Flecken auf dem glänzenden Holz.

„Sieht großartig aus." Rio kreuzte die muskulösen Arme vor der Brust. „Es wird ein neues Gefühl sein, während des Kochens Musik zu hören. Damit machst du dem Jungen eine Riesenfreude, Zackary. Das wird ihn völlig umkrempeln." Er lächelte Rachel an. „Und wann wird Ihre Mutter vorbeikommen und mit mir über Rezepte reden?"

„Bald", versprach Rachel. „Sie wird ein altes ukrainisches Rezept mitbringen."

„Gut, dann erhält sie von mir mein Geheimrezept für die Barbecue-Soße." Er ging hinaus, als Nick gerade die Treppen hinaufkam. „Warum so eilig, mein Junge. Wo brennt's?"

„Diese blöden Bierfässer." Er eilte an Rio vorbei und betrat das Apartment. „Hör zu, Bruderherz, falls du wieder jemanden suchst, der dir diese blöden ..." Er blieb wie angewurzelt stehen und starrte das Klavier an, das nigelnagelneu vor dem Fenster stand.

„Tut mir leid." Zackary steckte nervös die Hände in die Taschen.

„Ich musste dich doch loswerden, um das Ding hier aufzustellen.“ Er wippte stumm auf den Hacken. „Nun, was sagst du dazu?“

Nick schluckte heftig. „Hast du das gemietet oder was?“

„Gekauft.“

Auch Nick ließ jetzt seine Hände in den Taschen verschwinden. Es juckte ihn in den Fingern, das Klavier zu testen. „Das wäre nicht nötig gewesen“, erklärte er barsch.

Rachel seufzte innerlich. Die beiden standen sich gegenüber wie streunende Hunde, die nicht wussten, ob sie einander anfallen oder Freunde werden sollten.

„Warum nicht, verdammt noch mal?“, erwiderte Zackary mürrisch. „Es ist mein Geld. Ich dachte, es wäre schön, etwas Musik um sich herum zu haben. Also, willst du es nun ausprobieren oder nicht?“

Nick verspürte nur noch den Drang hinauszugehen. Er konnte keinen Moment länger im Raum bleiben. „Ich habe noch etwas vergessen“, murmelte er und verließ das Zimmer.

„Was, zum Teufel, soll das?“ Zackary hätte am liebsten die Bierflasche gegen die Wand geworfen. „Wenn dieser kleine …“

„Hör auf!“, unterbrach ihn Rachel laut und schlug Zack mit der geballten Faust auf die Brust. „Ihr beide seid einfach unerträgliche Dickschädel. Der eine weiß nicht, wie er Danke sagen soll, und der andere ist zu einfältig, um zu sehen, dass sein Bruder vor Freude fast geweint hätte.“

„Das ist doch Unsinn. Er hat mir das Geschenk praktisch ins Gesicht geworfen …“

„Idiot! Du hast ihm einen Traum erfüllt. Vielleicht ist es das erste Mal, dass jemand überhaupt verstanden hat, was er in seinem tiefsten Inneren wirklich will. Er kann einfach nur nicht damit umgehen. Genauso wenig wie du, Zackary.“

„Hör zu, ich …“ Er brach ab und fluchte leise, weil es Sinn hatte, was sie sagte. „Und was soll ich jetzt tun?“

„Nichts.“ Sie nahm sein Gesicht zwischen ihre Hände und küsste ihn auf den Mund. „Überhaupt nichts. Ich werde mit ihm reden, ja?“ Rachel ging zur Tür.

„Rachel.“ Er holte tief Luft. „Ich brauche dich. Und damit weiß ich nicht umzugehen.“

Etwas in ihrem Herzen begann aufgeregt zu flattern. „Du machst es schon richtig, Muldoon."

„Ich glaube, du verstehst mich nicht." Er verstand es ja selbst nicht. „Ich brauche dich wirklich."

„Ich bin doch hier, bei dir."

„Und wirst du auch hier sein, wenn deine Verpflichtung für Nick beendet ist?"

Das Flattern wurde stärker. „Bis dahin haben wir noch ein paar Wochen Zeit, um darüber nachzudenken. Es ist ..." Langsam, Rachel, ermahnte sie sich. Nur nichts übereilen. „Ich ... ich werde jetzt Nick suchen. Lass uns später darüber weiterreden."

„Schön, aber es muss bald sein."

Rachel nickte kurz und lief die Treppen hinunter. Rio zeigte mit dem Finger in Richtung Vorderausgang und wies ihr damit den richtigen Weg.

Sie fand Nick auf dem Bürgersteig, die Hände in den Taschen, wie er den spätnachmittäglichen Straßenverkehr beobachtete. Sie wusste genau, wie er sich fühlte. Wie Zackary Muldoon sich in ein Herz einschleichen und Gefühle erwecken konnte, bevor man auch nur wusste, wie einem geschah.

Darüber, was er mit ihren Gefühlen angestellt hatte, würde sie später nachdenken. Jetzt war erst einmal Nick wichtig.

Sie stellte sich neben ihn und legte die Hand auf seine Schulter. „Alles okay?"

Nick sah sie nicht an. „Warum hat er das gemacht?"

„Weshalb wohl? Was glaubst du?"

„Ich habe ihn um nichts gebeten."

„Die schönsten Geschenke sind die, die man nicht erwartet."

Er wandte nur ganz kurz den Kopf, um sie anzusehen. „Hast du ihn dazu überredet?"

„Nein." Sie wollte geduldig mit ihm sein. Sie griff seinen Arm und drehte ihn zu sich herum, um ihm in die Augen sehen zu können. „Nick, hast du bemerkt, wie Zackary reagierte, als du gespielt hast? Er war so stolz auf dich. Er wollte dir etwas schenken, das dir sehr viel bedeutet. Er hat das nicht getan, damit du dich verpflichtet fühlst, sondern weil er dich liebt. So geschieht das in vielen Familien."

„In deiner vielleicht, aber ..."

Sie rüttelte ihn leicht. „In deiner auch. Erzähl mir nicht wieder diesen Unsinn, dass ihr keine richtigen Brüder seid. Dir liegt so viel an Zack wie ihm an dir. Ich weiß, wie viel es dir bedeutet, da hereinzukommen und ein Klavier an der Wand stehen zu sehen. Mama hat den gleichen Ausdruck auf dem Gesicht gehabt, aber für sie war es viel leichter, ihre Gefühle zu zeigen. In dieser Hinsicht brauchst du eben noch ein bisschen Übung."

Nick schloss die Augen. „Was soll ich zu ihm sagen? Wie soll ich mich verhalten? Noch nie hat jemand ... Ich meine, ich hatte niemanden. Als Kind bin ich ihm immer nachgelaufen, aber dann ging er weg."

„Ich weiß. Aber denk immer daran, dass er selbst fast noch ein Kind war, als er wegging." Rachel küsste ihn auf beide Wangen, so wie ihre Mutter es getan hätte. „Geh doch einfach rein, Nick, und mach das, was du am besten kannst."

„Und das wäre?"

Sie lächelte. „Spiel. Los. Er wartet darauf, dass du das Klavier ausprobierst."

„Ja, okay." Er trat einen Schritt zurück. „Kommst du auch?"

„Nein, ich habe noch ein paar Dinge zu erledigen." Ja, ich muss noch gründlich über etwas nachdenken, korrigierte sie sich selbst. „Sag Zackary, dass ich ihn später treffe."

Rachel blieb auf dem Gehweg stehen, nachdem Nick gegangen war, und sah zum Fenster hinauf. Und nach kurzer Zeit hörte sie ganz leise den Klang der Musik.

10. KAPITEL

„Schön, dich zu sehen, Rachel.“ Pete drehte sich auf dem Barhocker um, als Rachel die Bar betrat. „Darf ich dir einen Drink spendieren?“

„Ich habe nichts dagegen“, erwiderte sie freundlich und hängte ihren Mantel an die Garderobe, ohne die Blondine aus den Augen zu lassen, die sich verführerisch auf dem Hocker räkelte und Zackary um einen neuen Drink bat, während sie mit den Fingern über seinen Arm strich. „Viel los heute Abend?“

Lola jonglierte mit einem Tablett an Rachel vorbei. „Die Blonde da drüben trinkt bereits ihren dritten Whisky Soda“, raunte sie ihr zu. „Und dabei lässt sie seit geschlagenen zwei Stunden ihre großen blauen Augen nicht von unserem Boss.“

„Das macht sie nur so lange, bis sich ihre Augen grün und blau verfärbt haben.“

Lola lachte leise. „Siehst du die Brünette da an der Musikbox?“

Rachel betrachtete vergnügt die schlanken Hüften und die langen braunen Haare des Mädchens. „Erzähl mir nicht, dass ich mir ihretwegen auch Sorgen machen muss.“

„Nein, aber ich. Das ist meine älteste Tochter.“

„Deine Tochter? Sie ist großartig.“

„Finde ich auch. Deshalb bin ich so beunruhigt. Zackary machte sich Gedanken, wie er Nick dazu bringen könnte, sich für Mädchen zu interessieren, die seinem Alter eher entsprechen. Also habe ich sie überredet mitzukommen, um einen von Rios Hamburgern zu kosten.“

„Und?“

„Nick ist auch aufmerksam geworden, aber er hat keinen Versuch gemacht, ihr näher zu kommen.“

„Würde es dich stören, wenn er mit ihr ausginge?“

„Nick ist in Ordnung. Und außerdem kann meine Terri auf sich selbst Acht geben.“ Lola blinzelte Rachel zu. „Sie kommt eben ganz nach ihrer Mutter. Bis gleich“, fügte sie hinzu und ging an einen Tisch, um die Bestellung aufzunehmen.

„Na, wie sieht's aus?“ Rachel setzte sich auf den Hocker zwischen Harry und Pete, wo bereits ein Glas Weißwein auf sie wartete. „Welches Wort sucht ihr?“

„Ein Wort mit sieben Buchstaben für Verzückung", erklärte Harry. „Hinten mit ‚e'."

Rachel nahm einen Schluck aus dem Glas und lächelte. „Ekstase", schlug sie vor und sah dabei Zackary viel sagend an.

„Gut!" Harry beugte sich zufrieden über das Kreuzworträtsel. „Hier ist noch eines mit sieben. Für Mangel an Substanz."

„So ein Zufall", flüsterte sie freudig und warf einen Blick auf die Blondine. „Versuch es mal mit ‚hirnlos'."

„Verdammt, du bist richtig gut."

„Harry", sie lächelte ihn so herausfordernd an, dass sein Gesicht rot anlief, „ich bin nicht nur gut, ich bin umwerfend. Behalte für mich die Situation hier im Auge. Ich muss mal mit Nick reden."

Pete sah ihr nach und seufzte. „Wäre ich zwanzig Jahre jünger, dreißig Pfund leichter, hätte noch alle Haare auf dem Kopf und keine Frau, die mich im Würgegriff hat ..."

„Ja ja, träum weiter, mein Lieber." Harry gab ein Zeichen, dass er die nächste Runde bestellen wollte.

Als Rachel die Küche betrat, kam ihr ein köstlicher Duft entgegen. „Okay, Rio, was kannst du mir heute Abend Leckeres empfehlen?"

„Alles." Er blinzelte ihr vergnügt zu und klopfte sich auf die Schürze vor seinem Bauch. „Aber heute Abend kann ich dir meine Brathähnchen besonders ans Herz legen."

„Reservier sofort eines für mich. Hallo, Nick." Rachel fühlte sich hier mittlerweile genauso zu Hause wie in der Küche ihrer Mutter und lehnte sich gegen den Rand der Spüle, an der Nick gerade die Teller stapelte. „Wie geht's denn so?"

„Beim nächsten Gongschlag habe ich sechstausendunddreiundachtzig Teller gespült", bemerkte er lächelnd. „Zackary sagte etwas davon, dass du heute kämst. Ich habe bereits auf dich gewartet."

Rio reichte ihr einen Teller mit Hähnchen, Kartoffeln und Krautsalat. „Wenn ich öfter hierher käme, müsstet ihr mich irgendwann zur Tür hinausrollen."

„Iss jetzt." Rio gestikulierte mit dem Kochlöffel und wandte sich wieder den Hamburgern zu. „Ich mag Frauen mit runden Hüften."

„Auf die Art kommst du deinem Ziel immer näher." Sie begann

von dem Hähnchen zu kosten. „Ganz hervorragend", erklärte sie mit vollem Mund. Rio grinste zufrieden. „Wolltest du mich aus einem bestimmten Grund sehen, Nick?"

„Nein." Er strich eine Haarsträhne aus ihrem Gesicht. „Ich wollte dich einfach nur sehen."

Oh, oh. „Nick, ich denke …"

„Es sind ja nur noch zwei Wochen."

„Sicher." Sie hob den Teller höher, um etwas Abstand zu schaffen. „Ich habe übrigens mit dem Staatsanwalt über deine positive Entwicklung gesprochen. Er plant keine Einwände gegen das zu erwartende Urteil auf Bewährung von Richterin Beckett."

„Ich wusste, dass du das schaffen wirst. Aber daran dachte ich eigentlich nicht."

Rachel wusste genau, worum es ihm wirklich ging. Sie hatte sich lange genug darum gedrückt, die Situation ein für alle Mal zu klären. „Rio …" Sie stellte den Teller beiseite. „Ich muss mit Nick unter vier Augen reden. Kommst du allein klar, wenn ich jetzt mit ihm für ein paar Minuten nach oben gehe?"

„Kein Problem. Er wird eben zweimal so schnell abwaschen, sobald er zurück ist."

Du wirst ganz ruhig bleiben, ermahnte sich Rachel, als sie gemeinsam mit Nick die Treppen hinaufging.

„Also schön, Nick", begann sie, als sie das Apartment erreicht hatten. Mehr konnte sie nicht sagen, da Nick sie völlig überraschend in die Arme nahm und küsste. „Hör auf damit." Sie stemmte die Hände gegen seine Schultern und trat einen Schritt zurück.

„Ich habe dich vermisst. Wir hatten schon lange nicht mehr die Gelegenheit, allein zu sein."

Rachel presste die Finger gegen ihre Schläfen. „Oh, Nick, ich dachte, die Sache würde sich von allein erledigen. Ich … ich wollte dich nicht verletzen." Sie ließ hilflos die Hände zur Seite fallen.

Sein Magen verkrampfte sich. Die Leute redeten nur in diesem seltsam verlegenen Ton davon, dass sie einander nicht verletzen wollten, wenn sie im Begriff waren, genau das zu tun. „Wovon sprichst du eigentlich?"

„Von dir und mir." Sie wandte sich ab und hoffte, die richtigen Worte zu finden. „Ich habe schon einmal versucht, es dir zu erklären. Aber das ging wohl daneben." Sie wandte sich wieder Nick zu. „Und jetzt fällt mir dazu auch nicht mehr ein."

„Warum sprichst du nicht endlich Klartext?"

„Du bedeutest mir etwas. Nicht nur als Mandant, sondern als Mensch."

Da war es wieder, dieses Leuchten in seinen Augen. „Du bedeutest mir auch etwas."

Als er einen Schritt auf sie zugehen wollte, wehrte sie ihn mit einer Handbewegung ab. „Aber nicht so, Nick."

Er sah sie skeptisch an. „Du interessierst dich also nicht für mich. Ist es das?"

„Ich interessiere mich für dich, nur nicht auf die Art, wie du es dir vorstellst."

„Jetzt verstehe ich." Er versuchte sich hart und gelassen zu geben, auch wenn die Zurückweisung ihn unendlich schmerzte. „Du denkst, ich sei zu jung. Oder bin ich nicht dein Typ?"

„Nick, ich empfinde für dich wie für einen Bruder." Sie wusste, dass sie nicht darum herumkam, ihm mit der Wahrheit wehzutun. „Mehr kann ich dir nicht geben. Es tut mir leid, dass ich es dir nicht früher gesagt habe, aber ich wusste nicht, wie ich es dir beibringen sollte."

„Ich komme mir vor wie ein Idiot."

„Nein, das musst du nicht." Sie konnte nicht anders, sie griff seine Hand und drückte sie. „Es gibt nichts, weshalb du dir wie ein Idiot vorkommen müsstest. Du fühltest dich zu mir hingezogen, und du warst ehrlich genug, es zu sagen. Und irgendwie habe ich mich trotz all meiner Verwirrtheit und Bestürzung", sie lächelte zerknirscht, „doch auch geschmeichelt gefühlt."

„Mir wäre es lieber, wenn du dich versucht gefühlt hättest."

Diesmal sollte ihr Lächeln sein Herz wärmen. „Für einen Moment vielleicht. Nick, ich möchte, dass wir Freunde sind."

„Na schön, immerhin hast du es mir jetzt frei heraus gesagt." Er würde es wohl einfach akzeptieren müssen. Er versuchte sich damit zu beruhigen, dass andere Mütter auch schöne Töchter hatten. Aber jemanden wie Rachel gab es nicht noch einmal. „Also, Schwamm drüber."

„Gut." Sie hätte ihn gern auf die Wange geküsst, aber sie wollte ihr Glück nicht herausfordern. So nahm sie nur auch noch seine andere Hand. „Weißt du, ich wollte eigentlich immer einen jüngeren Bruder haben."

Es würde dauern, bis er sich mit dieser Stellung anfreunden konnte. „Wieso?"

„Aus einem einzigen Grund – damit ich auch endlich mal jemanden herumkommandieren kann." Als er zu grinsen begann, fühlte sie sich zum ersten Mal erleichtert. „Komm, lass uns wieder nach unten gehen."

Während Nick sich wieder in der Küche an seine Arbeit machte, hielt Rachel in der Bar nach Zackary Ausschau.

„Er ist im Büro", erklärte Pete grinsend. „Geh ruhig rein."

„Danke." Sie war etwas irritiert von dem Kichern hinter ihrem Rücken, aber als sie sich umdrehte, taten alle ganz unschuldig, so, als seien sie beschäftigt. Auffällig unschuldig, dachte sie, als sie das Büro betrat.

Im nächsten Augenblick erkannte sie den Grund für die allgemeine Heiterkeit. Zackary stand vor dem Schreibtisch in inniger Umarmung mit der Blondine, die ihn heftig bedrängte, während er versuchte, sich von den Armen, die um seinen Hals geschlungen waren, zu befreien. Sein Gesichtsausdruck – eine Mischung aus Verlegenheit und völliger Hilflosigkeit – wäre ein Foto wert gewesen.

„Hör zu, Schätzchen, ich weiß das zu schätzen, aber ich bin nicht …" Er schwieg, als er Rachel entdeckte.

Dieser neue Gesichtsausdruck war noch besser. Darin spiegelten sich Schock, Entsetzen, eine Entschuldigung und eine gute Portion purer Angst. „Tut mir leid, ich wusste nicht, dass du beschäftigt bist." Sie musste sich schwer beherrschen, um sich das Grinsen zu verkneifen.

„Verdammt, lass mich jetzt nicht allein, Rachel!" Er sah sie aus großen Augen an, während ihn die Blondine immer stürmischer bedrängte und er fast mit dem Rücken auf der Tischplatte landete.

„Du willst nicht allein sein?" Rachel warf einen Blick auf die Gäste, die sich neugierig hinter ihr versammelten, um die Szene zu genießen. „Er will nicht allein sein, hört ihr? Es sieht nicht so aus, als sei er sehr einsam. Oder sollen wir dich am Ende von deiner leidenschaftlichen Verehrerin befreien?"

„Zeig bitte ein wenig Mitleid." Die Blondine kicherte und glitt mit den Händen unter seinen Pullover. „Hilf mir, sie endlich hier rauszuschaffen! Sie ist sternhagelvoll."

„So ein großer starker Mann wie du ... Du wirst dir doch wohl selbst helfen können, oder etwa nicht?"

„Sie ist aalglatt", brummte er mürrisch. „Los jetzt, Babs, lass das. Ich rufe dir ein Taxi."

Rachel seufzte. Diese Frau schlängelte sich tatsächlich wie ein Aal um Zackarys Körper. Entschlossen griff sie in die kunstvoll gestylte Frisur der Blondine und zog. Sehr unsanft. Der laute Aufschrei verschaffte ihr ein wenig Genugtuung. „Du bist zu weit gegangen, meine Liebe", flüsterte sie ihr ins Ohr. „Das ist Privatbesitz."

„Ich hab aber gar keine Schilder gesehen", lallte die Blondine.

„Sei froh, wenn ich dich nicht dazu bringe, Sterne zu sehen." Rachel zog Babs an den Haaren zur Tür. „Und hier geht's lang."

„Ich übernehme sie." Lola legte den Arm um die Blondine.

„Aber er ist doch so süß", lallte Babs und ließ sich widerstandslos zur Damentoilette führen.

„Bestell ihr ein Taxi", rief Zackary hinter Lola her. Er betrachtete kurz die gaffende Menge und schlug wütend die Tür zu. „Hör zu, Rachel ..." Er holte tief Luft. „Es war nicht so, wie es aussah."

„Ach?" Rachel setzte sich auf den Schreibtisch und kreuzte die Beine. Das Ganze war einfach zu schön, um dem widerstehen zu können. „Und wie sollte ich diesen Anblick sonst verstehen können?"

„Sie hat zu viel getrunken. Ich wollte ein Taxi für sie bestellen, und sie folgte mir einfach. Dann ist sie über mich hergefallen, und ich versuchte mich zu befreien."

„Es sah auch sehr nach Befreiungskampf aus. Zum Glück bist du noch einmal mit dem Leben davongekommen."

„Was sollte ich tun? Sie schlagen?" Er ging nervös von einer Ecke des Raumes in die andere. „Ich sagte ihr, dass ich nicht an ihr interessiert sei, aber sie ließ einfach nicht locker."

„Du bist eben so süß", erinnerte sie ihn und blinzelte ihm zu.

„Sehr witzig. Du willst die Situation bis zur Neige auskosten, nicht wahr?"

Sie nahm einen Brieföffner in die Hand und sah Zackary herausfordernd an. „Herr Zeuge, als Vertreterin meiner Mandantin frage ich Sie – und ich erinnere Sie eindrücklich, Mr. Muldoon, dass Sie unter Eid stehen –, können Sie dem Gericht glaubhaft versichern, dass Ihr Verhalten zu keiner Zeit dazu beitrug, die Angeklagte zu ermutigen, sich Ihnen auf diese Weise zu nähern?"

„Ich habe niemals ... Hätte ich Sie, Frau Anwältin, nicht kennen gelernt, dann ..." Zackary kreuzte die Arme vor der Brust. „Ich verweigere die Aussage wegen Befangenheit."

„Schuft."

„Und jetzt bitte ich, das Urteil zu vollstrecken."

„Das hatte ich auch vor", erwiderte Rachel und schloss seinen Mund mit ihren Lippen.

Der Kuss schien eine Ewigkeit zu dauern. Als ihn ihre Zärtlichkeit zu sehr erregte, löste er sich und vergrub sein Gesicht in ihren Haaren.

„Rachel, du weißt überhaupt nicht, wie schön es ist, dich zu spüren."

„Ich habe das gleiche Gefühl bei dir." Sie schloss die Augen und presste sich an ihn.

„Wirklich?"

„Ja, ich glaube ..." Sie stockte, als sie die vergangenen Tage in ihrem Kopf Revue passieren ließ. „Ich glaube, manchmal begegnen sich Menschen, die wirklich gut zusammenpassen."

Zackary wich zurück und hielt zärtlich ihr Gesicht zwischen den Händen. Seine Augen waren plötzlich sehr dunkel, sein Blick lag durchdringend und forschend auf ihr. Sie hätte nicht sagen können, was sie in diesen Augen sah, aber was immer es war, es beschleunigte ihren Herzschlag so rasant, dass sie ihn in ihrer Kehle spürte. „Wir passen zusammen", flüsterte er und küsste behutsam ihren Mund. „Ich weiß, du hast gesagt, du willst dich auf nichts einlassen. Dass du deine Prioritäten hast."

Sie umfasste seine Handgelenke. „Ich habe eine Menge Dinge gesagt."

„Rachel, ich möchte, dass wir zusammenziehen." Er sah das erstaunte Aufleuchten in ihren Augen und fuhr fort, bevor sie ihn unterbrechen konnte. „Ich weiß, du willst es einfach und unkompliziert halten. Das wollte ich auch. Aber das muss ja nicht als Komplikation angesehen werden. Du kannst dir Zeit nehmen, um darüber nachzudenken. Wir werden sowieso warten müssen, bis die Sache mit Nick endgültig geklärt ist. Aber ich will, dass du weißt, wie sehr ich dich brauche, wie sehr ich mit dir zusammen sein will. Ich will mich nicht mehr nur mit den wenigen gestohlenen Stunden hier und da zufrieden geben."

Sie stieß heftig den Atem aus. „Das ist eine große Entscheidung, Zack."

„Und du bist kein impulsiver Typ, ja, das weiß ich." Er strich sanft mit seinen Lippen über ihren Mund. „Denk darüber nach. Und hierüber ..." Damit vertiefte er den Kuss, bis sie keinen klaren Gedanken mehr fassen konnte.

„Zackary, ich bräuchte unbedingt ..." Nick platzte in das Büro und blieb wie angewurzelt stehen. Er sah, wie Rachel sich leidenschaftlich an seinen Bruder schmiegte, die Hände in seinem Haar, ihre Augen verhangen vor Sehnsucht und Verlangen.

Nick starrte die beiden an. Sicher, Rachels Blick klärte sich innerhalb von Sekundenbruchteilen, jetzt lag ein alarmierter, entschuldigender Ausdruck darin, aber alles, was Nick denken konnte, war: „Verrat."

Rachel rief seinen Namen, als er wütend auf Zackary losstürmte und auf ihn einschlug.

Zackary hatte den Schlag kommen sehen, aber er ließ es zu und wich nicht aus. Er verlor das Gleichgewicht und spürte, wie ihm das Blut aus dem Mund lief. Instinktiv wehrte er den nächsten Schlag ab und hielt Nicks Hand fest, aber Nick wich geschickt aus und setzte erneut an.

„Hört auf!" Ungeachtet der Gefahr, dass der nächste Schlag sie treffen könnte, stellte Rachel sich entschlossen zwischen die beiden Brüder und hielt sie auf Distanz. „Das ist keine Lösung."

Zackary hob sie einfach mit beiden Händen an den Hüften hoch und stellte sie zur Seite. „Halt dich da raus", knurrte er beherrscht. Dann, zu Nick: „Willst du das hier drinnen klären, oder sollen wir nach draußen gehen?"

„Jetzt hört doch endlich ..."

„Was immer dir lieber ist." Nick ignorierte Rachel völlig. „Du Mistkerl!" Er stieß Zackary gegen die Wand. „Du musst immer der Bessere sein, was? Dieses ganze Geschwafel von Familie und so. Ich sag dir, was du mit diesem Geschwätz machen kannst, liebster Bruder."

„Nick, bitte." Rachel hob beschwichtigend die Hand, ließ sie wieder fallen, als Nick sich wütend zu ihr umdrehte.

„Sei du bloß still! Dieser ganze Unsinn, den du mir da oben erzählt hast! Du hast wirklich Talent, Lady. Ich bin tatsächlich drauf reingefallen. Während ich dir meine Gefühle anvertraute, hast du es die ganze Zeit hinter meinem Rücken mit ihm getrieben."

„Nick, das ist nicht wahr ..."

„Verlogene Schlampe!"

Sein Kopf fiel zurück, als ihn ein Schlag von Zackary traf. „Wenn du dich mit mir prügeln willst, bitte. Aber du wirst nicht so mit Rachel reden!"

Nick wischte sich das Blut von den Lippen. „Zum Teufel mit euch beiden!", brüllte er und stürzte Hals über Kopf aus dem Büro.

„Oh nein!" Rachel schlug entsetzt die Hände vors Gesicht. „Das ist alles meine Schuld. Ich muss ihm nachgehen."

„Nein, lass ihn jetzt allein."

„Verdammt, Zackary, ich muss mit ihm reden ..."

„Ich sagte, lass ihn in Ruhe!"

„Entschuldigen Sie bitte." Es klopfte an der Tür, die Nick offen gelassen hatte. Rachel drehte sich um und schluckte heftig.

Richterin Beckett!

„Guten Abend, Miss Stanislaski. Mr. Muldoon. Ich kam eigentlich vorbei, um mir einen Ihrer berühmten Manhattans mixen zu lassen, während ich mich mit der Anwältin Ihres Bruders unterhalten wollte."

„Euer Ehren", begann Rachel, „mein Mandant ..."

„Ich sah Ihren Mandanten bereits, als er hier herausstürmte. Auch Ihr Mund blutet, Mr. Muldoon." Sie wandte sich ab und warf Rachel noch einen viel sagenden Blick zu. „Frau Anwältin?"

„Das fehlte uns gerade noch." Rachel atmete schwer. „Ich werde das zurechtbiegen", versuchte sie Zackary zu beruhigen. „Mach dir keine Sorgen. Sobald Nick ein wenig Dampf abgelassen hat ..."

„Kommt er freudestrahlend zurück?", beendete Zack den Satz ironisch für sie. Seine Wut war verraucht, dafür stellte sich das Schuldgefühl mit voller Wucht ein. „Das halte ich für äußerst unwahrscheinlich. Und es ist nicht deine Schuld." Er wünschte, er könnte ihr mehr bieten als sein eigenes Gefühl von Unzulänglichkeit und Versagen. „Er ist mein Bruder. Ich bin verantwortlich." Er schüttelte den Kopf, bevor sie etwas erwidern konnte. „Jetzt werde ich erst einmal der Richterin einen Drink mixen."

Er schob sich an ihr vorbei. Rachel hob die Hand, wollte ihn zurückhalten, doch dann ließ sie ihn gehen. Es gab nichts, was sie sagen könnte, um seinen Schmerz zu lindern. Aber sie musste versuchen, den Schaden mit Richterin Beckett zu begrenzen.

Rachel fand die Richterin ganz entspannt an einem Tisch im hinteren Teil der Bar sitzen. Doch auch die elegant-lässige Kleidung statt der schwarzen Robe konnte der Aura von Macht und Autorität, die Marlene C. Beckett ausstrahlte, keinen Abbruch tun.

„Setzen Sie sich, Frau Anwältin."

„Danke."

Beckett lächelte und klopfte mit den roten Fingernägeln auf die Tischplatte. „Ich sehe förmlich, wie Ihr Gehirn arbeitet. ‚Was kann ich ihr erzählen, was sollte ich besser verschweigen?' Ich genieße Ihre Anwesenheit im Gerichtssaal, Miss Stanislaski. Sie haben Stil."

„Danke", sagte Rachel erneut. Die Drinks wurden serviert, und sie nutzte die kurze Unterbrechung, um ihre Gedanken zu sammeln. „Ich habe Sorge, Euer Ehren, dass Sie die Vorgänge heute Abend missverstehen könnten."

Beckett nahm einen Schluck aus ihrem Glas, dann warf sie Zackary einen anerkennenden Blick zu. „Und wie, glauben Sie, könnte ich die Vorgänge interpretieren?"

„Nick hatte einen Streit mit seinem Bruder ..."

„Eine Prügelei", korrigierte Beckett sie und nahm die Kirsche aus ihrem Glas. „Ein verbaler Streit mag psychische Narben hinterlassen, aber kein Blut."

„Sie haben keine Brüder, nicht wahr, Euer Ehren?"

„Nein."

„Ich aber."

Richterin Beckett hob eine Augenbraue und nippte an dem Drink. „Also schön, ich lasse das Argument zunächst einmal gelten. Und worüber stritten die beiden?"

„Es war ein Missverständnis." Rachel fühlte sich nicht wohl in ihrer Rolle. „Es ist nicht zu leugnen, dass beide ziemliche Hitzköpfe sind, und bei dem Temperament, das beiden eigen ist, kann ein Missverständnis leicht zu ..."

„Einer hitzigen Debatte führen?", warf Richterin Beckett ein.

„Ja." Rachel beugte sich vor. „Richterin Beckett, Nick hat so unglaublich große Fortschritte gemacht. Er hatte sich fast aufgegeben, da er in seinem ganzen Leben niemanden hatte, der wirklich für ihn da war, dem er vertrauen konnte. Mit Zackary wollte er es versuchen. Je länger die beiden zusammen waren, desto mehr war zu spüren, wie sehr sich die beiden Brüder im Grunde brauchten."

„Inwieweit stehen Sie eigentlich mit Mr. Muldoon in einem, sagen wir, persönlichen Verhältnis?"

Rachel lehnte sich zurück in ihren Stuhl und sah Richterin Beckett völlig ausdruckslos an. „Ich glaube, das ist für diese Angelegenheit nicht relevant."

„Glauben Sie? Nun, gut." Sie hob die Hand. „Bitte, weiter."

„Fast zwei Monate lang hat Nick sich bewährt. Er erledigt ganz hervorragend alle Arbeiten, die ihm Zackary anvertraut hat. Er interessiert sich auch für die Dinge, die um ihn herum geschehen. Und er spielt Klavier."

„Ach, wirklich?"

„Zackary hat ihm ein Klavier gekauft."

„Das klingt nicht so, als müssten deshalb die Fäuste fliegen." Sie lächelte und hob das Glas. „Also, Frau Anwältin, kommen Sie bitte zum Kern des Problems."

„Es war mein Fehler." Rachel stellte ihr Weinglas beiseite. „Ich habe Nicks Gefühle für mich falsch eingeschätzt. Ich konnte nicht glauben, dass er für mich ... nun, so viel empfindet."

Beckett stülpte die Lippen vor. „Ah, ich beginne allmählich zu verstehen. Erzählen Sie von Anfang an."

Rachel begann die Vorgänge der vergangenen Woche zu schildern. Beckett schwieg zu ihren Ausführungen und nickte hin und wieder. „Und als er dann ins Büro kam und mich und Zackary so eng beisammen sah", schloss sie ihre Erzählung, „fühlte er sich betrogen. Ich hätte mich nicht darauf einlassen dürfen."

„Rachel, Sie sind eine ausgezeichnete Anwältin. Das schließt nicht aus, dass Sie einen Anspruch auf ein Privatleben haben."

„Wenn es aber die Beziehung zu meinen Mandanten gefährdet ..."

„Unterbrechen Sie mich bitte nicht. Ich räume ein, dass Sie in dieser Sache einer falschen Einschätzung erlegen sind. Ich räume ebenfalls ein, dass sich niemand den Ort, den Zeitpunkt oder die Umstände aussuchen kann, unter denen man sich verliebt."

„Ich sagte nicht, dass ich mich verliebt habe."

Beckett lächelte. „Das ist mir nicht entgangen. Es ist leichter zu ertragen, wenn man sich einredet, das alles habe nichts mit Liebe zu tun." Sie hielt inne. „Kein Einspruch, Miss Stanislaski? Nun gut, ich bin auch noch nicht am Ende meiner Ausführungen. Sie sind nicht objektiv geblieben, aber das haben Sie ja bereits selbst angemerkt. Ich bin mir allerdings nicht sicher, ob eine objektive Betrachtungsweise immer zu den richtigen Resultaten führt. Zwischen Falsch und Richtig existieren viele Zwischentöne. Wir kämpfen jeden Tag darum, der Wahrheit möglichst nahe zu kommen. Sie werden das noch herausfinden, sobald Sie auf dem Richterstuhl Platz genommen haben."

Rachel griff verwirrt nach ihrem Weinglas. Der vielsagende Blick der Richterin irritierte sie. „Ich wusste gar nicht, dass ich so leicht zu durchschauen bin."

„Oh, ich kann Ihre Ambitionen, die Zukunft betreffend, sehr gut nachvollziehen. Ich bin selbst einmal diesen Weg gegangen." Sie stieß freundlich lächelnd mit Rachel an. „Noch ein paar Jahre, dann werden Sie eine kompetente Richterin abgeben. Das ist es doch, was Sie erreichen wollen, nicht wahr?"

„Ja."

„Gut. Und jetzt, da ich einen Drink genossen habe, der mich sehr entspannt hat, sage ich Ihnen etwas. Unter vier Augen. Vor dreißig Jahren war ich genau wie Sie. Damals war es für eine Frau noch etwas schwerer, in diese Position zu kommen. Und ich habe mir die Frage stellen müssen, ob ich eine Familie haben oder lieber Karriere machen will. Ich habe es nie bereut, die Karriere gewählt zu haben. Aber die Zeiten haben sich geändert. Heute muss sich eine Frau nicht mehr für das eine oder andere entscheiden. Heute kann sie beides haben. Wenn sie klug ist", fügte sie hinzu und warf einen kurzen Blick auf Zackary. „Und Sie machen auf mich den Eindruck einer sehr klugen Frau, Miss Stanislaski."

„Zumindest würde ich mich gerne dafür halten", murmelte Rachel. „Aber das macht es nicht weniger problematisch."

„Diese Art von Problematik ist doch genau das, was das Leben lebenswert macht, meinen Sie nicht auch? Ich kann mir nicht vorstellen, dass es irgendetwas gibt, das Sie von Ihrem Weg aufhalten könnte. In der Zwischenzeit sehen Sie zu, dass Sie sich und Ihren Mandanten gut auf die Anhörung vorbereiten."

Als Beckett schließlich aufstand, erhob sich Rachel augenblicklich. „Richterin Beckett, wegen heute Abend …"

„Ich kam nur, um einen Drink einzunehmen. Die Bar gefällt mir. Sauber, freundliche Atmosphäre. Und was meine Entscheidung betrifft, so wird sie nur davon abhängen, was ich im Gerichtssaal sehe und höre. Haben wir uns verstanden?"

„Ja. Danke."

„Und sagen Sie Mr. Muldoon, dass er einen exzellenten Manhattan mixt."

Völlig verdutzt sah Rachel zu, wie Richterin Beckett die Bar verließ.

„Wie schlimm ist es?", fragte Zackary hinter ihr.

Rachel schüttelte schwach den Kopf und griff nach seiner Hand. „Sie mag deine Drinks." Sie wandte sich zu ihm um und umarmte ihn. „Ich glaube, ich habe gerade eine weitere intelligente Frau mit einer Schwäche für harte Jungs kennengelernt."

„Wenn Nick nicht zurückkommt …"

„Er wird zurückkommen." Sie musste einfach daran glauben. Musste Zack davon überzeugen, dass sein Bruder zurückkommen würde. „Er ist wütend, und er ist verletzt. Aber er ist nicht dumm." Sie drückte seine Hand noch einmal fest und lächelte. „Er ist dir sehr ähnlich."

„Ich hätte ihn nicht schlagen dürfen."

„Verstandesmäßig kann ich dir nur zustimmen, aber was das Gefühlsmäßige betrifft …" Leidenschaft und Temperament gehörten nun mal zum Leben. „Ich habe meine Brüder so oft erlebt, wie sie sich gegenseitig verprügelt haben. Ich glaube nicht daran, dass deshalb die Welt untergeht." Sie küsste ihn sanft auf die geschwollene Lippe. „Wenn Nick zurückkommt, sollte ich besser nicht mehr hier sein. Aber ruf mich bitte sofort an, wenn er da ist, ganz gleich zu welcher Zeit."

„Du solltest nicht allein nach Hause gehen", bemerkte er besorgt.

„Ich nehme mir ein Taxi." Die Tatsache, dass er nichts mehr dazu sagte, zeigte ihr, wie zerstreut er war. „Wir kriegen das wieder hin, Zack. Ganz sicher. Vertrau mir."

„Okay, ich werde dich anrufen."

Sie trat zur Bar hinaus und ging zur Straßenecke, um ein Taxi einzuhalten. Vertrau mir, hatte sie zu ihm gesagt. Sie hoffte von ganzem Herzen, dass sie sich dieses Vertrauens würdig erweisen konnte.

11. KAPITEL

Rachel hätte gerne ihren Bruder Alex eingeschaltet, als sie nach Hause kam, aber sie hatte Angst, Nick noch wütender zu machen, wenn ein Polizist seine Antennen, wenn auch inoffiziell, nach ihm ausstreckte.

Also konnte sie nur abwarten. Allein.

Sie gaben schon ein seltsames Trio ab, überlegte sie, während sie unruhig von einer Ecke des Zimmers in die andere ging und der frisch aufgebrühte Tee immer kälter wurde. Nick, jung und voller Trotz, der überall Zurückweisung und Betrug witterte und so verzweifelt nach seinem Platz auf dieser Welt suchte. Zackary, unermesslich großzügig und gutherzig, genauso aufbrausend und temperamentvoll und verletzlich wie sein Bruder. Und sie selbst, die ehrgeizige Anwältin, die für sich in Anspruch nahm, so logisch und sachlich an die Dinge heranzugehen, und sich dabei in beide Männer verliebt hatte.

Wie hat das alles geschehen können?, fragte sie sich und rieb die müden Augen. Sie war doch diejenige, die immer so sehr darauf pochte, dass alles klar und ordentlich organisiert zu sein hätte. Die so stolz darauf war, immer genau zu wissen, was sie wollte und wie sie es erreichen konnte. Jeden Schritt hatte sie immer genau überlegt und geprüft, jede Option wurde genauestens erwogen und beurteilt.

Sie hatte alles genau geplant und kalkuliert.

Alles, bis auf Zackary Muldoon.

Weil sie sich mit ihm eingelassen hatte, weil sie ihr Herz über ihren Verstand gestellt hatte, hatte sie ein fürchterliches Chaos angerichtet. Es war gut möglich, dass Nick in seiner Wut und seiner Enttäuschung diese Nacht dazu nutzen würde, um sich bewusst in Schwierigkeiten zu bringen. Und dann konnte Richterin Beckett so viel Verständnis zeigen, wie sie wollte. Wenn Nick die Bewährungsauflagen brach, würde ihr nichts anderes übrig bleiben, als ihn zu verurteilen.

Das würde Rachel sich nie vergeben. Und wäre Zackary dazu in der Lage, ihr zu vergeben? Viel schlimmer noch – wie sollte Nick an die Wiedereingliederung in eine Gesellschaft glauben, die ihn hinter Gitter steckte?

Jetzt konnte sie nur hoffen, dass Nick zu Zackary zurückging. Wütend, ja ... trotzig, sicherlich ... vielleicht sogar auf eine Auseinandersetzung aus – damit konnten alle umgehen. Die Hauptsache war, dass er wiederkam.

Aber wenn nicht ...

Die Türklingel unterbrach sie in ihren Gedanken. Es war nach Mitternacht. Hoffentlich war es Zackary, der ihr mitteilen wollte, dass es Nick gut ging.

„Ja?"

„Ich möchte raufkommen." Es war Nicks Stimme, barsch und fordernd. Rachel atmete erleichtert auf.

„Klar, komm rauf."

Als sie die Tür öffnete und Nick hereinkam, überschüttete sie ihn sofort mit einem Wortschwall. „Ich habe mir solche Sorgen gemacht! Oh, Nick, es tut mir ja so leid."

Nick schloss die Tür hinter sich. Eigentlich hatte er nicht herkommen wollen. Er war gelaufen und gelaufen. Ohne Ziel. Schließlich erschien ihm dieser Ort der einzige, zu dem er gehen konnte. „Tut es dir leid, dass ich dich mit Zackary erwischt habe?"

Es war also noch lange nicht vorbei. Rachel sah die gleiche gefährliche Wut in seinen Augen wie zu dem Zeitpunkt, als er sich auf Zackary gestürzt hatte. „Es tut mir leid, dass ich dir wehgetan habe."

„Dir tut nur leid, dass ich herausgefunden habe, was du wirklich bist. Nichts als eine Lügnerin."

„Ich habe dich nie angelogen."

„Jedes Mal, sobald du auch nur den Mund aufmachtest." Er stand immer noch bei der Tür, die Hände zu Fäusten geballt, die Fingerknöchel weiß vor Anspannung. „Du und Zack, ihr beide. Dieses ganze Geschwafel von Sorge und Verständnis. Du hast nur so getan, als läge dir etwas an mir, dabei hast du es die ganze Zeit mit ihm getrieben."

„Aber mir liegt an dir, Nick. Ich mag dich wirklich ..."

„Ich wette, ihr habt zusammen im Bett gelegen und euch köstlich amüsiert. Der arme kleine Traumtänzer Nick, der versucht, etwas aus seinem Leben zu machen. Der Trottel, der sich in die sexy Anwältin verliebt hat."

„Nein, so etwas darfst du nicht denken. Das ist nicht die Wahrheit, Nick."

„Willst du mir etwa weismachen, dass du nicht mit ihm geschlafen hast?"

Er sah die Wahrheit in ihren Augen, bevor ihr eigenes Temperament mit ihr durchging. „Das geht dich überhaupt nichts an. Ich werde nicht mit dir darüber reden ..."

Wutentbrannt fasste Nick sie beim Kragen und rammte sie gegen die Tür. Der erschreckte Ausruf blieb ihr in der Kehle stecken, als sie in diese glitzernden grünen Augen so nah vor sich sah. „Warum hast du das getan? Warum musstest du einen Narren aus mir machen? Warum musste es unbedingt mein Bruder sein?"

„Nick." Rachel versuchte sich aus seinem Griff zu befreien, doch erfolglos.

„Weißt du eigentlich, wie ich mir vorkomme? Die ganze Zeit hoffe ich darauf, dass aus uns etwas werden kann, und du bist mit ihm zusammen! Und er wusste es. Er wusste es!"

Sie atmete schnell und unsicher, aber sie versuchte es zu kontrollieren. „Nick, du tust mir weh."

Sie hatte es ruhig und auch streng sagen wollen, doch die Worte klangen ängstlich und verschreckt. Sein Blick wurde starr, leer, dann sah er auf seine Hände, die sich in ihre Schultern gegraben hatten.

Erschrocken ließ er sie los und wandte sich ab. „Ich gehe."

Manchmal musste man sich auf seinen Instinkt verlassen. Also hielt Rachel Nick fest. „Geh nicht, bitte. Nicht so."

Die Selbstverachtung hinterließ einen bitteren Geschmack in seinem Mund. „Ich habe noch nie einer Frau Gewalt angetan. Tiefer kann man nicht sinken."

„Du hast mir keine Gewalt angetan. Ich bin in Ordnung."

Aber sie war leichenblass. „Du zitterst."

„Na schön, ich zittere. Können wir uns jetzt einen Moment setzen?"

„Ich hätte nicht herkommen dürfen, Rachel. Ich hätte dich nicht so anfallen dürfen."

„Ich bin froh, dass du gekommen bist. Bitte, komm, setzen wir uns."

Weil er Angst hatte, sie würde zitternd dort an der Tür stehen bleiben, gab er nach. „Ich nehme an, du hast mir einiges zu sagen. Das ist dein gutes Recht." Er setzte sich aufs Sofa und sank in sich zusammen. „Sicher wirst du meinen Fall jetzt abgeben."

„Nein, hier geht es um eine ganz private Angelegenheit, Nick. Das mit Zackary und mir war nicht geplant, und es war nicht richtig von mir, mich zu diesem Zeitpunkt darauf einzulassen. Dafür gibt es keine Entschuldigung."

Er schnaubte verächtlich. „Als Nächstes wirst du mir erzählen, dass du einfach nicht dagegen ankonntest, was?"

„Nein", sagte sie leise. „Man hat immer eine Wahl. Ich wollte nicht dagegen angehen."

Ihre Antwort und ihr Ton verwirrten ihn. Er war sicher gewesen, dass sie sich in diese Ausrede flüchten würde, um leichter davonzukommen. „Also hast du dich für ihn entschieden."

„Es ist passiert, und es war ungeplant und irgendwie ... überwältigend ..." Sie wusste nicht, ob das die richtigen Worte waren, um zu beschreiben, was zwischen ihr und Zack geschehen war. „Aber ich hätte es verhindern können – oder wenigstens aufschieben. Tatsache ist, dass ich es nicht getan habe, und deshalb liegt die Schuld bei mir. Du wurdest unserer Obhut unterstellt, und wir haben versagt." Sie sah ihn eindringlich an, als wolle sie ihn um Verzeihung bitten. „Aber wir haben dich nie belächelt. Was auch immer du über mich denken magst, Nick, lass nicht zu, dass es deine Beziehung zu Zackary zerstört."

„Er hat angefangen."

„Nick." In ihrer Stimme schwangen Geduld und Mitgefühl mit. „Das hat er nicht. Und du weißt es auch."

Ja, er wusste es. Wahrscheinlich hatte er auch die ganze Zeit gewusst, dass seine Hoffnungen auf eine Beziehung mit Rachel nichts als reines Wunschdenken gewesen waren. Aber dieses Wissen linderte den Schmerz nicht. „Ich habe dich sehr gern gehabt."

„Ich weiß." Ihre Augen füllten sich mit Tränen und liefen ihr über die Wangen, bevor sie es verhindern konnte. „Es tut mir leid."

„Gott, Rachel, nicht!" Er ertrug es nicht. Erst erschreckte er sie zu Tode, und dann brachte er sie zum Weinen! „Bitte, weine nicht."

„Ich hör ja schon auf." Unwirsch wischte sie die Tränen fort, aber sofort kamen neue nach. „Ich fühle mich einfach elend wegen der ganzen Sache. Jetzt sehe ich ein Dutzend Wege, wie ich die Sache hätte anders machen können." Sie rang nach Fassung und atmete tief durch. „Normalerweise habe ich immer alles unter Kontrolle. Ich könnte mich dafür ohrfeigen, dass ich mich zwischen euch beide gedrängt habe."

„He, komm schon." Nick wusste nicht, was er tun sollte. Er kam sich vor wie der letzte Abschaum. „Nimm's nicht so schwer, okay?" Er klopfte ihr ungelenk auf die Schulter. „Ich habe schon vorher mal den Kürzeren gezogen und einen Korb bekommen."

Sie kramte in der Tasche ihres Bademantels nach einem Taschentuch. „Aber lass es nicht an Zack aus, bitte."

„Verlange keine Wunder."

„Oh Nick, wenn du nur bei all den Fehlern sehen könntest, was du ihm bedeutest ..."

„Fang jetzt nicht mit einer Gardinenpredigt an." Da ihr Tränenfluss aufgehört hatte, traute er sich ein bisschen mehr. „Du hörst dich wirklich so an, als würdest du ihn lieben." Der kurze Blick, den sie ihm zuwarf, machte ihn völlig baff. „Oh Mann", stieß er entgeistert aus, als er zu verstehen begann. „Du meinst, es ist nicht nur Sex?"

„So war es anfangs eigentlich gedacht ..." Als die Tränen wieder zu fließen begannen, legte er unbeholfen und scheu den Arm um ihre Schultern, und sie lehnte sich an ihn. „Oh Gott, wie bin ich nur in den Schlamassel hineingeraten? Ich wollte mich in niemanden verlieben."

„Das ist allerdings dann wirklich ein harter Schlag." Er zog sie näher zu sich heran. Ihm fiel auf, dass da kein Prickeln war, keine Schmetterlinge im Bauch. Im Gegenteil, was er fühlte, kam viel eher brüderlichem Mitleid gleich. Noch nie hatte jemand sich an seiner Schulter ausgeweint. „Und Zackary? Empfindet er genauso wie du?"

„Ich weiß es nicht." Sie schnäuzte sich geräuschvoll. „Wir haben noch nicht darüber geredet. Und wir werden auch nicht darüber reden. Das Ganze ist einfach lächerlich. Und ich benehme mich albern." Verlegen machte sie sich aus seinem Arm frei und lehnte sich zurück. „Am besten vergessen wir das Ganze. Es war heute sowieso ein emotioneller Abend. Bitte, sag ihm nichts davon, ja?"

„Nein, das werde ich dir überlassen."

„Danke." Sie wischte eine einzelne Träne mit dem Handrücken fort. „Und bitte, verachte mich nicht."

„Mit Verachtung hat das nichts zu tun." Er fühlte sich plötzlich ausgelaugt und ließ sich ebenfalls gegen die Rückenpolster fallen. „Ich weiß selbst nicht, was ich fühle. Vielleicht bin ich nur hergekommen, weil ich dir heute Nacht beweisen wollte, dass ich der bessere Mann bin. Ziemlich blöde von mir."

„Ihr seid beide zwei ganz besondere Männer. Ihr habt es mir beide irgendwie angetan."

Er lächelte zerknirscht. „Da hast du dir auf jeden Fall die richtigen ausgesucht."

„Ja, ich weiß." Sie streichelte seine Wange. „Und jetzt sag mir, dass du zurückgehst."

Er presste die Lippen zusammen. „Wohin sollte ich denn sonst gehen?"

„Nein, sag mir, dass du zu Zackary gehst und alles mit ihm bereden wirst."

„Kann ich nicht versprechen."

Als er aufstand, nahm sie seine Hand. „Dann lass uns gemeinsam gehen. Ich will helfen. Ich brauche das Gefühl, dass ich wenigstens etwas wieder in Ordnung gebracht habe."

„Du hast nur eines falsch gemacht – du hast dich in den falschen Mann verliebt."

Sein hämisches Grinsen erleichterte sie ungemein. „Vielleicht hast du recht. Lass mich trotzdem mitkommen."

„Okay, aber du solltest dich vorher noch ein wenig zurechtmachen. Deine Augen sind ganz rot."

„Gut. Ich brauche fünf Minuten."

Rachel spürte, wie Nick immer angespannter wurde, je näher sie Zackarys Bar kamen.

„Da wären wir." Sie blieben vor der Tür stehen. „Es ist schon nach eins. Ihr zwei werdet euch jetzt aussprechen, und ich werde vermitteln."

Nick fragte sich, ob Rachel überhaupt eine Vorstellung davon haben konnte, wie schwer es ihm fiel, diesen Weg zu gehen. „Von mir aus."

„Und wenn einer die Fäuste benutzt, dann werde ich das sein", fügte sie schnell hinzu und öffnete die Tür.

Die meisten Gäste hatten die Bar bereits verlassen und waren nach Hause gegangen. Ein paar Hartgesottene saßen noch am Tresen, an dem Zackary allein arbeitete. Lola wischte die Tische sauber. Sie warf Rachel einen wissenden Blick zu, dann machte sie mit ihrer Arbeit weiter.

Zackary nahm einen Schluck aus einer Mineralwasserflasche. Rachel sah, wie kurz Erleichterung in seinen Augen aufflackerte, dann wurde sein Blick wieder ausdruckslos.

„He, Barkeeper …" Rachel setzte sich auf einen Hocker. „Gibt's noch Kaffee?"

„Klar."

„Dann bitte zwei." Sie warf einen bedeutungsvollen Blick auf Nick.

Er setzte sich schweigend neben sie.

„Es gibt eine alte ukrainische Tradition, die nennt man Familientreffen. Seid ihr bereit dazu?"

„Ja." Zackary sah seinen Bruder an. „Und wie steht es mit dir?"

„Ich bin dabei", brummte Nick.

„He, gibt's hier keinen Whisky mehr, oder was?" Ein Mann, der offensichtlich betrunken war und ein Stück weit von ihnen entfernt saß, machte sich lautstark bemerkbar.

„Nein." Zackary nahm die Kaffeekanne und ging zu ihm hinüber. „Aber du kannst einen Kaffee auf Kosten des Hauses haben."

Der Mann sah ihn aus rot unterlaufenen Augen an. „Was bist du? Sozialarbeiter?"

„Genau."

„Ich will aber einen Drink."

„Es gibt keinen mehr."

„Ist das hier eine Bar oder eine Kirche?" Der Mann griff nach Zackarys Pullover.

Zackary betrachtete die Hand in aller Ruhe. „Ich kannte da mal einen Mann in New Orleans", begann er ruhig. „Er mochte Bourbon, genau wie du. Er ging von Bar zu Bar und betrank sich sinnlos. Er war am Ende so betrunken, dass er in eine Kirche ging und glaubte, er sei in einer Bar. Er schlug mit der Faust auf den Altar, bestellte einen Doppelten und fiel tot um. Mausetot." Zackary zog die Hand von seinem Pullover. „Wenn du weiter so säufst, könnte es dir passieren, dass du tot in der Kirche aufwachst."

Der Mann fluchte und nahm die Kaffeetasse. „Verdammt, ich weiß doch, wo ich bin."

„Das ist auch gut so. Wir schaffen hier nur ungern Leichen raus."

Nick grinste Rachel vergnügt an.

„Ist das wahr, oder hat er gelogen?", fragte sie leise.

„Beides wahrscheinlich. Er versteht es, mit Betrunkenen umzugehen …" Nick brach ab, als aus der Küche Lärm zu hören war.

„Himmel, Rio muss wohl den Kühlschrank umgestoßen haben, so wie sich das anhört", sagte Rachel noch, dann verstummte sie schockiert, als die Tür aufgestoßen wurde und Rio hereintaumelte.

Blut lief ihm aus einer Wunde am Kopf über das Gesicht. Hinter ihm stand ein Mann, der sich eine Strumpfmaske übergezogen hatte. Er hielt ein langes Gewehr an Rios Hals.

„Zeit für eine nette Party", brüllte er und stieß Rio mit dem Gewehrlauf nach vorne.

Zwei weitere Männer folgten kichernd. Auch sie trugen Masken. „Keiner rührt sich." Er unterstrich seine Forderung, indem er die Schiffsglocke anschlug. Der Klang hallte durch den Raum.

„Schließ die Vordertür ab." Der erste Mann fuchtelte wild mit den Armen. „Und geschossen wird nur auf meinen Befehl. Los, Leute, leert eure Taschen hier am Tresen aus. Aber dalli." Er gab dem dritten Mann ein Zeichen, ebenfalls die Bar zu umstellen. „Alles Wertvolle hierher." Er richtete den Gewehrlauf auf Lola. „He, Schätzchen, schieb deine Trinkgelder hier rüber. Du hast heute Abend bestimmt anständig was eingenommen."

Nick bewegte sich nicht. Er konnte nicht. Er kannte diese Stimme. Trotz der Masken konnte er alle drei Männer auf Anhieb identifizieren. T.J.s Kichern und sein watschelnder Gang. Cashs verwaschene Uniformjacke. Die Narbe auf Reeces Handgelenk.

Es waren seine Freunde. Seine Familie.

„Was, zum Teufel, machst du da?", fragte er, als T.J. begann, die Beute in einen Seesack zu laden.

„Nimm ihnen das Zeug ab", befahl Reece.

„Du bist verrückt geworden."

„Mach schon!" Er drehte den Gewehrlauf in Richtung auf Rachel. „Und halt's Maul."

Nick ließ sich nicht beirren. „Schluss jetzt. Du gehst entschieden zu weit."

„Auf den Boden!", schrie Reece. „Gesicht nach unten, Hände hinter den Kopf. Du nicht." Er wandte sich Zackary zu. „Du machst die Kasse leer. Und du ...", er packte Rachels Arm, „... wirst eine prima Lebensversicherung für uns abgeben. Du kommst mit."

„Lass sie los ..."

„Nick!" Zackary rief seinen Bruder zurück. Er leerte die Kasse und sah Reece an. „Du brauchst sie nicht."

„Aber sie gefällt mir."

Rachel schluckte, als der Griff immer fester wurde.

„Frischfleisch." Reece schmatzte mit den Lippen. „Vielleicht sollten wir dich wirklich mitnehmen, Süße. Wir könnten viel Spaß miteinander haben."

Als Nick einen Schritt vorwärts machte, legte Reece seinen Arm um Rachels Hals. „Versuch's doch, Tellerwäscher. Los, komm schon, Mann. Mach mich alle."

„Bleib cool, eh." Cash wurde nervös. Dass Reece sich die Frau krallte, war nicht geplant gewesen. „Wir wollten doch nur das Geld."

„Ich nehme mit, was ich will." Er beobachtete, wie T.J. den Kasseninhalt in einen Sack leerte. „Und wo ist der Rest?"

„War ein schlechter Abend", bemerkte Zackary trocken.

„Versuch nicht, mich aufs Kreuz zu legen, Mann. Da steht ein wunderschöner Tresor in deinem Büro, und den machst du jetzt auf."

„Schön." Zackary kam hinter dem Tresen hervor. Er verspürte große Lust, sein Gegenüber in Grund und Boden zu schlagen. „Ich werde ihn öffnen, sobald du sie losgelassen hast."

„Ich hab die Knarre", erinnerte ihn Reece, „deshalb gebe ich hier die Kommandos."

„Du hast die Knarre", stimmte ihm Zackary zu, „aber ich habe die Kombination. Wenn du den Tresorinhalt haben willst, dann lässt du sie jetzt los."

„Los doch", meldete sich Cash, dessen Hände langsam feucht wurden. „Wir brauchen die Kleine nicht. Lass sie in Ruhe."

Reece spürte, wie er allmählich die Oberhand verlor. Zackary sah ihn aus eiskalten blauen Augen an. Nein, sie sollten vor ihm zittern.

Alle. Sie sollten schreien und winseln. Er war der Kopf der Cobras. Er war am Drücker. Niemand hatte ihm etwas zu sagen.

„Mach ihn auf", zischte er. „Oder ich blase dich um."

„Auf diese Art wirst du das Geld nie bekommen", erklärte Zackary. Aus den Augenwinkeln nahm er wahr, dass Rio sich unauffällig in Position gebracht hatte. Der Hüne war zum Sprung bereit. „Das ist meine Bar, und ich möchte nicht, dass jemand in meiner Bar verletzt wird. Du lässt die Frau los. Dann bekommst du, was du von mir verlangst."

„Lass uns doch den Laden zu Klump hauen", schrie T.J. und stieß mit dem Gewehr an die Gläser, die über dem Tresen aufgehängt waren. Das Klirren der Glasscherben bereitete ihm zunehmend mehr Freude. Er griff sich eine Wodkaflasche und nahm einen großen Schluck daraus. Dann warf er sie mit einem irren Freudenschrei auf den Boden.

Das Klirren der Gläser und Flaschen, das erstickte Geschrei der Geiseln auf dem Boden versetzten Reece in einen Rausch. „Ja, wir hauen den Laden zusammen." Er zielte auf den Fernseher und drückte ab. „So mach ich's auch mit dem Tresor. Na klar, ich brauche keine Frau." Er stieß Rachel beiseite. Sie landete auf Händen und Knien. „Und dich schon gar nicht."

Er zielte mit dem Lauf auf Zackary. Er verspürte den Drang zu töten, und das war neu. Ein prickelndes Gefühl. „So gebe ich meine Befehle."

Nick sprang blitzschnell auf und warf Zackary zur Seite, gerade als das Gewehr losging.

Schreie ringsumher. Rachel griff nach einem Stuhl und schlug damit zu. Sie spürte den Aufschlag, dann hörte sie ein Stöhnen und einen dumpfen Laut, als ein bewusstloser Körper zu Boden fiel. Sie sah gerade noch, wie Rio wie der Blitz an ihr vorbeiraste. Doch da war sie schon bei Nick und Zackary, die auf dem Boden lagen. Sie sah das Blut. Ihre Hände waren damit beschmiert.

Der Raum glich einem Tollhaus. Schreie, Lärm, Schritte, die sich hastig entfernten.

„Oh nein, bitte nicht." Sie presste die Hand gegen Nicks Brust. Zackary setzte sich auf und schüttelte den Kopf, als wolle er wieder zu Verstand kommen.

„Rachel, du bist ...“ Dann sah er seinen Bruder, der reglos auf dem Boden lag. Sein Gesicht war kreidebleich. Und das Blut sickerte langsam durch das Hemd. „Nein! Nick, nein!“

„Hör zu, Zackary, leg deine Hand auf die Wunde. Nicht mit dem Druck nachlassen. Ich hole ein Tuch.“ Rachel stand auf und eilte hinter den Tresen. „Ruft einen Krankenwagen!“, rief sie. „Sie sollen sich beeilen.“ Sie lief mit dem gefalteten Tuch zu Nick zurück und legte es auf die Wunde. „Er ist jung und stark.“ Mit Tränen in den Augen fühlte sie Nicks Puls. „Wir lassen ihn nicht sterben. Er wird es schaffen, das weiß ich genau.“

„Zackary.“ Rio beugte sich zu ihnen hinunter. „Es tut mir leid, ich habe sie nicht aufhalten können. Ich hatte keine Chance.“

„Darum kümmern wir uns später. Hol eine Decke und noch mehr Tücher.“

„Da sind welche.“ Lola reichte Rachel die Tücher und strich Zackary über die Haare. „Er hat verdammt mutig gehandelt.“

„Er hat sich einfach in den Weg gestellt.“ Zackary schluckte. „Dieser verdammte Bengel musste sich schon immer in den Weg stellen.“ Er legte die Hand auf die Brust seines Bruders. „Ich darf ihn nicht verlieren.“

„Das wirst du nicht.“ Sie hörte leise das Heulen der Sirenen und zitterte erleichtert. „Wir werden ihn nicht verlieren“, erwiderte sie zuversichtlich.

Endlose Stunden im Wartezimmer. Umherlaufen, rauchen, Kaffee trinken. Zackary sah immer noch Nicks blasses Gesicht auf der Trage vor sich, als sie ihn in den OP geschoben hatten. Er kam sich so hilflos vor.

Krankenhäuser machten ihn immer hilflos. Wie vor einem Jahr, als er mit ansehen musste, wie sein Vater starb. Langsam und unausweichlich.

Aber nicht Nick. Daran klammerte er sich. Nick war jung, und deshalb war der Tod nicht unausweichlich.

Aber das Blut. Er hatte so viel Blut verloren.

„Zackary.“ Er erschrak, als Rachel sich von hinten näherte und seine Schultern massierte. „Wollen wir spazieren gehen? Etwas frische Luft könnte ganz guttun.“

Er schüttelte den Kopf. Rachel versuchte nicht, ihn zu drängen. Es war sinnlos, ihn zu überreden, sich ein wenig auszuruhen. Ihre Augen brannten. Doch sie wusste, dass die Bilder dieses schrecklichen Augenblicks sichtbar wurden, sobald sie sie schloss. Der Gewehrlauf auf Zackary gerichtet. Nicks Sprung. Der Schuss. Das Blut.

„Ich besorge uns etwas zu essen." Rio stand von dem Sofa auf. „Ihr müsst beide etwas zu euch nehmen." Er presste die Lippen zusammen. „Ihr braucht Energie, wenn ihr euch später um Nick kümmern müsst." Er ging hinaus auf den Gang, der weiße Verband um seinen Kopf leuchtete im Licht auf.

„Er macht sich Vorwürfe wegen Nick", sagte Zackary halb zu sich selbst. „Der Gedanke lässt ihn nicht los, dass er es nicht schaffte, die drei Kerle aufzuhalten."

„Wir werden sie finden, Zackary."

„Ich habe gespürt, dass er dir etwas antun wollte. Ich habe es in seinen Augen gesehen. Er wollte irgendjemanden verletzen. Und er hatte dich in seiner Gewalt. Dass es Nick treffen könnte, daran habe ich nicht gedacht."

„Es war nicht deine Schuld. Du hast alles getan, um deine Gäste zu schützen. Das mit Nick geschah nur, weil er versuchte, dich zu schützen." Sie legte die Arme um seinen Körper, und diesmal ließ er es zu.

„Rachel, ich muss unbedingt mit ihm reden."

„Du wirst bald Zeit dazu haben."

„Entschuldigt." Alex stand zögernd in der Tür. Seit er die Nachricht bekommen hatte, klopfte sein Herz rasend. „Rachel, geht es dir gut?"

„Ja, aber Nick …"

„Ich weiß. Als uns der Anruf erreichte, wollte ich die Sache sofort in die Hand nehmen." Er sah Zackary an. „Ist das okay für dich?"

„Ja, gerne. Ich habe schon mit ein paar Polizisten geredet."

„Wollen wir uns nicht setzen?" Er wartete, bis Zackary auf einem Sessel Platz genommen und sich eine weitere Zigarette angezündet hatte. „Gibt es Neuigkeiten über Nicks Befinden?"

„Er wird gerade operiert. Mehr wissen wir nicht."

„Könnt ihr mir die drei Typen beschreiben?"

„Sie trugen schwarze Strumpfmasken“, begann Zackary. „Einer der drei trug eine Uniformjacke.“

Rachel fasste Zackarys Hand. „Der Typ, der auf Nick schoss, war nicht sehr groß. Schwarze Haare, braune Augen. Er hatte eine auffällige Narbe am linken Handgelenk.“

„Was ist mit den beiden anderen?“

„Der eine kicherte immer so merkwürdig“, erinnerte sich Zackary. „Ein hagerer, drahtiger Typ.“

„Ich konnte ihn nicht so genau sehen“, warf Rachel ein. „Er hatte helles Haar. Strohblond, glaube ich. Die Waffen machten ihn nervös. Er schwitzte.“

„Wie sieht es mit dem Alter aus?“

„Schwer zu schätzen.“ Sie warf einen Blick auf Zackary. „Jung. Anfang zwanzig?“

„Ja, in etwa. Wie stehen die Chancen, dass sie geschnappt werden?“

„Jetzt bereits besser als vorher.“ Alex schloss sein Notizbuch. „Ich will euch nichts vormachen, es wird schwierig sein. Aber vielleicht haben sie ja Fingerabdrücke hinterlassen, die in der Kartei sind. Aber wir werden an dem Fall arbeiten. Ich werde an dem Fall arbeiten“, verbesserte er. „Denn ich habe schließlich ein ganz besonderes Interesse daran, dass das aufgeklärt wird.“

Zackary sah auf Rachel. „Kann ich mir vorstellen.“

„Nicht nur wegen ihr“, warf Alex ein. „Mir geht es auch um den Jungen. Ich will beweisen, dass unser System funktioniert.“

„Mr. Muldoon?“ Eine etwa fünfzigjährige Frau in einem grünen Kittel erschien im Raum. Als Zackary losging, gab sie ihm ein Zeichen, stehen zu bleiben. „Ich bin Dr. Markowitz. Ich habe Ihren Bruder operiert.“

„Wie … wie geht es ihm?“

„Er ist ziemlich robust.“ Sie setzte sich auf die Stuhllehne, um ein wenig zu entspannen. „Wollen Sie alle technischen Details hören, oder soll ich zur Sache kommen?“

„Geradeheraus.“

„Es steht kritisch. Aber er hat großes Glück gehabt. Die Kugel hat sein Herz nur sehr knapp verfehlt. Die Chancen, dass er durchkommt, schätze ich zurzeit auf etwa fünfundsiebzig Prozent ein.

Mit etwas Glück und dank seiner guten Kondition wird er in etwa vierundzwanzig Stunden über den Berg sein.“

„Heißt das, dass er wieder auf die Beine kommt?“

„Ich arbeite ungern so lange und hart an einem Patienten, um ihn dann zu verlieren, Mr. Muldoon. Aber wir behalten ihn vorläufig auf der Intensivstation.“

„Darf ich ihn sehen?“

„Ich werde Sie verständigen lassen, wenn er aus der Narkose aufwacht.“ Sie gähnte und wurde sich dabei klar, dass sie bereits den zweiten Sonnenaufgang in einem Operationssaal verbracht hatte. „Wollen Sie nicht lieber nach Hause gehen und sich ein paar Stunden ausruhen?“

„Nein, danke.“

Sie rieb sich die Augen und lächelte. „Er ist ein gut aussehender junger Mann, Mr. Muldoon. Ich freue mich, bald mit ihm ein Schwätzchen halten zu können.“ Sie warf einen Blick auf Alex. „Polizist?“

„Ja, Ma’am.“

„Ich erkenne euch sogar von Weitem“, erklärte sie und ging.

12. KAPITEL

Der Schmerz wurde nur noch von dem Schwindelgefühl übertroffen. Jedes Mal, wenn er aus der Bewusstlosigkeit auftauchen wollte, fühlte er es, bevor er wieder in diesen dämmrigen Kokon zurückgezogen wurde. Er wollte etwas sagen, aber die Worte ließen sich nicht in seinem Kopf formen, schienen so sinnlos und unzusammenhängend zu sein.

Ein unablässiges Piepen drang an sein Ohr, ein penetrantes Geräusch, das er nicht als seinen eigenen Herzschlag erkennen konnte. Aber da waren auch Stimmen, leise, ein Murmeln nur, und manchmal fühlte er den Druck einer Hand, so als hielte jemand seine. Aber er hatte nicht die Energie, um sich ein klares Bild zu verschaffen. Die Müdigkeit überwältigte ihn immer wieder.

Er hatte geträumt. Geträumt, er wäre auf See, in einem Hurrikan. Er sprang von Deck und fiel, aber er schlug nie auf. Er schwebte einfach nur im luftleeren Raum.

Da waren auch noch andere Träume gewesen. Gesichter, schemenhaft. Zack hinter ihm an einem Flipper. Cash mit einer Zigarette an einem Bartresen lehnend. Rachel, wunderschön, wie sie ihn in einem hell erleuchteten Raum anlächelte. Rio, der am Herd stand und Bratkartoffeln briet.

Der alte Herr, der ihn anschrie. „Aus dir wird nie etwas werden. Das wusste ich schon, als ich dich das erste Mal sah."

Wo ist Zack? Warum kommt er nicht zurück?

Aber Zack war nicht da, er war Hunderte von Meilen weit entfernt. Niemand konnte ihm helfen ... Niemand war für ihn da.

Das Klavier. Zack, der daneben stand und grinste. Ein Gewehrlauf. Und Zack ...

Stöhnend kämpfte er gegen den Schlaf, versuchte sich aufzurichten.

„He, ganz ruhig, mein Junge." Zackary sprang von dem Stuhl neben Nicks Bett auf und legte seinem Bruder die Hand auf die Schulter. „Es ist alles in Ordnung."

Nick versuchte etwas um sich herum zu erkennen. Aber alles verschwamm wie in einem Nebel. Es schien ihm, als habe er schreckliche Dinge geträumt. „Was?" Sein Hals war trocken und schmerzte. „Bin ich krank?“

„Es ging dir schon mal besser.“ Mir auch, fügte Zackary still hinzu und versuchte das Zittern seiner Hand zu unterdrücken, als er den Trinkbecher nahm und den Strohhalm an Nicks Mund führte. „Sie haben gesagt, du sollst das trinken, wenn du wieder zu dir kommst.“

Nick trank einen Schluck Wasser, noch einen, aber um noch einmal an dem Strohhalm zu saugen, fehlte ihm einfach die Kraft. Er betrachtete die dunklen Ränder unter Zackarys Augen und die Bartstoppeln. „Du siehst verdammt schlecht aus.“

Zackary strich sich grinsend über das Kinn. „Du sahst auch schon verführerischer aus. Ich hole jetzt die Krankenschwester.“

„Krankenschwester?“ Nick schüttelte den Kopf und starrte verdutzt auf die Kanülen, die in seinem Arm steckten. „Bin ich in einem Krankenhaus? Was ist denn passiert?“

„Nun, das Ritz ist das hier nicht. Hast du Schmerzen?“

Nick überlegte einen Moment, dann schüttelte er erneut den Kopf. „Eigentlich nicht. Ich fühle mich irgendwie … high.“

„Das kann ich mir vorstellen.“ Als die Erleichterung ihn wie eine Welle überkam, legte er eine Hand auf Nicks Brust, zog sie aber sofort wieder verlegen fort. „Du bist ein solcher Trottel, Nick.“

Nick war noch zu benommen, um all die Gefühle in Zacks Stimme herauszuhören. „Hatte ich einen Unfall? Ich …“ Und dann kamen plötzlich die Erinnerungen an die Ereignisse. „Es war in der Bar. Rachel. Was ist mit ihr?“

„Ihr geht es gut. Sie war auch hier. Ich habe Rio gebeten, dafür zu sorgen, dass sie einen Happen isst.“

„Und du? Hat er dich getroffen?“

„Nein, du Idiot.“ Zackary setzte sich und stützte den Kopf auf die zitternden Hände. „Er hat dich angeschossen.“

Nick konnte es nicht glauben. Da saß der Mann, den er immer für Superman gehalten hatte, von dem er immer geglaubt hatte, dass ihn nichts umhauen könnte, zitternd mit Tränen in den Augen vor ihm auf einem wackeligen Stuhl und rang um Fassung.

„Ich würde dir am liebsten den Hals dafür umdrehen, dass du mir einen solchen Schreck eingejagt hast. Wenn du nicht schon in einem Krankenbett liegen würdest, würde ich dich so verprügeln, dass du eines bräuchtest.“

Aber Drohungen, die mit zitternder Stimme vorgebracht wurden, machten nur wenig Eindruck. „He.“ Nick hob eine Hand. „Alles in Ordnung mit dir?“

„Nein, nichts ist in Ordnung.“ Zack stand abrupt auf und ging zum Fenster. Er starrte mit leerem Blick hinaus, ohne etwas zu erkennen. Bis er etwas von seiner Beherrschung wiedergefunden hatte. „Doch, sicher, alles in Ordnung. Und es sieht auch so aus, als würdest du wieder in Ordnung kommen. Sie haben gesagt, dass sie dich bald auf die normale Station verlegen können.“

„Wo bin ich denn jetzt hier?“ Neugierig sah Nick sich im Zimmer um. „He, sieh dir das an, die ganze Elektronik hier drinnen. Wie lange war ich denn weggetreten?“

„Du bist zwischendurch ein paarmal wach geworden. Sie sagten, dass du dich nicht daran erinnern würdest. Du hast wirres Zeug geredet.“

„Tatsächlich? Was denn?“

„Über Flipper.“ Zack hatte sich wieder einigermaßen gefasst und kam zum Bett zurück. „Und von einem Mädchen, Martha oder Marla … Darüber will ich übrigens noch mehr erfahren, kleiner Bruder.“ Das leichte Lächeln auf Nicks Gesicht tat ihm unglaublich gut. „Ach ja, und du wolltest unbedingt Pommes haben.“

„Ist nun mal ’ne Schwäche von mir. Hab ich denn welche bekommen?“

„Nein, aber vielleicht kann ich später welche hier hereinschmuggeln. Hast du Hunger?“

„Im Moment nicht. Du hast mir immer noch nicht gesagt, wie lange ich hier drinnen bin.“

Zack zog eine Zigarette hervor, dann erinnerte er sich, wo er war, und steckte sie wieder weg. „Vor zwölf Stunden haben sie dich zusammengeflickt. Du bist ein verdammt harter Bursche, weißt du das? Hätte er dich in den Kopf und nicht in die Brust getroffen, so wärst du vermutlich pfeifend aus der Bar gegangen.“ Er strich mit der Hand über Nicks Stirn. „Ich bin dir etwas schuldig.“

„Bist du nicht.“

„Du hast mir das Leben gerettet.“

Nick schloss die Augen. „Das ist so, als wäre jemand bei einem Sturm ins Meer gesprungen. Du hast auch nicht nachgedacht, ob du es tun sollst. Du weißt, was ich meine?"

„Ja."

„Zackary, ich möchte mit einem Polizisten reden."

„Ruh dich erst einmal aus. Später kannst du mit der Polizei sprechen."

„Ich muss aber", betonte Nick, aber er driftete schon wieder in den Schlaf. „Ich kenne die drei Typen."

Zackary wartete, bis Nick eingeschlafen war, dann, als er sicher sein konnte, dass niemand es bemerken würde, streichelte er seinem Bruder sanft über das Haar.

„Ich sagte Ihnen doch, dass sein Zustand zufrieden stellend ist", wiederholte Dr. Markowitz.

„Gehen Sie nach Hause, Mr. Muldoon."

„Auf keinen Fall." Zackary lehnte an der Wand neben der Tür zu Nicks Zimmer. Er fühlte sich schon wesentlich besser, nachdem sie seinen Bruder aus der Intensivstation entlassen und in ein normales Krankenzimmer gebracht hatten.

„Irischer Dickschädel!" Sie sah Rachel eindringlich an. „Mrs. Muldoon, haben Sie irgendeinen Einfluss auf ihn?"

„Ich bin nicht Mrs. Muldoon. Und nein, ich habe keinerlei Einfluss. Er wird wohl noch einmal nach Nick sehen wollen, sobald mein Bruder herauskommt."

„Der Polizist ist Ihr Bruder?" Dr. Markowitz schüttelte den Kopf und seufzte. „Also schön, ich gebe Ihnen fünf Minuten, dann müssen Sie gehen. Sonst setze ich den Sicherheitsdienst auf Sie an, und der wird Sie, falls nötig, hinauswerfen."

„Ja, Ma'am."

„Das gilt auch für diesen Riesen, der die ganze Zeit über den Korridor schleicht."

„Ich werde sie beide nach Hause bringen", versprach Rachel. Sie drehte sich um, als die Tür geöffnet wurde und Alex herauskam. „Alexej?"

„Wir sind fertig." Er sah sehr zufrieden aus. „Ich habe jetzt eine Menge zu tun."

„Hat er sie identifiziert?", fragte Zackary.

„Ganz genau. Und er wird als Zeuge auftreten."

„Ich werde diese Kerle …"

„Auf gar keinen Fall“, erwiderte Alex schnell, als er Zackarys geballte Fäuste sah. „Der Junge hat genau die richtigen Schritte vorgegeben, die notwendig sind, um die Burschen dingfest zu machen. Halte ihn zurück, Rachel.“

„Ich werde es versuchen“, murmelte sie, als Alex davoneilte. „Reiß dich zusammen, wenn du mit Nick sprichst.“

„Diese Dreckskerle haben meinen Bruder zusammengeschossen.“

„Und sie werden dafür bezahlen.“

Zackary nickte kurz, dann betrat er das Zimmer und stellte sich ans Bettende. „Wie geht's?“

„Gut.“ Nick war erschöpft von dem Verhör mit Alex, aber er hatte noch eine ganze Menge loszuwerden. „Ich muss mit dir reden, dir etwas erklären.“

„Das kann warten.“

„Nein. Es war meine Schuld. Die ganze Geschichte. Es waren die Cobras, Zackary. Sie wussten genau, wie sie unauffällig in die Bar kommen konnten, da ich es ihnen erzählt habe. Ich wusste ja nicht … Ich schwöre dir, dass ich nicht wusste, was sie vorhatten.“ Nick schloss die Augen. „Ich habe versagt. Wie immer.“ Er berichtete Zackary, was sich in dem Lokal mit Cash abgespielt hatte. „Ich dachte, wir würden einfach nur so darüber reden.“

„Du hast ihm vertraut.“ Zackary ging um das Bett herum und nahm Nicks Hand. „Du dachtest, er wäre dein Freund. Das hat mit Versagen nichts zu tun. Du hast einem Menschen dein Vertrauen geschenkt, der es nicht verdient. Du bist anders als diese Burschen.“ Als Nick die Augen öffnete, drückte er ihm fest die Hand. „Dein Fehler war es, so sein zu wollen wie sie. Aber das ist jetzt vorbei.“

„Ich will, dass sie dafür bezahlen.“

„Das wollen wir alle. Diesmal betrifft es uns gemeinsam.“

„Ja.“ Nick atmete erleichtert aus. „Okay.“

„So, und jetzt muss ich los, sonst schmeißen sie mich raus. Ich komme morgen wieder, ja?“

„Zackary. Vergiss nicht, mir Pommes frites mitzubringen“, rief er seinem Bruder nach, als er bereits an der Tür war.

„Bring ich dir.“

„Okay?“, fragte Rachel, als Zackary die Tür hinter sich schloss.

„Okay.“ Er nahm sie fest in seine Arme und genoss ihre Nähe.

„Komm jetzt nach Hause, bitte", flüsterte er in ihr Ohr. „Bleib heute Nacht bei mir, Rachel, die ganze Nacht."

„Dann komm." Sie küsste ihn auf die Wange. „Unterwegs kaufe ich mir noch eine Zahnbürste."

Einige Zeit später, als Zackary völlig erschöpft eingeschlafen war, lag Rachel wach neben ihm. Seit mehr als achtundvierzig Stunden war dies der erste Schlaf für ihn. Seltsam, dachte sie und betrachtete sein Gesicht im Dämmerlicht, das durch die Vorhänge fiel, sie hätte sich nie für den fürsorglichen Beschützertyp gehalten. Aber es war ein wundervolles Gefühl, einfach für ihn da zu sein und ihn zu halten, bis die Anstrengungen der vergangenen Tage ihn übermannt und ihn in einen erschöpften Schlaf hatten fallen lassen.

Obwohl sie selbst sehr müde war, fand sie doch keinen Schlaf. Sie war in ihrem Leben an einem Punkt angelangt, an dem sie spürte, dass sie eine Entscheidung treffen musste. Und doch wusste sie nicht, welchen Schritt sie als nächsten tun sollte.

Die Liebe folgt nicht immer logischen Grundsätzen, dachte sie. Es war nicht immer möglich, eine gerade Linie zu verfolgen und Prioritäten zu setzen. In wenigen Tagen ging der Auftrag, der sie zusammengeführt hatte, zu Ende. Sie würden in den Gerichtssaal gehen und die Sache endgültig lösen.

Es war an der Zeit, sich Gedanken über den nächsten Schritt zu machen.

Er hatte sie gebeten, zu ihm zu ziehen. Rachel betrachtete die Schatten an der Wand. Es könnte genug sein. Oder zu viel. Ihr Problem war die Entscheidung, die sie zu fällen hatte: Was brauchte sie zum Leben, auf was konnte sie verzichten?

Sie befürchtete, dass der Mensch, der neben ihr lag, das Einzige in ihrem Leben war, ohne das sie nicht auskommen konnte.

Zackary warf sich unruhig herum, stöhnte laut und erwachte.

„Schsch ..." Sie streichelte sanft seine Wange. „Es ist ja gut. Es ist alles gut."

„Der Hurrikan", flüsterte er verwirrt.

Sie legte die Hand auf sein Herz, als wolle sie den schnellen Rhythmus besänftigen. „Schlaf jetzt weiter, Muldoon."

„Es ist schön, dass du da bist. Wundervoll."

„Für mich ist es auch wunderschön." Sie zog skeptisch die Augenbrauen hoch, als sie seine Hand auf ihrem Oberschenkel spürte. „Fang nichts an, was du nicht zu Ende bringen kannst."

„Ich will nur mein T-Shirt zurückhaben." Er glitt mit der Hand unter ihr provisorisches Nachthemd und strich zärtlich über ihre Brüste. „Du bist wundervoll."

„Du forderst dein Glück heraus, Zackary."

„Ich hatte wieder diesen Traum auf dem Schiff." Ganz langsam, fast im Zeitlupentempo, zog er ihr das Shirt aus. „Ich musste gerade daran denken, wie es war, als ich fünf Monate auf See war, ohne eine Frau zu sehen." Er beugte sich vor und küsste ihren Mund. „Geschweige denn, eine zu berühren."

Rachel seufzte zufrieden. „Erzähl mir mehr." Seine Lippen berührten die ihren, sanft und erregend.

„Als ich gerade aufwachte, konnte ich dein Haar riechen, deine Haut. Seit Wochen stelle ich mir vor, dich neben mir zu haben, wenn ich aufwache. Und jetzt ist es so weit."

„So einfach ist das?"

„Ja." Er hob den Kopf und lächelte sie an. „So einfach ist das."

Sie glitt mit der Hand über seine Schultern. „Da gibt es nur noch eines, was ich sagen möchte."

„Und das wäre?"

„Alle Mann an Deck." Rachel lachte laut auf und legte sich auf ihn.

„Es wäre das Einfachste von der Welt, unter diesen Umständen einen Aufschub zu bewirken", erklärte Rachel, während sie mit Nick die Stufen zum Gerichtsgebäude hinaufging.

„Ich will es hinter mich bringen", wiederholte er und warf einen Blick auf Zackary.

„Ganz meine Meinung."

„Ich bin offensichtlich in der Minderheit", schnaubte Rachel beleidigt. „Aber wenn du im Gerichtssaal umkippst …"

„Ich bin schließlich nicht sterbenskrank."

„Du bist aber erst seit zwei Tagen aus dem Krankenhaus heraus", betonte Rachel.

„Dr. Markowitz hat ihm grünes Licht gegeben", warf Zackary ein.

„Was geht mich die Ansicht von Dr. Markowitz an?“

„Rachel.“ Nick war etwas außer Atem vom Treppensteigen, aber er schüttelte ihre Hand ab. „Hör auf damit, meine Mutter zu spielen.“

„Na schön.“ Sie warf ergeben die Hände in die Luft, aber dann fingerte sie wieder an Nicks Krawatte und wischte eine unsichtbare Fluse von seinem Jackett. Als sie sah, wie Zackary sie von der Seite angrinste, machte sie ein böses Gesicht. „Kein Wort, Muldoon.“

„Aye, aye, Sir.“

„Er bildet sich doch tatsächlich ein, dieses ganze Matrosengerede sei charmant.“ Sie betrachtete ihren Mandanten. Er sah etwas mitgenommen und bleich aus, aber er war in ganz guter Verfassung. „Also, bist du ganz sicher, dass du alles im Kopf hast, was ich dir eingetrichtert habe?“

„Rachel, das haben wir doch bereits viele Dutzende Male durchexerziert.“ Er atmete tief durch und wandte sich Zackary zu. „Kann ich einen Moment allein mit ihr reden?“

„Sicher.“ Zackary warf einen Blick über die Schulter. „Aber Finger weg.“

„Ja ja.“ Nick sah Rachel eindringlich an. „Zuerst möchte ich dir sagen, wie … nun, wie schön es für mich war, dass mich deine ganze Familie im Krankenhaus besucht hat, die Kekse, die Blumen und das alles …“

„Sie sind gekommen, weil sie dich sehr gern haben.“

„Ja, aber … Also, es war wirklich sehr schön. Ich habe sogar von Freddie eine Karte erhalten. Und der Polizist … Er ist auch in Ordnung.“

„Alex hat auch seine guten Tage.“

„Was ich sagen will, ist … Was immer heute auch geschehen mag, du hast so viel für mich getan. Vielleicht weiß ich immer noch nicht, was für ein Ziel ich habe, aber ich bin mir im Klaren darüber, was ich nicht will. Und das verdanke ich dir. Ich schulde dir was.“

„Nein, tust du nicht.“ Da sie befürchtete, sie könnte jeden Moment vor Rührung in Tränen ausbrechen, gab Rachel sich barsch. „Ein bisschen verdankst du mir vielleicht, aber das Meiste war schon hier drin.“ Sie tippte mit dem Finger gegen sein Herz. „Du bist in Ordnung, LeBeck.“

„Danke. Und noch etwas …“ Er sah zu Zackary hinüber, um sicher zu sein, dass er nichts mitbekam. „Ich weiß, ich hab mich anfangs ziemlich dumm benommen, aber ich möchte, dass du weißt … Zackary hat so was verlauten lassen, dass du vielleicht bei ihm einziehst. Ich werde euch nicht im Wege stehen.“

„Ich habe mich noch nicht entschieden. Aber ganz gleichgültig, ob ich nun einziehe oder nicht, du würdest nie im Weg sein. Du gehörst zur Familie, kapiert?“

Seine Lippen verzogen sich zu einem Lächeln. „Kapiert. Ach, und solltest du dich doch noch gegen Zackary entscheiden, so bin ich für dich da.“

„Ich werde daran denken.“ Sie rückte ein letztes Mal seine Jacke zurecht. „Jetzt lass uns gehen.“

Es gibt keinen Grund, nervös zu werden, dachte sie, als sie sich mit Nick an den Platz des Verteidigers setzte. Ihr Plädoyer war gut vorbereitet, und vorne saß eine sympathische Richterin.

Sie geriet mehr und mehr in Panik.

Sie erhob sich mit allen anderen Anwesenden, als Richterin Beckett den Saal betrat.

„Nun, Mr. LeBeck“, begann sie und lächelte ihn an. „Wie schnell die Zeit vergeht, nicht wahr? Wie ich hörte, gab es für Sie in der Zwischenzeit einige Probleme. Geht es Ihnen wieder besser?“

„Euer Ehren …“ Verdutzt über die ungewohnte Verfahrensweise der Richterin, stand Rachel auf.

„Setzen Sie sich.“ Beckett gab ihr ein Zeichen mit der Hand, wieder Platz zu nehmen. „Mr. LeBeck, ich fragte Sie nach Ihrem Gesundheitszustand.“

„Es geht mir ganz gut.“

„Fein. Ich wurde ebenfalls darüber informiert, dass Sie die drei Männer identifizieren konnten, die in Mr. Muldoons Bar eindrangen. Drei Mitglieder der Cobras, einer Organisation, der Sie angehörten.“

Rachel versuchte es erneut. „Euer Ehren, in meinem Abschlussbericht …“

„Ich habe ihn gelesen. Ich danke der Verteidigung. Ein ausgezeichneter Bericht. Aber ich möchte die Antwort von Mr. LeBeck persönlich. Ich frage Sie also, warum haben Sie gegen diese Männer ausgesagt, obwohl Sie vor Kurzem die gleichen Täter gedeckt haben?“

„Steh auf“, flüsterte Rachel.

Nick folgte ihr verwirrt. „Ma’am?“

„Soll ich die Frage wiederholen?“

„Nein, ich habe verstanden.“

„Ausgezeichnet. Und Ihre Antwort?“

„Sie hatten es auf meinen Bruder abgesehen.“

„Ah.“ Beckett lächelte. „Und das hat Ihren Sinneswandel bewirkt?“

Nick vergaß alle Vorsätze, die er mit Rachel durchexerziert hatte, und sprach einfach drauflos. „Also, die sind eingebrochen, haben Rio am Kopf verletzt. Dann haben sie Rachel herumgeschubst und mit den Gewehren herumgefuchtelt. Und Reece wollte meinen Bruder erschießen. Das war Unrecht. Das konnte ich nicht zulassen.“

„Mir scheint, Mr. LeBeck, dass Sie ein sehr klar denkender, verständiger und verantwortlich handelnder junger Mann sind. Sie werden in Ihrem Leben wohl noch so manchen Fehler begehen, aber ich bezweifle, dass es jemals noch einen Anlass geben könnte, der Sie hier in diesen Gerichtssaal führt. Und jetzt hat der Vertreter der Anklage das Wort.“

„Euer Ehren, die Staatsanwaltschaft verzichtet in allen Punkten auf eine weitere Anklage gegen Nicholas LeBeck.“

„Einverstanden!“ Rachel sprang erfreut auf.

„War es das?“, warf Nick ein.

„Nicht ganz.“ Beckett bat für einen Augenblick um Ruhe, dann schlug sie mit dem Hammer auf die Tischplatte. „Hiermit erkläre ich die Sitzung für beendet.“

Rachel fiel Nick lachend in die Arme. „Du hast es geschafft, Nick! Du hast es wirklich geschafft!“

„Ich werde nicht ins Gefängnis gehen.“ Er drückte Rachel noch einmal und wandte sich Zackary zu. „Ich gehe nach Hause.“

„Richtig.“ Zackary streckte ihm die Hand hin und griff fest zu. Dann, mit einem Stoßseufzer, riss er seinen Bruder an sich und umarmte ihn. „Wenn du anständig arbeitest, gebe ich dir sogar eine Gehaltserhöhung.“

„Von wegen Gehaltserhöhung. Ich werde mich zum Juniorpartner hocharbeiten.“

„Wenn die Herren mich entschuldigen möchten, ich habe noch andere Mandanten." Rachel gab beiden rasch und ganz unprofessionell einen Kuss und strahlte sie an.

„Das müssen wir feiern." Zackary fasste ihre Hände. Er wusste nicht, was er sagen sollte. Dabei gab es so viel, was er mit Rachel bereden wollte. „Um sieben in der Bar."

„Ich komme."

„Rachel", rief Nick hinter ihr her. „Du bist die Beste."

„Nein." Sie lachte und warf einen Blick über die Schulter. „Aber ich werde es eines Tages sein."

Rachel kam einige Zeit zu spät. Aber das war jetzt nicht zu ändern. Wie hatte sie auch vergessen können, dass um sechs Uhr noch ein Termin in einer Strafsache vorgesehen war?

Als sie die Bar betrat, blieb sie verblüfft stehen. Überall im Raum waren Papierschlangen und Luftballons aufgehängt. Einige Leute trugen entsetzlich schrille Partyhüte. An der Rückwand hing ein riesiges Banner: „Verglichen mit Rachel ist Perry Mason ein Jammerlappen".

Rio kam auf sie zu, trug sie zum Tresen und setzte sie auf einen der Barhocker. Irgendjemand drückte ihr ein Glas Champagner in die Hand.

Zackary zog sanft an ihrem Haar, bis sie sich zu ihm umdrehte und ihn küsste. „Ich habe versucht, die anderen in Zaum zu halten, bis du kommst, aber sie waren nicht mehr zu bremsen. Deshalb habe ich es irgendwann aufgegeben."

„Oh, ich hole euch schon ein … Mama!" Rachel blieb vor Erstaunen der Mund offen stehen.

„Wir haben bereits die Gelegenheit gehabt, Rios köstliche Rippchen zu probieren", informierte Nadia sie. „Jetzt möchte dein Vater unbedingt mit mir tanzen."

„Vielleicht tanze ich später auch mit dir", erklärte Yuri und führte seine Frau zur Tanzfläche.

„Du hast meine Eltern eingeladen. Und …", sie schüttelte erstaunt den Kopf, „… da ist ja auch Alex!"

Zackary stieß mit ihr an. „Nick hat die Liste erstellt. Und jetzt sieh mal, wer da drüben sitzt."

Rachel sah zur Seite und entdeckte Nick an einem der Tische. „Ist das nicht Lolas Tochter, die dort neben Nick sitzt?"

„Sie ist sichtlich beeindruckt von Nicks Heldentat."

„Eine von zehn Möglichkeiten, eine Frau zu beeindrucken."

„Ich werde es mir merken. Willst du mit mir tanzen?"

„Ich wette, dass du keine Polka tanzen kannst."

„Die Wette verlierst du", erwiderte er und fasste ihre Hand.

Die Stunden vergingen. Rachel tanzte, bis ihre Füße fast gefühllos waren und sie dazu überging, zusammen mit ihrem leicht angetrunkenen Vater ukrainische Lieder zu singen.

„Eine schöne Feier", erklärte Yuri, während ihm seine Frau in den Mantel half.

„Ja, Papa."

Er grinste schelmisch und flüsterte Rachel zu: „Jetzt gehe ich nach Hause und verwandle deine Mutter in ein ganz junges Mädchen."

„Große Sprüche", erwiderte Nadia. „Unterwegs schläfst du doch schon ein."

„Dann weck mich eben auf", gab Yuri lallend zurück.

„Mal sehen." Sie küsste ihre Tochter zum Abschied auf beide Wangen. „Ich bin sehr stolz auf dich, mein Kind."

„Danke, Mama."

„Und denk daran, wenn du den richtigen Mann gefunden hast, wirst du nichts verlieren, wenn du ihn hältst, aber alles, wenn du ihn gehen lässt. Verstehst du?"

„Ja, Mama." Rachel warf einen Blick auf Zackary. „Ich glaube schon."

„Dann ist es gut."

Rachel begleitete ihre Eltern noch bis zur Tür.

„Sie sind einfach großartig", meldete sich Nick hinter ihrem Rücken.

„Ja, das sind sie."

„Und für einen Polizisten ist dein Bruder gar nicht so übel."

„Ich bin auch sehr stolz auf ihn." Sie seufzte. „Sieht so aus, als sei die Party zu Ende."

„Diese hier, ja." Er wandte sich lächelnd ab, um Rio beim Aufräumen zu helfen. Wenn er seinen Bruder richtig kannte – und langsam fing er an, das zu denken –, dann stand Rachel heute noch eine

Überraschung bevor.

Zack sah den Aufräumarbeiten volle zwanzig Minuten zu, dann hielt er es nicht mehr aus. Er schickte Nick und Rio zu Bett. „Den Rest machen wir morgen.“ Wenn er mit Rachel nicht sofort allein sein konnte, würde er noch explodieren.

„Du bist der Boss. Noch.“ Rio blinzelte Rachel zu, nahm seinen Mantel und ging.

„Möchtest du noch einen Champagner?“ Zackary hielt ihr die fast leere Flasche hin.

„Ich kann noch einen vertragen.“ Sie setzte sich an die Bar und sah ihn herausfordernd an. „Spendierst du mir einen Drink, Seemann?“

„Mit Vergnügen.“ Er füllte die Gläser und stellte die leere Flasche beiseite. „Ich wollte dir noch einmal für alles danken.“

„Ich habe nur meine Arbeit getan.“

„Verdammt, Rachel, ich möchte dir meine Gefühle beschreiben.“

Nick war mit einem Satz aus der Küche. „Wenn das alles ist, was du drauf hast, Brüderchen, dann kannst du jede erdenkliche Hilfe gebrauchen.“

Der Blick, den Zack ihm zuwarf, hätte ihn eigentlich umhauen müssen. „Geh schlafen, Nick.“

„Bin schon unterwegs.“ Doch erst ging er zur Musikbox, drückte ein paar Songs und drehte sich dann wieder zu den beiden um. „Ihr zwei seid mir schon welche. Lasst es euch von jemandem gesagt sein, der weiß, dass ihr beide Schwächen und Fehler habt. Also hört endlich auf mit dem Gejammer und stellt euch der Herausforderung.“ Damit drehte er das Licht zurück und ging nach oben.

„Was sollte denn dieser Auftritt?“, fragte Zack mürrisch.

„Woher soll ich das wissen? Schwächen und Fehler? Also, ich habe so etwas nicht.“

Zack grinste Rachel an. „Ich auch nicht.“ Er kam hinter der Bar hervor. „Aber die Musik ist gut.“

„Ja, wirklich gut.“ Nur zu gern schmiegte sie sich in seine Arme.

„Das war alles ein bisschen hektisch heute“, unterbrach Zackary das Schweigen.

„Hm, ziemlich.“

„Ich habe darüber nachgedacht, wie es weitergehen soll. Ich möchte mit dir darüber reden, was ich damals gesagt habe. Das mit dem Zusammenziehen."

Rachel schloss die Augen. Sie hatte ihre Antwort bereits gefunden. Ein Nein. So schwer es auch war, nicht nach dem kleinen Finger zu greifen – sie wollte direkt die ganze Hand. „Lass uns ein andermal darüber reden."

„Nein, jetzt. Die Sache ist die, Rachel, ich … ich will nicht, dass du bei mir einziehst."

Sie versteifte sich unwillkürlich. „Wie bitte?" Sie öffnete die Augen und schob ihn so heftig von sich, dass er stolperte. „Fein, dann eben nicht."

„Was ich möchte, ist …"

„Das kannst du getrost für dich behalten! Das ist mal wieder typisch! Ich erledige die ganze Drecksarbeit, und dann kannst du mich nicht schnell genug loswerden!"

„Ich will dich doch gar nicht …"

„Halt den Mund, Muldoon! Ich bin noch nicht fertig!"

„Wer könnte dich schon jemals aufhalten?", murmelte er ergeben.

Ihre Absätze klapperten laut auf den Fliesen, während sie aufgeregt hin und her ging. „Du bist hier derjenige, der völlig daneben liegt, Mister. Du warst derjenige, der sich aufgedrängt hat." Sie unterstrich ihre Worte mit verärgerten Gesten. „Du wolltest ja kein Nein akzeptieren!"

„Du hast nie Nein gesagt."

„Das ist jetzt völlig unwichtig." Sie schwang zu ihm herum und stützte die Hände in die Hüften. „Du willst also nicht, dass ich bei dir einziehe? Fein! Ich hätte sowieso abgelehnt!"

„Gut!" Er lehnte sich vor, damit er ihr direkt ins Gesicht schreien konnte. „Weil ich mich nämlich nicht damit zufrieden gebe, dass du einen Koffer anschleppst und wir beide dann auf Zeit so tun, als würden wir ein Leben teilen. Ich will, dass du mich heiratest."

„Und wenn du dir einbildest … Oh Gott! Was hast du gesagt?" Sie wankte und griff sich an die Schläfen. „Ich glaube, ich muss mich setzen."

„Dann setz dich." Er griff sie um die Taille und hob sie auf einen Barhocker. „Und jetzt hör mir zu. Ich habe lange darüber nachgedacht, Rachel. Ich weiß, wir beide wollten eigentlich keine feste Bindung. Du hast Prioritäten gesetzt, stimmt's?" Er fasste ihre Hand und setzte sich neben sie. „Alles, was ich möchte, ist, dass du noch eine Priorität mehr auf deine Liste setzt – mich. Ich hatte nicht vor, mich in dich zu verlieben. Aber so ist es nun einmal. Also möchte ich etwas daraus machen."

„Bei mir ist es ebenso."

„Vielleicht brauchst du viel Raum für dich selbst ..." Er sah sie erstaunt an. „Was hast du da gesagt? Habe ich richtig gehört?"

„Mir geht es ebenso."

„Was heißt ebenso?"

„Ich hatte auch nicht vor, mich in dich zu verlieben. Aber nun ist es geschehen. Also, machen wir etwas daraus."

„Wirklich?"

„Ja." Sie schlang die Arme um seinen Hals. Erstaunlich, dachte sie, er hat genauso viel Angst wie ich. „Du warst nur schneller als ich, Muldoon. Ich wollte ablehnen, weil ich dich liebe, und deshalb wollte ich mich nicht mit halben Sachen zufrieden geben. Schon seit Tagen drehe ich mich in demselben Kreis."

„Ich seit Wochen." Er brachte seine Lippen nahe an ihren Mund heran. „Ich wollte dir eigentlich mehr Zeit einräumen. Aber ich konnte nicht mehr länger warten. Ich habe sogar mit deinem Vater heute Abend darüber geredet."

Sie wusste nicht, ob sie entsetzt aufstöhnen oder lachen sollte. „Wie bitte?"

„Vorher habe ich ihm aber reichlich Wodka eingeschenkt, nur für den Fall. Er hat mir erzählt, dass er noch viele Enkelkinder haben will."

Sie fühlte ihr Herz überfließen. „Da füge ich mich gerne."

Ein seltsamer Druck lag plötzlich auf seiner Brust, der sich in wundervolle Farben auflöste und davonstob. „Ohne Scherz?"

„Ohne Scherz. Ich möchte mit dir eine Familie haben. Ich möchte alles mit dir teilen. Das ist meine Entscheidung."

Er umfasste mit den Händen ihr Gesicht. „Du bist alles, wonach ich mich immer gesehnt habe."

„Und du bist alles, wonach ich mich jemals gesehnt habe", wiederholte sie lächelnd. Als sie die Lippen erwartungsvoll öffnete, fühlte sie, dass Tränen in ihren Augen brannten. „Wir wollen doch wohl jetzt nicht sentimental werden, Muldoon, oder?“

„Wer? Wir?“ Er grinste, als er sie in seine Arme zog. „Wir zwei doch nicht.“

– ENDE –

Band-Nr. 95017
12,95 € (D)
ISBN: 978-3-89941-639-8
720 Seiten

Nora Roberts
Die MacKades 1 – 4

Ein erfolgreicher Geschäftsmann, ein stolzer Anwalt, ein zärtlicher Polizist und ein charmanter Farmer: Die MacKade-Brüder sind zwar verschieden wie Tag und Nacht, aber sie stehen sich zur Seite, als vier Frauen ihr Leben gehörig durcheinander bringen.
Regan will eigentlich nur ihren Job erledigen, aber ihr Auftraggeber Rafe MacKade ist einfach zu verführerisch. Savannah dagegen genießt es, umworben zu werden. Wenn Jared nur nicht so viele Fragen nach ihrer Vergangenheit stellen würde. Devin kennt und liebt Cassie bereits seit der Schulzeit und nun ist es Zeit, sie endlich für sich zu gewinnen. Shane ist an den Erfolg bei Frauen gewohnt, aber die Wissenschaftlerin Rebecca lässt sich nicht so leicht herumkriegen.

Nora Roberts
Die Donovans 1 – 4

Jedes Mitglied der Familie Donovan hat eine besonders magische Gabe. Das macht ihr Leben manchmal einfacher, aber in der Liebe sorgt es für Schwierigkeiten.

Band-Nr. 95010
12,95 € (D)
ISBN: 978-3-89941-614-5
816 Seiten

Nora Roberts
Cordina's Royal Family 1 – 4

Die große Saga um das Adelsgeschlecht der Cordinas – erstmals in einem Band!

Band-Nr. 95009
12,95 € (D)
ISBN: 978-3-89941-613-8
784 Seiten

Sandra Brown
Unbestechliche Herzen / das verbotene Glück

Band-Nr. 20003
8,95 € (D)
ISBN: 978-3-89941-674-9
400 Seiten

Jessica Bird
Das Moorehouse-Erbe

Band-Nr. 20002
8,95 € (D)
ISBN: 978-3-89941-667-1
432 Seiten

Linda Howard
Winterherzen

Band-Nr. 20001
8,95 € (D)
ISBN: 978-3-89941-657-2
416 Seiten